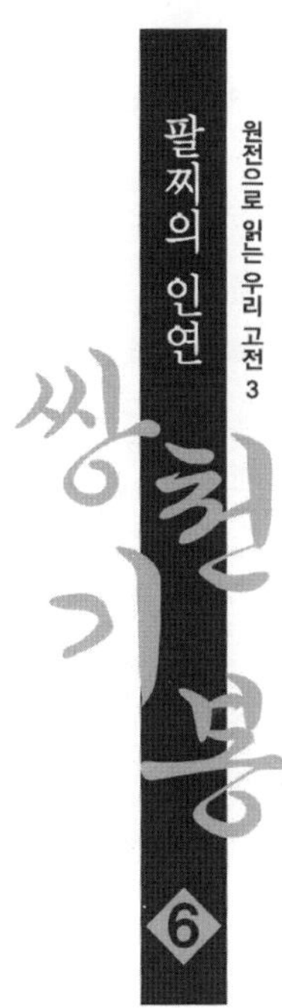
원전으로 읽는 우리 고전 3
팔찌의 인연
쌍천기봉
6

원전으로 읽는 우리 고전 3

팔찌의 인연

쌍천기봉 6

장시광 옮김

이담 Books

역자 서문

역자가 <쌍천기봉>을 처음 접한 것은 1993년도, 대학원 석사과정 1학기 때였다. 막 입학하였는데 고전소설을 전공하는 이지하, 김탁환, 정대진 선배 등이 <쌍천기봉>으로 스터디를 하고 있는 것이었다. 당시에는 무슨 내용인지도 모른 채 선배들 손에 이끌려 스터디 자리 한 구석을 차지하고서 소설 읽기에 동참하였다. 그랬던 것이, 후에 이 작품으로 석사논문을 쓰고, 이 작품을 포함하여 박사논문을 쓰기에 이르렀다. <쌍천기봉>은 역자에게는 전공에 발을 들여놓도록 하고, 학업의 징검다리 역할을 한 실로 은혜로운(?) 소설이 아닐 수 없다.

역자가 <쌍천기봉>에 매력을 느낀 것은 무엇보다도 발랄하고 개성이 강한 인물들의 존재와 그에 기인한 흥미의 배가 때문이었다. 아버지가 정해 주는 중매결혼보다는 마음에 드는 여자를 발견하고 멋대로 결혼한 이몽창이 가장 매력적이다. 남편에게 무조건 복종하기보다는 자신의 주체적 의지를 강조하며 남편에게 저항하는 소월혜도 매력적이다. 비록 당대의 윤리에 저촉되어 후에 징치를 당하지만, 자신의 애정을 발현하려고 하는 조제염과 같은 인물에게서는 측은한 마음이 든다. 만일 이들 발랄하고 개성 강한 인물들이 존재하지 않고, 윤리를 체화한 군자형, 숙녀형 인물들만 소설에 등장했다면 <쌍천기봉>은 윤리 교과서 외의 존재 의미를 지니지 못했을 것이다.

역자는 이러한 <쌍천기봉>을 현대 독자들도 알았으면 하는 바람을 가지고 틈틈이 번역을 하였다. 북한에서는 1983년도에 이미 번역본이 출간되었는데 일반인들이 접하기 쉽지 않고, 또 북한 어투로 되어 있어 한국에서도 새로운 번역본의 출간이 필요하다는 생각에 번역을 시작한 것이다. 2004년에 시작하였으나 천성이 게으른 탓에 다른 일 때문에 제쳐 두고 세월만 천연한 것이 벌써 13년째다. 이제는 마냥 미룰 수만은 없다는 생각에 '결단'을 내리고 작업을 매듭지으려 한다.

이 책은 총 2부로 구성되어 있다. 1부에는 현대어 번역본을, 2부에는 주석(註釋) 및 교감(校勘) 본을 실었다. 저본은 한국학중앙연구원 소장본(18권 18책)이고 교감 대상본은 국립중앙도서관 소장본(19권 19책)이다. 2부의 작업은 현대어 번역의 과정을 보여준다는 의미와 더불어 전공자가 아닌 분들도 흥미롭게 읽을 수 있도록 하려는 취지에서 덧붙인 것이다.

이 번역, 교감본을 내는 데 여러 분의 도움과 격려를 받았다. 원문의 일부 기초 작업은 우리 학교에서 공부 중인 김민정, 신수임, 남기민, 유가 등이 수고해 주었다. 이 동학들과는 <쌍천기봉> 강독 스터디를 약 1년 전부터 꾸준히 해 오고 있는데, 이제는 원문을 능수능란하게 읽어 내는 모습에 보람을 느낀다. 역자에게도 자신을 돌아보게 한 스터디가 되었음은 물론이다. 어학을 전공하는 목지선 선생님과 우리 학교 한문학과 황의열 선생님은 주석 작업이 완료된 원문을 꼼꼼히 읽고 해결이 안 된 부분들을 바로잡아 주셨다. 이 자리를 빌려 감사드린다. 2004년도에 대학 동아리 웹사이트에 <쌍천기봉> 번역문 일부를 연재한 적이 있는데 소설이 재미있다는 반응이 꽤 있었다. 그 당시 응원하고 격려해 준 선후배들에게 늘 빚진 마음이 있었다. 감사드린다.

<쌍천기봉>이라는 거질을 번역하는 작업은 역자의 학문적 여정에서

특별한 의미가 있다. 그런 면에서, 역자가 고전문학을 공부하도록 이끌어 주시고 지금까지도 격려와 질책을 아끼지 않으시는 정원표 선생님과 박일용 선생님, 이상택 선생님께 고개 숙여 감사드린다. 역자의 건강을 위해 노심초사하시는 양가 부모님께는 늘 죄송하고 감사한 마음뿐이다. 마지막으로 동지이자 반려자인 아내 서경희에게 감사한 마음을 전한다.

차례

제1부

현대어역

☘ 일러두기 ☘

1. 번역의 저본은 제2부에서 행한 교감의 결과 산출된 텍스트 이다.
2. 원문에는 소제목이 없으나 내용을 고려하여 권별로 적절한 소제목을 붙였다.
3. 주석은 인명 등 고유명사나 난해한 어구, 전고가 있는 어구에 달았다.
4. 주석은 제2부의 것과 중복되는 것은 가급적 삭제하거나 간명하게 처리하였다.

쌍천기봉 卷 11

소월혜는 떠돌아다니다가 옥룡관에 안둔하고 이몽창은 소월혜에게 구조되어 집안에 복귀하다

이때 태진은 급사가 자신의 말을 곧이듣지 않자 초조해하였다.

하루는 내당에서 자다가 갑자기 크게 소리를 지르며 날뛰었다. 급사가 놀라 급히 들어가 보니 태진이 거꾸러져 있었다. 일으켜 연고를 묻자 태진이 울며 말하였다.

"아까 소 수재가 들어와 첩을 겁탈하려 하다가 어르신이 오시자 돌아갔나이다."

급사가 매우 놀라 태진을 꾸짖었다.

"소 수재는 그럴 사람이 아니니 조금도 그런 말을 꺼낼 생각을 말라."

태진이 노하여 벌떡 일어나 나가더니 문득 소생의 신을 들고 들어와 일렀다.

"어르신이 첩의 말을 곧이듣지 않으시니 이 신을 보소서."

급사가 놀라 생각하기를,

'소생도 또한 소년 남자니 혹 나비를 사랑하는 일이 있던가? 자고로 미색은 남아가 사랑하는 바니 이 한 가지 일로 책망하지 못할 것이다. 내 쾌히 초장왕(楚莊王)의 절영회(絕纓會)[1]를 본받아야겠다.'

1) 초장왕(楚莊王)의 절영회(絕纓會): 중국 춘추시대 초(楚)나라 장왕(莊王)이 신하들에게 관끈을 끊게 한 모임. 장왕이 신하들과 잔치를 벌일 적에 등불이 갑자기 꺼졌는데

하고 다시 말을 하지 않았다.

이때 마침 홍아가 뒷간에 갔다가 내당이 요란함을 보고 가만히 난간 뒤에 가서 이들의 말을 듣고 크게 놀라 바삐 들어가 소저에게 이 사실을 일렀다. 소저가 이에 낯빛이 변해 말하였다.

"내 급사의 두터운 은혜를 입어 한 몸이 아직 무사하므로 장래에 은혜 갚을 길을 생각하고 있었더니 요사스러운 천한 계집이 방해를 하는구나. 여기에 오래 있으면 큰 재앙이 일어날 것이니 내일 급사를 보아 하직하고 떠나야겠다."

홍아가 소리를 삼켜 울며 말하였다.

"우리 주인과 종이 위급한 상황을 여러 번 겪고 겨우 몸 둘 곳을 얻었더니 이제 이와 같으니 장차 어디로 가야겠나이까?"

소저가 역시 눈물을 머금고 말하였다.

"이는 모두 내 팔자가 기박해서 그런 것이니 사람의 힘으로 어찌 면하겠느냐? 실과 같은 쇠잔한 목숨을 즉시 끊을 것이나 다만 부모님이 주신 몸을 가볍게 못 할뿐더러 시부모님의 산과 바다 같은 은혜를 조금도 갚지 못하고 죽는다면 천 가지 불효를 여러 가지로 끼치는 것이다. 나를 깊이 사랑하시던 시부모님의 큰 은혜를 생각하니 차마 몸을 버리지 못하겠구나. 만일 이런 곡절이 없다면 벌써 땅 아래 귀신이 된 지 오래되었을 것이다."

홍벽이 위로하였다.

한 신하가 왕의 총희 옷을 잡아당기자 미인이 그 사람의 관끈을 끊고서 그 사실을 왕에게 고하고 불을 밝혀 관끈이 끊어진 사람을 색출하도록 요청하였으나 왕은 신하들에게 모두 관끈을 끊게 한 후 불을 켜고서 실컷 즐기다가 술자리를 파함. 3년 후에 초나라가 진(晉)나라와 싸우는데 한 초나라 장수가 진나라 군대를 격퇴하는 데 앞장서니 왕이 그에게 묻고서 비로소 그 자가 전에 미인의 옷을 잡아당겨 관끈이 끊겼던 자임을 알게 됨.

"소저께서는 어찌 이렇듯 성급한 말씀을 하시는 것입니까? 공자(孔子)는 성인이셨으나 진채(陳蔡)에서 모욕을 당하셨고,[2] 시절을 만나지 못해 수레를 타고 온 세상을 돌아다니셨습니다. 가태우(賈大夫)는 나라를 위한 충성스러운 마음으로 만언소(萬言疏)[3]를 지은바 임금 아끼는 마음이 황금보다 단단하였으나 장사(長沙)의 한을 머금었으며,[4] 굴원(屈原)은 멱라수(汨羅水)에 돌을 안고 빠졌으니[5] 자고로 어진 군자가 환란을 당하는 것은 예사로운 일이었습니다. 소저께서 고금에 무쌍(無雙)한 미모와 덕을 가지시고서 어찌 한 번 고난당하는 것을 면할 수 있겠나이까? 이는 모두 천명이니 소저는 번뇌하지 마십시오."

소저가 슬픈 빛으로 탄식하였다.

"이들은 다 맑은 이름을 가지고 죽었으므로 쾌하거늘, 나는 천지에 인륜을 더럽힌 죄인이 되어 여자의 몸으로 길에서 떠돌아다니며 구걸하고 있으니 이것이 무슨 여자가 할 도리이겠느냐?"

운교가 대답하였다.

"소저께서 평소에는 심지가 매우 넓으시더니 오늘은 어찌 이렇듯 소소한 의심을 하시며 마음을 태우시나이까? 지금 간사한 사람이 재앙을 만드는 것이 가볍지 않으니 몸을 피하였다가 만일 눈앞에 액운

---

2) 공자(孔子)는~당하셨고: 공자가 초나라로 가는 길에 진(陳)과 채(蔡) 두 나라 지경에 이르렀을 때 두 나라의 대부들이 서로 짜고 사람들을 동원하여 공자를 들에서 포위하여 길을 차단하고 식량의 공급을 막아 공자가 7일간이나 끼니를 먹지 못한 일을 말함.

3) 만언소(萬言疏): 전한(前漢) 문제(文帝) 때의 인물인 태중태부(太中大夫) 가의(賈誼)가 지은 <양태부가의상소(梁太傅賈誼上疏)>를 이름.

4) 장사의~머금었으며: 가의가 태중태부가 되었으나 다른 신하들과의 갈등으로 장사왕(長沙王)의 태부(太傅)로 좌천된 일을 이름.

5) 굴원(屈原)은~빠졌으니: 중국 전국시대 초나라의 굴원이 회왕의 큰아들 경양왕이 강남으로 자신을 추방하자 돌을 안고 멱라수에 빠져 죽은 일을 이름.

이 닥친다면 시원하게 목숨을 끊으시는 것이 좋은 계책입니다. 그러니 미리 근심하시는 것이 부질없나이다."

소저가 탄식하고 대답하지 않았다.

소저가 다음 날 아침에 급사를 뵈니 급사가 즐거운 낯빛으로 정성껏 대접하는 것이 평일과 다름이 없었다. 소저가 또한 급사 곁을 떠남을 슬퍼하더니 시간이 조금 지난 후 절하고 말하였다.

"소생이 액운을 만나 길에서 구걸함을 면치 못했거늘 대인의 산과 바다 같은 은덕을 입어 몇 달을 평안히 머물렀으니 마땅히 풀을 맺어 은혜 갚기를 원하나이다. 그런데 소생이 가친의 회보(回報)를 기다렸으나 중간에 전하지 못한 일이 있는가 하여 지금까지 소식이 아득합니다. 소생이 경사로 가친을 찾아가려 하므로 이에 대인께 하직을 고하나이다."

급사가 놀라 물었다.

"수재의 화려한 기질을 사랑하여 평생을 한 데 있지 못함을 탄식하나 그래도 일이 년 머무르기를 바랐더니 어찌 갑자기 가려 합니까? 북경이 길이 멀고 수재의 글월이 갔어도 거마(車馬)가 미처 경사에 도달하지 못했을 것이니 여기에서 잠깐 기다리고 이런 망령된 생각을 그치소서."

소저가 겸손히 사양하며 말하였다.

"갈수록 소생을 사랑하시는 대인의 은혜에 감격함이 많사오나 소생이 어버이를 떠난 정이 급하여 이 행차를 마지못해 하는 것이니 대인께서는 괴이하게 여기지 마소서."

급사가 말하였다.

"이 늙은이가 비록 용릉(春陵)[6]의, 선비를 사랑하는 풍모가 없고 관우와 장비의 의기(義氣)가 없으나 또한 한 조각 어진 선비 사랑하는 마음은 간절하거늘 수재께서 무슨 허물을 보고 돌아가려 서두르십니까? 원컨대 제 허물 된 곳을 가르쳐 주시고 천천히 떠나소서."

소저가 급사의 이러한 의기에 감격하였으나 태진의 해를 두려워해 이에 자리를 옮겨 사죄하며 말하였다.

"대인께서 소생을 사랑하시는 은혜는 뼈가 가루가 되어도 잊지 못할 것입니다. 그런데 소생의 형세는 이에 이르러 다 말씀드리기 어려우니 대인께서는 모름지기 소생이 갈 수 있도록 허락해 주소서."

급사가 이에 속으로 제 태진을 겁탈하고서 자기 보기를 부끄러워하여 급히 가려 하는가 하여 머무르기를 힘써 청하였다.

"수재 길에서 오래 떠돌아다녀 몇 달을 빈 방에서 외롭게 보내셨을 것입니다. 이 늙은이 집에 미녀 한 명이 있으니 수재의 객회(客懷)[7]를 위로하겠습니다."

그러고서 태진을 불러 수재 앞에 예를 하여 뵈라 하니 소저가 오늘 급사가 하는 말과 태진이 교태를 짓는 얼굴로 나아오는 것을 보니 참으로 한심하였다. 또 태진이 이미 급사의 사랑하는 첩인 줄 알거늘 급사가 태진의 요망한 말을 곧이듣고 관후한 도량에 자기의 행동을 그르게 여겨 초장왕의 절영회를 본받으려 함을 보고 여러 가지로 불편한 마음을 이기지 못해 몸을 굽혀 정색하고 말하였다.

"소생이 비록 불초하여 대인의 높은 눈에 합당하지 않으나 일찍이 유학자의 집안에서 나고 자라 부형(父兄)의 엄한 가르침을 받았으니 예의에 어긋나게 첩 얻는 것은 행하지 못할 것입니다. 지금 소생의 액운이 가볍지 않아 괴이한 역경을 만나 죽기를 면치 못할 것

---

6) 용릉(舂陵): 중국 북송(北宋)의 학자 주돈이(周敦頤)를 이름. 용릉은 그가 살았던 지방의 이름. 주돈의 자는 무숙(茂叔), 호는 염계(濂溪), 시(諡)는 원공(元公)으로 성리학의 기초를 닦은 인물로 평가됨.

7) 객회(客懷): 여행 중에 생기는 회포.

이거늘 대인이 사람 사랑하시는 은혜를 베풀어 죽을 가운데에서 소생을 살리시고 의식을 풍족히 대 주셨으므로 소생이 마땅히 수레의 채찍을 잡는 비천한 일을 해서라도 은혜 갚을 일을 생각하고 있었습니다. 그런데 이제 미녀를 소생에게 주시니, 소생이 비록 민자건(閔子騫)의 효성[8]이 없으나 부모님이 이문(里門)[9]에서 기다리심을 생각지 않고 중도에 잔치하며 즐길 수 있겠나이까? 정녕코 명령을 받들지 못하겠으니 두 번 이르지 마소서."

말을 마치니 기상과 위엄이 추상같았다. 급사가 부끄러워 말하였다.

"이 늙은이가 수재의 유하혜(柳下惠)[10] 같은 마음을 알지 못하고 당돌히 높은 뜻을 범하였으니 원컨대 이 늙은이를 용서하소서."

드디어 태진을 들어가라 하고 재삼 사죄하였다. 소저가 이에 눈을 낮추고 말하였다.

"대인께서 소생을 사랑하시어 미인을 주어 회포를 풀게 하려 하셨으나 소생이 용렬하여 정성어린 뜻을 받들지 못하니 참으로 부끄럽거늘 어찌하여 이처럼 지나치게 뉘우치시는 것입니까?"

급사가 웃으며 말하였다.

"미인은 남아가 사랑하는 바이거늘 수재가 무슨 까닭으로 이처럼 무정한 것이오?"

소저가 한숨을 쉬고 말하였다.

"소생이 또한 이러한 마음이 없는 것이 아니나 소생의 몸이 부모께서 길러주신 바로 금옥처럼 귀중하거늘 어찌 천한 무리를 가까이

---

8) 민자건(閔子騫)의 효성: 민자건은 중국 춘추시대 노나라 사람이며 공자의 제자로, 계모에 대한 지극한 효성으로 유명함.

9) 이문(里門): 동네 어귀에 세운 문.

10) 유하혜(柳下惠): 중국 춘추시대 노나라의 대부로, 공자는 그가 예절에 밝다며 칭송하였고, 맹자는 더러운 임금을 섬기면서도 화해를 이룬 성인으로 평가한 바 있음.

하여 스스로 욕을 취하겠나이까? 제 처가 저를 젊을 때 만나 집을 지키고 있으니 다른 일은 긴요하지 않게 여기나이다."

급사가 칭찬하고 흠모하였으나 간밤에 태진에게 한 일은 매우 괴이하게 여겼다.

소저가 물러와 홍아 등과 의논하며 말하였다.

"오늘 요사스러운 여자의 모습이 참으로 놀랍고 급사의 의심이 깊으니 오래 머물러 있게 되면 괴이한 액운이 미칠 것이다. 예전에 관우가 조조에게 하직 않고 간 일[11]을 본받아야겠다."

운교가 말하였다.

"소저의 말씀이 마땅하시니 급사의 의기가 비록 두터우나 큰일을 위하여 작은 예절을 돌아보겠나이까?"

소저가 뜻을 결정하여 이날 밤에 가만히 한 통의 편지를 남겨 두어 하직하고 문을 나섰다.

이튿날 급사가 초당에 나와 소저를 청하자 동자가 소 수재가 세 명의 시녀와 함께 나갔음을 고하였다. 급사에 이에 크게 놀라 친히 가 보니 소생의 거처는 없고 다만 한 척의 깁이 상 위에 놓여 있으니 내용은 다음과 같았다.

'소생이 경사를 떠난 지 날이 오래되어 어버이를 사모하는 정을 이기지 못해 하직하려 하였으나 대인께서 허락하지 않으시므로 부득이하게 하직하지 못하고 돌아갑니다. 대인은 길이 평안하소서. 훗날 당당히 은혜를 갚을 날이 있을 것입니다.'

---

11) 예전에~일: 관우가 조조에게 의탁해 있을 때, 유비의 거처를 알게 되어 떠나려 하자 조조가 관우를 떠나지 못하게 하려고 문 앞에 회피패(回避牌)를 걸어두고 면회를 사절하니 그간 조조에게 받은 모든 선물을 갈무리하여 봉인해 두고 한수정후 관인을 당상 높이 걸어 둔 다음 유비의 두 부인을 수레에 태우고 처음 데리고 왔던 부하들에게 수레를 호송케 하여 길을 나선 일.

급사가 다 보고는 매우 섭섭히 여기고 행장 차리는 것을 돕지 못함을 서운해하였다. 이에 내당에 들어가 태진을 대해 이 일을 이르니 태진이 놀라고 한스러워하며 조롱하였다.

"어르신이 소 수재를 그리도 칭찬하시더니 수재가 첩을 겁탈하고 이곳에 있기 부끄러워 갔으니 신의 없기가 짝이 없나이다."

급사가 대답하지 않고, 속으로 반신반의하여 말을 하지 않았다.

소 씨가 급사의 집을 떠나 수십 리는 가니 날이 이미 밝아 행인이 왕래하고 있었다. 나귀를 부려 주점에 들어가 아침밥을 사 먹은 후 가게가 소란한 것을 싫어하여 몇 리를 더 갔는데 몸이 피곤함을 이기지 못해 언덕 위에 앉아 있었다. 그런데 소나무 아래로 한 무리의 악소년이 칡 가지와 등나무를 타고 노래 부르며 내려오다가 소저의 맑은 기운이 강산의 기운을 다 제어함을 보고 크게 놀라 앞에 와 읍(揖)을 하고 물었다.

"어떤 선인이 뜻밖에도 진토(塵土)에 강림하신 것입니까?"

소저가 의외에 여러 남자를 만나 매우 놀라 말을 하기 싫었으나 마지못해 몸을 굽혀 답해 절하고 말하였다.

"소생은 경사 사람으로 산에 놀러왔다가 이에 이르렀으나 어찌 여러 현형(賢兄)께서 몸을 낮추어 물으심을 감당하겠나이까?"

뭇 사람이 크게 흠모하여 성명을 말하였다. 으뜸은 임소철이니 재상의 자제로서 얼굴이 크고 학문이 넓었으나 천성이 활달하여 공명을 구하지 않고 유협(遊俠)하기를 일삼으니 원래는 도량이 시원시원하여 장부의 도리에 나쁨이 없었다. 둘째는 장사백이니 얼굴이 옥 같고 말이 시원하여 사마장경(司馬長卿)[12]의 호탕한 기운이 있었다.

---

12) 사마장경(司馬長卿): 중국 전한(前漢)의 성도(成都) 사람으로 부(賦)를 잘 지은 사마상여(司馬相如)를 이름. 장경은 그의 자(字).

셋째는 가자성이니 눈은 봉황의 눈이요 코가 높고 입이 모났으니 결코 임하(林下)[13]에 파묻힐 상이 아니었다. 넷째는 하사염이니 눈은 별 같고 낯은 분을 바른 듯하였으며 두 뺨은 연지를 바른 듯하고 입은 앵두 같았으며 어깨는 날아오르는 봉황 같았으니 일대(一代)의 재주 있는 선비였다.

소저가 잠깐 두 눈을 들어서 보고 크게 아끼고 속으로, 풍채와 골격이 저러한데 호협(豪俠)의 소임을 면치 못함을 애달프게 여겨 손을 들어 사례하고 말하였다.

"복(僕)이 무슨 복으로 오늘 어진 선비들을 만나 귀한 성명을 듣게 되었는고? 이는 평생의 행운입니다."

네 사람이 대답하였다.

"소제 등의 누추한 인물을 보고서 선생이 지나치게 칭찬하시는 것입니까? 원컨대 높은 성과 큰 이름을 듣고 싶나이다."

소저가 이르지 않으려 하다가 생각하였다.

'이들이 이렇듯 준수하니 훗날 이 군과 아주버님의 벗으로 삼게 해 주는 것이 옳다.'

이에 대답하였다.

"천한 성명은 이몽창입니다."

뭇 사람이 놀라 말하였다.

"도어사 이 모(某)이시며 승상 운혜 선생 영랑(令郞)[14]이 아니십니까?"

소저가 읍(揖)하고 말하였다.

"그렇습니다."

---

13) 임하(林下): 숲속이라는 뜻으로, 벼슬하지 않고 사는 삶을 말함.

14) 영랑(令郞): 남의 아들을 높여 이르는 말.

네 사람이 크게 놀라 말하였다.

"저희가 눈이 있어도 대인(大人)을 몰라보았으니 죄가 깊습니다. 선생이 조정의 귀인이시거늘 무슨 까닭으로 외방에 와 계시는 것입니까? 혹 암행하는 일이 있어서가 아닙니까?"

소저가 급히 사양하며 말하였다.

"현형(賢兄)들께서 어찌 더러운 공명(功名)에 대해 이렇듯 지나치게 공손하여 붕우의 체면을 손상시키는 것입니까? 이는 소제(小弟)의 바라는 바가 아닙니다."

네 사람이 감탄하고 칭찬하였다.

"운혜 선생의 덕과 교화가 멀리 산골짜기에까지 빛나니 우리가 흠모하고 감탄하는 바였으나 능히 얼굴을 뵙지 못했더니 어찌 오늘날 대인을 만날 줄 알았겠습니까? 이제 존형(尊兄)의 신선 같은 풍모를 보니 운혜 선생의 존안(尊顔)을 뵈옵는 듯합니다. 그러나 형이 조정의 벼슬아치로서 어찌 방외에서 노닐고 계십니까?"

소저가 대답하였다.

"소제(小弟)가 마침 몸에 질병이 있어 밤낮으로 신음하다가 고향에 아는 의원이 있으므로 그곳에 이르러 병을 고치려 하였습니다. 가면서 강산의 맑은 경치를 보아 무딘 눈을 시원하게 하려 하였는데 그러다 보니 경사를 떠난 지 한 달 반이 안 되었나이다."

뭇 사람이 소저의 옥과 같은 소리가 낭랑하고 옥처럼 맑은 골격과 눈처럼 흰 피부가 아름다움을 크게 사랑하고 공경하여 모두 소나무 아래에 자리를 베풀어 말을 하니 소저가 물었다.

"현형 등이 나이가 얼마나 되십니까?"

임생이 대답하였다.

"소제는 스물이요, 장사백은 열아홉이요, 두 사람은 다 열여덟입니다.”

소저가 공경하는 빛으로 말하였다.

“소제 또한 열여덟 춘광(春光)을 지내었나이다. 소제는 오래지 않아 경사로 돌아갈 것인데, 알지 못하겠습니다만 뭇 형들은 무슨 일을 하고 계시나이까?”

임생 등이 말하였다.

“우리가 문자를 약간 아나 마음이 청운에 뜻이 없어 유협하면서 날을 보내고 있나이다.”

소저가 다 듣고는 옷을 여미고 무릎을 쓸어 정색하고 말하였다.

“소제가 오늘 제형(諸兄)을 처음으로 만나 이런 말을 하는 것이 당돌하나 옛말에 이르기를, ‘벗 사이에는 서로 옳은 일을 하도록 권한다.[15]’라고 하였으니 소제의 좁은 소견이 용렬함을 잊고 어리석은 뜻을 고합니다. 제형이 훌륭한 가문의 자제로서 타고난 바가 평범한 무리보다 뛰어나거늘, 어찌 능운부(凌雲賦)[16]를 외우며 성현(聖賢)의 글을 널리 보아 한번 용계(龍階)[17]에 올라 청사대(靑紗帶)[18]를 두르고 임금 도울 도리를 생각지 않고 속절없이 자연 사이에 떠돌아다니며 협사(俠士)의 소임하기를 달게 여기시는 것입니까? 이는 소제가 제공(諸公)을 위하여 안타까워하는 바입니다. 제공은 소제의 말을 괴이하게 여기지 마시고 당돌함을 용서하소서.”

---

15) 벗~권한다: 『맹자』, 「이루」에 나오는 말.

16) 능운부(凌雲賦): 중국 한나라 사마상여(司馬相如)가 지은 <대인부(大人賦)>의 별칭. 사마상여가 <대인부>를 무제(武帝)에게 지어 올리자, 무제가 보고 기뻐하며 마치 표표히 구름 위로 치솟아 올라[凌雲] 천지 사이를 유람하는 듯한 기분이 들었다고 한 데서 유래함.

17) 용계(龍階): 궁전의 계단.

18) 청사대(靑紗帶): 관복에 두르는 띠.

임생 등 네 사람이 크게 깨달아 자리를 피해 모두 절하고 사례하였다.

"소생 등이 사리에 밝지 못해 부모께서 주신 몸을 가볍게 여기고 몸이 더러운 곳에 빠지는 줄을 스스로 깨닫지 못하고 있었습니다. 그런데 오늘 대인을 만나 소생 등의 무지함을 대인께서 타이르고 소생 등에게 사람 무리에 들게 하려 하시니 어찌 감히 다시 그른 일을 하겠으며 대인을 그르다고 여기겠나이까? 이후에 마음을 닦고 잘못을 뉘우쳐 경사에 나아가 대인을 찾겠나이다."

소저가 이 사람들이 깨닫는 모습을 보고 기뻐하여 이에 칭찬하였다.

"소제가 연형(年兄)[19]의 높은 뜻을 감히 깎아내려 두어 마디 서운한 말씀을 아뢰었더니 이렇듯 과도하게 용납하시니 하해와 같이 큰 도량을 지니신 연형을 참으로 공경하나이다."

사람들이 소저의 금옥과 같은 말을 들으니 자기들이 그전에 서쪽 창루에 가 술을 마시고 남쪽 창루에 가 창기와 친근하게 지내며 사람을 주먹으로 치던 일을 뉘우치고 한탄하였다. 그리고 어사는 나이가 젊은데 안색은 옥이 무색하고 꽃이 부끄러워할 정도이며 행동거지는 법도가 가득하고 의관은 격식에 맞게 차려입었으며 단엄한 기운이 좌우에 가득한 것을 보고 스스로 부끄러운 마음이 교집(交集)[20]하였다. 이에 눈물을 흘리고 사죄하기를 마지않으니 소저가 온화한 빛으로 사례하고 웃으며 말하였다.

"성인이 이르시기를, '누가 허물이 없겠는가마는 고치는 것이 귀하다.[21]'라고 하셨으니 제형이 세상을 뒤덮을 만한 탁월한 재주를

19) 연형(年兄): 원래 같은 과거에 급제한 사람들이 동갑일 경우 서로 칭하는 말인데 동년배일 때 쓰이기도 함.

20) 교집(交集): 이런저런 생각이 뒤얽히어 서림.

21) 누가~귀하다: 『논어』, 「자한」에 나오는 말.

가지고서 미처 세상일을 모른다고 하며 어찌 과도히 사죄하시는 것입니까? 이는 더욱 받아들이기 어렵습니다."

사람들이 더욱 탄복하고 임생이 말하였다.

"산 위가 누추하니 잠깐 제 집에 가서 차를 드시는 것이 어떠하신지요?"

소저가 마지못해 사람들을 대하고 있으나 몸이 바늘방석에 앉은 듯하거늘 어찌 그 집에 가 한 자리에 앉아서 차를 마실 생각이 있겠는가. 굳이 사양해 말하였다.

"후의는 감사하나 경사를 떠난 지 오래인데 가는 길이 멀어 지금 고향까지 반을 못 갔고 하물며 아저씨가 남창에 계시니 이제 그곳으로 가야 할 것입니다. 두터운 뜻을 좇지 못하니 용서하소서."

그러고서 하직하니 임생이 급히 만류하며 말하였다.

"소생이 잠깐 형에게 청할 말씀이 있어 제 집에 청한 것이었습니다. 가시는 길이 급한데 말을 여기에서 하는 것이 마땅치 않으나 한 말씀을 고하려 합니다. 형의 뜻이 어떠십니까?"

대답하였다.

"무슨 말씀을 하려 하십니까?"

임생이 말하였다.

"다른 일이 아니라 소생이 일찍이 부모님이 모두 돌아가시고 한 명의 형제가 없는데 다만 천매(賤妹) 한 명이 있습니다. 족히 시집보낼 일을 근심하지 않을 것이나 제 타고난 바가 보통사람과 달라 그 맞이할 배필을 도리어 근심하고 있었습니다. 그런데 이제 대인을 보니 족히 천매의 평생을 의탁시켜도 될 만하니 천매를 첩의 항렬에 두는 것을 허락하시겠습니까?"

소저가 다 듣고 놀라다가 홀연히 한 일을 깨달아 용모를 단정히 하고 대답하였다.

"오늘 현형의 말씀이 남아의 좋은 일이라 어찌 사양하겠나이까마는 집에 정실이 있고 부모님이 이 일을 알지 못하시니 진실로 형의 후의를 저버릴까 합니다. 알지 못하겠습니다만, 형의 누이가 월나라 서시(西施)의 모습이 있나이까?"

임생이 웃고 대답하였다.

"소생의 위인이 호방함을 좋아하는 탕자이니 비록 세 치 혀로 말을 금옥같이 하나 대인께서 곧이듣지 않으시겠습니다만 평생의 뜻이 벗을 속이지 않는 것을 중히 여겼습니다. 소생 누이의 타고난 성품은 그윽하고 조용하여 숙녀의 풍모가 있나이다."

소저가 또한 웃고 말하였다.

"소제가 어질지 않으나 어찌 형을 의심하겠습니까? 소제가 형의 명령을 받들고자 하나 나라에 말미를 얻어 와 3년 후에 경사에 갈 것이니 형은 그때까지 기다릴 수 있겠나이까?"

임생이 크게 기뻐하며 말하였다.

"대인께서 이렇듯 흔쾌히 허락해 주시니 이는 제 누이의 복입니다. 천매는 나이가 열넷 춘광을 만나 아직 혼사가 바쁘지 않으니 상공이 경사에 돌아가시는 때를 기다리겠나이다."

소저가 웃고 드디어 손을 들어 이별하고 돌아갔다.

원래 임생에게 얼매(孼妹)[22]가 한 명 있으니 이름은 혜란이요, 자는 홍선이다. 그 어머니는 본 고을의 기생으로서 혜란을 낳을 적에 기이한 꿈을 꾸었다. 혜란의 얼굴은 옥 같고 타고난 것이 총명한데 점점 자라면서 그 어미가 죽고 임 공이 곧 세상을 떠나니 임생이 거

---

22) 얼매(孼妹): 서모가 낳은 누이.

느려 의식을 후하게 공급하고 우애를 두터이 하였다. 혜란이 방년 열네 살이 되자 얼굴은 부드럽고 온화하며 살갗은 흰 눈처럼 하얬고 두 눈은 맑은 거울과 같았으니 흡사 장강(莊姜)[23]의 자색을 닮았고 성품이 점잖고 너그러워 작은 예절을 거리끼지 않았다. 임생이 늘 기특하게 여겨 걸맞은 배필을 얻어 그 평생을 편안하게 하려 하더니 오늘 이생을 만나 언약을 정하고서 기쁨을 이기지 못하였다.

임생이 돌아가 장생 등과 함께 힘써 글을 배우고 다시는 돌아다니며 호방한 생활을 하지 않더니 3년을 독서하여 과문(科文)[24]을 이루었으므로 행장을 차려 경사로 떠났다.

이때 소 소저는 임생 등과 이별하고 다시 산사(山寺)로 향하더니 홍아가 물었다.

"소저께서 이제 여자의 몸으로 임가와 혼인을 정하셨으니 이 무슨 까닭입니까?"

소저가 한숨을 쉬고 한탄하며 말하였다.

"내 이 군의 의심과 모욕을 입어 몸이 마침내 외딴 변방에 귀양을 가 온갖 고초를 겪었으니 이 군은 삼생(三生)[25]의 원수로다. 내 비록 훗날 경사에 돌아가나 이 군과 다시 부부의 의리를 펴 자녀 낳기를 원치 않으니 임가 여자가 아름답다 하므로 언약을 정했다가 후일 이 군의 첩을 삼아 내 몸을 대신하게 할 것이다."

운교가 말하였다.

---

23) 장강(莊姜): 중국 춘추시대 위(衛)나라 장공(莊公)의 비. 제(齊)나라 태생으로 장공에게 시집갔으나 자식을 두지 못하자 장공이 이에 진(陳)나라 여자를 맞이하여 후에 환공(桓公)이 되는 이를 낳았는데 진나라 여자가 죽자 장강이 환공을 자기 아들로 삼아 기름.

24) 과문(科文): 문과(文科) 과거에서 시험을 보던 여러 가지 문체.

25) 삼생(三生): 전생(前生), 현생(現生), 내생(來生)을 통틀어 이르는 말.

"소저께서 생각을 그릇하신 것이옵니다. 어르신이 한때의 이간하는 말로 총명이 가려지셨으나 소저 향한 정이 태산과 하해 같으시고 소저께서 경사를 떠나실 적에 애틋해하고 사랑하시는 정이 지극하셨으니 어찌 첩을 즐겨 얻으시겠나이까?"

소저가 탄식하였다.

"이 군이 나를 의심하고 미워하는 마음이 지극하되 부형의 책망을 두려워 겉으로 거짓 정을 두어 은근하나 이는 진정이 아니다. 내 본부를 떠날 적에 아득히 사생을 돌아보지 않았으니 내 차마 부부의 의리를 이룰 수 있겠느냐?"

홍아 등이 탄식하였다.

소저가 길을 떠나 10여 리는 가니 날이 저물고 저녁 안개가 자욱이 퍼져 있었다. 궁벽한 촌가를 찾아 들어가니 백발의 노파가 나와 일렀다.

"어떤 객이 이르렀소?"

홍아가 말하였다.

"우리는 지나가는 객이니 잠깐 하룻밤 지내고 가기를 비나이다."

노파가 말하였다.

"어렵지 않으나 다른 방이 없으니 이곳에서 밤을 지내소서."

이렇게 말하고 노주(奴主)를 거느려 뒤의 행랑으로 가 한 방에 들이니 티끌이 자욱하고 사벽이 황량하여 거친 기운이 사람에게 침투하였다. 노주가 그곳에 들어가 밤을 지내니 소저는 어려서부터 화려한 집에서 성장하여 몸에서 좋은 향이 진동하였으니 이런 곳에 발인들 디뎌 보았겠는가? 스스로 운명의 기구함을 탄식하고 슬피 앉아 있었다.

이때는 늦봄 망간(望間)[26]이었다. 온갖 꽃이 향기를 머금은 가운데 달빛이 멀리 비춰 달그림자가 더욱 아름다웠다. 소저가 가득한 꽃과 달빛을 두루 보니 더욱 슬픈 마음이 생겨 눈물을 흘리고 말하였다.

"부모께서 불초한 자식을 밤낮으로 생각하게 해 한이 맺히시게 했는고? 내 이생에 반점의 악행도 한 일이 없거늘 전생에 무슨 죄를 지었기에 이렇듯 참혹한 환란을 겪고 한 몸이 떠돌아다니며 구걸하는고? 시원스럽게 자결하여 이생을 잊는 것이 소원이나 차마 부모를 잊지 못해 한 목숨을 어떻게든 보전하려 하건마는 갈수록 심한 고초를 두루 겪으니 목숨이 질긴 것을 한하노라."

홍아 등이 또한 슬퍼 꽃 같은 얼굴에 눈물을 흘릴 따름이었다.

이때 홀로 맑게 글 읊는 소리가 낭랑하니 이는 분명히 아름다운 여자의 목소리였다. 소저가 이 깊은 산골짜기에 와서 여자가 절묘하게 시 읊는 소리를 들으니 매우 반가워 몸이 일어나는 줄 모르고 소리가 나는 곳을 따라 갔다. 꽃나무 수풀 사이에 수십 보는 가니 한 장원(莊園)[27]이 있는데 만들어진 것이 품격이 있고 맑고 깨끗했으며 좌우로 화초가 무성하였다. 옥난간에 산호발을 걸고 어린 여자 서너 명이 앉아 담소하고 있었는데 한 여자가 나이가 겨우 이륙(二六)은 들어 보이되 얼굴이 옥 같고 기개가 곧고 깨끗하였다. 맑게 고풍(古風)[28] 한 수를 읊으니 소리가 낭랑하여 꽃가지의 꾀꼬리가 울고 새장의 앵무새가 말하는 듯하였다. 이에 소저가 흠모하여 생각하기를,

'이런 산골짜기에 어찌 이런 여자가 있을까?'

하더니 여자가 다 읊자 그 중 한 사람이 웃으며 말하였다.

"채랑의 재주는 옛날 사도온(謝道韞)[29]에게 지지 않으니 숙부모

---

26) 망간(望間): 음력 보름께.

27) 장원(莊園): 귀족 집안의 별장.

28) 고풍(古風): 한시의 한 체.

29) 사도온(謝道韞): 중국 위진남북조 시대 동진(東晉)의 여류 시인. 안서대장군 사혁(謝奕)의 딸이자 재상 사안(謝安)의 조카로, 문학적 재능이 뛰어나 사안이 그 재주를

께서 무슨 복으로 너 같은 여자를 얻으신 것이냐?"

그 여자가 겸손히 사양하며 말하였다.

"졸렬한 글귀를 형님들이 이렇듯 과찬하시니 낯을 둘 곳이 없나이다."

윗녘에 선 여자가 말하였다.

"마침 달빛이 맑고 봄빛이 아름다우니 섬돌 아래로 내려가 꽃향기를 맡자꾸나."

그러자 뭇 사람이 일시에 구슬 신발을 끌어 꽃나무 밑으로 나아왔다. 소저가 깜짝 놀라 총총히 나오니 뭇 소저들이 나무 사이에 인적이 있음을 보고 놀라 급히 시녀를 불러서 나무 사이를 보라 하였다. 모든 차환(叉鬟)[30]이 한꺼번에 소리치고 내달아서 보니 서너 명의 남자가 북편의 행랑 앞을 통해 나가고 있는 것이었다. 사람들이 대로하여 그중 건장한 나이든 차환이 달려들어 홍아를 잡으며 말하였다.

"너는 어떤 객인데 감히 남의 규방을 엿보는 것이냐?"

홍아가 정신없이 말하였다.

"우리는 지나가는 유람객으로 마침 길을 잘못 들어 여기에 이르렀으나 감히 귀소저의 누각인 줄 알고 범한 것이 아닙니다."

차환이 더욱 노해 모두 달려들어 소저 등 네 명을 끌고 섬돌 아래에 이르니 소저는 이미 주렴을 친 뒤였다. 이에 차환이 고하였다.

"이 도적의 무리가 분명히 재물을 훔치러 와 엿보는 짓을 하고 있었으니 사내종을 불러 잡아 두었다가 내일 아침에 어르신이 처치하시기를 기다리소서."

소저가 뜻밖에 저 양랑이 자신들을 심하게 모욕하였으나 안색을

높이 평함.

30) 차환(叉鬟): 주인을 가까이에서 모시는 젊은 계집종.

움직이지 않고 천천히 손을 들어 겸손히 사죄하며 말하였다.

"복(僕)[31]은 절강 사람이오. 경사로 가다가 도적을 만나 노자를 다 잃고 노주(奴主)가 구걸해 연명하다가 길을 잃어 잘못해 귀댁 규각을 범하였으나 본디 향(香)을 도적질[32]하며 재물을 엿보는 무리는 아니니 노마님은 소생의 죄를 용서해 주오."

양랑이 크게 노하여 어지럽게 꾸짖었다.

"너 조그만 짐승이 감히 말한다 하고 거짓말을 꾸며 죄를 면하려 하는 것이냐? 길을 잘못 들었노라 하였으나 큰 길이 있거늘 무슨 일로 이런 깊은 곳에 들어왔느냐? 마땅히 법부(法部)에 고하고 큰 벌을 입게 할 것이다."

소저가 저 노파가 어지럽게 날뛰는 것을 보고 잠깐 입술을 열어 미소하고 일렀다.

"노마님이 구태여 복(僕)에게 죄를 준다면 사양하지 않겠소. 그러나 복이 노마님과 원한이 없거늘 이렇듯 하는 것은 옳지 않은가 하오."

노파는 저 서생이 소저의 자색을 보고 혹하여 소저를 엿본 것인가 하여 어지럽게 꾸짖고 날뛴 것이었다. 이때 소저가 주렴 안에서 보니 그 서생의 흰 얼굴과 아름다운 귀밑머리는 하나의 달이 문채 나는 구름에 싸인 듯하고 흰 귀밑은 좋은 옥을 깎아 세운 듯하며 두 눈의 맑은 빛은 달빛 아래 더욱 밝고 두 쪽 연꽃 같은 뺨에 일만 광채가 아름답게 빛을 토하고 있었으니 속세 밖의 사람이었다. 허리는 가늘어 버들이 휘듣는 듯하고 의관은 비록 남루하나 깨끗하며 행동

---

31) 복(僕): 자신을 낮추어 부르는 말.

32) 향(香)을 도적질: 중국 한수(韓壽)가 투향(偸香)한 고사. 한수는 진(晉)나라 사람으로, 가충(賈充)의 딸 오(午)와 몰래 정을 통하였는데 오(午)가 그 아버지의 향을 한수에게 훔쳐다 주었고, 후에 그 아버지가 한수에게서 나는 향냄새를 맡고 두 사람을 결혼시킴.

거지에 법도가 있고 말이 낭랑하여 단혈(丹穴)[33]의 봉황이 우는 듯 하였다. 또한 읍을 하며 사양하고 겸손히 물러나며 말이 온화하고 기운이 나직하였으니 고금을 의논해도 저러한 사람이 없을 것이었다. 소저가 크게 놀라 바삐 사람들을 대해 말하였다.

"저의 말이 저러하니 무고한 사람에게 심한 모욕을 주는 것이 그른가 하니 속히 돌려보내는 것이 옳을까 하나이다."

사람들이 일렀다.

"현제 마음대로 할 것이니 우리가 어찌 알겠느냐?"

소저가 즉시 유모를 불러 그 수재를 놓아 보내라 하니 유모가 명을 받아 풀어 주며 말하였다.

"수재의 죄가 깊으나 우리 소저께서 어질고 덕이 많으시어 죽을 죄를 용서하셨으니 빨리 돌아가라."

소저가 삼가 사례하고 예전 있던 곳으로 돌아와 바야흐로 숨을 내쉬고는 웃으며 말하였다.

"무심코 깊은 곳에 들어갔다가 우스운 일을 보았구나. 그러나 그 소저의 어짊은 지금 비교할 자가 없으니 그 성명도 알지 못한 것이 한스럽구나."

홍아가 웃으며 말하였다.

"소저께서 만일 남자로서 엿보았다면 그 죄가 어찌 적겠나이까마는 마침 여자이므로 우리는 아주 중요하지 않게 여겼으나 그 노파의 행동은 그렇지 않더이다."

말을 마치고는 주인과 종들이 잠깐 웃었다.

밤을 겨우 새워 이튿날 노파를 보아 하직하고 갈 적에 소저가 물

---

33) 단혈(丹穴): 단사(丹砂)가 나는 굴로 여기에 봉황이 산다고 함.

었다.

“이 뒤의 화려한 누각이 누구 집인고?”

노파가 말하였다.

“화 시랑 댁입니다.”

또 물었다.

“그 곳에 십여 살 된 소저가 있으니 시랑의 딸인가?”

노파가 말하였다.

“그렇습니다. 물으시는 것은 어째서인지요?”

소저는 노파가 수상히 여기는 것을 보고 돌려 대답하였다.

“마침 화 소저의 아름다운 이름이 사방에 자자함을 듣고 우연히 물은 것이로다.”

그러고서 총총히 하직하고 그곳을 떠나 사오 리는 가서 주점에 들어가 잠깐 쉬었다. 그런데 문득 밖으로부터 한 도인이 베로 만든 두건과 베옷을 입고 죽장(竹杖)을 끌고 들어와 앉는 것이었다. 한 양랑(養娘) 같은 여인이 어린 아이 하나를 안고 와 일렀다.

“아까 이 아이가 잠들었기에 선생께 뵈지 못했으니 청컨대 죄를 용서하소서.”

도사가 그 아이를 보다가 말하였다.

“이 아이의 기상이 이렇듯 너그럽고 고와 백태(百態) 미진함이 없는데 매서운 모습이 없이 얌전하고 점잖으니 귀인의 배필이 되어 장수하며 자식들을 많이 낳는 데 흠이 없을 것이로다. 그런데 초년 운수가 참으로 이롭지 않으니 고생을 할 것이나 필경은 무사할 것이로다.”

양랑이 이에 사례하고 물러났다. 소저가 보니 그 아이의 고움이 두루 찬란하되 난 지 넉 달은 한 아이였다. 소저가 속으로 칭찬하고 있는데 그 도사가 소저를 오래 보다가 말하였다.

"수재는 어디 사람이시오?"

소저가 억지로 대답하였다.

"경사 사람입니다."

도사가 또 물었다.

"경사 사람이신데 어찌 이곳에 와 계신고?"

대답하였다.

"마침 사방을 유람하다가 이곳에까지 이르렀나이다."

도사가 웃고 말이 없다가 이윽고 차를 마신 후 붓을 들어 한 수 시를 써 소저 앞에 던지고 나는 듯이 나가니 그 가는 곳을 알지 못했다. 소저가 괴이하게 여겨 화전(華箋)을 보니 내용은 다음과 같았다.

'문혜성이 규목랑과 한이 깊어 천 리에 멀리 귀양 가도다. 음양을 바꾸니 화를 막아내는도다. 비구니를 만나 위태롭고 정자를 만나면 죽음이 있고 구름을 만나면 다시 살아나리라.'

소저가 다 보고 그 뜻을 알지 못해 한참을 생각하다가 소매에 넣고는 드디어 가게를 떠나 정처 없이 산을 통과해 갔다. 그런데 문득 산 위에서 경자(磬子)[34] 소리가 났으므로 노주가 반가워서 소리를 찾아서 올라가니 한 자리에 큰 사찰이 구름에 닿아 있었고 여승 수백 명이 앉아서 불경을 외고 있는 것이었다. 이때 소저는 아침을 먹지 못했으므로 홍아가 나아가 밥을 빌었다. 여승들이 웃고는 홍아 등을 보고 놀라다가 소저의 얼굴을 보자 크게 놀라 모두 맞이해 소저 등을 객방(客房)에 들이고 밥상을 내왔다. 소저가 그 은혜에 사례

---

34) 경즈(磬子): 경자. 불교에서 놋으로 주발과 같이 만들어, 복판에 구멍을 뚫고 자루를 달아 노루 뿔 따위로 쳐 소리를 내는 불전 기구. 예불할 때 대중이 일어서고 앉는 것을 인도함.

하고 음식을 다 먹었다.

이때 으뜸 여승 혜운은 나이는 겨우 이십이요, 자색이 세상에서 제일이었다. 일찍이 시집가서 살았는데 그 지아비는 호방한 자로 얼굴이 못나 혜운과 비교한다면 땅 아래 버러지 같았다. 혜운이 이를 한스러워하여 자기의 재물을 들여 절을 짓고 제자를 모아 불경을 외더니, 오늘 소저의 옥 같은 모습과 영걸스러운 풍채를 보고 크게 흠모하여 음식을 화려하게 장만해 대접하고는 은근히 나아가 물었다.

"수재는 어느 땅 사람이십니까?"

소저가 대답하였다.

"경사 사람으로서 산을 유람하다가 도적을 만나 행장을 다 잃고 길에서 구걸함을 면치 못하더니 선사(禪師)의 후대함을 입었으니 은혜 갚을 바를 알지 못하겠도다."

혜운이 웃고 여러 말을 하니 스님의 맑은 태도가 전혀 없으므로 소저가 크게 이상히 여기고 바야흐로 그 도사의 글 뜻을 깨달았다. 이에 하직하고 돌아가려 하자, 혜운이 크게 놀라 말리며 말하였다.

"수재께서 도적을 만나 행장을 다 잃어 버리셨다면 소니(小尼)[35]가 비록 가난하나 극진히 도울 것이니 하룻밤을 더 새고 가소서."

소저가 미처 대답하지 못해서 운교가 말하였다.

"공자께서 이제 가신들 어디에 발을 붙이시겠나이까? 오늘 저녁이나 시름없이 얻어먹고 자고 가소서."

소저가 운교의 눈치 없는 말에 초조해하고 혜운은 크게 기뻐하며 말하였다.

"저 창두의 말이 옳으니 어르신은 고집하지 마소서."

---

35) 소리(小尼): 소니. 비구니가 자신을 낮추어 부르는 말.

소저가 하릴없이 이날 밤을 지내니 혜운이 기뻐 음식을 푸짐하게 장만하여 노주를 대접하였다. 이날 밤에 객실에 등불을 밝히고 혜운이 나와 소저와 마주앉으니 소저가 괴로움을 이기지 못해 억지로 손을 꽂고 무릎을 쓸어 단정히 앉아 있었다. 그 옥 같은 모습이 좁은 방 가운데에서 두드러졌으므로 혜운이 더욱 정신을 잃어 은근히 회포를 열어 말로써 마음을 돋웠으나 소저는 말과 얼굴빛이 조용하고 엄숙하며 행동거지가 태연하여 조금도 알아듣지 못하는 것처럼 하니 혜운이 제 몰라주는가 하여 야심한 후에 홀연히 눈물을 흘리고 일렀다.

"소니(小尼)는 본디 양갓집 여자로서 평생소원이 군자를 만나 일생을 욕되지 않게 하려 했더니 이 절 주지는 소니의 아줌마라 소니를 우김질로 데려와 제자를 삼으니 마지못해 몸이 사문(寺門)에 깃들여 있으나 이는 평생의 소원이 아닙니다. 밤낮으로 소원 이루기를 바라더니 지성이면 감천이라고 오늘밤에 낭군을 만났으니 이는 소니가 일생 원하던 바입니다. 낭군께서는 소니의 누누한 정을 용납하여 낭군의 수건 받들 소임을 소니에게 주시는 것이 어떠하십니까?"

소저가 다 듣고 안색을 엄히 하고 꾸짖었다.

"네 이미 몸이 사문에 들어 부처에게 절하고 제자가 되어 입으로 불경을 외고 채소를 맛보면서 어찌 이런 음란하고 패악한 행실을 하여 군자 앞에서 무례하게 구는 것이냐? 군자가 세상에 나서 몸가짐을 두루 갖추지 못해 잠시 궁곤하나 어찌 너와 같은 요승을 가까이 하겠느냐? 너의 오늘 행동을 신명(神明)이 묵묵히 보고 있다면 네 반드시 아비대지옥(阿鼻大地獄)[36]에 떨어짐을 면치 못할 것이요, 법으

---

36) 아비대지옥(阿鼻大地獄): 팔열지옥(八熱地獄)의 하나. 오역죄를 짓거나, 절이나 탑을 헐거나, 시주한 재물을 축낸 사람이 가는데, 한 겁(劫) 동안 끊임없이 고통을 받는

로 의논한다면 네 머리를 보전하지 못할 것이다. 빨리 물러가고 이런 말을 두 번 입 밖에 내지 말라."

말을 마치자, 수려한 미우(眉宇)에 노기가 가득하여 찬 빛이 멀리 쏘이니 혜운이 크게 부끄럽고 두려워 낯을 붉히고 나갔다. 소저가 바야흐로 기운을 진정하여 운교 등에게 말하였다.

"이 사람의 음란함이 이와 같아 내 꾸짖어 물리쳤으나 반드시 큰 해가 있을 것이니 빨리 돌아가야겠다."

그러고서 노주 네 명이 절문을 나서 바람같이 길을 행해 수십여 리는 갔는데 문득 큰 강이 앞을 가리고 있으니 이는 곳 동정호 물줄기가 내려와 강이 된 것이었다. 다만 두견새의 소리만 들릴 뿐이었으니 소저가 겨우 정신을 진정하고 슬픔을 이기지 못해 말하였다.

"갈수록 몸을 편안히 둘 곳은 없고 역경에 처하니 이곳이 내 몸을 마칠 곳인가 하노라."

이렇게 말하는데 멀리에서부터 사람의 소리가 나서 보니 10여 명의 거한이 각각 창과 칼을 가지고 오며 이르는 것이었다.

"어찌 볼 수가 없는고?"

그중에 여승이 가리켜 말하기를,

"저기 앉은 사람들이 그 아닌가?"

하니, 원래 혜운이 소저가 자신을 꾸짖어 물리친 데 크게 노하여 급히 절 밖으로 나가 근처의 무뢰배를 모아 객방에 가 보니 이미 간 곳이 없으므로 급히 따라오다가 노주가 강가에 있는 것을 본 것이었다. 소저는 혜운 등이 달려들어 핍박하려 하는 모습이 급하자, 그 도사의 말을 생각하고는 저놈들에게 핍박당한다면 자기가 비록 다시

다는 지옥.

살아나나 그 욕은 동해의 물을 기울여도 다 씻지 못할 것이므로 길이 소리를 쳐 말하였다.

"모든 일이 천명이니 한하여 무엇하겠는가?"

말을 마치고는 몸을 솟구쳐 물에 뛰어들었다. 홍아 등이 한 조각 충성스러운 마음을 가지고서 주인을 따라 이곳에 이르렀으니 혼자만 살 뜻이 있겠는가? 미처 앞뒤를 분간하지 않고 서로 붙들어 연하여 물에 잠겼다. 참으로 불쌍하구나! 소 소저가 고금에 무쌍한 안색과 덕행을 지니고 위급한 운명을 만나 온갖 고초를 겪고 세상에 있지 않은 화란(禍亂)을 두루 겪다가 마침내 물고기의 배를 채우니 아녀자의 한이 천추에 썩지 않을 것이요, 후인으로 하여금 눈물을 흘리게 할 것이라 하늘이 어찌 살핌이 없겠는가.

이때 동정호 가운데 큰 하나의 산이 있으니 이름은 군산(君山)이었다. 동정의 물은 넓이가 8백 리요, 물의 기세가 세차기가 사해(四海) 중에 으뜸인데, 천지가 생겨날 적에 한 줌의 흙이 군산이 되었으니 그 둘레는 사백 리요, 산천이 화려하고 경치가 아름다워 천하제일의 명승지였다. 문인과 재주 있는 선비들이 천 리를 멀게 여기지 않고 술병을 가지고 이곳에 와 구경하며 굴원(屈原)[37]의 이소경(離騷經)[38]을 외워 세상에 나왔던 눈을 시원하게 하였으니 더욱 도사, 비구니의 무리를 이르겠는가. 절도 지으며 도관(道觀)[39]도 베풀어 겹겹으로 있는 큰 사찰이 무궁하였다.

군산 제일봉에 한 이름난 여도사가 있었으니 별호는 운사로 일찍

---

37) 굴원(屈原): 중국 전국시대 초(楚)나라의 정치가. 초나라의 왕족으로 태어나 회왕(懷王) 밑에서 좌도의 벼슬을 맡아 국사를 보좌하였으나 회왕이 죽고 후에 경양왕이 자신을 강남으로 추방하자 멱라수에 빠져 죽음.

38) 이소경(離騷經): 굴원이 지은 부(賦) <이소(離騷)>를 높여 부른 말.

39) 도관(道觀): 도사가 수도하는 곳.

이 어려서부터 스승 영함을 따라 도를 배웠다. 영함은 원래 기이한 사람이라 천지만물의 일을 뱃속에 두어 천만세의 일을 눈앞에 보는 듯이 하였으니 그 신통함을 알 수 있다. 마침 인간에 내려왔다가 운사를 보니 학 같은 골격에 봉황 같은 모습이 도가와 인연이 있을 줄 알고 데려와 자기의 법을 가르쳤다. 운사가 일일이 배워 그 신통함이 영함에게 지지 않더니 영함이 하루는 운사에게 일렀다.

"너의 기질이 이미 도가와 인연이 있고 나의 도법(道法)을 너에게 전수하였으니 나는 이만하여 천태산으로 가야겠다."

이렇게 말한 후 천서(天書)와 지서(地書)를 다 운사에게 주고 구름을 타고 옥경(玉京)[40]으로 가니 그때 영함의 나이는 150살이었다. 운사가 스승의 도법을 일일이 전수받아 천문지리와 사람의 생사, 귀천, 길흉과 그밖에 모르는 일이 없었다.

운사가 있는 곳은 군산의 상봉(上峯)이었다. 모습이 옥룡이 서린 듯하였으므로 영함이 처음에 초당을 짓고 살았는데 영함이 승천한 후에 운사가 이곳이 백 년을 있을 곳이라 하여 크게 도관을 짓고 크게 제명하여 옥룡관이라 하였다. 제자 수백 명을 모아 밤낮으로 경을 읽으며 현녀낭랑(玄女娘娘)[41] 화상과 관음보살 상을 그려 공양하였다. 또 영함의 상을 그려 앞에 모시고 공양을 지성으로 하며 도를 닦으니 기운이 더욱 맑아지고 뜻이 높아져 고금에 쌍이 없는 도사가 되었다.

운사는 어려서부터 자비로운 마음이 많아 만일 위태한 사람을 만나면 재물을 주어 구호하기를 못 미칠 듯이 하고 또 길에서 죽은 사

---

40) 옥경(玉京): 하늘 위에 옥황상제가 산다는 가상의 서울. 백옥경.

41) 현녀낭랑(玄女娘娘): 현녀(玄女)는 중국 상고(上古) 중원 땅에서 황제(黃帝)가 치우(蚩尤)와 싸울 때에 병법을 가르쳐 주었다는 신녀(神女). 구천현녀(九天玄女).

람을 보면 극진히 구완하여 만일 비명(非命)에 죽은 이라면 부디 구해 주고 수명이 다해 죽은 이는 극진히 염빈(殮殯)[42]하니 이로써 업을 삼았다.

이때 초여름 망간(望間)[43]을 맞이하여 동정의 경치를 보려고 제자 두 사람을 거느려 한 채의 작은 배를 저어 군산으로부터 배를 놓아 저물도록 배를 저으며 경치를 구경하였다. 밤을 맞이하니 동쪽 고개에 밝은 달이 오르며 푸른 물결이 빛나고 달빛이 천지에 너울너울 춤을 추었다. 운사가 배를 저어 내려가며 퉁소를 맑게 부니 그 소리가 맑고 전아하여 슬픈 사람의 마음을 즐겁게 하였으므로 물 위로 흐르는 배들이 멈추어 가지 않고 뱃사람들이 손춤 추며 즐거워하였다.

운사가 퉁소를 불며 내려오다가 홀연 보니 멀리 물결 사이에 붉은 빛이 자욱하였다. 이에 크게 놀라 퉁소 부는 것을 그치고 급히 배를 저어 내려가니 붉은 빛은 간 데 없고 서너 명의 주검이 은은히 떠내려오는 것이었다. 운사가 크게 놀라 생각하기를,

'아까 상서로운 구름이 날아오른 것이 우연한 일이 아니었구나. 이는 귀인이 물에 빠진 환란을 만난 것이 아닌가?'

하고, 급히 상앗대를 멈추고 친히 주검을 건져 배에 올리니 아직도 서로 옷깃을 잡은 채 있었다. 운사가 자비로운 마음이 크게 일어 네 명의 젖은 옷을 벗기고 더운 물을 입에 넣어 주고 마침 주머니에 회생약이 있었으므로 풀어서 입에 흘리고 자기 옷을 덮어 밤이 새도록 구완하였다.

아침에 은교 등 세 사람이 먼저 깨어 일어나 앉아 크게 괴이하게 여기니 운사가 앞에 나아가 말하였다.

---

42) 염빈(殮殯): 시체를 염습하여 관에 넣어 안치함.

43) 망간(望間): 음력 보름께.

"그대들은 어떤 사람들이기에 물에 빠진 것인가?"

홍아가 겨우 정신을 차려 대답하였다.

"우리는 경사 사람으로 주인 상공을 모셔 고향으로 가다가 도적을 만나 물에 빠졌던 것이니 도사는 어떤 사람이기에 쇠잔한 목숨을 구한 것입니까?"

운사가 미처 대답지 못해서 소저가 머리를 들어 피를 토하고 또 거꾸러졌다. 원래 홍아 등은 비록 규방의 시비(侍婢)나 천한 몸으로 있었으므로 소저와 함께 빠졌지만 쉽게 깨어난 것이다. 그런데 소저는 본디 천금같이 귀하고도 약한 몸으로 여러 번 환란을 겪어 정신과 기력이 다 쇠하였으므로 문득 살아날 길이 묘연하였다. 이에 홍아 등이 붙들고 크게 울며 말하였다.

"이제 존사의 덕을 입어 우리 세 사람은 다행히 살았으나 주인은 살아날 길이 없으니 차마 어찌 우리만 살겠나이까?"

운사가 나아가 소저의 맥을 보고 말하였다.

"상공의 기운이 허약하여 이러하시나 깨어나실 것이니 그대는 조급히 굴지 말라."

그러고서 데려온 제자 옥정, 금정 두 사람에게 명하여 가져온 차와 과일을 내어 놓게 해 세 사람을 먹이고 자신은 소저를 붙들어 구호했다. 이윽고 소저가 겨우 인사를 차려 일어나 앉아 보니 자기 몸이 아까는 물에 빠졌거늘 지금은 배 안에 있고 한 여자 도인이 머리에 죽관(竹冠)[44]을 쓰고 몸에는 흰 적삼을 입고 자기를 붙들어 구호하고 홍아 등은 완연히 살아 앉아 있는 것이었다. 소저가 크게 의심하여 머리를 숙이고서 말이 없더니 문득 몸을 일으켜 도사의 앞에

44) 죽관(竹冠): 대나무로 만든 갓.

가 머리를 조아려 사례하며 말하였다.

“선생은 어떠하신 사람이기에 죽은 사람을 구렁 가운데에서 건져 내셨나이까? 이 은혜는 마땅히 채를 들고 말을 몰아도 다 갚지 못할 것이니 선생이 사시는 곳을 듣고 싶습니다.”

운사가 바삐 답례하고 사례하였다.

“상공은 어찌 귀한 몸을 낮춰 빈도(貧道)[45]에게 이렇듯 지나치게 공손하신 것입니까? 빈도는 동정 군산 옥룡관에 있는 도사요, 속명은 감춘 지 오래이며 법명은 운사라 합니다만 알지 못하겠습니다, 상공이 어찌하여 남아의 몸으로 푸른 파도에 몸을 날려 몸을 고달프게 하신 것입니까? 빈도가 마침 달빛을 띠고 작은 배를 저어 오다가 상공 노주가 떠내려오는 것을 보고 사람 마음에 슬픔을 참지 못해 건져 구하였거니와 상공께서 물에 빠지신 연고를 알고자 하나이다.”

소저가 운사의 말을 듣고는 전날 도사가 한 말을 깨달았다. 또 자신의 신세가 이렇듯 기구하여 물에 빠지는 환란을 보니 이는 천고에 없는 팔자인 데다 또 다시 살아났으니 두루 운명이 험난함을 느껴 한 쌍의 별 같은 눈에 눈물이 어려 슬피 울기를 마지않으니 그 서러운 눈물이 강물을 보탤 정도였다. 운사가 그 모습을 보고 위로하면서도 슬픔을 이기지 못하였다. 또 소저의 눈같이 하얀 피부에 꽃같이 아름다운 뺨이 고금에 대적할 쌍이 없는데 그 슬퍼하는 모습이 더욱 기이하였으니 운사가 흠모하고 사랑하는 마음을 참지 못하였다. 원래 운사는 기이한 사람이니 소저가 변복하여 남자처럼 행세하는 것을 어찌 모르겠는가. 반드시 큰 화를 만나 그러함을 짐작하고 소저를 도관에 데려가 화를 피하게 하려 하여 이에 낯빛을 고치고

45) 빈도(貧道): 승려나 도사가 자기를 낮추어 부르는 말.

물었다.

"알지 못하겠습니다만, 부인이 무슨 액운을 만나셨기에 음양을 바꾸고 물에 빠지는 환란을 만나셨나이까? 빈도가 비록 어리석어 아는 것이 없으나 또한 사람의 남녀는 분간하니 이제 부인의 신선 같은 모습이 남복 가운데 시원하시나 결코 세상 군자가 아니니 만일 빈도를 대해 진정을 이르신다면 처리할 방법이 있을 것입니다."

소저가 뜻밖에 운사의 말을 듣고 기이함을 참지 못하였으니 한 쌍의 맑은 눈으로 운사의 사람됨과 진정을 모르겠는가? 하물며 저는 여자 도사요, 자기는 비록 살기는 하였으나 몸을 둘 곳이 아득하였으므로 운사의 밝은 식견과 의기에 감격하여 눈물을 흘리고 절해 사례하였다.

"첩은 천하가 넓으나 돌아갈 곳이 없고 전후의 환란은 이에 이르러 다 그치지 않을 것입니다. 마땅히 아득한 정신을 거두어 조용히 목숨을 다하려 했더니 돌아보건대 존사의 큰 은혜를 입어 목숨을 건졌으니 만경창파(萬頃蒼波)에서 바라는 바는 존사뿐입니다. 그러니 어디를 가서 의지하겠습니까? 존사께서 우리 노주 네 명이 나아갈 길을 알려주시기를 바랐더니 존사의 고명한 식견으로 첩의 불쌍한 사정을 살펴 우리를 거두려 하시니 이 은혜는 바다가 옅고 산이 낮을 정도입니다. 이생에 그 은혜를 다 갚지 못할까 두려워할지언정 어찌 사양하겠습니까?"

말을 마치고는 눈물이 가득하여 매우 슬퍼하니 운사가 크게 불쌍히 여겨 이에 위로하였다.

"부인의 가엾은 처지는 빈도가 다 알지 못하나 오늘의 광경은 사람으로서 차마 보지 못하니 어찌 힘써 구하지 않겠나이까? 배 가운데가 누누하고 또 빈도가 음식을 가져오지 못했으니 빈도의 암자로 가시지요.”

이에 총총히 배를 저어 옥정, 금정과 함께 군산으로 향했다. 소 씨의 액운이 이제 막 끝났으니 하늘이 어찌 어진 사람을 돕지 않겠는가?

바람이 순하고 물결이 고요하여 순식간에 배를 댔다. 운사가 홍아 등과 함께 옥룡관에 들어가 소저를 정결한 방에 들이고 바삐 부드러운 죽으로 놀란 가슴을 진정하게 했다. 또 제자에게 명령해 깁[46] 두어 필을 사 오게 해 옷을 지어 소저에게 의복 갈기를 청하였다. 소저가 오늘 호랑이굴을 벗어나 몸을 편히 둘 곳을 얻었으니 이를 매우 다행으로 여겨 죽을 맛보아 스스로 몸을 보호하고 옷을 갈아입으며 운사의 은혜를 뼈에 새기고 가슴에 담았다.

두어 날 조리해 몸이 회복되니 잠깐 세수를 하고 의상을 정돈하였다. 홍아 등이 보고 뛰놀며 기뻐하니 이 소식을 듣고 도사가 바로 들어와 보았다. 소저가 색깔 없는 깁옷에 세수를 깨끗이 하고 앉아 있으니 옥 같은 얼굴에는 연지와 백분이 없으나 깨끗하고 영롱하여 마치 보름달이 동쪽 고개에 오른 듯하였고 그 흡족하고 엄숙한 모습은 꽃과 비교해도 훨씬 나았다. 모두 크게 놀라며 칭찬하여 인간 세상의 사람이 아닌가 의심하였다. 운사가 또한 들어와 보고 병이 회복된 것을 치하하고서 조용히 말할 적에 운사가 물었다.

“오늘 부인의 안색과 기질을 보건대, 고금을 기울여 비교해도 비슷한 사람이 없거늘 무슨 까닭으로 남자 옷으로 바꿔 입고 멱라수에 빠지신 것입니까? 그 까닭을 알고 싶나이다.”

소저가 슬픈 빛으로 길이 탄식하고 말하였다.

“첩은 하늘을 거스른 천지간 죄인입니다. 전후에 희한한 환란을

46) 깁: 명주실로 바탕을 조금 거칠게 짠 비단.

두루 겪다가 끝내는 음양을 바꿔 떠돌아다니며 삶을 도모하였으니 이는 첩이 이르지 않아도 사부가 거의 알 것이니 입술과 혀를 놀리는 것이 부질없나이다."

홍아가 소저가 이르지 않는 것을 보고 운사가 미심쩍게 여길까 하여 전후의 곡절을 일일이 이르니 운사가 크게 놀라 말하였다.

"소저께서 이러한 귀인이시거늘 빈도가 알지 못해 무례함이 많았습니다. 부인은 너그럽게 용서하소서. 소저가 비록 한때의 액운으로 잠시 곤궁하시나 천문을 보건대 내년이면 경사로 가실 것이니 그 뒤로는 끝없는 복록을 측량치 못할 것입니다."

소저가 길이 한숨 쉬고 말을 하지 않았다.

소 씨가 이리로 온 후 매양 두문불출하고 낯을 들어 태양을 보지 않았다. 머리를 베개에 던져 죄인처럼 처신하고 홍아 등에게 명해 뭇 비구니가 하는 바느질을 해 주고 깁도 짜 주어 밥값을 하게 하였다.

하루는 한여름 단오일이었다. 운사가 소저를 청해 누대 위에 가 피서를 하자 하니 소저가 만사에 흥이 없었으나 운사의 지극한 뜻을 저버리지 못해 억지로 비녀를 급히 꽂고 홍아 등과 함께 운사를 따라 누대 위에 이르렀다. 원래 옥룡관이 군산의 상봉(上峯)에 있으니 하늘이 가까이 보이는 듯한 데다 더욱이 누대는 높기가 50척이라 구름에까지 닿은 듯하였으니 이러므로 이름을 군선루(群仙樓)라 하였다.

소저가 누대 위에 올라 굽어보니 동정호 물결이 천 필 깁을 편 듯하며 악양루(岳陽樓)[47]가 반공(半空)에 떠 있는 듯한데, 시인과 호방한 무리들이 술을 차고 나귀를 이끌어 어지럽게 왕래하며 즐기는 흥

47) 악양루(岳陽樓): 중국 호남성 악양에 있는 누각.

이 봄눈이 녹듯 하였다. 소저가 슬피 탄식하고 머리를 돌려 북쪽을 바라보니 푸른 하늘이 아득하여 먼 땅이 가려 있으니 꿈속의 넋이 관산(關山)48)을 넘지 못해 넋이 부모 곁에 가기 어려웠다. 이에 부모 생각이 간절하여 옥 같은 얼굴에 눈물이 가득한 채 말하였다.

"전생에 무슨 죄가 그리도 중하여 일생을 변방에서 떠돌아다니며 부모를 그리워하는고? 인생이 모지니 차라리 죽는 것만 같지 못하도다."

운사가 위로하였다.

"부인이 어찌 이런 속 좁은 말씀을 하시는 것입니까? 공자께서는 대성인이셨으나 여러 나라에 수레를 타고 돌아다녔을 뿐 끝내 좋은 때를 얻지 못하셨습니다. 소저가 무쌍한 얼굴과 덕행으로 한때 고생을 면치 못하였으나 매양 산수와 벗할 리가 있겠나이까?"

소저가 눈물을 머금고 대답하지 않았다.

소저가 이에 있은 지 한 해가 지나고 다음해가 되었다. 밤낮으로 부모와 시부모의 소식을 몰라 애를 태우더니 하루는 베개에 기대고 있다가 한 꿈을 얻었는데 상 씨가 앞에 와 절을 하고 말하였다.

"이별 후에 무양하신지요? 부인의 액운이 이에 다하였으니 곧 경사로 가 부모와 시부모를 만날 것이라 첩이 이에 와 하례를 합니다. 그런데 이 군이 물에 빠져 목숨이 경각에 있으니 부인은 운사와 함께 급히 동정호에 가 구하소서."

말을 마치니 문득 볼 수가 없었다. 소저가 깨어 크게 놀라며 기이하게 여겼다. 운사를 불러 의논하려 했는데 문득 운사가 바삐 와서 일렀다.

"아까 비몽사몽간에 스승이 와 이르기를, '규목랑이 물에 빠져 목

48) 관산(關山): 고향에 있는 산.

숨이 위급하니 어서 문혜성과 함께 구하라.'라고 하였으니 소저께 고하나이다."

소저가 이 말을 듣고 더욱 놀라고 의아하여 말하였다.

"규목랑은 어떤 사람인지요?"

운사가 말하였다.

"규목랑은 인간 세상에 내려와 이 승상의 둘째아들이 되었으니 이는 곧 부인의 남편입니다. 절강에서 장청을 치고 승전하여 돌아오는 길에 풍랑을 만나 물에 빠졌으니 이제 나가서 마땅히 구해야 할 것입니다. 그러나 규목랑이 이 승상과 잠깐 원한이 있으니 이때 갚아야 할 것이나 이 승상이 신명하여 만 리 밖을 미리 헤아리니 지금 갚지 못하면 규목랑이 또 위태롭게 될 것입니다. 빈도가 잠깐 술법을 써 규성(奎星)[49]을 진압해야겠습니다."

드디어 후원에 가 허수아비를 만들고 부적을 써 술법을 일일이 행하고 물을 머금어 규성을 향해 뿜으며 진언하기를,

"검은 구름으로 가려 40일 동안 덮은 후 도로 예전대로 있게 하라."

하고 드디어 소저와 함께 배를 수습하여 갔다. 이때 소저는 다시 남자 옷을 입어 서생의 모양을 하고 운사와 함께 물 가운데로 나아갔다.

화설. 이 소부와 이 상서가 대군을 거느려 수로로 나아가니 장청이 부장 서발에게 2만 명의 군사를 거느리게 해 수군도독 이연성의 군대를 막고 대장군 고창에게 2만 명의 군사를 거느리게 해 육군도독 이몽창을 막게 했다. 소부와 상서가 기이한 꾀와 계책, 그리고 당대에 쌍이 없는 용력으로 수십 일이 안 돼 수군과 육군을 다 쳐서

---

49) 규성(奎星): 곧 규목랑을 이름.

멸하고 군대를 합해 절강에 이르러 성을 급히 쳤다. 장청이 밖에 구원병이 없고 안에 양초(糧草)[50]가 다 떨어져 한 달이 조금 지나 성이 함락되니 소부와 상서가 장청의 목을 베어 기축(機軸)[51]에 제를 지내고 소부가 장청 집안의 모든 사람들을 잡아 목을 베려 하니 상서가 간하였다.

"장청이 사리에 밝지 못해 스스로 대죄를 범하였으나 그 족속이 그것을 어찌 다 알았겠습니까? 우리가 천자의 조서를 받들어 강서 지방을 쳤으나 살생을 너무 하는 것은 옳지 않나이다."

소부가 깨달아 그 죄의 경중을 의논하여 괴수 노릇을 한 자는 참(斬)하고 그 나머지는 외딴 곳에 귀양을 보냈다. 그러고서 드디어 크게 잔치를 열어 사졸을 먹이고 금은과 주옥(珠玉)을 추호도 범하지 않았으며 부장군 신철에게 독부 인신(印信)[52]을 주어 교대하고, 자신들은 며칠을 머물다가 군대를 돌려 경사로 향하니 남해의 물결이 고요하고 닭과 개가 놀라지 않았다.

상서가 소부에게 고하였다.

"소질(小姪)이 올 때는 소임이 중하였으므로 육로로 왔으나 이미 적을 무찌르고 돌아가는 길에는 다시 거리낄 것이 없으니 숙부와 함께 수로로 가고 싶나이다."

소부가 그 말을 따라 전선 이백 척을 징발하여 수군과 육군을 합쳐 북쪽으로 향했다. 칼과 창은 물결에 비쳐 휘황하고 기치(旗幟)는 햇빛에 빛나는데 군사들은 승전가를 부르고 북을 울리며 물결 사이로 배가 왕래하였으니 참으로 남아의 통쾌하고 기쁜 일이었다.

---

50) 양초(糧草): 군량과 마초(馬草).

51) 기축(機軸): 용마루 밑에 서까래가 걸리게 된 도리. 상량(上樑).

52) 인신(印信): 도장이나 관인 따위를 통틀어 이르는 말.

소부가 스스로 기쁨과 즐거움을 이기지 못해 상서에게 말하였다.

"전에 형님이 수군도독을 맡아 고후(高煦)[53]를 무찌르고 돌아와 이긴 일을 이르셨는데 내가 그때 참으로 부러워하여 원하던 바가 수군도독을 하는 것이었다. 그런데 오늘 평생의 소원을 이루어 흉한 도적을 무찌르고 너와 함께 배를 저어 북으로 향하게 되었으니 남아의 시원한 일이 이밖에 또 무엇이 있겠느냐?"

상서가 공수(拱手)[54]하고 말하였다.

"이는 모두 임금님의 큰 복입니다. 역적을 소멸하고 승전고를 울려 대궐로 향하니 어찌 통쾌하지 않나이까?"

소부가 옳다고 하였다.

점점 배를 저어 오강(烏江)[55]에 다다르니 이때는 팔월 망간(望間)이었다. 가을 하늘이 높고 보름달이 구름 밖에 뚜렷하였으니 소부와 상서가 맑은 운치를 느끼게 하는 시를 지어 뱃전을 두드리며 읊었다. 밤이 깊어 각각 배에 들어가 막 자려고 하였는데 홀연 큰 바람이 하늘에 가득하고 벼락이 산을 움직이며 물결이 뒤누우니[56] 사면을 호위했던 배가 낱낱이 흩어지고 소부가 탄 배도 간 데 없고 상서가 탄 배는 닻줄이 끊어져 매우 위급하였다. 이에 호위했던 장수들이 망극하여 우는 소리가 가득한데 상서는 태연히 안색을 변치 않고 말하였다.

---

53) 고후(高煦): 중국 명나라 한왕(漢王) 주고후(朱高煦)를 말함. 고후는 성조(成祖) 영락제(永樂帝)의 둘째 아들로 성조가 정난병(靖難兵)을 일으켜 즉위할 때 공을 세웠으나 조카인 선종(宣宗)이 즉위하자 거병하지만 붙잡혀 처형당함.

54) 공수(拱手): 절을 하거나 웃어른을 모실 때, 두 손을 앞으로 모아 포개어 잡음. 또는 그런 자세.

55) 오강(烏江): 우장강. 중국 장강의 주요 지류 중 하나이며, 귀주성과 중경시, 호북성을 통과함.

56) 뒤누우니: 물체가 뒤집히듯이 몹시 흔들리니.

"삶과 죽음이 운명에 달려 있으니 설마 어찌하겠느냐?"

드디어 한삼(汗衫)[57]을 뜯어 글을 지었으니 그 내용은 다음과 같다.

'남아가 세상에 나 공업(功業)을 세우고 만대에 이름을 죽백(竹帛)[58]에 드리웠으니 죽어도 한이 없으나 만 리 밖에 계신 고당(高堂)의 부모님을 생각하니 이 몸이 불초하여 나를 낳아 주신 큰 은혜를 갚지 못하고 여러 번 불효를 끼쳤으니 오늘 풍랑은 나의 죄 때문이로다. 형님의 용서를 받았으나 두어 날 정을 펴지 못하고 아버님 곁을 여러 번 떠나니 이승에서 눈을 감지 못하겠도.

글을 다 쓰지도 못했는데 배가 깨져 산산이 뒤집히니 상서와 아졸(衙卒)[59] 수십 명이 다 물에 빠졌다.

다음 날 아침에 바람이 잦아들면서 소부의 배가 겨우 무사하여 옛 곳에 돌아오니 호위했던 배들이 곳곳에 흩어졌다가 차차 모여들어 각별히 놀랄 만한 일이 없었으나 상서가 탄 배는 간 곳이 보이지 않았다. 소부가 크게 놀라 군사들에게 명령하여 나룻배를 타고 두루 찾게 하였으나 상서의 모습은 보이지 않았다. 이윽고 장수 세 명이 돛에 싸여 있다가 물속을 헤쳐 나오자 모두 배에 끌어 올렸다. 상서의 종적을 찾았으나 그 모습은 없고 배의 깨진 조각만 하나하나 물에 떠올랐으니 상서의 죽음은 의심의 여지가 없었다.

소부는 천금보배처럼 여기던 조카가 천만뜻밖에도 물에 빠진 귀신이 되었으니 애가 일만 번 끊어지는 듯하였다. 크게 소리를 내어 통곡한 후 혼절해 거꾸러지니 모두 정신없이 소부를 붙들어 구호하였다. 식경(食頃)[60] 후에 겨우 깨어 뱃전을 두드려 크게 통곡하며 그

---

57) 한삼(汗衫): 속적삼.

58) 죽백(竹帛): 서적, 특히 사서(史書)를 일컬음.

59) 아졸(衙卒): 관아의 병졸.

옷을 얻어 초혼(招魂)[61]하려 하였으나 행탁(行橐)[62]이 모두 뱃속에 있다가 물에 잠겼으니 어디에 가 옷을 얻을 수 있겠는가? 이윽고 글을 쓴 한삼(汗衫)이 물 위로 떠오니 소부가 친히 건져서 채 다 못 보고 기절하여 엎어졌다. 좌우의 사람들이 겨우 구하니 소부가 깨어나 다시 통곡하고 한삼으로써 초혼하였다. 그러고서 상서의 군문(軍門)에 속한 대소 장졸을 시켜 다 발상(發喪)[63]하게 하고 스스로 울기를 계속하니 피눈물이 흰 전포 소매에 아롱졌다.

삼군의 대소 장졸이 도독의 덕택을 잊지 못해 크게 울기를 마지않다가 소부가 과도하게 슬퍼함을 근심하여 간하였다.

"이제 물 때문에 일어난 변고가 참혹하여 도독이 기세(棄世)하셨으나 어르신이 만일 몸을 마저 버리신다면 우리가 무슨 낯으로 북경에 돌아가겠나이까?"

소부가 더욱 오장이 끊어지는 듯하였으나 수륙(水陸)의 대소 군졸이 강가에 가득하였으니 행여 위엄이 손상될까 두려워 겨우 울음을 그쳤다. 그리고 생각하기를,

'몽창 조카가 본디 기질이 위엄 있고 고운 중에도 골격이 깨끗하기만 하지는 않더니 어찌 스물한 살 청춘에 요절할 줄 알았겠는가? 혹 천우신조하여 살아났는가?'

하고 이날 밤에 건상(乾象)[64]을 우러러보니 규성(奎星)이 흔적도

---

60) 식경(食頃): 한 끼의 밥을 먹을 만한 잠깐 동안.

61) 초혼(招魂): 사람이 죽었을 때에, 그 혼을 소리쳐 부르는 일. 죽은 사람이 생시에 입던 윗옷을 갖고 지붕에 올라서거나 마당에 서서, 왼손으로는 옷깃을 잡고 오른손으로는 옷의 허리 부분을 잡은 뒤 북쪽을 향하여 '아무 동네 아무개 복(復)'이라고 세 번 부름.

62) 행탁(行橐): 여행용 전대나 자루. 노자나 행장(行裝)을 넣음.

63) 발상(發喪): 상례에서, 죽은 사람의 혼을 부르고 나서 상제가 머리를 풀고 슬피 울어 초상난 것을 알림.

없었으므로 소부가 더욱 슬퍼 피를 토하고 혼절하였다. 반나절이 되도록 깨지 못하다가 호위장군 신한이 곁에 있다가 붙들어 구호하니 식경 후에나 겨우 깨어났다. 그러고는 손으로 가슴을 치고 입으로 이름을 불러 또 큰 소리로 통곡하다가 혼절하였다. 신한이 겨우 구해 타일렀다.

"이제 상서가 참혹하게 죽은 것에 대해서는 길에 가는 사람도 간담이 끊어질 정도이니 더욱이 도독의 마음을 이르겠나이까? 그러나 일이 이에 이른 후에는 하릴없나이다. 삼군의 대소 군졸이 바라는 바가 도독 한 몸에 있거늘 이제 슬피 울기를 낮으로부터 밤까지 하며 군무를 돌아보지 않으시니 삼군 장졸이 하루아침에 군심이 변하면 도독이 어찌하려 하시나이까?"

소부가 목이 쉬도록 통곡하고 말하였다.

"내 또 모르지 않으나 학생이 천자의 조서를 받아 젊은 조카와 함께 험한 땅에 와서 적을 쳐부수고 고국으로 향하니 웃는 낯으로 부모와 형제를 반길까 했더니 이제 조카가 강 속 물고기의 배를 채워주게 되었소. 학생의 사정이 몹시 절박함은 이르지도 말고 경사에 돌아가 고당(高堂)에 계신 흰머리의 부모님과 형님을 어찌 보겠소? 학생이 차라리 같이 죽어 경사에 돌아가지 않고자 하오."

말을 마치고는 울음을 참지 못하니 신한이 위로할 말이 없어 혼자서 탄식하고 말하였다.

"참으로 애달프구나. 군졸의 마음이 일조(一朝)에 나태해지면 어찌할꼬?"

소부가 이 말을 듣고 하릴없어 잠깐 울음을 참고 군사들을 돌보았

---

64) 건상(乾象): 하늘의 현상이나 일월성신이 돌아가는 모습. 천문(天文).

다. 또 친히 군을 거느려 동정 회사정(懷沙亭)[65]까지 다니면서 신체를 얻으려 하였으나 마침내 얻지 못하였다. 소부가 더욱 망극하여 반드시 고래가 삼킨 줄 알고 울음을 그치지 못하고 식음을 먹지 못해 차마 혼자 돌아갈 생각이 없었다. 그러나 하루에 군량 허비하는 것을 이루 헤아릴 수 없었으므로 감히 지체하지 못하고 종일토록 뱃전을 두드려 통곡을 계속한 후 육군에 속한 군사로 하여금 다 흰옷을 입고 흰 기를 꽂게 해 상서의 허위(虛位)[66]를 실어 돌아갔다. 곡성이 하늘에 사무치고 붉은 명정(銘旌)[67]이 가을바람에 나부끼니 길의 사람들이 걸음을 멈춰 눈물을 흘리지 않는 이가 없었으니 더욱이 소부의 마음을 이르겠는가. 간담이 끊어지는 듯하여 밤낮 눈물이 옥 같은 얼굴에 아롱져, 군대의 일을 억지로 기운을 내 의논할 때 외에는 눈물이 마를 적이 없었다. 드디어 병이 생겨 수레에 실려 가게 되었으니 교외(郊外)에 이르러 잠깐 쉬었다.

이씨 집안에서 상서와 소부가 출정한 후 온 집안사람들의 염려가 지극하였으나 승상이 때마다의 운수와 매사를 살피고 날마다 천문을 보아 그들이 무사함을 짐작하였다. 오래지 않아 적을 물리쳤다는 첩서(捷書)가 궁궐에 오르니 임금이 크게 기뻐함은 이를 것도 없고 이씨 집안 상하노소가 즐거움을 이기지 못해 상서와 소부가 올 날을 손꼽아 헤아리고 다시 염려하지 않았다.

---

65) 회사정(懷沙亭): 중국 호남성 상음현의 북쪽에 있는 강인 멱라수(汨羅水) 변에 있는 정자. 초나라 굴원(屈原)이 나라의 장래를 근심하고 회왕(懷王)을 사모하여 노심초사한 끝에 <회사부(懷沙賦)>를 짓고 멱라수에 빠져 죽은 것으로부터 정자 이름이 유래함.

66) 허위(虛位): 빈 신위(神位). 신위는 신주를 모셔 두는 자리.

67) 명정(銘旌): 죽은 사람의 관직과 성씨 따위를 적은 기. 일정한 크기의 긴 천에 보통 다홍 바탕에 흰 글씨로 쓰며, 장사 지낼 때 상여 앞에서 들고 간 뒤에 널 위에 펴 묻음.

이때 승상이 몽원 공자의 행동을 괘씸해하였으나 숙인이 사이에 들어 주선하였으므로 아들을 다스리는 것이 무료(無聊)[68]함이 있을까 하여 조용히 공자를 불러 꾸짖고 경계하였다. 공자가 황공하고 감격하여 재삼 사죄하고 물러나 비로소 침소에 이르니 최 씨가 병세가 회복되어 등불 아래에 앉아 침선을 다스리다가 일어나 공자를 맞아 좌정했다. 생이 이에 소리를 엄정히 하여 꾸짖었다.

"내 그대를 만나 조금도 박대한 일이 없어 지극히 공경하고 밖에서 미녀와 창기를 가까이하지 않다가 한때의 호방함으로 교란을 가까이하였으나 이는 본디 집에 두려고 해서가 아니었소. 그런데 그대는 재상 집안의 여자로서 방자하게 투기를 하여 칠거(七去)를 삼가지 않고 스스로 병을 이뤄 부모께 큰 염려를 끼쳤으니 이는 우리 가문의 맑은 덕을 무너뜨린 일이오. 내 마땅히 그대를 내침 직하되 우리 부모께서 너그럽고 덕이 많으시어 그 허물을 도리어 감추고 죄를 용서하셨으니 그대는 스스로 부끄럽지 않소?"

최 씨가 정색하고 대답하지 않으니 조용하고 품위 있는 기질이 더욱 시원스러웠다. 생이 속으로 애틋한 사랑이 가득하였으나 심지가 본디 굳세었으므로 갑자기 낯빛을 바꾸어 말하였다.

"그대가 스스로 칠거의 허물이 있거늘 무슨 낯으로 생을 대해 업신여기고 깔보는 것이오? 진실로 담대함으로 가득하고, 괴이하고 독한 여자로다."

최 씨가 한참을 있다가 정색하고 말하였다.

"첩의 죄가 이미 그렇다면 상공이 시원하게 첩을 내치시면 될 뿐이지 무슨 까닭으로 첩을 집에 머무르게 하고 첩 괴롭히기를 능사로

---

68) 무료(無聊): 부끄럽고 열없음.

삼는 것입니까?"

생이 어이가 없어 잠깐 웃고 자리에 나아가니 은정이 예전과 같았다.

이해 가을 칠월에 알성과(謁聖科)[69]가 있어 몽원이 둘째로 뽑히니 임금이 즉시 한림편수에 임명하였다. 소년의 귀한 자질로 재주 있는 이름이 자자함은 이를 것도 없고 이씨 가문의 영광이 거룩했으므로 승상이 부모를 위해 큰 잔치를 베풀어 축하하려 하였으나 소부와 상서가 있지 않았으므로 잠깐 늦추어 그들이 오기를 기다렸다.

팔월 그믐께에 소부가 온다는 선성(先聲)[70]이 이르니 승상이 두 아들과 무평백 이한성과 함께 백 리 밖에 나가 맞았다. 소부가 이미 진을 치고 잠깐 쉬고 있었는데 승상이 멀리서 바라보니 병마를 두 진으로 나누었는데 한 진에는 상번(喪幡)[71]을 세우고 대소 군졸이 흰 전포에 흰 기를 가지고 진을 베풀었다.

승상이 대경실색(大驚失色)하여 급히 군중에 들어가니 소부가 흰 옷과 흰 띠로 장막에서 내려와 승상을 붙들고는 눈물을 무수히 흘리며 감정이 북받쳐 말을 못 하였다. 승상이 자세한 곡절은 몰랐으나 상서가 죽은 것이 의심 없음을 헤아리고 문득 기운이 막혀 거꾸러졌다. 이에 부마와 무평백이 급히 붙들어 구하고 소부에게 연고를 물었다. 소부는 손바닥 안의 보배처럼 여기던 조카를 천 리 밖 물에 잠기게 하고서 돌아와 승상의 이와 같은 거동을 보니 장차 죽어 이런 모습 안 보는 것을 영화롭게 여겼으므로 어찌 말을 할 수가 있겠는가. 역시 혼절하여 엎어지니 부마와 한림 등이 목이 쉬도록 통곡해 눈물을 흘리며 마음을 진정하지 못하였다. 승상이 겨우 정신을 차려

---

69) 알성과(謁聖科): 임금이 문묘에 참배한 뒤 실시하던 비정규적인 과거 시험.

70) 선성(先聲): 미리 보내는 기별.

71) 상번(喪幡): 상가(喪家)에서 매다는 흰색의 좁고 긴 모양의 깃발.

소부를 보니 관옥(冠玉) 같은 풍채가 이미 많이 없어져 해골처럼 되어 있었다. 승상이 비록 철석같은 심장을 지녔으나 한 몸처럼 여기던 아들의 모습이 아득하고 일생 사랑하던 아우의 모습이 이와 같으니 슬픈 마음을 어찌 참을 수 있겠는가. 눈에 눈물이 마를 사이가 없이 소부의 손을 잡고 울며 말하였다.

"자경이 어찌 한 조카를 위하여 천금 같은 몸과 고당의 어버이를 돌아보지 않는고? 모름지기 정신을 수습하라."

소부가 식경 후에나 겨우 정신을 차려 승상을 붙들고 울며 죄를 청하였다.

"소제가 오늘 몽창이를 지하의 귀신으로 만들고 홀로 예전 모습으로 돌아와 형님을 뵈오니 소제의 죄는 산이 가벼울 정도입니다."

승상이 오열하며 말하였다.

"내 비록 평소에 아는 것이 없으나 창이의 기골을 보건대 결코 요절할 상이 아니더니 오늘날 무슨 까닭으로 죽은 것이냐?"

소부가 가슴이 막혀 반나절을 어물어물 대답하다가 수말을 자세히 고하였다. 승상이 잠자코 있다가 드디어 남녘을 바라보고 목 놓아 통곡하자 부마 등이 함께 부르짖으며 곡을 하니 어찌 슬픔이 승상보다 덜하겠는가. 삼군의 뭇 장졸이 이 모습을 보고 더욱 슬퍼 함께 통곡하니 산천초목이 다 슬퍼하는 듯하였다.

승상이 상서를 어려서부터 길러 그 사랑은 다른 아들들이 바라지 못할 정도였다. 그런데 오늘 흉음(凶音)을 들으니 장차 억장이 무너져 울음을 그치지 못할 것이었으나 대의(大義)를 먼저 아는 사람이었으므로 소부를 위로하여 함께 도성으로 들어갔다. 소부는 기력이 쇠하고 병이 중하였으므로 임금에게 사은하지 못하고 본부에 이르니 일가 사람들이 이 소식을 듣고 크게 놀라고 슬퍼 말을 못 하였다.

승상이 허위(虛位)를 별당에 봉안(奉安)[72]하고 일가 사람들이 모두 조 씨를 시켜 발상하고 곡용(哭踊)[73]하게 하니 성문은 이미 다섯 살이었으므로 발상하여 통곡하였다. 태사 부부는 멍한 듯, 취한 듯 다만 목이 쉴 정도로 울고 기절할 따름이요 정 부인은 혼절하여 인사를 모르니 공주 등이 급히 붙들어 침전에서 구호하였다. 승상이 뭇 사람을 꾸짖어 울음을 금하게 하고 부모를 위로하니 말투와 기운이 자약하고 안색이 온화하였다. 이에 태사와 유 부인이 울며 말하였다.

"우리가 박복한 위인으로 여러 자손의 영화를 보아 매양 조물의 시기를 두려워하더니 어찌 오늘 이런 참척(慘慽)[74]을 볼 줄 알았겠느냐?"

승상이 위로하였다.

"창이의 죽음은 이미 운수에 달려 있으니 일이 이에 이른 후에는 설마 어찌하겠나이까? 바라건대 부모님은 마음을 평안히 가지소서."

그러고서 소부에게 말하였다.

"내 비록 아는 것이 없으나 몽창이 스물한 살에 일찍 죽을 상이 아니니 혹 바람에 이끌려 간 것이 아닌가 하구나."

소부가 울며 배가 낱낱이 깨어졌고 천문을 보니 규성(奎星)이 없음을 고하였다. 이에 승상이 크게 탄식하고 말하였다.

"몽창이 비록 산악과 같은 기골을 가졌던들 만경창파(萬頃蒼波)에 빠져 어찌 삶을 도모할 수 있겠는가? 늘 기질이 강건하였는데 물에 빠진 것은 횡액(橫厄)[75]이라, 사람들 가운데 횡사하는 이가 많으니

---

72) 봉안(奉安): 신주 등을 받들어 모심.

73) 곡용(哭踊): 상주(喪主)가 매우 슬피 울며 가슴을 두드림.

74) 참척(慘慽): 자손이 부모나 조부모보다 먼저 죽는 일.

75) 횡액(橫厄): 뜻밖에 당한 액운.

어찌 홀로 몽창만 면하겠는가? 내게는 여러 아이들이 있으니 저를 생각하여 부질없도다."

그러고서 낯빛이 찬 재와 같았으나 꾹 참고 안색을 다시금 가다듬어 부모를 모셔 내헌으로 들어가 태부인을 뵈었다. 태부인이 백발을 나부끼고 눈물을 계속 흘리면서 슬픔을 억제하지 못하니 승상과 태사가 지극히 위로하였다.

"이제 창이가 물에 빠져 죽은 것이 참담하나 슬하에 제가 있고 저희가 무사하거늘 어찌 지나치게 슬퍼하시나이까?"

부인이 목 놓아 울며 말하였다.

"노모가 온갖 고초를 두루 겪다가 박명한 인생이 다행히 현이를 두어 관성 형제를 얻고 또 몽아 등을 보았으니 노모가 오래 사는 복을 누리며 만년(晩年)에나마 무사할까 바랐다. 그런데 이제 몽창이 세상을 뒤엎을 뛰어난 재주를 지니고서 물고기의 배를 채웠구나. 저의 온화한 얼굴과 웃는 소리가 눈과 귀에 삼삼하니 사람이 돌과 나무가 아니라 이를 능히 참지 못할 것이니 어찌 견디겠느냐?"

말을 마치고는 목이 쉬도록 통곡하니 승상은 안색이 매우 어두워 말을 하지 않고, 태사는 얼굴에 눈물이 가득해 모친을 붙들고 오래도록 소리를 내지 못하다가 눈물을 거두고 위로하였다.

"어머님 말씀이 진실로 그러하오나 사람들이 부모의 상사(喪事)를 만나 죽지 못하고 제가 또 아버님을 여의고 지금까지 살아 있지 않나이까? 옛날 일을 생각건대 오늘의 일은 작은 일인 듯하옵니다. 그러니 모친은 제가 근심하는 것을 돌아보소서."

부인이 이에 억지로 참아 눈물을 그쳤다.

승상이 무평백과 함께 유 부인 침소에 가 소부를 보니, 소부는 모친 앞에 누워 눈물이 만면하여 인사를 아는 듯 모르는 듯하였다. 부인은 소부를 붙들고 소리를 머금어 피눈물이 가슴을 적셨으니 승상이 나아가 소부를 어루만지며 말하였다.

"자경이 어찌 이리도 대범하지 못하게 굴어 부모님의 심사를 돕는 것이냐?"

소부가 식경 후에나 정신을 차려 승상을 붙들고 위로하였다.

"사람이 나서 한 번 죽는 것은 떳떳한 일이니 어찌 몽창 조카만 이를 면하겠나이까? 그러나 이제 몽창은 학발(鶴髮)의 조부와 부모를 두고 일찍 죽었으니 저의 슬픈 심사를 헤아릴 수 없거늘 더욱이 몽창이 물속에 몸을 던져 물고기의 배를 채워 그 시신을 고향에도 묻지 못하니 저의 이 마음을 어디에 둘 수 있겠나이까?"

승상이 탄식하였다.

"우형(愚兄)의 마음이 현제(賢弟)만 못한 것이 아니다. 인명은 하늘에 달려 있고 시운(時運)이 불리하니 슬퍼한들 어찌하겠느냐? 현제는 재삼 큰 도리를 생각하라."

소부가 얼굴을 가려 눈물을 흘리고 유 부인도 눈물이 계속 나올 따름이었다.

부마는 조부모와 부친이 나간 후 상서의 허위를 붙들고 자주 혼절하고 통곡하며 말하였다.

"전날에 기러기의 항렬을 이뤄 즐기던 시절에는 이렇듯 총총히 현제가 먼저 돌아갈 줄을 꿈에나 생각했겠느냐? 우형이 어리석어 동기 사랑을 가슴 깊이 하지 못해 너와 말을 통하지 않아 네 지하에 가서도 한을 머금고 있을 것이니 훗날 저승에서 무슨 면목으로 너를 볼 수 있겠느냐? 현제가 정녕 앎이 있거든 돌아보라."

그러고서 소리를 그치지 못하니 한림과 두 공자의 슬픔을 어찌 측량하겠는가. 각각 상서를 부르짖으며 슬피 우니 곁의 사람들이 감동하였다. 성문이 나이가 어려 무슨 일인 줄 몰랐으나 부친이 죽었다는 말을 들으니 눈물이 낯에 가득하여 부친을 부르짖어 울었다. 부마 등이 이를 차마 보지 못해 운아를 불러 성문을 보호하라 하였다.

드디어 승상이 모든 곳에 부음을 알리고 소부는 표를 올려 연고를 아뢰었다.

화설. 임금이 이몽창이 적을 무찔렀다는 첩서(捷書)를 보고 용안(龍顔)에 크게 기쁜 빛을 띠어 승상과 태사를 위로하니 문득 중서(中書)[76]가 아뢰었다.

"육군도독 이몽창이 도적을 무찌르고 반사(班師)[77]하여 오다가 오강(烏江)에서 풍랑을 만나 물에 빠져 죽고 수군도독 이연성이 홀로 상경하였으나 병이 중해 복명(復命)[78]치 못하고 표를 올려 죄를 청하나이다."

임금이 다 듣고 크게 놀라서 물었다.

"이것이 참말이냐? 몽창은 비범한 사람이니 어찌 갑자기 죽을 리가 있겠느냐?"

한림학사 소형이 시립(侍立)하고 있다가 이 말을 듣고 크게 놀랐으나 억지로 눈물을 참고 표를 읽으니 그 표의 내용은 다음과 같았다.

'신이 성지(聖旨)를 받자와 남쪽으로 향하여 적과 교전할 적에 신은 재주가 미미하여 능히 적을 감당하지 못하였거늘 죽은 조카 몽창이 백전백승하여 수십 일이 지나자 이미 역신(逆臣)의 머리를 베어 기축(機軸)[79]에 제를 지내고 강서 지방을 평정하였사옵니다. 신과

---

76) 중서(中書): 중국 한나라 이후에, 궁정의 문서・조칙(詔勅) 따위를 맡아보던 벼슬.
77) 반사(班師): 군사를 이끌고 돌아옴.
78) 복명(復命): 명령을 받고 일을 처리한 사람이 그 결과를 보고함.
79) 기축(機軸): 용마루 밑에 서까래가 걸리게 된 도리. 상량(上樑).

함께 군을 돌려 궁궐을 향해 오더니 불행히도 오강에 이르러 한바탕 큰 바람을 만나 몽창이 탄 배가 이미 뒤집혀 몽창과 다섯 장수와 수십 명의 군졸이 물에 빠져 죽음을 면치 못하였사옵니다. 신이 장차 간담이 끊어지는 듯하여 하루를 머물러 시신을 찾았으나 능히 얻지 못하였으니 고래가 삼킨 것이 분명합니다. 신이 어린 조카를 데리고 변방에 갔다가 조카가 죽은 것을 본 데다 조카의 시신을 가지고 고향에 돌아오지 못하였으니 돌이켜 생각건대 성상의 큰 은혜를 저버린 것입니다. 고당의 학발(鶴髮) 조모와 연로한 아비, 어미가 문에 기대어 기다릴 것을 생각하니 신이 비록 철석과 같은 간장을 지녔으나 녹지 않겠나이까? 스스로 심간이 막히고 혼백이 구름 사이에 뜨니 정신이 쇠하고 흉금(胸襟)[80]이 사라져 드디어 한 병이 깊이 들어 기거를 못하는 까닭에 용정(龍廷)에 조회치 못하오니 신의 죄가 더욱 깊사옵니다. 엎드려 바라건대 성상께서는 미미한 신의 사정을 참작하심을 바라나이다.'

임금이 다 보고 크게 슬퍼하며 말하였다.

"몽창은 세상을 뒤덮을 재주를 지닌 사람이더니 어찌 중도에 짐을 버릴 줄 알았겠는가? 하물며 강서 지방을 평정한 공이 크니 만일 그 공을 갚지 않는다면 이는 짐이 어진 신하를 저버리는 일이로다."

조서를 내려 소부를 위로하고 소부에게 태자태부 신국후를 봉하고 식읍 3천 호를 먹게 하고, 상서는 본직 병부상서에 문정후를 추증하여 예관을 시켜 치제(致祭)[81]하도록 하고 얼굴을 공신각(功臣閣)[82]에 그리라고 명하였다. 이씨 집안에서 성지(聖旨)를 보고 더욱

---

80) 흉금(胸襟): 마음 속에 품은 생각.

81) 치제(致祭): 임금이 제물과 제문을 보내어 죽은 신하를 제사 지내던 일. 또는 그 제사.

82) 공신각(功臣閣): 공신의 얼굴을 그려 놓은 전각. 예를 들어 당(唐) 태종(太宗)이 정관

슬픔을 이기지 못하였다.

조정의 모든 관료들이 문정후가 물에 빠져 죽은 것을 알고 참담함을 이기지 못해 이씨 집안에 모여 조문하니 수레와 말이 면면히 이어져 끊이지 않고 곡성이 오 리 밖에까지 이어졌다. 이때는 늦가을 초열흘께라 국화와 단풍은 곳곳에 피어 경치는 그윽하고 가을바람은 쓸쓸하였다. 그러나 상서의 온화한 얼굴과 목소리가 유명(幽明)을 달리하여 붉은 명정(銘旌)은 바람에 나부끼고 헛관은 사람들의 이목을 놀라게 하였으니 이몽창의 벗들은 그 마음이 베어지는 듯하여 눈물을 흘리지 않는 이가 없었다. 그러니 그 부모와 형제의 마음이야 더욱 말할 나위가 있겠는가.

승상이 세 아들과 함께 조문객을 응대하니 가슴이 마디마디 끊어지는 듯하였으나 부모를 모시고 있는 처지에 마음대로 못 하고 세 마디 울음에 피눈물이 옷깃을 적셨고 위로하는 말을 들으면 다만 긴 한숨만 내뱉을 뿐이었다. 조문객들이 이러한 모습을 보고 슬퍼하지 않는 이가 없었다.

소 상서는 딸의 소식 듣기를 밤낮으로 원하다가 문득 상서의 흉음(凶音)을 들으니 딸이 비록 살아 돌아온다 해도 아주 쓸모없는 인생이 된 줄 헤아리고 서러워 가슴이 끊어지는 듯하였다. 급히 이씨 집안에 가 빈 신위를 붙들고 통곡하여 인사를 차리지 못하다가 승상을 붙들고 크게 통곡하며 말하였다.

"딸이 죽었는지 살았는지를 몰라 밤낮으로 초조하였으나 존형(尊兄)이 멀리까지 내다보는 생각이 깊음을 바라 요행 딸을 만날까 바라고 있더니 이제 현서(賢壻)가 지하의 음혼(陰魂)이 되니 딸이 비록

(貞觀) 17년(643)에 공신 24명의 초상화를 걸게 한 능연각(凌煙閣) 등이 이에 해당함.

살아 있으나 쓸데없는 인생이 되고 말았습니다. 딸의 성품이 참으로 깨끗하여 반드시 혼자 살지만은 않을 것이니 소제(小弟)의 운명이 어찌 이처럼 기구한 것입니까?"

승상이 낯에 눈물이 가득하여 말을 않다가 오랜 후에 길이 탄식하며 말하였다.

"소제가 반평생을 세상에 다니며 조금도 사람에게 악한 일을 한 적이 없거늘 이제 자식의 요절을 만나 두루 참담한 모습이 고금에 희한하니 다만 하늘을 한할지언정 무슨 말을 하겠나이까? 저의 부부가 한결같이 창천(蒼天)의 미워하심을 만나 며느리는 하늘 끝에 멀리 떨어져 이생에 만날 기약이 없고 아들은 물 밑에 잠겨 몸을 얻어 선산에 돌려보낼 길이 아득하니 마음이 착잡하여 장차 잠시도 견디지 못할 지경입니다. 다만 존당과 양친을 위하여 겨우 넋을 거느려 앉아 있으나 아들의 모습이 눈앞에 삼삼하여 차마 눈을 붙이지 못하니 이러다 미치기 십상인가 합니다."

상서가 크게 울고 말하였다.

"저의 거동을 헤아리건대 어찌 스물한 살 청춘에 돌아가겠는가마는 이 모두 학생의 팔자가 기구해서인가 하나이다."

승상이 길이 탄식하며 말하였다.

"관상 보는 법도 거짓 것이요, 기골이 산악 같음도 허사입니다. 일찍 죽고 오래 사는 것이 하늘에 달려 있으니 제 이미 물에 빠져 죽을 운수라 장차 어찌하겠습니까?"

말을 마치고는 오열하여 능히 정신을 거두지 못하니 소 공이 도리어 위로하며 말하였다.

"영아(令兒)가 참혹하게 죽은 일은 길 가는 사람도 눈물을 흘릴 만한 일이니 더욱이 그 부모의 마음을 일러 알 바이겠습니까? 그러나 형에게는 아직도 여러 명의 영랑(令郞)이 있으니 마음을 놓을 일이 없지는 않을 것입니다. 원컨대 형은 슬픔을 억제하여 천금처럼 소중한 몸을 돌아보소서."

승상이 눈물을 흘리며 말하였다.

"자식이 여럿이나 그 정은 각각입니다. 저를 얻은 지 20여 년에 이렇듯 갑자기 사별하게 되었으니 아비와 자식 사이의 그윽한 정은 금하기 어려운지라 형은 소제의 마음을 살펴 용서하소서."

소 공 역시 눈물이 비처럼 쏟아질 따름이었다.

이윽고 상 시랑과 조 국구가 이르러 조문하니 상 공은 자기 딸의 부부가 다 죽은 것이 더욱 슬퍼 강물을 보탤 만한 눈물을 흘리고, 조 국구는 자기 딸 일생을 마치게 되었음을 서러워하니 그 서러움이 어찌 소 공보다 덜하겠는가.

날을 기다려 성복(成服)[83]을 하게 되었다. 생은 본디 병부(兵部)의 큰 직위에 거하여 그 막하의 관료가 셀 수 없을뿐더러 인물과 재주가 당대에 뛰어나 친붕이 천 명을 헤아릴 정도였다. 또 승상이 일인지하(一人之下)로서 사방을 다 총괄하였으니 누가 그 아들의 성복날에 오지 않을 것인가. 조정의 모든 관료들이 구름 모이듯 하여 성복제(成服祭)[84]에 참여하여 그 곡성이 하늘을 흔들었으니 부모, 형제의 슬픔을 측량할 수 있으리오. 오장이 무너지고 끊어지는 듯하여 제사를 마치고는 무평백 이한성이 부모를 붙들어 내당으로 들어가고, 한림 몽원이 모친 정 부인을 위로하여 빈각(賓閣)으로 가니 승상이 슬퍼하며 말하였다.

---

83) 성복(成服): 초상이 나서 처음으로 상복을 입음. 보통 초상난 지 나흘 되는 날부터 입음.

84) 성복제(成服祭): 성복 때 지내는 제사.

"창이가 나의 뒤를 따를 것이거늘 무슨 까닭으로 네 먼저 돌아간 것이냐? 이는 네 아비가 참지 못할 것이로다."

그러고서 피를 토하고 혼절하니 부마가 급히 붙들어 침상에 눕히고 약물로 구호하였다. 한나절 후에나 겨우 깨어났으나 이미 음식을 날마다 먹지 않은 지 오래되었으므로 부마가 울며 간하였다.

"이제 아우가 참혹하게 죽은 것은 간장이 막힐 지경이니 더욱이 부모님의 슬픔이야 덜하겠나이까? 그러나 위로 대부모님의 슬픔이 과도하니 아버님이 아침저녁으로 위로하시는 것이 옳거늘 어찌 이렇듯 정신을 놓으시어 전후를 돌아보지 않으시나이까?"

승상이 정신을 억지로 차리고 말하였다.

"내 또한 네 생각만 못한 것이 아니다. 다만 부자의 정으로써 오늘의 광경을 참을 수 있겠느냐? 그러나 일이 이에 이른 후에는 설마 어찌하겠느냐?"

드디어 미음을 가져오라 하여 태연히 마셨다. 그러고서 옷과 띠를 바로하고 내당에 들어가 온화한 안색으로 조모와 부모를 위로하고 저물도록 옆에서 모시며 담소를 하면서 조모와 부모가 슬픔을 참도록 하였다.

승상이 혼정(昏定)[85]을 마치고 사실(私室)에 이르렀다. 이때 정 부인은 상서의 흉음을 들은 후에 생각이 어릿한 듯, 취한 듯하여 머리를 베개에 던져 밤으로써 낮을 잇고 부르짖으며 애통해하고 음식을 먹지 않으니 아들과 며느리 들이 근심을 이기지 못하였다. 시부모가 만일 미음을 권하면 온화하게 사례하고 즐거운 낯빛으로 먹었으나 시부모가 나가면 비위가 거슬려 토하고 인사를 아는 듯 모르는 듯하

85) 혼정(昏定): 잠자리에 들 때에 부모의 침소에 가서 잠자리를 살피고 밤 동안 안녕하기를 여쭘.

였다. 상서의 용모와 음성이 귓가에 머물러 그를 잊기가 어려워 가슴이 온갖 슬픔으로 막혀 버렸으니 어찌 음식이 목에 넘어가겠는가. 날이 지나자 울음도 나지 않아 한갓 베개에 몸을 버려 반생반사(半生半死)하였으니 부마 등이 매우 초조해하였다. 이런 중에 승상이 들어오니 부인이 몸을 일으켜 베개에 의지하여 눈물이 점점이 떨어질 뿐이요 말이 없었다. 이에 승상이 시간이 지난 후 탄식하고 말하였다.

"부인과 내 팔자가 기구하여 서하(西河)의 슬픔[86]을 당하였으니 슬픔을 참지 못할 바요. 그러나 부모님이 집에 계시고 아래로 여러 아들이 있으니 편벽되게 저만 생각하여 지나치게 슬퍼함이 그른가 하니 부인은 모름지기 슬픔을 참고 생의 말을 좇길 바라오."

부인이 목이 쉬도록 울고서 시간이 좀 지난 후 대답하였다.

"사람에 세상에 나와 누가 죽지 않겠나이까? 또 여러 자식을 두었으니 어찌 다 좋기를 바랄 것이며 자식이 많으니 이런 일 보는 것은 예삿일일 것입니다. 그러나 이제 몽아는 그렇지 않아 저를 전쟁터에 보내고 밤낮으로 애를 태우다가 다행히 성공했다는 소식을 들으니 기쁨이 바람 이상이라 손꼽아 돌아오기를 기다렸습니다. 그런데 꿈에도 생각지 않은 흉한 소식을 들으니 제 만일 병이 들어 죽었다면 신체를 어루만져 산 낯을 본 듯이 반겼을 것이나 저의 몸을 물고기 뱃속에 장례지내 그 자취가 묘연하니 소첩이 겹겹이 남은 한을 견딜 수 없어 죽어 이 일 모르기를 영화롭게 여기나이다."

말을 마치자 구슬 같은 눈물이 꽃 같은 뺨에 줄줄 흐르니 승상이 위로하였다.

---

86) 서하(西河)의 슬픔: 서하는 지금의 하남성 안양. '서하의 슬픔'은 중국 춘추시대 자하(子夏)가 서하에 있을 때 자식을 잃어 슬퍼한 데서 유래함.

"나의 마음이 부인만 못한 것이 아니요, 고당(高堂)에 계신 양친을 위해 참는 것이니 부인은 큰 도리를 지키도록 힘쓰시오."

그러고서 딸에게 명령하여 한 그릇 미음을 부인에게 내 오라 하니 빙옥 소저가 즉시 금그릇에 죽을 내왔다. 그러나 부인의 무수한 눈물이 좌석에 고일 따름이요 미음을 차마 먹지 못하였다. 이에 승상이 정색하고 말하였다.

"사람이 지극한 고통 가운데서도 죽지 못해 훼불멸성(毁不滅性)[87]을 생각하거늘 부인이 어찌 이렇듯 편협한 것이오?"

부인이 억지로 미음을 두어 번 마셨으나 기운이 거슬려 토하니 승상이 돌아보고 말하였다.

"부인이 두 존당을 돌아보지 않아 이렇듯 죽기를 서두르니 내 구태여 말리지는 않겠지만 또한 부인 몸에 무슨 유익함이 있겠소?"

드디어 몸을 일으켜 나와 계단에서 산보하며 심사를 진정하지 못하다가 눈을 들어 천문을 보니 규성이 이미 흔적이 없으므로 스스로 슬퍼하며 말하였다.

"하늘이 어찌 내 아들에게 재주를 그렇듯 탁월하게 주시고 목숨 앗기를 이렇듯 쉽게 하시는고? 옛날 공자의 제자 안연(顔淵)이 존귀하고 명망이 높았으되 일찍 죽었으니 오늘날 내 아들이 그와 같도다."

그러고서 몽창의 화려하고 시원스러운 풍채와 관옥 같은 얼굴이 눈가에 삼삼하고 학의 울음소리 같은 맑은 목소리가 귓가에 쟁쟁하며 키가 컸으나 자기의 소매를 붙들고 기뻐하는 모습에 만사를 잊던 광경을 생각하니 차마 슬픔을 견디기 어려웠다. 넓은 눈썹에 온갖 슬픈 색으로 미우(眉宇)를 찡그리며 배회하니 달빛 아래 시원한 풍

---

87) 훼불멸성(毁不滅性): 훼불멸성. 부모의 상을 당하여 아무리 슬퍼도 생명을 잃지는 않도록 함.

채가 뚜렷하였다. 밤이 깊으니 찬 서리가 의관에 젖었다.

부마와 한림 등은 모친을 구하느라 부친이 나갔어도 미처 생각지 못하다가 부마가 마침 나와 부친의 그러한 모습을 보고 슬픔을 이기지 못해 나아가 아뢰었다.

"밤기운이 깊고 가을바람이 찬데 이렇듯 나와 계시나이까? 잠자리에 드시기를 청하나이다."

승상이 머리를 돌려 다 듣고는 서헌으로 가려 하다가 의관이 다 젖었으므로 도로 부인 침당에 이르러 딸을 불러 의관을 가져오게 해 갈아입고 이곳에서 잤다. 아들들이 물러나자, 부인은 울기를 그치고 승상의 자는 마음을 편하게 하려고 조용히 베개에 기대 슬픈 낯빛을 보이지 않으려 하였다. 그러나 승상이 밤새도록 길이 근심하고 깊이 탄식하여 갑자기 구천(九泉)에 놀려는 마음이 있으므로 부인이 더욱 슬퍼 칼을 삼킨 듯하여 헤아렸다.

'저렇듯 애를 태우는데 내 어찌 같이 슬퍼하여 그 슬픈 마음을 돋우겠는가?'

잠깐 슬픔을 참으려 생각하더니 승상이 잠을 못 자고 새벽에 일어나 신성(晨省)하고 외당으로 나가 소부를 위로하였다.

승상이 이후 온갖 방법으로 심사를 진정하여 지냈으나 때때로 상서의 목소리와 행동이 눈앞에 벌여 있는 듯해 넋이 놀라니 마음이 크게 상해 큰 병이 생길 듯하였다. 일찍이 서당 근처에 발을 디디지 않고 상서가 쓰던 문방구와 연갑(硯匣)[88]을 다 불 질러 없애려 하니 태사가 말하였다.

"비록 보기 싫으나 성문 등 두 아이가 있으니 자란 후에 제 아비

---

88) 연갑(硯匣): 벼룻집.

자취를 알게 하라.”

이에 승상이 명령을 받들어 상서가 쓰던 문방구 등을 다 서당에 넣고 잠갔다. 부마 등은 형제가 함께 지내면서 시를 짓고 읊으며 즐거운 시간을 보내던 곳을 차마 보지 못해 다른 데로 가서 한림과 함께 지냈다.

소부가 한 달 정도를 고생하고 일어났다. 만물은 예전과 같았으나 조카의 자취가 아득하니 더욱 슬퍼 별원에 가 영연(靈筵)[89]을 두드리며 종일토록 통곡하였다. 그날로 임금에게 조회하니 임금이 상서의 참혹한 죽음을 위로하였다. 이에 소부가 울며 아뢰었다.

“신이 조카를 죽이고 홀로 돌아와 성상(聖上) 탑하에 뵈오니 마음을 어디에 비하겠나이까?”

임금이 위로하고 소부에게 신국후 인수를 친히 주니 신국후가 사은하고 물러와 슬픔을 더욱 이기지 못하고 눈물을 흘리지 않는 날이 없었다.

정 부인이 비록 슬픔을 참으려 하였으나 약질이 애를 쓴 지 오래되었으므로 병이 들었다. 몸을 베개 머리에 던져 위중하니 시부모가 크게 우려하고 승상은 부마에게 일의 형세 상 그러한 모습은 옳지 않다며 매우 꾸짖는 말을 전하도록 했다. 부인이 억지로 마음을 너그럽게 하고 몸을 스스로 조리해 일어나 다니면서 시부모의 음식을 받들었으나 일찍이 이가 드러나게 웃지 않고 담소를 하지 않으며 침소에 돌아오면 울기를 마지않았으니 공주와 장 씨가 모시고 위로할 뿐이었다.

이때 조 씨는 상서의 흉음을 듣고 자기 일생이 끝났음을 슬퍼해

89) 연연(靈筵): 죽은 사람의 영궤(靈几)와 그에 딸린 모든 것을 차려 놓는 곳.

상복을 입고 밤낮 침소에서 통곡하다가 날이 오래 지나자 문득 원망하는 마음이 일어나 매양 상서를 꾸짖었다.

"필부가 살았을 적에는 나를 박대하더니 이제 죽어서 나를 서럽게 하고 채색 옷을 스스로 폐하게 하였는고? 못할 노릇을 하고 죽었으니 제 넋이라도 반드시 지옥에 들 것이다."

그러고서 밤낮으로 욕을 하니 모두 이 말을 듣고 어이없어 알은체하지 않았다. 조 씨가 스스로 마음을 진정하지 못하고 또 이곳에서 나다니면 남을 웃을 것이요, 들어 있자 하니 우울하여 시부모에게 고해 친정에 가 병을 조리하고 오겠다 하니 시부모가 허락하였다. 이에 조 씨가 상복을 끌어 존당에 하직하고 울며 말하였다.

"첩이 불초하나 이제 이팔청춘입니다. 죽어서 이 일을 모르고자 하되 차마 부모의 유체(遺體)를 버리지 못해 질긴 목숨을 이어 왔습니다. 그러나 이곳에서 가군이 왕래하던 데를 차마 보지 못하겠으니 집으로 갔다가 장례하는 날이 되면 오겠나이다."

말을 마치고는 눈물이 비 오듯 하니 승상이 슬퍼하며 위로하고 주변 사람들이 그 신세를 가련하게 여겼다.

조 씨가 본부에 돌아가니 부모가 반기며 그 청춘의 신세를 참혹히 여겼다. 국구가 다른 마음을 품었으나 조 씨가 죽을 각오로 듣지 않고 부인이 의리 상 옳지 않다 하며 반대하니 국구가 다시 이르지 않았다. 조 씨는 원래 사나운 심술만 가지고 있을 뿐이요, 예의를 알지 못해 예전처럼 술과 고기를 실컷 먹고 시름없이 지냈으나 때때로 통곡하며 춘정(春情[90])을 이기지 못하였다.

재설. 이 상서가 한 번 오강에 몸을 버리니 천 길이나 되는 물속

90) 춘정(春情): 남자를 그리워하는 마음.

에 잠깐 잠겼다가 즉시 떠올라 물결 사이로 떠내려가 동정호에 이르렀다. 이때 운사와 소저는 이미 온 지 오래였으므로 급히 상서를 건져 배 위에 올렸다. 소저가 친히 나아가 보니 이미 상서의 얼굴이 역력하였으나 물을 많이 먹어 명이 끊어져 있었다. 소저가 이를 보니 슬픔을 이기지 못해 눈물을 흘리고 운사와 함께 상서를 구호하며 배를 저어 도관에 이르렀다. 소저가 홍아 등에게 명령해 작은 교자를 가져오게 해 상서를 태워 방안에 들이고 더운 물을 떠 입에 흘리며 회생약을 먹였으나 조금도 살아날 기미가 없었다. 이에 소저가 망극하여 운사에게 물으니 운사가 말하였다.

"상공이 물을 많이 먹었으므로 쉽게 깨어나지 못할 것이나 살아나는 것은 의심이 없나이다."

소저가 그 말을 믿지 않고 조급해하였다.

그런데 이튿날 저녁때에 상서가 물을 많이 토하고 가슴에 온기가 생겼다. 이에 소저가 하늘에 사례하고 친히 붙들어 구호하니 상천(上天)이 감동하여 비로소 다음날 새벽에 상서가 정신을 차렸다. 상서가 눈을 들어 보니 자기 몸이 방 안에 있고 한 서생이 곁에 앉아 구호하고 있는 것이었다. 크게 의아하여 천천히 몸을 일으켜 앉아 말하였다.

"이곳은 어느 곳이며 그대는 어떤 사람이오?"

소저가 앞을 향해 절하고 말하였다.

"소생은 이 땅의 선비이온데 마침 뱃놀이를 하다가 존공(尊公)께서 물속에 참혹히 빠진 것을 보고 구하여 건져 냈거니와 다행히 살아나셨으니 치하하나이다."

말을 마치고 서동을 불러 따뜻한 죽을 내오게 하니 생이 비록 겨를이 없는 가운데나 어찌 소 씨를 몰라보겠는가마는 물을 많이 토하고 속이 비었으니 눈이 어두워 자세히 알지 못하였다. 죽이 나와서 다 먹고는 바야흐로 정신이 평안해지고 눈이 밝아졌다. 상서가 다시 눈을 들어서 보니 이는 곧 3년을 그리워하던 소 부인이었다. 오늘 죽었다 살아난 곳에서 부인을 만나니 참으로 다행으로 여겼다. 슬픔과 반가움이 섞인 채 자기 몸이 아픈 것을 잊고 바삐 손을 이끌어 앉을 것을 청하고 물었다.

"그대는 사람인가, 귀신인가? 오늘 어디에 있다가 옛날 생의 박대를 잊고 죽을 가운데서 생을 구하였는가?"

소 씨가 비록 남복을 하였으나 생의 한 쌍 밝은 눈을 두려워하더니 오늘 이 말을 듣고 또 생이 자신의 손을 잡는 것을 보고 참으로 놀랍고 끔찍하여 이에 안색을 바르게 하고 손을 떨쳐 물러나 앉아 사례해 말하였다.

"박명한 인생이 천지간에 부끄러운 덕을 실어 한때 더러운 이름이 온 성에 가득하고 몸이 이역만리에 귀양 가는 신세가 되어 살아날 기약이 아득하였습니다. 스스로 한 목숨을 아껴서가 아니라 부모님이 주신 몸을 차마 자결치 못하여 적소에 이르러 몇 달을 평안히 머물렀습니다. 그런데 하늘이 비인(卑人)[91]의 죄가 중한데 벌이 가벼움을 미워하셔서 도적의 환란이 참혹하였습니다. 마땅히 자결함이 좋은 계책이나 첩의 마음이 비천하고 약함을 면치 못해 한 목숨 살기를 꾀해 남자 옷으로 갈아입고 길에서 떠돌아다녔으니 그 슬픔과 원한은 다시 이를 만하지 않습니다. 인생이 세속을 거절하여 세상일을 몰라 상공께서 고생한 줄을 알지 못했으니 그 죄가 큽니다."

말을 마치자, 안색이 엄숙하고 기운이 단엄하여 눈 위에 찬 바람

91) 비인(卑人): 자신을 낮추어 부르는 말.

이 부는 것 같았다. 상서가 옛일을 생각하고 부끄러운 마음이 뒤섞였으나 저의 평안한 기운과 시원스러운 얼굴을 대하니 사랑하는 마음이 솟아났다. 멍하게 있다가 다시 소저의 손을 잡아 슬피 탄식하며 말하였다.

"부인으로 하여금 이렇듯 고초를 겪게 한 것은 다 나의 죄니, 스스로 몸을 버려 사죄하려 했더니 황천이 내가 어진 처를 버린 것을 노하시어 재앙을 내리셨도다. 한때 만 길 바다에 빠져 죽은 것이 오래거늘 그대는 어찌 알고 구했는가? 연고를 듣고자 하노라."

소저가 저를 대하니 새로운 한이 가슴에 쌓였다. 또 오래 산사(山寺)에 머물러 있어 부부간 은정이 초나라와 월나라[92] 같았으므로 상서와 대화하는 것을 참으로 힘들어하여 머리를 숙이고 가만히 있으면서 말을 하지 않았다. 상서가 이에 웃으며 말하였다.

"내 비록 예전에 그대에게 잘못한 일이 있었으나 지금은 그대의 억울한 일이 시원하게 풀렸고 또 부부가 다시 살아나 만났으니 토목과 같은 마음이라도 반가움과 기쁨이 있을 것이거늘 그대의 기색을 보니 예전의 한이 깊이 맺혀 소생 대하기를 괴롭게 여기니 아예 소생을 구해 내지 않는 것이 어떠했겠는가?"

소저가 잠자코 있다가 겸손히 말하였다.

"첩이 어찌 감히 예전 일에 한을 맺음이 있겠나이까? 다만 옛날에 지은 죄를 생각하니 부끄러워서 죽으려 해도 죽을 땅이 없을 정도이니 그 일을 어찌 입 밖에 내겠나이까? 군자를 구한 것은 지난밤에 꿈이 이러이러했으므로 여관(女冠)[93]과 함께 한 것입니다. 첩이 경

---

92) 초나라와 월나라: 중국 전국시대의 초나라와 월나라의 사이라는 뜻으로, 서로 원수처럼 여기는 사이를 비유적으로 이르는 말.

93) 여관(女冠): 도교에서 여자 도사를 이르는 말.

사를 떠난 지 3년이니 그 사이 존당과 시부모님의 귀체는 어떠하십니까?"

상서가 미우에 온화한 기운을 띠고 답하였다.

"존당과 부모님은 한결같이 무사하네. 부인은 죽고 사는 데 이렇듯 생을 생각하거늘 생은 부인을 박대함이 심했도다."

드디어 운사를 불러 자신을 다시 살려낸 것을 사례하고 말하였다.

"이제 사숙(舍叔)[94]께서 나의 거처를 몰라 번뇌하실 것이니 그대는 내가 살아 있다는 기별을 해 주는 것이 어떠한가?"

운사가 합장하고 말하였다.

"어르신이 다시 사신 것은 큰 복이 있어서이니 어찌 빈도(貧道)의 공이겠나이까? 이제 기별을 해 주는 것이 어렵지 않으나 어르신의 금년 액운이 가볍지 않을 것이니 40일을 죽은 것처럼 해야 할 것입니다. 이제 이곳에서 20일을 계시다가 길에 올라 20일을 행하시면 액운이 소멸할 것입니다."

상서가 불쾌한 낯빛으로 말하였다.

"이런 요망한 일을 군자가 어찌 행하겠는가?"

운사가 웃으며 말하였다.

"재액(災厄)은 성인도 피하셨으니 어찌 일개 사람으로 이르겠나이까? 하물며 어르신이 20일 재액을 피하지 않으면 부모께 이르지 못하실 것이요, 이렇듯 하시는 것이 역시 천명이니 익히 헤아리소서."

상서는 숙부가 애를 태우는 것과 부모가 슬퍼하는 모습을 생각하고 속으로 근심하였으나 저의 말이 옳으므로 기별할 생각을 그쳤다. 그러면서도 속으로는 매우 근심하였다.

---

94) 사숙(舍叔): 남에게 자기 삼촌을 이르는 말.

상서가 소저를 대해 일렀다.

“그대가 해산하였다 하니 무엇을 낳았던고?”

소저가 탄식하며 말하였다.

“요행 남자아이였으나 이리이리하여 잃어버렸으니 첩의 죄가 깊사옵니다.”

상서가 놀라고 의아하여 말을 하지 않다가 예전에 꾼 꿈을 생각하고 말하였다.

“사람이 살아 있으면 어찌 만나지 못하겠는가? 부인은 마음을 놓으라.”

또 일렀다.

“그대가 억울한 심정을 말하고자 할 것이나 내 물속에 빠져 피곤하고 정신이 쇠하였으니 편히 조리했다가 그대와 말하리라.”

소저가 더욱 말하기 싫었으나 저의 몸이 회복되지 못했으므로 다만 안색을 편안히 해 상서를 지극히 구호하였다. 상서가 또한 온갖 병이 난 듯하여 신음하니 아직 침소에 편히 누워 조심하며 다른 생각 없이 조리만 하였다. 한편으로는 소부가 자기를 생각할 것이라는 마음에 애를 태우다가 또 생각하기를,

‘숙부와 아버님이 내 직성(直星)[95]이 밝은 것을 보신다면 염려를 덜 것이다.’

하고 마음을 놓았으나 운사가 상서의 재앙을 막고 전세의 업원(業冤)[96]을 풀게 하느라 규성을 감춘 줄 어찌 알겠는가.

10여 일 후 병세가 나아졌으므로 소저가 바야흐로 마음을 놓아 다른 곳에 가 쉬려 하였다. 소저가 비록 이곳에서 밤낮으로 병을 구

---

95) 직성(直星): 사람의 나이에 따라 그 운명을 맡아 본다는 별.

96) 업원(業冤): 전생에서 지은 죄로 이승에서 받는 괴로움.

호하였으나 생의 몸에 옷을 닿게 하지 않고 밤에는 자지 않았으니 그 견고함이 옥결과 같았다. 생이 혼곤한 중에 있어 몸을 움직이지 못했으므로 감히 소저를 범하지 못하고 있더니, 이날 밤에 소저가 운교를 불러 차를 대령하라 하고 몸을 일으키자 상서가 물었다.

"어디를 가는고?"

소저가 대답하였다.

"사실에 가 잠깐 쉬려 하나이다."

상서가 웃으며 말하였다.

"이곳에서 쉬어도 무방하도다."

소저가 대답하지 않고 일어나니 상서가 참지 못하고 일어나 소저의 손을 이끌어 자리에 앉히고 말하였다.

"그대가 생을 원수로 아는 것인가? 어찌 생을 피하는가? 이곳에서 자면 좀 어떠한가?"

소저가 생이 자신에게 친근히 구는 것에 놀랐다. 이미 평생을 함께하지 않으려 마음을 정하였으므로 낯빛이 찬 재와 같아 손을 뿌리쳤으나 수많은 사람이 뒤섞인 전쟁터에서 무인지경처럼 왕래한 상서의 힘과 같겠는가. 속으로 몹시 급해하니 상서가 은근히 타이르며 말하였다.

"생이 전날 그릇한 허물이 자못 크나 이미 부부가 된 후에는 하릴없으니 그대는 편히 앉아 내 지난 일을 들으라."

소저가 진실로 저의 말이 귀 밖에 들렸으나 상서가 손을 굳이 잡았으므로 근심하여 다만 대답하였다.

"할 말이 있으면 이렇듯 자리를 가까이해야 시원하겠나이까? 원컨대 군자는 몸가짐을 무겁게 가지소서."

상서가 그제야 손을 놓고 말하였다.

"부인의 마음을 편히 하려 하는 것이니 모름지기 나갈 생각을 하지 말라."

그러고서 전후곡절을 일일이 이르고 사례해 말하였다.

"학생이 본디 지식이 없어 사람 보는 안목이 없으므로 한때의 춘정(春情)으로 옥란을 가까이하였으니 일이 어찌 크게 될 줄 알았겠는가? 그러므로 아득히 생각지 못해 부인을 의심하였더니 부인이 성문에게 부친 밀서를 보고 깨달아 옥란을 벌주어 실상을 알아내고 그대를 신원(伸冤)하였도다. 사신이 남창(南昌)에 갔으나 이미 그대 일행이 도적 때문에 흩어졌으니 부모님이 슬퍼하시고 악부모님이 생을 한함을 어찌 헤아릴 수 있겠는가? 다만 알지 못하겠도다. 그대가 옥란이 화란을 짓는 기미를 알고서 태연히 모르는 체하고 화를 앉아서 받은 것은 무슨 뜻인고? 모름지기 생을 대해 자세히 일러 의심을 풀게 하라."

소저가 얼굴을 낮추어 다 듣고는 조금도 기뻐하는 낯빛을 보이지 않고 겸손히 사양하여 말하였다.

"첩이 어찌 옥란이 화란 만든 줄을 알았겠나이까? 다만 불초하여 부끄러운 덕을 실어 죽을 땅에 돌아갈 적에 사람이 아는 것이 밝지 못해 옥란을 의심하여 당돌히 밀서를 준 것이니 그 죄가 더욱 큽니다."

상서가 그 유감이 깊은 줄을 스쳐 알고 다만 은근히 위로하고 길에서 떠돌아다니던 곡절과 이에 온 연고를 물으니 소저가 천천히 대답하였다.

"비인(卑人)이 행실이 천하여 사족의 여자로서 남자 옷으로 바꿔 입고 길가를 떠돌아다니며 구걸한 것은 이르지 않으나 자연 아실 것이니 무엇이 빛난 일이라고 사람을 대해 그 일을 이르겠나이까?"

상서가 정색하고 말하였다.

“부인이 생을 일생의 원수로 알아 말을 주고받기를 이리 굴에 내려진 것처럼 여기고 손을 잡으면 뱀이나 전갈이 닿은 것처럼 놀라니 생이 이미 그대를 박대한 사람이 되었으니 내 야차(夜叉)가 되어 그대 손에 죽게 하리라.”

말을 마치고는 손을 이끌어 곁에 앉히고 다시 말을 하지 않았다. 소저는 생의 이와 같은 행동을 보니 자기를 천대하는 것은 예전처럼은 하지 않았으나 강대한 몸으로 약한 무릎에 닿으니 구정(九鼎)[97]이 임한 듯하여 움직일 길이 없었다. 분하고 놀라 가슴이 막히고 앞으로 일신이 괴로울 줄 알아 팔자(八字) 아미(蛾眉)[98]에 시름을 머금어 말을 하지 않았다. 상서도 또한 마음이 평안치 못해 조용히 있더니 소저가 빨리 일어나 나갔다. 상서가 갑자기 대로하여 눈을 둥그렇게 뜨고 운교를 시켜 소저를 청하라 하니 운교가 듣고도 못 듣는 것처럼 하니 상서가 크게 소리를 질렀다.

“천한 계집종이 어찌 이처럼 당돌한 것이냐?”

운교가 크게 두려워하여 마지못해 상서를 인도하여 소저가 있는 곳에 이르니 홍아가 놀라 할 수 없이 문을 열었다. 상서가 들어가니 소저가 침석에 누워 이불을 덮고 미미히 신음하고 있었다. 시원스러운 안광과 붉은 뺨이 등불에 더욱 빼어나니 소저를 흠모하는 마음과 사랑하는 정이 솟아나 정신없이 걸어 곁에 나아가 이불을 헤치고 손을 잡고서 말하였다.

---

97) 구정(九鼎): 중국 하(夏)나라의 우왕(禹王) 때에, 전국의 아홉 주(州)에서 쇠붙이를 거두어서 만들었다는 아홉 개의 솥.

98) 아미(蛾眉): 누에나방의 눈썹이라는 뜻으로, 가늘고 길게 굽어진 아름다운 눈썹을 이르는 말.

"학생이 병세가 쾌차하여 장 태수에게서 거마를 빌려서 가려고 했더니 부인이 어디가 또 평안하지 않은 것인고?"

소저가 상서를 만나니 크게 놀라 빨리 일어나려 하자 상서가 굳이 잡아 말하였다.

"그대가 생과 3년 동안 같이 살고 떠났으니 지금 수습할 것이 없도다."

그러고서 한 침상에 누워 소저의 손을 잡고 사랑하는 것이 이미 병체화(幷蔕花)[99]처럼 되었다. 소저가 이에 안색을 엄숙히 하고 말하였다.

"첩이 비록 천하나 군자가 어찌 산사야점(山寺野店)[100]에서 친근히 굴어 첩에게 이처럼 모욕을 주는 것입니까? 또 군자께서 어버이를 떠난 지 오래되어 그리워하는 회포가 간절할 것인데 그것은 전혀 생각지 않으시고 이렇듯 첩에게 무례한 것입니까?"

상서가 말하였다.

"그렇듯 허다한 연고가 있으니 그대를 감히 범치 못하고 불과 손을 잡으며 자리를 함께한 것이 무엇이 해롭겠는가?"

그러고서 달래고 빌었는데 그 은근히 달래는 말이 쇠와 돌도 녹일 듯하였으나 소저의 마음은 더욱 찬 재 같고 상서를 미워함이 지극했으므로 경사로 갈 뜻을 정하였다. 생이 잠들기를 기다려 새벽닭이 울자 밖에 나와 운사를 보고 하직하니 운사가 놀라 말하였다.

"부인이 상공과 함께 동행할 것이지 어찌 혼자 가려 하십니까?"

---

99) 병체화(幷蔕花): 한 꽃받침에 꽃이 두 개 달린 꽃으로 연리화(連理花)라고도 함. 부부의 사이가 좋음을 비유할 때 쓰임.

100) 산사야점(山寺野店): 산속의 절간과 들의 객줏집을 아울러 이르는 말로 여기에서는 산속의 절간을 이름.

소 씨가 눈물을 흘려 말하였다.

"첩이 사부의 두터운 은혜를 입어 두 해를 평안히 머물고 또 지아비를 구하여 죽을 곳에서 살렸으니 어찌 사부의 은혜를 잊고 떠나려 하겠나이까? 다만 가부가 이미 첩에게 사명(赦命)[101]이 내려졌음을 일렀고, 또 첩이 넋을 잃어 거마(車馬)가 길에서 시끄러운 것을 싫어해 먼저 부모 계신 곳으로 가니 사부는 무양(無恙)[102]하소서."

운사가 또 그 사정을 슬피 여겨 이에 약간의 노자를 차려 주고 손을 나누니 소 씨가 울며 말하였다.

"존사의 은혜는 산과 바다 같으니 한 말로 사례치 않겠나이다. 다만 몇 년을 한 곳에 머물다가 오늘 천 리 산해를 지나 고향에 돌아가니 어느 날 어느 때에 다시 존사의 얼굴을 보리오? 바라노니 존사는 만수무강하소서."

운사가 역시 위로하였다.

"노신이 뜻밖에도 부인을 만나 피차 정이 깊어 잠시 못 보면 삼추(三秋)와 같이 여겼습니다. 그런데 이제 부인이 비록 풍운의 좋은 때를 만나 영화로이 가나 빈도는 소저의 옥 같은 얼굴을 그리워하여 능히 참지 못할 것입니다. 그러나 설마 어찌하겠나이까?"

소저가 다시금 연연해하여 울고 도관(道觀)을 떠나 장사(長沙)에 이르러 한 통의 서간을 홍아를 시켜 태수에게 올리고 경사로 갔다.

이 태수 장옥수는 상서 장세걸의 장자이다. 경사의 조보를 보니 상서가 절강(浙江)을 평정하고 돌아오다가 오강(烏江)에 이르러 물에 빠져 죽었다 하므로 번뇌함을 마지않았다. 이날 홀연히 한 창두(蒼頭)가 서간을 들이고는 몸을 돌려 달아나니 괴이하게 여겨 뜯어

---

101) 사명(赦命): 죄인을 용서한다는 임금의 명령.

102) 무양(無恙): 몸에 병이나 탈이 없음.

보니 다음과 같은 내용이었다.

'우제(愚弟) 백달[103]은 삼가 한 통의 서간을 장형 휘하에 올립니다. 소제가 남으로부터 북으로 가다가 풍랑을 만나 죽음을 면치 못하였더니 마침 하늘의 도우심을 입고 목숨이 길어 군산 옥룡관 도사의 구조를 받아 한 목숨이 다시 살아났습니다. 이를 당돌히 형에게 아뢰니 형은 수고로움을 생각지 말고 어서 폐사(弊舍)[104]에 이르소서.'

태수가 다 보고는 크게 놀라 말하였다.

"백달이 이미 죽은 지 오래거늘 이 소식이 어디로부터 온 것인가?"

하리를 시켜 좇아온 창두(蒼頭)를 찾았으나 모습이 보이지 않았다. 태수가 의혹을 이기지 못해 귀신의 희롱인가 여겼으나 군산 옥룡관이 천하에 유명하였으니 그 땅 관원이 되어 어찌 모르겠는가. 한나절을 깊이 생각하다가 시험코자 하여 행렬을 거느려 한 척의 작은 배를 타고 군산에 이르러 옥룡관에 나아가 자신의 이름을 밝혔다.

이때 상서가 잠에서 깨어 소저의 거처를 몰라 운사를 불러 물었다. 운사가 소저의 사정을 두루 고하니 상서가 놀라고 속으로 분노하고는 어이가 없어 말하였다.

"여자가 망령되이 수천 리 길을 어찌 혼자 갈 수 있겠는가? 그런데 그대는 어찌 말리지 않았는고?"

운사가 사죄하며 말하였다.

"빈도가 어찌 어르신이 그릇 여기실 줄 모르겠나이까마는 소 부인이 규방 여자의 몸으로 가없는 고초를 겪으셨으니 정신과 심사가 크게 상해 계셨나이다. 그러나 옳으나 자기 뜻대로 하시게 한 것은 부인을 불쌍히 여겨서입니다."

---

103) 백달: 이몽창의 자(字).

104) 폐사(弊舍): 자기 집을 낮추어 이르는 말.

상서가 잠자코 있더니 홀연 어린 도사가 명첩(名帖)을 드려서 보니 장사 태수 장옥지였다. 크게 반겨 급히 나가 청해 오니 장 태수가 들어와 상서를 보고 정신이 어릿하여 말하였다.

"그대는 귀신이 아니오?"

상서가 또한 탄식하고 말하였다.

"소제(小弟)가 어찌 귀신이겠소?"

태수가 손을 잡고 눈물을 흘려 말하였다.

"형의 흉문을 꿈속에서 듣고 또 영대인(令大人)이 크게 슬퍼하신다는 소식을 함께 듣고는 내 마음이 베어지는 듯하더니 오늘 형의 산 얼굴을 볼 줄 생각이나 했겠소?"

상서가 말하였다.

"액운이 비상하여 물에 빠졌으나 가친이 천수(天數)를 아실 것이니 어찌 과도히 슬퍼하셨는고? 의심이 되는구려."

태수가 말하였다.

"그것은 다 자세히 알지 못하나 대강 슬픔이 과도하신가 싶더이다."

그러고서 함께 관아로 가자 하니 상서가 사례하였다. 그리고 운사를 보아 다시금 은혜를 칭송하고 태사와 함께 관아로 돌아갔다.

태수가 상서가 생존한 것이 헤아릴 수 없이 기쁘고 다행하여 크게 잔치를 열어 대접하려 하니 상서가 사양하며 말하였다.

"부모께서 매우 슬퍼하신다는 말을 들으니 날개가 돋쳐 날지 못함을 한스러워할지언정 어찌 술과 안주로 즐길 수 있겠소?"

장 태수가 간청하지 못하고 조용히 말하며 이날을 지냈다.

다음날에 상서가 경사로 가니 태수가 노자를 극진히 차려 주고 연연하여 이별을 안타까워하며 말하였다.

"운사가 은혜가 깊거늘 형이 어찌 금은을 주어 사례하지 않는 것이오?"

생이 웃으며 말하였다.

"내 어찌 모르겠는가마는 저의 기상이 맑고 맑아 백운(白雲) 같고 남과 서로 어울리지 않아 송죽(松竹) 같으니 녹록한 금은으로 사례할 것이 아니라 다만 종신토록 마음에 맺어 그 은혜를 잊지 않는 것이 옳을까 하오."

장 태수가 그 의논이 고명함을 칭찬하고 승복하였다.

상서가 밤낮으로 길을 가 20여 일 만에 경사에 이르렀다.

차설. 소 소저가 홍아 등과 함께 채를 잡아 경사에 이르러 친정에 가니 상서와 부인이 중당에 있었다. 소저가 나아가 두 번 절하고 울며 말하였다.

"불초녀 월혜가 부모님께 죄를 청하나이다."

상서 부부가 뜻밖에도 한 서생이 면전에서 절하는 것을 보고 놀라움과 의아함을 이기지 못하다가 이 말을 듣고는 크게 놀라 정신을 차려서 보니 이는 곳 3년 동안이나 죽었는가 여겼던 딸이었다. 도리어 반김을 잊고 정신이 날아갈 듯하여 손을 잡고 크게 울며 말하였다.

"네가 정말로 월혜냐?"

소저가 목 놓아 오열하며 말하였다.

"소녀, 팔자가 기박하여 부모님께 걱정을 두루 끼치고 한 몸이 변방을 떠돌아다니며 죽을 고초를 두루 겪다가 고향에 돌아오니 기막힘을 어찌 다 아뢰겠나이까? 그러나 이미 살아서 만났으니 부모님은 너무 슬퍼하지 마소서."

상서가 딸을 만나 기쁜 듯 슬픈 듯 마음을 진정하지 못하다가 상서 이몽창을 생각하고 오장이 끊어지는 듯하였으나 소저가 괴이한 행동을 할까 두려워 내색하지 않고 이에 탄식하고 말하였다.

"늙은 아비가 푸른 하늘에 심하게 죄를 얻어 너에게 온갖 고난을 겪게 하였으니 이는 다 나의 운수가 불행해서로다."

드디어 함께 정당(正堂)에 가 노 부인을 뵈었다. 노 부인이 천만뜻밖에 소저를 보니 취한 듯 멍한 듯하여 다만 소저를 붙들고 말을 잇지 못했다. 소저가 안색을 편히 하여 위로하였으나 부인은 상서를 생각해 눈물을 금치 못하고 장 부인은 오열함을 마지않았다. 소저는 속으로 자기를 보고 저렇듯 과도히 구는가 여기고 상서 이몽창에 대한 말은 정신을 진정한 후에 고하려 하였다.

소 상서가 사람을 시켜 소 씨가 살았음을 이씨 집안에 통하게 하였다. 승상이 놀라기도 하고 기쁘기도 하였으나 자기 아들을 생각하고 마음이 크게 어지러워 눈물을 머금고 내당에 들어가 모든 사람에게 고하였다. 일가 사람들이 크게 놀라 소 씨의 일생이 끝났음을 애석해 하니 정 부인이 소 씨의 소식을 듣고는 새로이 참담하고 슬픔이 가슴에 막혀 맑은 눈물이 푸른 소매를 적셨다. 이에 태사가 탄식하고 말하였다.

"소 씨가 살아 있는 것이 비록 기쁘나 창이의 흉문을 듣고 어찌 살려고 하겠는가?"

승상이 가슴이 막혀 말을 못 하였다.

소부 등과 함께 소씨 집안에 가니 소 상서가 맞아 승상의 손을 잡고 목 놓아 오열하며 말하였다.

"현형아! 오늘 딸아이가 집에 들어왔으나 장차 무엇에 쓰겠나이까?"

승상이 눈물이 비 같아 반나절이나 말을 못 하다가 말하였다.

"며느리를 보고 싶습니다."

상서가 좌우를 시켜 소저를 부르니 소저가 남자 옷을 벗고 푸른 치마에 녹색 저고리로 자리에 다다라 두 번 절하였다. 승상이 눈을 들어서 보고는 슬픔으로 가슴이 막혀 눈으로부터 눈물이 끝없이 떨어졌고 소부와 부마 등이 흘린 눈물이 또 옷 앞에 젖었다. 소 씨가 의아하여 생각하였다.

'시아버님과 같이 명철하신 분이 어찌 이 군이 죽은 줄로 알아 저렇듯 하시는고?'

그러더니 홀연 깨우쳐,

'운사가 이 군에게 40일 재앙이 있다 하고 그 직성(直星)을 진압하였더니 시아버님이 천문을 보시고는 필연 운사의 술법에 속은 것이구나.'

하고 이에 자리를 떠나 정돈하고 고하였다.

"소첩이 그해에 천고 윤리를 몸에서 무너뜨려 버리고 변방으로 귀양을 갔으니 어찌 다시 살아 돌아와 몸에서 재앙 벗어나기를 바랐겠나이까? 마땅히 한 목숨을 버리는 것이 시원하되 소첩의 위인이 약하고 어리석음이 심하여 쇠잔한 목숨을 구차히 연명하여 적소에 이르러 겨우 지냈사옵니다. 그러던 중에 도적의 환란이 참혹하였으나 구태여 목숨을 아껴 세 명의 시비와 함께 크고 작은 환란을 겪고 동정호 군산에서 지내다가 군자가 물에 빠져 목숨이 경각에 있으므로 구하여 산사에 데려가 10여 일 조리하도록 하니 몸이 무사하게 되었사옵니다. 헤아리건대 내일이면 상경할까 하나이다."

말을 마치자 승상, 소 공과 소부 등이 크게 놀라 말을 못 하고 승상이 또한 꿈속 같아서 말하였다.

"현부가 이 무슨 말인고? 내 천문을 보니 돈아(豚兒)에게 속한 별이 모습이 없고 일어남이 없었으니 이런 말을 어찌 하는고?"

소 씨가 자리를 피해 아뢰었다.

"소첩이 어찌 속이겠나이까? 당초에 과연 첩이 물에 빠졌다가 옥룡관 으뜸 여도사 운사의 구조를 입어 2년을 편히 있었사옵니다. 그러다가 군자가 물에 빠지던 날 꿈이 이러이러하여 소첩이 의심하여 운사에게 물으니 운사는 대강 득도한 지 오래 되었으므로 위로 천수(天數)를 밝이 밝아 군자가 금년 액운이 가볍지 않다 하고는 술법을 써서 규성을 감춘 지 40일이 되었습니다. 오늘 밤은 예전과 같을 것이니 삼가 연유를 고하나이다."

승상이 다 듣고는 기쁨이 지극하여 도리어 꿈인지 생시인지 구분하지 못해 말하였다.

"오늘 현부의 말을 들으니 옛날 강태공(姜太公)이 무길(武吉)을 위하여 주문왕(周文王)을 속인 줄을 알겠구나.[105] 내 위로 천수(天數)와 아래로 산수(算數)를 잠깐 알아 몽창이의 기골이 스물한 살 청춘에 요절할 줄 어찌 뜻하였겠는가마는 이미 저의 직성(直星)이 없으니 그 후에는 눈을 감고 입을 잠가 사람을 대해 '사람을 안다'는 말을 그치리라 마음먹었다. 또한 돈아를 생각하면 내 비록 장부지만 인간 세상을 사절하려는 뜻이 있더니 어찌 이렇듯 기특한 일이 생길 줄 알았겠느냐?"

신후가 기쁜 마음을 진정하여 말하였다.

"그대가 어찌 이런 말을 영대인께 고하지 않았던고?"

소저가 고개를 숙이고 대답하였다.

"소첩이 본디 규중의 약질로 길에서 돌아다니며 온갖 고초를 두루 겪어 정신이 어린 듯하였으므로 미처 발설하지 못하였나이다."

---

105) 옛날~알겠구나: 나무꾼 무길이 본의 아니게 왕상을 살해하는 일이 생기자 문왕은 무길에게 홀어머니를 뵙고 다시 돌아와 목숨으로 죗값을 치르라고 명하는데 풀려난 무길은 강태공을 만나 그의 제자가 되고, 강태공은 술법으로 무길의 나쁜 운수를 없애 줌.

승상이 그 사정을 불쌍히 여겨 위로하고 말하였다.

"며느리가 어찌 돈아와 함께 오지 않고 홀로 이른 것이냐?"

소저가 자리를 피해 사죄하였다.

"소첩의 구구한 소견을 아버님 앞에 아뢰는 것이 황공하니 감히 죽을죄를 청하옵니다."

승상이 이미 짐작하고 다시 묻지 않았다. 승상이 상서를 잃고 참으로 슬퍼하다가 이 말을 들으니 어찌 기쁨이 비할 데가 있겠는가. 즉시 일어나며 말하였다.

"기쁜 기별을 존당께 고하려 돌아가니 며느리는 두어 날 쉬어 집에 오고, 형은 이 연유를 천자께 아뢰어 주시오."

소 공이 응낙하고 전후의 사연을 베풀어 표를 올리니 임금이 크게 놀라고 또 크게 기뻐하여 즉시 조서를 내려 소 씨를 크게 칭찬하고 소 씨를 문정후 상원부인에 봉하고 비단을 상으로 내려주었다.

소 공이 사은하고 돌아와 바야흐로 부자와 모녀가 한 집에 모여 전후 환란을 물으니 소저가 한숨 쉬고 오열하며 지금까지 고생하던 이야기를 절절히 말하였다. 들으니 소 씨가 진실로 살아 돌아온 것이 천고에 기이한 일이요 고금에 희한한 경사였다. 이에 소 공이 다만 눈물을 흘리며 말하였다.

"이것은 다 나의 팔자니 누구를 한하겠느냐? 아이의 종적을 모르니 참담하나 강보의 아이를 누가 죽였겠느냐? 훗날 만날 일이 있을 것이니 너는 번뇌치 말거라."

소저는 다만 탄식할 뿐이었다.

장 부인이 딸을 데리고 침소에 가 함께 자며 그동안 그리워하던 회포를 이르니 눈물이 자리에 흐를 뿐이었다. 이윽고 운아가 두 아들을 데려와 소저를 보고는 죽었던 사람을 만난 듯 크게 우니 소저가 역시 울고 말하였다.

"박명한 인생이 화란을 겪어 부모님과 어미의 간장을 다 태웠으니 어찌 그 죄가 깊지 않으리오?"

그러고서 운아의 손을 잡고 울기를 마지않으니 운아가 겨우 정신을 진정하여 말하였다.

"비자(婢子)가 부인의 사생을 모르고 상서께서 기세(棄世)하셨다는 말을 들었을 적에도 울음을 억제하였는데 이제 상서께서 생존하셨다는 기별을 듣고 또 부인을 만났으니 어찌 슬퍼하겠나이까?"

소저가 또한 정신을 거두어 눈을 들어서 보니 이때 성문은 다섯 살이요, 영문은 네 살이었는데 두 아이가 크고 영리하게 생겨 몰라보게 변하였다. 소저가 좌우를 시켜 안게 하고 울며 말하였다.

"너희가 무슨 죄로 어미 품을 떠나 어미의 사랑하는 정을 모르고 자랐느냐?"

영문이 반겨하는 듯하였다. 운아가 또한 소저 곁에서 자고 소저는 두 아이를 품고서 모친 곁에 누우니 만사가 뜻과 같았다. 운아가 이에 말하였다.

"소저께서 귀양을 가신 후에도 상서께서 그 억울한 사정을 전혀 생각지 못하시더이다."

소저가 잠깐 웃고 말을 하지 않으니 장 부인이 물었다.

"내 원래 네가 귀양 갈 때 고생하던 연고를 알지 못하니 시종을 이르라."

소저가 이에 상서가 자기를 모욕하고 괴롭히던 말을 고한 후 말하였다.

"소녀가 이번에 험난한 일을 겪고 온 후에 더욱 이생을 생각하면 또한 마음이 놀라우니 반드시 그 사람의 손에 죽을까 싶나이다."

장 부인이 말하였다.

"이랑의 행동이 비록 사리에 어긋나나 여자가 되어 어찌하겠느냐?"

이에 소저가 잠자코 있었다. 부인이 소저의 뜻을 돋우지 않으려 이렇듯 일렀으나 마음속으로는 한이 깊었다.

이때 승상이 돌아와 모든 사람에게 상서가 살아 있음을 고하니 일가 사람들이 크게 놀라 믿지 않으니 태사가 탄식하고 말하였다.

"내 본디 몽창의 기골로 일찍 죽은 것을 괴이하게 여겼더니 대개 이러한 곡절이 있었구나. 소 씨는 진실로 내 집의 은인이로다."

승상이 말하였다.

"밝으신 가르침이 마땅하시나 소 씨가 예절에 맞게 지아비를 구한 것을 어찌 은혜라 하겠나이까?"

태사가 그 말을 옳게 여겼다.

일가의 모든 사람들이 크게 기뻐하고 정 부인은 꿈 같아서 도리어 기쁜 줄을 몰랐다.

이씨 일가에서 이 소식을 듣고 치하가 분분하였으니 숙당과 조부모의 기쁨을 측량할 수 있겠는가. 조 국구 집에서 이 말을 듣고 크게 기뻐하여 조 씨가 즉시 곱게 꾸미고 이씨 집안에 이르러 참으로 기뻐하니 시부모가 또한 좋은 빛으로 위로하였다. 임금이 조서를 내려 승상에게 치하하니 승상이 대궐을 바라보고 임금의 은혜에 감사하였다. 이 밤을 기다리는 것이 간절하였으니 부자 사이의 정은 이 공처럼 엄격한 사람도 이와 같았다.

다음 날, 해가 중천에 뜰 때쯤 상서가 들어와 승상에게 절하고 소부 이연성, 무평백 이한성, 부마 이몽현에게 절하였다. 승상이 바삐 손을 이끌어 스스로 슬퍼하며 차마 말을 못 하니 상서가 역시 눈물을 흘리며 부친 가슴에 얼굴을 대고 말하였다.

"제가 불초함이 커 부모님께 이렇듯 불효를 끼쳤으니 그 죄가 태산과 같사옵니다."

소부 등이 각각 눈물을 흘려 말을 하려 하더니 승상이 말하였다.

"네가 죽은 줄로 알았다가 부자가 이제 만난 것이 다행이라 또 무슨 말을 하겠느냐?"

드디어 함께 들어가 내당에 뵈니 태부인과 태사 부부의 반김과 기쁨을 다 이를 수 있겠는가. 각각 위로하고, 정 부인이 몽창의 손을 잡고는 슬픈 빛이 가득하여 말을 못 하니 태사가 말하였다.

"몽창이가 죽은 것으로 알았다가 이제 살아서 모였으니 다시 한할 것이 없구나. 그러니 현부는 모름지기 슬픔을 그치라."

그러고서 상서를 어루만지며 말하였다.

"오늘 네가 다시 살아온 것은 모두 하늘이 도우신 것이니 어찌 기특하고 다행한 일이 아니겠느냐?"

상서가 사례하였다.

"소손이 액운이 비상하여 물에 빠져 존당과 부모님께 불효를 끼쳤으니 죄가 깊사옵니다."

태부인이 탄식하였다.

"노모가 오래 살아 너의 흉음을 들으니 스스로 장수한 것을 한스러워하고 있었느니라. 그러다 너를 다시 보니 이제는 한이 없구나."

태사가 모친이 슬퍼하는 모습을 보고 이에 모친의 마음을 위로하니, 모두들 웃는 빛을 다해 태부인이 웃도록 도왔다. 소부가 물었다.

"네 어찌 소 씨를 먼저 보낸 것이냐?"

상서가 웃고 대답하였다.

"소 씨 괴물이 한층 더해 소질을 원수처럼 미워하여 소질의 병을 구완하다가 소질이 나으니 소질에게 말하지도 않고 경사로 온 것입니다. 여자로서는 그처럼 괴이하고 독한 것이 없더이다."

태사가 웃으며 말하였다.

"소 씨가 어려서부터 너 때문에 험난한 일을 겪었으니 너에게 유감이 없을 것이라고 네 그른 줄은 모르고 저렇듯 책망하는 것이냐? 너를 죽을 곳에서 살려 낸 은혜가 깊으니 이후에는 전처럼 행동하지 말거라."

상서가 웃고 대답하였다.

"대부 말씀이 옳으시나 소 씨는 이미 소손에게 영화와 고락이 달린 몸이니 소손이 이미 죽었다면 소 씨가 비록 천하의 국색이요, 임사(妊姒)[106]의 덕이 있다 한들 무슨 광채가 있겠나이까? 제 지아비를 구한 것이 의리에 마땅하니 어찌 은혜라 하겠나이까?"

태사가 웃고 말하였다.

"네가 갈수록 어리석은 말을 하니 소 씨가 너를 더욱 거절하겠구나."

신후가 말하였다.

"네 죄가 등한치 않으니 마땅히 소 씨를 대해 고개를 조아리고 죄를 청하는 것이 옳다."

상서가 웃으며 말하였다.

"숙부께서 전날에는 매사에 굳세고 맹렬하시더니 소질에게는 어찌 이처럼 가르치시나이까? 소질이 전날에 그릇한 일이 있은들 아녀자를 대해 대장부가 녹록하게 굴 수 있겠나이까? 소질이 3년을 평안히 있으며 소 씨의 차가운 눈초리를 보지 않았으니 이제 또 독한 것

---

106) 임사(妊姒): 중국 고대 주(周)나라 문왕(文王)의 어머니 태임(太妊)과, 문왕의 아내이자 무왕(武王)의 어머니인 태사(太姒)를 아울러 이르는 말로 이들은 현모양처로 유명함.

을 어찌 볼까 근심입니다.”

모두 크게 웃었다.

부마가 평생 호탕한 말을 않더니, 우애가 지극한 터에 죽은 줄 알았던 아우를 만났고 존당과 부모의 눈물이 그칠 적이 없어 간장을 썩이며 비록 태부인 앞에서는 편안한 낯빛으로 온화한 기색을 지었으나 집안에 화한 기운이 없던 모습을 생각하다가 지금에 이르러 생의 온화한 말과 웃는 소리가 봄바람처럼 화창하여 사람들을 즐겁게 하며 존당과 부모가 기뻐하며 웃는 것을 보니 매우 즐거웠다. 그래서 자연히 냉랭하고 엄한 낯빛을 고쳐 기쁜 기운이 얼굴에 영롱하였고, 붉은 입에 흰 이를 드러내 웃고 말하였다.

“네 저렇듯 제수씨를 괴로워한다면 보지 않는 것이 옳으니 네가 안 본다면 제수씨가 너를 따라다니겠느냐?”

상서가 웃으며 말하였다.

“형님의 말씀대로 안 보려 해도 한집에 있으면서 피할 수 있겠나이까?”

부마가 말하였다.

“그렇다면 네 마음이 편하도록 제수씨를 본집에 두는 것이 어떠하냐?”

상서가 말하였다.

“그렇게 할 수도 있겠지만 그 괴물이 예법을 아니 물러나 있지도 않을 것입니다.”

모두 크게 웃고 태부인이 웃고 탄식하며 말하였다.

“몽창이가 없을 적에는 모두 희롱하는 말이 없어 노모가 웃을 일이 없더니 오늘부터 이렇듯 즐겁게 되었구나.”

이렇게 웃고는 자리를 파하여 상서가 모친 뒤를 좇아 백각에 이르렸다. 상서가 모친의 소매를 붙들고 곁에 앉아 어린 양을 하니 부인이 탄식하고 말하였다.

"너의 흉음을 들으니 진실로 죽을 마음만 있고 살 뜻이 없었으나 차마 두 집의 학발 양친을 저버리지 못해 구차히 살았던 것이다. 그러나 간장(肝腸)이 시시로 마르고 뼈가 시리도록 서럽던 일을 생각하니 오늘 밤이 꿈이로구나."

부마 등이 옆에 있다가 한림이 이에 전후 망극하던 일과 부모가 슬퍼하며 하던 말을 전하니 상서가 듣고는 한편으로는 눈물을 줄줄 흘리며,

"아버님이 불초자를 위해 그렇듯 심려를 쓰셨으니 나의 죄가 가볍지 않구나."

하였다.

쌍천기봉 卷 12

이몽창은 자신을 냉대하는 소월혜를 정성껏 대하고 계양공주는 위기에 빠진 소월혜 부부를 구하다

화설. 이날 상서가 대궐에 나아가 다음과 같은 표를 올렸다.

'신이 적을 물리친 후 뜻밖에 풍랑을 만나 사경(死境)에 이르렀더니 황은(皇恩)을 입어 회생하였으나 정신이 혼미하여 즉시 환경치 못하였사오니 이는 모두 신의 죄입니다. 죽을죄를 청하나이다.'

임금이 상서를 불러 크게 반기고 그가 사경을 겪은 것을 많이 위로하고 옛 벼슬을 올려주어 또 문정후에 봉하였다. 상서가 굳이 사양하였으나 얻지 못해 성은에 사은하였다.

대궐에서 물러나 소씨 집안에 이르러 악부모를 뵈니 소 공 부부가 크게 반기며 다시 살아난 것을 치하하고 술과 안주를 갖추어 상서를 곡진히 대접하였다. 상서가 또한 소 씨가 생존함을 축하하고 성문 등을 불러서 보니 반가움이 지극하였다.

상서가 즉시 본부에 돌아오니 하객의 수레가 문에 메였다.

상서가 뭇 손님을 접대한 후 별원에 가 자기의 허위(虛位)를 불질러 없애며 그 광경을 보니 부모가 슬퍼하였음을 보지 않아도 알 수 있었으므로 스스로 눈물이 흐름을 깨닫지 못하였다.

상서가 연일 부친을 모셔 자고 그 곁을 떠나지 않았다.

하루는 소부가 상서에게 말하였다.

“조 씨가 너의 흉음을 들은 후로 밤낮 초조해하며 간장을 썩이니 참으로 불쌍하더구나. 너는 모름지기 조 씨가 전에 저지른 잘못을 괘념치 말고 들어가 서로 위로하라.”

상서가 잠자코 공수(拱手)[1)]하고 있으니 승상이 또한 정색하고 말하였다.

“비록 사람이 허물이 있으나 매양 유감을 가지고 책망할 바가 아니다. 모름지기 네 숙부의 말을 듣도록 하라.”

상서가 하릴없이 이날 조 씨의 침당으로 나아갔다. 이때 조 씨는 몇 달을 울던 눈을 씻고 용모를 다듬어 상서가 들어오기를 기다리고 있었다. 오늘 상서가 들어오는 모습을 보고는 바라는 정이 급하여 바삐 일어나 맞이해 눈물을 뿌리고 코를 훌쩍이며 입을 삐죽이면서 다시 살아난 것을 치하하였다. 상서가 저의 괴이한 거동이 조금도 나아지지 않은 것을 보고 더욱 심란하여 눈썹을 찡그리고 천천히 말하였다.

“생이 물에 빠져 죽어 그대에게 박명(薄命)을 끼쳤더니 이제 요행이 다시 살아났으니 이는 그대의 복이로다.”

조 씨는 상서가 저의 복이라 말하는 것을 듣고 크게 반기고 시원해 말하였다.

“군자의 말씀이 옳습니다. 부모는 한 번 울다가 그치겠지만 첩은 군자를 위해 무슨 죄로 채색 옷을 못 입고 죄 없이 죄인이 된다는 말입니까? 만들어진 제 팔자야 그러하겠나이까? 첩의 복이 두터워 상공이 산 것이지 상공 복으로 살아난 것이겠나이까?”

---

1) 공수(拱手): 절을 하거나 웃어른을 모실 때, 두 손을 앞으로 모아 포개어 잡음. 또는 그런 자세

상서가 어이없어 잠자코 말을 않다가 몸을 일으켜 침상 위에 나아가 이불을 취해 덮고 잠이 드니 조 씨가 한하여 말하였다.

"그대가 나와 무슨 원수이기에 반년을 서로 떨어졌다가 만나 이처럼 구는 것인가?"

그러고서 나아가 동침하여 괴이한 행동을 하니 전과 조금도 다름이 없었다. 상서가 화가 크게 일어나 문득 성을 내 이불을 차 버리고 의관을 수습하여 외당으로 나가니 조 씨가 어안이 벙벙하여 크게 울 뿐이었다. 문후는 감히 대서헌으로 가지 못하였다. 한림과 넷째공자는 서헌에서 상직(上直)하고 부마가 홀로 다섯째공자 몽필과 함께 자고 있으므로 상서가 그 방에 들어갔다. 부마가 이에 놀라 깨어 물었다.

"네 화영당에 갔더니 어찌 온 것이냐?"

문후가 빙그레 미소하고 연고를 고하니 부마가 어이없어 잠자코 있다가 말하였다.

"네 이불이 대서헌에 있고 겨울날이 차니 상하기 쉬울 것이다. 그러니 내 자리에 누워 자거라."

문정공이 웃고 말하였다.

"어려서 형님 품에서 자 보았더니 오늘 밤에는 아이의 모양으로 자게 되었나이다."

드디어 의관을 벗고 부마 곁에서 나란히 잤다.

다음날 아침에 서헌에 이르자 신후가 물었다.

"네 화영당에 가 잤느냐?"

문후가 잠깐 웃고 대답하였다.

"존명(尊命)을 받들어 들어갔으나 저의 괴이한 행동이 전날보다 더하니 비위를 진정하지 못해 서당에 나와 잤사옵니다. 명령 거역한 죄를 청하나이다."

승상은 홀로 안색을 고치고 신후는 혀를 차고 말을 하지 않았다.

이윽고 소 상서가 와 승상과 말하더니 상국이 물었다.

"며느리가 상경한 지 오래되었고 부모님이 보고 싶어하시니 현형은 며느리를 보내는 것이 어떠합니까?"

소 공이 말하였다.

"소제가 어찌 명령을 받들지 않겠나이까마는 딸아이가 약질로서 풍토에 몸을 상해 그런지 지금 병세가 깊으니 조리한 후에 보내겠나이다."

승상이 놀라 말하였다.

"내 원래 현부 같은 약질이 험난한 고초를 겪고 무사하지 못할 것으로 알았습니다. 조심하여 조리하도록 하소서."

소 공이 사례하고 돌아가니 문후가 자리에 있다 이 말을 듣고는 놀라고 근심하여 물러나 중당에 가 웃옷을 입었다. 막내 몽필이 이에 웃고 말하였다.

"형님이 기이한 이야기를 들으셨나이까?"

문후가 말하였다.

"무슨 말이냐?"

몽필이 조 씨의 말을 일일이 전하고 크게 웃으니 문후가 어이없어 또한 웃고 속으로 조 씨를 더욱 미워하고 흉하게 여겼다.

문후가 소씨 집안에 이르러 장인을 보고 말하였다.

"아내의 병이 가볍지 않다 하니 지금은 증세가 어떠하나이까?"

공이 말하였다.

"딸아이가 길에서 고초를 겪고 돌아와 온갖 병이 들어서 증세가 가볍지 않으니 염려가 적지 않구나."

상서가 한림 소형을 돌아보아 말하였다.

"영매(令妹)를 잠깐 보고 싶네."

소생이 웃으며 말하였다.

"그대가 누이를 보고 싶다 말하는 것이 부끄럽지 않은가? 누이의 이번 병이 누구 때문에 난 것인고?"

문후가 정색하고 말하였다.

"내 전에 비록 남편으로서의 도리를 먼저 잃었으나 내가 깨달은 후에는 옛일을 유감하는 것이 옳지 않거늘 영매는 전의 일을 깊이 한하여 여자의 온순한 도리가 전혀 없네. 그럼에도 그대가 경계하여 행실을 고치게 하지 않는 것인가? 또 이제 영매에게 병이 있다 하여 문병하려 이르렀거늘 도리어 이처럼 꾸짖으니 어찌 가소로운 일이 아닌가?"

한림이 또한 정색하고 일렀다.

"소매(小妹)가 그대 때문에 온갖 슬픈 일과 고초를 두루 겪었으니 누이가 그대를 원망하는 것이 괴이할 것이며 소제(小弟)의 말이 또한 과도하지 않은가 하네."

문후가 웃으며 말하였다.

"부부의 존비(尊卑)는 군신에 비유할 수 있으니 남편이 비록 그른 일을 했던들 여자가 마음대로 오랫동안 원망을 품는 것은 옳지 않은가 하네."

두 사람이 이처럼 서로 다투며 겨루기를 그치지 않더니 소 공이 말하였다.

"너희가 무슨 실없는 말을 하는 것이냐?"

드디어 소 공이 문후의 손을 잡고 내당에 들어갔다. 이때 소저는 옥룡관에서 밤낮으로 근로하고 찬 바람에 몸이 상해 병이 자못 중하였다. 그러나 부모가 염려할까 근심하여 신음소리를 참고 두 아들을 앞에 두어 재미를 삼아 병든 회포를 위로하고 있었다. 그런데 이날 부친이 문후를 이끌어 오니 소저가 놀라고 의의하여 일어나 맞았다. 이에 공이 물었다.

"지금은 몸이 어떠냐?"

소저가 대답하였다.

"똑같사옵니다."

문후가 이어 물었다.

"증세가 어떠한가?"

소저가 머리를 숙이고 대답하지 않았다.

소 공이 밖으로 나가니 문후가 나아가 머리를 짚으며 손을 잡아 맥을 보고는 일렀다.

"그리 대단하지는 않으나 심려를 써서 난 병이니 조심하여 조리하게."

소저가 문후가 자신을 문병함을 보니 미움과 분함이 앞서고 슬픔이 절절하여 몸을 피하려 하였으나 이미 침상에 앉아 있으니 어디로 피하겠는가. 다만 정색하고 손을 떨쳐 베개에 기대 말을 하지 않으니 문후가 정색하고 말하였다.

"그대가 나이 이십이니 소년 때와 달라 예의를 알 나이이거늘 어찌 이렇듯 무례한가?"

소 씨가 눈을 감아 못 듣는 사람처럼 있으니 상서가 갑자기 낯빛을 바꾸고 소매를 떨쳐 돌아갔다. 장 부인이 창 밖에서 이 광경을 보고 놀라고 근심하여 들어가 소저를 타일렀다.

"이랑이 비록 전날 잘못한 일이 있다 한들 네 여자 된 것이 슬프니 저를 한하지 못할 것이다. 온순하기를 힘써야 하거늘 어찌 이렇듯 행동하여 저의 분노를 돋우는 것이냐?"

소저가 탄식하였다.

"어머님 말씀이 옳으나 문후가 전후에 소녀를 천대하던 행동을 생각하면 아마도 마음이 찬 재와 같습니다. 문후를 보면 죽는 것이 영화요, 살고 싶은 마음이 없나이다."

부인이 슬퍼하며 말하였다.

"네 말이 이와 같으니 너희 부부가 끝내 화락하지 못한다면 내가 죽어도 눈을 감지 못할 것이다."

말을 잠시 멈춘 사이에 소 공이 들어와 문후가 노한 사실을 이르고 소저를 크게 꾸짖었다.

"이후에 또 그런 행동을 할 것이라면 내 눈에 보이지 마라."

소저가 황공해 사죄할 뿐이었다.

이때 문후가 돌아가 부모에게 고하였다.

"소 씨의 병세가 가볍지 않으니 오늘은 가서 보고자 하나이다."

승상이 허락하니 문후가 저녁밥을 다 먹고 소씨 집안에 이르렀다. 이에 소 공이 웃으며 말하였다.

"네 아까는 노하여 가더니 어찌 왔느냐?"

후가 웃고 대답하였다.

"아버님 명으로 마지못해 왔나이다."

공이 기뻐하며 웃었다.

문후가 침소에 들어가니, 소저가 두 아들을 앞에 두어 기뻐하며 웃으니 옥 같은 자태가 등불 아래에 더욱 빼어났다. 상서가 3년을 홀로 있다가 저와 같은 부인을 보니 어찌 사양할 뜻이 있겠는가마는 저의 병이 중한 것이 급했으므로 감히 범할 마음이 나지 않았다. 다만 휘장을 들고 들어가 웃으며 말하였다.

"두 아이가 누구 덕분인가? 저 재미를 생각하여 학생을 한하지 말라."

소저가 무심결에 이 말을 듣고 혼백이 뜨는 듯하였으나 겨우 안색을 진정하여 잠자코 있으니 문후가 정색하고 말하였다.

"전날에 내가 나이 젊고 미처 세상 물정을 알지 못해 부인을 잘못 의심하여 드디어 사달이 일어나 일이 어그러졌던들 나는 그대의 남편이니 내가 용렬하나 그대가 이렇듯 하는 것이 옳은가? 학생을 나무라 버리면 모르겠지만 그렇지 않는다면 이렇듯 하는 것이 옳으랴. 자세히 이르라."

소저가 천천히 대답하였다.

"첩이 여러 번 죽을 고비를 겪고 정신이 쇠한 가운데 또 병이 심하게 들어 만사가 무심해 미처 부부의 정을 생각지 않은 연고이니 용서하소서."

상서가 미소를 짓고 옥 같은 손을 잡아 사랑하여 말하였다.

"그대가 비록 생을 원수같이 여기나 내 정을 어찌 금할 수 있겠는가? 그대에게 질병이 있어 아직 동침을 하지 않거니와 한 방에 있는 후에야 여자가 아무리 힘이 세고 냉담한들 가부를 원망하여 거절할 수 있겠는가?"

말을 마치고 수려한 미우(眉宇)에 온화한 기운이 영롱하여 소저의 손을 잡고 무릎을 가까이하니 몸이 닿았다. 소저가 이 행동을 보니 뼈가 저리고 넋이 놀랐으나 또 무슨 힘이 있어 상서를 떨쳐 내겠는가. 다만 안색을 거두니 엄숙한 빛이 뼈마디를 녹일 듯하였다. 이에 말하였다.

"비복도 병이 들면 버려두는데 어찌 병든 사람을 이처럼 보채시나이까?"

상서가 웃고는 손을 놓고 웃음을 머금어 눕도록 권하였다. 자기 또한 성문 등을 나오게 해 품고 곁에서 편히 잤다. 소저는 상서가 자기를 범하지 않음을 다행으로 여겼으나 마음을 쓰니 병이 더한 듯해 밤새도록 신음소리가 끊이지 않았다. 이에 상서가 매우 근심하였다.

다음날 새벽에 승상이 이르러 소 공과 함께 들어와 며느리를 보았다. 소 씨는 자신의 병 때문에 시아버지가 친히 이른 데에 황공하여 겨우 몸을 움직여 일어나 절하였다. 승상이 급히 몸을 편안히 하라 이르고 눈을 들어 병근(病根)을 살피고는 근심하여 일렀다.

"우리 며느리가 병이 날 줄은 알았으나 오늘 보니 병세가 가볍지 않구나. 병을 다스려 조리하지 않으면 위태로울 것이다."

소저가 엎드려 있다가 문득 붉은 피가 입에서 쏟아지고 기운이 혼미하여 정신을 수습하지 못하였다. 이에 승상이 크게 놀라고 소 공이 급히 붙들어 구하니 소저가 잠깐 정신을 차리고 어른 앞에서 실례함을 황공해하였다. 승상이 소 씨가 피를 토하는 것을 보고 이 필연 번뇌하여 그런 것임을 스쳐 알고 이에 말하였다.

"우리 며느리는 어린아이가 아니니 응당 한 일에 마음을 쓰지 말아 몸을 조심함이 옳거늘 어찌 병 위에 병을 더하는 것이냐? 모름지기 속으로 번뇌하지 말아 병을 스스로 취하지 말고 잘 조리하도록 하거라."

소 씨는 시아버지가 이르는 바가 자기의 마음을 비춘 것임을 알고 황공함을 이기지 못해 다만 고개를 조아리고 명령을 받들었다. 이에 승상이 지극히 위로하고 돌아갔다.

문후는 부인이 피를 토한 것에 놀라고 염려하며 그 증세가 심각함을 보니 산이 낮고 바다가 얕을 정도의 정으로써 어찌 자기의 뜻을 세우려 하겠는가. 소저의 냉담함을 탐탁히 여기지 않았으나 전처럼 윽박질러 꾸짖지는 않았다. 아침 조회에 참여한 후 부모를 뵙고는 이곳에 이르러 부인을 위로하고 즐겁게 말하며 은근히 그 뜻을 달랬으나 소저는 더욱 마음이 찬 재와 같았다. 이처럼 속으로 한을 머금었으니 병세가 조금도 나아지지 않았다.

상서가 밤낮으로 근심하여 사오 일을 이곳에서 자더니 소저가 자기를 괴롭게 여기며 병이 더해지는 것을 보고 하루는 소저에게 말하였다.

"그대가 생을 괴롭게 여기고 그것이 병이 되니 그대는 스스로 생각해 보라. 옛 사람이 이르기를, '은혜는 맺고 잊지 않으며 원수는 풀고 잊으라.'라고 하였네. 내 전날에 잠깐 잘못을 했다 한들 이름이 그대의 가부요, 그대가 또 고서를 읽어 예의를 알 것이니 내 그대를 타이른 적이 한두 번이 아닌데 마침내 원망하는 마음을 품어 생을 원수같이 여기니 이러고서 부부의 은정에 귀함이 있겠는가? 나는 시원하게 돌아갈 것이니 조심하여 조리하여 그대 부모의 염려나 덜게 하라. 그대가 비록 괴이하게 생겼다 한들 낳아 주신 부모조차 헤아리지 않으랴?"

소 씨가 이 말을 듣고 대답할 말이 없어 잠자코 있으니 문정후가 의관을 바로 하고 나왔다. 이에 성문이 문정후의 옷을 잡고 말하였다.

"아버님이 오늘은 아주 가시는 것이옵니까?"

상서가 도로 앉아 아들을 안고 소저에게 말하였다.

"성문은 내가 머무는 것을 기뻐하되 그대는 무슨 일로 그리도 심하게 매몰찬고?"

소저가 억지로 참고 대답하였다.

"첩이 어찌 군자의 거취를 시비함이 있겠나이까? 머무르고 싶으면 그러실 따름이지 첩에게 어찌 고집을 부리시는 것입니까?"

상서가 웃고 돌아가나 소저를 연연해하였다.

상서가 집에 돌아와 아버지를 모시고 자면서 하루에 한 번씩 소저를 문병할 뿐이니 소저가 바야흐로 시원해 등에 진 가시를 벗은 듯하여 몸을 펴 조리하였다. 소 공이 의약을 때에 맞춰 들이니 12월에 이르러 잠깐 나았으나 날이 매우 추웠으므로 나다니지 못하였다.

새해의 좋은 때를 만나니 날씨가 적이 온화하고 집안에 빈객이 가득하였다. 소저가 의상을 정돈하고 정당에 들어가 조모 노 부인을 뵈니 부인이 크게 기뻐하며 일렀다.

"네 약한 것이 고초를 겪고 병이 깊이 들어 노모가 자못 근심했단다. 이제 네가 쾌차하였으니 참으로 기쁘구나."

소저가 사례하고 세수를 하려 하더니 장 부인이 말렸다.

"네 병이 겨우 나은 듯하나 아직 기운이 허약할 것이니 세수는 천천히 하거라."

소저가 명을 받들어 앉아 있다가 침소에 돌아가 예전처럼 돌아다니지 않았다.

며칠 후에 문정후가 신년 하례로 분주하다가 겨우 틈을 얻어 소씨 집안에 이르렀다. 악부모를 보고 바로 소저 침당에 이르니 소저가 옥 같은 골격에 눈같이 흰 살갗이 잠깐 윤택함을 얻어 단장을 폐하였으나 더욱 시원하게 보여 눈을 어리게 할 정도였으니 문후의 마음을 어찌 일러 알겠는가. 정신없이 나아가 읍(揖)하니 소저가 일어나 답례하고 한편에 앉았다. 상서가 나아가 소저의 섬섬옥수를 잡고 말하였다.

"요사이 오지 못했더니 그사이에 병세를 회복한 것을 보니 기쁘도다."

소저가 안색이 준엄하여 급히 손을 뿌리치고 물러나 앉아 신년 하례를 하니 상서가 웃으며 말하였다.

"부인의 저 행동이 어디로부터 난 것인가? 신년 하례를 할 것이면서 학생을 그토록 싫어하랴?"

다시 손을 잡아 말하였다.

"그대가 아무리 해도 생의 정을 금하지는 못하게 할 것이로다."

그러고서 팔을 어루만져 기쁜 빛이 영롱하니 정이 무르녹고 마음이 더욱 드러나므로 부인이 이 광경을 보고는 갑자기 낯빛을 바꿔 말하였다.

"첩이 군의 시첩이 아니거늘 어찌 이렇듯 하시나이까?"

문후가 정색하고 말하였다.

"부부의 깊은 정은 인력으로 못 하니 그대가 어찌 이런 담대한 말을 하는가?"

부인이 본디 길에서 험난한 고초를 겪고 정신이 상하였으므로 미우에 성난 기색이 가득하여 소매를 떨쳐 멀리 물러 앉아 말을 하지 않으니 상서가 성내며 말하였다.

"내 비록 약하나 그대 한 사람은 족히 제어할 수 있으리라."

말을 마치고 소저의 무릎을 베고 누워 말을 안 하니 소 씨가 어이없어 도리어 빌어 말하였다.

"군자는 몸을 존중하소서. 첩이 병든 몸이 허약하니 장차 견디기 어렵습니다."

상서가 문득 일어나 앉으며,

"그대가 진심을 드러내므로 내 용서하나 이후에 두 번 이처럼 번거로운 일이 있으면 영영 용서하지 않으리라."

하고 드디어 집에 돌아가 소 씨를 데려오려 하였다.

승상이 찬 바람을 맞아 신음하고 이전에 심려를 쓴 것이 병이 되어 위중하니 부마 형제가 당황하여 밤낮으로 구호하니 상서가 사람을 시켜 소 씨를 꾸짖어 말하였다.

"아버님의 환후(患候)가 가볍지 않으시거늘 그대 도리에 물러나 있는 것이 옳은가?"

이때 소 씨는 병이 채 낫지 않았으나 자기 도리에 가만히 있는 것이 옳지 않았으므로 소장(素粧)[2]을 겨우 하고 이씨 집안으로 갈 적에, 소 공 부부는 딸에게 곧 돌아오라 이르고 홍아 등에게 상을 많이 주어 그 공을 갚았다.

소저가 이씨 집안에 이르러 모든 사람들을 뵈니 존당 태사 부부와 시부모 이관성 부부가 크게 반겨 각각 소저가 다시 살아난 것을 칭찬하고 경문 잃어버린 것을 위로하였다. 소저가 자리를 옮겨 대답하니 모두 사리에 꼭 들어맞았으므로 존당이 새로이 사랑하였으니 정부인이 애련하게 여김을 측량할 수 있겠는가. 이윽고 소 씨가 백각에 이르러 시어머니를 뵈니 부인이 옛일을 회상하고 꿈인가 의심하였다.

이때 조 씨는 친정에 갔으므로 소저가 백각에서 수십 일을 머물렀다. 승상의 병세가 점차 회복되자, 부인이 명령하여 침소에 가라 하니 소저가 명령을 받들어 물러났다. 소저는 자기가 침소에 가면 문후와 동락을 면치 못할 줄 알아 자못 우울하였다. 이때 빙옥 소저는 나이가 열네 살이요, 둘째소저 빙선은 열 살이었다. 모두 얼굴과 행동이 자기와 비교하면 누가 낫고 못하고가 없었으니 빙옥이 웃고 말하였다.

"오라버니가 병드신 아버님을 곁에서 모시고 있어 당분간 침소로 오지 않을 것이니 소매의 숙소로 가 한담하며 함께 지내소서."

---

2) 소장(素粧): 화장으로 꾸미지 않고 깨끗이 차림.

소저가 크게 기뻐하고 드디어 두 시누이를 좇아 모란정에 이르러 장기와 바둑으로 소일하며 문후의 모습을 보지 않음을 다행으로 여겼다.

하루는 두 시누이가 웃고 말하였다.

“조 씨가 빨리 왔더라면 언니와 한바탕 대전(大戰)을 할 것을 감환(感患)[3]으로 치료한다 하니 궁금합니다.”

소저가 잠깐 웃고 말하였다.

“조 씨가 어떤 사람인데 첩과 대전을 하겠습니까? 소저가 또한 형제의 의리로써 저를 대해 조 씨와 사이가 벌어지게 하는 것은 옳지 않습니다.”

두 소저가 낭랑히 웃고 잘못했다 하였다.

이때 승상이 병에서 쾌차하였으므로 문후가 바야흐로 죽매당에 갔으나 소 씨가 없었다. 이에 홍아를 불러 물으니 홍아가 대답하였다.

“모란정에 계시고 이곳에는 오지 않으셨나이다.”

문후가 다 듣고 매우 불쾌하여 홍아를 시켜 오도록 청하니 소저가 회보하여 말하였다.

“두 소저가 머무르도록 청하므로 못 가나이다.”

이에 상서가 즉시 모란정에 이르러 두 누이에게 물었다.

“소매들이 소 씨를 머무르게 했느냐? 내 물을 말이 있어 부른 것인데 가지 말라 한 것은 어째서냐?”

빙옥이 웃으며 말하였다.

“오라버니가 병드신 아버님을 곁에서 모시고 있으므로 그 틈을 타 소매 등이 언니와 이별의 회포를 풀려고 언니를 청했습니다. 그

---

3) 감환(感患): 감기의 높임말.

런데 아버님이 병에 걸렸다 나으신 후 벌써부터 언니에게 가라 하여도 안 가고 아까도 가도록 청하였으나 들은 체도 안 하셨나이다."

문후가 다 듣고 냉랭한 눈초리로 소저를 보며 말하려 하다가 승상이 명령해 부르니 급히 일어나 나가니 빙옥 소저가 말하였다.

"오라버니가 저렇듯 하시니 언니는 침소로 돌아가소서."

소 씨가 슬픈 빛을 띠고 대답하지 않으니 빙옥이 당초에 소 씨 청한 것을 뉘우치고 소 씨를 박절히 가라 못 하고 근심스럽게 있었다.

소 씨가 다음 날 문안을 마치고 물러와 시누이와 함께 바둑을 두었다. 그런데 문득 문정후가 몽롱하게 취한 얼굴로 들어와 바둑판가에 앉으며 말하였다.

"누이가 본디 재주가 능하지만 우형이 훈수하리라."

소 씨가 뜻밖에 문후를 만나 자리가 가까움을 보니 크게 놀라 바로 바둑판을 밀고 물러나 앉았다. 이에 후가 웃으며 말하였다.

"학생이 무슨 사람이기에 부인의 행동이 이렇듯 괴이한고?"

소 씨가 대답하지 않으니 상서가 눈을 높이 뜨고 꾸짖었다.

"부인 여자의 행실이 어찌 이러할 수 있는가? 빨리 아무 데로나 가고 이곳에 있지 말라."

말이 끝나기도 전에 빙옥이 근심하며 안으로 들어가니 후가 나아가 앉아 소 씨의 섬섬옥수를 잡고 재촉하여 물었다.

"그대가 생을 이렇듯 싫어해 피하는 것은 무슨 뜻인가? 바로 이른다면 생이 잘 생각하여 결단하리라."

소저가 자리를 물러나 태연히 대답하였다.

"군자께서 구름 속 사람으로 있으니 첩이 대강을 고하는 것이 해롭지 않을 것입니다. 당초에 군후께서 우여곡절 끝에 첩을 취하였는데 참혹하게 업신여기고 집안의 참소를 들어 첩을 의심하기를 남은 땅이 없게 하였으니 첩이 무슨 낯으로 군후를 보고자 하겠나이까? 이제는 밝게 아뢰었으니 첩을 버려 두소서."

상서가 취한 중에 이 말을 듣고 소매를 떨치고 나가며 말하였다.

"길가의 정인(情人)을 생각하여 생을 거절하는 것이니 생이 어찌 구구히 빌겠는가?"

그러고서 밖으로 나가니 소저가 냉소하고 말을 하지 않았다.

이때 빙옥 소저는 나이가 열네 살이었다. 신장과 행동거지에서 어른의 태도가 완연하고 미진함이 없으니 승상이 매우 사랑하여 걸맞은 쌍을 얻으려 하였다. 그런데 이해 봄에 마침 과거가 있어 사방에서 과거 보려는 사람이 구름이 모이듯 하여 과거에 응하였다. 방이 나서 급제한 자가 30여 명이었는데 장원은 태주 사람이니 성명은 문복명으로 전 시어사(侍御史) 문하의 셋째아들이었다. 얼굴이 옥 같고 풍채가 전아하며 위인이 겸손하고 행동을 삼갔으니 승상이 빙옥의 짝으로 가장 마땅하게 여겼으나 그가 장원급제한 사람인 것을 꺼려 미루어 두고 결정하지 못하였다.

이때 임소철 등이 경사에 와 과거에 응해 네 사람이 구슬 꿴 듯이 과거에 급제하니 이에 계지청삼(桂枝青衫)[4]으로 삼일유가(三日遊街) 할 적에 이 승상 집안에 이르러 현알하였다. 이에 승상이 기쁜 빛으로 정성껏 대접하며 저의 인물이 속되지 않음을 사랑하였다. 임생 등이 눈을 들어 보니 두 후백(侯伯)이 승상 앞에 앉아 있고 두 귀인이 금관(金冠)을 쓰고 자줏빛 옷을 입고서 시립(侍立)해 있었고 한 명사가 자리를 이었다. 심부름하는 아이들이 모시고 있었는데 옛날에 만나본 이몽창이 없으니 놀라고 의심하여 이에 자리를 피해 말하

---

4) 계지청삼(桂枝青衫): 계지는 계수나무 가지로 과거 급제자의 머리에 이것을 씌웠고, 청삼은 남빛의 웃옷으로 역시 과거 급제자가 입었음.

였다.

“예전에 합하 대인의 둘째아들인 이 어사 몽창을 만나 언약한 일이 있었는데 이에 볼 수 있기를 청하나이다.”

승상이 다 듣고 의아하여 잠깐 생각하다가 손으로 문후를 가리켜 말하였다.

“이 아이가 만생(晩生)의 둘째아들인데 현계(賢契)[5] 등이 언제 보았던고?”

임생 등이 눈을 들어서 보니 안색이 관옥 같고 풍채가 수려하여 가을하늘의 상월(霜月)[6] 같았다. 예전의 이 어사와 비교해 보면 시원스러운 모습이 비록 같아 보였으나 차이가 크므로 크게 놀라 서로 돌아보고 말을 못 하였다. 이에 문후가 저들의 기색을 괴이하게 여겨 물었다.

“복(僕)이 일직이 여러 존형(尊兄)을 뵌 적이 없었으니 어찌 언약이 있다 합니까?”

임생이 대답하였다.

“이 일이 참으로 괴이합니다. 소생 등은 본디 유협의 무리로 지난해에 남창 안무현 방계산에 갔다가 이 어사를 만나 평생의 지기가 될 것을 약속했습니다. 그리고 이 어사의 말이 이러이러하였으며 또 이 어사가 제 누이와 정혼하였는데 이제 보니 전에 소생이 본 이 어사가 아닙니다.”

모두 이 말을 듣고 괴이하게 여기고 있는데 소부가 말하였다.

“조카가 본디 남창에 유산(遊山) 간 일이 없는데 어떤 사람이 조카의 이름을 거짓으로 칭해 여러분을 속였는고? 괴이하도다.”

---

5) 현계(賢契): 윗사람이 자질(子姪)뻘의 사람에게, 혹은 스승이 문하생에게 쓰는 애칭.
6) 상월(霜月): 서리가 내리는 밤의 달.

임생이 말하였다.

"그렇지 않나이다. 이 사람의 얼굴은 곱기가 병부상서의 위요, 의관과 행동거지가 이미 명문가에서 나고 자라 법도에 맞았고, 말하는 것이 마디마디 정론이니 어찌 거짓으로 칭한 사람이겠나이까? 다만 오늘 문후를 보니 괴이함을 참지 못하겠나이다."

승상은 임생의 말이 저러함을 보고 문득 소 씨인가 여겼으나 갑자기 말을 내는 것이 좋지 않아 가만히 생각하다가 임생의 말이 틀림없음을 보고 자세히 알지 못하는 일에 입을 여는 것이 어려워 천천히 말하였다.

"명공이 우리를 속이지 않을 것이나 우리 아이가 일찍이 외방(外方)에 나가 유산(遊山)한 일이 없으니 괴이하거니와 혹 천천히 알 수 있을까 합니다."

임생이 사례하고 문후도 역시 소 씨인가 여겼다.

이윽고 네 명이 돌아갈 적에 부마 형제 세 사람이 가 보내며 손을 잡고 이후에 형제처럼 사귈 것을 언약하였다. 그리고 승상을 모시고 내당에 들어가니 승상이 오랫동안 가만히 생각하다가 말하였다.

"오늘 남창 사람 임소철과 하사염 등이 과거에 급제하여 내 집에 와 이러이러한 말을 하였으니 참으로 연고를 모르겠도다."

유 부인 등이 놀라며 웃어 말하였다.

"어떤 사람이 몽창이의 이름을 도적질하여 저를 속였는고? 괴이하구나."

이때 소 씨가 자리에 있다 이 말을 들었는데 승상 이하 모든 사람들이 괴이하게 여기는 것을 보고 오래 함구하는 것이 옳지 않아 옷깃을 여미고 자리를 떠나 승상에게 아뢰었다.

"소첩이 마음대로 행한 죄 가볍지 않으니 아버님께서 밝히 다스려 주시기를 바라나이다."

승상이 놀라서 물었다.

"무슨 일이냐? 아무 일이라도 자세히 이르고 머뭇거리지 말라."

소저가 옷깃을 여미고 용모를 단정히 하고는 안색에 슬픈 빛을 띠고 상심하여 고하였다.

"소첩에 전에 남자 옷으로 길에서 떠돌아다닐 적에 마침 임소철을 만났는데 제 첩을 남자로 알아 극진히 대접했나이다. 첩이 그 위인을 살피니 가히 인재인 줄을 알았나이다. 또 그에게 얼매(孼妹) 한 명이 있는데 장강(莊姜)[7]과 반비(班妃)[8]의 행실이 있으므로 임생이 간절히 얼매를 첩의 자리에 두기를 원하였나이다. 소첩이 규방 아녀자로서 남자를 대해 미처 성명을 고하지 못해 가부의 이름으로 대신하였는데, 이러한 일이 있을 줄 헤아리지 못해 임소철과 언약하고 가군으로써 그 얼매를 취하게 하려 하였나이다. 이제 임소철이 가군을 찾는 행동은 곧 소첩을 찾는 것이니 소첩이 감히 속이지 못해 소유를 아뢰나이다. 엎드려 바라건대 아버님께서는 소첩의 죄를 다스리시고 임씨 여자를 거두시기를 바라나이다."

승상이 다 듣고 속으로 상서의 처첩이 많아짐을 좋아하지 않았으나 소 씨에 대한 사랑이 본디 지극하고 그 사정을 불쌍히 여겨 기쁜 빛으로 말하였다.

"우리 며느리의 그때 행동은 부득이한 일이니 어찌 마음에 둘 것

7) 장강(莊姜): 중국 춘추시대 위(衛)나라 장공(莊公)의 비. 제(齊)나라 태생으로 장공에게 시집갔으나 자식을 두지 못하니 장공이 이에 진(陳)나라 여자를 맞이하여 후에 환공(桓公)이 되는 이를 낳았는데 진나라 여자가 죽자 장강이 환공을 자기 아들로 삼아 길렀음.

8) 반비(班妃): 중국 한(漢)나라 성제(成帝)의 궁녀인 반첩여(班婕妤). 시가(詩歌)에 능한 미녀로 성제의 총애를 받다가 궁녀 조비연(趙飛燕)의 참소를 받고 물러나 장신궁(長信宮)에서 지냄.

이며 또 남자에게 한 명의 첩 있는 것이 무엇이 거리껴 허락하지 않겠느냐?"

그러고는 돌아서 태사에게 아뢰었다.

"아버님의 명을 청하나이다."

태사가 역시 내키지 않았으나 승상과 소 씨를 기특히 여겼으므로 허락하고 이에 물었다.

"우리 며느리가 두루 고생한 이야기를 오늘 자세히 이르는 것이 어떠하냐?"

소 씨가 자리에 뭇 숙부와 생들이 열을 이루어 있으니 말을 꺼내는 것이 어려웠으나 존당이 물으니 어찌 바른 대로 말하지 않겠는가. 옥 같은 목소리를 나직이 하여 길에서 떠돌아다니던 곡절을 처음부터 끝까지 아뢰니 듣는 사람들이 넋이 차고 뼈가 저렸다. 시부모가 새로이 불쌍히 여기기를 금치 못하고 태부인이 탄식하며 말하였다.

"우리 며느리의 고초는 고금에 희한하니 살아서 모인 것이 어찌 우리 집안의 경사가 아니겠느냐?"

문후가 자리에서 소 씨의 말을 듣고 소 씨를 더욱 불쌍히 여겼으나 소 씨가 자기를 거절한 데 노하여 소 씨를 속이려 하였다. 물러나 모란정에 이르니 소 씨가 이옥고 홍아 등과 함께 오거늘 문후가 소리를 가다듬어 말하였다.

"그대는 당에 오르지 못하리라."

그러고서 소 씨를 난간 아래에 세워 두고 죄를 하나하나 따지며 말하였다.

"그대가 여자의 몸으로서 남복을 입고 길에 다니며 남자와 수작한 일은 고금에 희한한 행동이거늘 내 이름을 훔쳐 정혼하는 일이 있었단 말인가? 이런 기이한 일은 처음이니 세상에 참으로 놀라운 행동이로다. 알지 못하겠도다. 무슨 뜻과 염치로 그런 노릇을 하였는가? 숨기지 말고 시원하게 바로 고하라."

소저가 상서의 사나운 위엄을 만나니 이를 참으로 우습게 여겨 안색을 바로 하고 머리를 숙여 대답하지 않았다. 이에 상서가 크게 화를 내 소리를 높여 재촉해 물으니 소저가 오랜 뒤에 운교를 돌아보아 말하였다.

"내 비록 미천하나 문정후 비첩이 아니거늘 어찌 이렇듯 모욕을 주며 또 무례함이 심하지 않은가?"

말을 마치고 몸을 돌려 피하니 상서가 속으로 불쾌하게 여겼다.

다음 날 문정후가 임생을 보고 이에 소 씨의 사연을 설파하니 임생 등이 크게 놀라고 소 씨의 역량에 탄복하여 말하였다.

"소 부인이 우리를 처음 보시고 타이르시는 말씀을 하셨으니 마치 성인을 대한 듯하였습니다. 그러니 어찌 한낱 규중의 여자인 줄을 알았겠습니까?"

서로 칭찬하기를 마지않았다. 임생이 선영(先塋)에 소분(掃墳[9])하고 가속을 데려와 성례할 것을 이르니 상서가 응낙하였다.

이때 승상이 뜻을 결정해 문씨 집안에 구혼하여 빙옥 소저를 혼인시켰다.

조 씨가 이에 병이 좀 나아졌으므로 이에 이르러 시부모를 뵈었다. 이에 승상이 명령하여,

"소 씨에게 두 번 절하여 원비(元妃)를 처음으로 보는 예를 폐하지 말라."

---

9) 소분(掃墳): 경사로운 일이 있을 때 조상의 산소를 찾아가 돌보고 제사를 지내는 일.

하니 조 씨는 크게 간교하였으므로 공손히 예를 마치니 소 씨가 또한 좋은 낯빛으로 답례하였다. 조 씨가 곁눈질로 소 씨를 보고는 크게 놀라 헤아렸다.

'세상이 저런 사람이 어이 있는가?'

또 생각하기를,

'문후가 저런 부인을 두었으니 어찌 나를 생각할까?'

하며 시기심이 뱃속에 가득하여 어떻게든 소 씨를 죽여 없애려 마음먹었다.

혼례일이 다다르자, 정 부인이 범사를 정돈하고 신랑을 맞았다. 문 학사가 행렬을 거느려 이에 이르러 전안(奠雁)[10]을 마치고 신부가 교자에 오르기를 재촉하니 정 부인이 딸을 경계하여 온순하고 몸을 낮출 것을 경계하였다. 그리고 주렴 안에서 문생을 보니 관옥 같은 풍채가 수려하여 부마 형제가 아니면 가히 일대의 으뜸 되기를 사양하지 않을 정도이므로 부인이 기쁨을 이기지 못해 즐거운 기운이 미우(眉宇)를 움직였다.

문생이 소저를 맞이해 집안에 돌아가 교배를 마치고 소저는 시부모에게 폐백을 드렸다. 시부모가 눈을 들어 소저를 보니 신부의 특이한 용모가 일세에 빼어났으므로 크게 기뻐하였고 자리에 가득한 손님들도 모두 치하하는 분위기였다.

석양에 잔치를 마치고 이 소저가 침소에 돌아와 긴 단장(丹粧)을 벗고 쉬었다. 이윽고 학사가 들어와 소저를 보고 기쁨이 가득하여 두터운 사랑이 태산과 같았다.

소저가 이후로 시가에 머무르며 조심하고 공손하며 아침 일찍 일

10) 전안(奠雁): 혼례 때, 신랑이 기러기를 가지고 신부 집에 가서 상 위에 놓고 절함. 또는 그런 예(禮). 산 기러기를 쓰기도 하나, 대개 나무로 만든 것을 씀.

어나고 밤늦게 자 무릇 행실이 기특하니 시부모가 지극히 사랑하고 문씨 집안에 소저 칭찬하는 소리가 자자하였다.

이때, 문정후가 누이를 시집보냈으나 소 씨가 끝내 침소에 가지 않는 것을 보고 소 씨를 사모하는 마음이 급하였다. 그러나 저를 우김질로 끌어오지 못하고 종종 힐난하였으나 이목이 번다하고 자기가 이미 예전과 달리 나이가 이십이 넘었고 벼슬이 후백(侯伯)의 자리에 있으므로 어린아이와 같은 행동을 못 하였다. 그래서 한 계교를 생각하였다.

하루는 소씨 집안에 가 악장(岳丈)을 보고 말하다가 문득 주변이 고요한 것을 틈타 웃고 말하였다.

"형인(荊人)[11]이 소서(小壻)를 매우 한하여 누이 침소에 가 있고 생을 피하여 다니니 아버님은 이를 옳다고 여기시나이까?"

소 공이 이윽고 웃으며 말하였다.

"이는 너의 허물이 깊어서이니 어찌 홀로 딸아이만 그르다 하겠느냐?"

문후가 웃으며 말하였다.

"악장께서 나이 40이 넘으셨거늘 어찌 이런 비속한 말씀을 하시나이까? 중심이 이렇듯 좁으시니 소서가 다시 말을 해도 부질없나이다."

공이 웃고 말하였다.

"아까 말은 희롱이었다. 딸아이의 고집은 매우 잘못된 것이니 내 이곳에 데려다가 너와 합근(合巹)[12]하게 해야겠다."

문후가 크게 웃고 말하였다.

---

11) 형인(荊人): 나무 비녀를 한 사람이라는 뜻으로 자신의 아내를 이르는 말.

12) 합근(合巹): 혼례식을 치르고 합방을 함.

"세 자식을 낳은 신랑과 신부가 어디 있겠나이까? 옛 정을 이으려 해서입니다."

소 공이 또한 웃고 며칠이 지난 후 승상에게 청해 딸을 데려왔다. 서로 반긴 후 소 공이 소저를 크게 꾸짖어 상서 거절한 것을 나무라니 소저가 사죄하고서 말하였다.

"아버님이 한갓 이 군의 청산유수 같은 말을 곧이들으시고 소녀를 꾸짖으시나 소녀 길에서 떠돌아다니던 몸으로 어찌 저와 함께 다시 화락하고 싶은 뜻이 있겠나이까? 또 이 군이 남편이 되어 조 씨를 박대하니 조 씨의 나쁜 마음이 끝을 누르지 못할 것이라 소녀가 장래에 어찌 될지 알 수 있겠나이까? 이러므로 깊은 염려가 점점 생겨나고 또 소녀가 이 군을 보면 스스로 넋이 놀라니 이를 참기 어렵나이다."

공이 꾸짖었다.

"지혜로운 자는 일이 되어 가는 모양을 보니 닥치지 않은 일 때문에 지레 염려를 할 필요가 있겠느냐? 네가 생각하는 바가 이치에 맞으나 처자가 되어서 지아비에게 유감을 가지는 것은 옳지 않다. 또 부부간의 정으로 여자가 남편의 뜻을 어기고 자기 마음대로 하는 경우가 어디에 있느냐? 모름지기 네 아비 말을 허수히 듣지 말라."

소저가 머리를 숙여 잠자코 있었다.

이날 석양에 문정후가 이르러 소저 침소에 가니 소저가 등불 아래에서 고요히 앉아 있다가 일어나 맞이하였다. 문정후가 반가운 눈을 들어 소 씨를 보니 미우 사이에 불안함을 감추지 못해 두 눈이 가늘고 두 쪽 붉은 뺨에는 복숭아꽃 같은 붉은 색을 띠었으니 자태가 등불 그림자 아래에 더욱 빼어났다. 상서가 애틋한 정을 십분 참고 이에 꾸짖어 말하였다.

"부인이 죄를 스스로 아시오?"

부인이 오래 생각하다가 대답하였다.

"첩이 매사에 민첩하지 못하니 어찌 군자께 죄 지은 것이 없겠나이까?"

문후가 다시 일렀다.

"접때에 생이 말을 묻고자 하였으나 듣지 않고 피한 것은 어째서요?"

소저가 안색을 바로 하여 대답하였다.

"첩이 비록 미미하나 존당과 시부모님께서 첩을 며느리의 항렬에 두시어 군의 정실로 은혜를 입게 하였으니 마땅히 부부로 처한다고 이를 만합니다. 그런데 군자께서 첩을 큰 소리로 꾸짖으시는 것을 마치 종에게 하는 것처럼 하시니 첩이 어찌 이를 달게 받겠나이까? 이러므로 군자의 명령을 듣지 않은 것이었나이다."

상서가 또 말하였다.

"그대가 말 잘하는 것을 능사로 알거니와 지아비의 성명을 거짓으로 대었으니 지아비의 뜻도 모른 채 혼인을 정한 것은 어째서요?"

소 씨가 죄를 청해 말하였다.

"첩이 민첩하지 못해 군자의 뜻을 미리 헤아리지 못하고 혼인을 건네었으니 그 죄는 마땅히 달게 받겠나이다. 다만 첩이 길에서 온갖 고초를 겪어 병이 많은 가운데 정신이 쇠퇴하여 군의 집안일을 살피지 못할 것이므로 첩의 몸을 대신하게 하려 했던 것입니다."

상서가 정색하고 말하였다.

"부인의 말이 가소롭도다. 나를 어떤 사람으로 알아 임가 천한 여자를 정실에 두려고 하였소?"

소 씨가 대답하였다.

"첩이 어찌 천승(千乘) 귀한 집안의 안살림을 임씨 여자에게 맡기려 하겠나이까? 군이 나이가 어리나 벼슬이 높고 빈객이 많으니 빈객을 받드는 일이 번다할 것입니다. 조 부인이 계신 것은 모르고 어리석은 소견에 상공의 첩 항렬을 빛내고 손님을 대하는 예를 돕게 하려 한 것입니다."

문후가 낯빛을 고쳐 말하였다.

"부인의 전후 말이 다 옳으나 가부(家夫)를 대해 한 방에 깃들이는 것을 허락하지 않음은 무슨 뜻이오?"

소저가 대답하였다.

"첩이 불민한 위인으로 길에서 분주히 돌아다녀 환란을 두루 겪으니 마음이 다른 사람과 달라 부부의 사랑을 생각하지 못해 그랬나이다."

상서가 정색하고 말하였다.

"부인은 본디 쇠 같은 마음과 돌 같은 간장을 지닌 사람이오. 당초에 생이 그대를 아내로 맞아들일 적에 반년 동안 사모하는 마음으로 세월을 허비하고 겨우 만났으나 아버님의 호된 질책을 받았소. 그러나 그대 향한 정이 태산과 하해(河海) 같아 아버님의 명으로 그대를 아내로 맞이해 돌아왔는데 그대와 겨우 3년을 함께 살며 두 아들을 얻었으니 나의 은정이 참으로 깊음은 내 이르지 않아도 알 것이오. 그런데 원래 옥란이 화란(禍亂)을 짓지 않았을 적에도 그대가 생을 대해서는 즐겁고 따뜻하게 맞이하는 일이 없어 생을 냉랭한 눈으로 깔보아 조금도 부부의 깊은 정을 두지 않았소. 생에게 허물이 없었던 때도 그랬거늘 하물며 지금에 이르러는 다시 이를 것이 없을 것이오. 또한 그대 도리로서 가부가 잘못한 것을 한하여 동침을 허락하지 않음은 무슨 예(禮)에서 나온 것이오? 모름지기 자세히 일러

나의 마음을 시원하게 해 주시오."

소저가 이 말에 이르러는 말을 하려 하였으나 하지 못해 다만 정색하고 잠자코 있었다. 그런데 이처럼 핍박하여 물으니 소저가 오랜 후에 대답하였다.

"군자께서 이미 아셨으니 첩이 다시 무슨 말을 하겠나이까?"

상서가 바야흐로 잠깐 웃고 말하였다.

"오늘밤에도 그대가 피할 계교가 있소?"

소저가 정색하고 대답하지 않으니 상서가 크게 웃고 말하였다.

"부인이 비록 용맹이 있으나 생을 물리치지 못할 것이오."

소저가 다만 정색하고 단정히 앉아 묵묵히 있었다. 상서가 3년을 홀로 지내며 그리워하던 부인을 만났고, 또 소저가 환난을 여러 번 겪은 것을 미칠 것 같도록 불쌍히 여겼으니 어찌 엄정한 낯빛을 오래 지을 수 있겠는가. 즐거운 낯빛으로 웃고 소저의 섬섬옥수를 이끌어 이불 속으로 나아갔다. 소저는 3년을 풍진(風塵) 사이에 떠돌아다니던 몸으로 새로이 놀라고 마음이 찬 재와 같아 급히 떨치고 병풍에 기대 말을 하지 않았다. 상서가 속으로 초조하여 평생의 힘을 다해 소저를 핍박하니 소저가 비록 매서웠으나 여자가 어찌 감당할 수 있겠는가. 상서가 옛 정을 이으니 즐겁고 기뻐 만사를 잊었으나 소저는 조금도 받아들이지 않아 기쁜 빛이 없으니 상서가 한하여 꾸짖기를 마지않았다.

다음 날 상서가 본부에 돌아가 부모를 뵙고 즉시 소씨 집안으로 와 소저를 대해 즐겼으나 소저는 문후와 동침을 면치 못한 후 더욱 불쾌하여 말을 하지 않았다. 이에 성문이 말하였다.

"아버님은 모친이 이곳에 계셔도 따라오시고 화영당 모친은 어찌 찾지 않으시나이까?"

상서가 웃으며 말하였다.

"그 어미는 미워서 안 가 보는 것이다."

소 씨가 문득 불쾌하여 이윽히 잠잠하였다가 말하였다.

"대장부가 처첩 거느리기를 고루 해야 하거늘 어찌 자기 그른 줄은 모르고 애매한 여자를 책망하는 것입니까?"

상서가 이에 부인의 손을 잡고 팔을 어루만지며 웃어 말하였다.

"생이 평소에 사람의 허물을 이르지 않더니 부인이 생을 편벽되게 여기므로 마지못해 조 씨의 말을 하겠소."

그러고서 소리를 나직이 하여 조 씨의 전후 행동을 다 이르고 또 웃어 말하였다.

"학생이 부인을 정중히 대우하나 부인은 괴이한 거동을 결코 하지 않소. 생이 설혹 사리에 밝지 못하나 어찌 그런 음란한 여자의 모습을 달게 여기겠소? 부인이 스스로 살펴 생을 그르다 말라."

소저가 다 듣고 뼈가 저리고 마음이 놀라 들은 줄을 뉘우쳐 상서가 말을 가볍게 함을 한하였다. 조 씨의 행동을 끔찍하게 여겼으나 얼굴빛을 움직이지 않고 추파를 낮추어 대답하지 않았다. 상서가 스스로 웃고 부인을 소중히 대우하여 이날 저물도록 그윽한 말을 하니 쇠와 돌이 녹는 듯하였고 성문 등을 좌우로 이끌어 즐겁게 웃었다. 소저가 비록 말을 하지 않았으나 상서를 대하고 있으니 수려한 골격이 시원하여 좋은 금과 옥이 마주한 듯하였다. 소 공 부부가 전에 딸을 잃고 상심하다가 이어서 상서가 물에 빠져 죽었다는 흉음을 듣고 애통해하던 때를 생각하고 지금 저 부부의 기이한 모습을 보니 기쁨이 섞여 세상 일이 돌고 도는 것을 탄식하였다.

이때 임소철 등이 가권(家眷)[13]을 거느려 경사에 와 사은하고 다 각각 집을 정하여 집안을 가지런히 정돈하였다. 조정이 저의 문장과 재주를 공경하여 이부에서 즉시 추천하여 임소철을 한림학사에 임명하고 가자성을 병부낭중에 임명하였으며 하사염을 금문박사에 임명하였다. 네 사람이 당초에는 돌아다니면서 호방함을 일삼던 자들이었으나 이미 3년을 독서하니 타고난 재주가 있고 총명이 남보다 뛰어났으므로 학문이 넓어지게 되었다. 인물이 겸손하고 행동을 삼가는 것이 보통사람들보다 뛰어났으니 문정후 형제가 크게 사랑하고 마음으로 인정하여 문경지교(刎頸之交)[14]가 되었다.

하루는 임 학사가 가자성과 함께 이씨 집안에 와 문후 형제를 찾아 보고 말하더니 임생이 문후에게 말하였다.

"제 누이가 나이 이미 많으니 문후는 어서 거두는 것이 어떠합니까?"

후가 웃으며 말하였다.

"학생은 일찍이 현형과 남교(藍橋)[15]의 언약을 맺은 일이 없으니 이 무슨 말인고?"

임생이 웃고 대답하였다.

"이는 존부인께 하실 말씀입니다. 소 부인이 형의 이름으로 정혼하였으니 제 누이는 오로지 신(信)을 지켰을 뿐입니다. 그러니 군후가 또한 제 누이를 저버리지 못하실 것입니다."

문후가 크게 웃고 말하였다.

"학생은 아는 것이 없으니 여자를 위해 수절할 마음을 갖지 못하

---

13) 가권(家眷): 딸린 식구.

14) 문경지교(刎頸之交): 친구를 위해 자기 목을 베어 줄 정도의 사귐. 중국 전국시대 조(趙)나라 염파(廉頗)와 인상여(藺相如)의 고사.

15) 남교(藍橋): 중국 섬서성(陝西省) 남전현(藍田縣) 동남쪽에 있는 땅. 배항(裴航)이 남교역(藍橋驛)을 지나다가 선녀 운영(雲英)을 만나 아내로 맞고 뒤에 둘이 함께 신선이 되었다는 이야기가 당나라 배형(裴鉶)의 『전기(傳奇)』에 실려 있음.

겠네."

또 웃고 말하였다.

"현형 등이 떳떳한 장부로서 아녀자에게 속았으니 일세에 남자된 것이 부끄럽지 않은가?"

하생이 말을 이어 말하였다.

"소생이 어려서부터 한 마을에서 자라나 부모님이 일찍 다 돌아가시고 엄히 다잡을 사람이 없으므로 유협(遊俠)을 일삼아 기생집과 술집에 안 다닌 곳이 없으며 나귀를 끌고 수레를 타 동서로 다니며 미인과 함께 즐기되 그것이 잘못된 일인 줄 알지 못하였습니다. 그런데 소 부인이 한 번 소생 등의 행동을 살펴 진정으로 애달파하시고 한 말씀을 수고롭게 아니하셨으나 우리를 크게 불쌍히 여기고 너그럽게 품어 정도(正道)에 돌아가게 하셨으니 우리가 그때 공자께서 강림하신 줄 알아 예전의 잘못을 크게 깨달았습니다. 그래서 돌아가 몇 년을 독서하여 이제 몸이 과거에 급제하였으니 이것이 어찌 소 부인의 덕이 아니겠나이까?"

임 학사가 탄식하고 말하였다.

"복 등은 본디 협객(俠客)이라 벗을 속이지 않습니다. 평생 언약을 두었으니 복 등이 비록 잘못된 행실을 했다 한들 부마 합하와 군후를 속이겠나이까? 전날에 사람을 때리며 길가에서 불한당 노릇을 할 적에는 공명과 부귀가 뜬구름 같더니 소 부인의 말씀이 이러이러하시니 더러운 속이 밝게 트였습니다. 훗날 경사에 가면 채를 잡아 은혜 갚을 것을 생각했더니 어찌 오늘 규방에 빠져 계실 줄 생각했겠나이까? 참으로 아깝습니다. 저러한 재주를 가지고서 규중에서 재미없는 부인으로 계시는고? 천도(天道)를 알게 못하겠나이다."

문후가 웃고 말하였다.

“현형 등이 어린 아녀자를 이처럼 과도하게 칭찬하는가?”

부마가 대답하였다.

“임형의 말씀이 옳습니다. 소 씨 제수의 얼굴은 오히려 평범하나 그 덕행은 만고를 견주어 보아도 미칠 사람이 없을 것입니다.”

두 사람이 말하였다.

“합하께서 이르지 않으셔도 저희가 거의 아니 문후의 유복함을 알 수 있나이다.”

문후가 웃고 말하였다.

“현형 등은 과도하게 칭찬하지 말라. 학생의 풍채를 가지고 어디에 가서 그만 한 아름다운 아내를 못 얻겠는가?”

임생이 웃고 말하였다.

“군후께서 스스로 기리시니 할 말이 없습니다. 소생이 당돌하나 잠깐 의논할 것이니 뭇 형은 행여 웃지 마소서. 군후는 낯빛이 분을 바른 듯하고 옥의 좋음을 나무라며 귀밑은 진주로 메우고 옥으로 다듬은 듯하며 눈은 가을물결에 봉황의 눈이며 눈썹은 그린 듯하고 입은 단사(丹沙)를 찍은 듯하여 두루 깨끗하고 밝은 기운이 어려 무리 중에서 빼어나며 사람 가운데 신선 같고 호방한 기질이 당대의 영걸이시니 소 부인의 짝이 되시기에 마땅하십니다. 그러나 소 부인의 생김새는 미우(眉宇)[16]에 팔채(八彩)[17]가 은은하고 두 눈은 새벽달 같으니 군후께서는 이에 비할 수 없고, 아리땁고 시원하며 영롱한 소 부인의 안색에는 두어 층 미치지 못할 것입니다. 소 부인은 행동거지가 정돈되고 말씀이 고결하셔서 지금 시대의 대성인이시니 군

---

16) 미우(眉宇): 이마와 눈썹 언저리.

17) 팔채(八彩): 여덟 가지의 눈썹 색깔로 덕이 있음을 상징함. 중국 고대 순임금의 눈썹에 여덟 가지 색채가 있었다는 데서 유래함.

후께서 어찌 미칠 것입니까? 만일 소 부인이 남자로 나셨다면 한갓 『춘추(春秋)』만 지으셨겠나이까? 당당히 천하가 요임금과 순임금의 남풍가(南風歌)[18]를 부르도록 다스릴 것이니 여자 되신 것이 어찌 한스럽지 않나이까?"

문후가 다만 웃고 말하였다.

"임형이 학생을 과도하게 기리니 감당하지 못하겠도다."

가생이 웃고 문후를 향해 말하였다.

"사람이 미색도 탐하거늘 더욱이 고금에 없는 성녀(聖女)를 이르겠나이까? 소 부인을 향한 군후의 정심(貞心)이 정신을 잃을 정도에 이를 것입니다."

문후가 머리를 흔들어 말하였다.

"현형은 알지 못하도다. 소 씨가 현형 등의 말과 같아 자색이 그러하나 학생을 싫어하니 학생이 집안에 아내가 있으나 참으로 홀로 밤마다 빈 방을 지키고 있으니 누가 내 마음을 알겠는가?"

임생이 크게 웃고 말하였다.

"이는 군후께서 몸가짐을 잘못 가지신 탓입니다."

이 한림 몽원이 웃으며 말하였다.

"가형(家兄)의 말씀은 다 거짓으로 말씀하신 것입니다. 소 씨 형수님은 당당한 재상 집안의 여자로서 형님이 정식으로 예를 올려 맞이하신 정실입니다. 그런데도 형님은 평소에 호령을 자주 해 만일 마음에 안 드는 일이 있으면 형수님을 난간 아래에 세워 두고 죄를 따지며 꾸짖기를 무쌍히 하시되 형수님은 머리를 숙여 조금도 한하는 빛을 두지 않으니 이 더욱 기이한 일입니다."

---

18) 남풍가(南風歌): 중국 고대 순(舜)임금이 부른 노래.

모두들 문후가 잘못했다 하니 후가 다만 웃고 말을 하지 않았다.

임생이 돌아가 택일하여 알리니 혼례일까지는 겨우 10여 일 정도 남았다.

문후가 소 부인에게 말을 전하였다.

"비록 대단하지 않으나 부인이 일을 주관할 날이 가까워지고 있으니 일찍 돌아오시오."

부인이 임 씨의 혼례일이 가까운 것을 듣고 기뻐하여 즉시 이씨 집안으로 돌아왔다. 문후가 운아에게 명령하여 중매각을 청소하고 자리를 정돈하여 부인을 맞으니 빛나는 복록이 비길 데가 없었다.

소저가 존당(尊堂) 이 태사 부부와 시부모를 뵙고 물러나니 공주가 장 씨, 조 씨, 최 씨와 함께 중당에 자리를 베풀고 소 씨를 보았다. 소 씨는 구름 같은 머리에 두 봉황이 나는 모양이 그려진 관(冠)을 바로 하고 옥비녀를 바로 꽂았으며 붉은 비단 치마를 입고 비췻빛 적삼을 더하였으니 의복은 화려하지 않았으나 빼어난 아름다움은 만고에 짝이 없을 정도였다. 다만 계양 공주의 타고난 아름다운 자태가 아니면 맞서 겨룰 수가 없었다. 이에 공주는 위의를 갖춘 예복을 마지못해 하여 비록 칠보(七寶)를 찬란히 하지는 않았으나 자연히 복색이 휘황하고 장 씨, 최 씨는 각각 단장을 화려하게 하였다. 소 씨가 그 중에 드니 차림새가 매우 소박하였다. 조 씨는 이날 칠보를 무궁히 얽고 끌어 그 빛난 빛과 향기가 사람의 눈을 현란하게 하되 소 씨는 잠깐도 눈을 들어서 보지 않고 다만 한가히 담소하였다. 이에 공주가 말하였다.

"부인이 빨리 친정을 떠나 오셔서 마음이 불안하실 것이라 심회를 위로하려 당돌히 청하였나이다."

소저가 사례하며 말하였다.

"옥주께서 이렇듯 첩의 마음을 비추시니 아뢸 바를 알지 못하거니와 황공하고 감격스럽나이다."

공주가 낭랑히 웃고 진 씨에게 명해 술과 안주를 내어오게 해 말하였다. 이때 조 씨가 좌중에서 소 씨의 기이한 용모를 보니 뼈가 저리고 정신이 어지러웠다. 속으로 분노하니 이를 스스로 진정하지 못해 모진 눈을 독하게 뜨고 얼떨떨한 듯이 바라보았다. 소 씨는 저의 행동을 눈으로 보았으나 모르는 체하여 온화한 기운이 자약하였다. 공주는 조 씨를 십분 애달파하더니 오늘의 광경을 보고 더욱 흉하게 여겼으나 이를 참고 이윽고 웃으며 말하였다.

"이제 서방님의 두 부인이 한 자리에 모였으니 서로 온화한 빛을 띠시는 것이 다행일까 합니다."

소 씨가 옷깃을 여미고 사례하여 말하였다.

"첩이 세상의 슬픈 일을 두루 겪어 인사가 자못 흐려져 미처 이를 생각지 못하였나이다."

드디어 조 씨를 향해 사죄해 말하였다.

"첩이 인사에 민첩하지 못하고 어리석어 황이(皇姨)[19]와 대화가 늦었으니 애석하나이다. 이제 한 집에 모여 군자를 섬기는 일은 천고의 큰 일이니 황이는 첩의 불민함을 가르치시고 일생을 함께 화목하게 지내도록 하소서."

조 씨가 소 씨의 바다와 같은 도량을 모르고 자기를 투기하여 소 씨가 말도 하지 않는가 하여 곧바로 흉한 분노를 드러내려 하다가 이 말을 듣자 노기가 눈썹을 가리키고 낯빛이 매우 좋지 않아 선웃음을 짓고 입을 비죽이며 말하였다.

---

19) 황이(皇姨): 황후의 자매. 조제염이 현 황후인 정통(正統) 황제 비의 동생이므로 이와 같이 호칭한 것임.

"소 부인이 오늘 나와 말을 하시는 것인가? 진실로 큰 경사로다."

소 씨가 당초에는 빙옥 소저 침소에 있어 조 씨를 사사로이 만나는 일이 없었고 문후의 말을 들은 후에는 자못 사문(斯文)[20] 여자의 만고에 없는 심술을 더럽게 여겨 조 씨와 말하는 것을 탐탁지 않게 여기다가 공주가 이른 후에야 억지로 참고 말한 것이었다. 그러니 '적국(敵國)' 두 글자를 꿈엔들 생각했겠는가. 조 씨의 이 말을 듣고 잠깐 웃고 대답하지 않으니 조 씨가 즐거운 낯빛을 하여 웃고 말하였다.

"그대의 얼굴은 서시(西施)[21]와 양성(陽城)[22]이 미치지 못할 것이요, 요지의 서왕모(西王母)[23]가 자리를 피할 것이나 행실은 우습도다. 먼저는 위생과 사통하고 후에는 임소철을 만나 수작하였으며 거짓으로 그 누이를 문정후의 시인(侍人)으로 삼도록 약속하였으니 임소철과 은정이 없는 줄 어찌 알겠는가? 나는 국구의 딸로서 지위가 황이(皇姨)라 그대와 동렬(同列)이 된 것을 더럽게 여기거늘 그대는 어찌 가부에게 어질다는 이름을 들으려 하여 임가 여자를 들여 내 적국으로 삼게 하였는가? 이는 내가 괴롭게 여기는 바니 스스로 알아서 하라. 그대는 이제 길가의 모든 남자와 음간(淫姦)하다가 돌아와서 후백(侯伯)의 안살림을 맡으니 문정후는 눈 없는 것이라 내 이를 괴이하게 여기는도다."

말이 끝나기 전에 소 씨는 안색을 자약히 하고 몸을 일으켜 공주

---

20) 사문(斯文): 유학자의 경칭.

21) 서시(西施): 중국 월나라의 미녀.

22) 양성(陽城): 중국에서 미인이 많다고 전해지는 곳.

23) 서왕모(西王母): 『산해경(山海經)』에서는 곤륜산에 사는 인면(人面)·호치(虎齒)·표미(豹尾)의 신인(神人)이라고 하나, 일반적으로는 불사(不死)의 약을 가지고 있는 아름다운 선녀로 전해짐.

에게 말하였다.

“옥주의 우애를 받들어 이에 모시고 말하려 하더니 문득 이 자리에 비례(非禮)의 말이 드날리니 첩이 귀를 씻으려 하여 감히 앉아 있지 못하니 옥주는 첩의 죄를 용서하소서.”

말을 마치고 구슬 신발을 끌어 나는 듯이 침소로 향하였다. 공주가 소 씨의 편안하고 조용한 거동을 보고 더욱 탄복하고 조 씨의 행동을 어이없어해 한참을 생각하고 있으니 장 부인이 정색하고 말하였다.

“첩이 감히 황이를 시비하는 것이 아니라 옛말에 이르기를, ‘사람의 단점은 앉아서 괄시할 것이 아니다.’라 하였으니 그 말씀이 어찌 옳지 않나이까? 이제 소 부인은 문정후의 조강지처로 당당히 정실의 지위를 가지고도 적국을 시기하지 않아 말을 예법에 의거하여 하거늘, 황이는 비록 존귀하나 문정후의 계비(繼妃)로 들어온 사람이니 무슨 까닭에 정실의 얼굴을 대해 남은 땅이 없도록 모욕을 하는 것입니까? 이는 이씨 집안의 법령을 무너뜨리는 것이라 시부모님이 아시면 죄벌이 적지 않을까 두렵나이다.”

말을 마치니 기상이 추상같았다. 이에 좌우의 사람들이 낯빛을 고쳤으나 조 씨는 흉한 염치에 조금도 뉘우치지 않아 팔을 휘젓고 좌우로 둘러보며 눈을 모질게 뜨고 말하였다.

“저 소가 천한 년이 자기 허물을 듣고 자괴(自愧)하여 피하거늘 형님조차 어찌 이렇게 구는 것입니까? 제 비록 정실로서 유세를 부리나 나는 국구의 딸이요 황후의 아우라 제 어찌 나와 겨루겠습니까?”

공주가 바야흐로 입을 열어 말하였다.

“사람이 존비와 귀천이 차등이 있으나 예법과 차례가 중한 법입니다. 소 씨가 비록 길가의 천한 사람이라도 이미 시부모님께서 택

하시어 문후의 정실로 정하셨습니다. 그러니 황이가 설사 지위가 높다고 하시나 차례는 건너뛰지 못할 것이요, 하물며 같은 명문대가의 여자이니 황이에게 사람의 염치가 있다면 어찌 윗사람 욕하는 것을 꺼리지 않을 수 있겠습니까? 황후를 자랑삼아 세력을 부리시나 황후 이신들 무죄한 여자를 벌주실 분이 아닙니다. 내 그윽이 황이를 위해 안타까워하니 모름지기 조심하여 삼가는 것이 옳습니다."

조 씨가 공주와는 겨루지 못해 나상(羅裳)[24]을 획 거두고 비췻빛 소매를 떨쳐 돌아갔다. 공주가 이를 더욱 흉하게 여겨 잠깐 웃으니 장 씨가 역시 낭랑히 크게 웃고 말하였다.

"조 씨의 행동을 참으로 그려 놓고 볼 만합니다."

최 씨가 탄식하였다.

"소 부인의 몸을 마칠 자는 조 부인일 것입니다."

공주가 말하였다.

"소저가 산악과 같이 굳은 관상이 있고 미우(眉宇)에 온갖 복이 온전하니 조 씨가 어찌 그 몸을 마치겠는가? 이 사람에게 끝이 있을 것이나 소저에게 관계되지는 않을 것이네."

최, 장 두 소저가 한편으로는 탄식하고 한편으로는 웃었다.

이날 소 소저가 침소로 돌아가니 문후가 이에 있다가 일어나 맞이해 만면에 화색을 띠고 말을 하려 하였다. 그런데 성문이 따라와서 낯빛이 불안한 채 말하였다.

"아버님! 화영당 모친이 우리 모친을 이리이리 욕하셨으나 모친이 대답하지 않고, 이리 오신 후에 장 숙모께서 이리이리 하시니 화영당 모친이 욕을 더하더니 공주께서 또 이렇듯 하시니 떨치고 가더이다."

---

24) 나상(羅裳): 얇고 가벼운 비단으로 만든 치마.

문후가 어이없어 부인을 돌아보아 웃고 말하였다.

"그대가 무슨 뜻으로 투기하는 여자의 욕을 달게 받고 대답하지 않았소?"

소저가 잠자코 대답하지 않으니 상서가 또한 묻지 않았다. 날이 어두워지자, 등불을 밝히고 상서가 부인을 대해 웃으며 말을 계속해 부인의 즐거운 낯빛을 구하였으나 부인이 움직이지 않더니 문득 홍아가 들어와 가만히 고하였다.

"조 부인이 창틈으로 엿보시나이다."

상서가 다 듣지도 않고 십분 대로하여 몸이 일어나는 줄 모르고 난간에 나와 문을 열었다. 조 씨가 관을 벗고 나상을 거두고서 창 밑에 엎드려 있으니 상서가 소리를 높여 시녀를 불러 말하였다.

"도적이 창 아래에 있으니 빨리 시노(侍奴)를 불러 결박하라."

조 씨가 소리를 듣고 크게 놀라 엎어지고 거꾸러지며 도망가니 상서가 도리어 어이없어 한바탕 크게 웃었다. 그리고 소연 등 노자 20여 명을 불러,

"이날부터 중매각을 사방으로 돌아다니며 살피라."

하고 문을 닫고 들어왔다. 부인은 앉은 자리를 고치지 않고 꾸밈이 없이 침착하게 전혀 알지 못하는 사람처럼 있으니 상서가 더욱 탄복하고 공경하였다.

이러구러 임 씨의 길일이 다다르니 상서가 관복을 갖춰 임가에 이르러 배석(拜席)에 나아갔다. 임 씨는 단장을 이루고 배석에서 네 번 절하니 상서가 나중에 읍하여 예를 폐하지 않았다. 신방에 들어가니 임 학사가 들어와 웃고 말하였다.

"꿈에서도 보지 못하던 신랑이 어찌 왔는고?"

문후가 웃으며 대답하였다.

"형의 꿈에 뵈던 신랑은 병들어서 오지 못하고 내가 대신 왔노라."

말을 마치고 서로 크게 웃었다.

밤이 되자, 임 씨가 나아오니 상서가 눈을 들어 보았다. 안색은 윤택하고 조용하며 눈은 맑은 거울 같으며 눈썹은 기이하여 현명하고 다복한 것이 눈에 어려 있었다. 문후가 속으로 기뻐하고 또 부인의 아름다운 뜻과 임생의 의기를 저버리지 못해 침석을 가까이하니 은정이 또한 옅지 않았다.

이튿날 세수를 마치고 임 씨를 돌아보아 관복을 섬기라 하니 임 씨가 자약히 나아가 받들어 섬기되 예스러운 태도가 조용하고 나아가고 물러나는 모습이 편안하니 문후가 속으로 기특히 여겼다.

상서가 돌아와 교자를 보내 임 씨를 데려왔다. 임 씨가 이에 이르러 존당과 시부모에게 여덟 번 절하고 머리를 조아렸다. 그러고는 정실 두 부인에게 네 번 절한 후 말석에서 몸을 굽히고 있으니 모두들 눈을 고정하여 보았다. 깨끗하고 윤택한 외모는 봄에 웃는 모란 같고 쪽 찐 머리는 구름 같으며 키가 컸으니 모두 문후의 유복함을 칭찬하고 존당 이 태사 부부와 승상이 기뻐하였다.

임 씨가 이후에 이씨 집안에 머물러 다음 날 정당(正堂)[25]과 존당[26]에 문안하였다. 그리고 먼저 소 부인에게 문안하니 소 씨가 기쁜 빛으로 자리를 주고는 사랑하고 진정으로 후대하니 임 씨가 매우 감격하였다.

임 씨가 화영당에 가 문안하니 조 씨가 대로하여 꾸짖었다.

"너 천한 것이 어찌 감히 소 씨에게 먼저 가고 내게는 뒤에 왔느

25) 정당(正堂): 집안의 대청이라는 뜻으로 여기에서는 승상 이관성과 정 부인 부부를 이름.

26) 존당: 원래 남의 집을 높여 이르는 말로 여기에서는 태사 이현과 유 부인 부부를 이름.

냐?”

임 씨가 좋은 낯빛으로 대답하였다.

“천첩은 갓 들어온 사람입니다. 남이 가르치는 대로 할 뿐이니 정당 어르신이 소 부인을 원비(元妃)라 하셔서 먼저 가 뵌 것입니다.”

조 씨가 대로하여 소 씨를 한바탕 크게 욕하니 임 씨가 매우 이상히 여겨 즉시 돌아갔다.

상서가 이후에 부인을 소중히 대우하는 겨를에 임 씨를 총애하여 집안에 온화한 기운이 가득하였으나 다만 조 씨는 원수처럼 미워하였다. 소 씨가 또한 조 씨의 행동은 아마 남자라도 달게 여기지 않을 줄로 알아 쓸데없이 좋은 말을 않고 잠잠히 있으면서 시비를 하지 않았다. 이에 조 씨의 분노가 하늘을 찔렀다.

하루는 임 씨가 문안하는 때를 맞아 친히 달려들어 임 씨의 의상을 낱낱이 뜯고 머리카락을 뜯으며 말하였다.

“너를 먼저 죽인 후에 소가 여자를 없애 버릴 것이야.”

이렇게 말하고서 임 씨를 바로 육장(肉醬)[27]으로 만들려고 하였다. 이때 임 씨 시녀 옥섬이 이 광경을 보고 매우 놀라 급히 소 부인 침당에 가 이 일을 고하고 제 주인이 장차 위태롭다고 아뢰며 구해 달라 애걸하였다. 소 부인이 다 듣고는 놀라서 한참을 생각하다가 시녀를 시켜 화영당에 말을 전하였다.

“임 씨가 비록 군자의 첩이나 사족(士族)의 딸로서 상공께 와 저의 분수를 삼가니 우리가 마땅히 후대하여 거느림이 옳거늘 부인이 한때의 노기로 과격한 행동을 하여 친히 난타하는 지경에 이른 것은 규문의 인자한 도리가 아니요 군자의 가제(家齊)[28]를 어지럽히는 일

27) 육장(肉醬): 원래는 고기를 다져 간장에 넣고 조린 반찬을 의미하나, 여기에서는 사람을 난도질함을 이름.

입니다. 청컨대 부인은 분노를 가라앉히소서. 임 씨에게 잘못이 있다면 시원하게 꾸짖어 이후에는 방자한 일이 없도록 할 것이요, 부인의 체면을 삼가 존중하시기를 청하나이다.”

시녀가 화영당에 이르러 조 씨에게 이 말을 전하니 조 씨가 더욱 대로하여 어지럽게 소 씨를 욕하고 꾸짖으며 임 씨를 장차 죽이려는 마음이 급하였다. 시비가 하릴없어 돌아가더니 길에서 마침 문후를 만났다. 문후가 그 급히 가는 모습을 보고 연고를 캐물으니 시녀가 감히 속이지 못해 사실대로 고하였다. 문후가 다 듣고서 저의 작변(作變)이 갈수록 괴이한 것에 놀라 화영당에 이르렀다. 이때 조 씨는 흉한 성을 참지 못해 임 씨를 무수히 난타하고 있었으니 참으로 위태한 지경이었다. 상서가 놀라서 두 눈을 낮추고 소리를 엄정히 하여 임 씨를 불러 앞에 꿇리고 죄를 따지며 말하였다.

“너는 나의 시첩으로 네 왕래와 거취는 나에게 달려 있다. 만일 이후에 멋대로 오고 간다면 마땅히 대죄(大罪)를 줄 것이니 다음에는 방자한 일이 없도록 하라.”

임 씨가 아득한 정신을 거두어 머리를 조아려 사죄하고 돌아갔다. 상서가 노기를 이기지 못해 조 씨의 유모 계월을 섬돌 아래에 꿇리고 죄를 따지며 말하였다.

“네 주인이 칠거지악(七去之惡)[29]을 넘는 허물과 대악(大惡)을 저질렀으나 내 관대한 은혜를 드리워 집안에 머무르게 하였으니 마땅히 행동을 조심했어야 할 것이다. 그런데도 감히 임 씨를 마음대로

---

28) 가제(家齊): 집안을 고루 다스림.

29) 칠거지악(七去之惡): 예전에, 아내를 내쫓을 수 있는 이유가 되었던 일곱 가지 허물. 시부모에게 불손함, 자식이 없음, 행실이 음탕함, 투기함, 몹쓸 병을 지님, 말이 지나치게 많음, 도둑질을 함 따위.

구타하며 집안을 요란하게 하였으니 이 죄가 또한 가볍지 않다. 이후에 또 이런 행동이 있다면 너를 먼저 다스려 주인을 잘못 인도한 죄를 물을 것이다."

말을 마치고 늙은 여자종 대섬을 불러 이후에는 조 씨를 정당 문안에 참여하지 못하도록 하라 명령하고 천천히 돌아갔다. 상서가 이날 임 씨를 보니 얼굴이 성한 곳이 없고 머리카락이 반 넘어 뜯어졌으나 임 씨는 조금도 한하는 기색이 없다가 상서가 들어오는 것을 보고 천천히 일어나 맞았다. 문후가 크게 기특하게 여기고 정이 자연히 깊어 이에 손을 잡아 자리에 나아오게 해 그 상처를 살펴보고 금창약(金瘡藥)[30]을 붙여 다스렸다. 문후가 이에 머무르며 임 씨를 은근히 곡진하게 대하였으니 그 사랑이 옅지 않았다.

이날 문안에 조 씨가 예전처럼 참여하니 상서가 문득 안색을 엄숙히 하고 승상 면전에 나아가 아뢰었다.

"제가 비록 나이가 어리나 임금님의 은혜를 입어 벼슬이 후백(侯伯)의 자리에 있거늘 제가(齊家)를 잘 하지 못해 전날 이러이러한 일이 있었으니 이는 칠거를 넘는 대악입니다. 마침내 내침 직하나 성상께서 사혼하신 까닭에 잠깐 거리껴 내쫓지는 않았습니다. 그러나 조 씨가 어찌 부모님 앞에 나아올 수 있으며 여러 부인의 항렬을 더럽힐 수 있겠나이까? 마땅히 그 침소에 깊이 두어 개과하기를 기다리려 하나이다."

승상이 다 듣고 잠자코 있으니 문후가 반나절을 손을 맞잡고 꿇어앉아 대답을 기다렸다. 그러나 승상이 끝까지 말을 하지 않으니 유부인이 말하였다.

---

30) 금창약(金瘡藥): 칼, 창, 화살 따위로 생긴 상처에 바르는 약.

"우리 아이가 오늘 어찌 이리 모호한 것이냐?"

승상이 바야흐로 대답하였다.

"몽창이가 집안을 잘 다스리지 못해 변란이 규방에서 일어났으니 일이 한심합니다. 마땅히 훗날이나 잘하도록 경계하면 될 것이지 저에게 번거롭게 물으니 속으로 괴로움이 있어 미처 말을 못 한 것입니다."

유 부인이 좋은 낯빛으로 상서에게 말하였다.

"모름지기 네 마음대로 하라."

문후가 부친의 말을 듣고 두려움을 이기지 못해 머리를 조아려 사례하고 물러났다. 좌우에 명령하여 조 씨를 밀어 침소로 보내니 어른들 앞이므로 기운은 나직하나 안색에 노기가 어려 있고 눈이 점점 가늘어 엄한 빛이 사방에 쏘였다. 조 씨가 아무리 대담하나 어찌 두렵지 않겠는가. 한 말도 못 하고 쫓겨 나가니 좌우 사람들이 바야흐로 모두 웃고 조 씨를 더욱 사리에 맞지 않다고 여겼다.

조 씨가 상서에게 쫓겨나 침소로 돌아가니 분한 기운이 하늘같아서 입시울을 깨물고 이를 갈아 원한 갚을 것을 생각하였다. 분노를 누르지 못해 수서(手書)를 닦아 모친에게 보내 궁궐에 이 일을 아뢰기를 간청하고 잠깐 통쾌하여 생각하기를,

'소 씨가 하도 교만한 체하니 내가 그 행동을 보아야겠다.'

하고 이날 죽매각에 이르니 소저가 참고 맞이해 말하였다.

"황이가 어찌 이곳에 이르셨나이까?"

조 씨가 거짓으로 좋은 낯빛을 하고 일렀다.

"부인이 첩을 하도 박대하시니 화가 나거니와 청할 말이 있어서 왔나이다."

소저가 대답하였다.

"첩에게 무슨 말을 청하고자 하시나이까?"

조 씨가 웃고 또 가볍게 말하는 척하며 말하였다.

"이 말이 첩의 몸도 위한 것이지만 부인께서도 매사에 편할 것이므로 첩의 말을 들으소서."

부인이 자약히 일렀다.

"첩이 본디 용렬하여 받들어 행하지 못할까 두려울지언정 듣기를 원하나이다."

조 씨가 말하였다.

"다른 일이 아니라 전날 임가 천인(賤人)이 첩을 업신여겨 천(賤)한 성을 참기 어려워 약간 쳤더니 이제 문후가 그것으로써 큰 허물을 삼아 첩이 정당 문안을 하지 못하도록 하였습니다. 첩의 구구한 정으로써 시부모님께 문안을 폐하여 번민을 이기지 못하니 부인은 군자의 총애가 대단하니 나의 뉘우치는 뜻을 군자께 전하고 다시 시부모님을 옆에서 모실 수 있게 허락하도록 해 주소서."

소저가 저의 말이 거칠고 거만함을 듣고 속으로 불쾌함이 가득하였으나 이를 참고 대답하였다.

"첩이 본디 소견이 용렬함은 황이가 거의 아실 것이니 무슨 담력과 지략으로 가부에게 조언하겠나이까? 스스로 살펴 첩을 용서하소서."

조 씨가 히히 웃으며 말하였다.

"부인이 스스로 가부의 총애를 믿고 이렇듯 하는데 만일 황후 마님의 꾸짖음이 온다면 어찌하려 하는고?"

부인이 진실로 조 씨와 말을 겨루는 것을 지극히 힘들어하여 잠자코 있었다. 이때 문후가 들어오다가 조 씨가 와 있는 것을 보고 잠깐 발을 멈춰 대화를 들었다. 조 씨가 황후 낭랑을 거론하며 세력을 자랑하는 말을 듣고는 대로하고 부인이 저와 말하는 것을 싫어함을 스쳐 알고 그 신세가 편치 않음을 안타까워하였다. 이에 즉시 난간에 올라 홍아를 불러 부인을 청하였다. 소저가 일의 형세가 이러한 데 의심하여 스스로 일어나 천천히 나갔다. 문후가 노하여 머리털이 관을 찌르고 낯빛이 파랬으며 봉황의 눈을 크게 뜨고서 좌우를 명해 부인을 밀어 섬돌 아래에 세우고 크게 꾸짖었다.

"조 씨에게 칠거(七去)가 넘는 죄 있으되 관대한 은전을 베풀어 심당에 두자 한 것을 허락하여 죄를 분명히 하였거늘 그대가 어찌 감히 조 씨를 청하여 한가한 대화를 하고 있는 것이오? 이 죄는 결코 용서하지 못할 것이오."

이에 크게 소리를 질러 운아를 결박하여 꿇리고 장차 몹시 치려 하니 좌우의 시녀가 수족이 떨려 정신을 차리지 못하였다. 그러나 부인은 조금도 요동하지 않고 땅에 박힌 듯이 섬돌 아래에 서 있으니 그 엄숙한 모습은 가을하늘을 낮게 여길 정도였다. 문후가 조 씨를 밉게 여겨 이리 하였으나 소 부인에 대한 공경과 사랑을 더욱 참지 못해 짐짓 운아를 결박하여 광경을 크게 좋지 않게 한 후 조 씨를 쫓아 보냈다.

조 씨가 무료함이 극하였으나 상서가 소 씨를 정말로 호령하는 줄로 알아 돌아와서 스스로 즐겨 말하였다.

"내 우연히 갔다가 소 씨 여자와 상공 사이를 불화하게 하였으나 이는 귀신이 도운 것이로구나."

그러고서 크게 기뻐하였다.

상서가 조 씨를 보내고 이에 운아를 풀어 놓고 방안에 들어가 홍아를 불러 소저를 청하였다. 소저는 상서가 자기를 매양 어린아이 희롱하듯 하고 또 그 행동이 과격함을 탄식하여 즉시 걸음을 옮겨 내당으로 들어갔다. 문후가 억지로 청하지 못하고 홀로 침상에 기대어 고서(古書)를 읊었다. 석양에 부인이 돌아와 생이 있는 것을 보고 불쾌함을 이기지 못하였으나 참고 안색을 자약히 하여 한 가에 앉았다. 문후가 만면에 온화한 빛을 띠고 웃으며 말하였다.

"아까 투기하는 여자의 행동을 괘씸하게 여겨 부인에게 실례한 것이 많으니 부인은 그 진정이 아님을 살펴 용서하시오."

부인이 말없이 대답하지 않으니 문후가 또 웃고 말하였다.

"부인이 유감이 있소? 어찌 매양 이렇듯 온화한 기색이 없는고?"

소저가 또 대답하지 않으니 상서가 도리어 한하여 말하였다.

"그대는 어찌 생을 대하면 밤낮으로 성난 기색이 가득하오? 내 그대와 부부가 된 지 6년에 지금까지 그대의 웃는 모습을 보지 못했으니 학생이 처복이 매우 사납구려. 상 씨 같은 아내를 죽이고 그대 같은 독한 아내와 조 씨 같은 간악하고 음란한 여자를 얻었으니 참으로 다시 숙녀를 얻고 싶은 마음이오."

소저가 기색을 평상시와 같이해 대답하지 않으니 문후가 노하여 나아가 섬섬옥수를 이끌어 말하였다.

"그대는 아무렇게나 하시오. 내가 또 그대를 공경하지 않으리라."

소저가 천천히 탄식하고 말하였다.

"비인(卑人)[31]이 본디 상공처럼 호화롭지 못해 일생 근심과 질병으로 폐간(肺肝)이 썩었으니 무엇이 즐거운 일이겠나이까?"

부인이 가만히 있으며 말하기를 괴롭게 여기니 상서가 다시 묻지 않았다.

이때 조 국구 부인이 딸의 글을 보고 즉시 불에 태우고 서간을 닦아 크게 꾸짖어 적국과 화목하게 지낼 것을 경계하였다. 조씨 집안

---

31) 비인(卑人): 자신을 낮추어 부르는 말.

의 시녀가 문에 와 서간을 들이고 가니 유모 등이 어지럽게 전하여 존당에 들고 가니 모두 괴이하게 여겼다. 서간을 보고는 조 씨의 마음을 불량하게 여기고 유 부인의 어짊을 탄복하여 그 딸이 어머니를 닮지 않음을 개탄하였다. 이에 태부인이 탄식하고 말하였다.

"유 씨의 어짊이 이와 같은데 조 씨가 저렇듯 어리석으니 이 어찌 순(舜)임금의 아들이 어리석은 것과 같지 않은가?[32]"

문후가 자리에 있다가 유 부인 서간 말을 듣고 조 씨를 더욱 흉하게 여겨 끝내 그 지어낸 해로움이 어디까지 갈 줄 알지 못하였다. 그래서 급히 나가 집에서 문 지키는 노복을 엄히 경계하여 만일 자신의 명령 없이 아무나 들이고 내보낸다면 털끝만큼도 용서하지 않겠다고 하니 종들이 두려움을 이기지 못해 명령을 듣고 물러났다.

이때, 소씨 집안의 노 부인이 우연히 얻은 질환이 오랫동안 낫지 않아 위중하니 소 공 부부가 진실로 정신이 없었다. 소 부인이 소식을 듣고 정신이 아뜩하여 시부모에게 총총히 하직하고 친정에 이르러 함께 병자 곁에서 시중을 들었다. 며칠이 지나자 부인이 스스로 살지 못할 줄 알고 상서 부부를 불러 옆에 앉히고 눈물을 흘려 말하였다.

"미망인이 선군(先君)을 여의고 너를 두었더니 네가 요행히 입신하니 그 영화가 바란 것을 넘어 조물의 해를 두려워하였는데 네가 마침내 변방에 충군(充軍)하여 노모가 고고한 손아 두 명을 거느려 10년을 애간장을 태웠으니 사람이 돌이나 나무가 아니라 어찌 상함이 없었겠느냐? 이제 너희 부부를 만나 오륙 년을 즐겁게 지내고 형

---

32) 이~않은가: 중국 고대 순임금은 요임금의 뒤를 이어 왕이 되어 선정을 베풀었으나 자신의 아들 상균(商均)이 왕위에 적합하지 않다고 판단하여 우(禹)에게 왕위를 물려주었다는 이야기가 전함.

이가 입신한 것을 보며 월혜가 다시 살아난 것을 보았으니 죽어도 나쁨이 없겠구나. 너희는 과도히 슬퍼하지 말고 몸을 보호하라.”

또 한림 부부와 소저를 나오게 해 허다하게 권면하는 말을 마치고 죽으니 향년이 67세였다. 상서가 모친이 절명(絶命)한 것을 보고 망극함을 이기지 못해 피를 토하고 거꾸러져 인사를 모르니 한림이 붙들어 구하였다. 문정후가 이르러 이미 상사 났음을 시자(侍者)를 시켜 본가에 고하고 함께 상서를 붙들어 위로하였다. 소 공이 겨우 깨어나 다시 머리를 땅에 부딪쳐 통곡하니 차마 보지 못할 정도였다.

이 태사 부자가 이 기별을 듣고 크게 슬퍼 이에 이르러 조문하고 조정 관료들이 문에 가득하게 모여 조상(弔喪)하였다. 소 공이 겨우 인사를 차려 조문객을 응대하고 초상을 다스려 성복(成服)[33]을 지내니 이미 속절없는 장례일이 되었다. 소 공이 뼈에 사무치도록 슬퍼하여 장차 목숨을 잃을 지경이니 이 공이 그 손을 잡고 눈물을 흘려 말하였다.

“오늘 광경은 참으로 자식으로서 참지 못할 것이나 훼불멸성(毁不滅性)[34]은 성인의 지극하신 경계이니 인형(仁兄)[35]은 모름지기 몸을 돌아보소서. 사람의 자식으로서 초상을 당해 슬퍼해도 몸을 마치지 못하는 것은 대의(大義)를 생각해서이기 때문입니다.”

소 공이 오열하며 눈물을 흘리고 말하였다.

“형의 말이 옳으나 소제(小弟)가 예전에 어리석어 변방에서 10년을 수졸(戍卒)했을 적에 자친(慈親)께서 폐간을 삭히시다가 이제 세

33) 성복(成服): 초상이 나서 처음으로 상복을 입음.

34) 훼불멸성(毁不滅性): 부모의 상을 당해 너무 슬퍼하더라도 목숨을 잃게까지 하지는 않음.

35) 인형(仁兄): 상대편을 높여 이르는 이인칭 대명사.

상을 버리셨으니 이것이 큰 한이라 능히 참기 어렵습니다."

이 공이 탄식하고 지극히 위로하고 돌아갔다.

문후가 소 한림과 함께 한 몸처럼 소 공을 곁에서 붙들어 보호하니 아들보다 나은 것이 있으므로 소 공이 망극한 중이었으나 감동하는 마음이 있었다.

소 씨가 어렸을 때부터 조모의 양육을 입어 조모에 대한 정이 태산과 북두 같았는데 뜻밖에도 영결을 당해 조모가 유명(幽明)을 달리하였으니 애통한 마음이 어찌 부모상보다 작겠는가. 약질이 마음을 써 매우 슬퍼하고 근심하였으나 서러움을 참아 부모를 보호하였다. 부친이 모친과 함께 3년 시묘하고 올 것을 생각하고 크게 슬퍼 비록 내색하지는 않았으나 속으로 번뇌하였다. 시부모에게 고하고 부모와 함께 가고 싶은 마음이 생겨났으나 이씨 집안의 가풍이 엄숙하고 또 자기가 이리 와 시부모를 뵙지 못하고 있으니 어찌 자기의 사정을 고하겠는가. 밤낮으로 초조해하더니 수십 일 후 이에 글을 닦아 빙옥 소저에게 보내니 그 내용은 다음과 같았다.

'첩이 뜻밖에 사정에 절박한 상사(喪事)를 만나 시부모님 문안을 폐하고 형제의 곁을 오래 떠나니 그리워하는 정이 간절함을 이기지 못하겠나이다. 첩은 이미 존문(尊門)에 매어 있는 몸이요, 시집간 여자가 백 리 밖에서 친정 상을 당하면 친정에 가지 않아도 된다는 것은 성인의 가르침 가운데 있으니 어찌 감히 사사로운 정 때문에 대의(大義)를 폐하려 하겠나이까? 다만 첩이 어려서부터 부모님을 떠나 10년 동안 구름을 바라보다가 겨우 모였는데 또 첩이 남창에 적거하여 부모님께 설움을 끼쳤나이다. 첩이 살아서 길에서 떠돌아다녔으나 부모님은 첩이 죽은 줄로 알아 마음을 졸이시다가 겨우 모여 이제 반년이 안 되었는데 부모님께서 하늘이 무너지는 슬픔을 만나 수만 리 길을 떠나시게 되었나이다. 첩의 절박한 사정은 이를 것도 없고 부모님이 지극한 슬픔 가운데 불초녀를 생각하시어 슬픔이 한층 더할 것이니 첩이 인간 세상에 나와 부모님의 은혜를 갚은 것이 무엇이 있나이까? 절절히 불효가 가볍지 않아 장차 몸을 버려 신명께 하소연하고 싶은 마음이 났으나 미처 막중한 대의(大義)를 폐하지 못해 소저께 번거롭게 고합니다. 군자의 의건은 황이께서 받들고 임 씨가 도울 것이니 첩 한 몸은 있으나 없으나 상관없을 것입니다. 부모를 따라가 두어 달 모시고 받들기를 시부모님께 아뢰어 허락을 얻어 주신다면 첩이 죽고 삶에 채를 잡아 먼저 소저의 은혜를 갚겠나이다.'

문 학사 부인이 다 보고 부모에게 고하니 답하기를,

"형세 상 그렇게 하지 못하니 어찌 사사로운 정으로 대의(大義)를 폐하겠느냐?"

하니 소저가 또 문후에게 이 말을 일렀으나 문후가 듣지 않았다. 소저가 형이 사사로운 애정에 빠져 이렇게 군다고 비웃으니 문후가 바야흐로 말하였다.

"누이의 말이 우형(愚兄)이 사사로운 애정에 빠져 보내지 않는다고 하니 만일 그렇다면 3년 이별에는 죽고야 말겠구나."

소저가 말하였다.

"오라버니가 소매를 어둡게 여기나이다. 예전에 오라버니가 언니를 탐탁지 않게 여겼을 때 같으면 언니를 보냈을 것입니다. 3년 이별을 어이없어해 이처럼 말씀하시지만, 지금 정말로 언니에 대한 정이 없는 것입니까?"

상서가 소저의 영리함을 보고 미미하게 웃을 뿐이었다.

소 소저가 빙옥의 답서를 보고는 시부모님도 허락지 않음을 착잡해하였다. 이날 상서가 옛 침소에 이르러 소저를 청하니 소저가 전에는 청하면 모친께 음식을 드린다는 핑계로 오지 않더니 이날은 즉시 이르렀다. 상서가 눈을 들어 보니 소저의 어여쁘고 윤택한 모습이 완연히 달라져 우화등선(羽化登仙)[36]할 듯하였다. 상서가 놀라 이에 상사(喪事) 난 것을 조문하니 소저가 눈물이 비처럼 흘러 말을 하지 못하였다.

문후가 위로하며 말하였다.

"그대 마음이 비록 슬프겠으나 악부모님이 계신데 어찌 너무 슬퍼하는 것이오?"

소저가 슬피 눈물을 흘릴 뿐이니 문후가 전날 있었던 일을 말하려 하다가 소저가 먼저 말하는 것을 보려 하여 거론하지 않았다. 소저가 한참 후에 눈물을 거두고 자리를 피해 말하였다.

"여자가 한 번 집 문을 하직하면 일생이 시가에 달려 있고, 백 리 밖에 있으면 친정 초상에 가지 않는 것이 떳떳한 예법이나 첩이 망극한 마음을 진정치 못하는 까닭에 군자께 사정을 말씀드리려 하는데 용납하시겠나이까?"

문후가 평생 처음으로 슬픈 기색과 서글픈 소리를 들으니 불쌍함이 지극하여 다만 일렀다.

"부인이 애초부터 생을 대해 두 번 거듭 말하는 일이 없더니 오늘 품은 생각은 과연 큰일이 아니면 말하지 않았을 것이오. 학생이 벌써부터 놀랍구려."

소저가 상서의 말을 듣고는 말하는 것이 무익하되 능히 슬픈 정을 참지 못해 눈물을 꽃 같은 뺨에 줄줄 흘리며 말하였다.

---

36) 우화등선(羽化登仙): 사람의 몸에 날개가 돋아 하늘로 올라가 신선이 됨. 여기에서는 소월혜가 곧 죽을 것 같음을 표현한 말.

"첩의 나이 이제 20에 부모를 떠나 그리워하던 정은 군자께서 거의 아실 것이니 다시 아뢰지 않겠습니다. 그런데 이제 부모님이 50의 나이에 하늘이 무너지는 슬픈 일을 만나 수만 리 험한 산을 지나 고향으로 향하게 되셨으니 장래에 몸이 무사하게 모이기를 믿지 못하겠나이다. 이를 생각하면 첩의 마음이 쇠나 돌이 아니라 설움이 어찌 없겠나이까? 군자께서 죽을 사람을 살리는 큰 덕을 펴시어 첩의 한 몸을 허락하신다면 첩이 부모를 따라가 두어 달 봉양하여 그 기운이 나아지시는 것을 보아 즉시 올 것이니 군자는 두 번 살리는 은혜를 베푸소서."

문후가 한편으로 들으며 한편으로 저 행동을 보니 붉은 입술에 옥처럼 흰 이 사이로 말이 도도하여 상자에 진주가 떨어지는 듯, 옥쟁반에 구슬이 구르는 듯하고 눈물이 얼굴에 가득하여 배꽃 한 가지가 봄바람에 젖은 듯, 푸른 하늘의 밝은 달이 근심스러운 기색을 띤 듯, 연꽃이 회오리바람을 만난 듯하여 맑고 탐스러운 용모가 기특하였다. 상서가 소저와 부부가 된 지 6년 만에 처음으로 그 슬픈 낯빛과 말 많은 모습을 보았으니, 소저의 슬퍼하는 태도가 평소보다 배나 더하였다. 그러니 정 많은 장부의 마음을 이르겠는가. 애틋한 정이 솟아났으니 어찌 수만 리 길을 보낼 뜻이 있겠는가. 이에 낯빛을 고치고 위로하였다.

"부인의 정이 그러한 것은 생이 다 아는 바요. 조 씨가 다만 보통 사람이라면 어찌 그런 정리를 돌아보지 않겠는가마는 조 씨가 그렇지 못함은 부인이 알 것이오. 부인이 저리 가고 생의 집안일을 맡길 사람이 있거든 부인은 악부모님 행렬을 따르시오. 학생이 말리지 않으리라."

소저가 두 눈을 낮추고 자리를 물러나 다시 애걸하였다.

"군자의 집안일이 번다한 줄 모르지 않습니다. 그러나 첩의 장래는 만 리 같은데 부모님 섬길 앞날은 적으니 첩이 미처 소소한 일을 헤아리지 않은 것입니다. 군자께서 황이에게 맡기기 싫으시다면 권도(權道)로 잠깐 임 씨가 주관하고 운아에게 돕도록 하시는 것이 어떠하나이까?"

문후가 웃으며 대답하였다.

"전날에는 부인이 자못 예의를 알더니 오늘은 어찌 이런 말씀을 하시오? 조 씨를 두고는 임 씨에게 못 맡길 것이니 생이 전에 한 말은 핑계가 아니오."

소저가 오열하고 말하였다.

"군자가 허락하지 않으시니 첩의 마음을 어디에 두겠나이까? 장차 구천(九泉)의 원귀가 될 것입니다."

문후가 손을 잡고 위로하였다.

"부인이 매우 큰 도량을 갖고 있더니 어찌 이리도 마음이 좁으시오? 악장이 3년 동안 시묘(侍墓)하신 후 즉시 경사로 오실 것이라 이것이 사별(死別)이 아니거늘 어찌 이렇듯 슬퍼하는 것이오?"

소저가 눈물이 무수하여 말하였다.

"군자의 말씀도 옳으시나 첩의 팔자가 괴이하여 난 지 스물에 부모를 자주 떠남을 슬퍼하는 것이옵니다."

말을 마치자, 눈물이 옷 앞에 젖고 기운이 위태로웠다. 문후가 이 모습을 보고는 소저가 자기 곁을 떠나는 것은 지금 무슨 일이 있어도 어렵고 소저가 이렇듯 슬퍼하는 모습에 근심하여 재삼 위로하였다. 그러나 소저가 울기를 그치지 않고 일어나 내당으로 들어가니 문후가 또한 밖에 나와 소 공을 모셨더니 문후가 이윽고 고하였다.

"형인(荊人)[37]이 이에 악장 행차를 따를 것을 간청하였으나 소서

(小壻)가 또한 형세가 절박함이 많아 허락하지 못하였나이다. 만일 악장께서 떠나신다면 형인이 목숨을 잃을까 두렵나이다."

소 공이 탄식하였다.

"내 지금 거의 죽게 되어 다른 일을 생각할 겨를이 없노라. 딸아이를 비록 낳았으나 내 슬하에 있었던 적은 겨우 삼사 년 정도였으니 부녀의 정으로 애처롭고 딸아이가 저렇게 구는 것이 더 상서롭지 못하구나. 너에게는 여러 처첩이 있으니 딸아이를 내게 허락함이 무방하도다."

문후가 대답하였다.

"악부모님의 정이 이러하시고 형인(荊人)의 사정은 사람 마음이라면 슬픔을 참지 못할 것이니 소서(小壻)가 돌이나 나무가 아니라 어찌 차마 형인을 보내지 않겠나이까? 다만 소서가 연소하나 외람한 벼슬이 한 몸에 감겨 문정 봉읍(封邑)을 응하고 병부 큰 소임에 손님을 맞는 일이 자못 번다하니 하루도 아내가 없으면 안 될 것입니다. 비록 황이가 있으나 그 위인이 집안일을 다스릴 자가 아니고 지금 이러이러한 죄가 있어 심당에 넣어 개과하게 하였고, 임 씨가 있으나 소서의 집안에서 조 씨를 두고 임가 여자에게 집안일을 다스리게 하는 것은 가법을 무너뜨리는 일입니다. 이런 까닭에 악장의 슬픈 사정을 풀어 드리지 못하니 죄를 청하나이다."

소 공이 길이 탄식하고 말하였다.

"여자가 자고로 백 리 밖에 있으면 친정의 상에 가지 않는다고 하였으니 딸아이를 내가 낳았으나 너에게 속현(續絃)[38]한 후에는 어찌

---

37) 형인(荊人): 나무 비녀를 한 사람이라는 뜻으로, 자기 아내를 부르는 말.

38) 속현(續絃): 거문고와 비파의 끊어진 줄을 다시 잇는다는 뜻으로, 아내를 여읜 뒤에 다시 새 아내를 맞는 일을 비유적으로 이르는 말. 이몽창이 상 씨를 여의고 소월혜

떠나지 않을 수 있겠느냐? 다만 제 우리를 자주 떠나 슬픔을 두루 겪다가 겨우 모였는데 나 또한 호천지통(呼天之痛)[39]을 만나 동쪽으로 가니 제 하도 서러워하므로 내 정으로 역시 참지 못한 것이었도다. 그런데 연고가 이와 같으면 내 어찌 사사로운 정으로 대의를 폐하겠느냐? 네 참으로 안살림을 권도로 처리하는 것이 그렇듯 난처하다면 네 비록 딸아이를 허락한다 해도 내가 데려가지 않겠다."

문후가 이에 사례하였다.

문후가 부모에게 고하고 소 공을 모셔 동경에 가 장례 지내는 데 참여하고 오려 하였는데 갑자기 병이 나 사오 일을 아파 가지 못하니 소 씨가 더욱 망극하여 죽어 소 공을 따를 뜻이 있었다.

장례일이 임박하니 천자가 예관을 보내 치제(致祭)[40]하고 수조(手詔)[41]로 소 공을 위로하여 삼년상을 무사히 마치고 상경할 것을 이르니 소 공이 임금의 은혜에 감격하였다. 조정의 모든 관료가 집안에 모여 30리까지 좇아가 보내려 하니 그 성대한 행렬을 어찌 다 이르겠는가. 문후가 이날 병든 몸을 억지로 일으켜 이에 이르러 악장을 떠나보냈다. 소 공이 한림과 함께 앞에 서고 장 상서 차자 옥계가 장 부인을 모시고 뒤를 따르니 모든 관료가 길을 덮어 호송하였다. 행렬이 거룩하여 3리에 걸쳐 있으므로 사람들이 노 부인의 유복함을 부러워하였다.

소 씨가 부모를 이별하게 되니 슬프고 서운한 마음을 참기가 어려웠다. 부친의 옷을 붙들고 슬피 우니 공이 비록 대장부이나 마음이

를 맞은 일을 말함.

39) 호천지통(呼天之痛): 하늘을 향해 부르짖는 고통이라는 뜻으로 부모의 상 당함을 이름.

40) 치제(致祭): 임금이 제물과 제문을 보내어 죽은 신하를 제사 지내던 일. 또는 그 제사.

41) 수조(手詔): 임금이 손수 쓴 조서.

어찌 좋겠는가. 어루만져 눈물을 흘리며 말하였다.

"내 천상(天喪)[42]을 만났으니 나머지 일을 어찌 마음에 두겠느냐? 그러나 인정이 끝이 없어 부녀가 남북으로 이별함을 능히 참지 못하겠구나. 형세가 마지못해 그런 것이니 너는 다만 남녘의 기러기가 세 번 돌아가기를 기다리라. 몽창이 이제는 소년의 호방함이 없고 위인이 관후한 군자가 되었으니 너의 일생이 이후에는 근심이 없을 것이다. 또 이 공 부부가 너 사랑하기를 딸과 같이 하니 한갓 부모를 떠나는 것을 오로지 슬퍼해서야 되겠느냐?"

소저가 부친의 통달한 말을 듣고 더욱 슬픔을 이기지 못하였으나 꾹 참고서 절한 후 말하였다.

"소녀 한 몸이 평안한 것은 아버님 말씀과 같으니 아버님은 다시 염려를 더하지 마시고 먼 길에 무사히 도달하여 3년을 평안히 지내시어 소녀의 바라는 바를 헛되게 마소서."

공이 탄식하고 그 머리를 쓰다듬어 손을 잡아 매우 사랑하기를 포대기에 든 어린아이처럼 하였다. 소저가 이 같은 정 끊는 것을 차마 견디지 못해 부친 가슴에 엎드려 눈물을 강물처럼 흘리니 공이 친히 상복의 소매를 들어 눈물을 닦아 주며 말하였다.

"이승의 삶이 모질어 네 아비는 부친을 영영 여읜 채 살고 있으나 너는 우리가 아직 살아 있으니 몇 년 후면 만날 것을 어찌 이토록 하는 것이냐?"

소저가 근심어린 표정을 짓고 있을 뿐이니 문후가 들어와 그 모습을 보고 말하였다.

"부인의 사정은 일러 알 바가 아니나 어찌 길을 떠나시는 악장의

---

42) 천상(天喪): 천상. 하늘이 나를 망하게 했다는 뜻으로 원래 어진 사람이 죽었을 때 쓰는 표현인바, 후에 부모나 형제의 죽음을 이를 때 쓰이기도 함.

마음을 이렇듯 어지럽게 하시오?”

공이 문후의 소매를 잡아 곁에 앉히고 탄식하였다.

“아비와 자식 사이의 정은 이미 하늘이 그렇게 만드신 것이니 어찌 하나의 일로 책망하겠느냐? 너는 모름지기 내 딸을 부모를 떠난 것이라 생각해 주면 은혜가 클까 하노라.”

문후가 절하고 사례하였다.

“소서가 천성이 본디 과도하여 여자에게 편하게 대하지 못하나 지금 이후로는 악장의 부탁을 폐간(肺肝)에 새기겠나이다.”

공이 손을 들어 사례하고 다시금 소저를 어루만져 사랑하고 불쌍히 여기니 소저가 옥 같은 얼굴에 눈물이 맺힐 사이 없어 다만 슬피 울 뿐 말을 하지 못하였다. 문후 앉은 자리가 소저와 가까워 그 우는 모습을 보니 더욱 시원하여 만고를 기울여도 비슷한 이가 없을 정도이니 더욱 사랑하는 마음을 이기지 못하였다.

소저가 모부인을 붙들어 이별하니 장 부인이 이별을 슬퍼하였으나 소저 마음을 돋우지 않으려 하여 대의(大義)로 타일렀다. 그러나 조 씨의 악한 행동이 종시 끝을 누르지 못할 줄 알고 심담이 끊어지는 듯하여 소저를 어루만지며 마침내 떠나지 못하였다. 소저가 또한 모친 젖을 어루만져 기운이 혼미하니 부인이 붙들어 크게 울고 말하였다.

“우리 모녀가 전생에 무슨 죄를 지었기에 이렇듯 이별이 잦은 것이냐? 우리 아이는 몸을 보중하고 또 보중하라. 우리가 만일 삼년상을 잘 지내면 경사로 돌아올 것이니 마음을 널리 하라.”

소저가 무수한 눈물이 복받쳐 한 마디를 못 하였다. 이때 문후가 들어와 소저가 이와 같이 구는 것을 근심하여 대의(大義)로 꾸짖고 운아를 불러 보호할 것을 분부하니 장 부인이 감사하여 말하였다.

"우리 부부가 만 리에 가도 딸아이의 평생은 근심하지 않을 것이니 상공은 우리 딸을 불쌍히 여기소서."

문후가 대답하였다.

"형포(荊布)[43]가 어려서부터 소서(小壻)의 말은 긴요하지 않은 일도 듣지 않았으니 악모께서 가신 후에 반드시 그 몸을 보전하지 못할 것입니다."

부인이 돌아보아 딸을 경계하여 몸 보중할 것을 이르고 드디어 덩에 드니 소저가 목 놓아 통곡하며 정신을 차리지 못하였다.

일행이 동쪽으로 향하니 큰 집이 텅 비어 소저가 더욱 슬퍼 조모를 생각하고 부모를 그리워하여 두루 애를 태웠다. 승상이 이르러 어린 딸에게 하는 것처럼 위로하고 시가로 돌아올 것을 이르니 소저가 안색을 온화하게 하고 대답하였다.

"집안의 살림살이를 어머님이 경황이 없어 미처 간수치 못하고 가셨으니 며칠을 머물며 거두고 가기를 청하나이다."

이에 승상이 허락하였다.

소저가 친정에 머무니 매사에 슬픔을 이기지 못해 모친 방 안에 누워 식음을 폐하고 애를 태웠다. 문후가 소 공을 십 리 밖까지 나가 배웅하고 바로 돌아와 소저를 보니 그 슬퍼함을 근심하여 이에 꾸짖었다.

"그대가 비록 악부모님을 떠나보낸 마음이 슬플 것이나 이는 사별(死別)이 아니요, 우리 부모님이 그대 사랑하시기를 친딸같이 하시고 내가 있거늘 어찌 이런 괴이한 거동을 하는 것이오?"

드디어 운아를 불러 죽을 내어 오게 해 소저에게 권하였다. 소저

---

43) 형포(荊布): 형가시나무 비녀와 베치마라는 뜻으로 아내를 이름.

가 문후의 타이르는 말이 다 귀 밖에 들리고 슬픔이 흉격(胸膈)에 막혀 죽을 먹지 않았다. 상서가 섬섬옥수를 잡고 지극히 권하니 부인이 인사에 마지못하나 저가 너무 은근히 대하는 것을 불쾌해 두어 번 마시고 눈물을 거두어 말을 하지 않았다. 문후가 기뻐 이에 머무르며 함께 밥을 먹고 부인을 지극히 위로하였으나 부인은 요동함이 없었다.

이 밤에 소저가 부모의 행차를 염려하여 한숨을 자지 못하니 상서가 그 효성에 감동하고 소저의 사정을 슬퍼하여 은정이 예전보다 더 하였다.

이때, 이씨 집안의 유 부인이 노 부인 부음을 듣고 크게 슬퍼 장례일에 제전(祭奠)[44]을 갖추어 소씨 집안에 이르러 제를 지내고 자질처럼 슬퍼하니 보는 사람들이 그 의기(義氣)를 일컬었다.

소저가 며칠을 머물며 슬픔이 과도하니 상서가 염려하여 이에 부인을 본부로 데려왔다. 소 씨가 부득이하게 본부에 이르러 존당과 시부모를 뵈니 각각 노 부인의 상사(喪事)를 조위(弔慰)하였다. 이에 소 씨가 눈물을 뿌리며 큰 덕에 사례할 뿐이었다.

소 씨가 이후에 비록 아침저녁 문안과 시부모의 음식을 즐겁게 받들었으나 침소로 가면 눈물로 날을 보냈다. 정 부인이 그 사정을 불쌍히 여겨 낮에는 앞에 두어 위로하고 밤에는 상서가 자리를 가까이 해 타이르며 위로하니 부인이 비록 밖으로는 슬픈 빛을 내보이지 못하였으나 온 마음이 슬픔으로 가득해 옥장(玉臟)[45]이 다 스러짐을 면치 못하였다.

이때 조 씨가 모친의 손편지를 보고 크게 한하고 원망하기를,

---

44) 제전(祭奠): 의식을 갖춘 제사와 갖추지 아니한 제사를 통틀어 이르는 말.
45) 옥장(玉臟): 오장(五臟)의 미칭.

'모친이 어찌 다른 사람은 기리고 자식을 이토록 협박하시는고? 내 당당히 황후 낭랑께 이 일을 고해야겠다.'

하고 손편지를 써서 대궐에 들여보내려 하였다. 그런데 문득 문후의 명령이 새로이 엄하여 내외의 사람을 수색하고 검사한 후 내보낸다는 말을 듣고 하릴없어 잠깐 고요히 세월을 보냈다.

하루는 난간머리에 앉아 슬피 자신의 기박한 운명을 서러워하며 안타까워하니 시녀 이향이 나아와 물었다.

"소저께서 무슨 일로 밤하늘에 뜬 달을 대해 슬퍼하시나이까?"

조 씨가 탄식하였다.

"내 본디 국구의 사랑하는 딸로 영화와 부귀가 흠이 없으나 가부의 은정을 보지 못하고 심규(深閨)의 죄인이 된 것을 슬퍼하고 있는 것이다."

이향이 말하였다.

"소저가 어찌 이 사연을 황후 낭랑께 아뢰지 않으시나이까?"

조 씨가 말하였다.

"내 어찌 그 생각이 없겠는가마는 문정후의 명령이 이처럼 엄하니 그럴 생각을 하지 못하고 있노라."

이향이 말하였다.

"문후 어르신의 명령이 엄하나 사람에게 꾀가 있다면 무슨 일을 못하겠나이까? 소비(小婢)가 비록 기신(紀信)[46]의 충절이 없으나 이리이리 한다면 큰일을 이룰 수 있을 것입니다."

조 씨가 크게 기뻐 이에 금과 비단을 상으로 주고 표를 지으니 표의 내용은 다음과 같았다.

---

46) 기신(紀信): 중국 한나라 고조(高祖) 때의 무장. 항우의 군사에게 포위당한 고조 유방을 도망치게 한 후 자신은 살해됨.

‘신첩 제염은 피눈물을 드리우고 흩어진 정신을 거두어 낭랑 용상(龍床) 아래에 올리옵나이다. 신이 성상(聖上)의 사혼하심을 입어 이 씨 집안에 들어와 위로는 시부모를 지극한 효성으로 섬기고 아래로는 가부(家夫)를 어질게 인도하여 조금도 과실이 없었나이다. 그런데 접때 신의 적국 소 씨가 들어와서는 신을 능욕하고 업신여겨 신에게 없는 허물을 지어내 시부모와 가부에게 고하니 가부의 박대가 참으로 심했습니다. 이제 소 씨가 또 없는 죄목을 지어내 참소하니 가부가 곧이들어 신을 심당에 가둬 두고 하늘의 해를 보지 못하게 하니 신이 서러워 장차 애만 태울 뿐입니다. 대궐의 낭랑께서는 하늘 같은 위엄을 드러내시어 신으로 하여금 하늘의 해를 보게 하소서.’

다 쓰고서 봉함(封緘)[47]하여 이향에게 맡겼다. 향이 물러나 음식을 안 먹고 삼사 일을 고통하며 앓으니 모든 시녀가 조 씨에게 이향이 죽어 감을 고하니 조 씨가 거짓으로 놀라 말하였다.

“이향이 청춘에 무슨 병이 있겠느냐? 이 반드시 염질(染疾)[48]일 것이니 어찌 집에 두겠느냐? 유모는 빨리 문후께 고하여 이향이를 내어보내도록 하라.”

계월이 그렇게 여겨 즉시 정당에 고하니 정 부인이 말하였다.

“시비가 수상히 앓으면 내어보낼 것이지 어찌 묻는 것이냐?”

그러고서 내외의 문지기에게 명령하여 이향을 내보내라 하였다. 계월이 돌아가 조 씨에게 고하고 이향을 집으로 보내니 향이 조 씨의 표문을 머릿속에 감추고 수레에 실려 문을 나서 제집에 이르렀다.

즉시 의복을 고치고 궁중에 들어가 황후에게 표를 올리니 황후가 다 보고 대로하여 급히 임금에게 울며 아뢰었다.

---

47) 봉함(封緘): 편지를 봉투에 넣고 봉함.

48) 염질(染疾): 때에 따라 유행하는 상한병(傷寒病)이나 전염성 질환.

"폐하께서 신의 아우로써 이몽창에게 사혼하셨으니 그 성은이 크거늘 몽창 부자가 임금의 은혜를 홍모(鴻毛)[49]와 같이 여겨 이러이러한 일이 있으니 어찌 놀랍지 않나이까?"

그러고서 표를 올려 어람(御覽)케 하니 임금이 다 보고 또한 노하여 말하였다.

"이관성 부자가 이렇듯 짐을 업신여기니 마땅히 다스림 직하되 다만 허실을 자세히 알지 못하니 황후는 밀조(密詔)를 몽창의 어미에게 전지(傳旨)하고 겸하여 집안의 동정을 보는 것이 옳도다."

황후가 옳게 여겨 왕 상궁에게 명하여 정 부인에게 조서를 내렸다.

이때 문후가 조당(朝堂)에 갔다가 돌아오니 무평백 이한성과 정 씨, 설 씨가 웃고 이향이 염질 때문에 나갔음을 이르자 상서가 다 듣고 크게 놀라 말하였다.

"이향의 염질 때문에 내일이면 보통 때와 다른 일이 있을 것입니다."

이에 모두 놀라고 정 부인이 역시 의심하여 일렀다.

"너는 괴이한 말을 마라. 이향이 염질로 나간 것이니 무슨 다른 일이 있겠느냐?"

문후가 대답하였다.

"제가 비록 현명하지 않으나 조 씨가 재앙을 지어내 저의 몸을 마치는 지경에 이를 것으로 아나이다."

부인이 한참을 생각하며 대답하지 않았다.

이튿날 장락궁 상궁 왕 씨가 행렬을 거느려 이에 이르니 집안의 사람들이 크게 놀라고 정 부인 등이 문정후의 신명함에 탄복하였다.

---

49) 홍모(鴻毛): 기러기의 털이라는 뜻으로, 매우 가벼운 사물을 이르는 말.

궁인이 중당에 이르러 대승상 부인을 뵙자 하니 태사가 크게 괴롭게 여겨 미우를 찡그리고 정 부인에게 명령하였다.

"현부는 모름지기 침소에 가 궁인을 보고 속히 보내라."

부인이 명령을 받들어 백화각에 이르러 향안(香案)을 배설하여 조서를 보니 다음과 같았다.

'짐이 좋은 뜻으로 황이를 부인의 며느리로 삼았거늘 부인이 사람의 윗사람이 되어 며느리를 고루 사랑하지 않고 아들을 가르쳐 금실을 불화하게 하며 끝내는 황이를 심당에 가두었다 하니 이는 임금의 명령을 업신여긴 것이로다. 그 벌이 소 씨 여자와 몽창에게 있을 것이나 황이가 어진 덕으로써 화해하기를 원하니 짐이 짐작함이 있어 부인에게 글을 부치는 것은 부인의 한 말로써 몽창을 가르치게 하고자 해서이니 부인은 삼가 살필지어다.'

부인이 다 보고는 안색을 자약히 하여 일어나 네 번 절하고 한 마디 말도 하지 않고 붓과 벼루를 내어와 순식간에 표문을 지어 왕 씨에게 주었다. 또 약간의 금과 비단을 왕 씨와 좇아온 궁인에게 주고 마침내 말을 하지 않으니 왕 상궁이 그 가을하늘 같은 기운과 엄숙하고 단정한 기운을 공경하여 감히 말을 못 하고 물러났다. 왕 상궁이 조 씨의 심당에 가 서로 보니 조 씨가 무수히 울며 소 씨의 허물과 문정후의 박대를 두루 일러 지금 자신이 목숨을 보전하지 못하게 되었음을 일렀다.

이때 문후가 조당에 갔다가 돌아와 모부인 침소에 이르니 부인이 미우를 찡그리고 말하였다.

"너의 지감(智鑒)[50]은 어리석은 어미가 미치지 못하겠구나."

---

50) 지감(智鑒): 사물을 깨달아 아는 능력.

그러고서 조 낭랑 밀조를 주며 보라 하니 문후가 다 보고 놀라 말하였다.

"자고로 후비(后妃)가 어찌 사가(私家)에 수서(手書)를 내린 적이 있나이까? 소자가 도끼에 목 베어 죽더라도 이 일은 참지 못하겠나이다."

말을 마치자, 낯빛이 찬 재와 같아 밖으로 나가 먼저 계월을 잡아오라 하여 결박하고 죄를 따져 말하였다.

"네 주모(主母)가 사람의 얼굴을 하고 속으로는 금수(禽獸)의 행실을 하여 전후 패악(悖惡)[51]한 행동을 한 것이 한두 번이 아니었으나 내 집에 머무르게 둔 것은 임금의 은혜를 무겁게 여겼기 때문이다. 너의 노주(奴主)가 조금이나마 사람의 염치가 있다면 마땅히 감복하여 뉘우치고 스스로 나무람이 옳을 것이다. 네 주모가 비록 체면을 잃었으나 너는 국구와 군부인의 명령을 받들어 네 주모의 잘못을 바로잡는 것이 옳거늘 어찌 네 주모와 마음을 같이하여 거짓으로 이향이 염질에 걸렸다는 헛소문을 내어 그 더러운 사연이 대궐에 들리게 해 낭랑의 실덕을 도운 것이냐? 네 주모는 나라를 그릇되게 하는 반역의 무리요, 지아비를 업신여기는 찰녀(刹女)[52]로다. 내 조만간 네 주인 손에 죽으려니와 살아 있을 때야 법을 어지럽히고 위엄을 두려워하겠느냐?"

말을 마치니 노기가 거의 서릿바람 같았다. 크게 소리 질러 죄를 물으며 100여 장을 쳐 끌어 내쳤다. 또 이향 내보낸 문지기를 낱낱이 잡아들여 중형(重刑)을 더하니 집안이 물 끓듯 하고 사람마다 두

---

51) 패악(悖惡): 사람으로서 마땅히 하여야 할 도리에 어그러지고 흉악함.

52) 찰녀(刹女): 여자 나찰. 나찰(羅刹)은 푸른 눈과 검은 몸, 붉은 머리털을 하고서 사람을 잡아먹으며, 지옥에서 죄인을 못살게 군다고 함.

려워하여 발이 땅에 붙지 않았다. 그러나 승상은 조당에 갔고 부마는 집에 있었으나 그 아우의 일이 자못 옳으므로 시비를 하지 않았으니 누가 그 노기를 풀게 하겠는가. 상서가 뭇 노비를 차례대로 다 형벌을 주고 시녀를 시켜 말을 전하였다.

"궁인이 이미 정당에 표문을 맡겼다면 어찌 이렇듯 오래 머무는가? 학생은 곧 베옷 입은 가난한 선비라 황후 낭랑을 가까이에서 모시는 사람이 집에 이른 것을 괴이하게 여기노라."

그러고서 중당(中堂)에 서서 시녀를 계속 보내 재촉하였다.

이때 조 씨는 거짓말을 꾸며 왕 씨를 대해 이 군을 엎어지게 하려 하다가 계월을 사내종이 붙잡아 가니 크게 놀랐다. 상서가 시녀를 세워 두고 죄를 낱낱이 따졌다는 말을 듣고 노기충천하더니 문득 시녀들이 끊임없이 계속 와서 왕 씨에게 떠날 것을 재촉하는 것이었다. 왕 씨가 비록 사납지는 않았으나 원래 궁인의 고루한 성품이 있어 제 주인만 위했으므로 오늘 조 씨의 처량한 모습을 보고 또 상서가 자기를 내쫓는 것에 노하여 조 씨에게 말하였다.

"부인은 분노를 가라앉히소서. 첩이 궁금(宮禁)에 들어가 세 치 혀를 놀린다면 소 씨가 어찌 죽기를 면하겠나이까?"

드디어 나오면서 보니 문정후가 머리에 검은 관을 쓴 채 고개를 숙이고 몸에는 흰 실로 짠 옷을 입고 손에는 자금선(紫錦扇)[53]을 들고 난간머리에 서 있었다. 노기가 아직도 미우에 가득하여 가을하늘의 상월(霜月)[54]을 낮게 여기고 엄한 기운이 눈 위에 찬 바람이 부는 것 같았다. 그 고운 얼굴이 천지 강산의 정기를 홀로 받아 맑고 깨끗한 골격이 표연히 하늘에 오를 듯하였으니 왕 씨가 속으로 놀라

53) 자금선(紫錦扇): 자줏빛 비단으로 만든 부채.

54) 상월(霜月): 서리가 내리는 밤의 차가워 보이는 달.

탄복함을 이기지 못하였다.

문후가 이에 정당에 들어가니 승상이 조당에서 왔으므로 문후가 맞아 공수(拱手)하여 궁인이 왔던 곡절을 고하니 공이 미우를 찡그리고 말하였다.

“소 씨에게 액운이 또 닥쳐오는구나. 천자께서 이와 같이 덕을 잃으시니 어찌 천하의 불행이 아니겠느냐?”

문후가 역시 생각을 같이하고 물러나 침소로 돌아갔다. 부인이 또한 궁인이 왔다는 말을 듣고 자기에게 액운이 다시 올 기미를 알아 부모를 따라가지 못한 것을 새로이 한하였다. 상서가 들어와 수말을 자세히 이르고 한스러움을 이기지 못해 일렀다.

“내 비록 죽으나 어찌 후비(后妃)의 위엄을 두려워하리오? 부인이 반드시 큰 화를 만날 것이나 천도(天道)가 끝내 부인에게 매몰차기야 하겠소? 부인은 어딜 가든 나의 정을 돌아보아 꽃다운 몸을 결코 버리지 마시오.”

소저가 고개를 숙이고 잠자코 대답하지 않으니 문정후가 더욱 애련(哀憐)하여 새로이 사랑하는 정이 한층 더하였다.

이때 왕 상궁이 돌아가 정 부인의 표문을 받들어 올리니 황후가 받아 보니 표문의 내용은 다음과 같았다.

‘승상 황태부 이관성의 처 정 씨는 성황성공(誠惶誠恐)[55] 고개를 조아려 백 번 절하고 황후 낭랑 용상(龍床) 아래에 올리나이다. 신첩의 가부가 일찍이 네 조정[56]에서 은혜를 입고 성상이 지극히 예우(禮遇)하시니 신이 비록 규방의 어리석은 여자나 성은을 뼈에 새겨

---

55) 성황성공(誠惶誠恐): 진실로 황공하다는 뜻으로 상소나 표문에서 상투적으로 쓰이는 말.

56) 네 조정: 이관성이 제3대 황제인 성조(成祖) 영락제(永樂帝, 1402~1424)부터 제6대 황제인 영종(英宗) 정통제(正統帝, 1435~1449)까지 벼슬한 것을 이름.

다만 성상의 은혜를 축원할 따름이었나이다. 그런데 불초자 몽창이 어린아이로서 학식이 고루하거늘 성상께서 문득 육경(六卿)의 항렬과 제후에 임명하시고 심지어 황이로 사혼하셨으니 신의 모자가 간뇌도지(肝腦塗地)[57]하여도 성은을 갚을 바를 생각지 못하고 밤낮으로 복을 잃을까 두려워하였나이다. 그러하거늘 어찌 황이를 박대할 것이며 더욱이 신 등이 부부의 금실을 방해한다는 성교(聖教)는 지극히 원통합니다. 장차 민간 신하의 집의 소소한 곡절을 성상께서 다 아시지 못하는지 우려하여 대강을 베풀어 아뢰려 하니 자못 번다함을 면치 못할 것이라 죄가 더욱 깊사옵니다.

신이 엎드려 생각하오니, 속어(俗語)에 부부의 깊은 정은 사람 뜻대로 못 한다 하였사옵니다. 신이 비록 몽창의 어미라 하오나 위로 임금과 시어머니가 있고 아래로 가부가 있사오니 신이 한갓 어미라 하나 하늘이 만들어 주신 정밖에 없고 옳은 일로써 가르치는 일은 가부에게 달려 있사옵니다. 그러니 낭랑께서 신에게 하신 말씀이 가히 제 뜻을 돌리지 못할 줄 어찌 성심(聖心)이 알지 못하시겠나이까? 가부가 밤낮으로 몽창의 불민(不敏)함을 꾸짖으나 제 뉘우치지 아니하오니 이것은 신 등이 약하여 자식을 가르치지 못해서이옵니다.

또 황이를 심당에 가둔 것은 다른 일이 아니라 불초자가 끝끝내 처신이 사리에 밝지 못해 한 양녀(良女)를 얻어 첩의 항렬에 두었는데 나이가 어려 가히 신경을 쓸 만한 위인이 못 되옵니다. 그런데도 황이가 접때 이러이러한 죄를 지었으므로 불초자가 여자의 조급함을 꾸짖어 집안의 법도를 세우려 하여 그 침소에 두어 밖으로 다니지 못하게 해 황이가 뉘우치기를 기다렸사옵니다. 신 등이 불초자가

57) 간뇌도지(肝腦塗地): 참혹한 죽임을 당하여 간장(肝臟)과 뇌수(腦髓)가 땅에 널려 있다는 뜻으로, 나라를 위하여 목숨을 돌보지 않고 애를 씀을 이르는 말.

사리에 밝지 못함을 깨닫지 못하고 그 처사가 이치에 맞다 하여 황이가 잘못을 뉘우칠 수 있도록 그 일을 허락하였으니 이 또 큰 죄는 아닌가 하옵니다. 만일 황이가 온순하다면 신 등이 또한 이치를 잠깐 통하오니 어찌 편벽되게 황이를 박대하겠나이까? 황이가 전후에 체면을 잃은 것이 자못 크지만 신 등이 따지지 않은 일은 황이의 좌우 사람들에게 물으시면 아실 것이옵니다.

사람이 스스로 현명하지 못함은 뭇 성인도 면치 못한 일이라 하물며 어린 여자를 이르겠나이까? 황이가 비록 시가의 허물과 자기 한 몸의 괴로움을 지친(至親)에게 이르기를 마지않았으나 낭랑께서는 황이와 친자매이시지만 존함과 천함이 있으니 황이가 낭랑을 우러러보지 못할 것이온데 여염 신하 집의 일을 종이 위에 어지럽게 베풀어 성상의 지척에 고하였으니 이것은 크게 옳지 않은 일이옵니다. 이것을 낭랑께서 어찌 알지 못하시겠나이까? 신이 스스로 놀라움을 이기지 못하겠사옵니다.

또 소 씨는 불초자의 조강지처로되 몽창이 사리에 밝지 못해 전후에 변란을 일으켜 여자에게 오월에 서리가 내리는 원한을 끼쳐 소 씨가 온갖 고초를 겪은 후 겨우 모였사옵니다. 그런데 또 저의 부모가 친상(親喪)을 만나 고향으로 돌아갔으니 소 씨가 지금 부모를 그리워하여 병이 들어 사생(死生) 가운데 있고 자주 피를 토해 목숨이 조석에 있거늘 어느 정신과 근력으로 적국을 투기하겠나이까? 그러니 설사 황이가 소 씨의 허물을 참소하온들 어찌 곧이들으실 수 있겠나이까?

낭랑께서 깊은 궁궐에 계시어 미세한 일을 자세히 살피시기 어려워 신이 열에 하나를 아뢰어 속죄하고자 하매 말이 뜻을 다 못 전하고 점점 번다하여 죄 위에 죄를 더하니 아뢸 바를 알지 못하겠나이다.'

황후가 다 보니 그 문채는 찬란하고 말은 글자마다 정론이며 사리(事理)는 온당하므로 흠모하고 탄복하였으나 정 부인이 사죄하지 않은 것에 노하였다. 또 왕 상궁이 조 씨의 모습과 문정후의 행동을 일일이 고하니 황후가 대로하여 정 부인 표를 감추고 임금에게 아뢰었다.

"첩이 다정한 말로 정 씨에게 수조(手詔)를 내렸으나 정 씨가 대답도 하지 않았고, 이몽창이 첩의 죄를 아우의 유모에게 씌우고 궁인을 쫓아 내쳤으니 신하 된 자의 도리로 참 한심하옵니다."

그러고서 온갖 말을 아뢰니 임금이 대로하여 노기를 경각에 발하였으니 끝을 누르지 못해 이튿날 조서를 내렸다.

"문정후 이몽창이 국구의 사위가 되어 황이를 참혹히 박대하므로 황후가 사사로운 정을 참지 못해 수서(手書)를 그 어미에게 내렸으나 답소(答疏)를 올리지 않고 문득 몽창이 궁인을 쫓아 내쳤다 하니 이는 반역한 신하라 이몽창을 어서 금의옥(錦衣獄)[58]에 가두고 소씨를 당일로 제집에 보내고 이몽창과 이이(離異)[59]시키도록 하라."

성지(聖旨)가 내리니 대리시(大理寺)[60] 관원이 달려가 성지를 전하고 문후를 압령(押領)[61]하여 옥으로 나아갔다. 온 집안사람들이 뜻밖에 이 광경을 보고 정신이 없어 말을 못 하고 소 씨가 이이(離異)당한 것을 슬퍼해 모두 한 당에 모여 의논하였다. 이에 승상이 말하였다.

"몽창이가 비록 감옥에 일시 갇히게 되었으나 대단한 일은 아니

58) 금의옥(錦衣獄): 명나라 때 금위군(禁衛軍)의 하나인 금의위(錦衣衛)에 딸린 감옥.

59) 이이(離異): 이혼.

60) 대리시(大理寺): 형옥(刑獄)을 맡아보던 관아.

61) 압령(押領): 죄인을 데리고 옴.

다. 그런데 소 씨가 이이(離異)하였으니 이제 일의 형세가 어렵게 되었구나. 동경이 몇 천 리나 되니 아녀자를 보낼 수 있겠으며, 우리 며느리가 심한 약질인데 바람과 서리를 무릅써 동경에 도달하게 할 수 있겠는가? 비록 충이 으뜸이나 이제 성상께서 참소 때문에 실덕(失德)하시고 소 씨에게 또 죄가 없으니 어찌 임금의 뜻에 맞도록 하여 나의 천금과 같은 며느리를 저버릴 수 있겠는가? 경사의 그윽한 곳을 얻어 몽창이를 속이고 감춰 두려고 하나 갑작스레 생각이 나지 않는구나."

이때 장 씨가 자리에 있다가 시아버지의 말을 듣고 이에 자리를 떠나 옷깃을 여미고 아뢰었다.

"이제 소저의 거취가 난처하고 형세가 위태하여 시아버님께서 번뇌하시니 첩의 어리석은 소견을 고하옵니다. 첩이 거처하던 옥호정은 잡인이 왕래하지 못하는 곳이요, 비록 집안의 후원이나 후미지고 그윽하여 자못 인간 세상과 떨어져 있고, 또 소 상서 부인과 가친께서는 친남매라 거리낄 것이 없을까 하나이다."

승상이 이리저리 생각하며 근심이 깊던 차에 이 말을 듣고 기뻐 이에 소 씨를 불러 성지(聖旨)를 전하고 탄식하였다.

"성상께서 현부를 이이(離異)하라 하시나 동경이 여기에서 몇 천 리라 아녀자가 홀로 갈 수 있겠느냐? 하물며 우리 며느리의 몸이 평안치 않으니 동경으로 못 갈 것이다. 현부는 모름지기 내 아들을 속이고 장 상서 집안에 몸을 감추고 있다가 나중에 좋은 때를 기다리라."

소 씨가 이때 부모를 좇을까 다행으로 여기고 있다가 시아버지의 처분이 이러하니 하릴없어 다만 명령을 들었다. 승상이 이에 사람들을 시켜 소 씨가 동경 갈 행차를 차리는 체하도록 하고 행렬을 차려 소 씨를 장씨 집안으로 보낼 적에 소 씨가 모든 사람에게 하직을 고

하니 정 부인이 옥수(玉手)를 잡아 연연해하며 말하였다.

"떠나는 것이 어이 이리도 잦은 것이냐? 몸을 보중하여 다시 만나기를 바라노라."

소 씨가 사례하고 총총히 이별하고 각각 예를 한 후 장씨 집안으로 향하였다.

승상이 소 씨를 보내고 대궐에 가 벌을 기다렸다. 이때 임금은 문후를 귀양 보내려 하였다. 그런데 진 태후가 비록 춘추가 높았으나 본디 성격이 곧고 명석하였으며 하물며 이씨 집안을 지극히 우대하였으므로 마침 궁인을 통해 임금의 처사를 일일이 전해 듣고 속으로 노해 이에 위후를 불렀다. 위후가 자리에 이르니 말하였다.

"후는 자식을 잘못 낳은 줄 아시는가?"

위후가 용모를 가다듬고 말하였다.

"금상(今上)이 현명하지 못하여 선제(先帝)의 총명을 잃어버렸으니 신첩이 어찌 모르겠나이까?"

태후가 노하여 말하였다.

"안다면 어찌 그 실덕을 모르는 체하시는 것인가?"

위후가 관을 벗고 머리를 조아리며 말하였다.

"금상(今上)의 어리석음은 아오나 아직 다른 일은 모르나이다."

태후가 좌우를 시켜 임금을 불러 말하였다.

"짐이 이제 헤아리건대 이관성은 세 조정의 탁고대신(托孤大臣)[62]이요 이몽창은 사직지신(社稷之臣)[63]으로 남방을 평정한 중신(重臣)이거늘 어찌 옥에 가두셨는가? 연고를 듣고자 청하였도다."

---

62) 탁고대신(托孤大臣): 탁고한 대신. 탁고는 왕이 죽을 때 신임하는 신하에게 어린 임금의 보호를 부탁하는 것.

63) 사직지신(社稷之臣): 나라의 안위(安危)를 맡은 중신(重臣).

임금이 자리를 피해 대답하였다.

"신이 무고히 몽창을 가둔 것이 아닙니다. 황후가 이리이리 밀서를 이몽창의 어미에게 내렸으나 그 어미가 문득 대소(對疏)[64]를 하지 않았고, 몽창이 황후를 역정 내어 조 씨의 유모를 매우 치고 궁인을 내쫓았습니다. 이는 나라를 어지럽힌 신하라 비록 공이 있으나 벌이 없지 못하겠기에 이러한 까닭에 옥에 가둔 것이옵니다."

태후가 왈칵 성을 내며 말하였다.

"자고로 후비가 신하의 아내에게 수서(手書)를 내린 경우가 어디 있는가? 어숙(御叔)[65] 계양이 본디 사사로운 정을 끊고 대의에 힘쓰니 불러서 진실로 몽창의 죄가 대죄(大罪)인지 아닌지 물어 보리라."

이에 급히 추패(推牌)[66]를 내려 공주를 불렀다. 공주가 연고를 모르고 의아하여 즉시 행렬을 갖추어 입궐하니 태후가 반기고 물었다.

"네 어려서부터 거짓말을 안 했으니 물어 보겠다. 알지 못하겠구나, 너의 시어머니가 조후의 수서에 대답하지 않았더냐?"

공주가 아름다운 눈썹을 낮추고 아뢰었다.

"신의 시어미는 본디 예의를 으뜸으로 하니 어찌 낭랑의 수서에 답을 안했겠나이까?"

태후가 임금의 말을 이르고 말하였다.

"임금의 말씀이 이와 같으니 진가(眞假)를 어찌 알겠는가?"

공주가 자약히 대답하였다.

"표(表)를 가져온 왕 상궁이 있으니 불러 하문(下問)[67]하신다면

---

64) 대소(對疏): 임금이나 황후의 질문에 대답하는 상소.

65) 어숙(御叔): 임금의 고모. 계양공주는 제4대 황제인 인종(仁宗)의 장녀이자 정궁 진황후의 소생으로 제5대 황제인 선종(宣宗)과 남매로 설정되어 있으므로 현 6대 황제인 영종(英宗)에게는 고모가 됨.

66) 추패(推牌): 원래 임금이 벼슬아치를 부를 때 보내던 나무패를 가리킴. 명패(命牌).

어찌 알지 못하시겠나이까?"

말을 마치고 좌우를 시켜 왕 씨를 불러 위엄을 엄숙히 하여 물었다.

"그제 정 부인이 대표(對表)[68]를 써 그대를 주었더니 표를 어디에 두고 천정(天廷)에 아뢰지 않았는가?"

왕 씨가 잠자코 있다가 대답하였다.

"첩은 일찍이 알지 못하나이다."

공주가 웃으며 말하였다.

"궁인은 어려서부터 궁궐에서 황후를 모시어 자리가 일품이요, 문자를 알아 사리(事理)에 정통하니 일찍이 사람을 해치지 않을 것이라 나를 능히 속이지 못할 것이니 다만 바로 이르도록 하게."

왕 씨가 공주의 추상같은 모습과 옥이 부서지는 듯한 목소리를 대하니 자연 두려움을 이기지 못하였다. 그러나 황후를 두려워하여 머뭇거리니 공주가 더욱 안색을 엄숙히 하고 임금을 돌아보아 고하였다.

"신이 시어미만을 위하는 것이 아니라 궁인이 황후 낭랑의 수서를 받들어 재상가에 전하니 신의 시어미가 답표(答表)를 써 주었나이다. 그런데 궁인이 중간에 감추고 답표를 내지 않으니 이는 천정(天廷)을 속인 죄라 역률(逆律)[69]에 해당할 것입니다. 또 폐하께서 신의 시아비를 백관의 위에 있도록 하셨으니 그 아내 또한 존귀하거늘 그 친서를 감추고 말을 꾸며 신의 시어미를 해치니 이 죄는 결코 용서하지 못할 것입니다. 엎드려 바라건대 황상(皇上)은 왕 씨를 엄히 심문하시어 그 간사한 정황을 물으시기를 바라나이다."

임금은 본디 공주의 엄한 위엄을 공경하고 있었다. 게다가 황후가

---

67) 하문(下問): 윗사람이 아랫사람에게 물음.

68) 대표(對表): 대답하여 올리는 표.

69) 역률(逆律): 역적을 처벌하는 법률.

표를 감춘 것은 알지 못했으므로 급히 대답하였다.

"고모님이 하고자 하시는 일을 짐이 어찌 듣지 않겠나이까?"

공주가 이에 왕 씨를 내려 대궐 아래에 꿇리고 형벌을 내려 엄히 심문하려 하였다. 왕 씨는 어려서부터 궁궐에서 비단옷과 맛있는 음식에 싸여 존귀함이 비길 데가 없었으니 어찌 형벌을 받을 마음이 있겠는가. 이에 머리를 조아려 대답하였다.

"신첩이 정 부인의 답표를 가지고 와 낭랑께 드린 후에는 다시 알지 못하나이다."

임금이 다시 물었다.

"표를 가져왔는데 처음에 숨겼던 것은 무슨 마음에서냐? 바른대로 고해 형벌을 면하라."

왕 씨가 엎드려 고개를 조아리고 말하였다.

"옛말에 '주군이 모욕을 당하면 신하가 죽는다.'라는 말이 있으니, 낭랑께서 표를 감추시고 비자 등에게 당부하셨으므로 가볍게 발설하지 못했던 것입니다. 이제 천위(天威)의 아래에 감히 숨기지 못해 아뢰나이다."

임금이 다 듣고 매우 놀라 공주를 돌아보고 사죄하였다.

"짐이 어리석어 살피지 못한 탓으로 황후의 실덕이 이와 같으니 짐이 무슨 낯으로 이 공 부자를 보겠나이까?"

말을 마치고는 용안(龍顏)이 불안하니 공주가 자리를 떠나 관을 벗고 고개를 조아린 후 다시 엎드려 아뢰었다.

"신이 오늘 크게 예법을 잃어 천정을 어지럽혔으니 죄는 만 번 죽어도 마땅합니다. 그러나 신은 황고(皇考)[70]께서 낳아 길러주시고

70) 황고(皇考): 돌아가신 황제.

선제(先帝)와는 동기요, 폐하와는 숙질(叔姪)의 의리가 있어 이미 폐하와 골육의 나뉨이 있으므로 한 말씀을 고하려 하니 능히 신의 죄를 용서하시겠나이까?"

임금이 손을 꽂아 무릎을 꿇고 대답하였다.

"고모님이 무슨 말씀을 하려 하시나이까? 한 번 이르시는 것이 해롭지 않나이다."

공주가 다시 머리를 굽혀 절하고 말하였다.

"폐하께서 이제 황제에 즉위한 지 오래지 않아 정사를 밝게 다스려도 인심이 흉흉할 것이니 다스림이 어려울 것입니다. 그런데 폐하는 본디 선제(先帝)의 총명함을 이어받지 못하셨거늘 안으로 참소를 곧이들으시고, 낭랑이 신하의 집에 밀서를 내리는 것이 대단한 실덕(失德)이거늘 이를 금하지 못하셨나이다. 황이 때문에 신하를 가두시고 그 아내를 이이(離異)하도록 하시며 대신의 부인을 의심하시니 슬프다, 이는 조정에 간(諫)하는 신하가 없기 때문입니다. 오늘 신의 아뢰는 말씀이 필연 시어미와 시동생을 편들어 그러는가 하시겠지만 신의 마음은 황천(皇天)[71]과 후토(后土)[72]가 밝게 살피시니 어찌 조금이라도 사사로운 정으로 이러하겠나이까? 왕 씨가 조그마한 궁인으로 비록 총애를 받고 있으나 제 어찌 감히 천정(天廷)을 속이고 대신의 부인을 해칠 수 있나이까? 폐하는 모름지기 법을 엄정히 하소서."

아뢰기를 마치자 두 눈이 점점 가늘어지고 미우(眉宇)가 추상같으니 임금이 크게 부끄러워하고 뉘우쳐 이에 사례하고 말하였다.

"짐이 사리에 밝지 못해 선제의 탁고대신(托孤大臣)을 박대하며

---

71) 황천(皇天): 하늘의 신.

72) 후토(后土): 땅의 신.

공신을 무고히 옥에 가뒀으니 이는 짐이 현명하지 못해서 그런 것입니다. 그러나 이는 모두 황후의 일이니 황후를 북궁에 가둬 잘못을 꾸짖어야겠습니다.”

공주가 정색하고 대답하였다.

“비천한 사람도 조강지처 내쫓는 것은 생각하지 않습니다. 황후가 나이가 어려 체면을 미처 생각지 못한 채 동기 사랑이 지극하여 행한 일이요, 하물며 황후는 선제께서 간선(揀選)하시어 폐하께 맡겨 주신 분이거늘 이런 중대한 말씀을 하시나이까? 폐하가 비록 만승의 천자이시나 스스로 실덕을 생각지 못하시고 잘못을 황후에게 미루시니 신이 놀라움을 이기지 못하겠나이다.”

임금이 고개를 숙여 잠깐 웃고 대답하였다.

“고모님은 한갓 짐만 세세히 논박하시고 황후의 잘못을 벗겨 내십니다. 짐이 설혹 어리석으나 황후가 이르지 않은 일을 짐이 어찌 알았겠나이까?”

공주가 또한 웃고 말하였다.

“신이 구태여 폐하께 박(薄)하고 황후께 후(厚)한 것이 아닙니다. 옛말에 이르기를, ‘귀먹고 어리석지 않으면 가장(家長)이 못된다.’라고 하였으니 비록 존귀함이 지엄하나 성상께서 만일 그런 말을 곧이 듣지 않으셨다면 어찌 이런 일이 일어났겠나이까?”

임금이 말을 하지 않고 다만 웃으니 위 태후가 슬피 눈물을 흘리며 말하였다.

“오늘 공주의 신명(神明)하심을 보니 선제(先帝)와 흡사하십니다. 선제께서 공사(公事)를 결정하지 못하시면 계양 공주께 물으시어 신명한 소견을 들으시고 공주를 칭찬하시곤 하였습니다. 그 일을 생각하니 이제 어느 시절에 그런 모습을 볼 것이며, 금상(今上)이 현명하지 못해 공주의 입을 아프게 할 뿐이니 어찌 슬프지 않나이까?"

공주가 다 듣고 역시 눈물을 흘리고 임금은 황공하여 무릎을 꿇고 죄를 청할 뿐이니 진 태후가 말하였다.

"상(上)은 무익한 말씀을 말고 모름지기 일을 명백히 잘 처리하소서."

임금이 명령을 듣고 물러나 정전(正殿)으로 나가 조서를 내려 문후를 복직시키고 승상을 불러 황후의 잘못과 자신의 어리석음을 일컬었다. 이에 승상이 황공하여 고개를 조아리고 죄를 청할 뿐이니 임금이 다시 말하였다.

"소 씨 여자는 이미 보냈으니 제 어버이를 근친(覲親)하고 오도록 하고, 조 씨가 비록 예법을 잃은 행동을 하였으나 선생은 그 나이 어려 잘못한 것을 개회치 말고 그른 점을 가르쳐 조 씨를 며느리 항렬에 두기를 바라노라."

이렇게 말하니 이는 대개 임금이 황후와 정이 자못 두터워서였다.

승상이 이에 고개를 조아리고 물러났다. 임금이 왕 씨를 시골로 내치고 황후는 예전처럼 존중하니 두 태후도 또한 황후를 그르다고 꾸짖지 않았다. 공주가 10여 일을 묵은 후 하직하고 나왔다.

차설. 문정후가 은사(恩赦)[73]를 입어 옥문을 나와 대궐에 사은하고 집에 이르렀다. 이때 승상이 먼저 돌아와 임금의 처치를 존당에 고하니 유 부인이 말하였다.

"우리 며느리를 도로 데려오는 것이 어떠하냐?"

승상이 말하였다.

"오늘 화란이 다 몽창의 편벽함에서 비롯되었고 성상께서 마지못

73) 은사(恩赦): 나라에 경사가 있을 때에, 죄과가 가벼운 죄인을 풀어 주던 일.

하시어 일을 이렇듯 공정하게 하셨으나 그 본심이야 어찌 조 씨를 위하심이 없겠나이까? 소 씨를 근친케 하라 하신 말씀에서 그 뜻을 가히 스쳐 알 수 있으니 아직 소 씨를 장씨 집안에 두어 돌아가는 형세를 보는 것이 좋겠나이다."

태사가 고개를 끄덕이고 좌우 사람들이 옳다 하였다.

이윽고 문후가 들어와 좌중에 뵈니 모두 옥에 들어갔던 일을 위로하였다. 문후가 한참 후에 부친에게 아뢰었다.

"성지(聖旨)가 내려 황상께서 이미 저의 죄를 용서하시고 소 씨와의 이이(離異)를 거두셨으니 저의 집안일은 하루도 주모(主母)가 없으면 안 될 것이옵니다. 그러니 사내종을 보내 소 씨를 도로 불러 이르게 하고자 하나이다."

승상이 정색하고 말하였다.

"이제 성상께서 마지못하시어 우리 며느리의 이이(離異)를 거두셨으나 성지 중의 말씀을 살핀다면 거의 뜻을 짐작할 수 있을 것이니 어찌 번거롭게 며느리를 도로 데려오겠느냐? 네 나이 스물이 넘었고 자식이 있으니 일이 년을 홀아비로 못 있겠느냐?"

문후가 다 듣고 밝게 깨달아 고개를 조아리고 명령을 들었다. 물러나 그 약질이 험한 길을 가며 동경에 무사히 도달하지 못하리라 생각해 날마다 근심이 더하고 부부의 이별이 잦은 것을 탄식하여 즐거운 마음이 전혀 없었으나 외면(外面)은 자약하였다. 그러나 조 씨가 승상의 명으로 모임에 나다니니 미운 마음이 전보다 훨씬 더해 조 씨를 더욱 길 지나는 사람을 보듯 하고 임 씨에게 의건을 받들게 하였으며, 무릇 집안의 대소사(大小事)는 운아가 정 부인에게 아뢰어 처리하였다.

이때 조 씨가 황제의 명으로 심당 안치(安置)를 벗어나나 문정후의 박대는 더하였으니 악한 마음을 줄이지 못하여 성문 등을 해하려 하였다. 옛말에, '유복한 사람은 죽을 곳에서도 삶을 얻는다.'라고 하였으나 저 네다섯 살 어린 아이가 어찌 흉한 수단을 면할 수 있을 것이며, 영문이 소 씨와 문후의 전세 과보(果報)[74]를 갚으려 났으므로 능히 조 씨의 독수(毒手)를 피하지 못할 것이었다.

차설. 소 소저가 시아버지의 명을 받아 장씨 집안에 이르니 장 상서가 놀라 바삐 맞아 앞에 앉히고 묻기를,

"현질이 무슨 까닭으로 뜻밖에 여기에 이른 것이냐? 우숙(愚叔)이 연고를 몰라 의혹하노라."

소 씨가 자리를 피해 연고를 고하고 홍아가 서간을 받들어 드리니 상서가 다 보고는 놀라서 말하였다.

"조카의 신세가 갈수록 이와 같이 험난하니 어찌 애달프지 않은가? 그러나 숙질이 한 군데 있을 일이 기쁘구나. 내 집이 본디 손님이 많으나 옥호정은 자못 인간 세상이 아니니 자수 형[75]이 생각을 잘한 것이로다."

또 웃어 말하였다.

"백달[76]이 너를 떠나서 어찌 잘 견딜꼬? 반드시 와신상담(臥薪嘗膽)을 할 것이로다."

드디어 옥호정을 깨끗이 치우고 소저와 그 시녀를 그곳에 머무르게 하였다. 며칠 후에 성지(聖旨)가 내려와 문정후가 사면을 얻고 소 씨와 이이(離異)하라는 명이 거두어졌음을 듣고 상서가 소 씨를 불

---

74) 과보(果報): 전생에 지은 선악에 따라 현재의 행과 불행이 있고, 현세에서의 선악의 결과에 따라 내세에서 행과 불행이 있는 일. 인과응보(因果應報).

75) 자수 형: 자수는 이관성의 자(字).

76) 백달: 이몽창의 자(字).

러 일렀다.

"이제 성지가 이와 같으시니 조카는 시가로 속히 돌아가는 것이 좋겠구나."

소 씨가 두 손을 마주 잡고 대답하였다.

"성지에 비록 이이(離異)하는 명을 거둔다 하셨으나 그 뜻이 자못 깊으니 소질이 저곳에 가면 위태로울까 하나이다. 그러나 시가에서 처분하는 대로 할 것이니 소질이 어찌 마음대로 행할 수 있겠나이까?"

상서가 미처 대답하기 전에 좌우에서 이 승상이 이르렀음을 고하였다. 상서가 소저와 함께 승상을 맞이해 인사를 마치니 승상이 말하였다.

"오늘 아침에 천자께서 조서를 이와 같이 내리셨으나 시원하지 못하신 본심이 은은히 나타나 있습니다. 또 원래 제 아들의 규방 은정이 편벽되어 들림 직하지 않은 말이 대궐을 어지럽혔으니 이는 소제(小弟)가 기뻐하는 바가 아닙니다. 소제가 또 며느리의 상을 보니 금년 운수가 매우 이롭지 않습니다. 아직 이곳에 두어 재앙을 물리치려 하니 현형(賢兄)은 제 아들에게 며느리가 이곳에 있음을 이르지 말고 며느리를 이곳에 머무르게 하는 것이 어떠합니까?"

상서가 웃으며 말하였다.

"나의 조카는 진실로 보통 사람이 아닙니다. 아까 의논이 이와 같았더니 이제 형의 뜻과 같으니 어찌 기특하지 않습니까?"

승상이 웃어 말하였다.

"장형이 내 현부를 아는 것이 늦었다 할 만합니다. 덕행은 태임(太姙)과 태사(太姒)[77]보다 낫고 도량의 넓음은 큰 바다를 좁게 여기

77) 태임(太姙)과 태사(太姒): 태임은 주(周)나라 왕계의 아내이자 문왕(文王)의 어머니이고, 태사는 주나라 문왕의 후비이자 무왕(武王)의 어머니임. 모두 어머니와 아내

니 어찌 다른 사람에게 비할 수 있겠나이까?"

상서가 크게 웃고 말하였다.

"조카의 기특함을 이로써 더욱 알겠습니다. 자수 형이 어려서부터 어떤 일을 보든지 무심무려(無心無慮)하여 희로애락(喜怒哀樂)을 알지 못하는 듯하고 사람의 어짊과 사나움을 알아도 논폄(論貶)[78]을 하지 않더니 이제 웃는 얼굴로 조카를 찬양하니 참으로 조카의 사람됨을 알겠습니다."

승상이 즐거운 낯빛으로 웃고 소 씨를 위로하여 편히 있으라 이르고 돌아갔다.

소 씨는 원래 이씨 집안에 안 가는 것이 소원이었으므로 기쁨을 이기지 못해 홍아 등을 거느려 옥호정에서 세월을 보냈다.

이때는 추팔월 스무날 즈음이었다. 늦게 핀 국화와 단풍이 경치를 돕고 향기가 원근에 쏘이니 소저가 스스로 즐거움을 이기지 못해 말하였다.

"이곳이 이렇듯 기이하고 그윽하여 경치가 빼어나니 전에 표형(表兄)이 이곳을 떠나려 하지 않았던 것이구나. 이곳이 진실로 내 마음에 차고 뜻에 맞되 평생을 있지 못하니 애석하구나."

이처럼 탄식을 이기지 못하였다.

이때 소저가 잉태한 지 다섯 달이었다. 몇 년 동안 길에서 고초를 겪어 자못 몸이 상하여 약질이 능히 이기지 못해 걸음을 마음대로 못 걸었다.

어느덧 세월이 흐르는 물과 같아 납월(臘月)[79]에 이르니 이미 만

로서의 도리를 잘 지킨 것으로 유명함.

78) 논폄(論貶): 논하여 깎아내림.

79) 납월(臘月): 음력 12월.

삭이므로 밤낮 침상에 누워 신음하며 지냈다.

해가 지나고 새해가 되자 장 소저가 근친하러 이에 이르러 부모를 뵙고 옥호정에 이르렀다. 소 씨를 보고 서로 반기며 이별 후의 안부를 이르니 그 반가워함이 끝이 없었다.

장 씨가 웃으며 말하였다.

"현제는 서방님을 생각하고는 있는가? 서방님이 현제와 이별한 후 밤낮으로 근심 어린 눈썹을 펴지 않고 있으니 우형이 현제가 이곳에 있는 것을 알리고 싶더라."

소 씨가 잠깐 웃고 말을 하지 않다가 조금 지나 말하였다.

"이곳의 경치와 지어진 집의 모습이 진실로 별천지입니다. 소제가 평생 이곳에서 생을 마치고 싶거늘 형은 전에 이곳에서 살다 죽으려 마음먹지 않았나이까?"

장 씨가 대답하였다.

"현제의 말이 옳네. 우형은 가군이 정대하므로 가군이 규방에 원망을 끼칠 사람이 아니요, 공주가 후덕하고 인자하여 그 천성은 사람들이 바라볼 바가 아니나 우형은 매양 일생을 이곳에서 지내고 싶었네. 우형도 그러했거든 하물며 현제는 희한한 변고를 두루 겪고 이제 서방님이 비록 현제를 잘 대우해 주시나 적국이 강성하고, 없는 죄목이 대궐로부터 내려오니 한 몸에 무슨 귀함과 즐거움이 있겠는가?"

소 씨가 탄식하였다.

"이미 몸이 기박한 운명을 타고났으니 어찌 남을 한하겠나이까? 조 씨의 행동이 끝을 보고야 그칠 것이라 현형은 제 두 아이를 유념하여 보호해 주소서. 마땅히 풀을 맺어 은혜를 갚을 것입니다."

장 씨가 대답하였다.

"두 조카는 흥문 등과 한가지니 내 어찌 아들과 조카를 구분하겠는가? 그러나 시아버님이 지성으로 보호하시고 서방님이 공사를 보고 난 여가에는 조카를 떠나지 않으시며 운아가 잠시도 손에서 내려놓지 않으니 위태한 일이 생길 염려는 없을까 하네."

소 씨가 탄식하고 대답하지 않았다. 이에 장 씨가 며칠을 함께 있으면서 그 마음을 위로하였다.

춘정월 11일 미시에 소 씨가 딸을 낳았다. 낳을 적에 누른 기운이 크게 옥호정을 두르고 향기가 원근에 쏘이며 날이 청명하였으니 장 씨가 매우 괴이하게 여겼다. 아이를 보니 매우 아름다워 만고(萬古)를 비겨도 쌍이 없을 듯하였으니 장 씨가 크게 사랑하여 이에 소 씨를 칭찬하며 말하였다.

"현제가 두 아들을 두고 이어 딸을 낳았으니 다복함이 비할 사람이 없도다. 조심하여 조리하게."

장 상서는 소 씨가 순산했다는 기별을 듣고 매우 기뻐 친히 들어와 보고 환희하며 말하였다.

"조카가 이런 기이한 딸을 낳았으니 백달이 만일 안다면 날아올 것이다."

그러고서 의약을 극진히 하여 구호하였다. 소저가 다른 근심이 없으므로 마음을 너르게 하여 조리해 10여 일 뒤에 회복하니 상서가 더욱 기뻐하였다.

소 씨가 이후에 아이를 앞에 두어 잠깐 마음이 나아졌으나 매일 동쪽을 바라보아 어버이를 그리워하는 눈물이 깁 소매에 젖는 줄을 깨닫지 못하였다.

이때 장 소저가 돌아가 가만히 존당과 시부모에게 소 씨가 딸을 순산했음을 고하니 승상이 놀라고 기뻐하며 말하였다.

"우리 며느리가 잉태한 줄을 몰랐더니 어찌 이런 경사가 있을 줄 알았겠느냐?"

즉시 장씨 집안에 나아가 상서를 보니 상서가 웃고 말하였다.

"조카가 잉태한 줄을 소제(小弟) 또한 알지 못했더니 뜻밖에도 기이한 여자아이를 낳았으니 어찌 기쁘지 않겠습니까?"

승상이 또한 기쁨을 일컫고 옥호정에 들어가 소 씨를 보고 위로하며 손녀를 보았다. 비록 포대기에 싸인 어린아이였으나 골격이 이미 보통 사람과 달랐으니 승상의 한 쌍 별 같은 눈으로 어찌 몰라보겠는가. 이미 장래를 헤아리고 문호가 번창함을 속으로 근심하였다. 승상이 한참을 생각하다가 이에 낯빛을 고치고 소저를 향해 위로하며 말하였다.

"흉한 사람이 빚어내는 재앙이 심상치 않으므로 현부(賢婦)를 이곳에 두어 고초를 겪게 하니 약질이 행여 우울하여 몸이 상할까 하였더니 이제 잉태하여 딸을 순산하였구나. 이와 같은 경사가 없으니 현부는 모름지기 몸을 보중하여 나의 경계를 잊지 말거라."

그러고서 어린아이를 안아 한참을 어르다가 드디어 이름을 일주라 하였다. 원래 승상이 전날 밤 꿈에 해가 옥호정에 떨어지는 것을 보고 자못 기이하게 여기고 있다가 소 씨가 딸을 낳았다는 소식을 듣고 와서 아이를 보고 이렇게 지었다. 원래 미영 소저의 이름을 고쳐 미주라 하였으니 꿈의 내용에도 응하고 형제 이름을 따라 이처럼 지은 것이다. 소 씨는 시아버지가 아이에게 이름 지어 준 것을 보고는 자기도 잉태할 적에 해를 안아 보았으므로 그윽이 신명하게 여겼다.

승상이 돌아가 부모에게 소 씨가 낳은 딸이 당대에 무쌍(無雙)함을 고하고 문후에게는 이르지 않았으니 문후가 어찌 알겠는가. 홀아비가 빈 방을 지키는 일이 자못 괴롭고 부인의 밝은 달 같은 안채

(眼彩)가 눈에 삼삼하여 꿈에 나타나고 넋이 놀랐다. 부부의 은정은 성인도 면치 못하는 것이거늘 문정후가 비록 일대의 호걸이나 어찌 견딜 수 있겠는가. 사람들이 모인 자리에서는 온화한 기운으로 태연자약(泰然自若)하게 있었으나 침소에 들면 한숨을 쉬며 탄식하였다. 임 씨가 있어 전날에는 부인의 뜻을 받느라 한 달에 사오 일씩 임 씨를 침소에 두었더니 부인과 이별한 후에는 임 씨를 감감히 찾지 않았다. 그러나 임 씨는 더욱 공손하고 온화하였으니 문정후가 그 어짊을 사랑하여 이따금 불러 앞에 두고 즐겼으나 평소에 부인의 성품이 예법을 좋아하였으므로 감히 중매각에서 임 씨와 함부로 가까이하지 못하였다. 그래서 곁방 설연정에 처소를 두어 이따금 두 아들을 데리고 임 씨를 불러 팔을 주무르게 하고 혹 잠을 자는 적도 있었다.

이때는 삼춘의 꽃 피는 시절이라 온갖 꽃이 다투어 피고 버들이 실을 드리운 듯하여 벌과 나비가 어지럽게 날아다니니 문후가 더욱 심란해하였다. 하루는 성문, 중문 등을 데리고 중당에서 걸으니 이때 흥문은 아홉 살이요, 세문은 일곱 살이요, 기문은 여섯 살이요, 미주 소저는 열 살이요, 소주는 네 살이었으니 공주 소생이고, 중문은 다섯 살이니 장 부인 소생이며, 공주의 넷째아들 희문은 강보에 있었다. 효주 소저도 강보에 있어 두 살이니 장 부인 소생이었다. 다 한결같이 빼어나 곤륜산의 옥이요, 바다 밑의 명주(明珠) 같았다. 미주 소저가 우두머리가 되어 동생들을 데리고 숙부 앞에서 웃으며 놀고 있으니 문후가 기뻐해 손을 잡고 말하였다.

"나도 언제 너 같은 딸을 낳겠느냐?"

미주가 웃으며 대답하였다.

"숙부께서 소질 같은 것을 무엇에 쓰려 하시나이까?"

문후가 대답하였다.

"그럼 너는 박색이니 물리고 소주 같은 딸을 낳고 싶구나."

소저가 낭랑히 웃고 말하였다.

"영문, 성문 등은 중요하지 않나이까?"

문후가 말하였다.

"부자 사이의 정이 무엇이 다르겠는가마는 형님은 벌써 너희 같은 형제 세 명을 두어 재미를 돕는데 내게는 딸아이가 없으니 영문이 여자라면 기쁠까 싶구나."

또 소주를 나오게 해 안아 낯을 대고 말하였다.

"너 같은 딸을 낳고 싶은데 못 낳으니 형님께 고하고 너를 마땅히 나의 양녀로 삼으려 하노라."

소주가 두 살이었으나 말이 전부 통했으므로 낭랑히 웃으니 문후가 더욱 사랑해 즐거운 기운이 무르녹았다. 미주는 숙부가 이러함을 보니 일주가 난 것을 안다면 반드시 행동이 우스울 줄 헤아리고 미소 지어 말하였다.

"숙부께서 우리를 이리도 사랑하시니 만일 소 숙모께서 딸을 낳으신다면 숙부의 마음이 어떠하겠나이까?"

문후가 말하였다.

"네 말대로 소 씨가 딸을 낳으려고 한들 밤낮 빈 방을 지키고 있으니 어찌 자식이 나오겠느냐?"

미주가 낭랑히 웃으며 말하였다.

"숙모께서 옥룡관에서 돌아오신 후 매양 숙부가 함께 주무셨나이다."

문후가 또한 웃고 말하였다.

"비록 방을 같이 썼으나 딸이 안 생겼으니 애달프구나."

미주가 웃고 말하였다.

"하늘이 숙부의 뜻을 좇아 딸이 생길 것이니 숙부는 근심을 마소서."

말이 잠깐 그친 사이에 부마가 한림의 손을 이끌고 들어왔다. 문후는 소주를 안고 아이들은 앞에서 어지럽게 앉아 놀고 있는데 흥문만 홀로 조카의 도리를 지켜 시립(侍立)해 있고 미주는 문후 곁에 앉아 문후에게 희롱하는 말이 끊이지 않았다. 이때 성문은 여섯 살이었으나 손을 꽂고 옷을 여며 형제의 차례로 꿇어앉아 있으니 나이는 어렸으나 외모가 크게 엄숙하여 다른 아이들과 다른 점이 있었으니 부마가 새로이 사랑하여 성문의 손을 잡고 일렀다.

"현제는 모름지기 의관을 바르게 하라. 네 아들이 이처럼 기이하니 네 비록 아비지만 부끄럽지 않으냐? 딸은 무슨 잡말을 하여 숙부를 희롱하는 것이냐?"

이처럼 말하니 문후가 바삐 일어나 맞이해 앉아 웃으며 말하였다.

"소제가 오늘 효주를 보고 양녀로 삼으려 하여 말이 이리이리 하니 미주가 답하는 중이었습니다."

부마가 잠깐 웃고 말하였다.

"네 흰 머리가 난 늙은이라면 그 말이 혹 옳겠지만 바야흐로 청춘소년인데 무슨 흥으로 그런 말을 하는 것이냐? 갈수록 실성(失性)해 나온 말인가 하구나."

문후가 크게 웃고 말하였다.

"형님은 좌우에 자녀를 쌍쌍이 두었으니 소제를 이처럼 논박하시나 소제의 말은 인정에 자연스러운 것입니다. 소제에게 지금 처자가 없으니 어떻게 딸을 얻을 생각을 하겠나이까? 이제 아무리 청춘소년이나 어려운 일인가 하나이다."

부마는 문후가 자기 딸이 태어났음을 전혀 모르자 마음에 느끼는 바가 있어 붉은 입술에 흰 이가 드러나게 웃으니 한림이 또한 웃고 말하였다.

"형님이 처자가 없다 하시니 어찌 거짓말을 이리 잘하시나이까? 위로 황이가 계시고 아래로 임 씨가 있지 않나이까?"

문후가 손을 저어 말하였다.

"조 씨 여자의 씨를 받아 무엇에 쓸 것이며, 자식 가운데 어찌 조 씨 여자가 낳아 기른 것을 둘 수 있겠느냐? 임 씨는 첩이니 중요하지 않다."

한림이 또 웃어 말하였다.

"형님이 소 씨 형수님을 귀하게 여기시니 그 원근의 광휘(光輝)를 받아 딸 낳으시기를 바라시어 저렇듯 하시는 것이니 소 씨 형수님 귀하게 여기시는 줄을 이 말에서 참으로 알겠나이다."

부마가 말하였다.

"네 비록 호방한 기상이 있으나 처자를 그토록 사랑하느냐?"

문후가 말하였다.

"형님 앞에서 당돌하나 관계없는 남이라도 한방에 있다가 떠나면 자연히 허전할 것이니 소 씨를 처자라 이르지 않고 남이라 일러도 그 어진 덕은 잊기 어려울 것입니다."

부마가 탄식하였다.

"네가 또 쇠나 돌이 아니니 소 씨 제수의 큰 덕을 어찌 잊을 수 있겠느냐? 아까 말은 희언(戲言)이었으나 참으로 한탄할 만하지 않으냐?"

문후가 미우를 찡그리고 묵묵히 말을 하지 않았다. 이윽고 부마와 한림이 일어나 나가고 흥문 등이 차차 일어난 후 소주와 중문이 홀로 있더니 문후가 두루 걸으며 마음을 둘 데 없어하였다. 이때 성문이 홀로 난간머리에서 자친(慈親)을 생각하고 슬퍼 눈물을 흘리며 혹 부친이 볼까 두려워 돌아서서 눈물을 씻으니 중문이 말하였다.

"형이 왜 우나이까?"

성문이 놀라 대답하기를,

"누가 우느냐? 괴이한 말을 마라."

하였다.

제2부

주석 및 교감

✽ 일러두기 ✽

A. 원문

1. 저본은 한국학중앙연구원 소장본(18권 18책)으로 하였다.
2. 면을 구분해 표시하였다.
3. 한자어가 들어간 어휘는 한자 병기를 원칙으로 하였다.
4. 음이 변이된 한자어 및 한자와 한글의 복합어는 원문대로 쓰고 한자를 병기하였다. 예) 고이(怪異). 겁칙(劫-)
6. 현대 맞춤법 규정에 의거해 띄어쓰기를 하되, 소왈(笑曰)처럼 '왈(曰)'과 결합하는 1음절 어휘는 붙여 썼다.

B. 주석

1. 다음과 같은 경우에 각주를 통해 풀이를 해 주었다.
   가. 인명, 국명, 지명, 관명 등의 고유명사
   나. 전고(典故)
   다. 뜻을 풀이할 필요가 있는 어휘
2. 현대어와 다른 표기의 표제어일 경우, 먼저 현대어로 옮겼다. 예) 츄쳔(秋天): 추천.
3. 주격조사 'ㅣ'가 결합된 명사를 표제어로 할 경우, 현대어로 옮길 때 'ㅣ'는 옮기지 않았다. 예) 긔위(氣宇ㅣ): 기우.

C. 교감

1. 교감을 했을 경우 다른 주석과 구분해 주기 위해 [교]로 표기하였다.
2. 원문의 분명한 오류는 수정하고 그 사실을 주석을 통해 밝혔다.
3. 원문의 의미가 분명하지 않은 경우, 국립중앙도서관 소장본을 참고해 수정하고 주석을 통해 그 사실을 밝혔다.
4. 알 수 없는 어휘의 경우 '미상'이라 명기하였다.

빵쳔긔봉(雙釧奇逢) 권지십일(卷之十一)

1면

어시(於時)의 태진이 급ᄉᆞ(給事)의 고지듯지 아니믈 쵸됴(焦燥)ᄒᆞ여 일일(一日)은 ᄂᆡ당(內堂)의셔 ᄌᆞ다가 홀연(忽然) 크게 쇼ᄅᆡ 즐너 ᄂᆞᆲᄯᅳ니[1] 급식(給事ㅣ) 놀나 급(急)히 드러가 보니 태진이 것구러졋거ᄂᆞᆯ 니ᄅᆞ혀고 연고(緣故)ᄅᆞᆯ 무ᄅᆞᆫᄃᆡ 울며 왈(曰),

“앗가 쇼 슈ᄌᆡ(秀才) 드러와 쳡(妾)을 겁측(劫-)[2]ᄒᆞ려 ᄒᆞ다가 노애(老爺ㅣ) 오시ᄆᆡ 도라가이다.”

급식(給事ㅣ) ᄃᆡ경(大驚)ᄒᆞ다가 태진을 ᄭᅮ즈져 왈(曰),

“쇼 슈ᄌᆡ(秀才) 이럴 사ᄅᆞᆷ이 아니니 ᄉᆡᆼ심(生心)도 말ᄒᆞᆫ 양 말나.”

태진이 노(怒)ᄒᆞ여 ᄂᆞᆯᄲᅧ ᄂᆞ가더니 믄득 쇼ᄉᆡᆼ(-生)의 신을 들고 드러와 닐오ᄃᆡ,

“노애(老爺ㅣ) 쳡(妾)의 말을 고지듯지 아니시니 이 신을 보쇼셔.”

급식(給事ㅣ) 놀나 혜오ᄃᆡ,

‘쇼ᄉᆡᆼ(-生)이 ᄯᅩᄒᆞᆫ 쇼년(少年) 남ᄌᆡ(男子ㅣ)라 혹(或) 나뷔ᄅᆞᆯ ᄉᆞ랑ᄒᆞᄂᆞᆫ 일이 잇던가? ᄌᆞ고(自古)로 미ᄉᆡᆨ(美色)은 남아(男兒)의

1) ᄂᆞᆲᄯᅳ니: 날뛰니.

2) 겁측(劫-): 상대에게 폭행이나 협박을 하여 강제로 성관계를 갖는 일.

2면

ᄉᆞ랑ᄒᆞᄂᆞᆫ ᄇᆡ라, 일(一) 개(個)로 ᄎᆡᆨ망(責望)치 못ᄒᆞᆯ지라. ᄂᆡ 쾌(快)히 쵸쟝왕(楚莊王)의 졀영회[3](絶纓會)[4]를 효측(效則)[5]ᄒᆞ리라.'

ᄒᆞ고 다시 말을 아니ᄒᆞ더라.

이ᄯᆡ 마ᄎᆞᆷ 홍ᄋᆡ 여측[6](如厠)[7]ᄒᆞ라 갓다가 ᄂᆡ당(內堂)이 요란(搖亂)ᄒᆞᆷ을 보고 가마니 곡난(曲欄)[8] 뒤희 가 ᄎᆞ언(此言)을 듯고 대경(大驚)ᄒᆞ여 밧비 드러와 쇼져(小姐)다려 닐ᄋᆞ니, 쇼제(小姐ㅣ) 실ᄉᆡᆨ(失色) 왈(曰),

"ᄂᆡ 급ᄉᆞ(給事)의 후은(厚恩)을 닙어 일신(一身)이 아직 무ᄉᆞ(無事)ᄒᆞ니 쟝ᄂᆡ(將來) 보은(報恩)을 ᄉᆡᆼ각더니 요괴(妖怪)로온 쳔녜(賤女ㅣ) 희지으니[9] 오ᄅᆡ 잇ᄉᆞᆫ죽 ᄃᆡ홰(大禍ㅣ) 니러ᄂᆞᆯ지라. 명일(明日) 급ᄉᆞ(給事)를 보와 하직(下直)고 ᄯᅥᄂᆞ리라."

홍ᄋᆡ 탄셩톄읍(呑聲涕泣)[10] 왈(曰),

---

3) 회: [교] 원문에는 '희'로 되어 있으나 오기로 보임.

4) 쵸쟝왕(楚莊王)의 졀영회(絶纓會): 초장왕의 절영회. 중국 춘추시대 초(楚)나라 장왕(莊王)이 신하들에게 관끈을 끊게 한 모임. 장왕이 신하들과 잔치를 벌일 적에 등불이 갑자기 꺼졌는데 한 신하가 왕의 총희 옷을 잡아당기자 미인이 그 사람의 관끈을 끊고서 그 사실을 왕에게 고하고 불을 밝혀 관끈이 끊어진 사람을 색출하도록 요청하였으나 왕은 신하들에게 모두 관끈을 끊게 한 후 불을 켜고서 실컷 즐기다가 술자리를 파함. 3년 후에 초나라가 진(晉)나라와 싸우는데 한 초나라 장수가 진나라 군대를 격퇴하는 데 앞장서니 왕이 그에게 묻고서 비로소 그 자가 전에 미인의 옷을 잡아당겨 관끈이 끊겼던 자임을 알게 됨. 이 고사는 후에 관용을 베풀어 사람을 후대하는 경우에 쓰임. 한(漢)나라 유향(劉向)의 『설원(說苑)』, 「복은(復恩)」에 실려 있음.

5) 효측(效則): 효칙. 본받음.

6) 측: [교] 원문에는 '칙'으로 되어 있으나 오기로 보임.

7) 여측(如厠): 뒷간에 감.

8) 곡난(曲欄): 좁은 난간.

9) 희지으니: 방해하니.

"우리 노쥐(奴主ㅣ) 위급지시(危急之時)ᄅᆞᆯ 여러 번(番) 지내고 계유 안신(安身)ᄒᆞᆯ 곳을 어덧더니 이졔 이러ᄐᆞᆺ ᄒᆞ니 쟝ᄎᆞᆺ(將次ㅅ) 어ᄃᆡᄅᆞᆯ 향(向)ᄒᆞ여 가리오?"

쇼졔(小姐ㅣ) 역시(亦是) 함누(含淚) 왈(曰),

"이 도시(都是)[11] 나의 팔ᄌᆡ(八字ㅣ) 긔험[12](崎險)[13]ᄒᆞ미라 인력(人力)으로 엇지

3면

면(免)ᄒᆞ리오? 실 ᄀᆞᆺ튼 잔명(殘命)[14]이 즉각(卽刻)의 결(訣)ᄒᆞᆯ 거시로ᄃᆡ 다만 부모(父母) 유톄(遺體)[15]ᄅᆞᆯ 가ᄇᆡ야이 못 ᄒᆞ고 구고(舅姑)의 산ᄒᆡ(山海) ᄀᆞᆺ튼 은혜(恩惠)ᄅᆞᆯ 일분(一分)도 갑ᄉᆞᆸ지 못ᄒᆞ고 쳔(千) 가지 블효(不孝)ᄅᆞᆯ 여러 가지로 ᄭᅵ치며 귀즁(貴重)ᄒᆞ시던 대은(大恩)을 ᄉᆡᆼ각ᄒᆞ니 ᄎᆞ마 몸을 바리지 못ᄒᆞ여라. 만일(萬一) 이런 곡졀(曲折)곳 아니면 발셔 ᄯᆞ 아ᄅᆡ 귀것(鬼-)시 되연 지 오ᄅᆡ리라."

홍벽이 위로(慰勞) 왈(曰),

"쇼졔(小姐ㅣ) 엇지 이러ᄐᆞᆺ 죠ᄇᆡ야오신 말ᄉᆞᆷ을 ᄒᆞ시ᄂᆞ뇨? 공ᄌᆞ(孔子)ᄂᆞᆫ 셩인(聖人)이ᄉᆞᄃᆡ 진채[16](陳蔡)의 욕(辱)[17]을 보시고 시졀(時

---

10) 탄셩톄읍(呑聲涕泣): 탄성체읍. 소리를 삼키고 욺.

11) 도시(都是): 모두.

12) 험: [교] 원문에는 '혐'으로 되어 있으나 오기로 보임.

13) 긔험(崎險): 기험. 기구하고 험함.

14) 잔명(殘命): 쇠잔한 목숨.

15) 유톄(遺體): 유체. 부모가 남겨준 몸이라는 뜻으로 자신의 몸을 일컬음.

16) 채: [교] 원문에는 '쵀'로 되어 있으나 오기로 보임.

17) 진채(陳蔡)의 욕(辱): 공자(孔子)가 초나라로 가는 길에 진(陳)과 채(蔡) 두 나라 지경에 이르렀을 때 두 나라의 대부들이 서로 짜고 사람들을 동원하여 공자를 들에서

節)을 만ᄂᆞ지 못ᄒᆞ샤 쳘환텬하(轍環天下)[18] ᄒᆞ시고 가태위(賈大夫ㅣ) 위국튱심(爲國忠心)으로 만(萬) 편(篇) 표문(表文)[19]을 지어 인군(人君) 앗기ᄂᆞᆫ ᄆᆞ음이 황금(黃金)의 굿지 아니믈 쟝ᄉᆞ(長沙)의 한(恨)을 먹음고,[20] 굴원(屈原)은 명나(汨羅)의 돌을 안고 싸지니[21] ᄌᆞ고(自古)로 현인군ᄌᆞ(賢人君子ㅣ) 환란(患亂) 보

4면

기 예ᄉᆡ(例事ㅣ)라. 쇼졔(小姐ㅣ) 고금(古今)의 무쌍(無雙)ᄒᆞᆫ 안ᄉᆡᆨ(顔色)과 덕틱(德澤)을 가지시고 엇지 ᄒᆞᆫ 번(番) 굿기시믈 면(免)ᄒᆞ리오? 이 도시(都是) 텬쉬(天數ㅣ)라 쇼져(小姐)ᄂᆞᆫ 번뇌(煩惱)치 마ᄅᆞ쇼셔."

쇼졔(小姐ㅣ) 츄연(惆然) 탄왈(嘆曰),

포위하여 길을 차단하고 식량의 공급을 막아 공자가 7일간이나 끼니를 먹지 못하였는데 이를 진채지액(陳蔡之厄)이라 함. 『논어(論語)』, 「위령공(衛靈公)」.

18) 쳘환텬하(轍環天下): 철환천하. 수레를 타고 온 세상을 돌아다닌다는 뜻으로 공자가 자신의 뜻을 펼치기 위해 제후국을 돌아다닌 일을 말함.

19) 만(萬) 편(篇) 표문(表文): 가의(賈誼, B.C.200~B.C.168)가 지은 <양태부가의상소(梁太傅賈誼上疏)>를 이름. 가의는 중국 전한(前漢) 문제(文帝) 때의 인물로, 약관으로 박사가 되고 1년 만에 태중대부(太中大夫)가 되었으나, 다른 신하들과의 갈등으로 장사왕(長沙王)의 태부(太傅)로 좌천되었다가 4년 뒤 복귀하여 문제의 막내아들인 양왕(梁王)의 태부(太傅)가 되어 각 분야의 개혁안인 <양태부가의상소(梁太傅賈誼上疏)>를 올림.

20) 쟝ᄉᆞ(長沙)의~먹음고: 장사의 한을 머금고. 가의가 좌천되어 장사의 태부가 된 것을 말함.

21) 굴원(屈原)은~싸지니: 굴원은 멱라의 돌을 안고 빠지니. 중국 전국시대 초나라의 굴원(屈原, B.C.340~B.C.278)은 초나라 회왕(懷王) 밑에서 좌도(左徒)의 벼슬을 맡아 국사를 보좌하였는데, 회왕이 진나라 소왕의 방문 요청을 받았을 적에 굴원은 방문을 반대하였으나 회왕이 막내아들 자란의 권유에 따라 방문하였다가 억류되어 병사함. 굴원은 회왕의 큰아들 경양왕이 자란과 상관대부의 모략으로 자신을 강남으로 추방하자 돌을 안고 멱라수에 빠져 죽음. 멱라수는 호남성 상수(湘水)의 지류로 동정호로 흘러들어가는 강임.

“ᄎᆞ뉴(此類)ᄂᆞᆫ 다 ᄆᆞᆰ은 일홈을 가지고 죽으니 쾌(快)ᄒᆞ거ᄂᆞᆯ 나ᄂᆞᆫ[22] 텬지(天地) 강샹죄인(綱常罪人)이 되여 녀ᄌᆞ(女子)의 몸으로 도로(道路)의 뉴리개걸(流離丐乞)[23]ᄒᆞ니 이 므슴 녀ᄒᆡᆼ(女行)이리오?”

운괴 ᄃᆡ왈(對曰),

“쇼졔(小姐ㅣ) 평일(平日) 심ᄃᆡ[24](心地) 너[25]ᄅᆞ미 극(極)ᄒᆞ시더니 금일(今日)은 엇지 이러ᄐᆞᆺ 쇼쇼(小小) 호의(狐疑)[26]를 ᄒᆞ샤 심ᄉᆞ(心思)를 슬오시ᄂᆞ니잇고? 금ᄎᆞ(今次)의 요인(妖人)이 쟉화(作禍)ᄒᆞ미 비경(非輕)ᄒᆞ니 몸을 피(避)ᄒᆞ엿다가 만일(萬一) 낙미지ᄋᆡᆨ(落眉之厄)[27]을 만ᄂᆞᆯ진ᄃᆡ 쾌(快)히 졀(絶)ᄒᆞ미 양ᄎᆡᆨ(良策)이니 미리 근심ᄒᆞ미 브졀업ᄂᆞ이다.”

쇼졔(小姐ㅣ) 탄식(歎息) 브답(不答)ᄒᆞ더라.

평명(平明)의 드러가 급ᄉᆞ(給事)긔 뵈오니 급ᄉᆡ(給事ㅣ) 흔연(欣然) 관ᄃᆡ(款待)[28]ᄒᆞ미 평일(平日)노 다ᄅᆞ

5면

지 아니니 쇼졔(小姐ㅣ) ᄯᅩᄒᆞᆫ ᄡᅥᄂᆞ믈 츄연(惆然)ᄒᆞ더니 반향(半晌) 후(後) 졀ᄒᆞ여 왈(曰),

---

22) ᄂᆞᆫ: [교] 원문에는 ‘도’로 되어 있으나 문맥을 고려하여 국도본(11:123)을 따름.

23) 뉴리개걸(流離丐乞): 유리개걸. 정처 없이 떠돌아다니며 빌어먹음.

24) ᄃᆡ: [교] 원문에는 ‘긔’로 되어 있으나 오기로 보이므로 국도본(11:123)을 따름.

25) 너: [교] 원문에는 ‘니’로 되어 있으나 오기로 보이므로 국도본(11:123)을 따름.

26) 호의(狐疑): 여우의 의심이라는 뜻으로 의심을 품음을 이름.

27) 낙미지ᄋᆡᆨ(落眉之厄): 낙미지액. 눈썹에 떨어진 액운이란 뜻으로 눈앞에 닥친 재앙을 이름.

28) 관ᄃᆡ(款待): 관대. 친절히 대하거나 정성껏 대접함.

"쇼싱(小生)이 익경(厄境)을 만나 도로(道路)의 개걸(丐乞)ᄒᆞ믈 면(免)치 못ᄒᆞ거ᄂᆞᆯ ᄃᆡ인(大人)의 산ᄒᆡ(山海) ᄀᆞᆺᄐᆞᆫ 은덕(恩德)을 닙ᄉᆞ와 슈월(數月)을 평안(平安)이 머므오니 당당(堂堂)이 플을 ᄆᆡᄌᆞ 은혜(恩惠) 갑기ᄅᆞᆯ 원(願)ᄒᆞᄂᆞ이다. ᄯᅩ 가친(家親)의 회보(回報)ᄅᆞᆯ 기ᄃᆞ리ᄃᆡ 즁간(中間)의 젼(傳)치 못ᄒᆞ미 잇ᄉᆞᆸᄂᆞᆫ가 ᄒᆞ여 지금(只今) 쇼식(消息)이 망연(茫然)ᄒᆞ니 쇼싱(小生)이 경ᄉᆞ(京師)로 ᄎᆞᄌᆞ가고져 하직(下直)을 고(告)ᄒᆞᄂᆞ이다."

급ᄉᆡ(給事ㅣ) 놀나,

"슈ᄌᆡ(秀才)의 풍화(豊華)[29] ᄒᆞᆫ 긔질(氣質)을 ᄉᆞ랑ᄒᆞ여 평싱(平生)을 ᄒᆞᆫ ᄃᆡ 잇지 못ᄒᆞ믈 탄(嘆)ᄒᆞ나 일이(一二) 년(年) 머므시믈 ᄇᆞ라더니 엇지 졸연(卒然)이 가기ᄅᆞᆯ 바야ᄂᆞ뇨? 븍경(北京)이 도뢰(道路ㅣ) 요원(遙遠)ᄒᆞ고 비록 슈ᄌᆡ(秀才)의 글월이 ᄀᆞᆺ실지라도 거ᄆᆡ(車馬ㅣ) 미쳐 못 ᄒᆡᆼ(行)ᄒᆞ여시리니 즘간(暫間) 기ᄃᆞ리고 이런 망녕(妄靈)된 의

6면

ᄉᆞ(意思)ᄅᆞᆯ 긋치쇼셔."

쇼졔(小姐ㅣ) 숀샤(遜謝) 왈(曰),

"대인(大人)이 가지록 권휼(眷恤)[30] ᄒᆞ시ᄂᆞᆫ 은혜(恩惠) 다감(多感)ᄒᆞ오나[31] 쇼싱(小生)이 니친(離親)ᄒᆞᆫ 졍(情)이 급(急)ᄒᆞ여 ᄎᆞᄒᆡᆼ(此行)을 마지못ᄒᆞ미니 고이(怪異)히 너기지 마ᄅᆞ쇼셔."

급ᄉᆡ(給事ㅣ) 왈(曰),

29) 풍화(豊華): 풍성하고 화려함.

30) 권휼(眷恤): 불쌍히 여겨 돌봐 줌.

31) 나: [교] 원문에는 '니'로 되어 있으나 오기로 보임.

"노뷔(老夫ㅣ) 비록 원샹,[32] 용[33]능(春陵)[34]의 ᄋᆡᄉᆞ[35](愛士)[36]ᄒᆞᄂᆞᆫ 풍(風)이 업고 관쟝(關張)[37]의 의긔(義氣) 업ᄉᆞ나 ᄯᅩᄒᆞᆫ ᄒᆞᆫ 죠각 현ᄉᆞ(賢士) ᄉᆞ랑ᄒᆞᄂᆞᆫ 간졀(懇切)ᄒᆞᄃᆡ 슈ᄌᆡ(秀才) ᄆᆞᄉᆞᆷ 허믈 보셔 도라가고져 ᄒᆞᄂᆞ뇨? 원(願)컨ᄃᆡ 허믈 된 곳을 가라치고 가기를 느츄쇼셔."

쇼졔(小姐ㅣ) 급ᄉᆞ(給事)의 이러ᄐᆞᆺ ᄒᆞᆫ 의긔(義氣)를 감격(感激)ᄒᆞ나 태진의 ᄒᆡ(害)를 두려 이의 피셕(避席) 샤죄(謝罪) 왈(曰),

"대인(大人)의 ᄋᆡ휼(愛恤)[38]ᄒᆞ시ᄂᆞᆫ 은혜(恩惠) 분골난망(粉骨難忘)[39]이라. 쇼ᄉᆡᆼ(小生)의 형[40]셰(形勢) 도ᄎᆞ(到此)의 다ᄒᆞ기 어려온지라 대인(大人)은 모ᄅᆞ미 가기를 허(許)ᄒᆞ쇼셔."

급ᄉᆡ(給事ㅣ) 어심(於心)의 졔 ᄐᆡ진을 겁측(劫-)ᄒᆞ고 ᄌᆞ가(自家) 보기를 븟그려 가기

7면

를 죄오ᄂᆞᆫ가[41] ᄒᆞ여 힘뻐 머므러 왈(曰),

---

32) 원샹: 미상.

33) 용: [교] 원문에는 '춘'으로 되어 있으나 오기로 보이므로 이와 같이 수정함.

34) 용능(春陵): 용릉. 중국 북송(北宋)의 학자 주돈이(周敦頤, 1017~1073)가 살았던 지방의 이름. 자는 무숙(茂叔), 호는 염계(濂溪), 시(諡)는 원공(元公). 성리학의 기초를 닦은 인물로 평가됨. 황정견(黃庭堅)이 주돈이를 두고 광풍제월(光風霽月), 즉 비가 갠 뒤의 바람과 달처럼 성품이 시원하고 깨끗한 선비라 평한 바 있음.

35) ᄉᆞ: [교] 원문에는 'ᄌᆞ'로 되어 있으나 오기로 보이므로 국도본(11:125)을 따름.

36) ᄋᆡᄉᆞ(愛士): 애사. 선비를 사랑함.

37) 관쟝(關張): 관장. 중국 삼국시대 촉나라의 관우(關羽)와 장비(張飛)를 아울러 이르는 말.

38) ᄋᆡ휼(愛恤): 애휼. 불쌍히 여겨 은혜를 베풂.

39) 분골난망(粉骨難忘): 뼈가 가루가 되어도 은혜를 잊지 못함.

40) 형: [교] 원문에는 'ᄒᆡᆼ'으로 되어 있으나 문맥을 고려하여 국도본(11:125)을 따름.

41) 죄오ᄂᆞᆫ가: 서두르는가.

"슈징(秀才) 도로(道路)의 오릭 뉴리(流離)ᄒᆞᄂᆞᆫ ᄇᆡ 슈월(數月)을 공방(空房)의 외로오실지라. 노부(老夫)의 집의 일(一) 개(個) 미ᄋᆡ(美兒ㅣ) 잇더니 군(君)의 ᄀᆡᆨ회(客懷)[42]를 위로(慰勞)ᄒᆞ리라."

태진을 블너 슈ᄌᆡ(秀才) 알ᄑᆡ 례(禮)ᄒᆞ여 뵈오라 ᄒᆞ니 쇼졔(小姐ㅣ) 금일(今日) 급ᄉᆞ(給事)의 말과 태진의 교ᄐᆡ(嬌態)ᄒᆞᄂᆞᆫ 얼골노 ᄂᆞ아오믈 보니 한심(寒心)ᄒᆞ미 극(極)ᄒᆞ고 임의 급ᄉᆞ(給事)의 ᄋᆡ희(愛姬ㄴ) 줄 알거ᄂᆞᆯ 졔 태진의 요얼(妖孼)[43]을 고지듯고 관후(寬厚)ᄒᆞᆫ 도량(度量)의 ᄌᆞ가(自家) ᄒᆡᆼᄉᆞ(行事)ᄅᆞᆯ 글니 너겨 쵸장왕(楚莊王)의 졀영회[44](絶纓會)ᄅᆞᆯ 효측(效則)고져 ᄒᆞ믈 안도(眼睹)ᄒᆞ니 여러 가지 블평(不平)ᄒᆞ믈 이긔지 못ᄒᆞ여 몸을 굽펴 정ᄉᆡᆨ(正色) 왈(曰),

"쇼ᄉᆡᆼ(小生)이 비록 블쵸(不肖)ᄒᆞ여 대인(大人) 고안(高眼)[45]의 합당(合當)치 아니나 일즉 셩문(聖門)의 ᄉᆡᆼ쟝(生長)ᄒᆞ여 부형(父兄)의 엄훈[46](嚴訓)을 밧ᄌᆞ와 비례(非禮) 쟉쳡(作妾)

…

8면

ᄒᆞ믄 ᄒᆡᆼ(行)치 못ᄒᆞ옵ᄂᆞ니 지금(只今)의 쇼ᄉᆡᆼ(小生)의 운ᄋᆡᆨ(運厄)이 비경(非輕)ᄒᆞ와 고이(怪異)ᄒᆞᆫ 역경(逆境)을 만나 죽기ᄅᆞᆯ 면(免)치 못ᄒᆞᆯ 거시어ᄂᆞᆯ 대인(大人)의 ᄋᆡ인(愛人)ᄒᆞ시ᄂᆞᆫ 은혜(恩惠)ᄅᆞᆯ 닙ᄉᆞ와 죽을 가온ᄃᆡ ᄉᆞᄅᆞ시고 의식(衣食)을 풍후(豊厚)히 치시니 쇼ᄉᆡᆼ(小生)이

42) ᄀᆡᆨ회(客懷): 객회. 여행 중에 생기는 회포.

43) 요얼(妖孼): 요망한 말.

44) 회: [교] 원문에는 '희'로 되어 있으나 오기로 보임.

45) 고안(高眼): 사물을 잘 판단하는 높은 눈.

46) 훈: [교] 원문에는 '흔'으로 되어 있으나 오기로 보임.

당당(堂堂)이 치롤 쥽아[47] 갑프믈 싱각더니 이제 미녀(美女)로써 쇼싱(小生)을 쥬시니 쇼싱(小生)이 비록 민즈(閔子)[48]의 효셩(孝誠)이 업스나 부뫼(父母ㅣ) 니문(里門)의 기드리시믈[49] 념녀(念慮)치 아니코 즁노(中路)의셔 연음(宴淫)[50]ᄒᆞ리잇고? ᄎᆞ(此)ᄂᆞᆫ 졍(正)코 태명(台命)[51]을 밧드지 못ᄒᆞ옵ᄂᆞ니 두 번(番) 니ᄅᆞ지 말ᄋᆞ쇼셔."

셜파(說罷)의 긔위(氣威)[52] 츄샹(秋霜)ᄀᆞᆺᄐᆞ니 급ᄉᆡ(給事ㅣ) 무류(無聊)[53]ᄒᆞ여 왈(曰),

"노뷔(老夫ㅣ) 슈ᄌᆡ(秀才)의 뉴하[54]혜(柳下惠)[55] ᄀᆞᆺᄐᆞᆫ 쓰슬 아지 못ᄒᆞ고 당돌(唐突)이 놉흔 쓰슬 범(犯)ᄒᆞ니 원(願)컨ᄃᆡ 용샤(容赦)ᄒᆞᆯ지어다."

드ᄃᆡ여 태진을 드러가라 ᄒᆞ

---

47) 치롤 쥽아: 채를 잡아. 집편(執鞭). 수레에서 채찍을 잡아 말을 몬다는 뜻으로 비천한 일을 말함. 여기에서는 비천한 일을 맡아서라도 은혜를 갚음을 뜻함.

48) 민즈(閔子): 민자. 중국 춘추시대 노나라 사람으로 공자의 제자인 민자건(閔子騫, B.C.536~B.C.487)을 높여 부른 말. 계모에 대한 지극한 효성으로 유명함.

49) 니문(里門)의 기드리시믈 : 이문에서 기다리심을. 춘추시대 위(衛)나라 왕손가(王孫賈)의 모친이, 아들이 아침에 나가서 저물어 돌아올 때면 집의 문(門)에 기대서서 기다렸고, 저녁에 나가서 돌아오지 않을 때면 이문(里門)에 기대서서 기다렸다는 고사에서 온 말. 이문(里門)은 동네 어귀에 세운 문.

50) 연음(宴淫): 즐기며 음란하게 생활함.

51) 태명(台命): 어른의 명령.

52) 긔위(氣威): 기위. 말의 기운과 위엄.

53) 무류(無聊): 무료. 부끄럽고 열없음.

54) 하: [교] 원문에는 '화'로 되어 있으나 오기로 보임.

55) 뉴하혜(柳下惠): 유하혜. 중국 춘추시대 노나라의 대부로 성은 전(展)이고 이름은 획(獲). 식읍(食邑)인 유하(柳下)와 시호인 혜(惠)를 붙여 쓴 이름으로 더 유명함. 공자는 그가 예절에 밝다며 칭송하였고, 맹자는 더러운 임금을 섬기면서도 화해를 이룬 성인으로 평가하였음.

9면

고 직삼(再三) 샤죄(謝罪)ᄒᆞ니 쇼졔(小姐ㅣ) 눈을 ᄂᆞ쵸고 ᄀᆞᆯ오ᄃᆡ,

“대인(大人)이 쇼ᄉᆡᆼ(小生)을 ᄉᆞ랑ᄒᆞ샤 미인(美人)으로 회포(懷抱)를 쇼헐(消歇)[56]코쟈 ᄒᆞ시ᄃᆡ 쇼ᄉᆡᆼ(小生)이 용졸(庸拙)[57]ᄒᆞ여 셩의(誠意)를 밧드지 못ᄒᆞ니 졍(正)히 황괴(惶愧)ᄒᆞ거ᄂᆞᆯ 엇진 고(故)로 이러틋 과회(過悔)[58]ᄒᆞ시ᄂᆞ뇨?”

급ᄉᆞ(給事ㅣ) 쇼왈(笑曰),

“미인(美人)은 남아(男兒)의 ᄉᆞ랑ᄒᆞᄂᆞᆫ 바여ᄂᆞᆯ 슈ᄌᆡ(秀才) 엇진 고(故)로 무졍(無情)ᄒᆞ미 여ᄎᆞ(如此)ᄒᆞ뇨?”

쇼졔(小姐ㅣ) 위연(喟然) 탄왈(嘆曰),

“쇼ᄉᆡᆼ(小生)이 ᄯᅩᄒᆞᆫ 이 ᄯᅳᆺ이 업ᄉᆞᆫ 거시 아니로ᄃᆡ, 쇼ᄉᆡᆼ(小生)의 몸이 부모(父母) ᄉᆡᆼ휵(生畜)ᄒᆞ신 바로 즁(重)ᄒᆞ미 금옥(金玉) ᄀᆞᆺ거ᄂᆞᆯ 엇지 쳔뉴(賤類)를 ᄀᆞᆺ가이ᄒᆞ여 스ᄉᆞ로 욕(辱)ᄒᆞ리잇고? 폐쳬(弊妻ㅣ) 죠강(糟糠)의 만나 집을 직희여시니 타ᄉᆞ(他事)ᄂᆞᆫ 블관(不關)ᄒᆞ이다.”

급ᄉᆞ(給事ㅣ) 칭찬(稱讚) 흠모(欽慕)ᄒᆞ나 쟉야ᄉᆞ(昨夜事)를 크게 고이(怪異)히 너기더라.

쇼졔(小姐ㅣ) 믈너와 홍아 등(等)다려 의논(議論)ᄒᆞ여 왈(曰),

“금일(今日) 요녀(妖女)의 형샹(形象)이 가

---

56) 쇼헐(消歇): 소헐. 풀어 없앰.

57) 용졸(庸拙): 용렬하고 졸렬함.

58) 과회(過悔): 지나치게 뉘우침.

10면

쟝 통히(痛駭)ᄒᆞ고 급ᄉᆞ(給事)의 의심(疑心)이 깁흐니 오ᄅᆡ 머믄즉 고이(怪異)ᄒᆞᆫ ᄋᆡᆨ경(厄境)이 미ᄎᆞ리니 셕일[59](昔日) 관우(關羽)의 하직(下直) 아니코 가믈[60] 효측(效則)ᄒᆞ리라."

운교 왈(曰),

"쇼져(小姐) 말ᄉᆞᆷ이 맛당ᄒᆞ시니 급ᄉᆞ(給事)의 의긔(義氣) 비록 두터오나 대ᄉᆞ(大事)ᄅᆞᆯ 위(爲)ᄒᆞ여 져근 졀목(節目)[61]을 도라보리오?"

쇼졔(小姐ㅣ) ᄯᅳᆺ을 결(決)ᄒᆞ여 ᄎᆞ야(此夜)의 가마니 일(一) 봉셔(封書)ᄅᆞᆯ 머므러 하직(下直)고 문(門)을 나니라.

이튼ᄂᆞᆯ 급ᄉᆡ(給事ㅣ) 쵸당(草堂)의 ᄂᆞ와 쇼져(小姐)ᄅᆞᆯ 쳥(請)ᄒᆞ니 동ᄌᆡ[62](童子ㅣ), 쇼 슈ᄌᆡ(秀才) 삼(三) 개(個) 시ᄋᆞ(侍兒)로 더브러 ᄂᆞ가믈 고(告)ᄒᆞ니 급ᄉᆡ(給事ㅣ) 크게 놀나 친(親)히 가 보니 쇼ᄉᆡᆼ(-生)의 거쳬(去處ㅣ) 업고 다만 일(一) 쳑(尺) 깁이 샹(床) 우ᄒᆡ 노혀시니 ᄒᆞ여시ᄃᆡ,

'쇼ᄉᆡᆼ(小生)이 경ᄉᆞ(京師)ᄅᆞᆯ ᄯᅥᄂᆞᆫ 지 달이 오ᄅᆡ니 영모지졍(永慕之情)[63]을 이긔지 못ᄒᆞ여 하직(下直)고져 ᄒᆞᄆᆡ 대인(大人)이 허(許)치

---

59) 셕일: [교] 원문에는 '셔픽'로 되어 있으나 의미를 분명히 하기 위해 국도본(11:129)을 따름.

60) 관우(關羽)의~가믈: 관우가 하직을 않고 감을. 관우가 조조에게 의탁해 있을 때, 유비의 거처를 알게 되어 떠나려 하자 조조가 관우를 떠나지 못하게 하려고 문 앞에 회피패(回避牌)를 걸어두고 면회를 사절함. 조조의 의도를 눈치 챈 관우는 하직의 글을 조조의 부중에 전하고 그간 조조에게 받은 모든 선물을 갈무리하여 봉인해 두고 한수정후 관인을 당상 높이 걸어 둔 다음 유비의 두 부인을 수레에 태우고 처음 데리고 왔던 부하들에게 수레를 호송케 하여 길을 나섬.

61) 졀목(節目): 절목. 예절의 조목.

62) ᄌᆡ: [교] 원문에는 이 뒤에 '보왈' 있으나 뒷부분과 연결이 자연스럽지 않으므로 삭제함.

아니시ᄂᆞᆫ지

11면

라 부득이(不得已) 하직(下直)지 못ᄒᆞ고 도라가ᄂᆞ니 대인(大人)은 쳔츄(千秋)로 안향(安享)[64]ᄒᆞ쇼셔. 타일(他日) 당당(堂堂)이 보은(報恩)ᄒᆞᆯ 죠각이 이시리이다.'

ᄒᆞ엿더라.

급ᄉᆡ(給事ㅣ) 보기ᄅᆞᆯ ᄆᆞᆺ고 가쟝 셥셥히 너기고 ᄒᆡᆼ쟝(行裝)을 돕지 못ᄒᆞᆷ을 ᄋᆡ년(哀憐)ᄒᆞ여 ᄂᆡ당(內堂)의 드러가 ᄐᆡ진을 ᄃᆡ(對)ᄒᆞ여 니ᄅᆞ니 진이 놀ᄂᆞ고 한(恨)ᄒᆞ여 죠롱(嘲弄) 왈(曰),

"노얘(老爺ㅣ) 쇼 슈ᄌᆡ(秀才)ᄅᆞᆯ 그리 칭찬(稱讚)ᄒᆞ시더니 쳡(妾)을 겁측(劫-)ᄒᆞ고 이곳의 잇기 븟그러 가시니 무신(無信)ᄒᆞ기 ᄶᆞᆨ이 업ᄂᆞ이다."

급ᄉᆡ(給事ㅣ) 부답(不答)ᄒᆞᄂᆞ 심즁(心中)의 반신반의(半信半疑)ᄒᆞ여 말을 아니ᄒᆞ더라.

쇼 시(氏) 급ᄉᆞ(給事) 집을 ᄯᅥ나 슈십(數十) 니(里)ᄂᆞᆫ 가더니 ᄂᆞᆯ이 임의 ᄇᆞᆰ고 ᄒᆡᆼ인(行人)이 왕ᄂᆡ(往來)ᄒᆞ거ᄂᆞᆯ 나귀ᄅᆞᆯ ᄇᆞ리워 쥬뎜(酒店)의 드러가 됴식(朝食) 밥을 ᄉᆞ 먹기ᄅᆞᆯ ᄆᆞᆺᄎᆞᄆᆡ 졈즁(店中)이 번요(煩擾)[65]ᄒᆞᆷ을 슬히 너겨

63) 영모지졍(永慕之情): 영모지정. 부모를 오랫동안 그리워하는 마음.

64) 안향(安享): 하늘이 내린 복을 평안히 누림.

65) 번요(煩擾): 번거롭고 요란함.

12면

슈리(數里)ᄂᆞᆫ 가더니 몸이 곤뇌(困惱)ᄒᆞ믈 이긔지 못ᄒᆞ여 산샹(山上)의 안ᄌᆞᆺ더니 숑하(松下)의 한 무리 악쇼년(惡少年)이 갈등(葛藤)[66]을 타고 노ᄅᆡ 브ᄅᆞ며 나려오다가 쇼져(小姐)의 ᄆᆞᆰ은 긔운이 강산(江山) 청긔(淸氣)ᄅᆞᆯ 다 ᄉᆞᆯ와 ᄇᆞ리믈 보고 크게 놀나 알ᄑᆡ 와 읍(揖)ᄒᆞ고 문왈(問曰),

"엇던 션인(仙人)이 블의(不意)의 진토(塵土)의 강림(降臨)ᄒᆞ시ᄂᆞ뇨?"

쇼졔(小姐ㅣ) 의외(意外)예 여러 남ᄌᆞ(男子)ᄅᆞᆯ 만ᄂᆞ니 대경(大驚)ᄒᆞ여 말ᄒᆞ기 슬희ᄃᆡ 마지못ᄒᆞ여 몸을 굽혀 답ᄇᆡ(答拜) 왈(曰),

"쇼ᄉᆡᆼ(小生)은 경ᄉᆞ(京師) 사ᄅᆞᆷ으로 유산(遊山)ᄒᆞ여 이의 니ᄅᆞ러거니와 엇지 녈위(列位) 현형(賢兄)의 ᄂᆞ지 무ᄅᆞ시믈 당(當)ᄒᆞ리오?"

졔인(諸人)이 크게 흠[67]모(欽慕)ᄒᆞ여 셩명(姓名)을 통(通)ᄒᆞ니 웃듬은 님쇼쳘이니 ᄌᆡ상(宰相) ᄌᆞ뎨(子弟)로 얼골이 댱ᄃᆡ(壯大)ᄒᆞ고 ᄒᆞᆨ문(學問)이 너ᄅᆞᄃᆡ 텬셩(天性)이 활대(活大)ᄒᆞ여 공명(功名)을 구(求)치 아니코 유협(遊俠)ᄒᆞ기ᄅᆞᆯ 일삼으니 본(本)은 도량(度量)이 훤츨[68]ᄒᆞ여 쟝부(丈夫)의

13면

되(道ㅣ) ᄂᆞᆺ브미 업더라. ᄎᆞ(次)ᄂᆞᆫ 댱ᄉᆞ빅이니 얼골이 옥(玉) ᄀᆞᆺ고 말

66) 갈등(葛藤): 칡과 등나무.

67) 흠: [교] 원문에는 '흡'으로 되어 있으나 오기로 보임.

68) 훤츨: 훤칠. 훤하고 깨끗하고 단정한 모양.

ᄉᆞᆷ이 청낭(淸朗)[69] ᄒᆞ여 ᄉᆞ마댱경(司馬長卿)[70]의 호긔(豪氣) 잇고 ᄉᆞᆷ(三)은 가ᄌᆞ셩이니 눈이 봉안(鳳眼)이오 코히 놉고 입이 모ᄂᆞ니 결연(決然)이[71] 림하(林下)[72]의 골몰(汨沒)[73]ᄒᆞᆯ 샹(相)이 아닐너라. ᄉᆞ(四)ᄂᆞᆫ 하ᄉᆞ념이니 눈이 별 ᄀᆞᆺ고 ᄂᆞᆺ치 분(粉) 바ᄅᆞᆫ ᄃᆞᆺᄒᆞ고 두 ᄲᅣᆷ이 연지(臙脂)ᄅᆞᆯ 바ᄅᆞᆫ ᄃᆞᆺᄒᆞ고 입이 잉도(櫻桃) ᄀᆞᆺ고 두 엇게 비봉(飛鳳) ᄀᆞᆺᄐᆞ니 일ᄃᆡ(一代) ᄌᆡᄉᆡ(才士ㅣ)러라.

쇼졔(小姐ㅣ) 잠간(暫間) 빵셩(雙星)을 드러 보고 크게 앗겨 심즁(心中)의 혜오ᄃᆡ, 풍도(風度)[74] 긔골(氣骨)이 져러ᄒᆞ고 호협(豪俠)의 쇼임(所任)을 면(免)치 못ᄒᆞ믈 ᄋᆡᄃᆞᆲ니 너겨 숀을 드러 샤왈(謝曰),

"복(僕)이 므ᄉᆞᆷ 복(福)으로 금일(今日)의 현ᄉᆞ(賢士)ᄅᆞᆯ 만나 귀(貴)ᄒᆞᆫ 셩명(姓名)을 듯ᄂᆞ뇨? ᄎᆞ(此)ᄂᆞᆫ 평ᄉᆡᆼ(平生) ᄒᆡᆼ(幸)이로다."

ᄉᆞ(四) 인(人)이 답샤(答謝) 왈(曰),

"쇼뎨(小弟) 등(等)의 누츄(陋醜)ᄒᆞᆫ 인믈(人物)을 보시고 션ᄉᆡᆼ(先生)이 과쟝(過奬)[75]ᄒᆞ시ᄂᆞ뇨? 원(願)컨ᄃᆡ 존셩(尊姓)과 대명(大名)을 드러지이다."

쇼졔(小姐ㅣ) 니

69) 청낭(淸朗): 청랑. 맑고 낭랑함.

70) ᄉᆞ마댱경(司馬長卿): 사마장경. 중국 전한(前漢)의 성도(成都) 사람인 사마상여(司馬相如, B.C.179~B.C.117)를 이름. 장경은 그의 자(字). 부(賦)를 잘 지었는데 특히 <자허부(子虛賦)>로 한 무제(武帝)의 눈에 들어 그 시종관이 됨. 탁왕손(卓王孫)의 과부 딸 탁문군(卓文君)을 사랑하여 함께 도피한 일화로 유명함.

71) 결연(決然)이: 결연히. 결코.

72) 림하(林下): 임하. 숲속이라는 뜻으로, 벼슬하지 않고 사는 삶을 말함.

73) 골몰(汨沒): 파묻힘.

74) 풍도(風度): 풍모와 도량.

75) 과쟝(過奬): 과장. 지나치게 칭찬함.

14면

ᄅᆞ지 말고져 ᄒᆞ다가 ᄉᆡᆼ각ᄒᆞᄃᆡ,

'ᄎᆞ인(此人)이 이러ᄐᆺ 쥰슈(俊秀)ᄒᆞ니 타일(他日) 니(李) 군(君)[76]과 슉슉(叔叔)[77]의 븡ᄇᆡ(朋輩)ᄅᆞᆯ 빗내미[78] 올ᄐᆞ.'

ᄒᆞ고 이의 ᄃᆡ왈(對曰),

"쳔(賤)ᄒᆞᆫ 셩명(姓名)은 니몽챵이로소이다."

졔인(諸人)이 놀나 왈(曰),

"아니 도어ᄉᆞ(都御使) 니(李) 뫼(某ㅣ)시며 승샹(丞相) 운혜 션ᄉᆡᆼ(先生) 녕낭(令郎)이시냐?"

쇼졔(小姐ㅣ) 읍왈(揖曰),

"연(然)ᄒᆞ이다."

ᄉᆞ(四) 인(人)이 대경(大驚)ᄒᆞ여 왈(曰),

"복등(僕等)이 눈이 이셔도 대인(大人)을 몰나 보니 죄(罪) 깁도소이다. 션ᄉᆡᆼ(先生)이 됴뎡(朝廷) 귀인(貴人)이시여ᄂᆞᆯ 무ᄉᆞᆷ 연고(緣故)로 외방(外方)의 와 겨시뇨? 아니 암ᄒᆡᆼ(暗行)ᄒᆞᄂᆞᆫ 일이 잇ᄂᆞ니잇고?"

쇼졔(小姐ㅣ) 급(急)히 샤왈(辭曰),

"현형(賢兄)들이 엇지 더러온 공명(功名)으로써 이러ᄐᆺ 과공(過恭)ᄒᆞ여 븡우(朋友)의 톄면(體面)을 숀샹(損傷)ᄒᆞᄂᆞ뇨? 쇼졔(小弟)의 원(願)이 아니라."

ᄉᆞ(四) 인(人)이 탄샹(歎賞) 왈(曰),

---

76) 니(李) 군(君): 이 군. 소월혜의 남편 이몽창을 말함.

77) 슉슉(叔叔): 숙숙. 아주버님. 여기에서는 이몽현을 이름.

78) 빗내미: [교] 원문에는 없으나 문맥을 고려하여 국도본(12:4)을 따라 삽입함.

“운혜 션싱(先生) 덕(德)과 교홰(敎化ㅣ) 먼니 산곡(山谷)의 죠요(照耀)ᄒᆞ니 아등(我等)이 흠탄(欽歎)ᄒᆞᄂᆞᆫ ᄇᆡ로ᄃᆡ 시러금 얼골 보옵기를 엇지 못ᄒᆞ엿더니 엇지 금일(今日) 대인(大人)을

15면

만날 쥴 알니오? 이졔 존형(尊兄)의 션풍(仙風)을 보ᄆᆡ 운혜 션싱(先生) 죤안(尊顔)을 뵈옵ᄂᆞᆫ 듯ᄒᆞ도쇼이다. 연(然)이나 형(兄)이 됴뎡(朝廷) 각신(閣臣)으로 엇지 방외(方外)의 노ᄅᆞ시ᄂᆞ뇨?”

ᄃᆡ왈(對曰),

“쇼뎨(小弟) 맛참 신샹(身上) 질괴(疾苦ㅣ) 이셔 일야(日夜) 신음(呻吟)ᄒᆞ믈 어더 고향(故鄕)의 아ᄂᆞᆫ 의원(醫員)이 잇더니 그곳의 니ᄅᆞ러 곳치믈 구(求)ᄒᆞ고 강산(江山)의 ᄆᆞᆰ은 경(景)을 보와 무된 눈을 쾌(快)히 ᄒᆞ고져 ᄒᆞ여 경ᄉᆞ(京師) ᄯᅥᄂᆞᆫ 지 일(一) 월(月)이 반(半)도 못 ᄒᆞ엿ᄂᆞ이다.”

졔인(諸人)이 쇼져(小姐)의 옥셩(玉聲)이 낭낭(朗朗)홈과 옥골셜뷔(玉骨雪膚ㅣ)[79] 이러ᄒᆞ믈 크게 ᄋᆡ경(愛敬)ᄒᆞ여 다 숑하(松下)의 좌(座)를 베프러 말ᄉᆞᆷ홀ᄉᆡ 쇼졔(小姐ㅣ) 문왈(問曰),

“현형(賢兄) 등(等)이 년긔(年紀) 언마나 ᄒᆞ시뇨?”

님싱(-生)이 답왈(答曰),

“쇼졔(小弟)ᄂᆞᆫ 이십(二十)이오, 댱ᄉᆞᄇᆡᆨ은 십구(十九) 셰(歲)오, 이(二) 싱(生)은 다 십팔(十八)이라.”

쇼졔(小姐ㅣ) 공경(恭敬) 왈(曰),

79) 옥골셜부(玉骨雪膚): 옥골설부. 옥 같은 골격과 눈 같은 피부라는 뜻으로 매우 아름다운 사람을 이르는 말.

"쇼뎨(小弟) 또훈 십팔(十八) 츈광(春光)을 지닉엿누이다. 쇼뎨(小弟) 오라지 아냐 도라가누니 아지 못

⋯

16면

게라. 졔형(諸兄)이 무어술 쇼임(所任)ᄒᆞ시누뇨?"

졔싱(諸生) 왈(曰),

"우리 등(等)이 약간(若干) 문ᄌᆞ(文字)ᄅᆞᆯ 통(通)ᄒᆞ나 ᄆᆞ음이 쳥운(靑雲)[80]의 뜻이 업셔 유협(遊俠)ᄒᆞ므로 날을 보닉누이다."

쇼졔(小姐ㅣ) 쳥파(聽罷)의 옷술 념의고 무릅흘 ᄭᅮᆯ너 졍식(正色) 왈(曰),

"쇼뎨(小弟) 금일(今日) 졔년형(諸年兄)[81]을 쵸면(初面)으로 만누 말숨 닉오미 당돌(唐突)ᄒᆞ나 고어(古語)의 왈(曰), '붕우(朋友)눈 칙션(責善)[82]'이라 ᄒᆞ니 협칙(狹窄)[83]ᄒᆞᆫ 쇼견(所見)이 용졸(庸拙)ᄒᆞ믈 잇고 어린 뜻을 고(告)ᄒᆞ누니 졔형(諸兄)이 명문(名門) ᄌᆞ뎨(子弟)로 싱셩(生成)ᄒᆞᆫ 비 츌어범뉴(出於凡類)[84]ᄒᆞ거늘 엇진 고(故)로 능운부(凌雲賦)[85]ᄅᆞᆯ 외오며 셩현셔(聖賢書)ᄅᆞᆯ 박남(博覽)[86]ᄒᆞ여 ᄒᆞᆫ번(-番)

---

80) 쳥운(靑雲): 청운. 높은 지위나 벼슬을 비유적으로 이르는 말.

81) 졔년형(諸年兄): 제연형. 뭇 연형. 연형(年兄)은 원래 같은 과거에 급제한 사람들이 동갑일 경우 서로 칭하는 말인데 동년배일 때 쓰이기도 함.

82) 붕우(朋友)눈 칙션(責善): 붕우는 책선. 『맹자(孟子)』, 「이루(離婁)」에 "책선은 붕우의 도리이다. 責善, 朋友之道也"라는 말이 있음. 책선(責善)은 친구끼리 옳은 일을 하도록 서로 권한다는 뜻임.

83) 협칙(狹窄): 협착. 좁음.

84) 츌어범뉴(出於凡類): 출어범류. 보통사람보다 뛰어남.

85) 능운부(凌雲賦): 중국 한(漢)나라 사마상여(司馬相如)가 지은 <대인부(大人賦)>의 별칭. 사마상여가 <대인부>를 무제(武帝)에게 지어 올리자, 무제가 보고 기뻐하며 마치 표표히 구름 위로 치솟아 올라[凌雲] 천지 사이를 유람하는 듯한 기분이 들었다

룡계(龍階)[87]의 올나 청ᄉᆞ(靑紗)ᄅᆞᆯ ᄯᅴ여[88] 인군(人君) 돕ᄉᆞ올 도리(道理)ᄅᆞᆯ ᄉᆡᆼ각지 아니ᄒᆞ고 쇽졀업시 운우(雲雨)의 표박(漂泊)[89]ᄒᆞ여 협ᄉᆞ(俠士)의 쇼임(所任)을 감심(甘心)ᄒᆞ시ᄂᆞ뇨? 쇼졔(小弟) 졔공(諸公)을 위(爲)ᄒᆞ여 앗기ᄂᆞᆫ ᄇᆡ로쇼이다. 졔공(諸公)은 써 고이(怪異)히 너기지 마ᄅᆞ시고 당돌(唐突)ᄒᆞ믈 용샤(容赦)

•••

17면

ᄒᆞ쇼셔."

님ᄉᆡᆼ(-生) 등(等) ᄉᆞ(四) 인(人)이 크게 ᄭᆡ다라 좌(座)ᄅᆞᆯ ᄯᅥ나 일시(一時)의 ᄇᆡ샤(拜謝) 왈(曰),

"쇼ᄉᆡᆼ(小生) 등(等)이 무상(無狀)ᄒᆞ여 부모(父母) 유톄(遺體)ᄅᆞᆯ 가ᄇᆡ야이 너기고 몸이 누디(陋地)의 ᄲᅡ지믈 스ᄉᆞ로 ᄭᆡᄃᆞᆺ지 못ᄒᆞ더니 금일(今日) ᄃᆡ인(大人)을 만나 쇼ᄉᆡᆼ(小生) 등(等)의 무지(無知)ᄒᆞ믈 개유(開諭)ᄒᆞ샤 인뉴(人類)의 들과져 ᄒᆞ시니 엇지 감(敢)히 다시 그ᄅᆞ미 이시며 ᄃᆡ인(大人)을 그릇 너기리오? ᄎᆞ후(此後) 슈심개과(修心改過)[90]ᄒᆞ여 경ᄉᆞ(京師)의 ᄂᆞ아가 ᄃᆡ인(大人)을 ᄎᆞᄌᆞ리이다."

쇼졔(小姐ㅣ) 졔인(諸人)의 ᄭᆡ다ᄅᆞ믈 희ᄒᆡᆼ(喜幸)[91]ᄒᆞ여 이의 칭샤(稱謝) 왈(曰),

고 한 데서 유래함.

86) 박남(博覽): 박람. 책을 많이 읽음.

87) 룡계(龍階): 용계. 궁전의 계단.

88) 청ᄉᆞ(靑紗)ᄅᆞᆯ ᄯᅴ여: 청사를 띠어. 관복을 입고 나선다는 뜻. 청사는 청사대(靑紗帶)를 이르는 말로, 청사대는 관복에 두르는 띠임.

89) 표박(漂泊): 일정한 주거나 생업이 없이 떠돌아다니며 지냄.

90) 슈심개과(修心改過): 수심개과. 마음을 닦고 잘못을 고침.

91) 희ᄒᆡᆼ(喜幸): 희행. 기뻐하며 다행으로 여김.

"쇼뎨(小弟) 년형(年兄)의 고의(高意)를 감(敢)히 논폄(論貶)[92]ᄒᆞ여 두어 죠(條) 셔의[93]ᄒᆞᆫ 말숨을 알외엿더니 이러ᄐᆞᆺ 과(過)히 용납(容納)ᄒᆞ시니 하ᄒᆡ(河海) ᄀᆞᆺᄐᆞᆫ ᄃᆡ량(大量)을 만히 흠복(欽服)[94]ᄒᆞᄂᆞ이다."

졔인(諸人)이 쇼져(小姐)의 금옥(金玉) ᄀᆞᆺᄐᆞᆫ 말을 드ᄅᆞᄆᆡ ᄌᆞ가(自家) 등(等)이 당일(當日)의 셔루(西樓)의 가 슐을 마시고 남누(南樓)의 가 챵기(娼妓)를 일압(暱狎)[95]ᄒᆞ며 사ᄅᆞᆷ을 쥬머괴

•••

18면

로 치던 일을 츄회(追悔)[96]ᄒᆞ여 한탄(恨歎)ᄒᆞ며 어ᄉᆞ(御使)의 나히 져무되 안ᄉᆡᆨ(顔色)이 옥(玉)이 무ᄉᆡᆨ(無色)ᄒᆞ고 ᄉᆞᆺ치 븟그리ᄂᆞᆫ ᄃᆞᆺᄒᆞ며 좌와(坐臥ㅣ) 법되(法度ㅣ) 이셔 가ᄌᆞᆨᄒᆞ고 의관(衣冠)이 졍졔(整齊)[97]ᄒᆞ여 단엄(端嚴)ᄒᆞᆫ 긔운이 좌우(左右)를 동(動)ᄒᆞ믈 보고 스ᄉᆞ로 븟그러오미 교집(交集)[98]ᄒᆞ니 눈믈을 흘니고 샤죄(謝罪)ᄒᆞ기를 마지아니니 쇼졔(小姐ㅣ) 온화(溫和)히 답사(答謝)ᄒᆞ고 쇼이왈(笑而曰),

"셩인(聖人)이 ᄀᆞᆯᄋᆞ샤ᄃᆡ, '뉘 허믈이 업ᄉᆞ리오마ᄂᆞᆫ 곳치미 귀(貴)타.[99]' ᄒᆞ시니 제형(諸兄)이 개셰영ᄌᆡ(蓋世英才)[100]를 가지고 밋쳐 셰

---

92) 논폄(論貶): 논하여 깎아내림.

93) 셔의: 쓸쓸하거나 섭섭함.

94) 흠복(欽服): 진심으로 존경하여 따름.

95) 일압(暱狎): 친근하게 대하며 태도가 가벼움.

96) 츄회(追悔): 추회. 지난 일을 뉘우침.

97) 졍졔(整齊): 정제. 격식에 맞게 차려입고 매무시를 바르게 함.

98) 교집(交集): 이런저런 생각이 뒤얽히어 서림.

99) 뉘~귀(貴)타: 누가 허물이 없겠는가마는 고치는 것이 귀하다. 『논어』, 「자한(子罕)」에 "바르게 해 주는 말을 따르지 않을 수가 있겠는가? 고치는 것이 중요하다. 法語之言, 能無從乎? 改之爲貴."라는 구절이 있음.

샹亽(世上事)ᄅᆞᆯ 모ᄅᆞ미라 엇지 과(過)히 샤례(謝禮)ᄒᆞ시ᄂᆞ니잇고? 이 더옥 엇기 어렵도다."

졔인(諸人)이 더옥 탄복(歎服)ᄒᆞ고 님ᄉᆡᆼ(-生) 왈(曰),

"산샹(山上)이 누츄(陋醜)ᄒᆞ니 잠간(暫間) 폐ᄉᆞ(弊舍)[101]의 ᄎᆞ(茶)ᄅᆞᆯ 바드미 엇더ᄒᆞ니잇고?"

쇼졔(小姐ㅣ) 마지못ᄒᆞ여 졔인(諸人)을 ᄃᆡ(對)ᄒᆞ나 몸이 바ᄂᆞᆯ방셕(--方席)의 안즌 ᄃᆞᆺᄒᆞ거ᄂᆞᆯ 엇지 그 집의 가 ᄒᆞᆫ ᄃᆞᆺ긔 안ᄌᆞ 챵음(暢飮)[102]ᄒᆞᆯ 의ᄉᆡ(意思ㅣ) 이

•••

19면

시리오. 굿지 샤양(辭讓) 왈(曰),

"후의(厚意) 다샤(多謝)[103]ᄒᆞ나 경ᄉᆞ(京師)ᄅᆞᆯ ᄯᅥ난 지 오ᄅᆞ거ᄂᆞᆯ 즁노(中路)의 지리(支離)ᄒᆞ여 지금(只今) 고향(故鄕)의 반(半)을 못 갓고 ᄒᆞ믈며 슉(叔)이 남챵(南昌)의 계시니 이졔 밋쳐 게ᄅᆞᆯ 득달(得達)ᄒᆞᆯ지라. 후(厚)ᄒᆞᆫ ᄯᅳᆺ을 좃지 못ᄒᆞ니 용샤(容赦)ᄒᆞ쇼셔."

인(因)ᄒᆞ여 하직(下直)ᄒᆞᆫᄃᆡ 님ᄉᆡᆼ(-生)이 급(急)히 만[104]류(挽留) 왈(曰),

"쇼ᄉᆡᆼ(小生)이 잠간(暫間) 형(兄)의게 쳥(請)ᄒᆞᆯ 말ᄉᆞᆷ이 이셔 폐ᄉᆞ(弊舍)의 쳥(請)ᄒᆞ미러니 ᄒᆡᆼ되(行途ㅣ) 춍춍(悤悤)ᄒᆞ시니 말이 도ᄎᆞ(到此)의 가(可)치 아니나 ᄒᆞᆫ 말ᄉᆞᆷ을 고(告)코져 ᄒᆞᄂᆞ니 죤의(尊意)

---

100) 개셰영ᄌᆡ(蓋世英才): 개세영재. 세상을 뒤덮을 만한 탁월한 재주.

101) 폐ᄉᆞ(弊舍): 폐사. 자신의 집을 낮추어 이르는 말.

102) 챵음(暢飮): 창음. 술을 실컷 마심.

103) 다샤(多謝): 다사. 깊이 감사함.

104) 만: [교] 원문에는 '말'로 되어 있으나 오기로 보임.

엇더ᄒᆞ시ᄂᆞ뇨?"

ᄃᆡ왈(對曰),

"무ᄉᆞᆷ 말ᄉᆞᆷ이니잇고?"

님ᄉᆡᆼ(-生) 왈(曰),

"다ᄅᆞᆫ 일이 아니라 쇼ᄉᆡᆼ(小生)이 일ᄌᆞᆨ 부뫼(父母ㅣ) 구몰(俱沒)[105] ᄒᆞ시고 ᄒᆞᆫ 낫 형뎨(兄弟) 업고 다만 쳔ᄆᆡ(賤妹) 일(一) 인(人)이 이시니 족(足)히 취가(娶嫁)ᄅᆞᆯ 근심치 아닌 거시로ᄃᆡ 제 ᄉᆡᆼ셩(生成)ᄒᆞᄆᆡ 범인(凡人)으로 더브러 다ᄅᆞ니 그 마ᄌᆞᆫ 배필(配匹)을 도로혀 근심ᄒᆞ더니 이제 대인(大人)을 보오니 족(足)히 쳔ᄆᆡ(賤妹) 평

20면

ᄉᆡᆼ(平生)을 의탁(依託)고져 ᄒᆞᄂᆞ니 가(可)히 쇼셩(小星)[106] 항렬(行列)의 두기ᄅᆞᆯ 허(許)ᄒᆞ시리잇고?"

쇼졔(小姐ㅣ) 쳥파(聽罷)의 놀나더니 홀연(忽然) ᄒᆞᆫ 일을 ᄭᆡᄃᆞ라 슈렴(收斂) ᄃᆡ왈(對曰),

"금일(今日) 현형(賢兄)의 말ᄉᆞᆷ이 남아(男兒)의 셩ᄉᆡ(盛事ㅣ)라 엇지 ᄉᆞ양(辭讓)ᄒᆞ리잇고마ᄂᆞᆫ 집의 졍실(正室)이 잇고 부뫼(父母ㅣ) 아지 못ᄒᆞ시니 진실(眞實)노 형(兄)의 후의(厚意)ᄅᆞᆯ 져바릴가 ᄒᆞ노라. 다만 아지 못게라. 형(兄)의 ᄆᆡ시(妹氏) 월희(越姬)[107]의 풍(風)이 잇ᄂᆞ냐?"

님ᄉᆡᆼ(-生)이 웃고 ᄃᆡ왈(對曰),

---

105) 구몰(俱沒): 부모가 모두 세상을 떠남.

106) 쇼셩(小星): 소성. 첩.

107) 월희(越姬): 중국 월나라의 미인인 서시(西施).

"쇼싱(小生)의 위인(爲人)이 호협(豪俠) 탕지(蕩子ㅣ)니 비록 삼(三) 촌(寸) 혀로 말이 금옥(金玉) ᄀᆞᄐᆞ나 대인(大人)이 고지듯지 아니시려니와 평싱(平生) ᄯᅳᆺ이 벗을 쇽이지 아니믈 삼가나니 우ᄆᆡ(愚妹)의 ᄌᆞ셩(資性)[108]이 유한(幽閑)[109] ᄒᆞ여 슉녀(淑女)의 풍(風)이 잇ᄂᆞ니이다."

쇼졔(小姐ㅣ) 역쇼(亦笑) 왈(曰),

"쇼뎨(小弟) 블인(不仁)ᄒᆞ나 엇지 형(兄)을 의심(疑心)ᄒᆞ리오? 쇼뎨(小弟) 형(兄)의 명(命)을 밧들고져 ᄒᆞᄃᆡ 나라히 말ᄆᆡ롤 어더 와시니 삼(三) 년(年) 후(後) 경ᄉᆞ(京師)의 가리니 능(能)히 그ᄯᅵ

21면

롤 기다리시리잇가?"

님싱(-生)이 대희(大喜) 왈(曰),

"대인(大人)이 이러ᄐᆺ 쾌허(快許)ᄒᆞ시니 이는 쳔ᄆᆡ(賤妹)의 복(福)이라. 쳔ᄆᆡ(賤妹) 방년(芳年)이 십ᄉᆞ(十四) 츈광(春光)을 만나시니 아직 밧부지 아니니 샹공(相公)의 환경(還京)ᄒᆞ시믈 기다리이다."

쇼졔(小姐ㅣ) 웃고 드ᄃᆡ여 숀을 드러 ᄇᆡ별(拜別)ᄒᆞ고 도라가니,

원ᄂᆡ(元來) 님싱(-生)의 얼ᄆᆡ(孼妹)[110] ᄒᆞᄂᆞ히 이시니 명(名)은 혜난이오, ᄌᆞ(字)는 홍션이니 그 어미 본읍(本邑) 기싱(妓生)으로 혜난 나흘 제 긔이(奇異)ᄒᆞᆫ ᄭᅮᆷ을 엇고 싱(生)ᄒᆞ니 얼골이 옥(玉) ᄀᆞᆺ고 긔되(氣度ㅣ) 춍혜(聰慧)ᄒᆞ더니 밋 ᄌᆞ라ᄆᆡ 어미 죽고 님 공(公)이 이의

108) ᄌᆞ셩(資性): 자성. 타고난 바탕.

109) 유한(幽閑): 그윽하고 조용함.

110) 얼ᄆᆡ(孼妹): 얼매. 서모가 낳은 누이.

기셰(棄世)ᄒᆞ니 님ᄉᆡᆼ(-生)이 거ᄂᆞ려 의식(衣食)을 후(厚)히 치고 우ᄋᆡ(友愛)ᄒᆞ믈 두터이ᄒᆞ더니 혜난이 방년(芳年) 십ᄉᆞ(十四)의 얼골이 유화(柔和)[111]ᄒᆞ고 긔븨(肌膚ㅣ)[112] ᄇᆡᆨ셜(白雪) ᄀᆞᆺᄐᆞ며 냥목(兩目)은 명경(明鏡) ᄀᆞᆺᄐᆞ니 흡연(洽然)이 쟝강(莊姜)[113]의 ᄌᆞᄉᆡᆨ(姿色)을 모습(模襲)[114]ᄒᆞ고 셩되(性度ㅣ) 침후(沈厚)[115]ᄒᆞ며 어그러워[116] 쇼졀(小節)[117]을 거ᄅᆞᄭᅵ지 아니ᄒᆞ니 님ᄉᆡᆼ(-生)이

22면

샹히[118] 긔특(奇特)키 너겨 ᄀᆞᄐᆞᆫ ᄇᆡ필(配匹)을 어더 그 평ᄉᆡᆼ(平生)을 졔도(濟度)[119]코져 ᄒᆞ더니 금일(今日) 니ᄉᆡᆼ(李生)을 만나 언약(言約)을 뎡(定)ᄒᆞ고 깃브믈 이긔지 못ᄒᆞ여 도라가 댱ᄉᆡᆼ(-生) 등(等)으로 더브러 글을 힘뻐 ᄒᆞ고 다시 유협(遊俠)ᄒᆞ기를 아니ᄒᆞ더니 삼(三) 년(年)을 독셔(讀書)ᄒᆞ여 과문(科文)[120]을 일워거ᄂᆞᆯ ᄒᆡᆼ쟝(行裝)을 ᄎᆞ려 경ᄉᆞ(京師)로 가니라.

---

111) 유화(柔和): 부드럽고 온화함.

112) 긔븨(肌膚): 기부. 피부.

113) 쟝강(莊姜): 장강. 중국 춘추시대 위(衛)나라 장공(莊公)의 비. 제(齊)나라 태생으로 장공에게 시집갔으나 자식을 두지 못하니 장공이 이에 진(陳)나라 여자를 맞이하여 후에 환공(桓公)이 되는 이를 낳았는데 진나라 여자가 죽자 장강이 환공을 자기 아들로 삼아 기름.

114) 모습(模襲): 닮음.

115) 침후(沈厚): 점잖고 인정이 많음.

116) 어그러워: 너그러워.

117) 쇼졀(小節): 소절. 세세한 예절.

118) 샹히: 상해. 늘.

119) 졔도(濟度): 제도. 건져냄.

120) 과문(科文): 문과(文科) 과거에서 시험을 보던 여러 가지 문체.

잇ᄯᅢ 쇼 쇼졔(小姐ㅣ) 님ᄉᆡᆼ(-生) 등(等)을 니별(離別)ᄒᆞ고 다시 산ᄉᆞ(山寺)로 향(向)ᄒᆞ더니 홍ᄋᆡ 문왈(問曰),

"쇼졔(小姐ㅣ) 이졔 녀ᄌᆞ(女子)의 몸으로셔 님가(-家)의 혼인(婚姻)을 뎡(定)ᄒᆞ시니 엇진 연괴(緣故ㅣ)니잇고?"

쇼졔(小姐ㅣ) 위연(喟然) 탄왈(嘆曰),

"ᄂᆡ 니(李) 군(君)의 의심(疑心)ᄒᆞᆷ과 누욕(累辱)[121]을 닙어 몸이 맛ᄎᆞᄂᆡ 졀역(絶域)[122]의 슈졸(戍卒)[123]이 되여 쳔단고쵸(千端苦楚)[124]를 겻그니 삼ᄉᆡᆼ(三生)[125]의 원개(怨家ㅣ)[126]라. 내 비록 타일(他日) 경ᄉᆞ(京師)의 도라가나 다시 부부지의(夫婦之義)ᄅᆞᆯ 펴 유ᄌᆞᄉᆡᆼ녀(有子生女)[127]ᄒᆞᆷ믈 원(願)치 아니ᄒᆞᄂᆞ니 님가(-家) 녀ᄌᆡ(女子ㅣ) 아ᄅᆞᆷ답다 ᄒᆞᄆᆡ

23면

언약(言約)을 뎡(定)ᄒᆞ엿다가 후일(後日) 니(李) 군(君)의 편당(偏堂)[128]을 삼아 ᄂᆡ 몸을 ᄃᆡ신(代身)ᄒᆞ리라."

운교 왈(曰),

"쇼졔(小姐ㅣ) ᄉᆡᆼ각을 그릇ᄒᆞ시ᄂᆞ이다. 노얘(老爺ㅣ) 일시(一時)

121) 누욕(累辱): 여러 차례 욕을 보거나 모욕을 당함.
122) 졀역(絶域): 절역. 한 국가 내에서, 멀리 떨어져 있는 지역.
123) 슈졸(戍卒): 수졸. 변방에서 국경을 지키는 군사. 여기에서는 귀양 간 것을 이름.
124) 쳔단고쵸(千端苦楚): 천단고초. 온갖 고난.
125) 삼ᄉᆡᆼ(三生): 삼생. 전생(前生), 현생(現生), 내생(來生)을 통틀어 이르는 말.
126) 원개(怨家ㅣ): 원수.
127) 유ᄌᆞᄉᆡᆼ녀(有子生女): 유자생녀. 아들을 두고 딸을 낳음.
128) 편당(偏堂): 첩.

간참(間讒)[129]으로 부운(浮雲)이 ᄀ리와시나 쇼계(小姐ㅣ) 향(向)ᄒ신 졍(情)이 틱산(泰山), 하히(河海) ᄀᄐ시고 쇼계(小姐ㅣ) 경ᄉ(京師)ᄅ 써ᄂ실 제 견권(繾綣)[130] ᄋ즁(愛重)ᄒ시미 지극(至極)ᄒ시니 엇지 편방(偏房)[131]을 즐겨 어드시리오?"

쇼계(小姐ㅣ) 탄왈(嘆曰),

"니(李) 군(君)이 날을 의심(疑心)ᄒᄆ 및쳣고 ᄆ워ᄒ미 극(極)ᄒᄃ 부형(父兄)의 ᄎ(責)을 두려 외면(外面) 가졍(假情)[132]으로 은근(慇懃)ᄒ나 진졍(眞情)이 아니라. ᄂ 본부(本府)ᄅ 써ᄂᄆ ᄆ연(昧然)[133]이 ᄉᄉ(死生)을 고념(顧念)[134]ᄒ미 업ᄉ니 ᄂ ᄎ마 부부지의(夫婦之義)ᄅ 일우리오?"

홍아 등(等)이 탄식(歎息)ᄒ더라.

쇼계(小姐ㅣ) ᄒᆡᆼ(行)ᄒ여 십여(十餘) 리(里)ᄂ 가니 날이 져믈고 져녁 안개 ᄌ옥이 펴지ᄂ지라. 유벽(幽僻)[135]ᄒ 쵼가(村家)ᄅ ᄎᄌ 드러가니 ᄇ발(白髮) 노괴(老姑ㅣ) ᄂ와 닐오ᄃ,

"엇던 ᄀ(客)이 니ᄅ럿

24면

ᄂ뇨?"

129) 간참(間讒): 이간하는 말과 참소.

130) 견권(繾綣): 생각하는 정이 두터워 서로 잊지 못하거나 떨어질 수 없음.

131) 편방(偏房): 첩. 측실.

132) 가졍(假情): 가정. 거짓으로 표하는 정.

133) ᄆ연(昧然): 매연. 아득한 모양.

134) 고념(顧念): 돌아봄.

135) 유벽(幽僻): 궁벽함.

홍이 왈(曰),

"우리ᄂᆞᆫ 지ᄂᆞ가ᄂᆞᆫ 긱(客)이러니 잠간(暫間) ᄒᆞ로밤 더시고[136] 가믈 비ᄂᆞ이다."

노괴(老姑ㅣ) 왈(曰),

"어렵지 아니되 다른 방(房)이 업ᄉᆞ니 이곳의셔 밤을 지ᄂᆡ쇼셔."

ᄒᆞ고 노쥬(奴主)ᄅᆞᆯ 거ᄂᆞ려 뒤 월낭(月廊)[137]으로 가더니 ᄒᆞᆫ 방(房)의 드리니 틧글이 오목ᄒᆞ고 ᄉᆞ벽(四壁)이 황냥(荒涼)[138]ᄒᆞ니 츄긔(麤氣)[139] 사ᄅᆞᆷ을 침노(侵擄)[140]ᄒᆞᄂᆞᆫ지라. 노쥐(奴主ㅣ) 그곳ᄃᆡ 드러 밤을 지ᄂᆡᆯᄉᆡ 쇼졔(小姐ㅣ) ᄌᆞ쇼(自少)로 화당금누(華堂金樓)[141]의 ᄉᆡᆼ쟝(生長)ᄒᆞ여 몸가의 비취(翡翠)[142] 울금향(鬱金香)[143]이 진동(振動)ᄒᆞ니 이런 곳ᄃᆡ 발인들 드ᄃᆡ여 보와시리오. 스ᄉᆞ로 명운(命運)의 긔구(崎嶇)ᄒᆞ믈 탄(嘆)ᄒᆞ고 츄연(惆然)이 안ᄌᆞᆺ더니 ᄎᆞ시(此時) 모츈(暮春) 망간(望間)[144]이라. ᄇᆡᆨ홰(百花ㅣ) 향긔(香氣)ᄅᆞᆯ 먹음고 월광(月光)이 먼니 비최여 달그림ᄌᆡ 더옥 가려(佳麗)[145]ᄒᆞ더라. 쇼졔(小姐ㅣ) 만화(滿花) 월ᄉᆡᆨ(月色)을 가쵸 보ᄆᆡ 더옥 슬픈 ᄠᅳᆺ이 뉴동(流動)[146]ᄒᆞ여

---

136) 더시고 : 더새고. 길을 가다가 날이 저물어 정한 곳 없이 들어가 밤을 지내고. 기본형은 '더새다'.

137) 월낭(月廊): 월랑. 행랑.

138) 황냥(荒涼): 황량. 황폐하여 거칠고 쓸쓸함.

139) 츄긔(麤氣): 추기. 거친 기운.

140) 침노(侵擄): 침투.

141) 화당금누(華堂金樓): 화당금루. 화려하고 부귀한 집.

142) 비취(翡翠): 비취. 비취옥. 반투명체로 된 짙은 푸른색의 윤이 나는 구슬.

143) 울금향(鬱金香): 튤립.

144) 망간(望間): 음력 보름께.

145) 가려(佳麗): 경치, 모양 따위가 곱고 새뜻함.

146) 뉴동(流動): 유동. 흘러나옴.

눈믈을 흘니고 왈(曰),

"부뫼(父母ㅣ) 블쵸ᄋᆞ(不肖兒)ᄅᆞᆯ 일야(日夜)

...

25면

ᄉᆡᆼ각ᄒᆞ샤 한(恨)이 되게 ᄒᆞᆫ고? ᄂᆡ 금ᄉᆡᆼ(今生)의 반졈(半點) 악ᄒᆡᆼ(惡行)이 업거ᄂᆞᆯ 젼ᄉᆡᆼ(前生) 므ᄉᆞᆷ 죄(罪)로 이러ᄐᆞᆺ ᄎᆞᆷ혹(慘酷)ᄒᆞᆫ 환란(患亂)을 보고 일신(一身)이 뉴리개걸(流離丐乞)[147] ᄒᆞ니 쾌(快)히 ᄌᆞ결(自決)ᄒᆞ여 이ᄌᆞ미 원(願)이로ᄃᆡ, ᄎᆞᆷ아 부모(父母)ᄅᆞᆯ 잇ᄌᆞᆸ지 못ᄒᆞ여 일명(一命)을 아모려나 보즁(保重)코져 ᄒᆞ건마ᄂᆞᆫ 가지록 고쵸(苦楚)ᄒᆞᆫ 형샹(形象)을 가쵸 격그니 목슘이 질긴 쥴 한(恨)ᄒᆞ노라."

홍아 등(等)이 ᄯᅩᄒᆞᆫ 슬허 샹빙화안(霜鬢花顔)[148]의 눈믈을 흘닐 ᄯᆞᄅᆞᆷ이러라.

홀노 쳥아(淸雅)[149]히 글 읍ᄂᆞᆫ 쇼ᄅᆡ 뇨량(嘹喨)[150] ᄒᆞ니 이 결연(決然)[151]이 가인녀ᄌᆞ(佳人女子)의 셩음(聲音)이라. 쇼졔(小姐ㅣ) 이 심산궁곡(深山窮谷)[152]의 와 녀ᄌᆞ(女子) 교쟉음영(巧作吟詠)[153] ᄒᆞᄂᆞᆫ 쇼ᄅᆡᄅᆞᆯ 드ᄅᆞ니 반가오미 극(極)ᄒᆞ여 몸이 니ᄂᆞᆫ 바 업시 쇼ᄅᆡᄅᆞᆯ 죠ᄎᆞ 가니 곳나무 슈플 ᄉᆞ이로 슈십(數十) 보(步)ᄂᆞᆫ 가셔 ᄒᆞᆫ 쟝원(莊園)[154]

---

147) 뉴리개걸(流離丐乞): 유리개걸. 떠돌아다니며 빌어먹음.

148) 샹빙화안(霜鬢花顔): 상빈화안. 허옇게 센 살쩍과 꽃 같은 얼굴.

149) 쳥아(淸雅): 청아. 맑고 전아함.

150) 뇨량(嘹喨): 요량. 소리가 맑고 낭랑함.

151) 결연(決然): 확고한 모양.

152) 심산궁곡(深山窮谷): 깊은 산골짜기.

153) 교쟉음영(巧作吟詠): 교작음영. 시를 절묘하게 지어 읊음.

154) 쟝원(莊園): 장원. 귀족 집안의 별장.

이 이시되 졔되(制度ㅣ) 유아(幽雅)[155] 호고 정쇄(精灑)[156] 호며 좌우(左右)로 화최(花草ㅣ) 무셩(茂盛)호

26면

고 옥난간(玉欄干)의 산호발(珊瑚-)을 걸고 년쇼(年少) 녀직(女子ㅣ) 슈삼(數三) 인(人)이 안즈 담쇼(談笑)호는 즁(中) 일(一) 녀직(女子ㅣ) 년(年)이 겨유 이뉵(二六)은 호여 뵈되 얼골이 옥(玉) 곳고 긔되(氣度ㅣ)[157] 졍뎡(貞靜)[158] 호더라. 묽게 고풍(古風)[159] 일(一) 슈(首)롤 을프니 쇼릭 낭낭(朗朗)호여 화지(花枝)의 꾀고리 울며 금롱(禁籠)[160]의 잉모(鸚鵡) 말호는 듯호니 쇼졔(小姐ㅣ) 흠모(欽慕)호여 싱각호되,

'이런 심산궁곡(深山窮谷)의 엇지 이런 녀직(女子ㅣ) 잇는고?'

호더니 읍기롤 모추미 기즁(其中) 일(一) 인(人)이 쇼왈(笑曰),

"치랑(-娘)의 직조(才操ㅣ) 셕시(昔時) 샤도온[161](謝道韞)[162]의 지지 아닌지라 슉부뫼(叔父母ㅣ) 무순 복(福)으로 너 곳툰 녀즈(女子)롤 어드신고?"

그 녀직(女子ㅣ) 겸사(謙辭) 왈(曰),

---

155) 유아(幽雅): 그윽하고 품위가 있음.

156) 정쇄(精灑): 정쇄. 매우 맑고 깨끗함.

157) 긔되(氣度ㅣ): 기도. 기개와 도량.

158) 졍뎡(貞靜): 정정. 여자의 행실이 곧고 깨끗함.

159) 고풍(古風): 한시의 한 체.

160) 금롱(禁籠): 새 따위의 동물을 가두어 두는 장.

161) 도온: [교] 원문에는 '두운'으로 되어 있으나 오기로 보임.

162) 샤도온(謝道韞): 사도온. 중국 위진남북조(魏晉南北朝) 시대 동진(東晉)의 여류 시인. 안서대장군 사혁(謝奕)의 딸이자 재상 사안(謝安)의 조카로, 문학적 재능이 뛰어나 사안이 그 재주를 높이 평함.

"졸(拙)ᄒᆞᆫ 글귀(-句)ᄅᆞᆯ 졔형(諸兄)이 이러틋 과찬(過讚)ᄒᆞ시니 ᄂᆞᆺ 둘 곳이 업ᄂᆞ이다."

웃녁히 션 녀ᄌᆡ(女子ㅣ) 왈(曰),

"ᄆᆞᆺ참 월광(月光)이 명낭(明朗)ᄒᆞ고 츈ᄉᆡᆨ(春色)이 아ᄅᆞᆷ다오니 계젼(階前)의 ᄂᆞ려 ᄭᅩᆺ향긔(-香氣)ᄅᆞᆯ ᄡᅩ이리라."

ᄒᆞ고 졔인(諸人)이 일시(一時)의 쥬리(珠履)[163]ᄅᆞᆯ

27면

ᄭᅳ어 ᄭᅩᆺ나무 밋ᄎᆞ로 ᄂᆞ아오거ᄂᆞᆯ 쇼졔(小姐ㅣ) 경겁(驚怯)[164]ᄒᆞ여 총[165]망(悤忙)[166]이 나오더니 졔쇼졔(諸小姐ㅣ) 나무 ᄉᆞ이의 인젹(人跡)이 이시믈 보고 놀나 급(急)히 시녀(侍女)ᄅᆞᆯ 블너 보라 ᄒᆞ니 모든 ᄎᆞ환(叉鬟)[167]이 일시(一時)의 쇼ᄅᆡ치고 ᄂᆡ다ᄅᆞ 보니 삼ᄉᆞ(三四) 개(個) 남ᄌᆡ(男子ㅣ) 븍편(北偏) 월[168]낭(月廊) 알픠로 말ᄆᆡ아마[169] ᄂᆞ가거ᄂᆞᆯ 졔인(諸人)이 대노(大怒)ᄒᆞ여 그즁(-中) 건쟝(健壯)ᄒᆞᆫ 노ᄎᆞ환(老叉鬟)이 다ᄅᆞ드러 홍아ᄅᆞᆯ 잡으며 왈(曰),

"네 엇던 ᄀᆡᆨ(客)이완ᄃᆡ 감(敢)히 남의 규각(閨閣)을 엿보ᄂᆞ뇨?"

홍ᄋᆡ 황망(慌忙)이 ᄀᆞᆯ오ᄃᆡ,

---

163) 쥬리(珠履): 주리. 구슬로 장식한 신발.

164) 경겁(驚怯): 놀라고 두려움.

165) 총: [교] 원문에는 '촉'으로 되어 있으나 오기로 보이므로 국도본(12:19)을 따름.

166) 총망(悤忙): 급함.

167) ᄎᆞ환(叉鬟): 차환. 주인을 가까이에서 모시는 젊은 계집종.

168) 월: [교] 원문에는 '경'으로 되어 있으나 의미를 명확히 하기 위해 국도본(12:19)을 따름.

169) 마: [교] 원문에는 '미'로 되어 있으나 오기로 보이므로 국도본(12:19)을 따름.

"우리는 지나가는 유긱(遊客)으로 맛츰 길 그릇 드러 이의 니르러 시나 감(敢)히 귀쇼제(貴小姐ㅣ) 쟝각(粧閣)[170]인 쥴 알고 범(犯)ᄒᆞ미 아니라."

ᄎᆞ환(叉鬟)이 더옥 노(怒)ᄒᆞ여 모다 드리다ᄅᆞ 쇼져(小姐) 등(等) ᄉᆞ(四) 인(人)을 ᄭᅳ으러 계젼(階前)의 니ᄅᆞ니 임의 쥬렴(珠簾)을 지엇더라. ᄎᆞ환(叉鬟)이 고(告)ᄒᆞ되,

"ᄎᆞ젹(此賊)의 무리 반ᄃᆞ시 ᄌᆡ믈(財物)을 겁냑(劫掠)[171]ᄒᆞ라 와셔

•••

28면

규찰(窺察)ᄒᆞᄂᆞᆫ 거동(擧動)이니 노쟈(奴子)ᄅᆞᆯ 블너 잡아 ᄆᆡ엿다가 평명(平明)의 노얘(老爺ㅣ) 쳐치(處置)ᄒᆞ시믈 기다리샤이다."

쇼졔(小姐ㅣ) 의외(意外)예 져 양낭(養娘)의 곤욕(困辱)ᄒᆞ미 급(急)ᄒᆞ믈 보나 안ᄉᆡᆨ(顔色)을 브동(不動)ᄒᆞ고 ᄂᆞᆯ호여 거슈(擧手) 숀샤(遜謝) 왈(曰),

"복(僕)[172]은 졀강인(浙江人)이라. 경ᄉᆞ(京師)로 가다가 도적(盜賊)을 만나 반젼(盤纏)[173]을 다 일코 노쥐(奴主ㅣ) 개걸뇨ᄉᆡᆼ(丐乞聊生)[174]ᄒᆞ여 길흘 일허 그릇 귀ᄐᆡᆨ(貴宅) 규각(閨閣)을 범(犯)ᄒᆞ나 본(本)ᄃᆡ 향(香)을 도젹(盜賊)[175]ᄒᆞ며 ᄌᆡ믈(財物)을 규샤(窺伺)[176]ᄒᆞᄂᆞᆫ 뉴(類

---

170) 장각(粧閣): 장각. 아름다운 누각.

171) 겁냑(劫掠): 겁략. 위협을 하거나 폭력 따위를 써서 강제로 빼앗음.

172) 복(僕): 자신을 낮추어 부르는 말.

173) 반젼(盤纏): 반전. 길을 가는 데 드는 돈. 노자(路資).

174) 개걸뇨ᄉᆡᆼ(丐乞聊生): 개걸요생. 구걸하면서 그럭저럭 살아감.

175) 향(香)을 도적(盜賊): 향을 훔침. 중국 한수(韓壽)가 투향(偸香)한 고사. 한수는 진(晉)나라 사람으로서, 가충(賈充)의 딸 오(午)와 몰래 정을 통하였는데 오(午)가 그 아버지의 향을 한수에게 훔쳐다 주었고, 후에 그 아버지가 한수에게서 나는 향냄

ㅣ) 아니라. 노랑(老娘)은 쇼싱(小生)의 죄(罪)를 샤(赦)ᄒᆞ라."

양낭(養娘)이 대노(大怒)ᄒᆞ여 어ᄌᆞ러이 ᄭᅮᄌᆞᄌᆞᄃᆡ,

"네 죠고만 튝싱(畜生)이 감(敢)히 말ᄒᆞᆫ 양[177] ᄒᆞ고 그ᄌᆞᆺ말을 ᄭᅮ며 죄(罪)를 면(免)콰져 ᄒᆞᄂᆞ냐? 길 그ᄅᆞᆺ 드럿노라 ᄒᆞ나 ᄃᆡ뢰(大路ㅣ) 잇거ᄂᆞᆯ 무ᄉᆞ 일노 이런 깁흔 곳ᄃᆡ 드러오리오? 당당(堂堂)이 법ᄉᆞ(法司)의 고(告)ᄒᆞ고 즁죄(重罪)를 닙히리라."

쇼졔(小姐ㅣ) 져 노파(老婆)의 어ᄌᆞ러이 ᄭᅮ뒤믈 보

29면

고 즘간(暫間) 단슌(丹脣)을 여[178]러 미쇼(微笑)ᄒᆞ고 닐오ᄃᆡ,

"노랑(老娘)이 굿ᄐᆞ녀 복(僕)을 죄(罪) 줄진ᄃᆡ ᄉᆞ양(辭讓)치 아니려니와 연(然)이나 복(僕)이 노랑(老娘)으로 원ᄀᆡ(怨家ㅣ)[179] 업거ᄂᆞᆯ 이러ᄐᆞᆺ ᄒᆞ믄 가(可)치 아닌가 ᄒᆞ노라."

노픿(老婆ㅣ) 져 셔싱(書生)이 쇼져(小姐)의 ᄌᆞᄉᆡᆨ(姿色)을 보고 혹(惑)ᄒᆞ여 규벽(窺壁)[180]ᄒᆞ민가 ᄒᆞ여 어ᄌᆞ러이 ᄭᅮᄌᆞᆺ고 ᄭᅮ뒤더니 ᄎᆞ시(此時) 쇼졔[181](小姐ㅣ) 렴내(簾內)의셔 보ᄆᆡ 그 셔싱(書生)의 쇼안월빈[182](素顔月鬢)[183]이 ᄒᆞᆫ ᄊᆡ 옥륜(玉輪)[184]이 ᄎᆡ운(彩雲)의 ᄲᅡ인 ᄃᆞᆺ

새를 맡고 두 사람을 결혼시킴.

176) 규사(窺伺): 규사. 엿봄.

177) 양: [교] 원문에는 '향'으로 되어 있으나 오기로 보이므로 국도본(12:21)을 따름.

178) 여: [교] 원문에는 '어'로 되어 있으나 오기로 보이므로 국도본(12:21)을 따름.

179) 원ᄀᆡ(怨家): 원가. 자기에게 원한을 품은 사람, 또는 원한관계.

180) 규벽(窺壁): 벽 틈으로 엿본다는 뜻으로 여자를 몰래 만난다는 말임.

181) 졔: [교] 원문에는 '비'로 되어 있으나 문맥을 고려하여 국도본(12:22)을 따름.

182) 빈: [교] 원문에는 '빙'으로 되어 있으나 오기로 보임.

183) 쇼안월빈(素顔月鬢): 소안월빈. 흰 얼굴과 아름다운 귀밑머리.

흰 귀미치 죠흔 옥(玉)을 짝가 셰운 둧 두 눈의 몱은 빗치 월하(月下)의 더옥 명명(明明)ᄒᆞ고 두 쌱 년협(蓮頰)[185]의 일만(一萬) 광휘(光輝) 염염(艶艶)[186]히 빗출 토(吐)ᄒᆞ니 표연(飄然)이 연화(煙火)[187] 밧 사ᄅᆞᆷ이오, 허리 가ᄂᆞᆯ기 양뉴(楊柳ㅣ) 휘듯ᄂᆞᆫ[188] 둧ᄒᆞ며 의관(衣冠)이 비록 남누(襤褸)[189]ᄒᆞ나 졍제(整齊)ᄒᆞ여 동지(動止) 유법(有法)ᄒᆞ고 말솜이 낭낭(朗朗)ᄒᆞ여 단혈(丹穴)[190]의 봉(鳳)이 우는 둧ᄒᆞ거ᄂᆞᆯ 읍양(揖讓) 겸퇴(謙退)ᄒᆞ여 말솜이 온

30면

화(溫和)ᄒᆞ고 긔운이 나죽ᄒᆞ니 고금(古今)을 의논(議論)ᄒᆞ나 져런 사ᄅᆞᆷ이 업술지라, 그 쇼졔(小姐ㅣ) 대경(大驚)ᄒᆞ여 밧비 졔인(諸人)을 ᄃᆡ(對)ᄒᆞ여 왈(曰),

"져의 말이 져럿틋 ᄒᆞ니 무고(無故)ᄒᆞᆫ 사ᄅᆞᆷ을 곤욕(困辱)ᄒᆞ미 그ᄅᆞᆯ가 ᄒᆞᄂᆞ니 쾌(快)히 도라보ᄂᆡ미 올흘가 ᄒᆞᄂᆞ이다."

졔인(諸人)이 닐오ᄃᆡ,

"현뎨(賢弟) ᄆᆞ음으로 ᄒᆞᆯ지니 아등(我等)이 엇지 알니오?"

쇼졔(小姐ㅣ) 즉시(卽時) 유모(乳母)ᄅᆞᆯ 블너 그 슈ᄌᆡ(秀才)ᄅᆞᆯ 노하 보ᄂᆡ라 ᄒᆞ니 유뫼(乳母ㅣ) 슈명(受命)ᄒᆞ여 노흐며 왈(曰),

---

184) 옥륜(玉輪): 옥으로 된 수레바퀴라는 뜻으로 달을 아름답게 일컫는 말.

185) 년협(蓮頰): 연협. 연꽃 같은 뺨.

186) 염염(艶艶): 자색이 고움.

187) 연화(煙火): 연기와 불이라는 뜻으로 속세를 이름.

188) 휘듯ᄂᆞᆫ: 휘휘 떨어지는.

189) 남누(襤褸): 낡아 해짐.

190) 단혈(丹穴): 단사(丹砂)가 나는 굴로 여기에 봉황이 산다고 함.

"슈즈(秀才)의 죄(罪) 깁흐딕 우리 쇼졔(小姐ㅣ) 인셩(仁聖)[191] 대덕(大德)ᄒᆞ샤 ᄉᆞ죄(死罪)를 샤(赦)ᄒᆞ시니 ᄲᆞᆯ니 도라가라."

쇼졔(小姐ㅣ) 삼가 칭사(稱謝)ᄒᆞ고 녜 잇던 고ᄃᆡ 도라와 ᄇᆡ야흐로 숨을 ᄂᆡ쉬고 쇼졔(小姐ㅣ) 우어 왈(曰),

"무심(無心)코 깁흔 ᄃᆡ 드러가다가 우은 거죠(擧措)를 보왓거니와 연(然)이나 그 쇼져(小姐)의 어즐미 당금(當今)의 업술지라 그 셩명(姓名)도 아지 못ᄒᆞ믈 한(恨)ᄒᆞ노라."

홍ᄋᆡ

31면

쇼왈(笑曰),

"쇼졔(小姐ㅣ) 만일(萬一) 남ᄌᆞ(男子)로셔 엿보와신즉 그 죄(罪) 엇지 젹으리오마ᄂᆞᆫ 마츰 녀ᄌᆞ(女子)므로 우리 ᄆᆞ음은 아죠 블관(不關)ᄒᆞᄃᆡ 그 노파(老婆)의 거동(擧動)은 그러치 아니터이다."

셜파(說罷)의 노쥬(奴主ㅣ) 잠간(暫間) 웃고 밤을 겨유 ᄉᆡ와 이튼날 노고(老姑)를 보와 하직(下直)고 갈ᄉᆡ 쇼졔(小姐ㅣ) 문왈(問曰),

"이 뒤 화려(華麗)ᄒᆞᆫ 쟝각(粧閣)[192]이 뉘 집이뇨?"

노괴(老姑ㅣ) 왈(曰),

"화 시랑(侍郎) 틱샹(宅上)[193]이니이다."

우(又) 문왈(問曰),

191) 인셩(仁聖): 인성. 재주와 덕을 갖춤.

192) 쟝각(粧閣): 장각. 아름다운 누각.

193) 틱샹(宅上): 댁상. 원래 상대방의 집을 공경하여 이르는 말인데 여기에서는 화 시랑의 집을 높여 이른 말.

"그 고딕 십여(十餘) 셰(歲) 쇼졔(小姐ㅣ) 이시니 시랑(侍郞)의 녀인(女兒ㅣ)냐?"

노괴(老姑ㅣ) 왈(曰),

"연(然)ᄒᆞ이다. ᄆᆞᄅᆞ시믄 엇지뇨?"

쇼졔(小姐ㅣ) 노고(老姑)의 슈샹(殊常)이 너기믈 보고 두로쳐 ᄃᆡ왈(對曰),

"마츰 화 쇼져(小姐)의 향명(香名)이 ᄉᆞ린(四隣)[194]의 ᄌᆞ쟈(藉藉)ᄒᆞ믈 듯고 우연(偶然)이 ᄆᆞ른 ᄇᆡ로다."

인(因)ᄒᆞ여 춍춍(悤悤)이 하직(下直)고 그곳을 ᄯᅥ나 슈오(數五) 리(里)ᄂᆞᆫ ᄒᆡᆼ(行)ᄒᆞ여 쥬졈(酒店)의 드러 잠간(暫間) 쉬더니 믄득 밧그로셔 ᄒᆞᆫ 도인(道人)이 갈건야복(葛巾野服)[195]으로 쥭쟝(竹杖)을 ᄭᅳ을고 드러가 안ᄌᆞᄆᆡ ᄒᆞᆫ 양

32면

낭(養娘) ᄀᆞᄐᆞᆫ 녀인(女人)이 ᄒᆞᆫ 어린 아희ᄅᆞᆯ 안고 와 닐오ᄃᆡ,

"앗가 이 ᄋᆞ희(兒孩) 잠ᄌᆞ므로 션ᄉᆡᆼ(先生)긔 뵈옵지 못ᄒᆞ엿ᄉᆞᆸᄂᆞ니 쳥(請)컨ᄃᆡ 죄(罪)ᄅᆞᆯ 샤(赦)ᄒᆞ쇼셔."

도ᄉᆡ(道士ㅣ) 그 ᄋᆞ희(兒孩)ᄅᆞᆯ 보다가 ᄀᆞᆯ오ᄃᆡ,

"ᄎᆞᄋᆡ(此兒ㅣ) 긔샹(氣像)이 이러ᄐᆞᆺ 어그랍고 고으미 ᄇᆡᆨᄐᆡ(百態) 미진(未盡)ᄒᆞ미 업ᄉᆞ나 쳥쵸(淸楚)[196]ᄒᆞᆫ ᄐᆡ되(態度ㅣ) 업셔 유한졍명

---

194) ᄉᆞ린(四隣): 사린. 사방.

195) 갈건야복(葛巾野服): 거친 베로 만든 두건과 베옷이라는 뜻으로, 은사(隱士)나 처사(處士)의 거칠고 소박한 옷차림을 이르는 말.

196) 쳥쵸(淸楚): 청초. 화려하지 않으면서 맑고 깨끗한 아름다움을 지니고 있음.

(幽閒貞靜)[197]ᄒᆞ니 귀인(貴人)의 ᄇᆡ필(配匹)이 되여 슈명(壽命) 다남ᄌᆞ(多男子)ᄒᆞ미 흠(欠)ᄒᆞᆯ 곳이 업ᄉᆞ니 쵸년(初年) 운싊(運數ㅣ) 심(甚)히 블니(不利)ᄒᆞ니 구기믈 마지못ᄒᆞ려니와 필경(畢竟)은 무ᄉᆞ(無事)ᄒᆞ리라.”

양낭(養娘)이 칭샤(稱謝)ᄒᆞ고 가거ᄂᆞᆯ 쇼계(小姐ㅣ) 보니 기ᄋᆡ(其兒ㅣ) 고으미 ᄇᆡᆨᄐᆡ(百態) 찬란(燦爛)ᄒᆞᄃᆡ 난 지 넉 ᄃᆞᆯ은 ᄒᆞᆫ ᄋᆞᄒᆡ(兒孩)러라. 쇼계(小姐ㅣ) 심하(心下)의 칭찬(稱讚)ᄒᆞ더니 그 도ᄉᆡ(道士ㅣ) 쇼져(小姐)ᄅᆞᆯ 오ᄅᆡ 보다가 왈(曰),

“슈ᄌᆡ(秀才)ᄂᆞᆫ 어ᄃᆡ 사ᄅᆞᆷ이시뇨?”

쇼계(小姐ㅣ) 강잉(强仍) 대왈(對曰),

“경ᄉᆞ(京師) 사ᄅᆞᆷ이로쇼이다.”

도ᄉᆡ(道士ㅣ) 우(又) 문왈(問曰),

“경ᄉᆞ(京師) 사ᄅᆞᆷ이실진ᄃᆡ 엇지 이고ᄃᆡ 와 겨

33면

시뇨?”

ᄃᆡ왈(對曰),

“마ᄎᆞᆷ ᄉᆞ방(四方)의 유람(遊覽)ᄒᆞ기ᄅᆞᆯ 말미아마 이고ᄃᆡ 니ᄅᆞ럿ᄂᆞ이다.”

도ᄉᆡ(道士ㅣ) 웃[198]고 말이 업더니 이윽고 ᄎᆞ(茶)ᄅᆞᆯ 먹고 븟ᄉᆞᆯ 드러 일(一) 슈(首) 시(詩)ᄅᆞᆯ ᄡᅥ 쇼져(小姐) 알ᄑᆡ 더지고 표연(飄然)이

197) 유한정명(幽閒貞靜): 유한정정. 그윽하며 곧고 고요하다는 뜻으로 부녀의 인품이 매우 얌전하고 점잖음을 말함.

198) 웃: [교] 원문에는 ‘우’로 되어 있으나 오기로 보이므로 국도본(12:25)을 따름.

ᄂᆞ가니 가ᄂᆞᆫ 바ᄅᆞᆯ 아지 못ᄒᆞᆯ너라. 쇼계(小姐ㅣ) 고이(怪異)히 너겨 화젼(華箋)을 보니 ᄀᆞᆯ와시ᄃᆡ,

'문[199]혜셩(文彗星)[200]이 규목[201]낭(奎木狼)[202]으로 한(恨)이 깁허 쳔(千) 리(里)의 원젹(遠謫)[203]ᄒᆞ도다. 음양(陰陽)을 밧고니 화(禍)ᄅᆞᆯ 막ᄌᆞ라ᄂᆞᆫ도다.[204] 니(尼)ᄅᆞᆯ 만ᄂᆞ 위ᄐᆡ(危殆)ᄒᆞ고 뎡ᄌᆞ(亭子)ᄅᆞᆯ 만ᄂᆞᆫ즉 죽으미 잇고 구름을 만ᄂᆞᆫ즉 ᄌᆡᄉᆡᆼ(再生)ᄒᆞ리라.'

ᄒᆞ엿더라.

쇼계(小姐ㅣ) 보기ᄅᆞᆯ ᄆᆞᆺ고 그 ᄠᅳᆺ을 아지 못ᄒᆞ여 이윽이 침음(沈吟)ᄒᆞ다가 ᄉᆞᄆᆡ의 너코 드ᄃᆡ여 졈(店)을 ᄯᅥ나 거쳐(去處) 업시 산(山)을 말ᄆᆡ얌아 가더니 산샹(山上)으로셔 믄득 경ᄌᆞ(磬子)[205] 쇼ᄅᆡ ᄂᆞ거ᄂᆞᆯ 노쥐(奴主ㅣ) 반겨 ᄎᆞᄌᆞ 올[206]ᄂᆞ가니 일좌(一座)[207] ᄃᆡ찰(大刹)이 구룸의 년(連)ᄒᆞ엿고 녀승(女僧) 슈ᄇᆡᆨ(數百)

---

199) 문: [교] 원문에는 이 글자가 없으나 뒷부분(11:55)에 이 글자가 나오고, 혜성(彗星)은 부정적인 별이므로 이 글자를 첨가함.

200) 문혜셩(文彗星): 문혜성. 소월혜를 가리키는 별로 보이나 미상임.

201) 목: [교] 원문에는 '복'으로 되어 있으나 오기로 보이므로 국도본(12:25)을 따름.

202) 규목낭(奎木狼): 규목랑. 북두칠성의 겨울 이름. 천관(天關), 즉 북두칠성은 봄에는 두목해(斗木獬)로, 여름에는 각목교(角木蛟)로, 가을에는 정목안(井木犴)으로, 겨울에는 규목랑(奎木狼)으로 불리는데, 겨울 이름이 규목랑인 것은 규성(奎星)이 목(木)의 성질을 지니고, 동물 중에서는 이리[狼]로 상징된다 하여 붙여진 것임. 여기에서는 이몽창을 가리킴.

203) 원젹(遠謫): 원적. 멀리 귀양을 감.

204) 막ᄌᆞ라ᄂᆞᆫ도다: 막아내는도다. '막ᄌᆞ라다'는 '막아내다'의 뜻.

205) 경ᄌᆞ(磬子): 경자. 불교에서 놋으로 주발과 같이 만들어, 복판에 구멍을 뚫고 자루를 달아 노루 뿔 따위로 쳐 소리를 내는 불전 기구. 예불할 때 대중이 일어서고 앉는 것을 인도함.

206) 올: [교] 원문에는 '놀'로 되어 있으나 오기로 보이므로 국도본(12:26)을 따름.

207) 일좌(一座): 하나의 자리.

34면

이 안ᄌᆞ 숑경(誦經)[208]ᄒᆞ더라. 잇ᄯᅴ 쇼졔(小姐ㅣ) 아젹[209]을 못 어더 먹엇ᄂᆞᆫ지라 홍이 ᄂᆞ아가 밥을 빈ᄃᆡ, 승(僧)들이 웃고 홍아 등(等)을 보고 놀ᄂᆞ더니 밋 쇼져(小姐)의 얼골을 보고 ᄃᆡ경(大驚)ᄒᆞ여 일시(一時)의 마ᄌᆞ 객방(客房)의 드리고 식샹(食床)을 ᄂᆞ오니 쇼졔(小姐ㅣ) 은혜(恩惠)ᄅᆞᆯ 치샤(致謝)[210]ᄒᆞ고 햐져(下箸)[211]ᄒᆞ기ᄅᆞᆯ ᄆᆞᆺᄎᆞᄆᆡ 그 듕 녀승(女僧) 혜운이 나히 겨유 이십(二十)이오, ᄌᆞ식(姿色)이 관셰(冠世)[212]ᄒᆞ더라. 일즉 취가(娶嫁)[213]ᄒᆞ여 사다가 그 가뷔(家夫ㅣ) 호협(豪俠)ᄒᆞᆫ 무리로 얼골이 추[214]루(醜陋)[215]ᄒᆞ여 혜운으로 비(比)컨ᄃᆡ ᄯᅩ 아ᄅᆡ 버러지 ᄀᆞᆺᄐᆞ니 혜운이 한(恨)ᄒᆞ여 졔 ᄌᆡ믈(財物)을 드려 졀을 짓고 뎨ᄌᆞ(弟子)ᄅᆞᆯ 모화 숑경(誦經)ᄒᆞ더니 금일(今日) 쇼져(小姐)의 옥모영풍(玉貌英風)[216]을 보고 크게 흠[217]모ᄒᆞ여 음식(飮食)을 ᄉᆞ려(奢麗)[218]히 쟉만(作滿)[219]ᄒᆞ여 ᄃᆡ졉(待接)ᄒᆞ고 은근(慇懃)이 ᄂᆞ아가 무ᄅᆞᄃᆡ,

---

208) 숑경(誦經): 송경. 불경을 욈.

209) 아젹: 아적. 아침.

210) 치샤(致謝): 치사. 감사를 표함.

211) 햐져(下箸): 하저. 젓가락을 댄다는 말로 음식을 먹음을 이르는 말.

212) 관셰(冠世): 관세. 세상에 으뜸임.

213) 취가(娶嫁): 취가. 시집감.

214) 추: [교] 원문에는 '츄'로 되어 있으나 오기로 보이므로 국도본(12:27)을 따름.

215) 추루(醜陋): 얼굴이 못생김.

216) 옥모영풍(玉貌英風): 옥 같은 얼굴과 헌걸찬 풍채.

217) 흠: [교] 원문에는 '흡'으로 되어 있으나 오기로 보이므로 국도본(12:27)을 따름.

218) ᄉᆞ려(奢麗): 사려. 사치스럽고 화려함.

219) 쟉만(作滿): 작만. 장만.

"슈지(秀才) 어느 ᄯᅡ 사름이시뇨?"

쇼졔(小姐ㅣ) 답왈(答曰),

"경ᄉᆞ인(京師人)으로 유산(遊山)ᄒᆞ다가 도

35면

적(盜賊)을 만나 ᄒᆡᆼ장(行裝)을 다 일코 도로(道路)의 ᄒᆡᆼ걸(行乞)ᄒᆞ믈 면(免)치 못ᄒᆞ더니 션ᄉᆞ(禪師)의 후ᄃᆡ(厚待)ᄒᆞ믈 닙으니 보은(報恩)홀 바를 아지 못홀노라."

혜운이 웃고 여러 말 ᄒᆞ여 젼혀(全-) 승니(僧尼)[220]의 ᄆᆰ은 ᄐᆡ되(態度ㅣ) 업ᄉᆞ니 쇼졔(小姐ㅣ) 크게 통히(痛駭)ᄒᆞ고 바야흐로 그 도ᄉᆞ(道士)의 글 ᄠᅳᆺ을 ᄭᆡ다라 이의 니ᄅᆞ러 하직(下直)고 도라가고져 ᄒᆞᄃᆡ, 혜운이 크게 놀나 말녀 왈(曰),

"슈지(秀才) 도적(盜賊)을 만나 ᄒᆡᆼ장(行裝)을 다 일허실진ᄃᆡ 쇼리(小尼)[221] 비록 가난ᄒᆞ나 극진(極盡)이 도을 거시니 일야(一夜)를 더ᄉᆡ고[222] 가쇼셔."

쇼졔(小姐ㅣ) 미쳐 답(答)지 못ᄒᆞ여셔 운교 왈(曰),

"공ᄌᆞ(公子ㅣ) 이졔 가신들 어ᄃᆡ 졉죡(接足)[223]ᄒᆞ시리오? 오늘놀 져녁이나 시름업시 어더먹고 ᄌᆞ고 가ᄉᆞ이다."

쇼졔(小姐ㅣ) 운교의 고졔[224] 업슨 말 ᄒᆞ믈 쵸조(焦燥)ᄒᆞ고 혜운

---

220) 승니(僧尼): 승려와 비구니.

221) 쇼리(小尼): 소니. 비구니가 자신을 낮추어 부르는 말.

222) 더ᄉᆡ고: 더새고. 길을 가다가 날이 저물어 정한 곳 없이 들어가 밤을 지내고. 기본형은 '더새다'.

223) 졉죡(接足): 접족. 디디고 들어가려고 발을 붙임.

224) 고졔: 눈치의 뜻으로 보이나 미상임.

은 대희(大喜)ᄒᆞ여 왈(曰),

"져 챵두(蒼頭)의 말이 올흐니 노야(老爺)ᄂᆞᆫ 고집(固執)지 마ᄅᆞ쇼셔."

쇼졔(小姐ㅣ) ᄒᆞᆯ 일이 업셔 ᄎᆞ

36면

야(此夜)ᄅᆞᆯ 지닐ᄉᆡ 운이 깃거 음식(飮食)을 거록이 쟉만(作滿)ᄒᆞ여 노쥬(奴主)ᄅᆞᆯ ᄃᆡ졉(待接)ᄒᆞ고 이ᄂᆞᆯ 밤의 ᄀᆡᆨ실(客室)의 쵹(燭)을 ᄇᆞᆰ히고 혜운이 ᄂᆞ와 쇼져(小姐)로 ᄃᆡ좌(對坐)ᄒᆞ니 쇼졔(小姐ㅣ) 괴로오믈 이긔지 못ᄒᆞᄃᆡ 강잉(强仍)ᄒᆞ여 숀을 곳고 무릅흘 ᄭᅮᆯ어 단좌(端坐)ᄒᆞ여시니 옥뫼(玉貌ㅣ) 누실(陋室) 가온ᄃᆡ 표표[225](表表)[226]ᄒᆞᆫ지라 혜운이 더옥 졍신(精神)을 일허 은근(慇懃)이 회포(懷抱)ᄅᆞᆯ 여러 말로써 ᄯᅳᆺ을 도도나 쇼졔(小姐ㅣ) ᄉᆞ긔(辭氣)[227] 졍슉(靜肅)[228]ᄒᆞ고 거지(擧止) 태연(泰然)ᄒᆞ여 죠곰도 아ᄅᆞ드ᄅᆞ미 업ᄉᆞ니 혜운이 졔 몰나 듯ᄂᆞᆫ가 ᄒᆞ여 야심(夜深) 후(後)야 홀연(忽然) 눈믈을 흘니고 닐오ᄃᆡ,

"쇼리(小尼)ᄂᆞᆫ 본(本)ᄃᆡ 냥가(良家) 녀ᄌᆞ(女子)로 평ᄉᆡᆼ(平生) 원(願)이 군ᄌᆞ(君子)ᄅᆞᆯ 만나 일ᄉᆡᆼ(一生)을 욕(辱)지 아니려 ᄒᆞ더니 이 졀 쥬지(住持)ᄂᆞᆫ 쇼리(小尼)의 아ᄌᆞ미라 우김질노 다려와 졔ᄌᆞ(弟子)ᄅᆞᆯ 삼으니 마지못ᄒᆞ여 몸이 ᄉᆞ문(寺門)[229]의 깃드리나 평ᄉᆡᆼ(平生) 원

225) 표: [교] 원문에는 '묘'로 되어 있으나 오기로 보임.

226) 표표(表表): 사람의 생김새나 풍채, 옷차림 따위가 눈에 띄게 두드러짐.

227) ᄉᆞ긔(辭氣): 사기. 사색(辭色). 말과 얼굴빛.

228) 졍슉(靜肅): 정숙. 조용하고 엄숙함.

229) ᄉᆞ문(寺門): 사문. 절.

(願)이 아니라 일야(日夜) 쇼원(所願)을 일우믈

37면

바라더니 지셩(至誠)이 감텬(感天)이라 금야(今夜)의 낭군(郎君)을 만나니 쇼리(小尼)의 일싱(一生) 원(願)ᄒᆞ던 ᄇᆡ라. 낭군(郎君)은 쇼리(小尼)의 누누(纍纍)[230] ᄒᆞᆫ 졍회(情懷)ᄅᆞᆯ 용납(容納)ᄒᆞ여 슈건(手巾) 밧들 쇼임(所任)을 쥬시미 엇더ᄒᆞ니잇고?"

쇼졔(小姐ㅣ) 쳥파(聽罷)의 안ᄉᆡᆨ(顔色)을 단엄(端嚴)이 ᄒᆞ고 ᄎᆡᆨ(責)ᄒᆞᄃᆡ,

"네 임의 몸이 사문(寺門)의 ᄇᆡ블(拜佛)ᄒᆞ여 블가(佛家)의 뎨ᄌᆡ(弟子ㅣ) 되여 입으로 경(經)을 외오고 ᄎᆡ소(菜蔬)ᄅᆞᆯ 맛보며 엇지 이런 음픽(淫悖)[231] ᄒᆞᆫ ᄒᆡᆼ실(行實)을 두어 군ᄌᆞ(君子)의 알픠셔 무례(無禮)ᄒᆞ리오? 군ᄌᆡ(君子ㅣ) 셥셰(涉世)[232] 쳐신(處身)이 가ᄌᆞᆨ지 못ᄒᆞ고 일시(一時) 궁(窮)ᄒᆞ나 엇지 너 ᄀᆞᆺ튼 요승(妖僧)을 ᄀᆞᆺ가이ᄒᆞ리오? 너희 금일(今日) 거죄(擧措ㅣ) 신명(神明)이 믁우(默虞)[233] ᄒᆞᆫ즉 반ᄃᆞ시 아비[234]ᄃᆡ지옥(阿鼻大地獄)[235]의 들믈 면(免)치 못ᄒᆞᆯ 거시오, 법(法)으로 의논(議論)ᄒᆞᆯ진ᄃᆡ 네 머리ᄅᆞᆯ 보젼(保全)치 못ᄒᆞᆯ지라. ᄲᆞᆯ니 믈너가

230) 누누(纍纍): 겹겹이 쌓임.

231) 음픽(淫悖): 음패. 음란하고 패악함.

232) 셥셰(涉世): 섭세. 세상을 살아감.

233) 믁우(默虞): 묵우. 묵묵히 헤아림의 뜻으로 보이나 미상임.

234) 비: [교] 원문에는 '미'로 되어 있고 국도본(12:30)에도 그렇게 되어 있으나 오기로 보임.

235) 아비ᄃᆡ지옥(阿鼻大地獄): 아비대지옥. 팔열지옥(八熱地獄)의 하나. 오역죄를 짓거나, 절이나 탑을 헐거나, 시주한 재물을 축낸 사람이 가는데, 한 겁(劫) 동안 끊임없이 고통을 받는다는 지옥. 무간지옥(無間地獄).

고 이런 말을 두 번(番) 입 밧긔 닉지 말지어다."

셜파(說罷)의 슈려(秀麗)흔 미우(眉宇)의 노긔(怒氣) 가득흐

38면

여 츤 비치 먼니 뽀이니 혜운이 크게 븟그럽고 황괴(惶愧)[236] 흐여 낫출 블커고 느가니 쇼제(小姐ㅣ) 바야흐로 신싀(神色)을 졍(靜)흐여 운교 등(等)다려 왈(曰),

"츳인(此人)이 음심(淫心)이 여츠(如此)흐니 닉 즐칙(叱責)흐여 믈니쳣더니 반드시 큰 히(害) 이실지라 쌜니 도라가리라."

흐고 노쥬(奴主) 亽(四) 인(人)이 졀문(-門)을 나 바름叉치 힝(行)흐여 슈십여(數十餘) 리(里)는 가더니 믄득 큰 강(江)이 알픽 가려시니 이 곳 동뎡(洞庭) 믈줄기 느려와 강(江)이 된지라. 다만 두견(杜鵑)의 쇼릭 들닐 섇이러라. 쇼제(小姐ㅣ) 겨유 졍신(精神)을 뎡(靜)흐고 슬프믈 이긔지 못흐여 왈(曰),

"갈샤록 안신(安身)흘 곳은 업고 역경(逆境)만 지느니 이거시 닉 몸 맛출 곳인가 흐노라."

흐더니 먼니셔븟허 사름의 쇼릭 나거늘 보니 십여(十餘) 인(人) 대한(大漢)[237]이 각각(各各) 도창(刀槍)과 금극(劍戟)을 가지고 오며 닐오딕,

"엇지 보지 못흘쇼냐?"

그즁(-中)의 녀승(女僧)이 가르쳐 왈(曰),

"져 안즌 거시

236) 황괴(惶愧): 두렵고 부끄러움.

237) 대한(大漢): 몸집이 큰 사내.

39면

그 안닌가?"

ᄒᆞ니 원ᄂᆡ(元來) 혜운이 쇼졔(小姐ㅣ) 일단(一段) 즐퇴(叱退)ᄒᆞᄆᆞᆯ ᄆᆞ음의 대로(大怒)ᄒᆞ여 밧비 졀 밧긔 나가 근쳐(近處) ᄆᆞᆯ외비(無賴輩)ᄅᆞᆯ 결납(結納)ᄒᆞ여 ᄀᆡᆨ방(客房)의 와 보니 임의 간 곳이 업ᄉᆞᆫ지라 급(急)히 ᄯᆞᆯ와오다가 져 노쥐(奴主ㅣ) 강가(江-)의 잇ᄉᆞᄆᆞᆯ 보고 다라드러 핍박(逼迫)ᄒᆞᆯ 형샹(形象)이 급(急)ᄒᆞ니 쇼졔(小姐ㅣ) 그 도ᄉᆞ(道士)의 말을 ᄉᆡᆼ각고 져놈들의 핍박(逼迫)할 형샹(形象)을 보ᄆᆡ ᄌᆞ긔(自己) 비록 ᄌᆡᄉᆡᆼ(再生)ᄒᆞ나 이 욕(辱)은 동ᄒᆡ슈(東海水)ᄅᆞᆯ 기우려도 다 씻지 못ᄒᆞᆯ지라 기리 블너 왈(曰),

"ᄉᆞᄉᆡᆨ(事事ㅣ)[238] 텬명(天命)이니 한(恨)ᄒᆞ여 무엇ᄒᆞ리오?"

셜파(說罷)의 몸을 쇼쇼와 ᄆᆞᆯ의 ᄯᅱ여드니 홍아 등(等)의 일편튱심(一片忠心)[239]으로써 쥬인(主人)을 ᄯᆞᆯ와 이곳의 니ᄅᆞ러 혼ᄌᆞ ᄉᆞᆯ ᄠᅳᆺ이 이시리오. 미쳐 슈미(首尾)ᄅᆞᆯ 분간(分揀)치 못ᄒᆞ고 셔로 븟드러 년(連)ᄒᆞ여 ᄆᆞᆯ의 잠기니 가(可)히 어엿브다, 쇼 쇼졔(小姐ㅣ) 고금(古今)의 무쌍(無雙)ᄒᆞᆫ 안ᄉᆡᆨ(顔色)과 덕ᄒᆡᆼ(德行)으로써 급(急)ᄒᆞᆫ 시운(時運)을 만나 쳔만(千萬)

40면

험난(險難)을 격고 셰샹(世上)의 잇지 아닌 화란(禍亂)을 ᄀᆞᆺ쵸와다가

---

238) ᄉᆞᄉᆡᆨ(事事ㅣ): 사사. 이 일 저 일. 모든 일을 뜻함.

239) 일편튱심(一片忠心): 일편충심. 한 조각 충성스러운 마음.

뭇춤ᄂᆡ 강어(江魚) 복(腹)을 ᄎᆡ오니 아녀ᄌᆞ(兒女子)의 한(恨)이 쳔츄(千秋)의 셕지 아닐 거시오, 후인(後人)으로 ᄒᆞ여금 눈믈 흘닐 ᄇᆡ라 하늘이 엇지 슬피미 업ᄉᆞ리오.

이젹의 동졍호(洞庭湖)[240] 가온ᄃᆡ 일좌(一座) 대산(大山)이 이시니 ᄀᆞᆯ온 군산(君山)[241]이라. 동졍(洞庭) 믈이 너ᄇᆡ 팔ᄇᆡᆨ(八百) 니(里)오 믈셰(-勢) 흉[242]용(洶湧)[243]ᄒᆞ기 ᄉᆞᄒᆡ(四海) 즁(中) 웃듬이로ᄃᆡ 텬디(天地) 죠판(肇判)[244]ᄒᆞᆯ 젹 ᄒᆞᆫ 줌 흙이 군산(君山)이 되니 그 쥬회(周回)[245] ᄉᆞᄇᆡᆨ(四百) 니(里)오 산쳔(山川)이 명려(明麗)ᄒᆞ고 경개(景槪) 가려(佳麗)ᄒᆞ여 텬하(天下) 뎨일(第一) 승디(勝地)라. 문인ᄌᆡᄉᆞ(文人才士 ㅣ) 블원쳔니(不遠千里)[246]ᄒᆞ여 쥬호(酒壺)[247]ᄅᆞᆯ 잇글러 이곳의 와 귀경ᄒᆞ고 굴원(屈原)[248]의 리쇼경(離騷經)[249]을 외와 셰샹(世上)의 ᄂᆞ왓던 눈을 쾌(快)케 ᄒᆞ니 더옥 산인(山人) 니고(尼姑)[250]의 ᄆᆞ리ᄅᆞᆯ 니ᄅᆞ리오. 졀도 지으며 도관(道觀)[251]도 베퍼 즁즁(重重)[252]ᄒᆞᆫ

---

240) 동졍호(洞庭湖): 동정호. 중국 호남성(湖南省) 북부에 있는 큰 호수.

241) 군산(君山): 동정호 가운데 있는 섬.

242) 흉: [교] 원문에는 '홍'으로 되어 있으나 오기로 보이므로 국도본(12:33)을 따름.

243) 흉용(洶湧): 물결이 매우 세차게 일어남.

244) 죠판(肇判): 조판. 처음 쪼개어 갈라짐.

245) 쥬회(周回): 주회. 둘레.

246) 블원쳔니(不遠千里): 불원천리. 천 리 길도 멀다고 여기지 않음.

247) 쥬호(酒壺): 주호. 술병.

248) 굴원(屈原): 중국 전국시대 초(楚)나라의 신하(B.C.340~B.C.278). 초나라의 왕족으로 태어나 회왕(懷王) 밑에서 좌도(左徒)의 벼슬을 맡아 국사를 보좌하였으나 회왕이 죽고 후에 경양왕이 자신을 강남으로 추방하자 멱라수에 빠져 죽음.

249) 리쇼경(離騷經): 이소경. 중국 초나라 굴원(屈原)이 지은 부(賦) <이소(離騷)>를 높여 부른 말. 『초사(楚辭)』에 실려 있으며, 조정에서 쫓겨난 후의 시름을 노래하였음.

250) 니고(尼姑): 이고. '비구니'를 낮잡아 이르는 말.

251) 도관(道觀): 도사가 수도하는 곳.

252) 즁즁(重重): 중중. 겹겹으로 겹쳐져 있음.

대찰(大刹)이 무궁(無窮)ᄒᆞ더라.

군산(君山) 뎨일봉(第一峰)의 ᄒᆞᆫ 일홈난

···

41면

녀도ᄉᆡ(女道士ㅣ) 이시니 별호(別號)ᄂᆞᆫ 운ᄉᆡ라. 일즉 어려셔 스ᄉᆡᆼ 녕함을 ᄯᆞᆯ와 도(道)를 ᄇᆡ호니 녕함은 원ᄂᆡ(元來) 긔이(奇異)ᄒᆞᆫ 사ᄅᆞᆷ이니 텬디만믈지ᄉᆞ(天地萬物之事)를 복즁(腹中)의 쟝(藏)ᄒᆞ여 쳔만셰(千萬世)[253] 일을 눈 알ᄑᆡ 보ᄂᆞᆫ ᄃᆞᆺᄒᆞ니 그 신통(神通)ᄒᆞᆷ을 알니러라. ᄆᆞᆺ춤 인간(人間)의 ᄂᆞ왓다가 운ᄉᆞ를 보고 ᄒᆞᆨ골봉형(鶴骨鳳形)[254]으로 도가(道家)의 인연(因緣)이 이실 줄 알고 다려와 ᄌᆞ긔(自己) 법(法)을 가ᄅᆞ치니 운ᄉᆡ 일일(一一)이 ᄇᆡ와 신통(神通)ᄒᆞ미 녕함의게 지지 아니ᄒᆞ더니 녕함이 일일(一日)은 운ᄉᆞ다려 왈(曰),

"너의 긔질(氣質)이 임의 도가(道家)의 인(因)이 잇고 나의 도법(道法)을 젼슈(傳受)[255]ᄒᆞ여시니 나는 그만ᄒᆞ여 텬틱산(天台山)으로 가리라."

ᄒᆞ고 텬셔(天書) 디셔(地書)를 다 운ᄉᆞ를 쥬고 구롬을 타 옥경(玉京)[256]으로 가니 그ᄯᅢ 나히 일ᄇᆡᆨ오십(一百五十) 셰(歲)러라. 운ᄉᆡ 스승의 도법(道法)을 일일(一一)히 젼슈(傳受)ᄒᆞ여 텬문디리(天文地理)와 ᄉᆞᄅᆞᆷ의 ᄉᆡᆼᄉᆞ(生死), 귀쳔(貴賤), 길흉(吉凶)

---

253) 쳔만셰(千萬世): 천만세. 천만대.

254) ᄒᆞᆨ골봉형(鶴骨鳳形): 학골봉형. 학 같은 골격과 봉황 같은 모습.

255) 젼슈(傳受): 전수. 전하여 받음.

256) 옥경(玉京): 하늘 위에 옥황상제가 산다는 가상의 서울. 백옥경.

42면

과 그밧 모롤 일이 업더라.

운ᄉᆞ의 잇ᄂᆞᆫ 곳이 군산(君山) 샹봉(上峰)이라. 거동(擧動)이 옥룡(玉龍)이 셔린 ᄃᆞᆺᄒᆞᆫ 고(故)로 쳐음 녕함이 쵸당(草堂)을 짓고 잇더니 녕함이 승텬(昇天)ᄒᆞ고 운ᄉᆡ ᄇᆡᆨ(百) 년(年) 잇슬 곳을 ᄒᆞ여 크게 도관(道觀)을 짓고 크게 졔명(題名)ᄒᆞ여 옥룡관이라 ᄒᆞ고 뎨ᄌᆞ(弟子) 슈ᄇᆡᆨ(數百)을 모화 쥬야(晝夜) 경(經)을 닑으며 현녀낭낭(玄女娘娘)[257] 화샹(畵像)과 관음보술(觀音菩薩) 샹(像)을 그려 공양(供養)[258]ᄒᆞ고 또 녕함의 샹(像)을 그려 알픽 뫼시고 공양(供養)을 지셩(至誠)으로 ᄒᆞ며 도(道)를 닥그니 더옥 긔운이 ᄆᆰ고 ᄯᅳᆺ이 놉하 고금(古今)의 ᄡᅡᆼ(雙)이 업ᄉᆞᆫ 도ᄉᆡ(道士ㅣ)러라.

운ᄉᆡ ᄌᆞ쇼(自少)로 ᄌᆞ비지심(慈悲之心)이 즁(重)ᄒᆞ여 만일(萬一) 위틱(危殆)ᄒᆞᆫ 사ᄅᆞᆷ을 만ᄂᆞᆫ즉 ᄌᆡ보(財寶)ᄅᆞᆯ 쥬어 구호(救護)ᄒᆞ믈 못 밋출 ᄃᆞ시 ᄒᆞ고 또 노즁(路中)의 쥭은 샤ᄅᆞᆷ을 본즉 극진(極盡)이 구완ᄒᆞ여 만일(萬一) 비명(非命)의 쥭ᄂᆞᆫ 이면 부ᄃᆡ 구(救)ᄒᆞ고 텬슈(天壽ㅣ) 진(盡)ᄒᆞᄂᆞ니ᄂᆞᆫ 극진(極盡)이 념빙(殮殯)[259]ᄒᆞ

257) 현녀낭낭(玄女娘娘): 현녀낭랑. 현녀(玄女)는 중국 상고(上古) 중원 땅에서 황제(黃帝)가 치우(蚩尤)와 싸울 때에 병법을 가르쳐 주었다는 신녀(神女). 구천현녀(九天玄女).

258) 공양(供養): 불(佛), 법(法), 승(僧)의 삼보(三寶)나 죽은 이의 영혼에게 음식, 꽃 따위를 바치는 일. 또는 그 음식.

259) 념빙(殮殯): 염빈. 시체를 염습하여 관에 넣어 안치함.

43면

니 일노써 업(業)을 숨더라.

ᄎᆞ시(此時) 쵸하(初夏) 망간(望間)[260]을 당(當)ᄒᆞ여 동졍(洞庭) 경치(景致)를 보고져 ᄒᆞ여 뎨ᄌᆞ(弟子) 두 사ᄅᆞᆷ을 거ᄂᆞ려 일엽편쥬(一葉片舟)[261]를 져어 군산(君山)으로붓허 노하 져므도록 ᄒᆡᆼ(行)ᄒᆞ여 경개(景概)를 보더니 밤을 당(當)ᄒᆞ여 동녕(東嶺)의 일륜(一輪)[262] 은셤(銀蟾)[263]이 오ᄅᆞ며 프른 믈결이 쇼요(炤耀)[264]ᄒᆞ여 월광(月光)이 건곤(乾坤)의 파ᄉᆞ(婆娑)[265]ᄒᆞ니 운ᄉᆡ 배를 져어 ᄂᆞ려가며 퉁쇼(洞簫)를 ᄆᆞᆰ게 부니 쇼ᄅᆡ 쳥아(淸雅)ᄒᆞ여 슬픈 사ᄅᆞᆷ의 ᄆᆞ음을 즐겁게 ᄒᆞᄂᆞᆫ지라 믈 우희 흐ᄅᆞᄂᆞᆫ ᄇᆡ들이 머츄어 가지 아니코 손춤 추어 즐겨ᄒᆞ더라.[266] 운ᄉᆡ 퉁쇼(洞簫)를 블며 ᄂᆞ려오다가 홀연(忽然) 보니 먼니 믈결 ᄉᆞ이의 홍광(紅光)이 ᄌᆞ옥ᄒᆞ엿거ᄂᆞᆯ 크게 놀나 퉁쇼(洞簫)를 그치고 급(急)히 배를 져어 ᄂᆞ려가니 홍광(紅光)이 간 ᄃᆡ 업고 삼ᄉᆞ(三四) 개(個) 쥭엄이 은은(隱隱)이 써ᄂᆞ오거ᄂᆞᆯ 운ᄉᆡ 대경(大驚)ᄒᆞ여 ᄉᆡᆼ각ᄒᆞᄃᆡ,

'앗가 샹운(祥雲)이 비샹(飛翔)ᄒᆞ

---

260) 망간(望間): 음력 보름께.

261) 일엽편쥬(一葉片舟): 일엽편주. 한 채의 작은 배.

262) 일륜(一輪): 하나의 수레바퀴라는 뜻으로 밝은 달을 비유한 말임.

263) 은셤(銀蟾): 은섬. 은빛 두꺼비라는 뜻으로, 달을 달리 이르는 말.

264) 쇼요(炤耀): 소요. 빛남.

265) 파ᄉᆞ(婆娑): 파사. 너울너울 춤추는 모양.

266) 손춤~즐겨ᄒᆞ더라: [교] 원문에는 '텬긔 죠명ᄒᆞ더라'로 되어 있으나 문맥을 고려하여 국도본(12:35~36)을 따름.

44면

미 위연(偶然)ᄒᆞᆫ 일이 아니라. 이 아니 귀인(貴人)이 낙슈(落水)ᄒᆞᄂᆞᆫ 환(患)을 만ᄂᆞᆫᄂᆞᆫ가?'

ᄒᆞ고 급(急)히 ᄉᆞ아ᄃᆡ[267]를 머츄고 친(親)히 쥭엄을 건져 ᄇᆡ의 올니니 오히려 셔로 옷기슬 잡은 ᄎᆡ 잇더라. 운ᄉᆡ 크게 ᄌᆞ비지심(慈悲之心)이 발(發)ᄒᆞ여 ᄉᆞ(四) 인(人)의 져즌 오슬 벗기고 더온 물을 입의 치고 마춤 낭즁(囊中)의 회ᄉᆡᆼ약(回生藥)이 잇ᄂᆞᆫ지라 프러 입의 흘니고 ᄌᆞ긔(自己) 오슬 버셔 덥펴 ᄉᆡ도록 구완ᄒᆞ니,

아참의 은교 등(等) 삼(三) 인(人)이 몬져 ᄭᆡ여 니러 안ᄌᆞ 크게 고이(怪異)히 너기거ᄂᆞᆯ 운ᄉᆡ 알ᄑᆡ ᄂᆞ아가 ᄀᆞᆯ오ᄃᆡ,

"그ᄃᆡ 등(等)은 엇던 샤ᄅᆞᆷ이완ᄃᆡ 물의 ᄲᆡ져ᄯᆞᆺ다?"

홍ᄋᆡ 겨유 졍신(精神)을 ᄎᆞ려 답왈(答曰),

"우리 등(等)은 경ᄉᆞ인(京師人)으로 쥬인(主人) 샹공(相公)을 뫼셔 고향(故鄕)을 가다가 도적(盜賊)을 만나 믈의 ᄲᆡ졋더니 도ᄉᆞ(道士)ᄂᆞᆫ 엇던 샤ᄅᆞᆷ이완ᄃᆡ 잔명(殘命)[268]을 구(救)ᄒᆞ시ᄂᆞ뇨?"

운ᄉᆡ 밋쳐 답(答)지 못ᄒᆞ여셔 쇼졔(小姐ㅣ)

45면

머리를 드러 피를 토(吐)ᄒᆞ고 ᄯᅩ 구러지니, 원ᄂᆡ(元來) 홍아 등(等)은 임의 쳔인(賤人)의 몸으로 비록 규각(閨閣) 시비(侍婢)나 쳔누(賤

267) ᄉᆞ아ᄃᆡ: 사아대. 상앗대. 배질을 할 때 쓰는 긴 막대. 배를 댈 때나 띄울 때, 또는 물이 얕은 곳에서 배를 밀어 나갈 때 씀.

268) 잔명(殘命): 잔명. 쇠잔한 목숨.

陋)[269]히 가지미 잇ᄂᆞᆫ 고(故)로 쇼져(小姐)와 ᄒᆞᆫ가지로 ᄉᆡᆼ져시나 슈이 ᄭᆡ미 잇고 쇼져(小姐)ᄂᆞᆫ 본(本)ᄃᆡ 쳔금약질(千金弱質)[270]노 여러 번(番) 환란(患亂)을 격거 정신(精神)과 긔력(氣力)이 다 모숀(耗損)[271]ᄒᆞ엿ᄂᆞᆫ지라 믄득 ᄉᆡᆼ되(生道ㅣ) 막연(漠然)[272]ᄒᆞ니 홍아 등(等)이 븟들고 크게 울어 왈(曰),

"이제 존ᄉᆞ(尊師)의 덕(德)을 닙어 우리 등(等) 삼(三) 인(人)은 다ᄒᆡᆼ(多幸)이 ᄉᆞ라시나 쥬인(主人)은 ᄉᆡᆼ되(生道ㅣ) 업ᄉᆞ니 ᄎᆞ마 엇지 혼ᄌᆞ ᄉᆞᆯ리오?"

운ᄉᆡ ᄂᆞ아가 ᄆᆡᆨ(脈)을 보고 왈(曰),

"샹공(相公) 긔운이 허약(虛弱)ᄒᆞ여 이러ᄒᆞ시나 ᄭᆡ미 이실 거시니 그ᄃᆡ 죠급(躁急)지 말나."

인(因)ᄒᆞ여 다려온 뎨ᄌᆞ(弟子) 옥졍, 금뎡 두 사ᄅᆞᆷ을 명(命)ᄒᆞ여 가져온 ᄎᆞ과(茶果)[273]ᄅᆞᆯ[274] ᄂᆡ여 삼(三) 인(人)을 먹이고 쇼져(小姐)ᄅᆞᆯ 븟드러 구호(救護)ᄒᆞ니 이윽고 쇼졔(小姐ㅣ) 겨유 인ᄉᆞ(人事)ᄅᆞᆯ ᄎᆞ려 니러 안ᄌᆞ 보니 ᄌᆞ긔(自己) 몸이 앗가 ᄆᆞᆯ의 ᄉᆡᆼ

46면

졋거ᄂᆞᆯ 직금은 ᄇᆡ 안희 잇고 ᄒᆞᆫ 녀도인(女道人)이 머리의 쥭관(竹冠)[275]을 쓰고 몸의 ᄇᆡᆨ화삼(白花衫)[276]을 닙고 ᄌᆞ긔(自己)ᄅᆞᆯ 븟드러

269) 쳔누(賤陋): 천루. 천하고 누추함.

270) 쳔금약질(千金弱質): 천금약질. 천금같이 귀하고도 약한 자질.

271) 모숀(耗損): 모손. 닳아 없어짐.

272) 막연(漠然): 뚜렷하지 못하고 어렴풋함.

273) ᄎᆞ과(茶果): 차과. 차와 과일.

274) 과ᄅᆞᆯ: [교] 원문에는 '관을'로 되어 있으나 문맥을 고려하여 국도본(12:38)을 따름.

구호(救護)ᄒᆞ고 홍아 등(等)이 완연(宛然)이 ᄉᆞ라 안졋ᄂᆞᆫ지라. 쇼졔(小姐ㅣ) 크게 의심(疑心)ᄒᆞ여 머리를 슉이고 이윽히 말이 업더니 믄득 몸을 니러 도ᄉᆞ(道士)의 알ᄑᆡ 가 머리 죠아 샤례(謝禮) 왈(曰),

"션ᄉᆡᆼ(先生)은 엇더ᄒᆞ신 사ᄅᆞᆷ이완ᄃᆡ 쥭은 사ᄅᆞᆷ을 구학(溝壑)[277] 가온ᄃᆡ 건져 ᄂᆡ엿ᄂᆞ뇨? 이 은혜(恩惠)ᄂᆞᆫ 당당(堂堂)이 ᄎᆡ를 들고 ᄆᆞᆯ을 모ᄅᆞ도 다 갑지 못ᄒᆞ리니 션ᄉᆡᆼ(先生)의 거쥬(居住)를 드러지라."

운ᄉᆡ 년망(連忙)[278]이 답례(答禮)ᄒᆞ고 샤례[279](謝禮) 왈(曰),

"샹공(相公)은 엇지 귀톄(貴體)를 굴(屈)ᄒᆞ여 빈도(貧道)[280]를 이러틋 과공(過恭)[281]ᄒᆞ시ᄂᆞ뇨? 빈도(貧道)ᄂᆞᆫ 동졍(洞庭) 군산(君山) 옥룡관의 잇ᄂᆞᆫ 도ᄉᆞ(道士)요 쇽명(俗名)은 감쵸완 지 오ᄅᆡ고 법명(法名)은 운ᄉᆡ라 ᄒᆞᄂᆞ니 아지 못게라, 샹공(相公)이 엇진 고(故)로 남ᄋᆞ(男兒)의 몸이 챵파(蒼波)의 ᄂᆞᆯ니여 곤[282]노(困勞)[283]ᄒᆞ여 겨시더뇨? 빈되(貧道ㅣ) 마춤 월

47면

광(月光)을 ᄯᅴ여 쇼션(小船)을 져어 오다가 샹공(相公) 노쥬(奴主)의

---

275) 쥭관(竹冠): 죽관. 대나무로 만든 관.

276) ᄇᆡᆨ화삼(白花衫): 백화삼. 흰 적삼의 뜻으로 보이나 미상임.

277) 구학(溝壑): 구렁. 움푹하게 패인 땅으로, 빠지면 헤어나기 어려운 환경을 비유적으로 이르는 말.

278) 년망(連忙): 연망. 급한 모양.

279) 례: [교] 원문에는 '죄'로 되어 있으나 오기로 보임.

280) 빈도(貧道): 승려나 도사가 자신을 낮추어 이르는 말.

281) 과공(過恭): 지나치게 공손함.

282) 곤: [교] 원문에는 '근'으로 되어 있으나 오기로 보임.

283) 곤노(困勞): 곤로. 고달픔.

써 오믈 보고 인심(人心)의 츄연(惆然)ᄒᆞ믈 춤지 못ᄒᆞ여 건져 구(救)ᄒᆞ엿거니와 낙슈(落水)ᄒᆞ신 연고(緣故)를 알고져 ᄒᆞᄂᆞ이다."

쇼졔(小姐ㅣ) 운ᄉᆞ의 말을 듯고 작일(昨日) 도ᄉᆞ(道士)의 말을 ᄭᆡ드라 또 신셰(身世)의 니러ᄐᆞᆺ 긔구(崎嶇)ᄒᆞ여 슈토(水土)의 잠기는 환(患)을 보니 이는 쳔고(千古)의 업순 팔ᄌᆞ(八字)여놀 또 ᄌᆡᄉᆡᆼ(再生)ᄒᆞ니 가쵸 명운(命運)이 험(險)ᄒᆞ믈 늣겨 일쌍(一雙) 셩안(星眼)의 누쉬(淚水ㅣ) 어ᄅᆡ여 비읍(悲泣)[284] ᄒᆞ믈 마지아니ᄒᆞ니 춤춤(慘慘)[285] ᄒᆞᆫ 눈믈이 강슈(江水)를 보틸너라. 운ᄉᆡ 보고 위로(慰勞)ᄒᆞ고 춤연(慘然)ᄒᆞ믈 이긔지 못ᄒᆞ여 또 셜부[286]화협[287](雪膚花頰)[288]이 고금(古今)의 무쌍(無雙)ᄒᆞ여 비쳑(悲慽)ᄒᆞᆫ 거동(擧動)이 더옥 긔이(奇異)ᄒᆞ니 흠ᄋᆡ(欽愛)[289] ᄒᆞ믈 춤지 못ᄒᆞ고 원ᄂᆡ(元來) 운ᄉᆞ는 긔이(奇異)ᄒᆞᆫ 사ᄅᆞᆷ이라 엇지 쇼져(小姐)의 녀화위남(女化爲男)[290] ᄒᆞ믈 모ᄅᆞ리오. 필연(必然) 대화(大禍)를 만ᄂᆞ시믈 짐쟉(斟酌)ᄒᆞ고 져를 다려 도관(道觀)의 가 피화(避禍)코져

•••

48면

ᄒᆞ여 이의 ᄂᆞᆺ비촐 고치고 믈어 왈(曰),

---

284) 비읍(悲泣): 슬피 욺.

285) 춤춤(慘慘): 참참. 슬퍼함.

286) 부: [교] 원문에는 '보'로 되어 있으나 오기로 보임.

287) 협: [교] 원문에는 '엄'으로 되어 있으나 오기로 보이므로 국도본(12:40)을 따름.

288) 셜부화협(雪膚花頰): 설부화협. 눈같이 흰 피부와 꽃같이 아름다운 뺨.

289) 흠ᄋᆡ(欽愛): 흠애. 기쁜 마음으로 공경하며 사모함. 흠모(欽慕).

290) 녀화위남(女化爲男): 여화위남. 여자가 바뀌어 남자가 된다는 뜻으로 여자가 남자 옷을 입음을 말함.

"아지 못게라. 부인(夫人)이 므슨 익(厄)을 만나 겨시관듸 몸이 음양(陰陽)을 밧고고 낙슈(落水)ᄒᆞᄂᆞᆫ 환(患)을 만나 계시뇨? 빈되(貧道ㅣ) 비록 우몽(愚蒙)[291]ᄒᆞ여 아ᄂᆞᆫ 거시 업ᄉᆞ나 ᄯᅩᄒᆞᆫ 사ᄅᆞᆷ의 남녀(男女)ᄅᆞᆯ 분간(分揀)ᄒᆞᄂᆞ니 이졔 부인(夫人)의 션틱(仙態)[292] 남복(男服) 가온듸 쇄락(灑落)[293]ᄒᆞ시나 결연(決然)이 셰상(世上) 군ᄌᆡ(君子ㅣ) 아니니 만일(萬一) 빈도(貧道)ᄅᆞᆯ 듸(對)ᄒᆞ여 니ᄅᆞ시면 구쳐(區處)[294] ᄒᆞ미 이시리이다."

쇼졔(小姐ㅣ) 의외(意外)의 운ᄉᆞ의 말을 드ᄅᆞ니 긔이(奇異)ᄒᆞ믈 춤지 못ᄒᆞ고 일빵(一雙) ᄆᆞᆰ은 눈이 운ᄉᆞ의 위인(爲人)과 그 진졍(眞情)을 모ᄅᆞ리오. ᄒᆞ믈며 졔 녀도ᄉᆡ(女道士ㅣ)오 ᄌᆞ긔(自己) 비록 도싱(圖生)[295]ᄒᆞ나 안신(安身)ᄒᆞᆯ 고지 묘망(渺茫)[296]ᄒᆞᆫ지라 운ᄉᆞ의 ᄇᆞᆰ은 식견(識見)과 의긔(義氣)ᄅᆞᆯ 감격(感激)ᄒᆞ여 눈믈을 흘니고 빅샤(拜謝) 왈(曰),

"쳡(妾)의 졍ᄉᆞ(情事)ᄂᆞᆫ 텬히(天下ㅣ) 너ᄅᆞ나 도ᄅᆞ갈 곳이 업고 젼후(前後) 환난(患亂)은 도ᄎᆞ(到此)의 다 못 ᄒᆞᆯ지라. 당당(堂堂)이 어득ᄒᆞᆫ 졍신(精神)

49면

을 거두어 죠용이 다ᄒᆞ리니 도라보건듸 존ᄉᆞ(尊師)의 대은(大恩)을

291) 우몽(愚蒙): 어리석음.

292) 션틱(仙態): 선태. 신선과 같은 자태.

293) 쇄락(灑落): 기분이나 몸이 상쾌하고 깨끗함.

294) 구쳐(區處): 구처. 변통하여 처리함.

295) 도싱(圖生): 도생. 살기를 도모함.

296) 묘망(渺茫): 아득함.

닙어 투ᄉᆡᆼ(偸生)[297]ᄒᆞ여시니 만경창파(萬頃蒼波)[298]의셔 ᄇᆞ라ᄂᆞ니 죤ᄉᆞ(尊師)ᄲᅮᆫ이라 어ᄃᆡᄅᆞᆯ 지향(指向)ᄒᆞ여 의지(依支)ᄒᆞ리오? 죤ᄉᆞ(尊師)의 ᄇᆞᆰ은 식견(識見)이 우리 노쥬(奴主) ᄉᆞ(四) 인(人)을 지쳐(指處)[299]ᄒᆞ믈 ᄇᆞ라더니 죤ᄉᆞ(尊師)의 고명(高明)ᄒᆞᆫ 식견(識見)으로 쳡(妾)의 궁측(窮惻)[300]ᄒᆞᆫ 졍ᄉᆞ(情事)ᄅᆞᆯ ᄉᆞᆯ피샤 거두고져 ᄒᆞ시니 이 은혜(恩惠)ᄂᆞᆫ 바다히 엿고 뫼히 ᄂᆞᄌᆞᆫ지라 ᄎᆞᄉᆡᆼ(此生)의 다 갑지 못ᄒᆞᆯ가 져ᄒᆞᆯ지언졍 엇지 ᄉᆞ양(辭讓)ᄒᆞ미 이시리잇고?"

언파(言罷)의 톄뤼(涕淚ㅣ) 횡류(橫流)ᄒᆞ여 진진(津津)[301]이 늣기믈 마지아니니 운ᄉᆡ 크게 잔잉ᄒᆞ여[302] 이의 위로(慰勞) 왈(曰),

"부인(夫人) 졍지(情地)[303]ᄂᆞᆫ 빈되(貧道ㅣ) 다 아지 못ᄒᆞ나 금일(今日) 광경(光景)은 인ᄌᆞ(人者)의 ᄎᆞ마 보지 못ᄒᆞᆯ ᄇᆡ라 엇지 구원(救援)ᄒᆞ믈 힘ᄡᅳ지 아니리오? 션즁(船中)이 누습(陋濕)[304]ᄒᆞ고 식믈(食物)을 가져오지 아녀시니 폐암(弊庵)의 가ᄉᆞ이다."

이의 춍춍(悤悤)이 ᄇᆡᄅᆞᆯ 져어 옥졍, 금뎡으로

50면

더브러 ᄒᆞᆫ가지로 군산(君山)의 니ᄅᆞ니 쇼 시(氏)의 ᄋᆡᆨ(厄)이 이의 마ᄌᆞ

297) 투ᄉᆡᆼ(偸生): 투생. 목숨을 건짐.
298) 만경창파(萬頃蒼波): 만경창파. 만 길이나 되는 푸른 물결.
299) 지쳐(指處): 지처. 나아갈 바를 알려 줌.
300) 궁측(窮惻): 곤궁하고 불쌍함.
301) 진진(津津): 많은 모양.
302) 잔잉ᄒᆞ여: 잔잉하여. 불쌍하여.
303) 졍지(情地): 정지. 딱한 사정에 있는 가엾은 처지.
304) 누습(陋濕): 비좁고 습함.

막 진(盡)ᄒᆞ엿ᄂᆞᆫ지라. 텬되(天道ㅣ) 엇지 어진 ᄉᆞᄅᆞᆷ을 돕지 아니리오.

ᄇᆞᄅᆞᆷ이 슌(順)ᄒᆞ고 믈결이 고요ᄒᆞ여 슌식(瞬息)의 ᄇᆡ를 다히고 운식, 홍아 등(等)으로 더브러 옥룡관의 드러가 쇼져(小姐)를 정결(淨潔)ᄒᆞᆫ 방즁(房中)의 드리고 밧비 보ᄃᆡ라온 쥭믈(粥物)[305]노 놀ᄂᆞᆫ 속을 진졍(鎭靜)케 ᄒᆞ고 ᄯᅩ 뎨ᄌᆞ(弟子)를 명(命)ᄒᆞ여 깁[306] 두어 필(疋)을 ᄉᆞ다가 오ᄉᆞᆯ 지어 쇼져(小姐)의 의복(衣服) 갈기를 쳥(請)ᄒᆞ니 쇼제(小姐ㅣ) 금일(今日) 몸이 호구(虎口)를 버셔나 안신(安身)ᄒᆞᆯ 곳을 어드니 다ᄒᆡᇰ(多幸)ᄒᆞ미 극(極)ᄒᆞ여 쥭음(粥飮)을 맛보와 스ᄉᆞ로 몸을 보호(保護)ᄒᆞ고 의샹(衣裳)을 갈며 운ᄉᆞ의 은혜(恩惠)를 각[307]골명심(刻骨銘心)[308]ᄒᆞ더니 두어 ᄂᆞᆯ 죠리(調理)ᄒᆞ여 몸이 쇼셩(蘇醒)[309]ᄒᆞ거ᄂᆞᆯ 잠간(暫間) 쇼셰(梳洗)를 일우고 의샹(衣裳)을 졍돈(整頓)ᄒᆞ니 홍아 등(等)의 ᄯᅱ놀며 깃거ᄒᆞ믈 듯고 도ᄉᆞ(道士ㅣ) 일시(一時)의 드러와

51면

보니 쇼제(小姐ㅣ) 무ᄉᆡᆨ(無色)ᄒᆞᆫ 깁오ᄉᆞᆯ 쇼셰(梳洗)를 졍(淨)히 ᄒᆞ고 안ᄌᆞ시니 옥면(玉面)의 지분(脂粉)[310]이 업ᄉᆞ나 쇄락(灑落)[311] 녕농(玲瓏)ᄒᆞ미 망월(望月)이 동녕(東嶺)의 오른 ᄃᆞᆺ 흐억[312] ᄉᆡᆨᄉᆡᆨ[313]ᄒᆞ미

---

305) 쥭믈(粥物): 죽물. 죽과 같은 음식.

306) 깁: [교] 원문에는 이 앞에 '칙'가 있으나 뒤에 '무ᄉᆡᆨ'이라는 말이 나와 내용이 서로 모순되므로 이 글자를 삭제함.

307) 각: [교] 원문에는 '감'으로 되어 있으나 오기로 보임.

308) 각골명심(刻骨銘心): 뼈에 새기고 가슴에 새겨 은혜를 잊지 않음.

309) 쇼셩(蘇醒): 소성. 중병을 앓고 난 뒤 몸이 회복됨.

310) 지분(脂粉): 연지와 백분.

311) 쇄락(灑落): 인품이 깨끗하고 속된 기운이 없음.

312) 흐억: 흡족.

굿치 비(比)ᄒᆞ나 방블(髣髴)치 못ᄒᆞᆯ지라. 모ᄃᆞ 크게 놀ᄂᆞ며 칭찬(稱讚)ᄒᆞ여 인간(人間) ᄉᆞ름이 아닌가 의심(疑心)ᄒᆞ더라. 운ᄉᆡ 또ᄒᆞᆫ 드러와 보고 쇼환(所患)[314]이 여샹(如常)ᄒᆞ믈 치하(致賀)ᄒᆞ고 인(因)ᄒᆞ여 죠용이 말ᄒᆞᆯᄉᆡ 운ᄉᆡ 므러 왈(曰),

“금일(今日) 부인(夫人)의 안ᄉᆡᆨ(顔色)과 긔질(氣質)을 보옵건ᄃᆡ 고금(古今)을 기우려 비우(比偶)[315]ᄒᆞ여도 방블(髣髴)ᄒᆞᆫ 이 업ᄉᆞᆸ거ᄂᆞᆯ 므ᄉᆞᆷ 연고(緣故)로 남의(男衣)ᄅᆞᆯ 개착(改着)ᄒᆞ여 멱나(汨羅)의 ᄲᅡ져 겨시더뇨? 알과져 ᄒᆞᄂᆞ이다.”

쇼졔(小姐ㅣ) 츰연(慘然) 장탄(長歎) 왈(曰),

“쳡(妾)은 하ᄂᆞᆯ을[316] 역(逆)ᄒᆞᆫ 텬디간(天地間) 죄인(罪人)이라. 젼후(前後) 희한(稀罕)ᄒᆞᆫ 환란(患亂)을 ᄀᆞᆺ쵸 격고 필경(畢竟)은 음양(陰陽)을 변(變)ᄒᆞ여 뉴리도ᄉᆡᆼ(流離圖生)[317]ᄒᆞ니 이ᄅᆞ지 아냐 ᄉᆞ뷔(師傅ㅣ) 거의 알니니 슌셜(脣舌)[318]이 부졀

52면

업도다.”

홍이 쇼져(小姐)의 니ᄅᆞ지 아니믈 보고 운ᄉᆡ 미심(未審)[319]이 너길가 ᄒᆞ여 젼후(前後) 곡졀(曲折)을 일일(一一)히 니ᄅᆞ니 운ᄉᆡ 대경

---

313) ᄉᆡᆨᄉᆡᆨ: 엄숙함.

314) 쇼환(所患): 소환. 앓고 있는 병.

315) 비우(比偶): 비교하고 견줌.

316) 을: [교] 원문에는 없으나 문장을 자연스럽게 하기 위해 국도본(12:44)을 따라 삽입함.

317) 뉴리도ᄉᆡᆼ(流離圖生): 유리도생. 떠돌아다니며 삶을 도모함.

318) 슌셜(脣舌): 순설. 입술과 혀.

319) 미심(未審): 일이 확실하지 아니하여 늘 마음을 놓을 수 없는 데가 있음.

(大驚) 왈(曰),

"쇼졔(小姐ㅣ) 니러틋 ᄒᆞᆫ 귀인(貴人)이시거ᄂᆞᆯ 빈되(貧道ㅣ) 아지 못ᄒᆞ여 셜만(褻慢)[320] ᄒᆞ미 만흐니 부인(夫人)은 관셔(寬恕)[321] ᄒᆞ쇼셔. 쇼졔(小姐ㅣ) 비록 일시(一時) 익운(厄運)으로 일시(一時) 궁곤(窮困)[322] ᄒᆞ시나 긔샹(氣象)[323]을 보옵건ᄃᆡ 명년(明年)이면 경ᄉᆞ(京師)로 가시리니 무량(無量)ᄒᆞᆫ 복녹(福祿)을 측냥(測量)치 못ᄒᆞ시리이다."

쇼졔(小姐ㅣ) 기리 한심 져 말이 업더라.

쇼 시(氏) 니리 온 후(後) 일양(一樣) 두문블츌(杜門不出)[324] ᄒᆞ고 ᄂᆞᆺ출 드러 텬일(天日)을 보지 안터라. 머리ᄅᆞᆯ 벼개의 더져 죄인(罪人)ᄀᆞᆺ치 쳐신(處身)ᄒᆞ고 홍아 등(等)을 명(命)ᄒᆞ여 졔도(諸道)[325]의 ᄒᆞᄂᆞᆫ 바ᄂᆞ질을 ᄒᆞ여 쥬며 깁도 ᄧᆞ 쥬어 식가(食價)ᄅᆞᆯ ᄒᆞ게 ᄒᆞ더라.

일일(一日)은 즁하(仲夏) 단오일(端午日)이라. 운ᄉᆡ 쇼져(小姐)ᄅᆞᆯ 청(請)ᄒᆞ여 누(樓) 우희 가 피셔(避暑)ᄒᆞᄌᆞ ᄒᆞ니 쇼졔(小姐ㅣ) 만ᄉᆞ(萬事)의 흥(興)이 업ᄉᆞ나 운

53면

ᄉᆞ의 지극(至極)ᄒᆞᆫ 쁫을 져바리지 못ᄒᆞ여 강잉(强仍)ᄒᆞ여 쇼두(搔頭)[326]ᄅᆞᆯ 혜쁠고[327] 홍아 등(等)으로 더브러 운ᄉᆞᄅᆞᆯ ᄯᆞᆯ와 누(樓) 우

---

320) 셜만(褻慢): 설만. 하는 짓이 무례하고 거만함.

321) 관셔(寬恕): 관서. 너그럽게 용서함.

322) 궁곤(窮困): 처지가 이러지도 저러지도 못하게 난처하고 딱함. 곤궁.

323) 긔샹(氣象): 기상. 천문(天文).

324) 두문블츌(杜門不出): 두문불출. 문을 닫고 밖에 나가지 않음.

325) 졔도(諸道): 제도. 뭇 비구니.

326) 쇼두(搔頭): 소두. 비녀.

히 니ᄅᆞ니 원ᄂᆡ(元來) 옥농관이 군산(君山) 샹봉(上峰)의 이시니 하ᄂᆞᆯ이 갓가이 뵈ᄂᆞᆫ 듯ᄒᆞ거ᄂᆞᆯ 더옥이 누(樓)ᄂᆞᆫ 놉기 오십(五十) 쳑(尺)이라 구름의 ᄉᆞ마ᄎᆞᆫ 듯ᄒᆞ니 이러므로 군션뉘(群仙樓ㅣ)라 ᄒᆞ더라.

쇼졔(小姐ㅣ) 누(樓) 우ᄒᆡ 올나 구버보ᄆᆡ 동졍(洞庭) 믈결이 쳔(千) 필(疋) 깁을 편 듯ᄒᆞ며 악양뉘(岳陽樓ㅣ)[328] 반공(半空)의 잇ᄂᆞᆫ 듯ᄒᆞᄃᆡ 시인(詩人) 호ᄀᆡᆨ(豪客)이 ᄉᆞᆯ을 ᄎᆞ며 나귀ᄅᆞᆯ 잇그러 분분(紛紛)이 왕ᄅᆡ(往來)코 즐기ᄂᆞᆫ 흥(興)이 봄눈 ᄉᆞ듯 ᄒᆞᄂᆞᆫ지라. 쇼졔(小姐ㅣ) 쳐연(悽然) 탄식(歎息)고 머리ᄅᆞᆯ 두로혀 븍(北)을 ᄇᆞ라보니 벽텬(碧天)이 망망(茫茫)ᄒᆞ여 ᄋᆡ각(涯角)[329]이 가려시니 몽혼(夢魂)이 능(能)히 관산(關山)[330]을 넘지 못ᄒᆞ여 넉시 야량(爺倆)[331]의 겻ᄒᆡ 가기 어려온지라. 부뫼(父母ㅣ) ᄉᆞ렴(思念)[332]이 간졀(懇切)ᄒᆞ여 옥안(玉顔)의 누쉬(淚水ㅣ) 가득ᄒᆞ여 왈(曰),

"젼ᄉᆡᆼ(前生)

54면

의 므ᄉᆞᆷ 죄(罪) 그ᄃᆡ도록 즁(重)ᄒᆞ여 일ᄉᆡᆼ(一生)이 녕ᄒᆡ(嶺海) 밧긔 뉴락(流落)ᄒᆞ여 부모(父母)ᄅᆞᆯ 그리ᄂᆞᆫ고? 인ᄉᆡᆼ(人生)의 모질미 쥭음만 ᄀᆞᆺ지 못ᄒᆞ도다."

운싀 위로(慰勞) 왈(曰),

---

327) 혜쁠고: 급히 꽂고. '헤쓸다'는 '허둥거리다'의 뜻임.

328) 악양뉘(岳陽樓ㅣ): 악양루. 중국 호남성 악양에 있는 누각.

329) ᄋᆡ각(涯角): 애각. 멀리 떨어져 있어 외지고 먼 땅.

330) 관산(關山): 고향에 있는 산.

331) 야량(爺倆): 부모.

332) ᄉᆞ렴(思念): 사념. 근심하고 염려하는 따위의 여러 가지 생각.

"부인(夫人)이 엇지 이런 죠비야온 말을 ᄒᆞ시ᄂᆞ뇨? 부ᄌᆞ(夫子)[333]ᄂᆞᆫ 대셩(大聖)[334]이ᄉᆞᄃᆡ 녈국(列國)의 슈릐박회 구ᄅᆞᆯ ᄯᆞ롬[335]이오 마ᄎᆞᆷ 시졀(時節)을 엇지 못ᄒᆞ여시니 쇼져(小姐)의 무빵(無雙)ᄒᆞᆫ 얼골 덕힝(德行)으로 일시(一時) 굿기믈 면(免)치 못ᄒᆞ여시나 ᄆᆡ양 산슈(山水)로 벗ᄒᆞ시리오?"

쇼졔(小姐ㅣ) 함누(含淚) 브답(不答)이러라.

쇼졔(小姐ㅣ) 이의 잇ᄉᆞᆫ 지 ᄒᆡ 진(盡)ᄒᆞ고 명년(明年)이 되ᄆᆡ 일야(日夜) 부모(父母)와 구고(舅姑)의 쇼식(消息)을 몰나 ᄋᆡ를 ᄉᆞᆯ오더니 일일(一日)은 벼개를 의지(依支)ᄒᆞ여다가 일몽(一夢)을 어드니 샹 시(氏) ᄋᆞᇝᄒᆡ 와 졀ᄒᆞ고 ᄀᆞᆯ오ᄃᆡ,

"별후(別後) 무양(無恙)[336]ᄒᆞ냐? 부인(夫人)의 ᄋᆡᆨ운(厄運)이 이의 다 진(盡)ᄒᆞ여시니 슈이 경ᄉᆞ(京師)로 가 부모(父母)와 구고(舅姑)를 만나리니 쳡(妾)이 이의 와 하례(賀禮)를 ᄒᆞ거니와 니(李) 군(君)

55면

이 물의 ᄲᆡ져 명ᄆᆡᆨ(命脈)이 경각(頃刻)이라 부인(夫人)은 운ᄉᆞ로 더브러 급(急)히 동졍호(洞庭湖)의 가 구(救)ᄒᆞᆯ지어다."

셜파(說罷)의 믄득 보지 못ᄒᆞᆯ너라. 쇼졔(小姐ㅣ) ᄭᆡ여 크게 놀ᄂᆞ며

333) 부ᄌᆞ(夫子): 부자. 공부자(孔夫子), 즉 공구(孔丘)를 높여 부르는 말. 공구(B.C.551~B.C.479)는 중국 춘추시대 노나라의 사상가·학자로 자는 중니(仲尼)임. 인(仁)을 정치와 윤리의 이상으로 하는 도덕주의를 설파하여 덕치 정치를 강조하여 유학의 시조로 추앙받음.

334) 대셩(大聖): 대성. 대성인.

335) 녈국(列國)의~ᄯᆞ롬: 뭇 나라에 수레바퀴가 구를 따름. 공자가 자신의 사상을 설파하기 위해 수레를 타고 여러 제후국을 다닌 것을 이름.

336) 무양(無恙): 몸에 병이나 탈이 없음.

긔이(奇異)히 너겨 운亽를 블너 의논(議論)코져 ᄒᆞ더니 믄득 운시 밧비 와 닐오ᄃᆡ,

"앗가 亽몽비몽간(似夢非夢間)의 스승이 와 닐오ᄃᆡ, '규목낭(奎木狼)[337]이 믈의 ᄲᅡ져 亽ᄉᆡᆼ(死生)이 위급(危急)ᄒᆞ니 밧비 문혜셩(文彗星)으로 더브러 구(救)ᄒᆞ라.' ᄒᆞ니 쇼져(小姐)긔 고(告)ᄒᆞᄂᆞ이다."

쇼졔(小姐ㅣ) ᄎᆞ언(此言)을 듯고 더옥 경아(驚訝)ᄒᆞ여 왈(曰),

"규목낭(奎木狼)은 엇던 ᄉᆞᄅᆞᆷ이요?"

운시 왈(曰),

"규목낭(奎木狼)은 인간(人間)의 나려와 니(李) 승샹(丞相) ᄎᆞᄌᆞ(次子) 되여시니 이 곳 부인(夫人)의 가군(家君)이라. 졀강(浙江) 쟝쳥을 치고 승젼(勝戰)ᄒᆞ여 도라오ᄂᆞᆫ 길헤 풍낭(風浪)을 만나 믈의 ᄲᅡ져시니 이졔 나 당당(堂堂)이 구(救)ᄒᆞ리라. 연(然)이나 규목낭(奎木狼)이 니(李) 승샹(丞相)으로 잠간(暫間) 원(怨)이 이시니 이ᄯᅢ의 갑흘 거시로ᄃᆡ 니(李) 승

56면

샹(丞相)의 신명(神明)ᄒᆞ미 만(萬) 니(里)를 예탁(豫度)ᄒᆞ니 갑지 못ᄒᆞᆫ즉 ᄯᅩ 위틔(危殆)ᄒᆞᆯ지라. 빈되(貧道ㅣ) 잠간(暫間) 쟉법[338](作法)[339]

337) 규목낭(奎木狼): 규목랑. 북두칠성의 겨울 이름으로 이십팔수(二十八宿)의 열다섯째 별자리에 있는 별. 천관(天關), 즉 북두칠성은 봄에는 두목해(斗木獬)로, 여름에는 각목교(角木蛟)로, 가을에는 정목안(井木犴)로, 겨울에는 규목랑(奎木狼)으로 불리는데, 겨울 이름이 규목랑인 것은 규성(奎星)이 목(木)의 성질을 지니고, 동물 중에서는 이리[狼]로 상징된다 하여 붙여진 것임. 문운(文運)을 맡은 별로서 이것이 밝으면 천하가 태평하다고 함.

338) 법: [교] 원문에는 '범'으로 되어 있으나 오기로 보이므로 국도본(12:49)을 따름.

339) 쟉법(作法): 작법. 술법을 씀.

ᄒᆞ여 규셩(奎星)[340]을 진압(鎭壓)ᄒᆞ리라."

드ᄃᆡ여 후원(後園)의 가 쵸인(草人)을 ᄆᆡᆫ들고 부쟉(符籍) ᄢᅧ 쟉법[341](作法)ᄒᆞᄂᆞᆫ 거동(擧動)을 일일(一一)이 ᄒᆡᆼ(行)ᄒᆞ고 믈을 먹음어 규셩(奎星)을 향(向)ᄒᆞ여 ᄲᅮᆷ으며 진언(眞言)[342]ᄒᆞ고,

"흑운(黑雲)을 가리와 덥기를 ᄉᆞ십(四十) 일(日) 만의 도로 녜ᄃᆡ로 잇게 ᄒᆞ라."

ᄒᆞ고 드ᄃᆡ여 쇼져(小姐)로 더브러 ᄇᆡ를 슈습(收拾)ᄒᆞ여 갈ᄉᆡ 쇼졔(小姐ㅣ) 다시 남의(男衣)를 닙어 셔ᄉᆡᆼ(書生)의 모양(模樣)으로 운ᄉᆞ로 더브러 즁뉴(中流)[343]ᄒᆞ여 ᄂᆞ아가니라.

화셜(話說). 니(李) 쇼부(少傅)와 니(李) 샹셰(尙書ㅣ) 대군(大軍)을 거ᄂᆞ려 슈로(水路)로 나아가니 쟝쳥이 부쟝(副將) 셔발노 이만(二萬) 군(軍)을 거ᄂᆞ려 슈군도독[344](水軍都督) 니연셩의 군(軍)을 막고 대쟝군(大將軍) 고챵으로 이만(二萬) 군(軍)을 거ᄂᆞ려 뉵군도독[345](陸軍都督) 니몽챵을 막으니 쇼부(少傅)와 샹셰(尙書ㅣ) 긔모[346]비계(奇謀秘計)[347]와 당ᄃᆡ무쌍(當代無雙)

57면

ᄒᆞᆫ 용녁(勇力)으로 슈십(數十) 일(日)이 못 ᄒᆞ여셔 슈뉵군(水陸軍)을

---

340) 규셩(奎星): 규성. 규목랑을 이름.

341) 법: [교] 원문에는 '범'으로 되어 있으나 오기로 보이므로 국도본(12:49)을 따름.

342) 진언(眞言): 진실하여 거짓이 없는 말이라는 뜻으로, 비밀스러운 어구를 이르는 말.

343) 즁뉴(中流): 중류. 물 가운데로 나아감.

344) 독: [교] 원문에는 '록'으로 되어 있으나 오기로 보이므로 국도본(12:50)을 따름.

345) 독: [교] 원문에는 '록'으로 되어 있으나 오기로 보이므로 국도본(12:50)을 따름.

346) 모: [교] 원문에는 '묘'로 되어 있으나 오기로 보임.

347) 긔모비계(奇謀秘計): 기모비계. 기묘한 꾀와 비밀스러운 계책.

다 쳐 멸(滅)ᄒᆞ고 병(兵)을 합(合)ᄒᆞ여 졀강(浙江)의 니ᄅᆞ려 셩(城) 치기를 급(急)히 ᄒᆞ니 쟝쳥이 밧긔 구완[348]이 업고 안희 냥최(糧草ㅣ)[349] 진(盡)ᄒᆞ여 월여(月餘)의 셩(城)이 함(陷)ᄒᆞ니 쇼부(少傅)와 샹셰(尙書ㅣ) 쟝쳥을 버혀 긔튝[350](機軸)[351]의 졔(祭)ᄒᆞ고 젼가(全家) 냥쳔(良賤)[352]을 잡아 베히려 ᄒᆞ니 샹셰(尙書ㅣ) 간왈(諫曰),

"쟝쳥이 무샹(無狀)ᄒᆞ여 스ᄉᆞ로 대죄(大罪)를 범(犯)ᄒᆞ나 그 족쇽(族屬)이 엇지 다 알니오? 우리 텬ᄌᆞ(天子) 됴셔(詔書)를 밧ᄌᆞ와 강셔(江西)를 치나 살ᄉᆡᆼ(殺生)이 너모 ᄒᆞ미 가(可)치 아니ᄒᆞ이다."

쇼뷔(少傅ㅣ) 셕ᄃᆞ라 그 죄(罪)의 경즁(輕重)을 의논(議論)ᄒᆞ여 괴슈쟈(魁首者)ᄂᆞᆫ 참(斬)ᄒᆞ고 기여(其餘)ᄂᆞᆫ 졀도(絶島)의 튱군(充軍)ᄒᆞ고 드ᄃᆡ여 크게 연향(宴饗)[353]ᄒᆞ여 ᄉᆞ졸(士卒)을 먹이고 금은쥬옥(金銀珠玉)을 츄호(秋毫)도 범(犯)치 아냐 부쟝군(副將軍) 신쳘을 독부(督府) 인신(印信)[354]을 쥬어 교ᄃᆡ(交代)ᄒᆞ고 슈일(數日)을 머므러 반ᄉᆞ(班師)[355]ᄒᆞ니 남희(南海) 믈결이 고요ᄒᆞ고 계견(鷄犬)이 놀ᄂᆞ지 아

58면

니ᄒᆞ더라.

---

348) 구완: 구원(救援).

349) 냥최(糧草ㅣ): 양초. 군량과 마초(馬草).

350) 튝: [교] 원문에는 '툭'으로 되어 있으나 오기로 보임.

351) 긔튝(機軸): 기축. 용마루 밑에 서까래가 걸리게 된 도리. 상량(上樑).

352) 냥쳔(良賤): 양천. 양민과 천민.

353) 연향(宴饗): 잔치를 베풀어 즐김.

354) 인신(印信): 도장이나 관인 따위를 통틀어 이르는 말.

355) 반ᄉᆞ(班師): 반사. 군사를 이끌고 돌아옴.

샹셰(尙書ㅣ) 쇼뷔(少傅ㅣ)긔 고(告)ᄒᆞᄃᆡ,

"쇼질(小姪)이 올 제ᄂᆞᆫ 쇼임(所任)이 즁(重)ᄒᆞᆫ 고(故)로 뉵로(陸路)로 와시나 임의 젹(敵)을 파(破)ᄒᆞ고 도라가니 다시 거리ᄭᅵᆯ 거시 업ᄉᆞ니 슉부(叔父)로 더브러 슈로(水路)로 ᄒᆞᆫ가지로 ᄒᆡᆼ(行)ᄒᆞ샤이다."

쇼뷔(少傅ㅣ) 죠ᄎᆞ 젼션(戰船) 이ᄇᆡᆨ(二百) 쳑(隻)을 죠발(調發)356) ᄒᆞ여 슈뉵군(水陸軍)을 합(合)ᄒᆞ여 븍(北)으로 향(向)ᄒᆞ니 금극(劍戟)은 믈결의 죠요(照耀)ᄒᆞ고 긔치(旗幟) 일광(日光)의 바야ᄂᆞᆫᄃᆡ 젼승가(戰勝歌)ᄅᆞᆯ 브ᄅᆞ며 죵고(鐘鼓)357)ᄅᆞᆯ 울여 물결 ᄉᆞ이로 왕ᄅᆡ(往來)ᄒᆞ니 진실(眞實)노 남ᄋᆞ(男兒)의 희ᄉᆡ(喜事ㅣ) 쾌(快)ᄒᆞᆫ지라.

쇼뷔(少傅ㅣ) ᄉᆞᄉᆞ로 흔희쾌락(欣喜快樂)358)ᄒᆞ믈 이긔지 못ᄒᆞ여 샹셔(尙書)다려 왈(曰),

"내 당년(當年)의 형쟝(兄丈)이 슈군도독(水軍都督)을 ᄒᆞ여 고구(高煦)359)ᄅᆞᆯ 멸(滅)ᄒᆞ시고 도라와 승ᄉᆞ(勝事)ᄅᆞᆯ 니ᄅᆞ시니 ᄂᆡ 그ᄯᅢ 블워ᄒᆞ미 극(極)ᄒᆞ여 원(願)ᄒᆞ던 ᄇᆡ 슈군도독(水軍都督) ᄒᆞ믈 바ᄅᆞᆺ더니 금일(今日) 평ᄉᆡᆼ(平生) 원(願)을 일워 흉젹(凶賊)을 파(破)ᄒᆞ고 널노 더브러 ᄇᆡᄅᆞᆯ 져어 븍(北)으로 향(向)ᄒᆞ니

59면

남ᄋᆞ(男兒)의 승ᄉᆡ(勝事ㅣ) 이밧긔 ᄯᅩ 어이 이시리오?"

---

356) 죠발(調發): 조발. 남에게 물품을 강제적으로 모아 거둠. 징발(徵發).

357) 죵고(鐘鼓): 종고. 북.

358) 흔희쾌락(欣喜快樂): 기쁘고 즐거움.

359) 고구(高煦): 중국 명나라 한왕(漢王) 주고후(朱高煦)를 말함. 고후는 성조(成祖) 영락제(永樂帝)의 둘째 아들로 성조가 정난병(靖難兵)을 일으켜 즉위할 때 공을 세웠으나 조카인 선종(宣宗)이 즉위하자 거병하지만 붙잡혀 처형당함.

샹셰(尙書ㅣ) 공슈(拱手)[360] 왈(曰),

"이 도시(都是) 셩샹(聖上) 홍복(洪福)으로 역젹(逆賊)을 쇼멸(消滅)ᄒᆞ고 젼승고(戰勝鼓)ᄅᆞᆯ 울여 룡뎡(龍廷)[361]으로 향(向)ᄒᆞ니 엇지 쾌(快)치 아니ᄒᆞ리잇고?"

쇼뷔(少傅ㅣ) 올타 ᄒᆞ더라.

졈졈(漸漸) ᄇᆡᄅᆞᆯ 져어 오강(烏江)[362]의 ᄃᆞ다ᄅᆞ니 ᄎᆞ시(此時) 팔월(八月) 망간(望間)이라. 츄텬(秋天)이 놉고 망월(望月)이 구름 밧긔 두렷ᄒᆞ니 쇼부(少傅)와 샹셰(尙書ㅣ) 청시(淸詩)[363]ᄅᆞᆯ 지어 ᄇᆡ젼을 두ᄃᆞ리며 음영(吟詠)ᄒᆞ더니 밤이 깁흐ᄆᆡ 각각(各各) ᄇᆡ의 드러와 졍(正)히 ᄌᆞ고져 ᄒᆞ더니 홀연(忽然) 대풍(大風)이 하ᄂᆞᆯ의 쎄치고[364] 벽녁(霹靂)이 뫼흘 움ᄌᆞᆨ이며 믈결이 뒤누우니[365] ᄉᆞ면(四面) 호위(護衛)ᄒᆞ엿던 ᄇᆡ ᄂᆞᆺᄂᆞᆺ치 허여지고 쇼부(少傅)의 탄 ᄇᆡ도 간 ᄃᆡ 업고 샹셔(尙書) 탄 ᄇᆡ 닷줄이 ᄭᅳᆫ허져 십분(十分) 위급(危急)ᄒᆞ니 호위(護衛)ᄒᆞ엿던 쟝관(將官)[366]이 망극(罔極)ᄒᆞ여 울ᄅᆞ미 낭쟈(狼藉)ᄒᆞᄃᆡ 샹셰(尙書ㅣ) ᄌᆞ약(自若)히 안ᄉᆡᆨ(顔色)을 변(變)치 아냐 왈(曰),

"ᄉᆞᄉᆡᆼ(死生)이 유명(有命)이니 현마 엇지ᄒᆞ리

---

360) 공슈(拱手): 공수. 절을 하거나 웃어른을 모실 때, 두 손을 앞으로 모아 포개어 잡음. 또는 그런 자세.

361) 룡뎡(龍廷): 용정. 조정.

362) 오강(烏江): 우장강. 중국 장강의 주요 지류 중 하나이며, 귀주성과 중경시, 호북성을 통과함.

363) 청시(淸詩): 청시. 맑은 운치를 느끼게 하는 시.

364) 쎄치고: 꿰고. '쎄티다' 또는 '쎄치다'는 '꿰다'의 뜻임.

365) 뒤누우니: 물체가 뒤집히듯이 몹시 흔들리니.

366) 쟝관(將官): 장관. 장수(將帥).

60면

오?"

드듸여 한삼(汗衫)을 쪄여 글을 지어시니 골와시듸,

'남९(男兒ㅣ) 셰샹(世上)의 나 공업(功業)을 셰우고 만듸(萬代)의 일홈을 쥭빅(竹帛)[367]의 드리오니 쥭어도 한(恨)이 업ᄉᆞ나 만(萬) 니(里) 고당(高堂)의 부모(父母)를 ᄉᆞ념(思念)ᄒᆞ니 ᄎᆞ신(此身)이 블쵸(不肖)ᄒᆞ여 싱아(生我)ᄒᆞ신 대은(大恩)을 갑습지 못ᄒᆞ고 여러 번(番) 블효(不孝)를 기치오니 금일(今日) 풍낭(風浪)이 나의 죄(罪)라. 가형(家兄)의 사(赦)ᄒᆞ시믈 만나 두어 ᄂᆞᆯ 졍(情)을 펴지 못ᄒᆞ고 부젼(父前)의 여러 번(番) 니측(離側)[368]ᄒᆞ니 유명(幽明)의 눈을 곰지 못ᄒᆞ리로.'

쓰기를 ᄆᆞᆺ지 못ᄒᆞ여셔 ᄇᆡ ᄭᆞ여져 산산(散散)이 뒤누우니 샹셔(尙書)와 아졸(衙卒)[369] 슈십(數十) 인(人)이 다 믈의 ᄲᆡ지니라.

평명(平明)의 ᄇᆞ롬이 ᄌᆞ며 쇼뷔(少傅ㅣ) 겨유 ᄇᆡ 무ᄉᆞ(無事)ᄒᆞ믈 어더 넷고듸 도라오니 호위(護衛)ᄒᆞ엿던 ᄇᆡ들니 곳곳이 혀여졋다가 ᄎᆞᄎᆞ(次次) 모[370]드니 각별(各別) 쵸풍(-風)[371]ᄒᆞᆫ 일이 업ᄉᆞ듸

61면

샹셔(尙書) 탓던 ᄇᆡ 간 곳이 업ᄉᆞ니 쇼뷔[372](少傅ㅣ) 대경(大驚)ᄒᆞ여

367) 쥭빅(竹帛): 죽백. 서적. 특히 사서(史書)를 일컬음.

368) 니측(離側): 이측. 부모의 곁을 떠남.

369) 아졸(衙卒): 관아의 병졸.

370) 모: [교] 원문에는 '도'로 되어 있으나 오기로 보임.

371) 쵸풍(-風): 초풍. 까무러칠 정도로 깜짝 놀람.

군ᄉᆞ(軍士)를 명(命)ᄒᆞ여 걸373)를 타고 두로 어드ᄃᆡ 형용(形容)이 업더니 이윽고 쟝관(將官) 삼(三) 인(人)이 돗긔 ᄡᅡ엿다가 믈쇽을 혀여 ᄂᆞ오니 모ᄃᆞ ᄭᅳ어 ᄇᆡ의 올니고 샹셔(尙書)의 종젹(蹤迹)을 ᄎᆞᄌᆞ니 형영(形影)이 업고 ᄇᆡ ᄭᆡ여진 조각이 일일(一一)이 믈의 ᄯᅥ오니 쥭을시 의심(疑心) 업ᄉᆞᆫ지라. 쇼뷔(少傅ㅣ) 쳔금보옥(千金寶玉)ᄀᆞᆺ치 너기던 질ᄋᆞ(姪兒)로ᄡᅥ 쳔만몽ᄆᆡ(千萬夢寐) 밧긔 믈의 귀것시 되니 ᄋᆡ일만(一萬) 구븨 ᄉᆞᆽ쳐지ᄂᆞᆫ지라 ᄒᆞᆫ 쇼ᄅᆡ 통곡(慟哭)의 혼졀(昏絶)374) ᄒᆞ여 겻구러지니 모다 황망(慌忙)이 븟드러 구호(救護)ᄒᆞ니 식경(食頃) 후(後) 겨유 ᄭᆡ여 ᄇᆡ젼을 두다려 크게 통곡(慟哭)ᄒᆞ며 그 오ᄉᆞᆯ 어더 쵸혼(招魂)375)코져 ᄒᆞ나 ᄒᆡᆼ탁(行橐)376)이 다 그 션즁(船中)의 잇다가 믈의 잠겨시니 어ᄃᆡ 가 어드리오. 이윽고 글 ᄡᅳᆫ 한삼(汗衫)이 믈 우ᄒᆡ로ᄡᅥ ᄯᅥ오거ᄂᆞᆯ 쇼뷔(少傅ㅣ) 친(親)히 건져 보기를 ᄎᆡ 못ᄒᆞ고 긔

62면

졀(氣絶)ᄒᆞ여 업더지니 좌위(左右ㅣ) 겨유 구(救)ᄒᆞ여 ᄭᆡ여 다시 통곡(慟哭)ᄒᆞ고 글로ᄡᅥ 쵸혼(招魂)ᄒᆞ고 샹셔(尙書)의 군문(軍門)의 쇽(屬)ᄒᆞᆫ ᄃᆡ쇼(大小) 쟝졸(將卒)을 다 발샹(發喪)377)ᄒᆞ게 ᄒᆞ고 스ᄉᆞ로

372) ᄲᅱ: [교] 원문에는 ‘ᄉᆡ’로 되어 있으나 오기로 보임.

373) 걸: 나룻배.

374) 혼졀(昏絶): 혼절. 정신이 아찔하여 까무러침.

375) 쵸혼(招魂): 초혼. 사람이 죽었을 때에, 그 혼을 소리쳐 부르는 일. 죽은 사람이 생시에 입던 윗옷을 갖고 지붕에 올라서거나 마당에 서서, 왼손으로는 옷깃을 잡고 오른손으로는 옷의 허리 부분을 잡은 뒤 북쪽을 향하여 ‘아무 동네 아무개 복(復)’이라고 세 번 부름.

376) ᄒᆡᆼ탁(行橐): 행탁. 여행용 전대나 자루. 노자나 행장(行裝)을 넣음.

울기를 긋치지 아니니 혈뉘(血淚ㅣ) 빅포(白布) ᄉᆞᄆᆡ의 어룽지더라.

삼군(三軍) ᄃᆡ쇼(大小) 쟝졸(將卒)이 도독(都督)의 덕튁(德澤)을 잇지 못ᄒᆞ여 크게 울기를 마지아니코 쇼부(少傅)의 과도(過度)히 ᄋᆡ샹(哀傷)ᄒᆞ믈 민망(憫惘)ᄒᆞ여 간왈(諫曰),

“이졔 슈변(水變)이 ᄎᆞᆷ혹(慘酷)ᄒᆞ여 도독(都督)이 기셰(棄世)ᄒᆞ시나 노얘(老爺ㅣ) 만일(萬一) 몸을 마ᄌᆞ 바리실진ᄃᆡ 우리 등(等)이 어ᄂᆡ ᄂᆞᆺᄎᆞ로 븍경(北京)의 도라가리오?”

쇼[378]뷔(少傅ㅣ) 더옥 오ᄂᆡ(五內)[379] 븡졀(崩絶)[380]ᄒᆞᄃᆡ 슈뉵(水陸) ᄃᆡ쇼(大小) 군졸(軍卒)이 ᄒᆡ변(海邊)의 미만(彌滿)[381]ᄒᆞ여시니 ᄒᆡᆼ(幸)혀 위엄(威嚴)이 숀(損)ᄒᆞᆯ가 두려 겨유 우룸을 그치고 ᄉᆡᆼ각ᄒᆞᄃᆡ,

‘몽질(-姪)이 본(本)ᄃᆡ 긔질(氣質)이 웅위(雄威)[382]ᄒᆞ고 고은 가온ᄃᆡᄂᆞᆫ 골격(骨格)이 청슈(淸秀)치 아니터니 엇지 이십일(二十一) 세(歲) 청츈(靑春)의 죠ᄉᆞ(早死)ᄒᆞᆯ 줄 알니오. 혹(或) 텬우

···

63면

신죠(天佑神助)ᄒᆞ여 ᄉᆞᆯ미 잇ᄉᆞᆯ가?’

ᄒᆞ고 ᄎᆞ야(此夜)의 건샹(乾象)[383]을 우러러보니 규셩(奎星)이 흔젹

---

377) 발상(發喪): 발상. 상례에서, 죽은 사람의 혼을 부르고 나서 상제가 머리를 풀고 슬피 울어 초상난 것을 알림. 또는 그런 절차.

378) 쇼: [교] 원문에는 ‘노’로 되어 있으나 오기로 보임.

379) 오ᄂᆡ(五內): 오내. 오장(五臟).

380) 븡졀(崩絶): 붕절. 끊어질 듯함.

381) 미만(彌滿): 널리 가득참.

382) 웅위(雄威): 웅장하고 위엄이 있음.

383) 건샹(乾象): 건상. 하늘의 현상이나 일월성신이 돌아가는 모습. 천기.

(痕迹)이 업슨지라 쇼뷔(少傅ㅣ) 더옥 슬허 피를 토(吐)ᄒᆞ고 혼졀(昏絶)ᄒᆞ여 반향(半晌)[384]이 되도록 ᄭᆡ지 못ᄒᆞ니 호위쟝군(護衛將軍) 신한이 겻ᄒᆡ 이셔 븟드러 구호(救護)ᄒᆞ여 식경(食頃) 후(後) 겨유 ᄭᆡ니 숀으로 가슴을 치고 입으로 일홈을 블너 ᄯᅩ 일셩(一聲) 통곡(慟哭)의 ᄯᅩ 혼졀(昏絶)ᄒᆞ니 신한이 겨유 구(救)ᄒᆞ여 개유(開諭) 왈(曰),

"이제 샹셔(尙書)의 ᄎᆞᆷᄉᆞ(慘死)ᄒᆞ미 ᄒᆡᆼ노인(行路人)[385]이 간담(肝膽)이 ᄭᅳᆫ쳐지리니 더옥 도독(都督)의 ᄯᅳᆺ을 닐ᄋᆞ리잇가마ᄂᆞᆫ 일이 이의 니른 후(後) ᄒᆞᆯ 일이 업고 삼군(三軍) ᄃᆡ쇼(大小) 군졸(軍卒)이 ᄇᆞ라미 도독(都督) 일신(一身)의 잇거ᄂᆞᆯ 이제 곡읍(哭泣)이 ᄂᆞᄌᆞ로붓터 밤을 니으시고 군무(軍務)를 도라보지 아니시니 삼군(三軍) 쟝졸(將卒)이 하로 아ᄎᆞᆷ의 인ᄉᆡ(人事ㅣ) 변(變)ᄒᆞ면 도독(都督)이 엇지려 시ᄂᆞ니잇가?"

쇼뷔(少傅ㅣ) 실셩대곡(失聲大哭) 왈(曰),

"ᄂᆡ ᄯᅩ 모ᄅᆞ지 아니ᄃᆡ ᄒᆞᆨ

...

64면

ᄉᆡᆼ(學生)이 텬ᄌᆞ(天子) 됴셔(詔書)를 밧ᄌᆞ와 져믄 죡하[386]로 더브러 험디(險地)의 와 젹(敵)을 멸(滅)ᄒᆞ고 고국(故國)을 향(向)ᄒᆞ니 웃ᄂᆞᆫ ᄂᆞᆺᄎᆞ로 부모(父母) 동ᄉᆡᆼ(同生)을 반길가 ᄒᆞ더니 이제 질ᄋᆡ(姪兒ㅣ) 강즁(江中) 어복(魚腹)을 ᄎᆡ오니[387] ᄒᆞᆨᄉᆡᆼ(學生)의 ᄉᆞ졍(事情)이 통박(痛迫)[388]ᄒᆞ믈 니ᄅᆞ지 말고 도라가 고당(高堂) 학발(鶴髮)[389] ᄡᅡᆼ친

384) 반향(半晌): 반나절.

385) ᄒᆡᆼ노인(行路人): 행로인. 오다가다 길에서 만난 사람이라는 뜻으로, 아무 상관이 없는 사람을 이르는 말.

386) 죡하: 조카.

387) 강즁(江中)~ᄎᆡ오니: 강 속 물고기 배를 채우니. 빠져 죽는다는 뜻.

(雙親)과 가형(家兄)을 보리오? ᄒᆨᄉᆡᆼ(學生)이 출ᄒᆞ리 ᄀᆞᆺ치 죽어 도라 가지 말고져 ᄒᆞ노라."

셜파(說罷)의 울기ᄅᆞᆯ ᄎᆞᆷ지 못ᄒᆞ니 신한이 위로(慰勞)ᄒᆞᆯ 말이 업셔 혼ᄌᆞ 탄왈(嘆曰),

"가(可)히 ᄋᆡ답다. 군심(軍心)이 일됴(一朝) ᄒᆡᄐᆡ(懈怠)[390] ᄒᆞᆫ즉 엇지ᄒᆞ리오?"

쇼뷔(少傅ㅣ) ᄎᆞ언(此言)을 듯고 ᄒᆞᆯ일업셔 잠간(暫間) 우름을 강잉(强仍)ᄒᆞ여 군ᄉᆞ(軍士)ᄅᆞᆯ 무휼(撫恤)[391] ᄒᆞ고 ᄯᅩ 친(親)히 군(軍)을 거ᄂᆞ려 동졍(洞庭) 회사뎡(懷沙亭)[392]가지 단니면 신톄(身體)ᄅᆞᆯ 어드ᄃᆡ ᄆᆞᆺᄎᆞᆷᄂᆡ 엇지 못ᄒᆞ고 쇼뷔(少傅ㅣ) 더옥 망극(罔極)ᄒᆞ여 필연(必然) 고ᄅᆡ 삼킨 줄 알고 능(能)히 울기ᄅᆞᆯ 그치지 못ᄒᆞ고 식음(食飮)을 나오지 못ᄒᆞ

•••

65면

여 ᄎᆞ마 혼ᄌᆞ 도라갈 의ᄉᆡ(意思ㅣ) 업ᄉᆞᄃᆡ ᄒᆞ로 군량(軍糧) 허비(虛費)ᄒᆞᄂᆞᆫ 싊(數ㅣ) 이로 혜지 못ᄒᆞᆯ지라 감(敢)히 지류(遲留)치 못ᄒᆞ고 죵일(終日)토록 ᄇᆡ젼을 두다려 통곡(慟哭)ᄒᆞ믈 마지아니코 뉵군(陸

---

388) 통박(痛迫): 마음이 몹시 절박함.

389) 학발(鶴髮): 두루미의 깃털처럼 희다는 뜻으로, 하얗게 센 머리 또는 그런 사람을 이르는 말.

390) ᄒᆡᄐᆡ(懈怠): 해태. 게으름.

391) 무휼(撫恤): 어루만지고 위로함.

392) 회사뎡(懷沙亭): 회사정. 중국 호남성(湖南省) 상음현(湘陰縣)의 북쪽에 있는 강인 멱라수(汨羅水) 변에 있는 정자. 초(楚)나라 굴원(屈原)이 나라의 장래를 근심하고 회왕(懷王)을 사모하여 노심초사한 끝에 <회사부(懷沙賦)>를 짓고 멱라수에 빠져 죽은 것으로부터 정자 이름이 유래함.

軍)의 쇽(屬)ᄒᆞᆫ 군ᄉᆞ(軍士)ᄂᆞᆫ 다 ᄇᆡᆨ의(白衣)ᄅᆞᆯ 닙고 ᄇᆡᆨ긔(白旗)ᄅᆞᆯ ᄊᆞ고 ᄌᆞ며 샹셔(尙書) 허위(虛位)[393]ᄅᆞᆯ 시러 도라가니 곡셩(哭聲)이 하ᄂᆞᆯ의 ᄉᆞᄆᆞᆺ고 븕은 명뎡(銘旌)[394]이 츄풍(秋風)의 붓치니 도로인(道路人)이 거름을 머츄워 눈믈 아니 ᄂᆡ리 업ᄉᆞ니 더옥 쇼부(少傅)의 졍ᄉᆞ(情事)ᄅᆞᆯ 니ᄅᆞ리오. 간담(肝膽)이 쵼졀(寸絶)[395]ᄒᆞ여 쥬야(晝夜) 눈믈이 옥면(玉面)의 어룽져 군졍ᄉᆞ(軍情事)[396]ᄅᆞᆯ 강쟉(强作)[397]ᄒᆞ여 의논(議論)ᄒᆞᆫ 밧 눈믈 마ᄅᆞᆯ 젹이 업ᄉᆞ니 드ᄃᆡ여 병(病)이 니러 거샹(車上)의 실니여 와 교외(郊外)의 니ᄅᆞ러 잠간(暫間) 쉬더니,

니부(李府)의셔 샹셔(尙書)와 쇼부(少傅) 츌뎡(出征)ᄒᆞᆫ 후(後) 일가(一家)의 념녜(念慮ㅣ) 극(極)ᄒᆞᄃᆡ 승샹(丞相)이 시슈(時數)[398]와 범ᄉᆞ(凡事)ᄅᆞᆯ 슬피고 ᄂᆞᆯ마다 텬문(天文)을 보와 그 무ᄉᆞ(無事)ᄒᆞ믈 짐쟉(斟酌)ᄒᆞ더니 오ᄅᆞ

66면

지 아냐 파젹(破敵)[399]ᄒᆞᆫ 쳡셰(捷書ㅣ) 룡젼(龍殿)의 드리니 텬안(天顔)의 ᄃᆡ열(大悅)ᄒᆞ시믄 니ᄅᆞ도 말고 니부(李府) 샹하노쇼(上下老少) 즐거오믈 이긔지 못ᄒᆞ여 올 날을 숀곱아 혜아리고 다시 ᄉᆞ렴(思念)

393) 허위(虛位): 빈 신위(神位). 신위는 신주를 모셔 두는 자리.

394) 명뎡(銘旌): 명정. 죽은 사람의 관직과 성씨 따위를 적은 기. 일정한 크기의 긴 천에 보통 다홍 바탕에 흰 글씨로 쓰며, 장사 지낼 때 상여 앞에서 들고 간 뒤에 널 위에 펴 묻음.

395) 쵼졀(寸絶): 촌절. 마디마디 끊어짐.

396) 군졍ᄉᆞ(軍情事): 군정사. 군대 내의 정세나 형편과 관련된 일.

397) 강쟉(强作): 강작. 억지로 기운을 냄.

398) 시슈(時數): 시수. 때마다의 운수. 시운(時運).

399) 파젹(破敵): 파적. 적을 무찌름.

치 아니터라.

이ᄶᅢ 승샹(丞相)이 몽원 공ᄌᆞ(公子)의 거죠(擧措)ᄅᆞᆯ 통ᄒᆡ(痛駭)ᄒᆞ나 슉인(淑人)이 ᄉᆞ이의 드러 쥬션(周旋)ᄒᆞ엿ᄂᆞᆫ지라 ᄋᆞᄌᆞ(兒子)ᄅᆞᆯ 다사린즉 무류(無聊)ᄒᆞ미 잇ᄉᆞᆯ가 ᄒᆞ여 죠용이 공ᄌᆞ(公子)ᄅᆞᆯ 블너 ᄎᆡᆨ(責)ᄒᆞ고 경계(警戒)ᄒᆞ니 공ᄌᆡ(公子ㅣ) 황공(惶恐) 감격(感激)ᄒᆞ여 ᄌᆡ삼(再三) 샤죄(謝罪)ᄒᆞ고 믈너 비로쇼 침쇼(寢所)의 니ᄅᆞ니 최 시(氏) 병셰(病勢) 향ᄎᆞ(向差)[400]ᄒᆞ여 쵹하(燭下)의 안ᄌᆞ 침션(針線)을 다ᄉᆞ리다가 니러 마ᄌᆞ 좌졍(坐定)ᄒᆞ니 ᄉᆡᆼ(生)이 쇼ᄅᆡᄅᆞᆯ 졍(正)히 ᄒᆞ여 ᄎᆡᆨ왈(責曰),

"ᄂᆡ 그ᄃᆡᄅᆞᆯ 만나 죠금도 박ᄃᆡ(薄待)ᄒᆞ미 업셔 경즁(敬重)ᄒᆞ믈 지극(至極)히 ᄒᆞ고 방외(房外) 미녀셩ᄉᆡᆨ(美女聲色)[401]을 갓가이ᄒᆞ미 업다가 일시(一時) 풍졍(風情)[402]으로 교란을 갓가니ᄒᆞ나 이 본(本)ᄃᆡ 가츅[403]코져 ᄒᆞ미 아니

67면

어ᄂᆞᆯ 그ᄃᆡ 샹문(相門)의 녀ᄌᆞ(女子)로 투긔(妬忌)ᄅᆞᆯ 방ᄌᆞ(放恣)이 ᄒᆞ여 칠거(七去)[404]ᄅᆞᆯ ᄉᆞᆷ가지 아니코 스ᄉᆞ로 병(病)을 일워 부모(父母)의 셩녀(盛慮)ᄅᆞᆯ ᄭᅵ치니 우리 가문(家門) 쳥덕(淸德)을 문허바렷ᄂᆞᆫ지

400) 향ᄎᆞ(向差): 향차. 병이 회복됨.

401) 미녀셩ᄉᆡᆨ(美女聲色): 미녀성색. 미녀와 여색.

402) 풍졍(風情): 풍정. 풍치가 있는 정회.

403) 가츅: 가축. 물품이나 몸 따위를 알뜰히 매만져서 잘 간직하거나 거둠.

404) 칠거(七去): 예전에, 아내를 내쫓을 수 있는 이유가 되었던 일곱 가지 허물. 시부모에게 불손함, 자식이 없음, 행실이 음탕함, 투기함, 몹쓸 병을 지님, 말이 지나치게 많음, 도둑질을 함 따위.

라 당당(堂堂)이 닉쳠 즉ᄒᆞᄃᆡ 우리 부뫼(父母ㅣ) 관인ᄃᆡ덕(寬仁大德)[405] ᄒᆞ샤 그 허믈을 도로혀 ᄀᆞᆷ쵸고 죄(罪)를 샤(赦)ᄒᆞ시나 그ᄃᆡ 스ᄉᆞ로 붓그렵지 아니냐?"

최 시(氏) 정ᄉᆡᆨ(正色) 브답(不答)ᄒᆞ니 한아(閑雅)[406] ᄒᆞᆫ 긔질(氣質)이 더옥 쇄락(灑落)ᄒᆞᆫ지라 ᄉᆡᆼ(生)이 심하(心下)의 견권(繾綣)[407] ᄋᆡ련(愛憐)ᄒᆞ나 심지(心地) 본(本)ᄃᆡ 굿세므로 발연변ᄉᆡᆨ(勃然變色)[408] 왈(曰),

"그ᄃᆡ 스ᄉᆞ로 칠거(七去)의 허믈이 잇거ᄂᆞᆯ 므ᄉᆞᆷ ᄂᆞᆺᄎᆞ로 ᄉᆡᆼ(生)을 ᄃᆡ(對)ᄒᆞ여 ᄂᆡᆼ안멸시(冷眼蔑視)[409] ᄒᆞᄂᆞ뇨? 진실(眞實)노 도시담(都是膽)[410]이오, 괴독(怪毒)ᄒᆞᆫ 녀ᄌᆡ(女子ㅣ)로다."

최 시(氏) 침음(沈吟) 정ᄉᆡᆨ(正色) 왈(曰),

"쳡(妾)의 죄(罪) 임의 그러ᄒᆞᆯ진ᄃᆡ 샹공(相公)이 쾌(快)히 ᄂᆡ침 즉ᄒᆞ거ᄂᆞᆯ 무ᄉᆞᆷ 연고(緣故)로 머므러 두고 곤ᄎᆡᆨ(困責)[411] ᄒᆞ기를 승ᄉᆞ(勝事)로 삼ᄂᆞ뇨?"

ᄉᆡᆼ(生)이 어히업셔 잠간(暫間) 웃고 ᄌᆞ리의

...

68면

나아가니 은졍(恩情)이 녜 ᄀᆞᆺ더라.

---

405) 관인ᄃᆡ덕(寬仁大德): 관인대덕. 너그럽고 인자하며 큰 덕이 있음.

406) 한아(閑雅): 조용하고 품위 있음.

407) 견권(繾綣): 생각하는 정이 두터움.

408) 발연변ᄉᆡᆨ(勃然變色): 발연변색. 갑자기 낯빛을 바꿈.

409) ᄂᆡᆼ안멸시(冷眼蔑視): 냉안멸시. 차가운 눈초리로 업신여겨 깔봄.

410) 도시담(都是膽): 모두 담으로 채워져 있음. 담력이 있고 배짱이 있다는 말.

411) 곤ᄎᆡᆨ(困責): 곤책. 괴롭히며 꾸짖음.

ᄎᆞ년(此年) 츄칠월(秋七月)의 알셩(謁聖)[412]이 이셔 몽원이 뎨이(第二)의 ᄲᆡ이니 즉시(卽時) 한님편슈(翰林編修)[413]를 ᄒᆞ이시니 쇼년(少年) 옥보(玉寶)로 ᄌᆡ명(才名)이 쟈쟈(藉藉)ᄒᆞ믄 니ᄅᆞ도 말고 니문(李門)의 영광(榮光)이 거록ᄒᆞᆫ지라 승샹(丞相)이 부모(父母)를 위(爲)ᄒᆞ여 대연(大宴)을 베퍼 경하(慶賀)코져 ᄒᆞᄃᆡ 쇼부(少傅)와 샹셔(尙書 ㅣ) 잇지 아니므로 잠간(暫間) 느츄워 도라오기를 기다리더니,

팔월(八月) 회간(晦間)[414]의 쇼부(少傅)의 오ᄂᆞᆫ 션셩(先聲)[415]이 니ᄅᆞ니 승샹(丞相)이 이(二) ᄌᆞ(子)와 무평[416]ᄇᆡᆨ으로 더브러 ᄇᆡᆨ(百)니(里)의 와 마ᄌᆞ니 쇼뷔(少傅 ㅣ) 임의 결진(結陣)ᄒᆞ고 잠간(暫間) 쉬ᄂᆞᆫ지라 승샹(丞相)이 먼니셔 ᄇᆞ라[417]보니 병마(兵馬)를 두 진(陣)의 ᄂᆞᆫ홧ᄂᆞᆫᄃᆡ 일(一) 진(陣)의 샹번(喪幡)[418]을 셰우고 ᄃᆡ쇼(大小) 군졸(軍卒)이 ᄇᆡᆨ포은갑(白布銀甲)[419]의 흰 긔(旗)를 가져 진(陣)을 베펏ᄂᆞᆫ지라 대경실ᄉᆡᆨ(大驚失色)ᄒᆞ여 급(急)히 즁군(中軍)의 드러가니 쇼뷔(少傅 ㅣ) ᄇᆡᆨ의쇼ᄃᆡ(白衣素帶)[420]로 댱하(帳下)의 ᄂᆞ려 승샹(丞相)을

---

412) 알셩(謁聖): 알성. 임금이 문묘의 공자 신위에 참배하던 일. 여기서는 알성이 있을 때 치르던 과거시험을 뜻함.

413) 한님편슈(翰林編修): 한림편수. 한림원에서 책이나 역사책의 편찬에 힘쓰는 사관.

414) 회간(晦間): 그믐께.

415) 션셩(先聲): 선성. 미리 보내는 기별.

416) 평: [교] 원문에는 '령'으로 되어 있으나 앞의 예를 따라 이와 같이 수정함.

417) 라: [교] 원문에는 '리'로 되어 있으나 오기로 보임.

418) 샹번(喪幡): 상번. 상가(喪家)에서 매다는 흰색의 좁고 긴 모양의 깃발.

419) ᄇᆡᆨ포은갑(白布銀甲): 백포은갑. 흰색의 갑옷.

420) ᄇᆡᆨ의쇼ᄃᆡ(白衣素帶): 백의소대. 흰 옷과 흰 띠.

69면

붓들고 무슈(無數)훈 눈물이 븍밧쳐 말을 못 후니 승샹(丞相)이 슈미곡졀(首尾曲折)을 모루나 샹셔(尙書)의 쥭으미 의심(疑心) 업수믈 혜아리고 문득 긔운이 막혀 것구러지니 부마(駙馬)와 무평[421]빅이 급(急)히 붓드러 구(救)후여 쇼부(少傅)를 딕(對)후여 연고(緣故)를 무루니 쇼뷔(少傅ㅣ) 쟝즁보옥(掌中寶玉)곳치 너기던 질우(姪兒)로써 쳔(千) 니(里) 슈즁(水中)의 더지고 도라와 승샹(丞相)의 이 갓툰 거동(擧動)을 보믹 쟝춧(將次ㅅ) 쥭어 모루믈 영화(榮華)로이 너기는지라 엇지 말이 이시리오. 역시(亦是) 혼졀(昏絶)후여 업더지니 부마(駙馬)와 한님(翰林) 등(等)이 실셩타누(失聲墮淚)후여 인수(人事)를 졍(靜)치 못후고 승샹(丞相)이 겨유 경신(精神)을 추려 쇼부(少傅)를 보니 관옥(冠玉) 곳툰 풍신(風神)이 임의 쇼삭(消索)[422]후여 촉뤼[423](髑髏ㅣ)[424] 되엿는지라. 승샹(丞相)이 비록 쳘셕(鐵石)곳툰 심쟝(心臟)이나 일신(一身)곳치 너기던 우조(兒子)의 형영(形影)이 묘망(渺茫)[425]후고 일성(一生) 수랑후던 아의 거동(擧動)이 여추(如此)후니 통도(痛悼)[426]후믈 엇지

---

421) 평: [교] 원문에는 '령'으로 되어 있으나 앞의 예를 따라 이와 같이 수정함.

422) 쇼삭(消索): 소삭. 점점 줄어들어 없어짐.

423) 촉뤼: [교] 원문에는 '축뇌'로 되어 있으나 의미를 명확히 하기 위해 이와 같이 수정함.

424) 촉뤼(髑髏ㅣ): 해골.

425) 묘망(渺茫): 아득함.

426) 통도(痛悼): 마음이 몹시 아프도록 슬퍼함.

70면

촘으리오. 봉안(鳳眼)의 눈믈이 마룰 ᄉᆞ이 업셔 쇼부(少傅)의 숀을 잡고 울며 왈(曰),

"ᄌᆞ경이 엇지 ᄒᆞᆫ 쪽하를 위(爲)ᄒᆞ여 쳔금(千金) 즁신(重身)과 고당(高堂) 빵친(雙親)을 도라보지 아니ᄒᆞᄂᆞᆫ다? 모ᄅᆞ미 정신(精神)을 슈습(收拾)ᄒᆞ라."

쇼뷔(少傅ㅣ) 식경(食頃) 후(後) 겨유 정신(精神)을 출혀 승샹(丞相)을 븟드러 울며 청죄(請罪) 왈(曰),

"쇼뎨(小弟) 금일(今日) 몽창을 디하(地下) 음혼(陰魂)을 민들고 홀노 의구(依舊)[427]히 도라와 형쟝(兄丈)긔 뵈오니 죄(罪) 산(山)이 경(輕)ᄒᆞ도쇼이다."

승샹(丞相)이 오열(嗚咽) 왈(曰),

"닉 비록 샹시(常時) 아ᄂᆞᆫ 거시 업ᄉᆞ나 챵ᄋᆞ(-兒)의 긔골(氣骨)을 보건딕 결연(決然)이 요몰(夭沒)ᄒᆞᆯ 샹(相)이 아니러니 금일(今日) 므ᄉᆞᆷ 연고(緣故)로 죽으미 잇ᄂᆞ냐?"

쇼뷔(少傅ㅣ) 가슴이 막혀 반향(半晌)을 유유(唯唯)[428]ᄒᆞ다가 슈말(首末)을 ᄌᆞ시 고(告)ᄒᆞ니 승샹(丞相)이 믁연(默然)ᄒᆞ고 드딕여 남(南)을 ᄇᆞ라고 실셩통곡(失聲慟哭)ᄒᆞ니 부마(駙馬) 등(等)이 ᄒᆞᆫ가지로 호곡(號哭)ᄒᆞ니 엇지 슬우미 승샹(丞相)긔 지리오. 삼군(三軍) 즁쟝(衆將)[429]이 이 거동(擧動)을 보고 더옥 슬허 일시(一時)의 통

427) 의구(依舊): 옛날 그대로 변함없음.

428) 유유(唯唯): "예, 예" 하며 어물어물 대답함.

429) 즁쟝(衆將): 중장. 모든 장수.

71면

곡(慟哭)ᄒᆞ니 산쳔쵸목(山川草木)이 다 슬허ᄒᆞᄂᆞᆫ ᄃᆞᆺᄒᆞ더라.

승샹(丞相)이 샹셔(尙書)ᄅᆞᆯ ᄌᆞ쇼(自少)로 길너 ᄌᆞᄋᆡ(慈愛)ᄒᆞ미 졔ᄌᆡ(諸子ㅣ) 바라지 못ᄒᆞ더니 금일(今日) 흉음(凶音)을 드ᄅᆞᄆᆡ 쟝ᄎᆞᆺ(將次ㅅ) 간쟝(肝腸)이 붕난(崩瀾)[430]ᄒᆞ여 우름을 그치지 못ᄒᆞᆯ 거시로ᄃᆡ 대의(大義)ᄅᆞᆯ 몬져 ᄒᆞᄂᆞᆫ 위인(爲人)인 고(故)로 쇼부(少傅)ᄅᆞᆯ 위로(慰勞)ᄒᆞ여 ᄒᆞᆫ가지로 도셩(都城)의 드러올ᄉᆡ 쇼뷔(少傅ㅣ) 긔력(氣力)이 모숀(耗損)[431]ᄒᆞ고 병(病)이 즁(重)ᄒᆞᆫ 고(故)로 능(能)히 샤은(謝恩)치 못ᄒᆞ고 본부(本府)의 니ᄅᆞ니 일개(一家ㅣ) 이 쇼식(消息)을 듯고 대경(大驚) 샹도(傷悼)[432]ᄒᆞ여 말을 못 ᄒᆞ더니 승샹(丞相)이 허위(虛位)ᄅᆞᆯ 별당(別堂)의 봉안(奉安)ᄒᆞ고 일개(一家ㅣ) 모다 됴 시(氏)로써 발샹(發喪) 곡용(哭踊)[433]ᄒᆞ게 ᄒᆞ고 셩문이 임의 오(五) 셰(歲)라 발샹(發喪)ᄒᆞ여 통곡(慟哭)ᄒᆞ니 태ᄉᆞ(太師) 부쳬(夫妻ㅣ) 어린 ᄃᆞᆺ 취(醉)ᄒᆞᆫ ᄃᆞᆺ 다만 실셩운졀(失聲殞絶)[434]ᄒᆞᆯ ᄯᆞᄅᆞᆷ이오 졍 부인(夫人)은 혼졀(昏絶)ᄒᆞ여 인ᄉᆞ(人事)ᄅᆞᆯ 모ᄅᆞ니 공쥬(公主) 등(等)이 황망(慌忙)이 븟드러 침뎐(寢殿)의셔 구호(救護)ᄒᆞ고 승샹(丞相)은 졔인(諸人)을 ᄭᅮᄌᆞ져 우름을 금(禁)ᄒᆞ고 부모(父母)ᄅᆞᆯ 위로(慰勞)

---

430) 붕난(崩瀾): 붕란. 무너짐.

431) 모숀(耗損): 모손. 닳아 없어짐.

432) 샹도(傷悼): 상도. 가슴 아프게 슬퍼함.

433) 곡용(哭踊): 상주(喪主)가 매우 슬피 울며 가슴을 두드림.

434) 실셩운졀(失聲殞絶): 실성운절. 목이 쉴 정도로 너무 울고 기절함.

72면

ᄒᆞ미 ᄉᆞ긔(辭氣) ᄌᆞ약(自若)ᄒᆞ고 안ᄉᆡᆨ(顔色)이 온화(穩和)ᄒᆞ니 ᄐᆡᄉᆞ(太師)와 뉴 부인(夫人)이 우러 왈(曰),

"우리 ᄇᆡᆨ복(薄福)ᄒᆞᆫ 위인(爲人)으로 여러 ᄌᆞ숀(子孫)의 영화(榮華)ᄅᆞᆯ 보니 ᄆᆡ양 죠믈(造物)의 다싀(多猜)435)ᄅᆞᆯ 두리더니 엇지 금일(今日) 이런 참쳑(慘慽)436)을 ᄭᅵ칠 줄 알니오?"

승샹(丞相)이 위로(慰勞) 왈(曰),

"챵ᄋᆞ(-兒) 쥭으미 임의 텬슈(天數)의 ᄃᆞᆯ녓ᄂᆞᆫ지라 일이 이의 니른 후(後) 현마 엇지ᄒᆞ리잇고? 부모(父母)ᄂᆞᆫ 바라건ᄃᆡ 관심(寬心)437)ᄒᆞ쇼셔."

인(因)ᄒᆞ여 쇼부(少傅)다려 왈(曰),

"ᄂᆡ 비록 아ᄂᆞᆫ 일이 업ᄉᆞ나 몽챵이 이십일(二十一) 셰(歲)의 조ᄉᆞ(早死)ᄒᆞᆯ 긔샹(氣像)이 아니러니 혹쟈(或者) 쵸풍(招風)438)ᄒᆞ미 잇ᄂᆞᆫ가 ᄒᆞ노라."

쇼뷔(少傅ㅣ) 톄읍(涕泣)ᄒᆞ고 ᄇᆡ ᄂᆞᆾᄂᆞᆾ치 ᄭᆡ여짐과 건샹(乾象)을 보니 규셩(奎星)이 업ᄉᆞ믈 고(告)ᄒᆞ니 승샹(丞相)이 희허(唏噓) 탄식(歎息) 왈(曰),

"몽챵이 비록 산악(山岳) ᄀᆞᆺ튼 긔골(氣骨)인들 만경챵파(萬頃蒼波)의 ᄉᆡᆨ져 엇지 도ᄉᆡᆼ(圖生)ᄒᆞ리오? 샹시(常時) 긔질(氣質)이 강졍(剛精)439)ᄒᆞ니 낙슈(落水)ᄒᆞ믄 횡익(橫厄)440)이라 인인(人人)이 횡ᄉᆞ(橫

---

435) 다싀(多猜): 다시. 시기가 많음.
436) 참쳑(慘慽): 참척. 자손이 부모나 조부모보다 먼저 죽는 일.
437) 관심(寬心): 마음을 너그럽게 가짐.
438) 쵸풍(招風): 초풍. 바람에 이끌림.

死)ᄒᆞᄂᆞᆫ 이 만흐니 엇지 홀노 몽

73면

챵이 면(免)ᄒᆞ리오? ᄂᆡ게 여러 ᄒᆡ익(孩兒ㅣ) 이시니 져 ᄉᆞ렴(思念)ᄒᆞ여 브졀업도다."

인(因)ᄒᆞ여 신ᄉᆡᆨ(神色)이 찬 ᄌᆡ ᄀᆞᄐᆞᄃᆡ 쳔만(千萬) 강잉(强仍)ᄒᆞ여 안ᄉᆡᆨ(顔色)을 다시음 가다담아 부모(父母)ᄅᆞᆯ 뫼셔 ᄂᆡ헌(內軒)으로 드러가 ᄐᆡ부인(太夫人)긔 뵈오ᄆᆡ 부인(夫人)이 ᄇᆡᆨ발(白髮)을 브치며 눈믈이 〃음ᄎᆞ 비샹(悲傷)ᄒᆞ믈 억졔(抑制)치 못ᄒᆞ니 승샹(丞相)과 ᄐᆡ시(太師ㅣ) 과(過)히 위로(慰勞) 왈(曰),

"이졔 챵ᄋᆞ(-兒)의 슈ᄉᆞ(水死)ᄒᆞ미 ᄎᆞᆷ담(慘憺)ᄒᆞ나 슬하(膝下)의 ᄒᆡ이(孩兒ㅣ) 잇고 ᄒᆡᄋᆞ(孩兒) 등(等)이 무ᄉᆞ(無事)ᄒᆞ거ᄂᆞᆯ 엇지 과회(過懷)441)ᄒᆞ시ᄂᆞ니잇가?"

부인(夫人)이 실셩톄읍(失聲涕泣) 왈(曰),

"노뫼(老母ㅣ) 간고험난(艱苦險難)442)을 가쵸 겻거 박명(薄命) 인ᄉᆡᆼ(人生)이 ᄒᆡᆼ(幸)혀 현을 두어 관셩 형뎨(兄弟)ᄅᆞᆯ 엇고 ᄯᅩ 몽ᄋᆞ(-兒) 등(等)을 보니 노뫼(老母ㅣ) 향슈(享壽)443)ᄒᆞ여 만년(晩年)이나 무ᄉᆞ(無事)ᄒᆞᆯ가 바랏더니 이졔 몽챵이 개세영ᄌᆡ(蓋世英才)로 강어(江魚)의 복(腹)을 ᄎᆡ오니 져의 화(和)ᄒᆞᆫ 얼골과 웃ᄂᆞᆫ 쇼ᄅᆡ 이목(耳目)의

---

439) 강졍(剛精): 강정. 기운이 굳셈.

440) 횡익(橫厄): 횡액. 뜻밖에 당한 액운.

441) 과회(過懷): 지나치게 슬퍼함.

442) 간고험난(艱苦險難): 매우 어렵고 힘든 고난.

443) 향슈(享壽): 향수. 오래 사는 복을 누림.

삼삼[444]ᄒᆞ니 인비셕목(人非石木)이라[445] 능(能)히 ᄎᆞᆷ지 못ᄒᆞ리니 엇지 견ᄃᆡ리오?"

언파(言罷)의 실셩[446]

...

74면

통곡(失聲慟哭)ᄒᆞ니 승샹(丞相)은 안ᄉᆡᆨ(顏色)이[447] 엄엄(晻晻)[448]ᄒᆞ여 말을 아니ᄒᆞ고 ᄐᆡᄉᆡ(太師ㅣ) 누쉬(淚水ㅣ) 만면(滿面)ᄒᆞ여 모친(母親)을 븟들고 냥구(良久)히 쇼ᄅᆡ를 일오지 못ᄒᆞ다가 눈물을 거두고 위로(慰勞) 왈(曰),

"태태(太太) 말솜이 진실(眞實)노 그러ᄒᆞ오나 인인(人人)이 부모(父母)의 샹ᄉᆞ(喪事)를 만나 죽지 못ᄒᆞ고 ᄒᆡᄋᆡ(孩兒ㅣ) 쏘 야야(爺爺)를 여희옵고 지금 사라시리잇가? 셕ᄉᆞ(昔事)를 ᄉᆡᆼ각컨ᄃᆡ 금일ᄉᆞ(今日事)ᄂᆞᆫ 쇼ᄉᆡ(小事ㅣ) ᄃᆞᆺᄒᆞ온지라 모친(母親)은 ᄒᆡᄋᆞ(孩兒)의 우민(憂悶)[449]ᄒᆞᆷ을 도라보쇼셔."

부인(夫人)이 강잉(强仍)ᄒᆞ여 긋치니 승샹(丞相)이 무평[450]빅으로 더브러 뉴 부인(夫人) 침쇼(寢所)의 가 쇼부(少傅)를 볼ᄉᆡ 쇼뷔(少傅ㅣ) 모친(母親) 알핀 누어 눈물이 만면(滿面)ᄒᆞ여 인ᄉᆞ(人事)를 아ᄂᆞᆫ ᄃᆞᆺ 모로ᄂᆞᆫ ᄃᆞᆺᄒᆞ니 부인(夫人)이 븟들고 쇼ᄅᆡ를 먹음어 혈뉘(血淚ㅣ)

444) 삼삼: 잊히지 않고 눈앞에 보이는 듯 또렷함.
445) 라: [교] 원문에는 이 뒤에 '도'가 있으나 문맥을 고려하여 삭제함.
446) 셩: [교] 원문에는 없으나 문맥을 고려하여 국도본(12:69)을 따라 삽입함.
447) ᄉᆡᆨ이: [교] 원문에는 '치'로 되어 있으나 문맥을 고려하여 국도본(12:69)을 따름.
448) 엄엄(晻晻): 매우 어두움.
449) 우민(憂悶): 걱정함.
450) 평: [교] 원문에는 '령'으로 되어 있으나 앞의 예를 따라 이와 같이 수정함.

가삼을 적시니 승샹(丞相)이 ᄂᆞ아가 쇼부(少傅)ᄅᆞᆯ 어ᄅᆞ만져 왈(曰),

"ᄌᆞ경이 엇지 이리 죠ᄇᆡ야이 구러 부모(父母)의 심ᄉᆞ(心事)ᄅᆞᆯ 돕ᄂᆞ뇨?"

쇼뷔(少傅ㅣ) 식경(食頃) 후(後) 정신(精神)을 ᄎᆞ려 승샹(丞相)을 븟

75면

들고 위로(慰勞) 왈(曰),

"ᄉᆞᄅᆞᆷ이 ᄂᆞᄆᆡ ᄒᆞᆫ 번(番) 죽으미 덧덧ᄒᆞᆫ 일이니 엇지 몽질(-姪)ᄯᆞ려 면(免)ᄒᆞ리오마ᄂᆞᆫ 이제 몽챵은 학발(鶴髮) 죠부(祖父)와 부모(父母)ᄅᆞᆯ 두고 죠ᄉᆞ(早死)ᄒᆞ니 ᄋᆡ챵(哀愴)[451]ᄒᆞᆫ 심ᄉᆞ(心事)ᄅᆞᆯ 측냥(測量)치 못ᄒᆞ거ᄂᆞᆯ 더옥 슈즁(水中)의 몸을 더져 어복(魚腹)을 ᄎᆡ오고 시신(屍身)을 고산(故山)[452]의 쟝(葬)치 못ᄒᆞ니 이 ᄆᆞ음을 어ᄃᆡ 지향(指向)ᄒᆞ리잇가?"

승샹(丞相)이 탄식(歎息) 왈(曰),

"우형(愚兄)의 ᄆᆞ음이 현데(賢弟)만 못ᄒᆞᆯ 거시 아니라 인명(人命)이 ᄌᆡ텬(在天)ᄒᆞ고 시운(時運)이 블니(不利)ᄒᆞ니 샹회(傷懷)ᄒᆞ여 엇지리오? 현데(賢弟)ᄂᆞᆫ ᄌᆡ삼(再三) ᄃᆡ도(大道)ᄅᆞᆯ ᄉᆡᆼ각ᄒᆞ라."

쇼뷔(少傅ㅣ) ᄎᆞ면(遮面)[453] 타누(墮淚)ᄒᆞ고 뉴 부인(夫人)은 톄루(涕淚) 횡뉴(橫流)ᄒᆞᆯ ᄯᆞᄅᆞᆷ이러라.

부ᄆᆡ(駙馬ㅣ) 죠부모(祖父母)와 부친(父親)이 가신 후(後) 샹셔(尙書)의 허위(虛位)ᄅᆞᆯ 븟들고 혼졀(昏絶)ᄒᆞ기ᄅᆞᆯ ᄌᆞ로 ᄒᆞ여 호곡(號哭)

451) ᄋᆡ챵(哀愴): 애창. 슬픔.

452) 고산(故山): 선산.

453) ᄎᆞ면(遮面): 차면. 얼굴을 가리어 감춤.

왈(曰),

"당일(當日)의 기러기 항녈(行列)을 일워 즐길 시졀(時節)의 이러틋 춍춍(悤悤)이 현뎨(賢弟) 몬져 도라갈

•••

76면

줄 몽미(夢寐)의나 ˊ뜻ᄒᆞ여시리오? 우형(愚兄)이 블쵸(不肖)ᄒᆞ여 동긔(同氣) ᄉᆞ랑을 심곡(心曲)으로 못 ᄒᆞ여 언어(言語)ᄅᆞᆯ 통(通)치 못ᄒᆞ미네 디하(地下)의 한(恨)을 먹음으리니 타일(他日) 유명(幽冥) 쳔진(千載)454)의 하면목(何面目)으로 너ᄅᆞᆯ 보리오? 현뎨(賢弟) 졍녕(丁寧)이 아롬이 잇거든 도라보라."

인(因)ᄒᆞ여 쇼ᄅᆡᄅᆞᆯ 긋치지 못ᄒᆞ니 한님(翰林)과 두 공ᄌᆡ(公子ㅣ) 슬허ᄒᆞ믈 엇지 측냥(測量)ᄒᆞ리오. 각각(各各) 샹셔(尙書)ᄅᆞᆯ 브ᄅᆞ지져 ᄋᆡ챵(哀愴)ᄒᆞᆫ 우롬이 방인(傍人)이 감동(感動)ᄒᆞ더라. 셩문이 나히 어려 아모른 쥴 모로나 부친(父親)이 쥭으믈 드ᄅᆞ니 눈믈이 ᄂᆞᆾ치 가득ᄒᆞ여 부친(父親)을 브ᄅᆞ지져 우니 부마(駙馬) 등(等)이 ᄎᆞ마 보지 못ᄒᆞ여 운아ᄅᆞᆯ 블너 보호(保護)ᄒᆞ라 ᄒᆞ고 드ᄃᆡ여 모든 ᄃᆡ 통부(通訃)455)ᄒᆞ고 쇼뷔(少傅ㅣ) 샹표(上表)ᄒᆞ여 연고(緣故)ᄅᆞᆯ 쥬(奏)ᄒᆞ니라.

화셜(話說). 샹(上)이 니몽챵의 파젹(破敵)ᄒᆞᆫ 쳡셔(捷書)ᄅᆞᆯ 보시고 룡안(龍顔)이 ᄃᆡ열(大悅)ᄒᆞ샤 승샹(丞相)과 태ᄉᆞ(太師)ᄅᆞᆯ 무

---

454) 쳔진(千載): 천재. 천 년의 뜻으로 보이나 미상임.

455) 통부(通訃): 사람의 죽음을 알림.

77면

위(撫慰)ᄒᆞ시니 믄득 즁셰(中書ㅣ)[456] 쥬(奏)ᄒᆞᄃᆡ,

"뉵군도독(陸軍都督) 니몽챵이 도적(盜賊)을 멸(滅)ᄒᆞ고 반사(班師)[457]ᄒᆞ여 오다가 오강(烏江)의 와 풍낭(風浪)을 만나 슈ᄉᆞ(水死)ᄒᆞ고 슈군도독(水軍都督) 니연셩이 홀노 샹경(上京)ᄒᆞ여시나 병(病)이 즁(重)ᄒᆞ여 복명(復命)[458]치 못ᄒᆞ고 표(表)를 올녀 죄(罪)를 쳥(請)ᄒᆞᄂᆞ이다."

샹(上)이 쳥파(聽罷)의 ᄃᆡ경(大驚) 문왈(問曰),

"이 진짓 말이냐? 몽챵은 비범(非凡)ᄒᆞᆫ 위인(爲人)이라 엇지 졸연(猝然)이 쥭으리오?"

한림ᄒᆞᆨᄉᆞ(翰林學士) 쇼형이 시립(侍立)ᄒᆞ엿다가 ᄎᆞ언(此言)을 듯고 대경ᄎᆞ악(大驚嗟愕)ᄒᆞᄃᆡ 강잉(强仍)ᄒᆞ여 눈믈을 ᄎᆞᆷ고 표(表)를 닑으니 그 표(表) 왈(曰),

'신(臣)이 셩지(聖旨)를 밧ᄌᆞ와 남(南)으로 향(向)ᄒᆞ여 젹(敵)을 교봉(交鋒)[459]ᄒᆞᄆᆡ 신(臣)은 ᄌᆡ죄(才操ㅣ) 미(微)ᄒᆞ여 능(能)히 당(當)치 못ᄒᆞ옵거ᄂᆞᆯ 망질(亡姪) 몽챵이 ᄇᆡᆨ젼ᄇᆡᆨ승(百戰百勝)ᄒᆞ여 슈십(數十)일(日) 지ᄂᆡ여 임의 역신(逆臣)의 머리를 버혀 긔튝[460](機軸)의 졔(祭)ᄒᆞ고 강셔(江西)를 평뎡(平定)ᄒᆞᄆᆡ 신(臣)으로 더

---

456) 즁셰(中書ㅣ): 중서. 중국 한나라 이후에, 궁정의 문서·조칙(詔勅) 따위를 맡아보던 벼슬.

457) 반사(班師): 군사를 이끌고 돌아옴.

458) 복명(復命): 명령을 받고 일을 처리한 사람이 그 결과를 보고함.

459) 교봉(交鋒): 교전.

460) 튝: [교] 원문에는 '둑'으로 되어 있으나 오기로 보임.

78면

브러 군(軍)을 도로혀 룡뎡(龍廷)으로 향(向)ᄒᆞ옵더니 블힝(不幸)ᄒᆞ여 오강(烏江)의 니ᄅᆞ러 일진(一陣) ᄃᆡ풍(大風)을 만나 몽챵의 탄 ᄇᆡ 임의 뒤누어 몽챵과 다ᄉᆞᆺ 쟝관(將官) 슈십(數十) 인(人)이 슈ᄉᆞ(水死)ᄒᆞ믈 면(免)치 못ᄒᆞ니 신(臣)이 쟝ᄎᆞ(將次) 간담(肝膽)이 돌돌(咄咄)[461]ᄒᆞ여 일일(一日)을 뉴년(留連)[462]ᄒᆞ여 시신(屍身)을 ᄎᆞ즈되 능(能)히 엇지 못ᄒᆞ니 고ᄅᆡ 삼킬시 젹실(的實)ᄒᆞ온지라. 신(臣)이 어린 쵹하를 다려 변디(邊地)의 갓숩다가 쥭으믈 보고 ᄯᅩ 시신(屍身)을 붓드러 고향(故鄕)의 도라오지 못ᄒᆞ니 도라 ᄉᆡᆼ각건ᄃᆡ 셩상(聖上) 홍은(鴻恩)을 져ᄇᆞ리고 고당(高堂)의 학발(鶴髮) 죠모(祖母)와 년죠(年祚)[463]ᄒᆞᆫ 아비와 어미 문(門)을 지어 기다리믈 ᄉᆡᆼ각ᄒᆞ니 신(臣)이 비록 쳘셕(鐵石) 간장(肝腸)인들 녹지 아니리잇가? 스ᄉᆞ로 심간(心肝)이 쳬ᄉᆡᆨ(滯塞)[464]ᄒᆞ고 혼ᄇᆡᆨ(魂魄)이 운우(雲雨)의 ᄯᅳ니 졍신(精神)이 모황(耗荒)[465]ᄒᆞ고

79면

흉금(胸襟)이 ᄉᆞ라지ᄂᆞᆫ지라 드ᄃᆡ여 일(一) 병(病)이 침닉(沈溺)[466]ᄒᆞ

461) 돌돌(咄咄): 괴이쩍어 놀라는 소리나 의외의 일에 탄식하는 소리.
462) 뉴년(留連): 유련. 객지에 묵고 있음.
463) 년죠(年祚): 연조. 나이가 오래됨.
464) 쳬ᄉᆡᆨ(滯塞): 체색. 막힘.
465) 모황(耗荒): 쇠퇴하여 줄어듦.
466) 침닉(沈溺): 깊이 빠짐.

와 긔거(起居)를 못ᄒᆞ옵ᄂᆞᆫ 고(故)로 룡뎡(龍廷)의 죠회(朝會)치 못ᄒᆞ오니 신(臣)의 죄(罪) 더옥 즁(重)ᄒᆞ도쇼이다. 복원(伏願) 셩샹(聖上)은 미신(微臣)의 졍ᄉᆞ(情事)를 참쟉(參酌)ᄒᆞ시믈 ᄇᆞ라ᄂᆞ이다.'

샹(上)이 남필(覽畢)의 크게 슬허 ᄀᆞᆯᄋᆞ샤ᄃᆡ,

"몽챵은 개셰영직(蓋世英才)러니 엇지 즁노(中路)의 짐(朕)을 바릴 쥴 알니오? ᄒᆞ믈며 강셔(江西)를 평뎡(平定)ᄒᆞᆫ 공(公)이 즁(重)ᄒᆞ니 만일(萬一) 갑지 아닌즉 짐(朕)이 어진 신하(臣下)를 져ᄇᆞ리미라."

하됴(下詔)[467]ᄒᆞ여 쇼부(少傅)를 위로(慰勞)ᄒᆞ시고 태ᄌᆞ태부(太子太傅) 신국후를 봉(封)ᄒᆞ시고 식읍[468](食邑)[469] 삼쳔(三千) 호(戶)를 먹게 ᄒᆞ시고 샹셔(尙書)로 본직(本職) 병부샹셔(兵部尙書) 문졍후를 츄증(追贈)ᄒᆞ샤 례관(禮官)으로 ᄒᆞ여금 치졔(致祭)[470]ᄒᆞ시고 얼골을 공신각(功臣閣)[471]의 그리라 ᄒᆞ시니 니부(李府)의셔 셩지(聖旨)를 보고 더옥

···

80면

슬프믈 이긔지 못ᄒᆞ여 ᄒᆞ더라.

만죄(滿朝ㅣ) 문뎡후의 슈ᄉᆞ(水死)ᄒᆞ믈 알고 ᄎᆞᆷ담(慘憺)ᄒᆞ믈 이긔

---

467) 하됴(下詔): 하조. 조서를 내림.

468) 읍: [교] 원문에는 '급'으로 되어 있으나 오기로 보임.

469) 식급(食邑): 식읍. 고대 중국에서, 왕족, 공신, 대신들에게 공로에 대한 특별 보상으로 주는 영지(領地). 그 지역 조세를 받아먹게 하였고, 봉작과 함께 대대로 상속됨.

470) 치졔(致祭): 치제. 임금이 제물과 제문을 보내어 죽은 신하를 제사 지내던 일. 또는 그 제사.

471) 공신각(功臣閣): 공신의 얼굴을 그려 놓은 전각. 예를 들어 당(唐) 태종(太宗)이 정관(貞觀) 17년(643)에 공신 24명의 초상화를 걸게 한 능연각(凌煙閣) 등이 이에 해당함.

지 못ᄒᆞ여 니부(李府)의 모다 죠샹(弔喪)ᄒᆞᄆᆡ 거ᄆᆡ(車馬ㅣ) 낙[472]역블졀(絡繹不絶)[473]ᄒᆞ고 곡셩(哭聲)이 오(五) 리(里)의 니어시니 ᄎᆞ시(此時) 계츄(季秋)[474] 슌간(旬間)[475]이라 국화(菊花) 단풍(丹楓)은 쳐쳐(處處)의 이셔 경믈(景物)이 유아(幽雅)[476]ᄒᆞ여 츄풍(秋風)이 쇼슬(蕭瑟)[477]ᄒᆞᄃᆡ 샹셔(尙書)의 화안(和顔)과 셩음(聲音)이 유명(幽明)을 지음ᄒᆞ여 븕은 명뎡(銘旌)은 바ᄅᆞᆷ의 븟치고 헛관(-棺)은 이목(耳目)을 놀ᄂᆡ니 친븡고구(親朋故舊)의 ᄆᆞᄋᆞᆷ이 버히ᄂᆞᆫ ᄃᆞᆺ 눈믈 아니 ᄂᆡ리 업ᄉᆞ니 더옥 그 부모(父母) 형뎨(兄弟)의 졍의(情誼)ᄅᆞᆯ 니ᄅᆞ리오.

승샹(丞相)이 삼(三) ᄌᆞ(子)로 더브러 죠ᄀᆡᆨ(弔客)을 슈응(酬應)ᄒᆞᄆᆡ 심담(心膽)이 촌졀(寸絶)ᄒᆞᄃᆡ 부모(父母) 시하(侍下)의 ᄆᆞᄋᆞᆷ으로 못ᄒᆞ고 셰 마ᄃᆡ 우ᄅᆞᆷ의 혈뉘(血淚ㅣ) 옷기ᄉᆞᆯ 젹시고 위문(慰問)ᄒᆞᄂᆞᆫ 말을 드ᄅᆞᆫ즉 다만 긴 한숨ᄲᅮᆫ이라. 졔ᄀᆡᆨ(諸客)이 이 거동(擧動)을 보고 춤연(慘然)치 아니리 업더라.

쇼

81면

샹셰(尙書ㅣ) 녀ᄋᆞ(女兒)의 쇼식(消息) 듯기ᄅᆞᆯ 일야(日夜) 원(願)ᄒᆞ더니 믄득 샹셔(尙書)의 흉음(凶音)을 드ᄅᆞ니 녀ᄋᆡ(女兒ㅣ) 비록 사라도라오나 아죠 ᄲᅳᆯᄃᆡ업ᄉᆞᆫ 인ᄉᆡᆼ(人生)이 된 줄 헤아리고 셜우미 흉장

472) 낙: [교] 원문에는 'ᄂᆞ'로 되어 있으나 오기로 보임.

473) 낙역블졀(絡繹不絶): 낙역부절. 왕래가 잦아서 끊이지 않음.

474) 계츄(季秋): 계추. 늦가을.

475) 슌간(旬間): 순간. 음력 초열흘께.

476) 유아(幽雅): 그윽하고 품위가 있음.

477) 쇼슬(蕭瑟): 소슬. 으스스하고 쓸쓸함.

(胸腸)이 슨는 둣ᄒᆞ여 쐴니 니부(李府)의 와 허위(虛位)를 븟들고 통곡(慟哭)ᄒᆞ여 인ᄉᆞ(人事)를 능(能)히 출히지 못ᄒᆞ고 승샹(丞相)을 븟들고 대곡(大哭) 왈(曰),

"녀ᄋᆞ(女兒)의 ᄉᆞᄉᆡᆼ존망(死生存亡)을 몰나 일야(日夜) 쵸죠(焦燥)ᄒᆞ나 죤형(尊兄)의 원녜(遠慮ㅣ) 깁흐믈 ᄇᆞ라 요ᄒᆡᆼ(僥倖) 만날가 ᄇᆞ라더니 이졔 현셰(賢壻ㅣ) 디하(地下) 음혼(陰魂)이 되니 녀ᄋᆡ(女兒ㅣ) 비록 살미 이시나 ᄲᅳᆯᄃᆡ업ᄉᆞᆫ 인ᄉᆡᆼ(人生)이 되니 녀ᄋᆡ(女兒ㅣ) 셩되(性度ㅣ) 교결(皎潔)ᄒᆞ니 반ᄃᆞ시 혼쟈 ᄉᆞ지 아니리니 쇼졔(小弟) 명되(命途ㅣ) 긔구(崎嶇)ᄒᆞ미 이 ᄀᆞᆺᄐᆞ뇨?"

승샹(丞相)이 눈믈이 ᄂᆞᆺ치 가득ᄒᆞ여 말을 아니ᄐᆞ가 냥구(良久) 후(後) 기리 탄왈(嘆曰),

"쇼뎨(小弟) 반ᄉᆡᆼ(半生)을 셰(世)의 ᄒᆡᆼ(行)ᄒᆞ미 죠금도 ᄉᆞ롬의게 젹악(積惡)[478]이 업ᄉᆞᄃᆡ 이졔 ᄋᆞᄌᆞ(兒子)의 요망(夭亡)

82면

ᄒᆞ믈 만나 ᄀᆞᆺ쵸 ᄎᆞᆷ담(慘憺)ᄒᆞᆫ 졍경(情景)[479]이 고금(古今)의 희한(稀罕)ᄒᆞ니 다만 노텬(老天)[480]을 한(恨)ᄒᆞᆯ지언졍 무ᄉᆞᆷ 말이 이시리오? 져의 부뷔(夫婦ㅣ) 챵텬(蒼天)의 일편되이[481] 무이시믈[482] 만나 식부(息婦)ᄂᆞᆫ 텬ᄋᆡ(天涯)[483]의 분니(分離)[484]ᄒᆞ여 금ᄉᆡᆼ(今生)의 만날

478) 젹악(積惡): 적악. 남에게 악한 짓을 많이 함.

479) 졍경(情景): 정경. 가엾은 처지에 있는 딱한 모습이나 형편.

480) 노텬(老天): 노천. 하늘.

481) 일편되이: 편벽되게.

482) 무이시믈: 미워하심을.

483) 텬ᄋᆡ(天涯): 천애. 하늘의 끝이라는 뜻으로, 까마득하게 멀리 떨어져 있는 곳을 비

긔약(期約)이 업고 ᄋᆞᄌᆞ(兒子)는 슈하(水下)의 더져 형ᄒᆡ(形骸)[485]를 어더 고산(故山)의 도라보뉠 길히 아득ᄒᆞ니 쟝ᄎᆞᆺ(將次ㅅ) ᄆᆞ음이 착막(錯莫)[486]ᄒᆞ여 일각(一刻)을 견ᄃᆡ지 못ᄒᆞᆯ 거시로ᄃᆡ 다만 존당(尊堂)과 냥친(兩親)을 위(爲)ᄒᆞ여 겨유 혼빅(魂魄)을 거ᄂᆞ려 안ᄌᆞ시나 져의 거동(擧動)이 안젼(眼前)의 숨숨ᄒᆞ여 ᄎᆞᆷ아 안졉(安接)[487]지 못ᄒᆞ니 발광(發狂)ᄒᆞ여 ᄂᆞ기 쉬올가 ᄒᆞ노라."

샹셰(尙書ㅣ) 크게 우러 왈(曰),

"져의 거동(擧動)을 혜아리건ᄃᆡ 엇지 이십일(二十一) 셰(歲) 청츈(靑春)의 도라가리오마ᄂᆞᆫ 이 도시(都是) ᄒᆞᆨᄉᆡᆼ(學生)의 팔ᄌᆞ(八字ㅣ) 긔구(崎嶇)ᄒᆞ민가 ᄒᆞᄂᆞ이다."

승샹(丞相)이 희허(唏噓) 쟝탄(長歎) 왈(曰),

"샹법(相法)[488]도 거ᄌᆺ 거시오, 긔골(氣骨)도 산

•••

83면

악(山岳) ᄀᆞᆺ트미 허ᄉᆡ(虛事ㅣ)오, 슈명쟝단(壽命長短)[489]이 ᄌᆡ텬(在天)ᄒᆞ니 졔 임의 슈ᄉᆞ(水死)ᄒᆞᆯ 운싊(運數ㅣ)라 쟝ᄎᆞᆺ(將次ㅅ) 엇지리오?"

셜파(說罷)의 오열(嗚咽)ᄒᆞ여 능(能)히 졍신(精神)을 거두지 못ᄒᆞ니 쇼 공(公)이 도로혀 위로(慰勞) 왈(曰),

---

유적으로 이르는 말.

484) 분니(分離): 분리. 떨어져 헤어짐.

485) 형ᄒᆡ(形骸): 형해. 사람의 몸과 뼈.

486) 착막(錯莫): 착잡하고 답답함.

487) 안졉(安接): 안접. 평안히 머물러 삶.

488) 샹법(相法): 상법. 관상 보는 법.

489) 슈명쟝단(壽命長短): 수명장단. 목숨이 길고 짧음.

"이의 녕ᄋᆞ(令兒ㅣ) 참ᄉᆞ(慘死)ᄒᆞ미 ᄒᆡᆼ뇌(行路ㅣ) 눈믈을 흘닐지라 더옥 그 부모(父母)의 ᄆᆞ음을 닐러 알 ᄇᆡ리오? 형(兄)의게 이졔도 여러 개(個) 녕낭(令郞)이 이시니 관심(寬心)ᄒᆞᆯ 도리(道理) 업지 못ᄒᆞᆯ지라. 형(兄)은 원(願)컨ᄃᆡ 슬프믈 죤졀((撙節)[490]ᄒᆞ여 쳔금즁신(千金重身)을 도라볼지어다."

승샹(丞相)이 타누(墮淚) 왈(曰),

"ᄌᆞ식(子息)이 여러히나 그 졍(情)은 각각(各各)이라. 져를 어던지 이십여(二十餘) 년(年)의 이러ᄐᆞ시 훌훌(欻欻)이[491] ᄉᆞ별(死別)ᄒᆞ여 부ᄌᆞ(父子)의 유유(幽幽)[492]ᄒᆞᆫ 졍(情)이 금(禁)키 어려온지라. 형(兄)은 쇼뎨(小弟)의 졍(情)을 ᄉᆞᆯ펴 용샤(容赦)ᄒᆞ라."

쇼 공(公)이 역시(亦是) 눈믈이 비 ᄀᆞᆺᄐᆞᆯ ᄯᆞᄅᆞᆷ이러라.

이윽고 샹 시랑(侍郞)과 됴 국귀(國舅ㅣ) 니ᄅᆞ러 죠샹(弔喪)ᄒᆞ미 샹 공(公)

84면

은 녀ᄋᆞ(女兒)의 부뷔(夫婦ㅣ) 샹(喪)ᄒᆞ믈 더옥 슬허 강슈(江水)ᄅᆞᆯ 보ᄐᆡᆯ ᄃᆞᆺᄒᆞᆫ 눈믈이 잇고 됴 국구(國舅)ᄂᆞᆫ 녀ᄋᆞ(女兒)의 일ᄉᆡᆼ(一生)을 ᄆᆞᆺᄎᆞ시믈 슬워ᄒᆞ미 엇지 쇼 공(公)의게 지리오.

임의 ᄂᆞᆯ을 기ᄃᆞ려 셩복(成服)[493]을 일울ᄉᆡ ᄉᆡᆼ(生)이 본(本)ᄃᆡ 병부(兵部) 큰 쇼임(所任)의 거(居)ᄒᆞ여 막하(幕下)[494] 관뉘(官類ㅣ) 슈

490) 죤졀((撙節): 준절. 알맞게 절제함.

491) 훌훌(欻欻)이: 갑자기.

492) 유유(幽幽): 그윽함.

493) 셩복(成服): 성복. 초상이 나서 처음으로 상복을 입음. 보통 초상난 지 나흘 되는 날부터 입음.

(數)업고 인믈(人物) ᄌᆡ화(才華ㅣ) 일셰(一世)의 쵸셰(超世)[495]ᄒᆞ고 친붕(親朋)이 쳔(千)을 헬 거시오, 승샹(丞相)이 일인지하(一人之下)로 ᄉᆞᄒᆡ(四海)ᄅᆞᆯ 춍녕(總領)[496]ᄒᆞ니 뉘 그 아ᄃᆞᆯ의 셩복(成服)의 아니 오리오. 만됴(滿朝ㅣ) 구룸 못ᄃᆞᆺ ᄒᆞ여 복졔(服祭)[497]의 ᄎᆞᆷ예(參預)[498]ᄒᆞ니 곡셩(哭聲)이 하ᄂᆞᆯ을 흔들고 부모(父母) 형뎨(兄弟)의 슬허ᄒᆞ미 측냥(測量)ᄒᆞ리오. 오ᄂᆡ(五內) 붕졀(崩絶)[499]ᄒᆞ여 졔파(祭罷)의 무평[500]빅이 부모(父母)ᄅᆞᆯ 븟드러 ᄂᆡ당(內堂)의 드러가고 한님(翰林)이 모친(母親)을 위로(慰勞)ᄒᆞ여 빈각(賓閣)으로 가니 승샹(丞相)이 슬허 왈(曰),

“챵ᄋᆡ(-兒ㅣ) 나의 뒤흘 ᄯᆞᆯ을 거시어ᄂᆞᆯ 엇진 고(故)로 네 몬져 도라가뇨? 이ᄂᆞᆫ 네 아비 ᄎᆞᆷ지 못

85면

ᄒᆞᆯ 배라.”

인(因)ᄒᆞ여 피ᄅᆞᆯ 토(吐)ᄒᆞ고 혼졀(昏絶)ᄒᆞ니 부ᄆᆡ(駙馬ㅣ) 황망(慌忙)이 븟드러 샹(牀)의 누이고 약믈(藥物)노 구호(救護)ᄒᆞ더니 반일(半日) 후(後) 겨유 ᄭᆡ여 임의 음식(飮食)을 일일(日日)히 먹지 아년지 오린지라 부ᄆᆡ(駙馬ㅣ) 울며 간왈(諫曰),

---

494) 막하(幕下): 지휘관, 책임자가 거느리고 있는 사람.

495) 쵸셰(超世): 초세. 한 세상에서 뛰어남.

496) 춍녕(總領): 총령. 모든 것을 통틀어 거느림.

497) 복졔(服祭): 복제. 곧 성복제(成服祭). 성복 때 지내는 제사.

498) ᄎᆞᆷ예(參預): 참예. 어떤 일에 참여하여 관계함.

499) 붕졀(崩絶): 붕절. 무너지고 끊어짐.

500) 평: [교] 원문에는 ‘령’으로 되어 있으나 앞의 예를 따라 이와 같이 수정함.

"이제 아의 춤ᄉ(慘死)ᄒ미 간쟝(肝腸)이 폐식(閉塞)[501]홀 ᄇ라 더옥 부모(父母)의 익훼(哀毁)[502]ᄒ시미 헐(歇)ᄒ시리잇고마는 우흐로 대부모(大父母) 샹회(傷懷)[503]ᄒ시미 과도(過度)ᄒ시니 야애(爺爺ㅣ) 됴셕(朝夕)의 위로(慰勞)ᄒ시미 올흐시거늘 엇지 이러틋 망혼샹담(亡魂喪膽)[504]ᄒ샤 젼후(前後)를 도라보지 아니시ᄂ니잇가?"

승샹(丞相)이 정신(精神)을 강쟉(强作)ᄒ여 왈(曰),

"ᄂ 또ᄒ 너의 ᄉ각만 못ᄒ미 아니라 다만 부ᄌ지졍(父子之情)으로써 금일(今日) 경ᄉ(景色)을 가(可)히 춤을 것가? 연(然)이나 일이 이의 니른 후(後) 현마 엇지리오?"

드ᄃ여 쥭음(粥飮)을 가져오라 ᄒ여 타연(泰然)이 마시고 의ᄃ(衣帶)를 고쳐 내당(內堂)의 드러가 화(和)ᄒ 안ᄉ(顏色)으로 죠모(祖母)와

86면

부모(父母)를 위로(慰勞)ᄒ고 져므도록 시측(侍側)ᄒ여 담쇼(談笑)를 여러 슬프믈 관억(寬抑)[505]ᄒ시게 ᄒ더니,

혼졍(昏定)[506]을 ᄆᆞᆺ고 사실(私室)의 니ᄅ니 잇ᄯ 졍 부인(夫人)이 샹셔(尙書)의 흉음(凶音)을 드른 후(後) 의ᄉ(意思ㅣ) 어린 ᄃᆺ 취(醉)ᄒ ᄃᆺᄒ여 머리를 벼ᄀ의 더져 우름이 밤으로써 ᄂᆞᆺ즐 닛고 부ᄅ지져

501) 폐식(閉塞): 폐색. 닫히어 막힘.

502) 익훼(哀毁): 애훼. 몹시 슬퍼함.

503) 샹회(傷懷): 상회. 애통히 여김.

504) 망혼샹담(亡魂喪膽): 망혼상담. 넋이 달아남.

505) 관억(寬抑): 격한 감정을 너그럽게 억제함.

506) 혼졍(昏定): 혼정. 잠자리에 들 때에 부모의 침소에 가서 잠자리를 살피고 밤 동안 안녕하기를 여쭘.

익통(哀痛)ᄒᆞ여 식음(食飮)을 ᄂᆞ오지 아니ᄒᆞ니 졔ᄌᆞ(諸子) 졔뷔(諸婦ㅣ) 민망(憫惘)ᄒᆞ믈 이긔지 못ᄒᆞ고 구괴(舅姑ㅣ) 만일(萬一) 미음(米飮)을 권(勸)ᄒᆞ신즉 온화(溫和)히 샤례(謝禮)ᄒᆞ고 흔연(欣然)이 먹으나 나간즉 거ᄉᆞ려 토(吐)ᄒᆞ고 인ᄉᆞ(人事)를 아ᄂᆞᆫ 듯 모ᄅᆞᄂᆞᆫ 듯ᄒᆞ며 샹셔(尙書)의 용모(容貌) 셩음(聲音)이 이변(耳邊)의 머므ᄅᆞᄂᆞᆫ지라 닛기 어려워 흉격(胸膈)의 일쳔(一千) 슬프미 막혀시니 엇지 음식(飮食)이 목의 너머 들니오. 날이 포리니[507] 우롬이 ᄂᆞ지 아녀 ᄒᆞᆫ갓 침익(枕匡)[508]의 몸을 바려 반ᄉᆡᆼ반ᄉᆞ(半生半死)ᄒᆞ여시니 부마(駙馬) 등(等)이 착급(着急)[509]ᄒᆞ더니 승상(丞相)이 드러오니 부인(夫人)이 몸을 니러

87면

벼개의 의지(依支)ᄒᆞ여 눈믈이 졈졈(點點)이 ᄣᅥ러질 ᄲᅳᆫ이오 말이 업ᄉᆞ니, 승샹(丞相)이 냥구(良久) 후(後) 탄식(歎息) 왈(曰),

“부인(夫人)과 ᄂᆡ 팔ᄌᆡ(八字ㅣ) 긔구(崎嶇)ᄒᆞ여 셔하(西河)의 참쳑(慘慽)[510]을 보니 슬우미 참지 못ᄒᆞᆯ ᄇᆡ라. 연(然)이나 부뫼(父母ㅣ) ᄌᆡ당(在堂)ᄒᆞ시고 아ᄅᆡ로 여러 ᄋᆞ희 이시니 일편되이 져만 ᄉᆡᆼ각ᄒᆞ여 과상(過傷)ᄒᆞ미 그른가 ᄒᆞᄂᆞ니 부인(夫人)은 모ᄅᆞ미 관억(寬抑)ᄒᆞ여 ᄉᆡᆼ(生)의 말을 죠출지어다.”

---

507) 포리니: 미상.

508) 침익(枕匡): 베개 머리.

509) 착급(着急): 몹시 급함.

510) 셔하(西河)의 참쳑(慘慽): 서하의 참척. 서하는 지금의 하남성(河南省) 안양(安陽)이고, 참척은 자손이 부모나 조부모보다 먼저 죽는 것을 말함. 중국 춘추시대 자하(子夏, B.C.508?~B.C.425?)가 서하에 있을 때 자식을 잃고 슬퍼한 데서 유래함.

부인(夫人)이 실셩톄읍(失聲涕泣)ᄒᆞ여 냥구(良久) 후(後) ᄃᆡ왈(對曰),

"ᄉᆞᄅᆞᆷ이 셰샹(世上)의 나와 뉘 쥭지 아니리오마ᄂᆞᆫ 여러 ᄌᆞ식(子息)을 두어 다 됴흐믈 바라며 ᄌᆞ식(子息)이 만흔즉 이런 일 보기 샹ᄉᆡ(常事ㅣ)로ᄃᆡ 이제 몽ᄋᆞ(-兒)ᄂᆞᆫ 그러치 아냐 졀노써 젼진(戰陣)의 보ᄂᆡ고 쥬야(晝夜) ᄋᆡ를 ᄉᆞᆯ오다가 요ᄒᆡᆼ(僥倖) 셩공(成功)ᄒᆞᆫ 쇼식(消息)을 드ᄅᆞ니 깃브미 망외(望外)[511]라 숀곱아 도라오기를 기다리더니 ᄭᅮᆷ의도 ᄉᆡᆼ각지 아닌 흉음(凶音)을 드ᄅᆞ니 졔 만일(萬一) 병(病)드러 쥭어실진ᄃᆡ 신톄(身體)를 어

...

88면

ᄅᆞ만져 손 ᄂᆞᆺ출 본 ᄃᆞᆺ 반길 거시어ᄂᆞᆯ 져의 몸을 어복(魚腹)의 장(葬)ᄒᆞ여 ᄌᆞ최 묘연(杳然)ᄒᆞ니 쳡쳡유한(疊疊遺恨)[512]이 견ᄃᆡ지 못ᄒᆞᆯ ᄇᆡ라 쥭어 모ᄅᆞ믈 영화(榮華)로이 너기ᄂᆞ이다."

언파(言罷)의 쥬뤼(珠淚ㅣ) 화싀(花腮)[513]의 니음ᄎᆞ니 승샹(丞相)이 위로(慰勞) 왈(曰),

"나의 ᄆᆞ음이 부인(夫人)만 못ᄒᆞ미 아니로ᄃᆡ 고당(高堂)의 냥친(兩親)을 위(爲)ᄒᆞ미니 대도(大道)를 힘ᄡᅳ지어다."

인(因)ᄒᆞ여 녀ᄋᆞ(女兒)를 명(命)ᄒᆞ여 일긔(一器) 미쥭(糜粥)[514]을 부인(夫人)긔 ᄂᆞ오라 ᄒᆞ니 빙옥 쇼졔(小姐ㅣ) 즉시(卽時) 금긔(金器)의 쥭(粥)을 ᄂᆞ오니 부인(夫人)이 무슈(無數)ᄒᆞᆫ 눈믈이 좌셕(坐席)의

---

511) 망외(望外): 바라거나 희망하는 것 이상의 것.

512) 쳡쳡유한(疊疊遺恨): 첩첩유한. 겹겹이 남아 있는 한.

513) 화싀(花腮): 화시. 꽃 같은 뺨.

514) 미쥭(糜粥): 미죽. 미음이나 죽 따위를 통틀어 이르는 말.

고닐 ᄯᆞ롬이오 츰아 먹지 못ᄒᆞ니 승샹(丞相)이 졍ᄉᆡᆨ(正色) 왈(曰),

"ᄉᆞ롬이 지극(至極)ᄒᆞᆫ 지통(至痛)[515] 가온ᄃᆡ도 쥭지 못ᄒᆞ여 훼블멸셩(毁不滅性)[516]을 ᄉᆡᆼ각ᄒᆞ거ᄂᆞᆯ 부인(夫人)이 엇지 이러ᄐᆞᆺ 죠ᄇᆡ야오뇨?"

강잉(强仍)ᄒᆞ여 두어 번(番) 마시ᄆᆡ 긔운이 거ᄉᆞ려 토(吐)ᄒᆞᄂᆞᆫ지라 승샹(丞相)이 도라보고 왈(曰),

"부인(夫人)이 냥(兩) 존당(尊堂)을 고념(顧念)치 아냐 져러ᄐᆞᆺ 쥭기ᄅᆞᆯ 바

···

89면

야니 ᄂᆡ 굿ᄐᆞ여 말니지 아니려니와 ᄯᅩᄒᆞᆫ 부인(夫人) 몸의 므ᄉᆞᆷ 유익(有益)ᄒᆞ미 잇ᄂᆞ뇨?"

드ᄃᆡ여 몸을 니러 ᄂᆞ와 옥계(玉階)의 산보(散步)ᄒᆞ며 심ᄉᆞ(心事)ᄅᆞᆯ 뎡(靜)치 못ᄒᆞ더니 눈을 드러 건샹(乾象)을 보니 규셩(奎星)이 임의 흔젹(痕迹)이 업ᄉᆞᆫ지라 스ᄉᆞ로 슬허 왈(曰),

"하ᄂᆞᆯ이 엇지 ᄂᆡ ᄋᆞ히로써 ᄌᆡ조(才操)ᄅᆞᆯ 그러ᄐᆞᆺ 츌범(出凡)이 ᄉᆞᆷ겨 ᄂᆡ시고 아ᄉᆞ믈 이러ᄐᆞᆺ 슈이 ᄒᆞ시ᄂᆞ뇨? 녯ᄂᆞᆯ 안연(顔淵)[517]이 귀현(貴顯)[518]ᄒᆞᄃᆡ 죠ᄉᆞ(早死)ᄒᆞ니 금일(今日) ᄂᆡ ᄋᆞ히와 ᄀᆞᆺ도다."

---

515) 지통(至痛): 고통이 매우 심함. 또는 그런 고통.

516) 훼블멸셩(毁不滅性): 훼불멸성. 부모의 상을 당하여 슬퍼해도 생명을 잃지는 않도록 함.

517) 안연(顔淵): 중국 춘추시대 노나라 사람으로, 이름은 안회(顔回, B.C.521~B.C.490)이고 자는 자연(子淵). 공자의 제자로 학덕이 높아 가장 촉망받는 제자였으나 공자보다 먼저 죽음.

518) 귀현(貴顯): 존귀하고 명망이 높음.

인(因)ᄒᆞ여 화려(華麗) 샹활(爽闊)519)ᄒᆞᆫ 풍ᄎᆡ(風采)와 관옥(冠玉) 안면(顔面)이 눈가의 버러시며 학녀(鶴唳)520) 청음(淸音)이 이변(耳邊)의 징징(琤琤)521)ᄒᆞ고 신장(身長)이 장대(壯大)ᄒᆞ나 ᄌᆞ가(自家)의 ᄉᆞᄆᆡ를 븟들고 흔희(欣喜)ᄒᆞ미 만ᄉᆞ(萬事)를 잇던 거동(擧動)을 ᄉᆡᆼ각ᄒᆞ니 ᄎᆞ마 견ᄃᆡ기 어려온지라. 광미(廣眉)522)의 일쳔(一千) 가지 슬픈 ᄉᆡᆨ(色)으로 미우(眉宇)를 ᄶᅵᆼ긔고 ᄇᆡ회(徘徊)ᄒᆞᄆᆡ 월하(月下)의 쇄락(灑落)ᄒᆞᆫ 풍ᄎᆡ(風采) 쇼ᄉᆞᄂᆞ더라. 야심(夜深)ᄒᆞᄆᆡ 찬 셔리 의관(衣冠)의 져

90면

져시ᄃᆡ 부마(駙馬)와 한님(翰林) 등(等)이 모친(母親)을 구(救)ᄒᆞ노라 부친(父親)이 ᄂᆞ가시나 밋쳐 ᄉᆡᆼ각지 아녀더니 부ᄆᆡ(駙馬ㅣ) 마ᄎᆞᆷ ᄂᆞ와 부친(父親)의 져러틋 ᄒᆞᆫ 경샹(景狀)을 보옵고 슬프믈 이긔지 못ᄒᆞ여 ᄂᆞ아가 쥬왈(奏曰),

"야긔(夜氣) 깁고 츄풍(秋風)이 한일(寒日)ᄒᆞᆫᄃᆡ 이러틋 ᄒᆞ시ᄂᆞ니잇고? 슉침(宿寢)ᄒᆞ시믈 쳥(請)ᄒᆞᄂᆞ이다."

승샹(丞相)이 머리를 두로혀 듯기를 ᄆᆞᆺ고 셔헌(書軒)으로 가고져 ᄒᆞ다가 의관(衣冠)이 다 져젓ᄂᆞᆫ지라 도로 부인(夫人) 침당(寢堂)의 니ᄅᆞ러 녀ᄋᆞ(女兒)를 블너 의관(衣冠)을 ᄀᆞᆯ고 이곳ᄃᆡ셔 잘ᄉᆡ 졔ᄌᆡ(諸子ㅣ) 믈너ᄂᆞ고 부인(夫人)이 울기를 그치고 승샹(丞相)의 ᄌᆞᄂᆞᆫ ᄆᆞᄋᆞᆷ

---

519) 샹활(爽闊): 상활. 상쾌함.

520) 학녀(鶴唳): 학려. 학이 욺. 또는 그 울음소리.

521) 징징(琤琤): 쟁쟁. 전에 들었던 말이나 소리가 귀에 울리는 느낌이 있음.

522) 광미(廣眉): 넓은 눈썹.

을 편(便)케 ᄒᆞ려 ᄌᆞᆷ연(潸然)이 벼개의 지여 슬픈 ᄉᆡᆨ(色)을 뵈지 아니려 ᄒᆞ나 승샹(丞相)이 죵야(終夜)토록 쟝우쟝탄(長吁長歎)[523] ᄒᆞ여 졸연(猝然)이 구텬(九泉)의 놀고져 ᄠᅳᆺ이 잇ᄂᆞᆫ 고(故)로 부인(夫人)이 더옥 슬허 칼을 ᄉᆞᆷ킨 ᄃᆞᆺᄒᆞ여 헤아리ᄃᆡ,

'져러ᄐᆞᆺ 심ᄉᆞ(心思)ᄅᆞᆯ ᄉᆞᆯ오거든 내 엇지 조ᄎᆞ 샹회(傷懷)

91면

ᄒᆞ여 그 비회(悲懷)ᄅᆞᆯ 도도리오?'

ᄌᆞᆷ간(暫間) 관억(寬抑)ᄒᆞ기ᄅᆞᆯ ᄉᆡᆼ각더니 승샹(丞相)이 잠을 못 ᄌᆞ고 계명(鷄鳴)의 니러 신셩(晨省)ᄒᆞ고 외당(外堂)으로 나가 쇼부(少傅)ᄅᆞᆯ 위로(慰勞)ᄒᆞ며 쳔만(千萬) 가지로 심ᄉᆞ(心思)ᄅᆞᆯ 뎡(靜)ᄒᆞ여 지ᄂᆡ나 시시(時時)로 샹셰(尙書ㅣ)의 셩음(聲音) 거지(擧止) 눈 알ᄑᆡ 버러 넉시 놀ᄂᆞ오니 심ᄉᆡ(心事ㅣ) 크게 샹(傷)ᄒᆞ여 대병(大病)이 발(發)ᄒᆞᆯ ᄃᆞᆺᄒᆞ더라. 일즉 셔당(書堂) 근쳐(近處)의 발을 드ᄃᆡ지 아니ᄒᆞ고 샹셔(尙書) 쓰던 문방(文房) 연갑(硯匣)[524]을 다 블 질너 업시코져 ᄒᆞ니 ᄐᆡᄉᆡ(太師ㅣ) 왈(曰),

"비록 보기 슬흐나 셩[525]문 등(等) 냥ᄋᆡ(兩兒ㅣ) 이시니 ᄌᆞ란 후(後) 졔 아비 형젹(形迹)을 알게 ᄒᆞ라."

승샹(丞相)이 슈명(受命)ᄒᆞ여 샹셔(尙書)의 쓰던 졔구(諸具)ᄅᆞᆯ 다 셔당(書堂)의 너코 ᄌᆞᆷ으니 부마(駙馬) 등(等)이 형뎨(兄弟) ᄒᆞᆫ가지로

---

523) 쟝우쟝탄(長吁長歎): 장우장탄. 길이 탄식함.

524) 연갑(硯匣): 벼룻집.

525) 셩: [교] 원문에는 '영'으로 되어 있으나 큰아들의 이름이 성문이므로 국도본(12:88)을 따름.

이셔 쟉시(作詩) 음영(吟詠)ᄒᆞ며 환쇼달난(歡笑團欒)[526]ᄒᆞ던 곳을 ᄎᆞ마 보지 못ᄒᆞ여 다른 ᄃᆡ 올마 한님(翰林)으로 더브러 잇더라.

쇼뷔(少傅ㅣ) 월여(月餘)ᄅᆞᆯ 신고(辛苦)[527]ᄒᆞ여 니러ᄂᆞ니 만믈(萬物)이 의구(依舊)ᄒᆞᄃᆡ 질ᄋᆞ(姪兒)의

92면

ᄌᆞ최 묘망(渺茫)ᄒᆞ니 더옥 통도(痛悼)ᄒᆞ여 별원(別院)의 가 녕연(靈筵)[528]을 두다려 종일(終日)토록 통곡(慟哭)ᄒᆞ고 ᄂᆞᆯ노 룡안(龍顔)의 됴회(朝會)ᄒᆞ니 샹(上)이 샹셔(尙書)의 ᄎᆞᆷᄉᆞ(慘死)ᄅᆞᆯ 치위(致慰)[529]ᄒᆞ시ᄆᆡ 쇼뷔(少傅ㅣ) 울며 쥬왈(奏曰),

"신(臣)이 ᄌᆞ하ᄅᆞᆯ 쥭이고 홀노 도라와 셩샹(聖上) 탑하(榻下)[530]의 뵈오니 ᄆᆞ음을 어ᄃᆡ 비(比)ᄒᆞ리잇고?"

샹(上)이 위로(慰勞)ᄒᆞ시고 신국[531]후 인슈(印綬)ᄅᆞᆯ 친(親)히 쥬시니 샤은(謝恩)ᄒᆞ고 믈너와 더옥 쳐챵(悽愴)[532]ᄒᆞ믈 이긔지 못ᄒᆞ고 눈믈 아니 흘닐 ᄂᆞᆯ이 업더라.

졍 부인(夫人)이 비록 강잉(強仍)코져 ᄒᆞ나 약질(弱質)의 ᄋᆡ썬 지 날이 오ᄅᆡᆫ 고(故)로 병(病)이 니러 침의(枕扆)의 위돈(委頓)[533]ᄒᆞ니

---

526) 환쇼달난(歡笑團欒): 환소단란. 즐겁게 웃으며 화목하게 보냄.

527) 신고(辛苦): 어려운 일을 당하여 몹시 애씀. 또는 그런 고생.

528) 녕연(靈筵): 영연. 죽은 사람의 영궤(靈几)와 그에 딸린 모든 것을 차려 놓는 곳.

529) 치위(致慰): 상중(喪中)이나 복중(服中)에 있는 사람을 위로함.

530) 탑하(榻下): 왕의 자리 앞.

531) 국: [교] 앞부분(11:79)에서 임금이 이연성을 '신국후'에 봉했다는 내용이 나오므로 국도본(12:89)을 따라 삽입함.

532) 쳐챵(悽愴): 처창. 몹시 구슬프고 애달픔.

533) 위돈(委頓): 기력이 쇠약함.

구괴(舅姑ㅣ) 크게 우려(憂慮)ᄒᆞ고 승샹(丞相)이 부마(駙馬)ᄅᆞᆯ 블너 ᄉᆞ톄(事體) 가(可)치 아니믈 졀칙(切責)[534]ᄒᆞ니 부인(夫人)이 쳔만(千萬) 관심(寬心)ᄒᆞ여 몸을 스ᄉᆞ로 죠리(調理)ᄒᆞ여 니러 단니며 구고(舅姑) 감지(甘旨)[535]ᄅᆞᆯ 밧드나 일즉 니 드러ᄂᆞ게 웃지 아니코 언쇼(言笑)ᄅᆞᆯ 아니ᄒᆞ고 침쇼(寢所)의 도라온죽 톄읍(涕泣)ᄒᆞ믈 마지아니니 공쥬(公主)와 댱 시(氏)

•••

93면

뫼셔 위로(慰勞)ᄒᆞᆯ ᄲᅳᆫ이러라.

이ᄯᅢ 됴 시(氏) 샹셔(尙書) 흉음(凶音)을 듯고 ᄌᆞ긔(自己) 일ᄉᆡᆼ(一生)이 맛ᄎᆞ믈 슬허 최복(衰服)[536]으로 쥬야(晝夜) 침쇼(寢所)의 통곡(慟哭)ᄒᆞ더니 날이 오ᄅᆡᄆᆡ 믄득 원심(怨心)이 니러나 ᄆᆡ양 ᄭᅮᄌᆞ져 왈(曰),

"필뷔(匹夫ㅣ) ᄉᆞ라실 제 날을 박ᄃᆡ(薄待)ᄒᆞ더니 이제 쥭어 날을 쉶게 ᄒᆞ고 ᄎᆡ의(彩衣)ᄅᆞᆯ ᄌᆞ폐(自廢)[537]케 ᄒᆞᄂᆞ뇨? 못ᄒᆞᆯ 노라ᄉᆞᆯ ᄒᆞ고 쥭어시니 졔 넉시라도 만분(萬分)[538] 디옥(地獄)의 들니라."

ᄒᆞ고 쥬야(晝夜) 즐욕(叱辱)ᄒᆞ니 모다 이 말을 듯고 어히업셔 아른톄 아니터라. 됴 시(氏) 스ᄉᆞ로 심회(心懷)ᄅᆞᆯ 뎡(靜)치 못ᄒᆞ고 ᄯᅩ 이 곳ᄃᆡ셔 나단니면 남이 우을 거시오, 들엇ᄌᆞ ᄒᆞ니 울울(鬱鬱)ᄒᆞ여 고

534) 졀칙(切責): 절책. 매우 꾸짖음.

535) 감지(甘旨): 맛이 좋은 음식. 맛난 음식으로 부모를 봉양하는 것.

536) 최복(衰服): 상복.

537) ᄌᆞ폐(自廢): 자폐. 스스로 폐함.

538) 만분(萬分): 반드시.

구(姑舅)긔 고(告)ᄒᆞ고 본집(本-)의 가 죠병(調病)ᄒᆞ고 와지라 ᄒᆞ니 구괴(舅姑ㅣ) 허(許)ᄒᆞᆫᄃᆡ 됴 시(氏) 최복(衰服)을 ᄡᅳ어 죤당(尊堂)의 하직(下直)고 울며 왈(曰),

"쳡(妾)이 블쵸(不肖)ᄒᆞ나 이졔 이팔쳥츈(二八靑春)이라 엇지 모ᄅᆞ고져 ᄒᆞᄃᆡ ᄎᆞ마 부모(父母)의 유톄(遺體)ᄅᆞᆯ 바리지 못ᄒᆞ

94면

여 완명(頑命)[539]을 진녀시나 이곳의셔 가군(家君)의 왕ᄅᆡ(往來)ᄒᆞ든 ᄃᆡᄅᆞᆯ ᄎᆞᆷ마 보지 못ᄒᆞ여 집의 갓다가 쟝일(葬日) 미쳐 오리이다."

셜파(說罷)의 눈믈이 비 오듯 ᄒᆞ니 승샹(丞相)이 ᄎᆞᆷ연(慘然)ᄒᆞ여 위로(慰勞)ᄒᆞ고 좌위(左右ㅣ) 졍ᄉᆞ(情事)ᄅᆞᆯ 가련(可憐)이 너기더라.

됴 시(氏) 본부(本府)의 도라오니 부뫼(父母ㅣ) 반기며 그 쳥[540]츈(靑春)의 신셰(身世)ᄅᆞᆯ ᄎᆞᆷ혹(慘酷)히 너기고 국귀(國舅ㅣ) 다른 ᄠᅳᆺ을 두거ᄂᆞᆯ 됴 시(氏) 쥭으므로 듯지 아니코 부인(夫人)이 의리(義理)의 가(可)치 아니믈 밀막으니[541] 국귀(國舅ㅣ) 다시 니ᄅᆞ지 못ᄒᆞ더라. 됴 시(氏) 원ᄂᆡ(元來) 사오나온 심슐(心術)ᄲᅮᆫ이오, 녜의(禮義)ᄅᆞᆯ 아지 못ᄒᆞ여 의구(依舊)히 쥬육(酒肉)을 진식(盡食)[542]ᄒᆞ고 시름업시 이시나 시시(時時)로 통곡(慟哭)ᄒᆞ여 츈졍(春情)[543]을 이긔지 못ᄒᆞ더라.

ᄌᆡ셜(再說). 니 샹셰(尙書ㅣ) ᄒᆞᆫ 번(番) 오강(烏江)의 몸을 바리ᄆᆡ

539) 완명(頑命): 죽지 않고 모질게 살아 있는 목숨.

540) 쳥: [교] 원문에는 '쳔'으로 되어 있으나 오기로 보이므로 국도본(12:92)을 따름.

541) 밀막으니: 핑계를 대고 거절하니.

542) 진식(盡食): 남김없이 다 먹음.

543) 츈졍(春情): 춘정. 남자를 그리워하는 마음.

일(一) 쳔(千) 장(丈)이나 흔 믈쇽의 잠간(暫間) 잠겻다가 즉시(卽時) 써올나 믈결 ᄉᆞ이로 ᄒᆡᆼ(行)ᄒᆞ여 동졍호(洞庭湖)의 니ᄅᆞ니 이ᄯᅢ 운ᄉᆞ와 쇼졔(小姐ㅣ) 임

•••

95면

의 완 지 오란 고(故)로 급(急)히 건져 ᄇᆡ 우희 올리니 쇼졔(小姐ㅣ) 친(親)히 ᄂᆞ아가 보니 임의 샹셔(尙書)의 얼골이 녁녁(歷歷)ᄒᆞᄃᆡ 믈을 만히 먹어 명(命)이 ᄭᅳᆫ쳣시니 쇼졔(小姐ㅣ) 이를 보ᄆᆡ 슬프믈 이긔지 못ᄒᆞ여 눈믈을 흘니고 운ᄉᆞ로 더브러 구호(救護)ᄒᆞ며 ᄇᆡ를 져혀 도관(道觀)의 니ᄅᆞ러 쇼졔(小姐ㅣ) 홍아 등(等)을 명(命)ᄒᆞ여 져근 교ᄌᆞ(轎子)를 갓ᄃᆞ가 틔와 방즁(房中)의 드리고 더온 믈을 ᄻᅥ 흘니며 회ᄉᆡᆼ약(回生藥)을 너흐ᄃᆡ 일호(一毫) ᄉᆡᆼ되(生道ㅣ) 업ᄉᆞ니 쇼졔(小姐ㅣ) 망극(罔極)ᄒᆞ여 운ᄉᆞ다려 므ᄅᆞᄃᆡ 운ᄉᆡ 왈(曰),

"샹공(相公)이 믈을 만히 먹어시므로 슈히 ᄭᆡ지 못ᄒᆞ시나 ᄉᆡᆼ도(生道)ᄂᆞᆫ 의심(疑心) 업ᄉᆞ리이다."

쇼졔(小姐ㅣ) 밋지 아냐 착급(着急)ᄒᆞ더니 이틋날 져녁ᄯᅢ의 믈을 만히 토(吐)ᄒᆞ고 가슴의 온긔(溫氣) 잇거ᄂᆞᆯ 쇼졔(小姐ㅣ) 하ᄂᆞᆯ긔 샤례(謝禮)ᄒᆞ고 친(親)히 븟드러 구호(救護)ᄒᆞ니 샹텬(上天)이 감동(感動)ᄒᆞ샤 비로쇼 평명(平明)의 인ᄉᆞ(人事)

•••

96면

를 ᄎᆞ려 눈을 드러 보니 ᄌᆞ긔(自己) 몸이 방즁(房中)의 잇고 일(一) 개(個) 셔ᄉᆡᆼ(書生)이 겻희 안ᄌᆞ 구호(救護)ᄒᆞ거ᄂᆞᆯ 크게 의아(疑訝)ᄒᆞ

여 놀호여 몸을 니러 안ᄌ 왈(曰),

“이곳은 어ᄂᆡ 고지며 그ᄃᆡᄂᆞᆫ 엇던 ᄉᆞᄅᆞᆷ인다?”

쇼졔(小姐ㅣ) 알플 향(向)ᄒᆞ여 ᄇᆡ샤(拜謝) 왈(曰),

“쇼ᄉᆡᆼ(小生)은 이 ᄯᅡ 션ᄇᆡ러니 마ᄎᆞᆷ 션유(船遊)ᄒᆞ다가 존공(尊公)이 슈하(水下)의 ᄎᆞᆷ혹(慘酷)ᄒᆞᆷ믈 보고 구(救)ᄒᆞ여 견져 ᄂᆡ엿거니와 다ᄒᆡᆼ(多幸)이 ᄉᆡᆼ도(生道)ᄅᆞᆯ 어드시니 치하(致賀)ᄒᆞᄂᆞ이다.”

셜파(說罷)의 셔동(書童)을 블너 온미쥭(溫糜粥)[544]을 ᄂᆞ오니 ᄉᆡᆼ(生)이 비록 미황(未遑)[545] 즁(中)이나 엇지 쇼 시(氏)ᄅᆞᆯ 몰ᄂᆞ보리오마ᄂᆞᆫ 믈을 만히 토(吐)ᄒᆞ고 쇽이 ᄇᆡ니 눈이 암암(暗暗)ᄒᆞ여 ᄌᆞ시 아지 못ᄒᆞᆯ너니 쥭(粥)을 나와 쾌(快)히 먹으니 바야흐로 졍신(精神)이 안졍(安靜)[546]ᄒᆞ고 눈이 ᄇᆰ은지라 다시 눈을 드러 보니 이 곳 삼(三)년(年)을 샹ᄉᆞ(想思)ᄒᆞ든 쇼 부인(夫人)이라. 금일(今日) ᄉᆞᄉᆡᆼ냥지(死生兩地)[547]의 만나니 슬픔과 반

97면

기미 교집(交集)ᄒᆞ고 다ᄒᆡᆼ(多幸)ᄒᆞ미 극(極)ᄒᆞ니 ᄌᆞ긔(自己) 몸이 알프믈 닛고 년망(連忙)이 숀을 잇그러 안ᄌᆞ믈 쳥(請)ᄒᆞ고 왈(曰),

“그ᄃᆡ ᄉᆞᄅᆞᆷ이냐 귀신(鬼神)이냐? 금일(今日) 어ᄃᆡ 잇다가 녯날 ᄉᆡᆼ(生)의 박ᄒᆡᆼ(薄行)을 잇고 쥭을 가온ᄃᆡ 구(救)ᄒᆞ미 잇ᄂᆞ뇨?”

쇼 시(氏) 비록 남복(男服)을 ᄒᆞ여시나 ᄉᆡᆼ(生)의 ᄒᆞᆫ 쌍(雙) ᄇᆰ은 눈

---

544) 온미쥭(溫糜粥): 온미죽. 따뜻한 미죽.

545) 미황(未遑): 미처 겨를이 없음.

546) 안졍(安靜): 안정. 몸과 마음이 편안하고 고요함.

547) ᄉᆞᄉᆡᆼ냥지(死生兩地): 사생양지. 삶과 죽음의 두 땅이라는 뜻으로 죽었다가 살아난 곳을 의미함.

을 두리더니 금일(今日) ᄎᆞ언(此言)을 듯고 집슈(執手)ᄒᆞ믈 보니 놀납고 금즉ᄒᆞ미 극(極)ᄒᆞ여 이의 슈졍안ᄉᆡᆨ(修正顔色)[548]ᄒᆞ여 숀을 썰쳐 믈너 안ᄌᆞ 샤례(謝禮) 왈(曰),

"박명(薄命) 인ᄉᆡᆼ(人生)이 텬디간(天地間) 참덕(慙德)[549]을 시러 일시(一時) 누명(陋名)이 만셩(滿城)의 죠요(照耀)ᄒᆞ고 몸이 이역(異域) 슈졸(戍卒)이 되어 뇨ᄉᆡᆼ(聊生)[550]ᄒᆞᆯ 긔약(期約)이 망연(茫然)ᄒᆞ니 스ᄉᆞ로 일명(一命)을 앗기미 아니라 부모(父母) 유톄(遺體)ᄅᆞᆯ ᄎᆞ마 ᄌᆞ결(自決)치 못ᄒᆞ여 젹쇼(謫所)의 니ᄅᆞ러 슈월(數月)을 평안(平安)이 머므더니 황텬(皇天)이 비인(卑人)[551]의 죄(罪) 즁(重)ᄒᆞ고 벌(罰)이 경(輕)ᄒᆞ믈 므이 너기샤 젹환(賊患)이 ᄎᆞᆷ담(慘憺)ᄒᆞ니

• • •

98면

당당(堂堂)이 ᄌᆞ결(自決)ᄒᆞ미 냥ᄎᆡᆨ(良策)이로ᄃᆡ 쳡(妾)의 심졍(心情)이 쳔누(淺陋)ᄒᆞ고 약(弱)ᄒᆞ믈 면(免)치 못ᄒᆞ여 일명(一命)을 투ᄉᆡᆼ(偸生)[552]ᄒᆞ여 남의(男衣)로 도로(道路)의 뉴리(流離)ᄒᆞᄆᆡ 쳔만비원(千萬悲怨)이 다시 니ᄅᆞᆷ 즉지 아니ᄒᆞ고 인ᄉᆡᆼ(人生)이 풍진(風塵)을 거졀(拒絶)ᄒᆞ여 셰상(世上) ᄌᆞ미[553]ᄅᆞᆯ 모ᄅᆞ므로 샹공(相公)의 굿기시믈 아지 못ᄒᆞ니 죄(罪) 크도쇼이다."

셜파(說罷)의 안ᄉᆡᆨ(顔色)이 ᄉᆡᆨᄉᆡᆨᄒᆞ고 긔되(氣度ㅣ) 단엄(端嚴)ᄒᆞ미

548) 슈졍안ᄉᆡᆨ(修正顔色): 수정안색. 안색을 바로잡음.

549) 참덕(慙德): 부끄러운 덕.

550) 뇨ᄉᆡᆼ(聊生): 요생. 그럭저럭 살아감.

551) 비인(卑人): 자신을 낮추어 부르는 말.

552) 투ᄉᆡᆼ(偸生): 투생. 죽어야 옳을 때에 죽지 않고 욕되게 살기를 꾀함.

553) ᄌᆞ미: 자미. 재미.

셜샹한풍(雪上寒風)[554] ᄀᆞᄐᆞ니 샹셰(尙書ㅣ) 셕ᄉᆞ(昔事)ᄅᆞᆯ ᄉᆡᆼ각ᄒᆞ고 븟그러오미 교집(交集)ᄒᆞ나 져의 안샹(安詳)ᄒᆞᆫ 긔도(氣度)와 쇄락(灑落)ᄒᆞᆫ 안ᄎᆡ(顔彩)ᄅᆞᆯ ᄃᆡ(對)ᄒᆞ니 견권(繾綣)ᄒᆞ미 바라ᄂᆞ니 어린 다시 ᄃᆞ시 숀을 잡아 츄연(惆然) 탄샤(歎辭) 왈(曰),

“부인(夫人)으로 ᄒᆞ여금 이러ᄐᆞᆺ 고쵸(苦楚)ᄅᆞᆯ 겻게 ᄒᆞ믄 다 나의 죄(罪)ᄅᆞᆯ 스ᄉᆞ로 몸을 바려 샤죄(謝罪)코져 ᄒᆞ더니 황텬(皇天)이 나의 현쳐(賢妻)ᄅᆞᆯ 바리믈 노(怒)ᄒᆞ샤 앙화(殃禍)[555]ᄅᆞᆯ ᄂᆞ리오시ᄆᆡ 일시(一時) 만장(萬丈) 바다ᄒᆡ ᄲᅡ져 죽으미 오릭

99면

거ᄂᆞᆯ 엇지 알고 구(救)ᄒᆞ뇨? 연고(緣故)ᄅᆞᆯ 듯고져 ᄒᆞ노라.”

쇼졔(小姐ㅣ) 져ᄅᆞᆯ ᄃᆡ(對)ᄒᆞᄆᆡ ᄉᆡ로온 한(恨)이 가숨의 ᄇᆡᆨ히고 ᄯᅩ 오ᄅᆡ 산ᄉᆞ(山寺)의 분쥬(分駐)[556]ᄒᆞᄆᆡ 부부간(夫婦間) 은졍(恩情)이 쵸월(楚越)[557] ᄀᆞᄐᆞᆫ 고(故)로 슈쟉(酬酌)ᄒᆞ기 실노 극난(極難)ᄒᆞ여 머리ᄅᆞᆯ 슉이고 침음(沈吟)ᄒᆞ여 말을 아니ᄒᆞ니 샹셰(尙書ㅣ) 우어 왈(曰),

“내 비록 향쟈(向者)의 그ᄅᆞᆺᄒᆞ미 이시나 도금(到今)ᄒᆞ여ᄂᆞᆫ ᄂᆡ 그ᄃᆡ 신원(伸寃)이 쾌(快)ᄒᆞ엿고 ᄯᅩ 부뷔(夫婦ㅣ) ᄌᆡᄉᆡᆼ(再生)ᄒᆞ여 만ᄂᆞ시니 토목(土木) 심쟝(心臟)이라도 반가옴가 깃브미 이실 거시어ᄂᆞᆯ 그ᄃᆡ 긔ᄉᆡᆨ(氣色)이 구한(舊恨)을 깁히 ᄆᆡᄌᆞ 쇼ᄉᆡᆼ(小生) ᄃᆡ(對)ᄒᆞᄆᆞᆯ 괴

554) 셜샹한풍(雪上寒風): 설상한풍. 눈 위의 찬 바람.

555) 앙화(殃禍): 지은 죄의 앙갚음으로 받는 재앙.

556) 분쥬(分駐): 분주. 나누어 머물러 있음.

557) 쵸월(楚越): 초월. 중국 전국시대의 초나라와 월나라의 사이라는 뜻으로, 서로 원수처럼 여기는 사이를 비유적으로 이르는 말.

로이 너기니 아이의 구(救)ᄒᆞ여 ᄂᆡ지 말미 엇더터뇨?"

쇼졔(小姐ㅣ) 믁연(默然) 냥구(良久)의 숀사(遜辭) 왈(曰),

"쳡(妾)이 엇지 감(敢)히 구한(舊恨)을 ᄆᆡᄌᆞ미 이시리오마ᄂᆞᆫ 셕일(昔日) 지은 죄(罪)를 ᄉᆡᆼ각ᄒᆞ니 참괴(慙愧)ᄒᆞ미 욕ᄉᆞ무디(欲死無地)[558]라 슌셜(脣舌)을 엇지 ᄂᆡ리잇가? 군ᄌᆞ(君子)를 구(救)ᄒᆞ믄 쟉야(昨夜) 몽ᄉᆞ(夢事) 여ᄎᆞ여ᄎᆞ(如此如此)ᄒᆞ므로 녀관(女冠)[559]으로 더브러 구(救)ᄒᆞ미로

...

100면

쇼이다. 쳡(妾)이 경ᄉᆞ(京師)를 써난 지 삼(三) 년(年)이라 그 ᄉᆞ이 존당(尊堂) 구괴(舅姑ㅣ) 셩톄(盛體)[560] 엇더ᄒᆞ시니잇고?"

샹셰(尙書ㅣ) 미우(眉宇)의 화긔(和氣)를 ᄯᅴ여 답왈(答曰),

"존당(尊堂) 부모(父母)ᄂᆞᆫ 일양(一樣) 무ᄉᆞ(無事)ᄒᆞ시니이다. 부인(夫人)은 ᄉᆡᆼᄉᆞ(生死)의 이러틋 ᄉᆡᆼ(生)을 관념(關念)[561]ᄒᆞ거ᄂᆞᆯ ᄉᆡᆼ(生)은 박ᄒᆡᆼ(薄行)ᄒᆞ미 심(甚)ᄒᆞ도다."

드ᄃᆡ여 운ᄉᆞ를 블너 ᄌᆡᄉᆡᆼ(再生)ᄒᆞ믈 샤녜(謝禮)ᄒᆞ고 골오ᄃᆡ,

"이졔 샤슉(舍叔)[562]이 나의 거쳐(居處)를 몰나 번뇌(煩惱)ᄒᆞ시리니 그ᄃᆡᄂᆞᆫ ᄉᆞ른ᄂᆞᆫ 긔별(奇別)을 통(通)ᄒᆞ미 엇더ᄒᆞ뇨?"

운ᄉᆡ 합쟝(合掌) 왈(曰),

---

558) 욕ᄉᆞ무디(欲死無地): 욕사무지. 죽으려 해도 죽을 땅이 없음.

559) 녀관(女冠): 여관. 도교에서 여자 도사를 이르는 말.

560) 셩톄(盛體): 성체. 몸을 높여 부르는 말.

561) 관념(關念): 생각함.

562) 샤슉(舍叔): 사숙. 남에게 자기 삼촌을 이르는 말.

"노야(老爺)의 직싱(再生)ᄒᆞ시미 홍복(洪福)이 즁(重)ᄒᆞ시니 엇지 빈도(貧道)의 공(公)이리잇고? 이졔 긔별(奇別)을 통(通)ᄒᆞ기 어렵지 아니나 노야(老爺)의 금년(今年) 익(厄)이 비경(非輕)ᄒᆞ시리니 ᄉᆞ십(四十) 일(日)을 죽은 양으로 ᄒᆞ실지라. 이졔 이곳의 이십(二十) 일(日)을 겨시다가 길희 올나 이십(二十) 일(日)을 힝(行)ᄒᆞ신즉 익(厄)이 쇼멸(消滅)ᄒᆞ리이다."

샹셰(尙書ㅣ) 블열(不悅) 왈(曰),

"이런 요망(妖妄)ᄒᆞᆫ 일을

…

101면

군ᄌᆡ(君子ㅣ) 엇지 힝(行)ᄒᆞ리오?"

운ᄉᆡ 쇼왈(笑曰),

"ᄌᆡ익(災厄)은 셩인(聖人)도 피(避)ᄒᆞ시니 엇지 일개(一介)로 니ᄅᆞ리오? ᄒᆞ믈며 노얘(老爺ㅣ) 이십(二十) 일(日) ᄌᆡ익(災厄)을 ᄡᅥ지 아니ᄒᆞ시면 부뫼(父母ㅣ)긔 지(至)치 아닐 거시오, 이러ᄐᆞ시 ᄒᆞ시미 역시(亦是) 텬명(天命)이니 닉이 혜아리쇼셔."

샹셰(尙書ㅣ) 슉부(叔父)의 쵸ᄉᆞ(焦思)[563]ᄒᆞ심과 부모(父母)의 통도(痛悼)ᄒᆞ시ᄂᆞᆫ 일을 ᄉᆡᆼ각ᄒᆞ고 ᄂᆡ심(內心)의 우민(憂悶)ᄒᆞ나 져의 말이 올흔 고(故)로 통(通)ᄒᆞᆯ 의ᄉᆞ(意思)ᄅᆞᆯ 그치나 심하(心下)의 가쟝 민망[564](憫惘)이 너기더라.

샹셰(尙書ㅣ) 쇼져(小姐)ᄅᆞᆯ ᄃᆡ(對)ᄒᆞ여 닐오ᄃᆡ,

"그ᄃᆡ ᄒᆡ만(解娩)[565]ᄒᆞ미 무어ᄉᆞᆯ ᄉᆡᆼ(生)ᄒᆞ엿ᄂᆞ뇨?"

---

563) 쵸ᄉᆞ(焦思): 초사. 애를 태우며 생각함.

564) 망: [교] 원문에는 '막'으로 되어 있으나 오기로 보임.

쇼졔(小姐ㅣ) 탄식(歎息) 왈(曰),

"요힝(僥倖) 남ᄌᆞ(男子ㅣ)러니 이리이리ᄒᆞ여 일흐미 잇ᄂᆞᆫ지라 쳡(妾)의 죄(罪) 깁도쇼이다."

샹셰(尙書ㅣ) 경아(驚訝)ᄒᆞ여 말을 아니ᄒᆞ다가 셕일(昔日) 몽ᄉᆞ(夢事)ᄅᆞᆯ ᄉᆡᆼ각고 왈(曰),

"ᄉᆞᄅᆞᆷ이 ᄉᆞ라시면 엇지 만ᄂᆞ지 못ᄒᆞ리오? 부인(夫人)은 관심(寬心)ᄒᆞ라."

ᄯᅩ 니ᄅᆞᄃᆡ,

"그ᄃᆡ ᄋᆡᄆᆡᄒᆞᆫ 셜화(說話)ᄅᆞᆯ ᄒᆞ고져 ᄒᆞ나 ᄂᆡ

...

102면

슈즁(水中)의 곤노(困勞)[566]ᄒᆞ여 졍신(精神)이 모황(耗荒)[567]ᄒᆞ니 편(便)히 죠리(調理)ᄒᆞ여 셜파(說破)ᄒᆞ리라."

쇼졔(小姐ㅣ) 더옥 말ᄒᆞ기 실으나 져의 몸이 쇼복(蘇復)[568]지 못ᄒᆞ므로 다만 안ᄉᆡᆨ(顔色)을 ᄂᆞ쵸와 구호(救護)ᄒᆞ기ᄅᆞᆯ 지극(至極)히 ᄒᆞ니 샹셰(尙書ㅣ) ᄯᅩᄒᆞᆫ ᄇᆡᆨ병(百病)이 실인 ᄃᆞᆺᄒᆞ여 신음(呻吟)ᄒᆞ니 아직 침쳐(寢處)의 편(便)히 누어 죠심(操心)ᄒᆞ니 다른 념(念)이 업셔 죠리(調理)ᄒᆞ나 일념(一念) 쇼뷔(少傅ㅣ) ᄌᆞ가(自家)ᄅᆞᆯ ᄉᆡᆼ각ᄂᆞᆫ 심ᄉᆡ(心事ㅣ) 쵸젼(焦煎)[569]ᄒᆞ더니 ᄯᅩ ᄉᆡᆼ각ᄒᆞᄃᆡ,

---

565) ᄒᆡ만(解娩): 해만. 해산.

566) 곤노(困勞): 곤로. 피곤함.

567) 모황(耗荒): 쇠모. 쇠퇴하여 줄어듦.

568) 쇼복(蘇復): 소복. 병이 나은 뒤에 원기가 회복됨.

569) 쵸젼(焦煎): 초전. 마음을 졸이고 애를 태움.

'슉부(叔父)와 야애(爺爺ㅣ) ᄂᆡ 직셩(直星)[570]이 붉은 쥴 보시면 념녀(念慮)를 더를지라.'

이러므로 방심(放心)ᄒᆞ여시나 운ᄉᆡ 샹셔(尙書) ᄌᆡ앙[571](災殃)을 막고 젼셰(前世) 업원(業冤)[572]을 플게 ᄒᆞ노라 규셩(奎星)을 ᄀᆞᆷ촌 쥴 엇지 알니오.

십여(十餘) 일(日) 후(後) 병셰(病勢) 향ᄎᆞ(向差)[573]ᄒᆞ엿ᄂᆞᆫ지라 쇼졔(小姐ㅣ) 바야흐로 방심(放心)ᄒᆞ여 다른 고ᄃᆡ 가 쉬고져 ᄒᆞᆯᄉᆡ 쇼졔(小姐ㅣ) 비록 이곳의셔 밤ᄂᆞᆺ 구병(救病)ᄒᆞ나 ᄉᆡᆼ(生)의 몸의 오ᄉᆞᆯ 다히지 아니ᄒᆞ고 밤의 ᄌᆞ지 아니코 견고(堅固)

•••

103면

ᄒᆞ미 옥결(玉-)[574] ᄀᆞᆺᄐᆞ니 ᄉᆡᆼ(生)이 슈즁(睡中)[575]의 잇쳐 몸을 움ᄌᆞᆨ이지 못ᄒᆞ므로 감(敢)히 범(犯)치 못ᄒᆞ엿더니 ᄎᆞ야(此夜)의 쇼졔(小姐ㅣ) 운교를 블너 ᄎᆞ(茶)를 ᄃᆡ령(待令)ᄒᆞ라 ᄒᆞ고 몸을 니러ᄂᆞ니 샹셰(尙書ㅣ) 문왈(問曰),

"어ᄃᆡ를 가ᄂᆞ뇨?"

쇼졔(小姐ㅣ) ᄃᆡ왈(對曰),

"ᄉᆞ실(私室)의 가 잠간(暫間) 쉬고져 ᄒᆞᄂᆞ이다."

샹셰(尙書ㅣ) 쇼이왈(笑而曰),

---

570) 직셩(直星): 직성. 사람의 나이에 따라 그 운명을 맡아 본다는 별.

571) 앙: [교] 원문에는 '악'으로 되어 있으나 오기로 보임.

572) 업원(業冤): 전생에서 지은 죄로 이승에서 받는 괴로움.

573) 향ᄎᆞ(向差): 향차. 병이 차도가 있음.

574) 옥결(玉-): 옥돌의 결이 깨끗하다는 데서 흔히 깨끗한 마음씨를 이르는 말.

575) 슈즁(睡中): 수중. 잠을 자는 중.

"이곳의셔 쉬미 무방(無妨)ᄒᆞ도다."

쇼졔(小姐ㅣ) ᄇᆞ답(不答)ᄒᆞ고 니러ᄂᆞ거ᄂᆞᆯ 샹셰(尙書ㅣ) ᄎᆞᆷ지 못ᄒᆞ여 니러 숀을 닛그러 ᄌᆞ리의 안ᄌᆞ 왈(曰),

"그ᄃᆡ ᄉᆡᆼ(生)을 원슈(怨讐)로 아ᄂᆞ뇨? 엇진 고(故)로 피(避)ᄒᆞᄂᆞ냐? 이곳의셔 ᄌᆞ든 엇더ᄒᆞ뇨?"

쇼졔(小姐ㅣ) ᄉᆡᆼ(生)이 친근(親近) 일압(昵狎)[576]ᄒᆞ믈 놀ᄂᆞ고 임의 평ᄉᆡᆼ(平生) 동낙(同樂)을 아니려 뎡(定)ᄒᆞ엿ᄂᆞᆫ 고(故)로 신ᄉᆡᆨ(神色)이 ᄎᆞᆫ ᄌᆡ ᄀᆞᆺᄐᆞ여 숀을 ᄡᅳ리치나 만인젼즁(萬人戰中)[577]의 무인지경(無人之境)ᄀᆞᆺ치 왕ᄅᆡ(往來)ᄒᆞᄂᆞᆫ 샹셔(尙書)의 힘과 ᄀᆞᆺᄐᆞ리오. 심니(心裏)의 착급(着急)[578]ᄒᆞ여 ᄒᆞ니 샹셰(尙書ㅣ) 은근(慇懃)이 개유(開諭) 왈(曰),

"ᄉᆡᆼ(生)의 젼일(前日) 그ᄅᆞᆺᄒᆞᆫ 허믈

104면

이 ᄌᆞ못 크나 임의 부부(夫婦) 된 후(後)ᄂᆞᆫ ᄒᆞᆯ 일이 업ᄉᆞ니 그ᄃᆡᄂᆞᆫ 편(便)히 안ᄌᆞ 셜화(說話)ᄅᆞᆯ 드ᄅᆞ라."

쇼졔(小姐ㅣ) 진실(眞實)노 져의 말이나 귀 밧긔 들니니 샹셰(尙書ㅣ) 숀을 구지 ᄌᆞ바시믹 민망(憫惘)ᄒᆞ여 다만 ᄃᆡ왈(對曰),

"ᄒᆞᆯ 말이 이실진ᄃᆡ 이러ᄐᆞᆺ 좌셕(坐席)을 ᄀᆞᆺ가이ᄒᆞ여야 쾌(快)ᄒᆞ리오? 원(願)컨ᄃᆡ 군ᄌᆞ(君子)ᄂᆞᆫ 존즁(尊重)ᄒᆞ쇼셔."

그졔야 숀을 노코 왈(曰),

---

576) 일압(昵狎): 정도가 아닌 방식으로 친근히 굶.

577) 만인젼즁(萬人戰中): 만인전중. 수많은 사람이 싸우는 전쟁터.

578) 착급(着急): 착급. 몹시 급함.

"부인(夫人)의 ᄆᆞ음을 편(便)히 ᄒᆞᄂᆞ니 모ᄅᆞ미 나갈 의ᄉᆞ(意思)ᄅᆞᆯ 두지 말나."

인(因)ᄒᆞ여 젼후곡졀(前後曲折)을 일일(一一)히 니ᄅᆞ고 샤례(謝禮) 왈(曰),

"ᄒᆞᆨᄉᆡᆼ(學生)이 본(本)ᄃᆡ 지식(智識)이 혼암(昏暗)ᄒᆞ여 지인(知人)ᄒᆞᄂᆞᆫ 안춍(眼聰)이 업ᄉᆞ므로 일시(一時) 츈졍(春情)으로 옥난을 ᄀᆞᆺ가이 ᄒᆞ미 엇지 일이 클 쥴 알니오? 이러므로 망연(茫然)이 ᄉᆡᆼ각지 아녀 부인(夫人)을 의심(疑心)ᄒᆞ미 잇더니 셩문의게 븟친 밀셔(密書)ᄅᆞᆯ 보고 ᄭᆡᄃᆞ라 난을 져쥬어 실상(實狀)을 샤힉(查覈)[579]ᄒᆞ고 그ᄃᆡᄅᆞᆯ 신원(伸寃)ᄒᆞ여 ᄉᆞ[580]신(使臣)이 남챵(南昌)의

105면

가니 임의 도적(盜賊)의게 실산(失散)[581]ᄒᆞ엿ᄂᆞᆫ지라 부모(父母)의 샹회(傷懷)ᄒᆞ심과 악부모(岳父母)의 ᄉᆡᆼ(生)을 한(恨)ᄒᆞ미 어이 측냥(測量)ᄒᆞ리오? 다만 아지 못게라. 그ᄃᆡ 옥난의 쟉화(作禍)ᄒᆞᄂᆞᆫ 긔미(幾微)ᄅᆞᆯ 알고 텬연(天然)이 모ᄅᆞᄂᆞᆫ 톄ᄒᆞ고 화(禍)ᄅᆞᆯ 안ᄌᆞ셔 바드미 므ᄉᆞᆷ ᄯᅳᆺ이오? 모ᄅᆞ미 ᄉᆡᆼ(生)을 ᄃᆡ(對)ᄒᆞ여 ᄌᆞ시 닐너 의심(疑心)을 플지어다."

쇼졔(小姐ㅣ) 면모(面貌)ᄅᆞᆯ ᄂᆞ쵸와 듯기ᄅᆞᆯ 마ᄎᆞᄆᆡ 죠금도 깃거ᄒᆞᄂᆞᆫ ᄉᆞ식(辭色)이 업셔 숀사(遜辭) 왈(曰),

---

579) 샤힉(查覈): 사핵. 실제 사정을 자세히 조사하여 밝힘.

580) ᄉᆞ: [교] 원문에는 '시'로 되어 있으나 의미를 명확히 하기 위해 국도본(12:103)을 따름.

581) 실산(失散): 뿔뿔이 흩어짐.

"쳡(妾)이 엇지 난의 쟉화(作禍)ᄒᆞ믈 알니오? 다만 블쵸(不肖)ᄒᆞ여 ᄎᆞᆷ덕(慙德)[582]을 시러 쥭을 ᄯᅥᆺᄯᅥᆺ치 도라가ᄆᆡ ᄉᆞ름이 아ᄅᆞ미 ᄇᆞᆰ지 못ᄒᆞ여 옥난을 의칭(疑稱)[583]ᄒᆞ여 당돌(唐突)이 밀셔(密書)를 머므ᄅᆞ니 이 죄(罪) 더옥 크도소이다."

샹셰(尙書ㅣ) 그 유감(遺憾)ᄒᆞ미 깁흐믈 스치고 다만 은근(慇懃)이 위로(慰勞)ᄒᆞ고 도로(道路)의 뉴리(流離)ᄒᆞ던 곡졀(曲折)과 이의 온 셜화(說話)를 므ᄅᆞ니 쇼졔(小姐ㅣ) ᄂᆞᆾ호여 ᄃᆡ왈(對曰),

"비인(卑人)이 ᄒᆡᆼ실(行實)이 쳔(賤)ᄒᆞ미 몸

106면

의 ᄉᆞ족지녀(士族之女)로 남의(男衣)를 개착(改着)ᄒᆞ고 길가의 뉴리개걸(流離丐乞)[584]홀 젹 니ᄅᆞ지 아니나 ᄌᆞ연(自然) 알지라 므어시 빗ᄂᆞᆫ 일이라 사ᄅᆞᆷ을 ᄃᆡ(對)ᄒᆞ여 닐오리오?"

샹셰(尙書ㅣ) 졍ᄉᆡᆨ(正色) 왈(曰),

"부인(夫人)의 ᄉᆡᆼ(生) 아ᄅᆞᆷ이 일ᄉᆡᆼ(一生) 슈인(讐人)으로 알ᄋᆞ 언어(言語) 슈쟉(酬酌)을 낭(狼)의 ᄂᆞ려짐[585]ᄀᆞᆺ치 너기고 숀을 잡으ᄆᆡ 샤갈(蛇蝎)[586]ᄀᆞᆺ치 놀ᄂᆞ니 ᄉᆡᆼ(生)이 임의 박ᄒᆡᆼ지인(薄行之人)[587]이 되ᄂᆞ니 ᄎᆡ(叉ㅣ)[588] 되여 그ᄃᆡ 숀의 쥭게 ᄒᆞ리라."

---

582) ᄎᆞᆷ덕(慙德): 참덕. 부끄러운 덕.

583) 의칭(疑稱): 의심하여 칭함.

584) 뉴리개걸(流離丐乞): 유리개걸. 떠돌아다니며 구걸함.

585) 짐: [교] 원문에는 'ᄌᆞᆷ'으로 되어 있으나 의미를 명확히 하기 위해 국도본(12:104)을 따름.

586) 샤갈(蛇蝎): 사갈. 뱀과 전갈. 남을 해치는 사람을 비유적으로 이르는 말.

587) 박ᄒᆡᆼ지인(薄行之人): 박행지인. 진중하지 못한 경박한 행동을 하는 사람.

셜파(說罷)의 숀을 닛그러 겻히 누오고 다시 말을 아니니 쇼졔(小姐ㅣ) 싱(生)의 이 거동(擧動)을 보미 ᄌ긔(自己) 쳔디(賤待)ᄒ기은 의구(依舊)히까지 아낫고 강장(强壯)ᄒᆫ 몸으로 약(弱)ᄒᆫ 무릅히 년(連)ᄒ미 구뎡(九鼎)[589]이 림(臨)ᄒᆫ 돗 능(能)히 움즉일 길이 업ᄂᆞᆫ지라. 분히(憤駭)ᄒ미 흉금(胸襟)의 막히이고 일신(一身) 괴로오미 젼두(前頭)ᄅᆞᆯ 가(可)히 알지라 팔ᄌ(八字) 아미(蛾眉)[590]의 시름을 먹으어 말을 아니니 샹셰(尙書ㅣ) ᄯᅩᄒᆫ 블평(不平)ᄒ여 좀좀(潛潛)ᄒ

...

107면

엿더니 쇼졔(小姐ㅣ) 샐니 니러 누가니 샹셰(尙書ㅣ) 발연대로(勃然大怒)ᄒ여 봉안(鳳眼)이 둥구러ᄒ여 운교로 쇼져(小姐)ᄅᆞᆯ 청(請)ᄒ라 ᄒᆫ디, 운교 쳥이블문(聽而不聞)[591]이어ᄂᆞᆯ, 샹셰(尙書ㅣ) 대언(大言) 왈(曰),

“져근 비ᄌ(婢子ㅣ) 엇지 이디도록 ᄃᆞᆼ돌(唐突)ᄒᆯ 것고?”

운괴 대황(大惶)[592]ᄒ여 마지못ᄒ여 샹셔(尙書)ᄅᆞᆯ 인도(引導)ᄒ여 쇼져(小姐) 잇ᄂᆞᆫ 곳의 니ᄅᆞ니 홍이 놀나 능(能)히 ᄒᆯ 일이 업셔 문(門)을 여니 샹셰(尙書ㅣ) 드러가미 쇼졔(小姐ㅣ) 침셕(寢席)의 누어 금금(錦衾)을 덥고 미미(微微)히 신음(呻吟)ᄒ니 쇄락(灑落)ᄒᆫ 안치

588) 치(叉ㅣ): 차. 야차(夜叉)의 뜻으로 보이나 미상임.

589) 구뎡(九鼎): 구정. 중국 하(夏)나라의 우왕(禹王) 때에, 전국의 아홉 주(州)에서 쇠붙이를 거두어서 만들었다는 아홉 개의 솥.

590) 아미(蛾眉): 누에나방의 눈썹이라는 뜻으로, 가늘고 길게 굽어진 아름다운 눈썹을 이르는 말.

591) 청이블문(聽而不聞): 청이불문. 듣고도 못 들은 체함.

592) 대황(大惶): 크게 두려워함.

(眼彩)와 븕은 쌈이 등화(燈火)의 더옥 졀승(絶勝)ᄒᆞ니 샹셰(尙書ㅣ) 흠모(欽慕)ᄒᆞᄂᆞᆫ 뜻과 견권(繾綣)[593]ᄒᆞᆫ 졍(情)이 뉴츌(流出)ᄒᆞ여 거롬이 젼도(顚倒)[594]ᄒᆞ여 겻ᄒᆡ ᄂᆞ아가 니블을 혜혀고 숀을 잡바 왈(曰),

"ᄒᆞᆨᄉᆡᆼ(學生)이 병셰(病勢) 쾌복(快復)[595]ᄒᆞ여 쟝 태슈(太守)의게 거마(車馬)롤 비러 가려 ᄒᆞ더니 부인(夫人)이 어ᄃᆡ롤 쏘 블평(不平)ᄒᆞ여 ᄒᆞᄂᆞ뇨?"

쇼졔(小姐ㅣ) 샹셔(尙書)롤 만ᄂᆞ니 대경(大驚)ᄒᆞ여 ᄭᆡᆫ니 니

•••

108면

러ᄂᆞ려 ᄒᆞ거ᄂᆞᆯ 샹셰(尙書ㅣ) 구지 ᄌᆞ바 왈(曰),

"그ᄃᆡ ᄉᆡᆼ(生)을 삼(三) 년(年)을 동쳐(同處)ᄒᆞ고 ᄲᅥᄂᆞ시니 이졔 슈습(收拾)ᄒᆞᆯ ᄇᆡ 아니라."

인(因)ᄒᆞ여 일침(一寢)의 누어 집슈(執手) ᄋᆡ련(愛戀)ᄒᆞᄆᆡ 임의 병톄홰[596](幷蔕花ㅣ)[597] 되엿ᄂᆞᆫ지라. 쇼졔(小姐ㅣ) 안ᄉᆡᆨ(顔色)이 ᄉᆡᆨᄉᆡᆨᄒᆞ여 왈(曰),

"쳡(妾)이 비록 쳔(賤)ᄒᆞ나 군ᄌᆡ(君子ㅣ) 엇진 고(故)로 산ᄉᆞ야졈(山寺野店)[598]의셔 친(親)ᄒᆞ여 곤욕(困辱)ᄒᆞ믈 이ᄃᆡ도록 ᄒᆞᄂᆞ뇨? 쏘 군ᄌᆡ(君子ㅣ) 니친지졍(離親之情)[599]이 오ᄅᆡ니 영모지회(永慕之懷)[600]

593) 견권(繾綣): 곡진한 정.

594) 젼도(顚倒): 전도. 자빠지고 엎어진다는 뜻으로 정신이 없음을 말함.

595) 쾌복(快復): 병이나 상처가 나아 건강이 완전히 회복됨.

596) 홰: [교] 원문에는 '히'로 되어 있으나 오기로 보이므로 국도본(12:106)을 따름.

597) 병톄홰(幷蔕花ㅣ): 병체화. 한 꽃받침에 꽃이 두 개 달린 꽃으로 연리화(連理花)라고도 함. 부부의 사이가 좋음을 비유할 때 쓰임.

598) 산ᄉᆞ야졈(山寺野店): 산사야점. 산속의 절간과 들의 객줏집을 아울러 이르는 말로 여기에서는 산속의 절간을 이름.

간졀(懇切)홀 거시어늘 그는 젼[601]연(全然)이 념(念)치 아니시고 이러틋 무례(無禮)ᄒᆞ뇨?"

샹셰(尙書ㅣ) 왈(曰),

"허다(許多) ᄉᆞ괴(事故ㅣ) 그러ᄒᆞᄆᆡ 그ᄃᆡ롤 감(敢)히 범(犯)치 못ᄒᆞ고 블과(不過) 숀을 잡으며 돗글 년(連)ᄒᆞ미 무어시 ᄒᆡ(害)로오리오?"

인(因)ᄒᆞ여 다리고 비러 은근(慇懃)ᄒᆞᆫ 셰에(說語ㅣ)[602] 금셕(金石)이 녹을 ᄃᆞᆺᄒᆞ나 쇼져(小姐)의 의ᄉᆡ(意思ㅣ) 더옥 ᄎᆞᆫ 쥐 ᄀᆞᆺ고 증분(憎憤)[603]ᄒᆞ미 극(極)ᄒᆞᆫ지라 경ᄉᆞ(京師)로 갈 ᄠᅳᆺ을 뎡(定)ᄒᆞ고 ᄉᆡᆼ(生)이 ᄌᆞᆷ들기롤 기ᄃᆞ려 계명(鷄鳴)

•••

109면

의 밧긔 ᄂᆞ와 운ᄉᆞ롤 보와 하직(下直)ᄒᆞ니 운ᄉᆡ 경왈(驚曰),

"부인(夫人)이 샹공(相公)으로 더브러 동ᄒᆡᆼ(同行)홀 거시어늘 엇진 고(故)로 혼ᄌᆞ 가려 ᄒᆞᄂᆞ뇨?"

쇼 시(氏) 눈믈을 흘녀 왈(曰),

"쳡(妾)이 ᄉᆞ부(師傅)의 후은(厚恩)을 닙어 두 ᄒᆡ롤 평안(平安)이 머믈고 ᄯᅩ 가부(家夫)롤 구(救)ᄒᆞ여 쥭을 곳의 ᄉᆞ로미 이시니 엇지 은혜(恩惠)롤 니ᄌᆞ며 ᄡᅥᄂᆞ려 ᄒᆞ리오마는 가뷔(家夫ㅣ) 임의 샤명(赦

599) 니친지졍(離親之情): 이친지정. 어버이를 떠나 있는 마음.

600) 영모지회(永慕之懷) : 어버이를 길이 그리워하는 마음.

601) 젼: [교] 원문에는 '젹'으로 되어 있으나 오기로 보임.

602) 셰에(說語ㅣ): 세어. 달래는 말.

603) 증분(憎憤): 미워하고 분함.

命)604)이 ᄂᆞ리시믈 니ᄅᆞ고 ᄯᅩ 쳡(妾)의 ᄆᆞᄋᆞᆷ이 혼ᄇᆡᆨ(魂魄)을 일허 거마(車馬) 복즁(輻中)의 분요(紛擾)605)ᄒᆞ믈 슬히 너기ᄂᆞ니 몬져 부모(父母)의 곳으로 가ᄂᆞ니 ᄉᆞ부(師傅)ᄂᆞᆫ 무양(無恙)ᄒᆞ라."

운시 ᄯᅩ 그 졍ᄉᆞ(情事)ᄅᆞᆯ 비챵(悲愴)ᄒᆞ여 이의 약간(若干) 반젼(盤纏)606)을 츌혀 쥬고 숀을 ᄂᆞᆫ호니 쇼 시(氏) 울며 왈(曰),

"죤ᄉᆞ(尊師)의 은혜(恩惠)ᄂᆞᆫ 산ᄒᆡ(山海) ᄀᆞᄐᆞ니 ᄒᆞᆫ 말노 샤례(謝禮)치 아니ᄒᆞ거니와 슈년(數年)을 ᄒᆞᆫ 곳의 머므다가 금일(今日) 쳔(千)니(里) 산ᄒᆡ(山海)ᄅᆞᆯ 지나 고토(故土)의 도라가니 하일(何日) 하시(何時)의 다시

110면

얼골을 보리오? 바라ᄂᆞ니 죤ᄉᆞ(尊師)ᄂᆞᆫ 만슈무강(萬壽無疆)ᄒᆞ쇼셔."

운시 역시(亦是) 위로(慰勞) 왈(曰),

"노신(老身)이 의외(意外)의 부인(夫人)을 만ᄂᆞ니 피ᄎᆞ(彼此) 졍(情)이 깁허 일시(一時) 못 보믈 삼츄(三秋)607)ᄀᆞᆺ치 너기거ᄂᆞᆯ 이제 비록 풍운(風雲)의 길시(吉時)ᄅᆞᆯ 만나 영화(榮華)로이 가나 빈도(貧道)ᄂᆞᆫ 쇼져(小姐)의 옥안(玉顔)을 ᄉᆞ샹(思想)ᄒᆞ여 능(能)히 ᄎᆞᆷ지 못ᄒᆞᆯ ᄇᆡ여니와 현마 엇지ᄒᆞ리오?"

쇼졔(小姐ㅣ) 다시음 년년(戀戀)ᄒᆞ여 울고 도관(道觀)을 ᄯᅥ나 쟝ᄉᆞ(長沙)의 니ᄅᆞ러 일(一) 봉(封) 셔간(書簡)을 홍아로 ᄒᆞ여금 태슈(太

---

604) 샤명(赦命): 사명. 죄인을 용서한다는 임금의 명령.

605) 분요(紛擾): 어수선하고 시끄러움.

606) 반젼(盤纏): 반전. 노자(路資).

607) 삼츄(三秋): 삼추. 3년.

守)긔 드리고 경ᄉᆞ(京師)로 가니라.

이 태슈(太守) 댱옥슈ᄂᆞᆫ 샹셔(尙書) 댱셰걸의 댱ᄌᆞ(長子ㅣ)러니 경ᄉᆞ(京師) 됴보(朝報)[608]를 보니 샹셰(尙書ㅣ) 졀강(浙江)을 평뎡(平定)ᄒᆞ고 도라오다가 오강(烏江)의 와 수ᄉᆞ(水死)ᄒᆞ다 ᄒᆞ미 번뇌(煩惱)ᄒᆞ믈 마지아니ᄒᆞ더니 이ᄂᆞᆯ 홀연(忽然) 일(一) 개(個) 챵뒤(蒼頭ㅣ) 셔간(書簡)을 드리고 몸을 두로혀 ᄃᆞᆺ거ᄂᆞᆯ 고이(怪異)히 너겨 ᄯᅥ여보니 ᄀᆞᆯ와시ᄃᆡ.

···

111면

'우뎨(愚弟) ᄇᆡᆨ달은 삼가 일(一) 봉(封) 셔간(書簡)을 댱형(-兄) 휘하(麾下)의 올니ᄂᆞ니 쇼뎨(小弟) 남(南)으로붓터 븍(北)으로 가다가 풍낭(風浪)을 만나 쥭으믈 면(免)치 못ᄒᆞ엿더니 ᄆᆞᆺ춤 하ᄂᆞᆯ이 도으시믈 닙고 목숨이 기러 군산(君山) 옥룡관 도ᄉᆞ(道士)의 구(救)ᄒᆞ믈 닙어 일명(一命)이 ᄌᆡᄉᆡᆼ(再生)ᄒᆞ미 당돌(唐突)이 형(兄)의게 알외ᄂᆞ니 형(兄)은 슈고로오믈 개회(介懷)[609]치 말고 일즉 폐ᄉᆞ(弊舍)의 니로라.'

ᄒᆞ엿더라. 태쉬(太守ㅣ) 견필(見畢)의 대경(大驚)ᄒᆞ여 왈(曰),

"ᄇᆡᆨ달이 임의 쥭언 지 오ᄅᆡ거ᄂᆞᆯ 이 쇼식(消息)이 어ᄃᆡ로죠ᄎᆞ 왓ᄂᆞ뇨?"

하리(下吏)로 ᄒᆞ여금 죠ᄎᆞ온 챵두(蒼頭)를 ᄎᆞᄌᆞᄃᆡ 형영(形影)이 업ᄂᆞᆫ지라 태쉬(太守ㅣ) 의혹(疑惑)ᄒᆞ믈 이긔지 못ᄒᆞ여 귀신(鬼神)의 희롱(戲弄)인가 너기ᄃᆡ 군산(君山) 옥룡관이 텬하(天下)의 유명(有名)ᄒᆞ니 그 ᄯᅡᆨ 관원(官員)이 되여 엇지 모로리오. 반일(半日)을 침음(沈吟)ᄒᆞ다가 시

608) 됴보(朝報): 조보. 조정의 재결 사항을 기록하고 서사(書寫)하여 반포하던 관보.
609) 개회(介懷): 어떤 일 따위를 마음에 두고 생각하거나 신경을 씀.

112면

험(試驗)코져 ᄒᆞ여 위의(威儀)를 츌여 일엽(一葉) 쇼션(小船)을 타고 군산(君山)의 니ᄅᆞ러 옥룡관의 ᄂᆞ아가 통명(通名)ᄒᆞ니,

이ᄣᆡ 샹셰(尙書ㅣ) 잠을 ᄭᆡ여 쇼져(小姐)의 거쳐(居處)를 몰나 운ᄉᆞ를 블너 므ᄅᆞ니 운ᄉᆡ 쇼져(小姐)의 졍ᄉᆞ(情事)를 ᄀᆞᆺ쵸 고(告)ᄒᆞ니 샹셰(尙書ㅣ) 놀ᄂᆞ고 심하(心下)의 분뇌(憤惱)ᄒᆞ고 어히업셔 왈(曰),

"녀ᄌᆡ(女子ㅣ) 망녕(妄靈)되이 슈쳔(數千) 니(里) 도로(道路)의 혼ᄌᆞ 엇지 가리오? 연(然)이나 그ᄃᆡ 엇지 말니지 아닌다?"

운ᄉᆡ 샤왈(謝曰),

"빈되(貧道ㅣ) 엇지 노야(老爺)의 그ᄅᆞᆺ 너기시믈 모로리오마ᄂᆞᆫ 쇼부인(夫人)이 규리(閨裏)의 몸으로 가업ᄉᆞᆫ 고쵸(苦楚)를 격그시니 졍신(精神)과 심ᄉᆡ(心思ㅣ) 크게 샹(傷)ᄒᆞ여 겨신지라. 그ᄅᆞ나 오ᄅᆞ나 ᄌᆞ가(自家) ᄠᅳᆺᄃᆡ로 ᄒᆞ시게 ᄒᆞ미 부인(夫人)을 어엿비 너기미니이다."

샹셰(尙書ㅣ) 믁연(默然)이러니 홀연(忽然) 져근 도ᄉᆡ(道士ㅣ) 명쳡(名帖)을 드리거ᄂᆞᆯ 보니 댱ᄉᆞ(長沙) 태슈(太守) 댱옥지라 크게 반겨 밧비 ᄂᆞ가 쳥(請)ᄒᆞ여 올ᄉᆡ 댱 태

113면

쉬(太守ㅣ) 드러와 샹셔(尙書)를 보고 황홀(恍惚)ᄒᆞ여 왈(曰),

"그ᄃᆡ 아니 귀신(鬼神)인다?"

샹셰(尙書ㅣ) 역탄(亦歎) 왈(曰),

"쇼졔(小弟) 엇지 귀신(鬼神)이리오?"

태쉬(太守ㅣ) 숀을 잡고 눈믈을 흘녀 왈(曰),

"형(兄)의 흉문(凶聞)을 꿈쇽으로죠ᄎᆞ 듯고 녕ᄃᆡ인(令大人)의 통샹(痛傷)ᄒᆞ시믈 ᄀᆞᆺ쵸 드ᄅᆞ니 ᄂᆡ ᄆᆞ음이 버히ᄂᆞᆫ ᄃᆞᆺᄒᆞ더니 금일(今日) 산 얼골을 볼 쥴 뜻ᄒᆞ여시리오?"

샹셰(尙書ㅣ) 왈(曰),

"ᄋᆡᆨ운(厄運)이 비샹(非常)ᄒᆞ여 낙슈(落水)ᄒᆞ여시나 가친(家親)이 텬슈(天數)ᄅᆞᆯ 아ᄅᆞ시니 엇지 과(過)히 샹회(傷懷)ᄒᆞ시미 잇던고? 의혹(疑惑)ᄒᆞ여라."

태슈(太守) 왈(曰),

"그ᄂᆞᆫ 다 ᄌᆞ시 아지 못ᄒᆞ나 ᄃᆡ강(大綱) 샹회(傷懷)ᄒᆞ시미 과도(過度)ᄒᆞᆫ가 시브더라."

인(因)ᄒᆞ여 ᄒᆞᆫ가지로 아즁(衙中)으로 가ᄌᆞ ᄒᆞᆫᄃᆡ 샹셰(尙書ㅣ) 샤례(謝禮)ᄒᆞ고 운ᄉᆞᄅᆞᆯ 보와 다시음 은혜(恩惠)ᄅᆞᆯ 칭샤(稱謝)ᄒᆞ고 태슈(太守)로 더브러 아즁(衙中)의 도라오니 태쉬(太守ㅣ) 샹셔(尙書)의 ᄉᆡᆼ죤(生存)ᄒᆞ믈 깃브고 다ᄒᆡᆼ(多幸)ᄒᆞ믈 측냥(測量)치 못ᄒᆞ여 크게 잔

114면

치ᄅᆞᆯ ᄇᆡ셜(排設)ᄒᆞ여 ᄃᆡ졉(待接)고져 ᄒᆞ거ᄂᆞᆯ 샹셰(尙書ㅣ) ᄉᆞ양(辭讓) 왈(曰),

"부모(父母)의 과샹(過傷)ᄒᆞ시미 지극(至極)ᄒᆞ믈 드ᄅᆞ니 ᄂᆞᆯ개 돗쳐 ᄂᆞ지 못ᄒᆞ믈 한(恨)ᄒᆞᄂᆞ니 엇지 쥬찬(酒饌)으로 쾌락(快樂)ᄒᆞ리오?"

당 태쉬(太守ㅣ) 간청(懇請)치 못ᄒᆞ여 죠용이 말솜ᄒᆞ여 이ᄂᆞᆯ을 지ᄂᆡ고 명일(明日) 샹셰(尙書ㅣ) 경ᄉᆞ(京師)로 갈ᄉᆡ 태쉬(太守ㅣ) 반젼

(盤纏)[610]을 극진(極盡)이 출혀 쥬고 연년(戀戀)ᄒᆞ여 니별(離別)을 앗겨 왈(曰),

"운ᄉᆞ의 은혜(恩惠) 깁거ᄂᆞᆯ 형(兄)이 엇지 금은(金銀)을 쥬어 ᄉᆞ례(謝禮)치 아닌ᄂᆞ뇨?"

ᄉᆡᆼ(生)이 쇼왈(笑曰),

"ᄂᆡ 엇지 모ᄅᆞ리오마ᄂᆞᆫ 져의 긔샹(氣像)이 호호(晧晧)[611]ᄒᆞ여 ᄇᆡᆨ운(白雲) ᄀᆞᆺ고 낙낙(落落)[612]ᄒᆞ여 숑쥭(松竹) ᄀᆞᆺᄐᆞ니 녹녹(碌碌)[613]ᄒᆞᆫ 금은(金銀)으로 사례(謝禮)ᄒᆞᆯ ᄇᆡ 아니라 다만 죵신(終身)토록 ᄆᆞᄋᆞᆷ의 ᄆᆡᄌᆞ 닛지 말미 올흘가 ᄒᆞ노라."

당 태쉬(太守ㅣ) 그 의논(議論)이 고명(高明)ᄒᆞᄆᆞᆯ 칭복(稱服)[614]ᄒᆞ더라.

샹셰(尙書ㅣ) 쥬야(晝夜)로 ᄒᆡᆼ(行)ᄒᆞ여 이십여(二十餘) 일(日) 만의 경ᄉᆞ(京師)의 니ᄅᆞ니라.

ᄎᆞ셜(且說). 쇼 쇼졔(小姐ㅣ) 홍아 등(等)을

115면

더브러 ᄎᆡ를 보야 경ᄉᆞ(京師)의 니ᄅᆞ러 본부(本府)의 니ᄅᆞ니 샹셔(尙書)와 부인(夫人)이 즁당(中堂)의 잇거ᄂᆞᆯ 쇼졔(小姐ㅣ) ᄂᆞ아가 ᄌᆡᄇᆡ(再拜) 톄읍(涕泣) 왈(曰),

---

610) 반젼(盤纏): 반전. 노자(路資).

611) 호호(晧晧): 빛나고 맑음.

612) 낙낙(落落): 낙락. 남과 서로 어울리지 않음.

613) 녹녹(碌碌): 녹록. 평범하고 보잘것없음.

614) 칭복(稱服): 칭찬하며 승복함.

"블쵸녀(不肖女) 월혜는 부모(父母)긔 죄(罪)를 청(請)ᄒᆞᄂᆞ이다."

샹셔(尙書) 부쳬(夫妻ㅣ) 의외(意外)의 일(一) 개(個) 셔ᄉᆡᆼ(書生)이 면젼(面前)의 졀ᄒᆞᆷ믈 보고 블승경아(不勝驚訝)[615] ᄒᆞ더니 ᄎᆞ언(此言)을 듯고 ᄃᆡ경(大驚)ᄒᆞ여 출혀 보니 이 곳 삼(三) 년(年)을 죽은가 너기든 녀ᄋᆡ(女兒ㅣ)라. 도로혀 반기믈 닛고 졍신(精神)이 비월(飛越)ᄒᆞ여 숀을 잡고 크게 울며 왈(曰),

"네 진실(眞實)노 월혠다?"

쇼졔(小姐ㅣ) 실셩오열(失聲嗚咽) 왈(曰),

"쇼녜(小女ㅣ) 팔ᄌᆡ(八字ㅣ) 긔박(奇薄)ᄒᆞ여 부모(父母)의게 블쵸(不肖)를 ᄀᆞᆽ쵸 기치옵고 일신(一身)이 녕희(嶺海)[616] 밧긔 뉴낙(流落)ᄒᆞ여 ᄉᆞᄉᆡᆼ(死生) 험디(險地)를 ᄀᆞᆽ쵸 지ᄂᆡ고 고토(故土)의 도라오니 한심(寒心)ᄒᆞ믈 엇지 다 알외리잇가? 연(然)이나 임의 ᄉᆞ라셔 만ᄂᆞ시니 부모(父母)는 샹회(傷懷)치 마ᄅᆞ쇼셔."

샹셰(尙書ㅣ) 녀ᄋᆞ(女兒)를 만나 깃븐 듯 슬픈 ᄃᆞᆺ ᄆᆞ음을 뎡(靜)치

116면

못ᄒᆞ여 샹셔(尙書)를 ᄉᆡᆼ각고 오ᄂᆡ(五內) 붕졀(崩絶)ᄒᆞᄃᆡ 쇼졔(小姐ㅣ) 굼거ᄒᆞᆫ[617] 거죄(擧措ㅣ) 잇ᄉᆞᆯ가 두려 ᄉᆞᄉᆡᆨ(辭色)지 아니코 이의 탄왈(嘆曰),

"노뷔(老父ㅣ) 챵텬(蒼天)긔 일편되이[618] 죄(罪)를 어더 널노 ᄒᆞ여

615) 블승경아(不勝驚訝): 불승경아. 놀라움과 의아함을 이기지 못함.

616) 녕희(嶺海): 영해. 산과 바다 밖의 곳. 멀리 떨어져 있는 곳을 말함.

617) 굼거ᄒᆞᆫ: 미상.

618) 일편되이: 편벽되게.

금 풍샹험난(風霜險難)[619]을 격게 ᄒᆞ니 이 다 나의 운쉬(運數ㅣ) 블힝(不幸)ᄒᆞ미로다.”

드ᄃᆡ여 한가지로 졍당(正堂)의 가 노 부인(夫人)긔 뵈오니 쳔만무망(千萬無望)의 쇼져(小姐)ᄅᆞᆯ 보ᄆᆡ 여취여치(如醉如痴)[620]ᄒᆞ여 다만 븟들고 말을 못 ᄒᆞ더니 쇼졔(小姐ㅣ) 안ᄉᆡᆨ(顔色)을 ᄂᆞ쵸와 위로(慰勞)ᄒᆞ나 부인(夫人)이 샹셔(尙書)ᄅᆞᆯ ᄉᆡᆼ각고 눈믈을 금(禁)치 못ᄒᆞ고 댱 부인(夫人)이 오열(嗚咽)ᄒᆞ믈 마지아니니 쇼졔(小姐ㅣ) 의심(疑心)의 ᄌᆞ가(自家)ᄅᆞᆯ 보고 과(過)히 져려 구ᄂᆞᆫ가 너기고 니(李) 샹셔(尙書)의 말은 졍신(精神)을 졍(靜)ᄒᆞ여 고(告)ᄒᆞ려 ᄒᆞᄂᆞᆫ지라.

샹셰(尙書ㅣ) ᄉᆞ롬으로 ᄒᆞ여금 쇼 시(氏)의 ᄉᆞ라시믈 니부(李府)의 통(通)ᄒᆞ니 승샹(丞相)이 ᄎᆞ경ᄎᆞ희(且驚且喜)[621]ᄒᆞ나 ᄋᆞᄌᆞ(兒子)ᄅᆞᆯ ᄉᆡᆼ각고 심쟝(心臟)이 크게 요난(搖亂)ᄒᆞ여 누슈(淚水)ᄅᆞᆯ

117면

드리오고 ᄂᆡ당(內堂)의 드러가 모든 ᄃᆡ 고(告)ᄒᆞ니 일개(一家ㅣ) 크게 놀ᄂᆞ며 그 일ᄉᆡᆼ(一生)이 마ᄎᆞ믈 ᄎᆞ셕(嗟惜)ᄒᆞ니 뎡 부인(夫人)이 이 말을 듯고 ᄉᆡ로이 ᄎᆞᆷ담(慘憺)ᄒᆞ고 슬우미 가ᄉᆞᆷ의 막혀 쳥뉘(淸淚ㅣ) 취슈(翠袖)[622]ᄅᆞᆯ ᄌᆞᄆᆞ[623]고 태ᄉᆡ(太師ㅣ) 탄식(歎息) 왈(曰),

619) 풍샹험난(風霜險難): 풍상험란. 온갖 고난.

620) 여취여치(如醉如痴): 여취여치. 너무 기쁘거나 감격하여 취한 듯도 하고 어리석은 듯도 함.

621) ᄎᆞ경ᄎᆞ희(且驚且喜): 차경차희. 놀라기도 하고 기뻐하기도 함.

622) 취슈(翠袖): 취수. 푸른 소매.

623) ᄌᆞᄆᆞ: [교] 원문에는 ‘잠모’로 되어 있으나 의미를 명확히 하기 위해 국도본(12:116)을 따름.

"쇼 시(氏) 사라시미 비록 깃브나 챵으(-兒)의 흉문(凶聞)을 듯고 어히 즐겨 살리오?"

승샹(丞相)이 가슴이 막혀 말을 못 ᄒᆞ고 쇼부(少傅) 등(等)으로 더브러 쇼부(-府)의 니ᄅᆞ니 샹세(尙書ㅣ) 마ᄌᆞ 승샹(丞相)의 ᄉᆞᆫ을 잡고 실셩오열(失聲嗚咽) 왈(曰),

"현형(賢兄)아! 금일(今日) 녀ᄋᆡ(女兒ㅣ) 드러와시나 쟝ᄎᆺ(將次ㅅ) 무어ᄉᆡ 쓰리오?"

승샹(丞相)이 톄뉘(涕淚ㅣ) 비 ᄀᆞᄐᆞ야[624] 반향(半晌)이나 말을 못 ᄒᆞ다가 왈(曰),

"ᄋᆞ부(阿婦)ᄅᆞᆯ 보고져 ᄒᆞ노라."

샹셰(尙書ㅣ) 좌우(左右)로 쇼져(小姐)ᄅᆞᆯ 브ᄅᆞ니 쇼졔(小姐ㅣ) 남의(男衣) 벗고 쳥샹녹의(靑裳綠衣)로 좌(座)의 다다라 ᄌᆡᄇᆡ(再拜)ᄒᆞ니 승샹(丞相)이 눈을 드러 보ᄆᆡ 슬프미 흉즁(胸中)의 폐ᄉᆡᆨ(閉塞)[625] ᄒᆞ여 봉안(鳳眼)으로죠ᄎᆞ 눈믈이 ᄒᆡ엄업시

•••

118면

ᄡᅥ러지고 쇼부(少傅)와 부마(駙馬) 등(等)이 ᄯᅩ 눈믈이 옷 압히 졋ᄂᆞᆫ지라. 쇼 시(氏) 의아(疑訝)ᄒᆞ여 ᄉᆡᆼ각ᄒᆞᄃᆡ,

'존구(尊舅)의 신명(神明)ᄒᆞ시므로ᄡᅥ 엇지 니(李) 군(君)의 죽은 쥴노 아ᄅᆞ샤 져려ᄐᆞᆺ ᄒᆞ시ᄂᆞᆫ고?'

ᄒᆞ더니 홀연(忽然) ᄭᆡ쳐,

'운ᄉᆡ 니(李) 군(君)의 ᄉᆞ십(四十) 일(日) ᄌᆡ앙(災殃)이 잇다 ᄒᆞ고

---

624) 야: [교] 원문에는 '냐'로 되어 있으나 오기로 보임.

625) 폐ᄉᆡᆨ(閉塞): 폐색. 막힘.

그 직셩(直星)을 진압(鎭壓)ᄒᆞ더니 존귀(尊舅ㅣ) 텬문(天文) 보시미 필연(必然) 운수의 슐(術)의 쇽으시도다.'

ᄒᆞ고 이의 좌(座)를 써나 졍돈(整頓)ᄒᆞ고 고왈(告曰),

"쇼쳡(小妾)이 당년(當年)의 쳔고(千古) 강샹(綱常)을 몸의 문허바리고 녕히(嶺海) 밧 슈졸(戍卒)이 되여 엇지 다시 싱환(生還)ᄒᆞ여 신셰(身世ㅣ) 즉(則) 면화(免禍)[626]ᄒᆞ믈 바라리잇고? 당당(堂堂)이 일명(一命)을 바리미 쾌(快)ᄒᆞ오ᄃᆡ 쇼쳡(小妾)이 위인(爲人)이 약(弱)ᄒᆞ고 어리미 심(甚)ᄒᆞ여 잔명(殘命)을 투싱(偸生)ᄒᆞ여 젹쇼(謫所)의 니ᄅᆞ러 겨유 지ᄂᆡ더니 도젹(盜賊)의 환(患)이 ᄎᆞᆷ혹(慘酷)ᄒᆞᄃᆡ 굿ᄐᆞ여 목슘을 앗겨 삼(三) 개(個) 시비(侍婢)로 더브러 다쇼(多少) 환란(患亂)을 격

119면

고 동졍(洞庭) 군산(君山)의 잇다가 군지(君子ㅣ) 낙슈(落水)ᄒᆞ여 명(命)이 슈유(須臾)의 잇ᄂᆞᆫ지라 구(救)ᄒᆞ여 산ᄉᆞ(山寺)의 가 십여(十餘) 일(日) 죠리(調理)ᄒᆞᄆᆡ 신샹(身上)이 무ᄉᆞ(無事)ᄒᆞ온지라. 혜컨ᄃᆡ 명일(明日)이면 샹경(上京)ᄒᆞᆯ가 ᄒᆞᄂᆞ이다."

언필(言畢)의 승샹(丞相)과 쇼 공(公)과 쇼부(少傅) 등(等)이 ᄃᆡ경(大驚)ᄒᆞ여 말을 못 ᄒᆞ고 승샹(丞相)이 ᄯᅩᄒᆞᆫ 몽즁(夢中) ᄀᆞᆺᄐᆞ야 왈(曰),

"현뷔(賢婦ㅣ) 이 엇진 말이요? ᄂᆡ 건샹(乾象)을 보ᄆᆡ 돈ᄋᆞ(豚兒)의게 쇽(屬)ᄒᆞᆫ 별이 형영(形影)이 업고 니러ᄂᆞ니 업ᄉᆞ니 이 말을 어이 ᄒᆞᄂᆞ뇨?"

쇼 시(氏) 피셕(避席) 쥬왈(奏曰),

---

626) 면화(免禍): 화를 벗어남.

"쇼쳡(小妾)이 엇지 긔망(欺妄)ᄒᆞ리잇고? 당쵸(當初)의 과연(果然) 쳡(妾)이 믈의 ᄲᅢ졋다가 옥룡관 읏듬녀 운ᄉᆞ 도인(道人)의 구(救)ᄒᆞ믈 닙어 이(二) 년(年)을 편(便)이 잇습더니 군ᄌᆡ(君子ㅣ) 낙슈(落水)ᄒᆞ던 ᄂᆞᆯ ᄭᅮᆷ이 여ᄎᆞ여ᄎᆞ(如此如此) ᄒᆞ니 쇼쳡(小妾)이 의혹(疑惑)ᄒᆞ여 운ᄉᆞ다려 뭇ᄌᆞ오니 ᄃᆡ강(大綱) 득도(得道)ᄒᆞ미 오ᄅᆡᆫ 고(故)로 우흐로 텬슈(天數)ᄅᆞᆯ 알미 ᄇᆞᆰ은지라 군ᄌᆡ(君子ㅣ) 금년(今年) 익(厄)이 비경(非輕)ᄒᆞ다 ᄒᆞ고 작법(作法)ᄒᆞ여 규

•••

120면

셩(奎星)을 ᄀᆞᆷ쵸미 ᄉᆞ십(四十) 일(日)이러니 금야(今夜)ᄂᆞᆫ 녜 가ᄐᆞᆯ지라 삼가 연유(緣由)ᄅᆞᆯ 고(告)ᄒᆞᄂᆞ이다."

승샹(丞相)이 듯기ᄅᆞᆯ ᄆᆞᆺᄎᆞᄆᆡ 깃브미 극(極)ᄒᆞ니 도로혀 ᄭᅮᆷ인가 샹시(常時)ᄅᆞᆯ 분변(分辨)치 못ᄒᆞ여 왈(曰),

"금일(今日) 현부(賢婦)의 말을 드ᄅᆞ니 셕일(昔日) 강ᄌᆞᄋᆡ(姜子牙ㅣ) 무길(武吉)을 위(爲)ᄒᆞ여 쥬문왕(周文王)을 쇽인 쥴 알괘라.[627] ᄂᆡ 우흐로 텬슈(天數)와 아ᄅᆡ 산슈(算數)ᄅᆞᆯ 잠간(暫間) 아더니 몽ᄋᆞ(-兒)의 긔골(氣骨)이 이십일(二十一) 쳥츈(靑春)의 요ᄉᆞ(夭死)ᄒᆞᆯ 쥴 엇지 ᄯᅳᆺᄒᆞ여시리오마ᄂᆞᆫ 임의 져의 직셩(直星)이 업ᄉᆞ니 ᄎᆞ후(此後)ᄂᆞᆫ 눈을 감고 입을 잠아 ᄉᆞᄅᆞᆷ을 향(向)ᄒᆞ여 지인(知人)ᄒᆞ기ᄅᆞᆯ ᄭᅳ치리라

627) 강ᄌᆞᄋᆡ(姜子牙ㅣ)~알괘라: 강자아가 무길을 위하여 주나라 문왕을 속인 줄을 알겠구나. 강자아는 강상(姜尙)으로서 자아는 그의 자(字)이고, 흔히 태공망(太公望)으로 불림. 나무꾼 무길이 본의 아니게 왕상을 살해하는 일이 생기자 문왕은 무길에게 홀어머니를 뵙고 다시 돌아와 목숨으로 죗값을 치르라고 명하는데 풀려난 무길은 강자아를 만나 그의 제자가 되고, 강자아는 술법으로 무길의 나쁜 운수를 없애 줌. <봉신연의(封神演義)>에 나오는 내용.

ᄒᆞ고 ᄯᅩᄒᆞᆫ 돈ᄋᆞ(豚兒)ᄅᆞᆯ ᄉᆡᆼ각ᄒᆞᄆᆡ ᄂᆡ 비록 쟝뷔(丈夫ㅣ)나 인셰(人世)ᄅᆞᆯ ᄉᆞ졀(謝絶)코져 ᄯᅳᆺ이 잇더니 엇지 이러ᄐᆞᆺ 긔특(奇特)ᄒᆞᆫ 일이 이실 쥴 알니오?"

신휘 깃분 졍신(精神)을 졍(靜)ᄒᆞ여 왈(曰),

"그ᄃᆡ 엇지 이런 말을 녕대인(令大人)긔 고(告)ᄒᆞ미 업더뇨?"

쇼졔(小姐ㅣ) 져슈(低首) ᄃᆡ왈(對曰),

"쇼쳡(小妾)이 본(本)ᄃᆡ 규즁(閨中) 약질(弱質)

···

121면

로 도로(道路)의 분쥬(奔走)ᄒᆞ여 풍샹간고(風霜艱苦)[628]ᄅᆞᆯ ᄀᆞᆺ쵸 지ᄂᆡᄆᆡ 졍신(精神)이 어린 ᄃᆞᆺᄒᆞ여 미쳐 발셜(發說)치 못ᄒᆞ미로쇼이다."

승샹(丞相)이 그 졍ᄉᆞ(情事)ᄅᆞᆯ 긍[629]측(矜惻)ᄒᆞ야 위로(慰勞)ᄒᆞ고 왈(曰),

"ᄋᆞ뷔(阿婦ㅣ) 엇지 돈ᄋᆞ(豚兒)로 동ᄒᆡᆼ(同行)치 아니ᄒᆞ고 홀노 니ᄅᆞ뇨?"

쇼졔(小姐ㅣ) 피셕(避席) 샤왈(謝曰),

"쇼쳡(小妾)의 구구(區區)ᄒᆞᆫ 쇼견(所見)을 죤젼(尊前)의 알외미 황공(惶恐)ᄒᆞ여 감쳥ᄉᆞ죄(敢請死罪)[630]로쇼이다."

승샹(丞相)이 임의 짐쟉(斟酌)고 다시 뭇지 아니ᄒᆞ더라. 승샹(丞相)이 샹셔(尙書)ᄅᆞᆯ 일코 각골(刻骨) 슬워ᄒᆞ던 ᄆᆞ음의 ᄎᆞ언(此言)을 드ᄅᆞ니 엇지 깃브미 비(比)ᄒᆞᆯ ᄃᆡ 이시리오. 즉시(卽時) 니러나며 왈(曰),

---

628) 풍샹간고(風霜艱苦): 풍상간고. 온갖 고초.

629) 긍: [교] 원문에는 '궁'으로 되어 있으나 오기로 보임.

630) 감쳥ᄉᆞ죄(敢請死罪): 감청사죄. 감히 죽을죄를 청함.

"깃븐 긔별(奇別)을 존당(尊堂)긔 고(告)ᄒᆞ리라 도라가ᄂᆞ니 ᄋᆞ부(阿婦)ᄂᆞᆫ 두어 날 쉬여 부즁(府中)의 오게 ᄒᆞ고 형(兄)은 이 쇼유(所由)ᄅᆞᆯ 텬ᄌᆞ(天子)긔 샹달(上達)[631] ᄒᆞ라."

쇼 공(公)이 응낙(應諾)ᄒᆞ고 젼후(前後) ᄉᆞ연(事緣) 베퍼 샹표(上表)ᄒᆞ니 샹(上)이 대경대희(大驚大喜)ᄒᆞ샤 즉시(卽時) 됴셔(詔書)ᄒᆞ여 쇼 시(氏)ᄅᆞᆯ 크게 표쟝(表章)[632] ᄒᆞ시고 문졍후 샹원부인(上元夫人)을 봉(封)ᄒᆞ시고 ᄎᆡ단(采緞)으로 샹샤(賞賜)[633] ᄒᆞ

●●●

122면

시니 쇼 공(公)이 샤은(謝恩)ᄒᆞ고 도라와 바야흐로 부ᄌᆞ(父子) 모녜(母女ㅣ) 한 당(堂)의 모다 젼후(前後) 환란(患亂)을 므ᄅᆞᄉᆡ 쇼졔(小姐ㅣ) 희허(唏噓) 오열(嗚咽)ᄒᆞ여 죵ᄂᆡ(從來) 궂기던 셜화(說話)ᄅᆞᆯ 졀졀(切切)이 ᄒᆞ니 드ᄅᆞᄆᆡ 진실(眞實)노 ᄉᆞ라 도라오미 쳔고(千古)의 긔특(奇特)ᄒᆞᆫ 일이오, 고금(古今)의 희한(稀罕)ᄒᆞᆫ 경ᄉᆡ(慶事ㅣ)라. 다만 눈믈을 흘녀 왈(曰),

"이 다 나의 팔ᄌᆡ(八字ㅣ)니 누ᄅᆞᆯ 한(恨)ᄒᆞ리오? ᄉᆡᆼᄋᆞ(生兒)의 죵젹(蹤迹)을 모ᄅᆞ니 ᄎᆞᆷ담(慘憺)ᄒᆞ나 강보ᄋᆞ(襁褓兒)ᄅᆞᆯ 뉘 죽이리오? 타일(他日) 만ᄂᆞᆯ 법(法)이 잇시리니 너ᄂᆞᆫ 번뇌(煩惱)치 말나."

쇼졔(小姐ㅣ) 다만 탄식(歎息)ᄒᆞᆯ ᄲᅮᆫ이러라.

댱 부인(夫人)이 녀ᄋᆞ(女兒)ᄅᆞᆯ 다리고 침소(寢所)의 가 ᄒᆞᆫ가지로

---

631) 샹달(上達): 상달. 윗사람에게 말이나 글로 여쭈어 알게 함.

632) 표쟝(表章): 표장. 어떤 일에 좋은 성과를 내었거나 훌륭한 행실을 한 데 대하여 세상에 널리 알려 칭찬함.

633) 샹샤(賞賜): 상사. 임금이 칭찬하여 상으로 물품을 내려 줌.

ᄌᆞ며 일향(一向)[634] 그리던 별회(別懷)ᄅᆞᆯ 닐너 눈믈이 ᄌᆞ리의 흐ᄅᆞᆯ 섇이러니 이윽고 운이 냥ᄌᆞ(兩子)ᄅᆞᆯ 다려와 쇼져(小姐)ᄅᆞᆯ 보고 죽엇던 ᄉᆞᄅᆞᆷ을 만ᄂᆞᆺ ᄃᆞᆺ 크게 우니 쇼졔(小姐ㅣ) 역시(亦是) 울고 왈(曰),

"박명(薄命) 인ᄉᆡᆼ(人生)이 환란(患亂)을 격기로 부모(父母)와 어믜 간쟝(肝腸)을 다 ᄉᆞ로니 엇지 죄(罪) 깁지 아니리오?"

운

●●●

123면

아의 숀을 잡고 톄읍(涕泣)ᄒᆞ믈 마지아니니 운이 겨유 졍신(精神)을 뎡(靜)ᄒᆞ여 왈(曰),

"비ᄌᆡ(婢子ㅣ) 부인(夫人)의 ᄉᆞᄉᆡᆼ(死生)을 모ᄅᆞ고 샹셰(尙書ㅣ) 기셰(棄世)ᄒᆞ여 겨신 젹도 우ᄅᆞᆷ을 죤졀(撙節)ᄒᆞ여시니 이제 샹셰(尙書ㅣ) ᄉᆡᆼ죤(生存)ᄒᆞ신 긔별(奇別)을 듯고 부인(夫人)을 만나 ᄯᅩ 엇지 슬허ᄒᆞ리오?"

쇼졔(小姐ㅣ) ᄯᅩᄒᆞᆫ 졍신(精神)을 거두어 눈을 드러 보니 ᄎᆞ시(此時) 셩문은 오(五) 셰(歲)오, 영문은 ᄉᆞ(四) 셰(歲)라. 냥ᄋᆡ(兩兒ㅣ) 크고 영오(英悟)ᄒᆞ미 몰ᄂᆞ보게 되엿ᄂᆞᆫ지라. 쇼졔(小姐ㅣ) 좌우(左右)로 안아 톄읍(涕泣) 왈(曰),

"너희 무ᄉᆞᆷ 죄(罪)로 어믜 품을 ᄯᅥ나 ᄌᆞᄋᆡ지졍(慈愛之情)을 모로고 ᄌᆞ라ᄂᆞ뇨?"

영문이 반겨ᄒᆞᄂᆞᆫ ᄃᆞᆺᄒᆞ더라. 운이 ᄯᅩᄒᆞᆫ 쇼져(小姐) 겻ᄒᆡ셔 ᄌᆞ고 쇼졔(小姐ㅣ) 냥ᄋᆞ(兩兒)ᄅᆞᆯ 품어 모친(母親) 겻ᄒᆡ 누어 만ᄉᆡ(萬事ㅣ) 여

---

634) 일향(一向): 언제나 한결같이.

의(如意)[635]ᄒᆞᆫ지라. 운ᄋᆡ 이의 왈[636](曰),

"쇼졔(小姐ㅣ) 귀향 가신 후(後)도 샹셰[637](尙書ㅣ) ᄋᆡᄆᆡᄒᆞᆫ 양을 아지 아냐 젼연(全然)이 ᄉᆡᆼ각지 아니시더이다.[638]"

쇼졔(小姐ㅣ) 잠간(暫間) 웃고 말을 아니커ᄂᆞᆯ 당 부인(夫人)이 문왈(問曰),

"ᄂᆡ 원ᄂᆡ(元來) 너희 귀향 갈 졔 굿지던

...

124면

연고(緣故)ᄅᆞᆯ 아지 못ᄒᆞ니 시죵(始終)을 니ᄅᆞ라."

쇼졔(小姐ㅣ) 이의 샹셔(尙書) 곤욕(困辱)ᄒᆞ던 말을 고(告)ᄒᆞ고 왈(曰),

"쇼녜(小女ㅣ) 이번(-番) 험난(險難)을 지ᄂᆡ고 오온 후(後)ᄂᆞᆫ 더옥 니ᄉᆡᆼ(李生)을 ᄉᆡᆼ각ᄒᆞᆫ즉 역시(亦是) 놀ᄂᆞ오니 필연(必然) 그 사ᄅᆞᆷ의 숀의 쥭을가 시브이다."

당 부인(夫人) 왈(曰),

"니낭(李郎)의 ᄒᆡᆼᄉᆡ(行事ㅣ) 비록 젼도[639](顚倒)[640]ᄒᆞ나 녀ᄌᆡ(女子ㅣ) 되여 엇지리오?"

쇼졔(小姐ㅣ) 믁연(默然)이러라. 부인(夫人)이 쇼져(小姐)의 ᄯᅳᆺ을 도도지 아니려 니러ᄐᆞᆺ 니ᄅᆞ나 심즁(心中)은 한(恨)이 깁더라.

---

635) 여의(如意): 마음먹은 대로 됨.

636) 왈: [교] 원문에는 이 글자가 없으나 문맥을 고려하여 국도본(12:123)을 따라 삽입함.

637) 샹셰: [교] 원문에는 이 글자들이 없으나 문맥을 고려하여 국도본(12:123)을 따라 삽입함.

638) 아니시더이다: [교] 원문에는 '아니턴 말을 ᄒᆞ니'라 되어 있으나 문맥을 고려하여 국도본(12:124)을 따름.

639) 도: [교] 원문에는 없으나 문맥을 고려해 국도본(12:124)을 따라 삽입함.

640) 젼도(顚倒): 전도. 예법에 어긋남.

이ᄯᅢ 승샹(丞相)이 도라와 모든 ᄃᆡ 샹셔(尙書) ᄉᆞ라시믈 고(告)ᄒᆞ니 일개(一家ㅣ) 대경(大驚)ᄒᆞ여 밋지 아니터니 태ᄉᆡ(太師ㅣ) 탄식(歎息) 왈(曰),

“ᄂᆡ 본(本)ᄃᆡ 몽챵의 긔골(氣骨)노 됴ᄉᆞ(早死)ᄒᆞᆯ믈 고이(怪異)히 너겨더니 ᄃᆡ강(大綱) 이러ᄐᆞᆺ다. 쇼 시(氏) 진실(眞實)노 ᄂᆡ 집 은인(恩人)이로다.”

승샹(丞相) 왈(曰),

“명괴(明敎ㅣ) 맛당ᄒᆞ시나 쇼 시(氏) 당당(堂堂)ᄒᆞᆫ 녜졀(禮節)노 가부(家夫)ᄅᆞᆯ 구(救)ᄒᆞ미 엇지 은혜(恩惠)라 ᄒᆞ리잇고?”

태ᄉᆡ(太師ㅣ) 올히 너기니 일가(一家) 졔인(諸人)이 크게 깃거ᄒᆞ고 졍 부인(夫人)이 ᄭᅮᆷ ᄀᆞᆺᄐᆞ야 도로혀 깃븐 쥴 모ᄅᆞ더

125면

라.

니문(李門) 일가(一家)의셔 이 쇼식(消息)을 듯고 치하(致賀ㅣ) 분분(紛紛)ᄒᆞ니 슉당(叔堂) 됴부모(祖父母) 깃브미 측냥(測量)ᄒᆞ리오. 됴 국구(國舅) 집의셔 이 말을 듯고 대희(大喜)ᄒᆞ여 됴 시(氏) 즉시(卽時) 단쟝(丹粧)을 일우고 이의 니ᄅᆞ러 깃거ᄒᆞ미 측냥(測量)업ᄉᆞ니 구괴(舅姑ㅣ) ᄯᅩᄒᆞᆫ 죠흔 빗ᄎᆞ로 위로(慰勞) ᄒᆞ더라. 샹(上)이 죠셔(詔書)ᄒᆞ샤 승샹(丞相)긔 치하(致賀)ᄒᆞ시니 승샹(丞相)이 망궐사은(望闕謝恩)641)ᄒᆞ고 이 밤을 기ᄃᆞ리미 간졀(懇切)ᄒᆞ니 부ᄌᆞ지졍(父子之情)은 니(李) 공(公)의 엄(嚴)ᄒᆞ므로도 여ᄎᆞ(如此)ᄒᆞ더라.

---

641) 망궐샤은(望闕謝恩): 망궐사은. 대궐을 바라보고 임금의 은혜에 감사함.

평명(平明)의 니ᄅᆞ러 일즁(日中)은 ᄒᆞ여셔 샹셰(尙書ㅣ) 드러와 승샹(丞相)긔 졀ᄒᆞ고 쇼부(少傅)와 무평[642]ᄇᆡᆨ, 부마(駙馬)긔 졀ᄒᆞ니 승샹(丞相)이 밧비 숀을 잇그러 쳑연(慽然) ᄌᆞ샹(自傷)[643]ᄒᆞ여 능(能)히 말을 못 ᄒᆞ니 샹셰(尙書ㅣ) 역시(亦是) 눈믈을 흘니고 부친(父親) 가숨의 다혀 ᄀᆞᆯ오ᄃᆡ,

"ᄒᆡᄋᆡ(孩兒ㅣ) 블쵸(不肖)ᄒᆞ미 커 부모(父母)긔 이러ᄐᆞᆺ 블효(不孝)ᄅᆞᆯ 기치오니 죄(罪) 태산(泰山) ᄀᆞᄐᆞ여이다."

쇼부(少傅) 등(等)이 각각(各各) 눈믈을 흘녀 말을 ᄒᆞ고져 ᄒᆞ더니 승샹(丞相) 왈(曰),

"부ᄌᆡ(父子ㅣ) 쥭은 줄노 아다가 이졔 만

126면

나미 ᄒᆡᆼ(幸)이라 ᄯᅩ 무숨 셜화(說話)ᄅᆞᆯ ᄒᆞ리오?"

드ᄃᆡ여 ᄒᆞᆫ가지로 드러가 내당(內堂)의 뵈오니 태부인(太夫人)과 태ᄉᆞ(太師) 부부(夫婦)의 반기며 깃거ᄒᆞ믈 다 니로리오. 각각(各各) 위로(慰勞)ᄒᆞ여 졍 부인(夫人)은 숀을 잡고 ᄎᆞᆷ식(慘色)이 가득ᄒᆞ여 말을 못 ᄒᆞ니 태ᄉᆞ(太師) 왈(曰),

"몽ᄋᆞ(-兒)ᄂᆞᆫ 쥭은 양으로 아랏다가 이졔 ᄉᆞ라 모ᄃᆞ니 다시 한(恨)ᄒᆞᆯ 거시 업ᄉᆞᆫ지라 현부(賢婦)ᄂᆞᆫ 모ᄅᆞ미 슬프믈 그치라."

인(因)ᄒᆞ여 샹셔(尙書)ᄅᆞᆯ 어ᄅᆞ만져 왈(曰),

"금일(今日) 너의 ᄌᆡᄉᆡᆼ(再生)ᄒᆞ미 도시(都是) 하ᄂᆞᆯ이 도으시미라 엇지 긔특(奇特)고 다ᄒᆡᆼ(多幸)치 아니리오?"

642) 평: [교] 원문에는 '령'으로 되어 있으나 앞의 예를 따라 이와 같이 수정함.
643) ᄌᆞ샹(自傷): 자상. 스스로 슬퍼함.

샹셰(尙書ㅣ) 샤례(謝禮) 왈(曰),

"쇼숀(小孫)이 익운(厄運) 비샹(非常)ᄒᆞ여 믈의 ᄲᆞ지미 죤당(尊堂) 부모(父母)의 블효(不孝)를 기치오니 죄(罪) 깁도쇼이다."

태부인(太夫人)이 탄왈(嘆曰),

"노뫼(老母ㅣ) 오리 ᄉᆞ랏다가 너의 흉음(凶音)을 드ᄅᆞ니 스ᄉᆞ로 쟝슈(長壽)ᄒᆞ믈 한(恨)ᄒᆞ더니 너를 다시 보니 이졔ᄂᆞᆫ 한(恨)이 업ᄉᆞᆯ도다."

태ᄉᆡ(太師ㅣ) 모친(母親)의 쳑연(慽然)ᄒᆞ믈 보고 이의

127면

모친(母親) ᄆᆞ음을 위로(慰勞)ᄒᆞ니 모다 웃ᄂᆞᆫ 빗출 다ᄒᆞ여 태부인(太夫人) 우으시믈 돕더니 쇼뷔(少傅ㅣ) 문왈(問曰),

"네 엇지 쇼 시(氏)를 몬져 보ᄂᆞᆫ다?"

샹셰(尙書ㅣ) 쇼이ᄃᆡ왈(笑而對曰),

"쇼 시(氏) 괴믈(怪物)이 한층(-層)이 더ᄒᆞ여 쇼질(小姪)을 믜여ᄒᆞ미 구슈(仇讐)[644] ᄀᆞᆺᄐᆞ야 쇼질(小姪)의 병(病)을 구완ᄒᆞ여 나으미 니ᄅᆞ도 아니코 경ᄉᆞ(京師)로 오니 녀ᄌᆞ(女子)로셔ᄂᆞᆫ 그런 괴독(怪毒)ᄒᆞᆫ 거시 업더이다."

태ᄉᆡ(太師ㅣ) 쇼왈(笑曰),

"쇼 시(氏) ᄌᆞ쇼(自少)로 험난(險難)을 널노 ᄒᆞ여 격거시니 유감(遺憾)ᄒᆞ미 업ᄉᆞᆯ 거시라 네 그ᄅᆞᆫ믄 모ᄅᆞ고 져러틋 칙망(責望)ᄒᆞᄂᆞ냐? 너를 쥭을 곳의 ᄉᆞᆯ와 내니 은혜(恩惠) 깁흔지라 ᄎᆞ후(此後)ᄂᆞᆫ 젼(前)

---

644) 구슈(仇讐): 구수. 원수.

쳐로 말지니라.”

샹셰(尙書ㅣ) 웃고 대왈(對曰),

“대부(大父) 말솜이 오르시나 쇼 시(氏) 임의 쇼숀(小孫)의게 영화고락(榮華苦樂)이 달닌 몸이니 쇼숀(小孫)이 임의 쥭어실진디 쇼 시(氏) 비록 텬하국식(天下國色)이오, 임ᄉ지덕(姙姒之德)[645]이 이신들 므어시 광치(光彩) 이시리오? 제 가부(家夫)를 구(救)ᄒ미 의리(義理)의 당당(堂堂)ᄒ니 엇

128면

지 은혜(恩惠)라 ᄒ리잇고?”

태ᄉ(太師ㅣ) 웃고 왈(曰),

“네 가지록 완돈(頑鈍)[646]ᄒᆞᆫ 말을 ᄒ니 쇼 시(氏) 더옥 너를 거졀(拒絶)ᄒᆞᆯ룻다.”

신휘 왈(曰),

“네 죄(罪) 등한(等閒)치 아니니 당당(堂堂)이 쇼 시(氏)를 향(向)ᄒ여 돈슈청죄(頓首請罪)[647]ᄒ미 가(可)ᄒ도다.”

샹셰(尙書ㅣ) 쇼왈(笑曰),

“슉뷔(叔父ㅣ) 젼일(前日) 미ᄉ(每事ㅣ) 강밍(强猛)ᄒ시더니 쇼질(小姪)의게ᄂᆞᆫ 엇지 이러케 가ᄅ치시ᄂ니잇고? 쇼질(小姪)이 젼일(前日) 그릇ᄒᆞᆫ 일이 이신들 ᄋ녀ᄌ(兒女子)를 대(對)ᄒ여 디쟝뷔(大丈夫

645) 임ᄉ지덕(姙姒之德): 임사지덕. 임사는 중국 고대 주(周)나라 문왕(文王)의 어머니 태임(太姙)과, 문왕의 아내이자 무왕(武王)의 어머니인 태사(太姒)를 아울러 이르는 말로 이들은 현모양처로 유명함.

646) 완돈(頑鈍): 완둔. 완고하고 어리석음.

647) 돈슈청죄(頓首請罪): 돈수청죄. 고개를 조아리고 죄를 청함.

ㅣ) 녹녹(錄錄)히 굴 거시리오? 쇼질(小姪)이 삼(三) 년(年)을 평안(平安)이 이셔 쇼 시(氏)의 닝안(冷眼)을 아니 보니 도로혀 평안(平安)터니 이졔 또 유독(有毒)흔 거슬 어이 볼고 근심이로소이다."

모다 대쇼(大笑)ᄒᆞ고 부믹(駙馬ㅣ) 평싱(平生) 대언(大言)을 아니터니 우익(友愛) 지극(至極)흔 바의 쥭엇던 아ᄅᆞᆯ 맛ᄂᆞ고 죤당(尊堂) 부뫼(父母ㅣ) 눈믈 그칠 적이 업셔 간쟝(肝腸)을 슬우며 비록 태부인(太夫人) 안젼(案前)의ᄂᆞᆫ 승안(承顔)[648]ᄒᆞᄂᆞᆫ 화긔(和氣)ᄅᆞᆯ 지으나 부닉(府內)의 화긔(和氣) 쇼여(蕭如)[649]턴 일을 싱각ᄒᆞ믹 당시(當時)ᄒᆞ여 싱(生)

…

129면

의 화(和)흔 말솜과 웃ᄂᆞᆫ 쇼릭 츈풍(春風)이 화창(和暢)ᄒᆞ여 즐겁게 ᄒᆞ며 존당(尊堂) 부모(父母)의 흔흔(欣欣)이 우으시믈 보니 환희쾌락(歡喜快樂)ᄒᆞ여 ᄌᆞ연(自然) 닝엄(冷嚴)흔 비ᄎᆞᆯ 고쳐 희긔(喜氣) 녕농(玲瓏)ᄒᆞ고 븕은 입의 흰 니 비최여 웃고 왈(曰),

"네 져러틋 슈슈(嫂嫂)ᄅᆞᆯ 괴로와ᄒᆞᆯ진딕 보지 말미 올흐니 아니 본 즉 슈싊(嫂嫂ㅣ) 너ᄅᆞᆯ ᄯᆞ롸단니랴?"

샹셰(尙書ㅣ) 쇼왈(笑曰),

"형쟝(兄丈)의 말솜딕로 아니 보랴 흔들 한집의 와셔 피(避)ᄒᆞ리잇가?"

부믹(駙馬ㅣ) 왈(曰),

"그럴진딕 네 ᄆᆞ음이 편(便)ᄒᆞ게 슈슈(嫂嫂)ᄅᆞᆯ 본집(本-)의 두미

---

648) 승안(承顔): 어른의 낯빛을 받듦.

649) 쇼여(蕭如): 소여. 쓸쓸한 모양.

엇더뇨?"

샹셰(尙書ㅣ) 왈(曰),

"쟉(作)ᄒᆞ리잇가마는[650] 그 괴믈(怪物)이 례법(禮法)을 알미 믈너 잇도 아니터이다."

모다 대쇼(大笑)ᄒᆞ고 태부인(太夫人)이 웃고 탄왈(嘆曰),

"챵ᄋᆡ(-兒ㅣ) 업ᄉᆞᆫ 고(故)로 모다 희언(戲言)이 업셔 노뫼(老母ㅣ) 우ᄉᆞᆯ 일이 업더니 오ᄂᆞᆯ날붓허 이러틋 즐기노라."

ᄒᆞ시더라.

파(罷)ᄒᆞ여 샹셰(尙書ㅣ) 모친(母親) 뒤흘 죠ᄎᆞ ᄇᆡᆨ각의 니ᄅᆞ니 샹셰(尙書ㅣ) 모친(母親) ᄉᆞ미ᄅᆞᆯ 븟들고 겻

...

130면

희 안ᄌᆞ 어린 ᄃᆞᆺᄒᆞ니 부인(夫人)이 탄왈(嘆曰),

"너의 흉음(凶音)을 드ᄅᆞ니 진실(眞實)노 쥭을 ᄆᆞ음이 잇고 ᄉᆞᆯ 뜻이 업ᄉᆞᄃᆡ ᄎᆞᆷ아 두 편(偏) 학발(鶴髮) 냥친(兩親)을 져ᄇᆞ리지 못ᄒᆞ여 투ᄉᆡᆼ(偸生)ᄒᆞ나 간쟝(肝腸)이 시시(時時)로 말나 각골(刻骨)이 ᄉᆞᆲ던 일을 ᄉᆡᆼ각ᄒᆞ니 금셕(今夕)이 ᄭᅮᆷ이로다."

부마(駙馬) 등(等)이 ᄌᆡᄎᆞᆨ(在側)이러니 한림(翰林)이 이의 젼후(前後) 망극(罔極)던 일과 부모(父母)의 ᄋᆡ샹(哀傷)ᄒᆞ시던 말ᄉᆞᆷ을 젼(傳)ᄒᆞ니 샹셰(尙書ㅣ) 드ᄅᆞ며 일변(一邊) 눈믈이 산[651]연(潸然)[652]이 ᄂᆞ

650) 쟉(作)ᄒᆞ리잇가마는: 그렇게 하지 않겠나이까마는. '작하다'는 '언행을 부자연스럽게 지어서 함'을 이름.

651) 산: [교] 원문에는 '상'으로 되어 있으나 오기로 보임.

652) 산연(潸然): 눈물이 줄줄 흐르는 모양.

려 왈(曰),

"야애(爺爺ㅣ) 블쵸ᄋᆞ(不肖兒)를 위(爲)ᄒᆞ샤 이러ᄐᆞᆺ 심녀(心慮)를 쓰시게 ᄒᆞ니 나의 죄(罪) 가ᄇᆡ얍지 아니토다."

ᄒᆞ더라.

빵쳔긔봉(雙釧奇逢) 권지십이(卷之十二)

1면

화셜(話說). 추일(此日) 샹셔(尙書ㅣ) 궐하(闕下)의 나아가 샹표(上表)[1]ᄒᆞᄃᆡ,

'신(臣)이 파젹(破敵)[2] 후(後) 의외(意外) 풍낭(風浪)을 만ᄂᆞ와 ᄉᆞ경(死境)[3]의 니ᄅᆞ와습더니 황은(皇恩)을 닙ᄉᆞ와 회ᄉᆡᆼ(回生)ᄒᆞ여ᄉᆞ오나 졍신(精神)이 혼미(昏迷)ᄒᆞ여 즉시(卽時) 환경(還京)치 못ᄒᆞ오니 이 도시(都是) 신(臣)의 죄(罪)라 ᄉᆞ죄(死罪)ᄅᆞᆯ 쳥(請)ᄒᆞᄂᆞ이다.'

샹(上)이 명쵸(命招)[4]ᄒᆞ샤 크게 반기샤 그 ᄉᆞ경(死境) 지ᄂᆡ믈 만히 위로(慰勞)ᄒᆞ시고 넷 벼ᄉᆞᆯ을 승품(陞品)[5]ᄒᆞ여 또 문졍후ᄅᆞᆯ 봉(封)ᄒᆞ시니 샹셔(尙書ㅣ) 구지 고샤(固辭)[6]ᄒᆞᄃᆡ 득(得)지 못ᄒᆞ여 셩은(聖恩)을 샤은(謝恩)ᄒᆞ고 믈너 쇼부(-府)의 니ᄅᆞ러 악부모(岳父母)[7]ᄅᆞᆯ 뵈오니 쇼 공(公) 부뷔(夫婦ㅣ) 크게 반기고 ᄌᆡᄉᆡᆼ(再生)ᄒᆞ믈 치하(致賀)ᄒᆞ여 쥬찬(酒饌)[8]을 드려 위곡(委曲)[9] 관ᄃᆡ(款待)[10]ᄒᆞ니 샹셔(尙

---

1) 샹표(上表): 상표. 임금에게 아뢰는 표를 올림.

2) 파젹(破敵): 파적. 적을 물리침.

3) ᄉᆞ경(死境): 사경. 죽을 지경.

4) 명쵸(命招): 명초. 임금의 명령으로 신하를 부름.

5) 승품(陞品): 벼슬의 품계를 올림.

6) 고샤(固辭): 고사. 굳이 사양함.

7) 악부모(岳父母): 장인과 장모.

8) 쥬찬(酒饌): 주찬. 술과 안주.

9) 위곡(委曲) : 인정이 넘치고 정성이 지극함. 자상(仔詳).

書ㅣ) 쏘ᄒᆞᆫ 쇼 시(氏) ᄉᆡᆼ존(生存)ᄒᆞᆷ을 닐ᄏᆞᆺ고 셩문 등(等)을 블너 볼ᄉᆡ 반기미 극(極)ᄒᆞ더라.

즉시(卽時) 본부(本府)의 도라오니 하ᄀᆡᆨ(賀客)[11]의 거륜(車輪)이 문(門)의 메

2면

엿더라.

샹셰(尙書ㅣ) 졔ᄀᆡᆨ(諸客)을 슈응(酬應)[12]ᄒᆞᆫ 후(後) 별원(別院)의 가 ᄌᆞ가(自家) 허위(虛位)ᄅᆞᆯ 보고 블 질너 업시 ᄒᆞᆯᄉᆡ 그 경ᄉᆡᆨ(景色)을 보ᄆᆡ 부모(父母)의 ᄋᆡ샹(哀傷)ᄒᆞ시믈 보지 아냐 알지라 스ᄉᆞ로 눈믈 흐ᄅᆞᆷ을 ᄭᆡᄃᆞᆺ지 못ᄒᆞ더라.

년일(連日)ᄒᆞ여 부친(父親)을 뫼셔 ᄌᆞ고 좌측(座側)을 ᄯᅥᄂᆞ지 아니ᄒᆞ엿더니,

일일(一日)은 쇼뷔(少傅ㅣ) 샹셔(尙書)다려 왈(曰),

“됴 시(氏) 너의 흉음(凶音)을 드른 후(後)로 쥬야(晝夜) 쵸죠(焦燥)ᄒᆞ여 간쟝(肝腸)을 셕이미 ᄎᆞ마 잔잉ᄒᆞ던 거시니 너ᄂᆞᆫ 모ᄅᆞ미 젼과(前過)ᄅᆞᆯ 개회(介懷)치 말고 드러가 셔로 위로(慰勞)ᄒᆞ라.”

샹셰(尙書ㅣ) 믁연(默然) 공슈(拱手)[13]여ᄂᆞᆯ 승샹(丞相)이 쏘ᄒᆞᆫ 졍ᄉᆡᆨ(正色) 왈(曰),

“비록 사ᄅᆞᆷ이 허믈이 이시나 ᄆᆡ양 유감(遺憾)ᄒᆞ여 ᄎᆡᆨ망(責望)ᄒᆞᆯ

---

10) 관ᄃᆡ(款待): 관대. 친절히 대하거나 정성껏 대접함.

11) 하ᄀᆡᆨ(賀客): 하객. 축하하는 손님.

12) 슈응(酬應): 수응. 응대함.

13) 공슈(拱手): 공수. 절을 하거나 웃어른을 모실 때, 두 손을 앞으로 모아 포개어 잡음. 또는 그런 자세.

비 아니라 모르미 여숙(汝叔)의 말을 드롤지어다."

샹셰(尙書ㅣ) 홀일업셔 ᄎᆞ일(此日) 됴 시(氏) 침당(寢堂)의 니ᄅᆞ니 이ᄯᅢ 됴 시(氏) 슈월(數月)을 우든 눈을 씻고 용모(容貌)를 다듬아 샹셔(尙書) 드러오기를

•••

3면

기ᄃᆞ리더니 금일(今日) 드러오믈 보ᄆᆡ 희망(喜望)[14]ᄒᆞᄂᆞᆫ 졍(情)이 챡급(着急)ᄒᆞ여 급(急)히 니러 마ᄌᆞ 눈믈을 ᄲᅳ리고 코흘 훌젹이며 입을 비져겨 ᄌᆡᄉᆡᆼ(再生)ᄒᆞ믈 치하(致賀)ᄒᆞ니 샹셰(尙書ㅣ) 져의 ᄒᆡ연(駭然)ᄒᆞᆫ 거동(擧動)이 죠곰도 ᄡᅵ지 아냐시믈 보고 더옥 심난(心亂)ᄒᆞ여 뉴미(柳眉)를 ᄶᅵᆼ긔고 늘호여 ᄀᆞᆯ오ᄃᆡ,

"ᄉᆡᆼ(生)의 슈ᄉᆞ(水死)ᄒᆞ미 ᄌᆞ(子)의 박명(薄命)을 기쳣더니 이졔 요ᄒᆡᆼ(僥倖) ᄌᆡᄉᆡᆼ(再生)ᄒᆞ니 그ᄃᆡ 복(福)이로다."

됴 시(氏) 샹셰(尙書ㅣ) 져의 복(福)이론 말을 듯고 크게 반기고 쾌(快)ᄒᆞ여 ᄀᆞᆯ오ᄃᆡ,

"군ᄌᆞ(君子)의 말ᄉᆞᆷ 오ᄅᆞ샤이다. 부모(父母)ᄂᆞᆫ ᄒᆞᆫ 번(番) 우다가 그치거니와 쳡(妾)은 군ᄌᆞ(君子)를 위(爲)ᄒᆞ여 므ᄉᆞᆷ 죄(罪)로 ᄎᆡ의(彩衣)를 못 닙고 죄(罪) 업시 죄인(罪人)이 되리오? ᄌᆞᆨ(作)한 팔ᄌᆞ(八字)야 그러ᄒᆞ리잇가? 쳡(妾)의 복(福)이 둑거워 샹공(相公)이 ᄉᆞ랏지 샹공(相公) 복(福)으로 ᄉᆞ라시릿가?"

샹셰(尙書ㅣ) 어히업셔 잠잠(潛潛)코 말을 아니ᄐᆞ가 몸을 니러 샹(牀) 우히 ᄂᆞ아가 금금(錦衾)을 취(取)허

---

14) 희망(喜望): 기쁨이 바란 것보다 넘침.

4면

덥고 잠드니 됴 시(氏) 한(恨)ᄒᆞ여 ᄀᆞᆯ오ᄃᆡ,

"그ᄃᆡ 날과 므ᄉᆞᆷ 원슈(怨讐)완ᄃᆡ 반년(半年)을 샹니(相離)ᄒᆞ엿다가 ᄆᆞᆫ나셔 니리 구ᄂᆞ뇨?"

인(因)ᄒᆞ여 나아가 동침(同寢)ᄒᆞ여 ᄒᆡ이(駭異)ᄒᆞᆫ 거동(擧動)이 젼(前)과 죠곰도 다ᄅᆞ미 업ᄂᆞᆫ지라. 샹셰(尙書ㅣ) 심홰(心火ㅣ) 대발(大發)ᄒᆞ여 믄득 셩이 니러ᄂᆞ 니블을 ᄎᆞ바리고 의관(衣冠)을 슈습(收拾)ᄒᆞ여 외당(外堂)으로 나가니 됴 시(氏) 아[15]연(啞然)[16]ᄒᆞ여 크게 울 쌴이러라.

문휘 감(敢)히 대셔헌(大書軒)으로 가지 못ᄒᆞ여 한님(翰林)과 ᄉᆞ공ᄌᆞ(四公子)ᄂᆞᆫ 셔헌(書軒)의셔 샹직(上直)ᄒᆞ고 부ᄆᆡ(駙馬ㅣ) 홀노 오공ᄌᆞ(五公子) 몽필노 더브러 ᄌᆞ거ᄂᆞᆯ 샹셰(尙書ㅣ) 드러가니 부ᄆᆡ(駙馬ㅣ) 놀ᄂᆞ ᄭᆡ여 경문(驚問) 왈(曰),

"네 화[17]영당의 가더니 어이 온다?"

문휘 완이[18](莞爾)[19]히 미쇼(微笑)ᄒᆞ고 연고(緣故)ᄅᆞᆯ 고(告)ᄒᆞ니 부ᄆᆡ(駙馬ㅣ) 어히업셔 말을 아니ᄒᆞ고 왈(曰),

"네 금침(衾枕)이 대셔헌(大書軒)의 잇고 겨울ᄂᆞᆯ이 ᄎᆞ니 샹(傷)ᄒᆞ기 쉬올지라 ᄂᆡ ᄌᆞ리의 누어 ᄌᆞ라."

문졍공이 웃고 왈(曰),

---

15) 아: [교] 원문에는 '악'으로 되어 있으나 문맥을 고려하여 국도본(13:5)을 따름.

16) 아연(啞然): 놀라서 어안이 벙벙한 모양.

17) 화: [교] 원문에는 '하'로 되어 있으나 앞의 예를 따라 이와 같이 수정함.

18) 이: [교] 원문에는 '히'로 되어 있으나 오기로 보임.

19) 완이(莞爾): 빙그레 웃는 모양.

"어려셔 형장(兄丈) 품의셔 자 보

•••

5면

왓더니 금야(今夜)의 아히(兒孩) 거동(擧動)으로 ᄒᆞ도쇼이다."

드ᄃᆡ여 의관(衣冠)을 벗고 부마(駙馬)의 겻히셔 힐항(頡頏)[20] ᄒᆞ여 ᄌᆞ니라.

평명(平明)의 셔헌(書軒)의 니ᄅᆞ니 신휘 문왈(問曰),

"네 화[21] 영당의 가 자냐?"

문휘 잠쇼(暫笑) ᄃᆡ왈(對曰),

"존명(尊命)을 인(因)ᄒᆞ여 드러가ᄆᆡ 져의 ᄒᆡ연(駭然)ᄒᆞᆫ 거동(擧動)이 젼일(前日)도곤 더ᄒᆞ여시니 비위(脾胃)ᄅᆞᆯ 뎡(靜)치 못ᄒᆞ여 셔당(書堂)의 나와 ᄌᆞ온지라 역명(逆命)ᄒᆞᆫ믈 청죄(請罪)ᄒᆞᄂᆞ이다."

승상(丞相)은 홀노 안ᄉᆡᆨ(顔色)을 곳치고 신후ᄂᆞᆫ 혀 ᄎᆞ고 말을 아니터라.

이윽고 쇼 샹셰(尙書ㅣ) 와 승상(丞相)과 말ᄉᆞᆷᄒᆞ더니 샹국(相國)이 문왈(問曰),

"쇼뷔(小婦ㅣ) 샹경(上京)ᄒᆞ연 지 오ᄅᆞ고 부뫼(父母ㅣ) 보고져 ᄒᆞ시니 현형(賢兄)은 보ᄂᆡ미 엇더뇨?"

쇼 공(公) 왈(曰),

"쇼뎨(小弟) 엇지 ᄃᆡ명(台命)[22]을 밧드지 아니리오마ᄂᆞᆫ 쇼녜(小女ㅣ) 약질(弱質)노 슈토(水土)의 샹(傷)ᄒᆞ여 그런가 즉금(卽今) 병세

---

20) 힐항(頡頏): 서로 버티며 대항한다는 뜻이나 여기에서는 나란한 모양을 의미함.

21) 화: [교] 원문에는 '하'로 되어 있으나 앞의 예를 따라 이와 같이 수정함.

22) ᄃᆡ명(台命): 태명. 어른의 명령.

(病勢) 위위(危危)[23] ᄒᆞ니 됴리(調理)ᄒᆞ여 보ᄂᆡ리이다."

승샹(丞相)이 놀나 ᄀᆞᆯ오ᄃᆡ,

"ᄂᆡ 원ᄂᆡ(元來) 현부(賢婦) ᄀᆞᄐᆞᆫ 약질(弱質)이 험난(險難)을 격

6면

고 무ᄉᆞ(無事)ᄒᆞ기를 밋지 못ᄒᆞ더니 죠심(操心)ᄒᆞ여 죠호(調護)[24] ᄒᆞ게 ᄒᆞ쇼셔."

쇼 공(公)이 샤례(謝禮)ᄒᆞ고 도라가니 문휘 좌(座)의셔 이 말을 듯고 놀ᄂᆞ고 근심ᄒᆞ여 믈너 즁당(中堂)의 가 옷오ᄉᆞᆯ 닙더니 필뎨(畢弟) 몽필이 웃고 왈(曰),

"형장(兄丈)이 긔담(奇談)을 드ᄅᆞ시ᄂᆞ니잇가?"

문휘 왈(曰),

"므ᄉᆞᆷ 말고?"

몽필이 됴 시(氏)의 말을 일일(一一)히 젼(傳)ᄒᆞ고 ᄃᆡ쇼(大笑)ᄒᆞ니 문휘 어히업셔 ᄯᅩᄒᆞᆫ 웃고 심듕(心中)의 됴 시(氏)를 더옥 증한(憎恨)[25] ᄒᆞ고 흉(凶)히 너기더라.

문휘 쇼부(-府)의 니ᄅᆞ러 악장(岳丈)을 보고 ᄀᆞᆯ오ᄃᆡ,

"실인(室人)의 쇼환(所患)이 비경(非輕)타 ᄒᆞ니 즉금(卽今) 증셰(症勢) 엇더ᄒᆞ니잇고?"

공(公) 왈(曰),

"녀ᄋᆡ(女兒ㅣ) 도로(道路) 풍샹(風霜)을 격고 도라오니 ᄇᆡᆨ병(百病)

---

23) 위위(危危): 병이 깊은 모양.

24) 죠호(調護): 조호. 환자를 잘 보양하여 병의 회복을 빠르게 함.

25) 증한(憎恨): 미워하고 한스러워함.

이 교집(交集)ᄒᆞ여 증세(症勢) 경(輕)치 아니ᄒᆞ니 념녜(念慮ㅣ) 적지 아니토다.”

샹셰(尙書ㅣ) 쇼 한님(翰林)을 도라보와 왈(曰),

“녕ᄆᆡ(令妹)ᄅᆞᆯ 잠간(暫間) 보고져 ᄒᆞ노라.”

쇼ᄉᆡᆼ(-生)이 쇼왈(笑曰),

“그ᄃᆡ 보와지라 ᄒᆞ미 븟그럽지 아니냐? ᄆᆡᄌᆡ(妹弟) 금번(今番) 병(病)인들

7면

눌노 ᄒᆞ여 ᄀᆞᆺᄂᆞ뇨?”

문휘 정ᄉᆡᆨ(正色) 왈(曰),

“ᄂᆡ 당년(當年)의 비록 션실기도(先失其道)[26]ᄒᆞ여시나 ᄭᆡᄃᆞ른 후(後)ᄂᆞᆫ 녯일을 유감(遺憾)ᄒᆞ미 가(可)치 아니컨ᄂᆞᆯ 녕ᄆᆡ(令妹) 깁히 젼(前) 일을 한(恨)ᄒᆞ여 젼혀(全-) 녀ᄌᆞ(女子)의 온슌(溫順)ᄒᆞᆫ 되(道ㅣ) 업ᄉᆞᄃᆡ 그ᄃᆡ 경계(警戒)ᄒᆞ여 곳치게 ᄒᆞ지 안코 이졔 유병(有病)다 ᄒᆞᄆᆡ 문병(問病)ᄒᆞ려 니ᄅᆞ러거ᄂᆞᆯ 도로혀 ᄎᆡᆨ(責)ᄒᆞ미 여ᄎᆞ(如此)ᄒᆞ니 엇지 가쇠(可笑ㅣ) 아니리오?”

한림(翰林)이 ᄯᅩᄒᆞᆫ 정ᄉᆡᆨ(正色)고 니ᄅᆞᄃᆡ,

“쇼ᄆᆡ(小妹) 그ᄃᆡ 연고(緣故)로 쳔만비원(千萬悲怨)과 고쵸(苦楚)ᄅᆞᆯ 가쵸 지ᄂᆡ여시니 ᄆᆡᄌᆡ(妹弟) 그ᄃᆡᄅᆞᆯ 원(怨)ᄒᆞ미 고이(怪異)ᄒᆞ며 쇼뎨(小弟)의 말이 ᄯᅩᄒᆞᆫ 과도(過度)치 아닌가 ᄒᆞ노라.”

문휘 쇼왈(笑曰),

---

26) 션실기도(先失其道): 선실기도. 먼저 그 도리를 잃음.

"부부(夫婦)의 존비(尊卑)ᄂᆞᆫ 군신(君臣)의 비(比)ᄒᆞᄂᆞ니 가뷔(家夫ㅣ) 비록 그ᄅᆞᆫ 일이 이신들 녀ᄌᆡ(女子ㅣ) 간ᄃᆡ로 오ᄅᆡ 포원(抱冤)[27] ᄒᆞ미 가(可)치 아닌가 ᄒᆞ노라."

냥인(兩人)이 졍(正)히 셔로 다토와 결우믈 그치지 아니ᄒᆞ더니 쇼공(公) 왈(曰),

"너희 므ᄉᆞᆫ 시럽ᄉᆞᆫ 말을 ᄒᆞᄂᆞ뇨?"

드ᄃᆡ여 문후의

8면

ᄉᆞᆫ을 잡고 ᄂᆡ당(內堂)의 드러가니, 이ᄯᅴ 쇼졔(小姐ㅣ) 옥룡관의셔 쥬야(晝夜) 근노(勤勞)ᄒᆞ여 악풍(惡風)의 샹(傷)ᄒᆞ여 병(病)이 ᄌᆞ못 즁(重)ᄒᆞᄃᆡ 부모(父母)의 근심ᄒᆞ시기로 민망(憫惘)ᄒᆞ여 통셩(痛聲)을 ᄎᆞᆷ고 냥ᄋᆞ(兩兒)ᄅᆞᆯ 앏ᄒᆡ 두어 ᄌᆞ미ᄅᆞᆯ 삼아 병회(病懷)ᄅᆞᆯ 위로(慰勞)ᄒᆞ더니 이날 부친(父親)이 문후ᄅᆞᆯ ᄂᆡ그러 오ᄂᆞᆫ지라 쇼졔(小姐ㅣ) 경아(驚訝)ᄒᆞ여 ᄂᆡ려 마ᄌᆞ니 공(公)이 문왈(問曰),

"이ᄯᅴᄂᆞᆫ 엇더ᄒᆞ뇨?"

쇼졔(小姐ㅣ) ᄃᆡ왈(對曰),

"일양(一樣)이로쇼이다."

문휘 ᄂᆡ어 무ᄅᆞᄃᆡ,

"증셰(症勢) 엇더ᄒᆞ시뇨?"

쇼졔(小姐ㅣ) 머리ᄅᆞᆯ ᄉᆞᆨ여 브답(不答)이라.

쇼 공(公)이 밧그로 나가니 문휘 ᄂᆞ아가 머리ᄅᆞᆯ 집흐며 ᄉᆞᆫ을 잡아 ᄆᆡᆨ(脈)을 보고 니ᄅᆞᄃᆡ,

---

27) 포원(抱冤): 원한을 품음.

"그리 딕단튼 아니나 심녀(心慮)를 쁜 증(症)이니 죠심(操心)ᄒ여 죠리(調理)ᄒ라."

쇼졔(小姐ㅣ) 져희 문후(問候)ᄒ믈 보믹 증분(憎憤)ᄒ미 압셔고 슬흐미 간졀(懇切)ᄒ여 몸을 피(避)ᄒ고져 ᄒ나 임의 침젼(寢殿)의 안ᄌ시니 어ᄃ로 피(避)ᄒ리오. 다만 졍ᄉᆡᆨ(正色)ᄒ고 숀을

9면

쩔쳐 버ᄀ의 지어 말이 업ᄉ니 문휘 졍ᄉᆡᆨ(正色) 왈(曰),

"그ᄃ 나히 이십(二十)이니 쇼년(少年) 젹과 달나 례의(禮義)를 알거시어늘 엇지 이러틋 무례(無禮)ᄒ뇨?"

쇼 시(氏) 눈을 감아 못 듯는 사름 ᄀᆺ트니 샹셰(尙書ㅣ) 발연변ᄉᆡᆨ(勃然變色)ᄒ고 ᄉ미를 쩔쳐 도라가니 당 부인(夫人)이 창외(窓外)의셔 ᄎ경(此景)을 보고 놀ᄂ고 근심ᄒ여 드러가 쇼져(小姐)를 개유(開諭)ᄒ딕

"니랑(李郞)이 비록 젼일(前日) 그ᄅ미 이신들 네 녀ᄌ(女子) 되미 슬우니 져를 한(恨)치 못ᄒ리니 온슌(溫順)ᄒ믈 힘쓸 거시어늘 엇지 이러틋 ᄒ여 져의 노(怒)를 도도ᄂ뇨?"

쇼졔(小姐ㅣ) 탄왈(嘆曰),

"태태(太太) 말솜이 오ᄅ시나 문후의 젼후(前後) 쳔ᄃ(賤待)ᄒ던 거죠(擧措)를 ᄉᆡᆼ각ᄒ니 아마도 ᄆ음이 ᄎ 지 ᄀᆺ트니 문후를 ᄃ흔즉 쥭으미 영화(榮華)오 ᄉᆞᆯ고 시븐 ᄆ음이 업ᄂ이다."

부인(夫人)이 슬워 왈(曰),

"네 말이 여ᄎ(如此)ᄒ니 너의 부뷔(夫婦ㅣ) 죵시(終是) 화락(和樂)지 못흔즉 ᄂ 쥭어도 눈

10면

을 금지 못ᄒᆞ리로다."

경언간(停言間)[28]의 쇼 공(公)이 드러와 문후의 노(怒)ᄒᆞ여 ᄒᆞ믈 니ᄅᆞ고 쇼져(小姐)를 ᄃᆡ칙(大責)ᄒᆞ여,

"ᄎᆞ후(此後)의 또 그런 거죄(擧措ㅣ) 이실진ᄃᆡ ᄂᆡ 눈의 뵈지 말나."

ᄒᆞ니 쇼제(小姐ㅣ) 황공(惶恐) 샤죄(謝罪) ᄲᅮᆫ이러라.

이ᄯᅢ 문휘 도라가 부모(父母)긔 고(告)ᄒᆞᄃᆡ,

"쇼 시(氏) 병셰(病勢) 가ᄇᆡ얍지 아니ᄒᆞ오니 금일(今日)은 가셔 보고져 ᄒᆞᄂᆞ이다."

승샹(丞相)이 허락(許諾)ᄒᆞ니 문휘 셕반(夕飯)을 파(罷)ᄒᆞ고 쇼부(-府)의 니ᄅᆞ니 쇼 공(公)이 쇼왈(笑曰),

"네 앗가 노(怒)ᄒᆞ여 가더니 엇지 오뇨?"

휘(侯ㅣ) 쇼이ᄃᆡ왈(笑而對曰),[29]

"부명(父命)으로 마지못ᄒᆞ여 와이다."

공(公)이 두굿겨 웃더라.

문휘 침쇼(寢所)의 드러가니 쇼제(小姐ㅣ) 냥ᄋᆞ(兩兒)를 알ᄑᆡ 두어 희쇼(喜笑)ᄒᆞᄆᆡ 옥(玉) ᄀᆞᆺᄐᆞᆫ ᄐᆡ되(態度ㅣ) 쵹하(燭下)의 더옥 절승(絶勝)ᄒᆞ니 샹셰(尙書ㅣ) 삼(三) 년(年) 독쳐(獨處)ᄒᆞᆫ 심ᄉᆞ(心思)로 져 ᄀᆞᆺᄐᆞᆫ 부인(夫人)을 엇지 사(辭)코져 ᄠᅳᆺ이 이시리오마ᄂᆞᆫ 져의 병(病) 즁(重)ᄒᆞ믈 챡급(着急)ᄒᆞ여 감(敢)히 범(犯)ᄒᆞᆯ ᄠᅳᆺ이 ᄂᆞ지 아닌ᄂᆞᆫ지라. 다만 쟝(帳)을

---

28) 정언간(停言間): 정언간. 말을 잠시 멈춘 사이.

29) 쇼이ᄃᆡ왈(笑而對曰): 소이대왈. 웃고 대답함.

11면

들고 드러가 쇼왈(笑曰),

"냥이(兩兒ㅣ) 뉘 덕(德)이뇨? 져 ᄌᆞ미를 ᄉᆡᆼ각ᄒᆞ여 ᄒᆞᆨᄉᆡᆼ(學生)을 한(恨)치 말나."

쇼졔(小姐ㅣ) 무심즁(無心中) ᄎᆞ언(此言)을 듯고 혼ᄇᆡᆨ(魂魄)이 ᄯᅳ는 듯ᄒᆞ여 겨유 안ᄉᆡᆨ(顔色)을 강잉(强仍)ᄒᆞ여 믁연(默然)이어ᄂᆞᆯ 휘(侯ㅣ) 졍ᄉᆡᆨ(正色) 왈(曰),

"당년(當年)의 ᄂᆡ 나히 졈고 미쳐 셰졍(世情) ᄉᆞ변(事變)을 아지 못ᄒᆞ여 부인(夫人)을 그ᄅᆞᆺ 의심(疑心)ᄒᆞ야 드ᄃᆡ여 ᄉᆞ단(事端)이 니러나 일이 거ᄎᆞ러신들 ᄂᆡ 그ᄃᆡ 가뷔(家夫ㅣ)라 용녈(庸劣)ᄒᆞ나 져러ᄐᆞᆺ ᄒᆞ미 가(可)ᄒᆞ냐? ᄒᆞᆨᄉᆡᆼ(學生)을 나므ᄅᆞ 바리면 모ᄅᆞ거니와 그러치 아니면 져러ᄐᆞᆺ ᄒᆞ미 가(可)ᄒᆞ랴. ᄌᆞ시 니ᄅᆞ라."

쇼졔(小姐ㅣ) ᄂᆞᆯ호여 ᄃᆡ왈(對曰),

"쳡(妾)이 여러 번(番) ᄉᆞ디(死地)를 지ᄂᆡ고 졍신(精神)이 모숀(耗損)[30] ᄒᆞᆫ 가온ᄃᆡ ᄯᅩ 질병(疾病)이 침곤(侵困)[31] ᄒᆞ니 만ᄉᆡ(萬事ㅣ) 무심(無心)ᄒᆞ여 미쳐 부부(夫婦)의 졍(情)을 뉴렴(留念)치 아닌 연괴(緣故ㅣ)라 용샤(容赦)ᄒᆞ쇼셔."

샹셰(尙書ㅣ) 미쇼(微笑)ᄒᆞ고 옥슈(玉手)를 잡아 년ᄋᆡ(戀愛)ᄒᆞ여 ᄀᆞᆯ오ᄃᆡ,

"그ᄃᆡ 비록 ᄉᆡᆼ(生)을 구적[32](仇敵)[33] ᄀᆞᆺ치 너기나 ᄂᆡ 졍(情)을 엇지

---

30) 모숀(耗損): 모손. 닳아 없어짐.

31) 침곤(侵困): 몸에 병이 들어 피곤함.

32) 적: [교] 원문에는 '쳑'으로 되어 있으나 오기로 보이므로 국도본(13:12)을 따름.

33) 구적(仇敵): 원수.

금(禁)ᄒᆞ리오?

12면

그ᄃᆡ 질병(疾病)이 이시ᄆᆡ 아직 동낙(同樂)을 일우지 못ᄒᆞ거니와 일실(一室)의 이신 후(後)야 녀ᄌᆞ(女子ㅣ) 아모리 힘이 셰고 ᄂᆡᆼ담(冷淡)ᄒᆞᆫ들 가부(家夫)ᄅᆞᆯ 원거(怨拒)[34]ᄒᆞ리오?"

셜파(說罷)의 슈려(秀麗)ᄒᆞᆫ 미우[35](眉宇)의 화긔(和氣) 녕농(玲瓏)ᄒᆞ여 숀을 잡고 무릅흘 년(連)ᄒᆞᄆᆡ 몸이 가야이ᄂᆞᆫ지라[36] 쇼졔(小姐ㅣ) 이 거동(擧動)을 보ᄆᆡ 골경신히(骨驚神駭)[37]ᄒᆞ여 넉시 놀ᄂᆞ오나 또 므ᄉᆞᆫ 힘이 이셔 ᄯᅥᆯ치리오. 다만 안ᄉᆡᆨ(顔色)을 슈렴(收斂)ᄒᆞᄆᆡ 싁싁ᄒᆞᆫ 빗치 골졀(骨節)을 녹여 ᄀᆞᆯ오ᄃᆡ,

"비복(婢僕)도 병(病)들ᄆᆡ 바려두ᄂᆞ니 엇지 병인(病人)을 이러ᄐᆞ시 보ᄎᆡᄂᆞ뇨?"

샹셰(尙書ㅣ) 웃고 숀을 노코 우음을 먹음어 눕기ᄅᆞᆯ 권(勸)ᄒᆞ고 ᄌᆞ개(自家ㅣ) 쏘ᄒᆞᆫ 셩문 등(等)을 나호여 품고 쇼졔(小姐ㅣ) 겻히셔 편(便)히 ᄌᆞ니 쇼졔(小姐ㅣ) ᄌᆞ가(自家)ᄅᆞᆯ 범(犯)치 아니믈 다ᄒᆡᆼ(多幸)ᄒᆞ나 ᄆᆞ음을 쓰ᄆᆡ 병(病)이 더ᄒᆞᆫ ᄃᆞᆺᄒᆞ여 ᄉᆡ도록 통셩(痛聲)이 ᄭᅳᆫ치 아니니 샹셰(尙書ㅣ) 우려(憂慮)ᄒᆞ믈 마지아니ᄒᆞ더니,

평명(平明)의 승샹(丞相)이 니ᄅᆞ러 쇼 공(公)으

---

34) 원거(怨拒): 원망하여 거부함.

35) 우: [교] 원문에는 '유'로 되어 있으나 오기로 보임.

36) 가야이ᄂᆞᆫ지라: 미상.

37) 골경신히(骨驚神駭): 골경신해. 뼈가 저리고 넋이 놀란다는 뜻으로 매우 놀란 상태를 이름.

13면

로 더브러 드러와 식부(息婦)롤 볼식 쇼 시(氏) 병(病)을 인(因)ᄒᆞ여 죤구(尊舅)의 친림(親臨)ᄒᆞ시믈 황공(惶恐)ᄒᆞ여 겨유 몸을 운동(運動)ᄒᆞ이 니러 졀ᄒᆞ니 승샹(丞相)이 밧비 평신(平身)ᄒᆞ믈 니ᄅᆞ고 눈을 드러 병근(病根)을 ᄉᆞᆯ피고 근심ᄒᆞ여 닐오ᄃᆡ,

"ᄋᆞ부(阿婦)의 병(病)늘 줄을 아ᄅᆞ거니와 금일(今日) 병셰(病勢)가ᄇᆡ얍지 아니ᄒᆞ니 죠셥(調攝)[38]ᄒᆞ여 죠리(調理)ᄒᆞᄂᆞᆫ 도리(道理) 업ᄉᆞᆫ즉 위틱(危殆)ᄒᆞ리라."

쇼계(小姐ㅣ) 부복(俯伏)ᄒᆞ엿더니 믄득 븕은 피 입으로죠ᄎᆞ 쏘다지니 긔운이 혼미(昏迷)ᄒᆞ여 슈습(收拾)지 못ᄒᆞ니 승샹(丞相)이 ᄃᆡ경(大驚)ᄒᆞ고 쇼 공(公)이 밧비 붓드러 구(救)ᄒᆞ며 잠간(暫間) 정신(精神)을 출히미 존젼(尊前)의 실례(失禮)ᄒᆞ믈 황공(惶恐)ᄒᆞ여 ᄒᆞ니 승샹(丞相)이 쇼 시(氏) 토혈(吐血)ᄒᆞ믈 보니 필연(必然) 번뇌(煩惱)ᄒᆞ여 ᄒᆞ믈 ᄉᆞᆺ쳐 이의 ᄀᆞᆯ오ᄃᆡ,

"ᄋᆞ뷔(阿婦ㅣ) 쇼년(少年) ᄋᆞᄇᆡ(兒輩) 아니니 응당(應當) ᄒᆞᆫ 일의 ᄆᆞ음을 쓰지 말나 몸을 죠심(操心)ᄒᆞ미 올거ᄂᆞᆯ 엇지 병(病) 우히 병(病)을

14면

더으나뇨? 모ᄅᆞ미 쇽을 번뇌(煩惱)치 말나 병(病)을 ᄌᆞ취(自取)치 말고 잘 죠호(調護)ᄒᆞ라."

---

38) 죠셥(調攝): 조섭. 건강이 회복되도록 몸을 보살피고 병을 다스림. 조리(調理).

쇼 시(氏) 존구(尊舅)의 니ᄅᆞ시ᄂᆞᆫ ᄇᆡ ᄌᆞ가(自家) 심ᄉᆞ(心思)ᄅᆞᆯ 비최시믈 보고 황공(惶恐)ᄒᆞ믈 이긔지 못ᄒᆞ여 다만 돈슈(頓首) 슈명(受命)ᄒᆞ니 승샹(丞相)이 지극(至極) 위로(慰勞)ᄒᆞ고 도라가ᄆᆡ 문휘 부인(夫人)의 토혈(吐血)ᄒᆞ믈 경녀(驚慮)[39]ᄒᆞ고 그 증셰(症勢) 즁(重)ᄒᆞ믈 보ᄆᆡ 산이 ᄂᆞᆽ고 바다히 여튼 졍니(情理)[40]의 엇지 그 ᄯᅳᆺ을 셰우고져 ᄒᆞ리오. 쇼져(小姐)의 ᄂᆡᆼ담(冷淡)ᄒᆞ믈 미온(未穩)ᄒᆞ나 젼(前)쳐로 것질너 ᄭᅮ즛지 아니ᄒᆞ고 아ᄎᆞᆷ 됴회(朝會)의 참예(參預)ᄒᆞᆫ 후(後) 부모(父母)긔 뵈옵고 이고ᄃᆡ 니ᄅᆞ러 부인(夫人)을 위로(慰勞)ᄒᆞ여 흔연(欣然)ᄒᆞᆫ 말ᄉᆞᆷ으로 은근(慇懃)이 그 ᄯᅳᆺ을 달ᄂᆡᄃᆡ 쇼졔(小姐ㅣ) 더옥 의ᄉᆡ(意思ㅣ) ᄎᆞᆫ ᄌᆡ ᄀᆞᄐᆞ나 심하(心下)의 통한(痛恨)ᄒᆞ믈 먹으ᄆᆡ 병셰(病勢) 죠금도 가감(加減)이 업ᄉᆞ니 샹셰(尙書ㅣ) 쥬야(晝夜) 근심ᄒᆞ여 슈오(數五) 일(日) 이곳의셔 ᄌᆞ더니 쇼졔(小姐ㅣ) ᄌᆞ긔(自己) 괴로이 너기미 병(病)이 더

•••

15면

으믈 보고 일일(一日)은 쇼져(小姐)다려 왈(曰),

“그ᄃᆡ ᄉᆡᆼ(生)을 괴로이 너기미 병(病)이 되니 그ᄃᆡ 스ᄉᆞ로 ᄉᆡᆼ각ᄒᆞ여 보라. 녯 ᄉᆞᄅᆞᆷ이 닐오ᄃᆡ, ‘은혜(恩惠)ᄂᆞᆫ ᄆᆡᆽ고 닛지 아니ᄒᆞ며 원슈(怨讐)ᄂᆞᆫ 플고 니ᄌᆞ라.’ ᄒᆞ여시니 ᄂᆡ 당년(當年)의 잠간(暫間) 과실(過失)이 이신들 일홈이 그ᄃᆡ 가부(家夫)요 그ᄃᆡ ᄯᅩ 고셔(古書)ᄅᆞᆯ ᄂᆞᆰ어시니 례의(禮義)ᄅᆞᆯ 알녀든 ᄀᆡ유(開諭)ᄒᆞ미 ᄒᆞᆫ두 번(番) 아니로ᄃᆡ ᄆᆞᆺᄎᆞᆷᄂᆡ 원심(怨心)을 품어 ᄉᆡᆼ(生)을 구적[41](仇敵)ᄀᆞᆺ치 녀기니 이리코

---

39) 경녀(驚慮): 경려. 놀라고 염려함.

40) 졍니(情理): 정리. 인정과 도리.

부부(夫婦) 은졍(恩情)이 귀(貴)ᄒᆞ미 이시리오? 쾌(快)히 도라가ᄂᆞ니 죠심(操心)ᄒᆞ여 죠리(調理)ᄒᆞ여 그ᄃᆡ 부모(父母)긔나 념녀(念慮)ᄅᆞᆯ 덜나. 그ᄃᆡ 비록 괴망(怪妄)[42]이 삼겨신들 나으신 부모(父母)죠ᄎᆞ 혜치 아니랴."

쇼 시(氏) ᄎᆞ언(此言)을 듯고 ᄃᆡ답(對答)ᄒᆞᆯ 말이 업셔 믁연(默然)이러니 문졍휘 의관(衣冠)을 졍(正)히 ᄒᆞ고 나올ᄉᆡ 셩문이 오ᄉᆞᆯ 잡아 ᄀᆞᆯ오ᄃᆡ,

"야애(爺爺ㅣ) 오ᄂᆞᆯ은 아죠 가시ᄂᆞ니잇가?"

샹

···

16면

셰(尙書ㅣ) 도로 안ᄌᆞ ᄋᆞᄌᆞ(兒子)ᄅᆞᆯ 안고 쇼져(小姐)다려 왈(曰),

"셩문은 나의 머믈기ᄅᆞᆯ 깃거ᄒᆞᄃᆡ 그ᄃᆡ 므ᄉᆞ 일노 그리 ᄆᆡ몰ᄒᆞ미 심(甚)ᄒᆞ뇨?"

쇼졔(小姐ㅣ) 강잉(强仍) ᄃᆡ왈(對曰),

"쳡(妾)이 엇지 군ᄌᆞ(君子)의 거취(去就)로써 시비(是非)ᄒᆞ미 이시리잇고? 머므시면 이실 ᄯᆞᄅᆞᆷ이지 쳡(妾)다려 엇지 견집(堅執)[43]ᄒᆞ시ᄂᆞ니잇고?"

샹셰(尙書ㅣ) 웃고 도라가ᄂᆞ 년년(戀戀)ᄒᆞ더라.

집의 도라와 야〃(爺爺)ᄅᆞᆯ 뫼셔 ᄌᆞ며 ᄒᆞ로 ᄒᆞᆫ 번(番)식 문병(問病)ᄒᆞᆯ ᄲᅮᆫ이니 쇼졔(小姐ㅣ) 바야흐로 시원ᄒᆞ미 등의 진 가ᄉᆡᄅᆞᆯ 버ᄉᆞᆫ ᄃᆞᆺ

---

41) 젹: [교] 원문에는 '쳑'으로 되어 있으나 오기로 보이므로 국도본(13:16)을 따름.

42) 괴망(怪妄): 말이나 행동이 괴상망측함.

43) 견집(堅執): 자신의 의견을 바꾸거나 고치지 않고 버팀.

ᄒᆞ여 몸을 펴 죠호(調護)ᄒᆞ고 쇼 공(公)이 의약(醫藥)을 ᄡᅥ의 밋게 ᄒᆞ니 납월(臘月)[44]의 니ᄅᆞ러 잠간(暫間) 나으ᄃᆡ 일긔(日氣) 엄한(嚴寒)[45]ᄒᆞ므로 나단니지 못ᄒᆞ더니 신셰(新歲) 가졀(佳節)을 맛ᄂᆞ니 일긔(日氣) 져기 온화(溫和)ᄒᆞ고 부즁(府中)의 빈킥(賓客)이 만당(滿堂)ᄒᆞ니 쇼계(小姐ㅣ) 의상(衣裳)을 졍돈(整頓)ᄒᆞ고 졍당(正堂)의 드러가 죠모(祖母) 노 부인(夫人)긔 뵈오니

•••

17면

부인(夫人)이 크게 깃거 닐오ᄃᆡ,

“네 질약(質弱)ᄒᆞᆫ 거시 풍상(風霜)을 겪고 병(病)이 즁(重)ᄒᆞᄆᆡ 노뫼(老母ㅣ) ᄌᆞ못 우려(憂慮)ᄒᆞ더니 이졔 쾌ᄎᆞ(快差)ᄒᆞ니 깃브미 극(極)ᄒᆞ도다.”

쇼계(小姐ㅣ) 샤례(謝禮)ᄒᆞ고 쇼셰(梳洗)ᄅᆞᆯ ᄒᆞ고져 ᄒᆞ더니 댱 부인(夫人)이 말녀 왈(曰),

“네 병(病)이 겨유 나은 ᄃᆞᆺᄒᆞ나 아직 신긔(神氣)[46] 허약(虛弱)ᄒᆞ여시니 쇼셰(梳洗)ᄒᆞ기ᄅᆞᆯ 늣회라.”

쇼계(小姐ㅣ) 슈명(受命)ᄒᆞ여 안ᄌᆞᆺ다가 침쇼(寢所)의 도라가 녜ᄃᆡ로 나단니지 못ᄒᆞ더라.

슈일(數日) 후(後) 문졍휘 신년(新年) 하례(賀禮)로 분쥬(奔走)ᄒᆞ다가 겨유 틈을 어더 쇼부(-府)의 니ᄅᆞ러 악부모(岳父母)ᄅᆞᆯ 보고 바로 쇼져(小姐) 침당(寢堂)의 니ᄅᆞ니 쇼계(小姐ㅣ) 옥골셜뷔(玉骨雪膚

44) 납월(臘月): 음력 12월.

45) 엄한(嚴寒): 매우 추움.

46) 신긔(神氣): 신기. 정신과 기운.

ㅣ)[47] 잠간(暫間) 윤튁(潤澤)ᄒᆞ믈 어더시나 폐(廢)ᄒᆞᆫ 단장(丹粧)의[48] 더옥 표연(飄然)ᄒᆞ여 눈을 어리오니 문후의 ᄆᆞ음을 엇지 닐너 알니오. 젼도(顚倒)히 ᄂᆞ아가 읍(揖)ᄒᆞ니 쇼졔(小姐ㅣ) 니러 답녜(答禮)ᄒᆞ고 ᄒᆞᆫ편(-便)의 안거ᄂᆞᆯ 샹셰(尙書ㅣ) ᄂᆞ아가 셤슈(纖手)ᄅᆞᆯ

18면

ᄌᆞ바 왈(曰),

"요ᄉᆞ이 오지 못ᄒᆞ더니 그ᄉᆞ이 병셰(病勢) ᄎᆞ복(差復)[49]ᄒᆞ여시니 깃브도다."

쇼졔(小姐ㅣ) 안ᄉᆡᆨ(顔色)이 쥰엄(峻嚴)[50]ᄒᆞ여 년망(連忙)이 ᄲᅮ리치고 믈너 안ᄌᆞ 신년(新年) 하례(賀禮)ᄅᆞᆯ 일우ᄆᆡ 샹셰(尙書ㅣ) 쇼왈(笑曰),

"부인(夫人)이 져 말이 어ᄃᆡ셔 ᄂᆞᄂᆞ뇨? 신년(新年) 하례(賀禮)ᄒᆞᆯ 거시면 ᄒᆞᆨᄉᆡᆼ(學生)을 그ᄃᆡ도록 념(厭)ᄒᆞ랴."

다시 숀을 니어 왈(曰),

"그ᄃᆡ 아모리 ᄒᆞ여도 ᄉᆡᆼ(生)의 졍(情)을 금(禁)치 못ᄒᆞ리라."

인(因)ᄒᆞ여 ᄑᆞᆯ을 어ᄅᆞ만져 희긔(喜氣) 녕농(玲瓏)ᄒᆞ니 졍(情)이 무ᄅᆞ녹고 의ᄉᆞ(意思ㅣ) 더옥 어려 ᄒᆞᄂᆞᆫ지라 부인(夫人)이 ᄎᆞ경(此景)을 보고 발연쟉ᄉᆡᆨ(勃然作色)[51] 왈(曰),

---

47) 옥골셜뷔(玉骨雪膚ㅣ): 옥골설부. 옥 같은 골격과 눈같이 흰 살갗.

48) 폐(廢)ᄒᆞᆫ 단쟝(丹粧)의: [교] 원문에는 '거믄 ᄶᅴ 쇽의 ᄡᅡ여시니'라 되어 있으나 문맥을 고려하여 국도본(13:18)을 따름.

49) ᄎᆞ복(差復): 차복. 병이 나아서 회복됨.

50) 쥰엄(峻嚴): 준엄. 매우 엄격함.

51) 발연쟉ᄉᆡᆨ(勃然作色): 발연작색. 갑자기 얼굴빛을 바꿈.

"쳡(妾)이 군(君)의 시쳡(侍妾)이 아니어늘 엇지 이룻틋 ᄒᆞ시ᄂᆞ니 잇고?"

문휘 졍ᄉᆡᆨ(正色) 왈(曰),

"부부(夫婦) 즁졍(重情)은 인녁(人力)으로 못 ᄒᆞᄂᆞ니 그ᄃᆡ 엇지 이런 담ᄃᆡ(膽大)[52]ᄒᆞᆫ 말을 ᄒᆞᄂᆞ뇨?"

부인(夫人)이 본(本)ᄃᆡ 도로(道路)의 험난(險難)을 지ᄂᆡ고 심ᄉᆡ(心思ㅣ) 샹(傷)ᄒᆞ엿ᄂᆞᆫ지라 미우(眉宇)의 온ᄉᆡᆨ(慍色)이 표연(飄然)ᄒᆞ여 ᄉᆞ

•••

19면

ᄆᆡ를 ᄯᅥᆯ쳐 먼니 믈너 안ᄌᆞ 말을 아니니 샹셰(尙書ㅣ) 노왈(怒曰),

"ᄂᆡ 비록 잔약(孱弱)[53]ᄒᆞ나 그ᄃᆡ 일(一) 인(人)은 족(足)히 졔어(制御)ᄒᆞ리라."

셜파(說罷)의 무릅흘 베고 구러져 말을 아니니 쇼 시(氏) 어히업셔 도로혀 비러 왈(曰),

"군ᄌᆞ(君子)ᄂᆞᆫ 죤즁(尊重)ᄒᆞ쇼셔. 쳡(妾)이 병(病)든 신긔(神氣) 허약(虛弱)ᄒᆞ니 쟝ᄎᆞ(將次) 견ᄃᆡ기 어렵도쇼이다."

샹셰(尙書ㅣ) 믄득 니러 안ᄌᆞ며,

"그ᄃᆡ 진졍(眞情)을 펴ᄆᆡ 샤(赦)ᄒᆞᄂᆞ니 ᄎᆞ후(此後)ᄂᆞᆫ 두 번(番) 번거로미 이시면 영영(永永) 샤[54](赦)치 아니리라."

ᄒᆞ고 드ᄃᆡ여 집의 도라와 쇼 시(氏)를 다려오려 ᄒᆞ더니,

---

52) 담ᄃᆡ(膽大): 담대. 겁이 없고 배짱이 두둑함.

53) 잔약(孱弱): 가냘프고 약함.

54) 샤: [교] 원문에는 '시'로 되어 있으나 오기로 보임.

승샹(丞相)이 쵹한(觸寒)[55]ᄒᆞ여 고통(苦痛)ᄒᆞ고 이젼(以前) 심녀(心慮) 쁜 병(病)이 발(發)ᄒᆞ여 즁(重)ᄒᆞ니 부마(駙馬) 형뎨(兄弟) 챵황(蒼黃)[56]ᄒᆞ여 쥬야(晝夜) 구호(救護)ᄒᆞ미 샹셰(尙書ㅣ) ᄉᆞ룸으로 ᄒᆞ여금 쇼 시(氏)를 칙왈(責曰),

"ᄃᆡ인(大人)의 환휘(患候ㅣ)[57] 비경(非輕)ᄒᆞ시거ᄂᆞᆯ 그ᄃᆡ 도리(道理)의 믈너 이시미 가(可)ᄒᆞ냐?"

쇼 시(氏) 이ᄯᅢ 병(病)이 ᄎᆡ 낫지 못ᄒᆞ여시나 ᄌᆞ긔(自己) 도리(道理) 그러치 못ᄒᆞᆫ지라

20면

겨유 쇼장(素粧)[58]을 닐우고 니부(李府)로 갈ᄉᆡ 쇼 공(公) 부뷔(夫婦ㅣ) 슈이 오믈 닐ᄋᆞ고 홍아 등(等)을 즁샹(重賞)[59]ᄒᆞ여 그 공(功)을 갑흐니라.

쇼계(小姐ㅣ) 니부(李府)의 니ᄅᆞ러 모든 ᄃᆡ 뵈ᄆᆡ 존당(尊堂) 구괴(舅姑ㅣ) 크게 반겨 각각 ᄌᆡᄉᆡᆼ(再生)ᄒᆞ믈 일ᄏᆞᆮ고 경문을 실산(失散)ᄒᆞᆫ 쥴 치위(致慰)ᄒᆞ니 쇼계(小姐ㅣ) 피셕(避席)ᄒᆞ여 ᄃᆡ답(對答)이 다 졀당(切當)[60]ᄒᆞ니 존당(尊堂)이 ᄉᆡ로이 사랑ᄒᆞ고 졍 부인(夫人)이 ᄋᆡ련(愛憐)ᄒᆞ미 측냥(測量)ᄒᆞ리오. 이윽ᄒᆞ여 쇼 시(氏) ᄇᆡᆨ각의 니ᄅᆞ러 존고(尊姑)를 뵈오ᄆᆡ 부인(夫人)이 셕ᄉᆞ(昔事)를 고샹(顧想)[61]ᄒᆞᄆᆡ

---

55) 쵹한(觸寒): 촉한. 추운 기운에 부딪힘.

56) 챵황(蒼黃): 창황. 허둥지둥 당황하는 모양.

57) 환휘(患候ㅣ): 웃어른의 병의 높임말.

58) 쇼장(素粧): 소장. 화장으로 꾸미지 않고 깨끗이 차림.

59) 즁샹(重賞): 중상. 상을 후히 줌.

60) 졀당(切當): 절당. 사리에 꼭 들어맞음.

숨인가 의심(疑心)ᄒᆞ더라.

이ᄯᅴ, 됴 시(氏) 본부(本府)의 갓ᄂᆞᆫ지라 쇼졔(小姐ㅣ) ᄇᆡᆨ각의 슈십(數十) 일(日) 직슉(直宿)ᄒᆞ고 승샹(丞相) 병셰(病勢) ᄎᆞ경(差境)[62]의 드ᄅᆞᄆᆡ 부인(夫人)이 명(命)ᄒᆞ여 침쇼(寢所)의 가라 ᄒᆞ니 쇼졔(小姐ㅣ) 슈명(受命)ᄒᆞ여 믈너나 ᄌᆞ긔(自己) 침쇼(寢所)의 간 후(後)ᄂᆞᆫ 문후로 동락(同樂)을 면(免)치 못ᄒᆞᆯ 줄 알ᄋᆞ ᄌᆞ못 울울(鬱鬱)ᄒᆞ더니 빙옥 쇼졔(小姐ㅣ) 년(年)이 십ᄉᆞ(十四) 셰(歲)오, ᄎᆞ쇼

21면

져(次小姐) 빙션이 십(十) 셰(歲)라 다 얼골과 ᄒᆡᆼᄉᆡ(行事ㅣ) ᄌᆞ가(自家)로 샹하(上下)치 못ᄒᆞᆯ너니 빙옥이 웃고 왈(曰),

"거계(哥哥ㅣ) 야야(爺爺) 병측(病側)을 뫼셔시니 과걸니[63] 침쇼(寢所)로 오지 아닐 거시니 쇼ᄆᆡ(小妹) 슉쇼(宿所)로 가 한담(閑談)ᄒᆞ며 ᄒᆞᆫ가지로 가ᄉᆞ이다."

쇼졔(小姐ㅣ) 크게 깃거 드ᄃᆡ여 냥(兩) 쇼고(小姑)[64]를 죠ᄎᆞ 모란뎡의 니ᄅᆞ러 박혁(博奕)으로 쇼일(消日)ᄒᆞ여 문후의 ᄌᆞ최 아니 보믈 다ᄒᆡᆼ(多幸)ᄒᆞ여 ᄒᆞ더라.

일일(一日)은 냥(兩) 쇼괴(小姑ㅣ) 웃고 왈(曰),

"됴 시(氏) 슈이 오더면 져져(姐姐)와 일장(一場) ᄃᆡ젼(大戰)을 ᄒᆞᆯ 거술 감환(感患)[65]으로 치료(治療)ᄒᆞᆫ다 ᄒᆞ니 궁금ᄒᆞ여이다."

---

61) 고샹(顧想): 고상. 회상.

62) ᄎᆞ경(差境): 차경. 병이 회복되는 상태.

63) 과걸니: '당분간'의 뜻으로 보이나 미상임.

64) 쇼고(小姑): 소고. 시누이.

쇼졔(小姐ㅣ) 잠쇼(暫笑) 왈(曰),

"됴 시(氏) 엇던 ᄉᆞ름이라 쳡(妾)과 ᄃᆡ젼(大戰)을 ᄒᆞ리오? 쇼졔(小姐ㅣ) ᄯᅩᄒᆞᆫ 형뎨지의(兄弟之義)로 날을 ᄃᆡ(對)ᄒᆞ여 흔단(釁端)[66] ᄒᆞ미 가(可)치 아니ᄒᆞ도다."

냥(兩) 쇼졔(小姐ㅣ) 낭낭(朗朗)이 웃고 그릇ᄒᆞ다 ᄒᆞ더라.

이ᄯᅴ 승샹(丞相) 병셰(病勢) 쾌ᄎᆞ(快差)ᄒᆞ니 문휘 바야흐로 쥭ᄆᆡ당의 가니 쇼 시(氏) 업거ᄂᆞᆯ 홍아ᄅᆞᆯ 블너 므ᄅᆞ니 ᄃᆡ

•••

22면

왈(對曰)

"모란뎡의 겨시고 이곳의 아니 와 겨시니이다."

문휘 쳥파(聽罷)의 가쟝 미온(未穩)ᄒᆞ여 홍ᄋᆞ로 쳥(請)ᄒᆞ니 회보(回報) 왈(曰),

"냥(兩) 쇼졔(小姐ㅣ) 쳥(請)ᄒᆞ여 머므ᄅᆞ시니 못 가ᄂᆞ니이다."

샹셰(尙書ㅣ) 즉시(卽時) 모란뎡의 니ᄅᆞ러 냥ᄆᆡ(兩妹)ᄃᆞ려 문왈(問曰),

"쇼ᄆᆡ(小妹)ᄂᆞᆫ 쇼 시(氏)ᄅᆞᆯ 머므러 두엇ᄂᆞ뇨? ᄂᆡ 므ᄅᆞᆯ 말이 이셔 블으ᄆᆡ 가지 말나 ᄒᆞ믄 엇지뇨?"

빙옥이 쇼왈(笑曰),

"거게(哥哥ㅣ) 야야(爺爺) 병측(病側)의 뫼셔시ᄆᆡ 틈을 타 쇼ᄆᆡ(小妹) 등(等)이 쇼져(小姐)로 별회(別懷)ᄅᆞᆯ 일우고져 쳥(請)ᄒᆞ엿더니 야애(爺爺ㅣ) 병셰(病勢) 나으신 후(後) 발셔브터 가쇼셔 ᄒᆞ여도 아니

---

65) 감환(感患): 감기의 높임말.

66) 흔단(釁端): 서로 사이가 벌어져서 틈이 생기게 되는 실마리.

가시고 앗가도 가믈 청(請)ᄒᆞ딕 청이블청(聽而不聽)[67] ᄒᆞ시ᄂᆞ이다.”

문휘 청파(聽罷)의 봉안(鳳眼)이 삼녈(慘冽)[68] ᄒᆞ여 쇼져(小姐)ᄅᆞᆯ 보며 말ᄒᆞ고져 ᄒᆞ더니 승샹(丞相) 명(命)으로 브ᄅᆞ니 춍망(悤忙)이 니ᄅᆞ 가니 빙옥 쇼제(小姐ㅣ) ᄀᆞᆯ오ᄃᆡ,

“거게(哥哥ㅣ) 져러틋 ᄒᆞ시니 져져(姐姐)ᄂᆞᆫ 침쇼(寢所)로 도라가쇼셔.”

쇼 시(氏) 쳑연(惕然)[69]코 답(答)지 아니니 빙옥

...

23면

이 당쵸(當初) 청(請)ᄒᆞᆫ 쥴 뉘웃고 박졀(迫切)이 가라 못 ᄒᆞ고 민망(憫惘)ᄒᆞ여 ᄒᆞ더라.

쇼 시(氏) 평명(平明)의 문안(問安)을 ᄆᆞᆺ고 믈너와 쇼고(小姑)로 더브러 바독 두더니 믄득 문졍휘 취안(醉眼)이 몽농(朦朧)ᄒᆞ여 드러와 판가(板-)의 안ᄌᆞ며 왈(曰),

“쇼ᄆᆡ(小妹) 본(本)ᄃᆡ ᄌᆡ죄(才操ㅣ) 능(能)ᄒᆞ거니와 우형(愚兄)이 훈슈(訓手)[70] ᄒᆞ리라.”

쇼 시(氏) 의외(意外)예 문후ᄅᆞᆯ 만나 좌ᄎᆡ(座次ㅣ) 갓가오믈 보니 크게 놀나 졍(正)히 바독을 밀고 믈너 안거ᄂᆞᆯ 휘(侯ㅣ) 쇼왈(笑曰),

“ᄒᆞᆨᄉᆡᆼ(學生)이 무숨 ᄉᆞ룸이완ᄃᆡ 이러틋 거죄(擧措ㅣ) 고이(怪異)ᄒᆞ뇨?”

---

67) 청이블청(聽而不聽): 청이불청. 들어도 못 들은 척함.

68) 삼녈(慘冽): 참렬. 냉랭함.

69) 쳑연(惕然): 척연. 근심스럽고 슬픈 모양.

70) 훈슈(訓手): 훈수. 바둑이나 장기 따위를 둘 때에 구경하던 사람이 끼어들어 수를 가르쳐 줌.

쇼 시(氏) 브답(不答)ᄒᆞ니 샹셰(尙書ㅣ) 눈을 놉히 쓰고 즐왈(叱曰),

"부인(夫人) 녀ᄌᆞ(女子)의 ᄒᆡᆼ실(行實)이 엇지 이러ᄒᆞ리오? 섈니 아모 ᄃᆡ로나 가고 이곳의 잇지 말나."

언미필(言未畢)의 빙옥이 민망(憫惘)ᄒᆞ여 안으로 드러가니 휘(侯ㅣ) ᄂᆞ아 안ᄌᆞ 셤슈(纖手)ᄅᆞᆯ 잡고 ᄌᆡ촉ᄒᆞ여 므러 왈(曰),

"그ᄃᆡ ᄉᆡᆼ(生)을 이러틋 염피(厭避)[71]ᄒᆞ미 므ᄉᆞᆷ 뜻이뇨? 바로 니ᄅᆞᆯ 진ᄃᆡ ᄉᆡᆼ(生)의 ᄆᆞᄋᆞᆷ과 의논(議論)

24면

ᄒᆞ여 결단(決斷)ᄒᆞ리라."

쇼계(小姐ㅣ) 좌(座)ᄅᆞᆯ 믈너 이연(夷然)[72]이 ᄃᆡ왈(對曰),

"군ᄌᆡ(君子ㅣ) 연무(煙霧) 즁(中) 사ᄅᆞᆷ이 되여시니 쳡(妾)이 ᄃᆡ강(大綱)을 고(告)ᄒᆞ미 ᄒᆡ(害)롭지 안토다. 당쵸(當初) 군휘(君侯ㅣ) 반계곡경(盤溪曲徑)[73]으로 취(娶)ᄒᆞ여 쳔ᄃᆡ(賤待)[74]ᄒᆞ미 참혹(慘酷)ᄒᆞ여 가간(家間)의 참소(讒訴)ᄅᆞᆯ 드러 쳡(妾)을 의심(疑心)ᄒᆞ믈 나믄 ᄯᅡ히 업시 ᄒᆞ니 이 므ᄉᆞᆷ ᄂᆞᆺᄎᆞ로 군후(君侯)ᄅᆞᆯ 보고져 ᄒᆞ리오? 이졔ᄂᆞᆫ ᄇᆞᆰ히 알외ᄂᆞ니 군후(君侯)ᄂᆞᆫ 쳡(妾)을 바려둘지어다."

샹셰(尙書ㅣ) 취즁(醉中)의 이 말을 듯고 ᄉᆞᄆᆡᄅᆞᆯ 쩔치고 나가며 왈(曰),

"길가 졍인(情人)을 ᄉᆡᆼ각ᄒᆞ여 ᄉᆡᆼ(生)을 거졀(拒絶)ᄒᆞ니 ᄉᆡᆼ(生)이

---

71) 염피(厭避): 마음에 꺼림하여 피함.

72) 이연(夷然): 태연한 모양. 편안함.

73) 반계곡경(盤溪曲徑): 서려 있는 계곡과 구불구불한 길이라는 뜻으로, 일을 순서대로 정당하게 하지 아니하고 그릇된 수단을 써서 억지로 함을 이르는 말.

74) 쳔ᄃᆡ(賤待): 천대. 업신여기어 천하게 대우하거나 푸대접함.

엇지 구구(區區)히 빌니오?"

인(因)하여 밧그로 나가니 쇼계(小姐ㅣ) 닝쇼(冷笑)ᄒᆞ고 말을 아니ᄒᆞ더라.

이ᄯᅴ 빙옥 쇼계(小姐ㅣ) 년(年)이 십ᄉᆞ(十四) 셰(歲)라. 신쟝(身長) 거지(擧止) 흡연(洽然)이 어룬의 ᄐᆡ되(態度ㅣ) 이셔 미진(未盡)ᄒᆞ미 업ᄉᆞ니 승상(丞相)이 과ᄋᆡ(過愛)ᄒᆞ여 ᄀᆞᆺᄐᆞᆫ 쌍(雙)을 엇고져 ᄒᆞ더니 ᄎᆞ년(此年) 츈(春)의 마ᄎᆞᆷ 과게(科擧ㅣ) 이셔 팔방(八方) 거ᄌᆡ(擧子ㅣ)[75] 구룸 못듯 ᄒᆞ

∙∙∙

25면

여 응과(應科)ᄒᆞ미 방(榜)이 ᄂᆞᆯ식 급제(及第)ᄒᆞᆫ 재(者ㅣ) 삼십여(三十餘) 인(人)이라. 장원(壯元)은 ᄐᆡ쥐인이니 셩명(姓名)은 문복명이니 젼(前) 시어ᄉᆞ(侍御使) 문하의 뎨삼ᄌᆡ(第三子ㅣ)라. 얼골이 옥(玉) ᄀᆞᆺ고 풍되(風度ㅣ)[76] 헌아(軒雅)[77]ᄒᆞ여 위인(爲人)이 겸공(謙恭) 근신(謹愼)ᄒᆞ니 승상(丞相)이 가쟝 맛당이 너기ᄃᆡ 그 쟝원낭(壯元郞)인 쥴 혐의(嫌疑)[78]ᄒᆞ여 유예(猶豫)[79] 미결(未決)이러니,

이ᄯᅴ 님쇼쳘 등(等)이 경ᄉᆞ(京師)의 와 응과(應科)ᄒᆞ며 ᄉᆞ(四) 인(人)이 구술 ᄭᅦᆫ 다시 참방(參榜)[80]ᄒᆞ니 이의 계지청삼(桂枝靑衫)[81]으

---

75) 거ᄌᆡ(擧子ㅣ): 거자. 과거에 응시하는 사람.
76) 풍되(風度ㅣ): 풍채와 태도.
77) 헌아(軒雅): 너그럽고 전아함.
78) 혐의(嫌疑): 꺼림.
79) 유예(猶豫): 망설여 일을 결행하지 아니함.
80) 참방(參榜): 과거에 급제하여 이름이 방목(榜目)에 오르던 일.
81) 계지청삼(桂枝靑衫): 계지청삼. 계지는 계수나무 가지로 과거 급제자의 머리에 이것

로 유가[82](遊街)[83]홀ᄉᆡ 니(李) 승샹(丞相) 부즁(府中)의 니ᄅᆞ러 현알(見謁)[84]ᄒᆞ니 승샹(丞相)이 흔연(欣然) 관ᄃᆡ(款待)[85]ᄒᆞ며 져의 인믈(人物)이 비쇽(非俗)ᄒᆞ믈 흠ᄋᆡ(欽愛)[86]ᄒᆞ더니 님ᄉᆡᆼ(-生) 등(等)이 눈을 드러 보니 이위(二位)[87] 후ᄇᆡᆨ(侯伯)이 승샹(丞相) 알ᄑᆡ 안ᄌᆞᆺ고 이(二) 귀인(貴人)이 금관ᄌᆞ의(金冠紫衣)[88]로 시립(侍立)ᄒᆞ엿ᄂᆞᆫᄃᆡ 일위(一位) 명ᄉᆡ(名士ㅣ) 좌(座)ᄅᆞᆯ 니어시며 ᄋᆞ동(兒童) 쥬졸(走卒)[89]이 뫼셔시되 셕일[90](昔日) 만나본 니몽챵이 업ᄉᆞ니 경혹(驚惑)[91]ᄒᆞ여 이의 피셕(避席) 왈[92](曰),

"셕년(昔年)의 합하(閤下) ᄃᆡ인(大人)의 졔이

26면

ᄌᆞ(第二子) 니(李) 어ᄉᆞ(御使) 니몽챵을 만나 언약(言約)ᄒᆞᆫ 일이 이더니 어더 보기ᄅᆞᆯ 쳥(請)ᄒᆞᄂᆞ이다."

을 씌웠고, 청삼은 남빛의 웃옷으로 역시 과거 급제자가 입었음.

82) 가: [교] 원문에는 '과'로 되어 있으나 오기로 보임.

83) 유가(遊街): 과거 급제자가 광대를 데리고 풍악을 울리면서 시가행진을 벌이고 시험관, 선배 급제자, 친척 등을 찾아보던 일. 보통 사흘에 걸쳐 행하였음.

84) 현알(見謁): 지체가 높고 귀한 사람을 찾아가 뵘.

85) 관ᄃᆡ(款待): 관대. 곡진히 대접함.

86) 흠ᄋᆡ(欽愛): 흠애. 기쁜 마음으로 사랑함.

87) 이위(二位): 두 명.

88) 금관ᄌᆞ의(金冠紫衣): 금관자의. 금으로 만든 관과 자줏빛 옷.

89) 쥬졸(走卒): 주졸. 여기저기 바쁘게 돌아다니며 심부름하는 사람.

90) 셕일: [교] 원문에는 '젹년'으로 되어 있으나 문맥을 고려하여 국도본(13:25)을 따름.

91) 경혹(驚惑): 놀라고 의혹함.

92) 왈: [교] 원문에는 이 앞에 '대'가 있으나 문맥을 고려하여 국도본(13:26)을 따라 삭제함.

승샹(丞相)이 청파(聽罷)의 의아(疑訝)ᄒᆞ여 잠간(暫間) 침음(沈吟)ᄒᆞ다가 손으로 문후를 가ᄅᆞ쳐 왈(曰),

"ᄎᆞ(此)ᄂᆞᆫ 만ᄉᆡᆼ(晩生)의 ᄎᆞᄌᆞ(次子)여니와 현계(賢契)[93] 등(等)이 언제 보왓더뇨?"

님ᄉᆡᆼ(-生) 등(等)이 눈을 드러 보니 안ᄉᆡᆨ(顔色)이 관옥(冠玉) ᄀᆞᆺ고 풍되(風度ㅣ) 슈려(秀麗)ᄒᆞ여 츄텬(秋天) 샹월(霜月)[94] ᄀᆞᆺᄐᆞ니 당년(當年) 니(李) 어ᄉᆞ(御使)로 비(比)ᄒᆞ미 쇄락(灑落)ᄒᆞ미 비록 ᄀᆞᆺᄐᆞᆫ 듯ᄒᆞ나 ᄂᆡ도(乃倒)[95]ᄒᆞᆫ지라 ᄃᆡ경(大驚)ᄒᆞ여 셔로 도라보와 말을 못 ᄒᆞ거ᄂᆞᆯ 문휘 져의 긔ᄉᆡᆨ(氣色)을 고이(怪異)히 너겨 문왈(問曰),

"복(僕)이 일즉 녈위(列位) 존형(尊兄)을 본 젹이 업ᄉᆞ니 엇지 ᄡᅧ 언약(言約)이 잇다 ᄒᆞᄂᆞ뇨?"

님ᄉᆡᆼ(-生)이 ᄃᆡ왈(對曰),

"이 일이 진실(眞實)노 고이(怪異)ᄒᆞ니 쇼ᄉᆡᆼ(小生) 등(等)이 본(本)ᄃᆡ 유협(遊俠)의 므리로 거년(去年)의 남챵(南昌) 안무현 방계산의 갓ᄃᆞ가 니(李) 어ᄉᆞ(御使)를 만나 평ᄉᆡᆼ(平生) 지긔(知己)를 니ᄅᆞ고 니(李) 어ᄉᆡ(御使ㅣ) 말이 여ᄎᆞ여ᄎᆞ(如此如此)ᄒᆞ며 쏘 쳔ᄆᆡ(賤妹)로 뎡

27면

혼(定婚)ᄒᆞ미 잇더니 이졔 보오ᄆᆡ 젼일(前日) 본 니(李) 어ᄉᆡ(御使ㅣ) 아니로쇼이다."

모다 이 말을 듯고 고이(怪異)히 너겨 쇼뷔(少傅ㅣ) ᄀᆞᆯ오ᄃᆡ,

---

93) 현계(賢契): 윗사람이 자질(子姪)뻘의 사람에게, 혹은 스승이 문하생에게 쓰는 애칭.

94) 샹월(霜月): 상월. 서리가 내리는 밤의 달.

95) ᄂᆡ도(乃倒): 내도. 차이가 큼.

"질이(姪兒ㅣ) 본(本)ᄃᆡ 남챵(南昌)의 유산(遊山) 간 일이 업ᄉᆞ니 엇던 ᄉᆞᄅᆞᆷ이 질ᄋᆞ(姪兒)의 일홈 가져 가칭(假稱)[96]ᄒᆞ여 녈위(列位)ᄅᆞᆯ 쇽인고? 고이(怪異)ᄒᆞ도다."

님ᄉᆡᆼ(-生) 왈(曰),

"그러치 아니ᄒᆞ이다. ᄎᆞ인(此人)의 얼골이 곱기 병부샹셔(兵部尙書) 우히오 의관(衣冠) 거지(擧止) 임의 셩문(盛門)의 ᄉᆡᆼ쟝(生長)ᄒᆞ여 거동(擧動)이 의법(依法)ᄒᆞ고 말ᄉᆞᆷ이 ᄌᆞᄌᆞ졍논(字字正論)[97]이니 엇지 가칭(假稱)ᄒᆞᆫ ᄉᆞᄅᆞᆷ이리잇고마ᄂᆞᆫ 금일(今日) 문후ᄅᆞᆯ 보ᄆᆡ 고이(怪異)ᄒᆞ믈 춤지 못ᄒᆞ도쇼이다."

승샹(丞相)이 님ᄉᆡᆼ(-生)의 말이 져렷틋 ᄒᆞ믈 보고 믄득 쇼 시(氏)런가 너기ᄃᆡ 챵졸(倉卒)의 ᄂᆡ여 니ᄅᆞ기 죠치 아냐 침음(沈吟)ᄒᆞ며 ᄯᅩ 혜오ᄃᆡ, 님ᄉᆡᆼ(-生)의 말이 진젹(眞的)[98]ᄒᆞ믈 보고 ᄌᆞ시 아지 못ᄒᆞᄂᆞᆫ 일의 발구(發口)ᄒᆞ미 어려워 날호여 니ᄅᆞᄃᆡ,

"명공(明公)이 우리ᄅᆞᆯ 쇽이지 아닐 거시로ᄃᆡ 돈ᄋᆡ(豚兒ㅣ) 일즉 외방(外方)의 츌

28면

유(出遊)ᄒᆞᆫ 일이 업ᄉᆞ니 고이(怪異)커니와 날호여 혹(或) 알 일이 이실가 ᄒᆞ노라."

님ᄉᆡᆼ(-生)이 사례(謝禮)ᄒᆞ고 문휘 ᄯᅩ 쇼 신(氏ㄴ)가 너기더라.

이윽고 ᄉᆞ(四) 인(人)이 도라갈ᄉᆡ 부마(駙馬) 형뎨(兄弟) 삼(三) 인

96) 가칭(假稱): 거짓으로 칭함.

97) ᄌᆞᄌᆞ졍논(字字正論): 자자정론. 말마다 이치에 맞음.

98) 진젹(眞的): 진적. 참되고 틀림없음.

(人)이 가 보닉며 손을 잡고 ᄎᆞ후(此後) 형뎨(兄弟)ᄀᆞᆺ치 ᄉᆞ괴믈 언약(言約)ᄒᆞ고 승샹(丞相)을 뫼셔 닉당(內堂)의 드러가 승샹(丞相)이 냥구(良久)히 침음(沈吟)ᄒᆞ다가 ᄀᆞᆯ오ᄃᆡ,

"오ᄂᆞᆯ 남챵인[99](南昌人) 님쇼쳘과 하ᄉᆞ념[100] 등(等)이 ᄎᆞᆷ방(參榜)ᄒᆞ여 닉 집의 니ᄅᆞ러 여ᄎᆞ여ᄎᆞ(如此如此)ᄒᆞᆫ 말을 ᄒᆞ니 졍(正)히 연고(緣故)ᄅᆞᆯ 모ᄅᆞᆯ노라."

뉴 부인(夫人) 등(等)이 놀ᄂᆞ며 우어 왈(曰),

"엇던 ᄉᆞᄅᆞᆷ이 챵ᄋᆞ(-兒)의 일홈을 도적(盜賊)ᄒᆞ여 져ᄅᆞᆯ 쇽인고? 고이(怪異)ᄒᆞ도다."

이ᄯᆡ 쇼 시(氏) 좌(座)의 이셔 ᄎᆞ언(此言)을 듯고 승샹(丞相) 이하(以下) 졔인(諸人)이 고이(怪異)히 너기믈 듯고 오ᄅᆡ 함구(緘口)ᄒᆞ미 가(可)치 아냐 옷기슬 념의고 좌(座)ᄅᆞᆯ ᄯᅥ나 승샹(丞相)긔 쥬왈(奏曰),

"쇼쳡(小妾)이 ᄌᆞᄒᆡᆼ(恣行)[101]ᄒᆞᆫ 죄(罪) 가ᄇᆡ얍지 아니ᄒᆞ니 존구(尊舅)의 ᄇᆞᆰ히 다ᄉᆞ리시믈 ᄇᆞ라ᄂᆞ이다."

승

29면

샹(丞相)이 경문(驚問) 왈(曰),

"므ᄉᆞ 일이뇨? 아모 일이라도 ᄌᆞ시 니ᄅᆞ고 머므지 말나."

쇼제(小姐ㅣ) 졍금염용(整襟斂容)[102]ᄒᆞ고 안ᄉᆡᆨ(顏色)이 ᄎᆞᆷ연(慘然)

---

99) 인: [교] 원문에는 '이'로 되어 있으나 오기로 보이므로 국도본(13:28)을 따름.

100) 념: [교] 원문에는 '업'으로 되어 있으나 앞(11:13)에서 '하ᄉᆞ념'으로 나온 바 있으므로 이와 같이 수정함.

101) ᄌᆞᄒᆡᆼ(恣行): 자행. 멋대로 행동함.

102) 졍금염용(整襟斂容): 정금염용. 옷깃을 바로잡고 용모를 단정히 함.

ᄌᆞ샹(自傷)[103] ᄒᆞ여 고왈(告曰),

"쇼쳡(小妾)이 당년(當年)의 남의(男衣)로 도로(道路)의 뉴리(流離) ᄒᆞᆯ 적 맛춤 님쇼져를 맛나 제 쳡(妾)을 남ᄌᆞ(男子)로 아라 극진(極盡) ᄒᆞᆫ지라. 쳡(妾)이 그 위인(爲人)을 ᄉᆞᆯ피ᄆᆡ 가(可)히 인ᄌᆡ(人材ㅣ) 쥴 알 거시오, ᄯᅩ 그 얼ᄆᆡ(孽妹) 일(一) 인(人)이 이셔 쟝강(莊姜)[104]과 반비(班妃)[105] ᄒᆡᆼ실(行實)이 잇ᄂᆞᆫ 고(故)로 님ᄉᆡᆼ(-生)이 간졀(懇切)이 쇼셩(小星)[106]의 두기를 원(願)ᄒᆞᄂᆞᆫ지라 쇼쳡(小妾)이 규리(閨裏) ᄋᆞ녀ᄌᆞ[107](兒女子)로 남ᄌᆞ(男子)를 ᄃᆡ(對)ᄒᆞ여 미쳐 셩명(姓名)을 고(告)치 못ᄒᆞ여 가부(家夫)의 일홈을 ᄃᆡ(代)ᄒᆞᄆᆡ 이 일을 츄탁(推度)[108]지 못ᄒᆞ여 언약(言約)ᄒᆞ고 가군(家君)으로ᄡᅥ 취(娶)코져 ᄒᆞ엿더니 이제 쇼쳡(小妾)을 ᄎᆞᄌᆞ미 가군(家君)을 ᄎᆞᆺᄂᆞᆫ 거죄(擧措ㅣ)니 쇼쳡(小妾)이 감(敢)히 긔망(欺妄)치 못ᄒᆞ와 쇼유(所由)를 알외옵나니 복망(伏望) ᄃᆡ인(大人)은 쇼쳡(小妾)의 죄(罪)를 다ᄉᆞ리시고 님녀(-女)를 거두시믈 바라ᄂᆞ이다."

승샹(丞相)이 듯

---

103) ᄌᆞ샹(自傷): 자상. 스스로 상심함.

104) 쟝강(莊姜): 장강. 중국 춘추시대 위(衛)나라 장공(莊公)의 비. 제(齊)나라 태생으로 장공에게 시집갔으나 자식을 두지 못하니 장공이 이에 진(陳)나라 여자를 맞이하여 후에 환공(桓公)이 되는 이를 낳았는데 진나라 여자가 죽자 장강이 환공을 자기 아들로 삼아 기름.

105) 반비(班妃): 중국 한(漢)나라 성제(成帝)의 궁녀인 반첩여(班婕妤). 시가(詩歌)에 능한 미녀로 성제의 총애를 받다가 궁녀 조비연(趙飛燕)의 참소를 받고 물러나 장신궁(長信宮)에서 지내며 <자도부(自悼賦)>를 지어 자신의 처지를 하소연함.

106) 쇼셩(小星): 소성. 첩.

107) ᄋᆞ녀ᄌᆞ: [교] 원문에는 '안녀'로 되어 있으나 의미를 명확히 하기 위해 국도본(13:29)을 따름.

108) 츄탁(推度): 추탁. 미루어 헤아림.

30면

기를 뭇고 심하(心下)의 샹셔(尙書) 쳐쳡(妻妾)이 번다(繁多)ᄒᆞ믈 깃거 아니나 쇼 시(氏) 본(本)ᄃᆡ ᄉᆞ랑이 지극(至極)ᄒᆞ고 그 졍ᄉᆞ(情事)를 어엿비 너겨 흔연(欣然)이 ᄀᆞᆯ오ᄃᆡ,

"오부(吾婦)의 당일(當日) 거죠(擧措)ᄂᆞᆫ 브득이(不得已) ᄒᆞᆫ[109] 일이라 엇지 개회(介懷)ᄒᆞ며 남ᄌᆞ(男子)의 일(一) 쳡(妾)이 므어시 관겨(關係)ᄒᆞ여 허(許)치 아니ᄒᆞ리오?"

도라 ᄐᆡᄉᆞ(太師)긔 쥬왈(奏曰),

"ᄃᆡ인(大人) 명(命)을 쳥(請)ᄒᆞᄂᆞ이다."

ᄐᆡᄉᆡ(太師ㅣ) 역시(亦是) 깃거 아니나 승샹(丞相)과 쇼 시(氏)를 긔특(奇特)히 너기ᄂᆞᆫ 고(故)로 허(許)ᄒᆞ고 이의 므ᄅᆞᄃᆡ,

"원ᄂᆡ(元來) 아부(阿婦)의 갓쵸 ᄀᆞᆺ긴 셜화(說話)를 금일(今日) ᄌᆞ시 니ᄅᆞ미 엇더뇨?"

쇼 시(氏) 좌즁(座中)의 졔슉(諸叔)과 졔ᄉᆡᆼ(諸生)이 셩녈(成列)ᄒᆞ여 시니 말 곳 ᄂᆡ오미 어려오ᄃᆡ 죤당(尊堂)이 므ᄅᆞ시니 엇지 긔이리오. 옥셩(玉聲)을 나ᄌᆞ이 ᄒᆞ여 도로(道路)의 뉴리(流離)ᄒᆞ던 곡졀(曲折)을 죵두지미(從頭至尾)[110]히 알외니 듯ᄂᆞ니 신한골경(神寒骨驚)[111]ᄒᆞ고 구괴(舅姑ㅣ) ᄉᆡ로이 어엿비 너기믈 금(禁)치 못ᄒᆞ고 ᄐᆡ부인(太夫人)이 탄왈(嘆曰),

"아부(阿婦)의 ᄀᆞᆺ기믄 고금(古今)의 희한(稀罕)ᄒᆞ니 ᄉᆞ라 모드미 엇

---

109) ᄒᆞᆫ: [교] 원문에는 'ᄒᆞᆯ'로 되어 있으나 문맥을 고려하여 국도본(13:30)을 따름.

110) 죵두지미(從頭至尾): 종두지미. 처음부터 끝까지.

111) 신한골경(神寒骨驚): 넋이 차고 뼈가 놀란다는 뜻으로 매우 놀람을 말함.

31면

지 문호(門戶)의 경ᄉᆡ(慶事ㅣ) 아니리오?"

문휘 좌(座)의셔 쇼 시(氏) 말을 듯고 더옥 ᄋᆡ련(哀憐)ᄒᆞ나 ᄌᆞ가(自家) 거절(拒絶)ᄒᆞ믈 노(怒)ᄒᆞ여 쇽이고져 ᄒᆞ여 믈너나 모란뎡의 니ᄅᆞ니 쇼 시(氏) 이윽고 홍아 등(等)으로 더브러 오거ᄂᆞᆯ 문휘 쇼ᄅᆡ를 가다담아 ᄀᆞᆯ오ᄃᆡ,

"그ᄃᆡ 가(可)히 당(堂)의 오ᄅᆞ지 못ᄒᆞ리라."

인(因)ᄒᆞ여 난간(欄干) 아ᄅᆡ 셰우고 슈죄(數罪)[112] 왈(曰),

"그ᄃᆡ 녀ᄌᆞ(女子)의 몸으로 남복(男服)을 닙어 도로(道路)의 단니며 남ᄌᆞ(男子)로 슈작(酬酌)ᄒᆞ미 고금(古今)의 희한(稀罕)ᄒᆞᆫ 거조(擧措)여ᄂᆞᆯ ᄂᆡ 일홈을 도적(盜賊)ᄒᆞ여 뎡혼(定婚)ᄒᆞ미 잇ᄂᆞ뇨? 이런 긔관(奇觀)[113]은 쳐음이니 셰샹(世上)의 ᄒᆡ이(駭異)[114]ᄒᆞᆫ 거동(擧動)이라. 아지 못게라, ᄆᆞᄉᆞᆷ 뜻과 념치(廉恥)로 그런 노ᄅᆞᄉᆞᆯ ᄒᆞᄂᆞ뇨? 은닉(隱匿)치 말고 쾌(快)히 직고(直告)ᄒᆞ라."

쇼졔(小姐ㅣ) 샹셔(尙書)의 포려(暴戾)[115]ᄒᆞᆫ 위엄(威嚴)을 만나 가쟝 우이 너겨 안ᄉᆡᆨ(顔色)을 졍(正)히 ᄒᆞ고 머리를 슉여 ᄃᆡ답(對答)지 아니ᄒᆞ니 상셰(尙書ㅣ) ᄃᆡ로(大怒)ᄒᆞ여 쇼ᄅᆡ를 놉펴 ᄌᆡ쵹ᄒᆞ여 므ᄅᆞ니 쇼졔(小姐ㅣ) 냥구(良久) 후(後) 운교를 도라보와 ᄀᆞᆯ오ᄃᆡ,

"ᄂᆡ

---

112) 슈죄(數罪): 수죄. 하나하나 죄를 따짐.

113) 긔관(奇觀): 기관. 기이한 광경.

114) ᄒᆡ이(駭異): 해이. 놀라고 이상함.

115) 포려(暴戾): 사나움.

32면

비록 미쳔(微賤)ᄒᆞ나 문졍후 비쳡(婢妾)이 아니어ᄂᆞᆯ 엇지 이러ᄐᆞᆺ 곤욕(困辱)[116]ᄒᆞ며 므례(無禮)ᄒᆞ미 심(甚)치 아니리오?"

언파(言罷)의 몸을 두로혀 피(避)ᄒᆞ니 샹셰(尙書ㅣ) 심니(心裏)의 미온(未穩)ᄒᆞ더라.

명일(明日) 문졍휘 님ᄉᆡᆼ(-生)을 보고 이의 쇼 시(氏)의 ᄉᆞ연(事緣)을 셜파(說破)ᄒᆞ니 님ᄉᆡᆼ[117](-生) 등(等)이 크게 놀ᄂᆞ고 녁냥(力量)을 탄복(歎服)ᄒᆞ여 왈(曰),

"쇼 부인(夫人)이 우리ᄅᆞᆯ 쳐음 보시고 그 개유(開諭)ᄒᆞ시ᄂᆞᆫ 말ᄉᆞᆷ이 셩인(聖人)을 ᄃᆡ(對)ᄒᆞᆫ 듯ᄒᆞ더니 엇지 규즁(閨中) ᄒᆞᆫᄀᆞᆺ 녀ᄌᆡ(女子ㅣ)신 쥴 알니오?"

셔로 칭찬(稱讚)ᄒᆞ기ᄅᆞᆯ 마지아니ᄒᆞ고 님ᄉᆡᆼ(-生)이 션영(先塋)의 쇼분(掃墳)[118]ᄒᆞ고 가쇽(家屬)을 다려와 셩례(成禮)ᄒᆞᆷ을 니ᄅᆞ니 샹셰(尙書ㅣ) 응낙(應諾)ᄒᆞ더라.

이ᄯᅢ 승샹(丞相)이 ᄯᅳᆺ을 결[119](決)ᄒᆞ여 문가(-家)의 구혼(求婚)ᄒᆞ여 빙옥 쇼져(小姐)ᄅᆞᆯ 셩친(成親)ᄒᆞᆯᄉᆡ 됴 시(氏) 이의 병(病)이 ᄒᆞ려[120] 이의 니ᄅᆞ니 구고(舅姑)긔 뵈ᄆᆡ 승샹(丞相)이 명(命)ᄒᆞ여,

"쇼 시(氏)의게 ᄌᆡ비(再拜)ᄒᆞ여 원비(元妃)ᄅᆞᆯ 쳐음으로 보ᄂᆞᆫ 례(禮)

---

116) 곤욕(困辱): 심하게 모욕함.

117) 님ᄉᆡᆼ: [교] 원문에는 '이ᄉᆡᆼ등'으로 되어 있으나 문맥을 고려하여 국도본(13:31)을 따름.

118) 쇼분(掃墳): 소분. 경사로운 일이 있을 때 조상의 산소를 찾아가 돌보고 제사를 지내는 일.

119) 결: [교] 원문에는 '결'로 되어 있으나 오기로 보이므로 국도본(13:32)을 따름.

120) ᄒᆞ려: 나아. 'ᄒᆞ리다'는 '낫다'의 의미임.

를 폐(廢)치 말나."

됴 시(氏) 크게 간교(奸巧)[121] 혼 고(故)로 공

•••

33면

슌(恭順)이 례(禮)를 뭇추니 쇼 시(氏) 쏘훈 흔연(欣然) 답례(答禮)ᄒ더라. 됴 시(氏) 겻눈으로 쇼 시(氏)를 보고 디경(大驚)ᄒ여 혜오디,

'셰샹(世上)의 져런 ᄉ룸이 어이 잇ᄂ고?'

ᄆ음의 싱각ᄒ디,

'문휘 져런 부인(夫人)을 두엇거든 엇지 날을 싱각ᄒ리오?'

싀심(猜心)이 만복(滿腹)ᄒ여 아모러나 쥭여 업시ᄒ믈 싱각ᄒ더라.

길일(吉日)이 다ᄃ르미 졍 부인(夫人)이 범ᄉ(凡事)를 졍졔(整齊)ᄒ고 신랑(新郞)를 마즐ᄉ 문 혹ᄉ(學士ㅣ) 위의(威儀)를 거ᄂ려 이의 니르러 젼안(奠雁)[122]을 뭇고 신부[123](新婦) 샹교(上轎)를 지쵹ᄒ니 졍 부인(夫人)이 녀ᄋ(女兒)를 경계(警戒)ᄒ여 온슌(溫順) 비약(卑弱)ᄒ믈 경계(警戒)ᄒ고 념니(簾內)[124]로죠ᄎ 문싱(-生)을 보니 관옥(冠玉) ᄀ튼 풍치(風采) 슈려(秀麗)ᄒ여 부마(駙馬) 등(等) 형데(兄弟) 곳 아니면 가(可)히 일디(一代)의 웃듬 되기를 ᄉ양(辭讓)치 아닐지라 부인(夫人)이 깃브믈 이긔지 못ᄒ여 희긔(喜氣) 미우(眉宇)를 움죽이더라. 문싱(-生)이 쇼져(小姐)를 마ᄌ 부즁(府中)의 도라와 교빅(交拜)를 뭇고 구고(舅姑)씌 폐빅(幣帛)을

121) 간교(奸巧): 간악하고 교활함.

122) 젼안(奠雁): 전안. 혼례 때, 신랑이 기러기를 가지고 신부 집에 가서 상 위에 놓고 절함. 또는 그런 예(禮). 산 기러기를 쓰기도 하나, 대개 나무로 만든 것을 씀.

123) 부: [교] 원문에는 '시'로 되어 있으나 문맥을 고려하여 국도본(13:33)을 따름.

124) 념니(簾內): 염내. 주렴 안.

34면

ᄂᆞ오니 구괴(舅姑ㅣ) 눈을 드러 보ᄆᆡ 신부(新婦)의 특이(特異)ᄒᆞᆫ 용광(容光)이 일세(一世)의 쵸츌(超出)[125]ᄒᆞ니 크게 깃거ᄒᆞ며 만좌(滿座)의 치하(致賀)ᄒᆞᄂᆞᆫ 빗치러라.

셕양(夕陽)의 파연(罷宴)[126]ᄒᆞ고 니(李) 쇼졔(小姐ㅣ) 침쇼(寢所)의 도라와 긴 단장(丹粧)을 벗고 쉬더니 이윽고 ᄒᆞᆨᄉᆡ(學士ㅣ) 드러와 쇼져(小姐)ᄅᆞᆯ 보고 깃브미 만심(滿心)의 흡연(洽然)ᄒᆞ여 견권(繾綣)[127] ᄋᆡ즁(愛重)ᄒᆞ미 ᄐᆡ산(泰山) ᄀᆞᆺ더라.

쇼졔(小姐ㅣ) 인(因)ᄒᆞ여 머므러 죠심(操心) 공근(恭謹)ᄒᆞ며 슉흥야ᄆᆡ(夙興夜寐)[128]ᄒᆞ여 므ᄅᆞᆺ ᄒᆡᆼᄉᆡ(行事ㅣ) 긔특(奇特)ᄒᆞ니 구괴(舅姑ㅣ) 지극(至極) ᄉᆞ랑ᄒᆞ고 문가(-家)의 예셩(譽聲)[129]이 ᄌᆞᄌᆞ(藉藉)ᄒᆞ더라.

ᄎᆞ시(此時), 문졍휘 쇼ᄆᆡ(小妹)ᄅᆞᆯ 가(嫁)ᄒᆞᄃᆡ 쇼 시(氏) 믓ᄎᆞᆷᄂᆡ 침쇼(寢所)의 가지 아니믈 보고 ᄉᆞ모(思慕)ᄒᆞᄂᆞᆫ 졍(情)이 착급(着急)ᄒᆞᄃᆡ 져ᄅᆞᆯ 위김질[130]노 ᄭᅳ어오지 못ᄒᆞ고 죵죵(種種) 힐난(詰難)[131]ᄒᆞᄆᆡ 이목(耳目)이 번거[132]ᄒᆞ여 ᄌᆞ긔(自己) 임의 녜와 달나 나히 이십(二十)이 너멋고 쟉위(爵位) 후ᄇᆡᆨ(侯伯)의 니시니 ᄋᆞ쇼(兒少)의 노ᄅᆞᆺ술 못 ᄒᆞᆯ지라 ᄒᆞᆫ 계교(計巧)ᄅᆞᆯ ᄉᆡᆼ각고 일일(一日)은 쇼부(-府)의 와

---

125) 쵸츌(超出): 초출. 매우 뛰어남.

126) 파연(罷宴): 잔치를 마침.

127) 견권(繾綣): 생각하는 정이 두터움.

128) 슉흥야ᄆᆡ(夙興夜寐): 숙흥야매. 아침에 일찍 일어나고 저녁에 늦게 잠.

129) 예셩(譽聲): 예성. 칭찬하는 소리.

130) 위김질: 우김질. 우기는 짓.

131) 힐난(詰難): 트집을 잡아 거북할 만큼 따지고 듦.

132) 번거: 조용하지 못하고 자리가 어수선함.

악장(岳丈)을 보고 말솜ᄒᆞ

35면

더니 믄득 좌위(左右ㅣ) 고요ᄒᆞ믈 타 웃고 ᄀᆞᆯ오ᄃᆡ,

“형인(荊人)[133]이 쇼셔(小壻)ᄅᆞᆯ 심한(深恨)[134]ᄒᆞ여 쇼ᄆᆡ(小妹) 침쇼(寢所)의 가 잇고 ᄉᆡᆼ(生)을 피(避)ᄒᆞ여 단니니 악부(岳父)ᄂᆞᆫ 올히 너기시ᄂᆞ니잇가?”

이윽고 우어 왈(曰),

“이ᄂᆞᆫ 너의 허믈이 즁(重)ᄒᆞ미니 엇지 홀노 녀ᄋᆞ(女兒)ᄅᆞᆯ 그ᄅᆞ다 ᄒᆞ리오?”

문휘 쇼왈(笑曰),

“악쟝(岳丈)이 년긔(年紀) ᄉᆞ슌(四旬)이 너머 겨시거ᄂᆞᆯ 엇지 이런 비쇽(卑俗)ᄒᆞᆫ 말을 ᄒᆞ시ᄂᆞ뇨? 즁심(中心)이 이러ᄐᆞᆺ 죠보시니 쇼셰(小壻ㅣ) 다시 말을 ᄒᆞ여 브졀업도쇼이다.”

공(公)이 웃고 왈(曰),

“앗가 말은 희롱(戲弄)이어니와 녀ᄋᆞ(女兒)의 고집(固執)ᄒᆞ미 가쟝 그ᄅᆞ니 ᄂᆡ 이곳의 다려다가 합근(合巹)[135]케 ᄒᆞ리라.”

문휘 ᄃᆡ쇼(大笑) 왈(曰),

“셰 ᄌᆞ식(子息) 나흔 신낭(新郞)과 신뷔(新婦ㅣ) 어ᄃᆡ 이시리잇가? 구졍(舊情)을 닛과져 ᄒᆞ미로소이다.”

쇼 공(公)이 ᄯᅩᄒᆞᆫ 웃고 슈일(數日)이 지난 후(後) 승샹(丞相)긔 청

---

133) 형인(荊人): 나무비녀를 한 사람이라는 뜻으로 자신의 아내를 이르는 말.

134) 심한(深恨): 깊이 한함.

135) 합근(合巹): 혼례식을 치르고 합방을 함.

(請)ᄒᆞ여 녀ᄋᆞ(女兒)를 ᄃᆞ려와 반기믈 뎡(定)ᄒᆞᆫ 후(後) 쇼 공(公)이 쇼져(小姐)를 크게 졀칙(切責)ᄒᆞ여 샹셔(尙書) 거졀(拒絶)ᄒᆞ믈 힐칙(詰責)[136]ᄒᆞ

36면

니 쇼졔(小姐ㅣ) 샤죄(謝罪)ᄒᆞ고 인(因)ᄒᆞ여 ᄀᆞᆯ오ᄃᆡ,

"야얘(爺爺ㅣ) ᄒᆞᆫᄀᆞᆺ 니(李) 군(君)의 뉴슈지언(流水之言)[137]을 고지드ᄅᆞ시고 칙(責)ᄒᆞ시나 쇼녜(小女ㅣ) 도로(道路)의 뉴리(流離)ᄒᆞ던 몸이[138] 엇지 졀노 더브러 다시 화락(和樂)고 시븐 ᄯᅳᆺ이 이시며[139] 졔 댱뷔(丈夫ㅣ) 되여 됴 시(氏)를 박ᄃᆡ(薄待)ᄒᆞ니 악심(惡心)의 ᄆᆞᄋᆞᆷ이 ᄀᆞᆺ치 누ᄅᆞ지 못ᄒᆞᆯ지라 쟝ᄂᆡ(將來) 엇덜 동 알니잇가? 이러므로 깁흔 념녜(念慮ㅣ) ᄆᆡᆼ동(萌動)[140]ᄒᆞ고 ᄯᅩ 쇼녜(小女ㅣ) 니(李) 군(君)을 보ᄆᆡ 스ᄉᆞ로 넉시 놀나오니 강잉(强仍)키 어렵도쇼이다."

공(公)이 칙왈(責曰),

"지쟈(智者)ᄂᆞᆫ ᄉᆞᄉᆡᆨ(事事ㅣ) 되여 가ᄂᆞᆫ 양(樣)을 보ᄂᆞ니 오지[141] 아닌 일을 즈레 념녀(念慮)를 ᄒᆞ리오? 너의 ᄉᆡᆼ각ᄂᆞᆫ ᄇᆡ 유리(有理)ᄒᆞ나 쳐ᄌᆡ(妻子ㅣ) 되여 지아비를 유감(遺憾)ᄒᆞ믄 가(可)치 아니코 부부간(夫婦間) 졍(情)을 녀ᄌᆡ(女子ㅣ) 의외(意外)로 ᄒᆞᆯ 녀ᄌᆡ(女子ㅣ) 어ᄃᆡ 이시리오? 모ᄅᆞ미 네 아븨 말을 헐(歇)히 듯지 말나."

---

136) 힐칙(詰責): 힐책. 잘못된 점을 따져 나무람.

137) 뉴슈지언(流水之言): 유수지언. 청산유수와 같은 말.

138) 이: [교] 원문에는 '을'로 되어 있으나 문맥을 고려하여 국도본(13:36)을 따름.

139) 며: [교] 원문에는 '면'으로 되어 있으나 문맥을 고려하여 국도본(13:36)을 따름.

140) ᄆᆡᆼ동(萌動): 맹동. 어떤 생각이나 일이 일어나기 시작함.

141) 지: [교] 원문에는 '진'으로 되어 있으나 오기로 보임.

쇼졔(小姐ㅣ) 머리를 숙여 잠잠(潛潛)ᄒᆞ엿더라.

이날 셕양(夕陽)의 문경휘 니ᄅᆞ러 쇼져(小姐) 침쇼(寢所)의 가

37면

니 쇼졔(小姐ㅣ) 쵹하(燭下)의 고요히 단좌(端坐ㅣ)러니 날호여 니러 마ᄌᆞ니 문경휘 반가온 눈을 드러 쇼 시(氏)를 보니 미우(眉宇) ᄉᆞ이의 블안(不安)ᄒᆞ믈 능(能)히 곱쵸지 못ᄒᆞ여 냥안(兩眼)이 ᄀᆞ늘고 두 ᄲᅣᆷ 홍협(紅頰)의 도화(桃花) 훈ᄉᆡᆨ(纁色)[142]을 ᄯᅴ여시니 쵹영지하(燭影之下)의 더옥 졀승(絶勝)ᄒᆞᆫ지라. 샹셰(尙書ㅣ) 견권(繾綣)ᄒᆞᆫ 졍(情)을 십분(十分) 강쟉(强作)ᄒᆞ여 이의 ᄎᆡᆨ(責)ᄒᆞ여 ᄀᆞᆯ오ᄃᆡ,

"부인(夫人)이 죄(罪)를 스ᄉᆞ로 아ᄅᆞ시ᄂᆞ냐?"

부인(夫人)이 침음(沈吟) 냥구(良久)의 ᄃᆡ왈(對曰),

"쳡(妾)이 ᄆᆡᄉᆞ(每事)의 블민(不敏)ᄒᆞ니 엇지 군ᄌᆞ(君子)긔 죄(罪) 지으미 업ᄉᆞ리오?"

문휘 다시 닐오ᄃᆡ,

"향일(向日)의 ᄉᆡᆼ(生)이 말을 뭇고져 ᄒᆞᄆᆡ 듯지 아냐 피(避)ᄒᆞ믄 엇진 도리(道理)뇨?"

쇼졔(小姐ㅣ) 안ᄉᆡᆨ(顔色)을 졍(正)히 ᄒᆞ여 답(答)ᄒᆞᄃᆡ,

"쳡(妾)이 비록 미(微)ᄒᆞ나 죤당(尊堂) 구괴(舅姑ㅣ) ᄌᆞ부(子婦) 항녈(行列)의 두샤 군(君)의 졍실(正室)의 모쳠(冒添)[143]케 ᄒᆞ시니 젹거부뷔(適居夫婦ㅣ)[144]라 니를지라. 군ᄌᆡ(君子ㅣ) 호령(號令)ᄒᆞ시미 비

142) 훈ᄉᆡᆨ(纁色): 훈색. 붉은색.

143) 모쳠(冒添): 모첨. 외람되게 은혜를 입음.

144) 젹거부뷔(適居夫婦ㅣ): 적거부부. 마땅히 부부로 처함.

복(婢僕)ᄀᆞᆺ치 ᄒᆞ시니 쳡(妾)이 엇지 감슈(甘受)ᄒᆞ리오? 이러므로

…

38면

명(命)을 듯지 못ᄒᆞ미로쇼이다.”

샹셰(尙書ㅣ) 우왈(又曰),

“그ᄃᆡ 말 죠흐믈 능ᄉᆞ(能事)로 알거니와 지아븨 셩명(姓名)을 가탁(假託)[145]ᄒᆞ여 그 뜻을 모ᄅᆞ며 혼인(婚姻)을 뎡(定)ᄒᆞ믄 엇진 일이뇨?”

쇼 시(氏) 청죄(請罪) 왈(曰),

“쳡(妾)이 블민(不敏)ᄒᆞ여 존의(尊意)[146]ᄅᆞᆯ 예탁(豫度)[147]지 못ᄒᆞ고 례(禮)ᄅᆞᆯ 건네여시니 죄당감쉬(罪當甘受ㅣ)[148]나 쳡(妾)이 도로(道路)의 풍샹간고(風霜艱苦)[149]ᄅᆞᆯ 격거 다병(多病)ᄒᆞᆫ 가온ᄃᆡ 졍신(精神)이 모숀(耗損)ᄒᆞ여 군(君)의 가사(家事)ᄅᆞᆯ 슬피지 못ᄒᆞᆯ지라 ᄎᆞ고(此故)로 몸을 ᄃᆡ(代)코져 ᄒᆞ미니이다.”

샹셰(尙書ㅣ) 졍ᄉᆡᆨ(正色) 왈(曰),

“부인(夫人)의 말이 가쇼(可笑ㅣ)로다. 날노써 엇던 ᄉᆞᄅᆞᆷ으로 아라 님가(-家) 쳔녀(賤女)ᄅᆞᆯ 졍실(正室)의 두과져 ᄒᆞᄂᆞ뇨?”

쇼 시(氏) 답왈(答曰),

“쳡(妾)이 엇지 쳔승(千乘) 귀가(貴家) 즁궤(中饋)[150]ᄅᆞᆯ 맛지라 ᄒᆞ

145) 가탁(假託): 거짓 핑계를 댐.

146) 존의(尊意): 상대방의 의견을 높여 이르는 말.

147) 예탁(豫度): 미리 헤아림.

148) 죄당감쉬(罪當甘受ㅣ): 죄당감수. 벌을 마땅히 달게 받음.

149) 풍샹간고(風霜艱苦): 풍상간고. 온갖 고난.

150) 즁궤(中饋): 중궤. 안살림.

리오. 군(君)이 년쇼(年少)ᄒᆞ나 쟉위(爵位) 놉고 빈긱(賓客)이 호번(浩繁)ᄒᆞ니 밧들미 번ᄉᆞ(繁奢)[151]홀지라. 됴 부인(夫人) 겨시믄 모ᄅᆞ고 어린 쇼견(所見)의 샹공(相公) 금ᄎᆞ(金釵)[152]ᄅᆞᆯ 빗ᄂᆡ고 ᄃᆡᄀᆡᆨ(待客)의 녜(禮)ᄅᆞᆯ 돕과져 ᄒᆞ미러니이다.”

문휘 ᄂᆞᆺ

∘∘∘

39면

빗출 곳쳐 ᄀᆞᆯ오ᄃᆡ,

“부인(夫人)의 젼후(前後) 말이 다 올커니와 가부(家夫)ᄅᆞᆯ ᄃᆡ(對)ᄒᆞ여 일방(一房)의 깃드리믈 허(許)치 아니믄 엇진 ᄯᅳᆺ이뇨?”

쇼졔(小姐ㅣ) ᄃᆡ왈(對曰),

“쳡(妾)이 블민(不敏)ᄒᆞᆫ 위인(爲人)으로 도로(道路)의 분쥬(奔走)ᄒᆞ여 환란(患亂)을 가쵸 겻그ᄆᆡ 심ᄉᆡ(心思ㅣ) 타뉴(他類)와 달나 부부(夫婦) 은ᄋᆡ(恩愛)ᄅᆞᆯ 뉴렴(留念)치 못ᄒᆞ미로쇼이다.”

샹셰(尙書ㅣ) 정ᄉᆡᆨ(正色) 왈(曰),

“부인(夫人)은 본(本)ᄃᆡ 쇠ᄆᆞ음 돌간쟝(-肝腸)이라. 당쵸(當初) ᄉᆡᆼ(生)이 그ᄃᆡᄅᆞᆯ 취(娶)ᄒᆞ미 반년(半年) ᄉᆡᆼᄉᆞ(生死)ᄅᆞᆯ 허비(虛費)ᄒᆞ고 겨유 만ᄂᆞᄆᆡ 부젼(父前)의 즁ᄎᆡᆨ(重責)을 밧ᄌᆞ오ᄃᆡ 그ᄃᆡ 향(向)ᄒᆞᆫ 졍(情)은 ᄐᆡ산(泰山)과 하ᄒᆡ(河海) ᄀᆞᆺᄐᆞ여 부명(父命)으로 권실(眷室)[153]ᄒᆞ여 도라오ᄆᆡ 겨유 삼(三) 년(年) 동낙(同樂)의 냥ᄌᆞ(兩子)ᄅᆞᆯ 어더 은졍(恩情)이 최즁(最重)ᄒᆞ믄 ᄂᆡ 니ᄅᆞ지 아녀 알 거시어ᄂᆞᆯ 원ᄂᆡ

---

151) 번ᄉᆞ(繁奢): 번사. 번다함.

152) 금ᄎᆞ(金釵): 금차. 금으로 만든 비녀라는 뜻으로 첩을 말함.

153) 권실(眷室): 아내를 거느림.

(元來) 옥난의 쟉화(作禍) 아냐실 젹도 싱(生)을 딕(對)ᄒᆞ여는 흔연(欣然)ᄒᆞᆫ 화긔(和氣) 업셔 닝안멸시(冷眼蔑視)[154]ᄒᆞ여 죠곰도 부부(夫婦) 즁졍(重情)이 업ᄉᆞ니 싱(生)의 허믈이 업ᄉᆞᆫ 쎡도 이렁커든 ᄒᆞ믈며 도금(到今)ᄒᆞ여 다

40면

시 니를 거시 업ᄉᆞ며 ᄯᅩᄒᆞᆫ 그딕 도리(道理) 가부(家夫)의 그른 쥴 한(恨)ᄒᆞ여 동낙(同樂)ᄒᆞ믈 허(許)치 아니미 므ᄉᆞᆫ 녜(禮)뇨? 모ᄅᆞ미 ᄌᆞ시 닐너 나의 ᄆᆞᄋᆞᆷ을 쾌(快)히 ᄒᆞ라."

쇼졔(小姐ㅣ) 이 말의 다ᄃᆞ라는 말을 ᄒᆞ고져 ᄒᆞ나 발(發)치 못ᄒᆞ여 다만 졍ᄉᆡᆨ(正色) 믁연(默然)이어늘 핍박(逼迫)ᄒᆞ여 므ᄅᆞ니 쇼졔(小姐ㅣ) 냥구(良久) 후(後) 딕왈(對曰),

"군ᄌᆡ(君子ㅣ) 임의 아ᄅᆞ시니 쳡(妾)이 다시 므ᄉᆞᆫ 말이 이시리오?"

샹셰(尙書ㅣ) 바야흐로 잠간(暫間) 웃고 ᄀᆞᆯ오딕,

"금야(今夜)도 그딕 능(能)히 피(避)ᄒᆞᆯ 계괴(計巧ㅣ) 잇ᄂᆞ냐?"

쇼졔(小姐ㅣ) 졍ᄉᆡᆨ(正色) 브답(不答)이라. 샹셰(尙書ㅣ) 크게 웃고 왈(曰),

"부인(夫人)이 비록 진황[155]의 용밍(勇猛)이 이시나 싱(生)을 믈니치지 못ᄒᆞ시리이다."

쇼졔(小姐ㅣ) 다만 졍ᄉᆡᆨ(正色) 단좌(端坐)ᄒᆞ여 함믁(含默)ᄒᆞ니 샹셰(尙書ㅣ) 삼(三) 년(年) 독쳐(獨處)ᄒᆞ여 ᄉᆞ상(思相)ᄒᆞ던 부인(夫人)을 만ᄂᆞ믹 ᄯᅩ 그 환난(患難)을 여러 번(番) 지닉믈 어엿비 너기미 미

154) 닝안멸시(冷眼蔑視): 냉안멸시. 냉랭한 눈으로 깔봄.

155) 진황: 미상.

칠 듯ᄒᆞ니 엇지 그 엄졍(嚴正)ᄒᆞ믈 오릭 지으리오. 흔연(欣然)이 웃고 셤슈(纖手)를 닛그러 금니(衾裏)의 ᄂᆞ아가니 쇼졔(小姐ㅣ)

41면

삼(三) 년(年)을 풍진(風塵) ᄉᆞ이의 뉴리(流離)ᄒᆞ던 몸으로 ᄉᆡ로이 놀납고 의ᄉᆡ(意思ㅣ) 찬 ᄌᆡ 궃ᄐᆞ여 년망(連忙)이 ᄯᅥᆯ치고 금병(金屛)의 지혀 말을 아니ᄒᆞᆫᄃᆡ, 샹셰(尙書ㅣ) 심니(心裏)의 쵸됴(焦燥)ᄒᆞ여 평ᄉᆡᆼ(平生) 용녁(勇力)으로 핍박(逼迫)ᄒᆞ니 쇼졔(小姐ㅣ) 비록 강녈(剛烈)ᄒᆞ나 녀ᄌᆡ(女子ㅣ)라 엇지 벙으리와드리오. 샹셰(尙書ㅣ) 구졍(舊情)을 니으ᄆᆡ 환환희희(歡歡喜喜)ᄒᆞ미 만ᄉᆞ(萬事)를 니ᄌᆞ나 쇼졔(小姐ㅣ) 죠곰도 가랍(嘉納)156)지 아냐 흔연(欣然)ᄒᆞ미 업ᄉᆞ니 샹셰(尙書ㅣ) 한(恨)ᄒᆞ여 ᄎᆡᆨ(責)ᄒᆞ믈 마지아니ᄒᆞ더라.

명일(明日) 본부(本府)의 도라와 부모(父母)긔 뵈옵고 즉시(卽時) 쇼부(-府)의 와 소져(小姐)를 ᄃᆡ(對)ᄒᆞ여 즐기나 쇼졔(小姐ㅣ) 문후로 더브러 화락(和樂)을 면(免)치 못ᄒᆞᆫ 후(後) 더옥 블열(不悅)ᄒᆞ여 말을 아니터니 셩문이 ᄀᆞᆯ오ᄃᆡ,

"야애(爺爺ㅣ) 모친(母親)이 이곳의 와셔도 ᄯᆞᆯ와오시고 화영당 모친(母親)은 엇지 ᄎᆞᆺ지 아니시ᄂᆞ니잇고?"

샹셰(尙書ㅣ) 쇼왈(笑曰),

"그 어미ᄂᆞᆫ ᄆᆡ오니 아니 가 보노라."

쇼 시(氏) 믄득 블쾌(不快)ᄒᆞ여 이윽히 ᄌᆞᆷᄌᆞᆷ(潛潛)ᄒᆞ엿

156) 가랍(嘉納): 가납. 기꺼이 받아들임.

42면

다가 골오ᄃᆡ,

"ᄃᆡ장뷔(大丈夫ㅣ) 쳐쳡(妻妾) 거ᄂᆞ리기를 고로 ᄒᆞᆯ 거시어ᄂᆞᆯ 엇지 ᄌᆞ긔(自己) 그른 쥴을 모ᄅᆞ고 익미ᄒᆞᆫ 녀ᄌᆞ(女子)를 칙망(責望)ᄒᆞᄂᆞ뇨?"

샹셰(尙書ㅣ) 이의 부인(夫人)의 숀을 잡고 ᄑᆞᆯ을 어ᄅᆞ만져 우어 골오ᄃᆡ,

"ᄉᆡᆼ(生)이 평ᄉᆡᆼ(平生) ᄉᆞ름의 허믈 니ᄅᆞ기를 아니ᄒᆞ더니 부인(夫人)이 ᄉᆡᆼ(生)을 일편되이 너길ᄉᆡ 마지못ᄒᆞ여 됴 시(氏)의 말을 ᄒᆞ리라."

인(因)ᄒᆞ여 쇼ᄅᆡ를 ᄂᆞ족이 ᄒᆞ여 됴 시(氏) 젼후(前後) 거지(擧止)를 다 니ᄅᆞ고 ᄯᅩ 우셔 왈(曰),

"ᄒᆞᆨᄉᆡᆼ(學生)이 부인(夫人)을 즁ᄃᆡ(重待)[157]ᄒᆞ나 ᄒᆡ연(駭然)ᄒᆞᆫ 거동(擧動)을 ᄀᆞᆺ쵸 아니ᄒᆞᄂᆞ니[158] ᄉᆡᆼ(生)이 셜ᄉᆞ(設使) 무샹(無狀)ᄒᆞ나 엇지 그런 녀ᄌᆞ(女子)의 음난(淫亂)ᄒᆞᆫ 졍ᄐᆡ(情態)[159]을 ᄀᆞᆷ심(甘心)[160]ᄒᆞ리오? 부인(夫人)이 스ᄉᆞ로 ᄉᆞᆯ펴 ᄉᆡᆼ(生)을 그ᄅᆞ다 말나."

쇼졔(小姐ㅣ) 듯기를 ᄆᆞᆺ고 골경심ᄒᆡ(骨驚心駭)[161]ᄒᆞ여 드른 쥴 뉘우쳐 샹셔(尙書)의 언경(言輕)ᄒᆞ믈 한(恨)ᄒᆞ여 됴 시(氏)를 ᄎᆞᆷ혹(慘

157) 즁ᄃᆡ(重待): 중대. 소중히 대우함.

158) 아니ᄒᆞᄂᆞ니: [교] 원문에는 '아니믄 부인의 쇼공지니'로 되어 있으나 문맥을 자연스럽게 하기 위해 국도본(13:42)을 따름.

159) 졍ᄐᆡ(情態): 정태. 마음씨와 태도.

160) ᄀᆞᆷ심(甘心): 감심. 달게 여김.

161) 골경심ᄒᆡ(骨驚心駭): 골경심해. 뼈가 놀라고 마음이 놀란다는 뜻으로 몹시 놀란 모양을 이름.

酷)히 너기나 셩식(聲色)[162]을 부동(不動)ᄒᆞ고 츄파(秋波)를 ᄂᆞ초와 답(答)지 아니니 샹셰(尙書ㅣ) 스ᄉᆞ로 웃고 부인(夫人)

···

43면

을 즁ᄃᆡ(重待)ᄒᆞ여 이날 져므도록 이셔 은근(慇懃)ᄒᆞᆫ 말숨이 금셕(金石)이 녹ᄂᆞᆫ ᄃᆞᆺᄒᆞ여 셩문 등(等)을 좌우(左右)로 닛그러 희쇼(喜笑)ᄒᆞ니 쇼졔(小姐ㅣ) 비록 말을 아니나 샹셔(尙書)를 ᄃᆡ(對)ᄒᆞᄆᆡ 슈려(秀麗)ᄒᆞᆫ 골격(骨格)이 징현(爭賢)[163]ᄒᆞ여 냥금(良金)과 ᄇᆡᆨ벽(白璧)이 ᄃᆡ(對)ᄒᆞᆫ ᄃᆞᆺᄒᆞ니 쇼 공(公) 부뷔(夫婦ㅣ) 당년(當年)의 녀ᄋᆞ(女兒)를 일코 샹심(傷心)ᄒᆞ다가 죠쵸 샹셔(尙書) 슈ᄉᆞ(水死)ᄒᆞᆫ 흉음(凶音)을 드ᄅᆞ니 각골ᄋᆡ통(刻骨哀慟)[164]ᄒᆞ던 ᄯᆡ를 ᄉᆡᆼ각고 도금(到今)ᄒᆞ여 져 부부(夫婦)의 긔이(奇異)ᄒᆞᆷ을 보ᄆᆡ 두구기미 교집(交集)ᄒᆞ여 셰ᄉᆡ(世事ㅣ) 뉸회(輪回)ᄒᆞᆷ을 탄식(歎息)ᄒᆞ더라.

이적의 님쇼쳘 등(等)이 가권(家眷)[165]을 거ᄂᆞ려 경ᄉᆞ(京師)의 와 샤은(謝恩)ᄒᆞ고 다 각각(各各) 집을 뎡(定)ᄒᆞ여 문녈(門列)[166]을 졍졔(整齊)[167]ᄒᆞ여 됴뎡(朝廷)이 져의 문쟝(文章) ᄌᆡ화(才華)를 공경(恭敬)ᄒᆞ여 니뷔(吏部ㅣ) 즉시(卽時) 쵸쳔(抄薦)[168]ᄒᆞ야 님쇼쳘로 한님혹ᄉᆞ(翰林學士)를 ᄒᆞ이고 가ᄌᆞ셩을 병부랑즁(兵部郎中)을 ᄒᆞ이고 ᄒᆞ

162) 셩식(聲色): 성색. 말소리와 얼굴빛.

163) 징현(爭賢): 쟁현. '어짊을 다툼'의 뜻으로 보이나 미상임.

164) 각골ᄋᆡ통(刻骨哀慟): 각골애통. 뼈에 새겨질 정도로 슬픔.

165) 가권(家眷): 딸린 식구.

166) 문녈(門列): 문열. 문의 배열이라는 뜻으로 집안을 가지런히 함을 이름.

167) 졍졔(整齊): 정제. 정돈하여 가지런히 함.

168) 쵸쳔(抄薦): 초천. 간추려 추천함.

사염으로 금문박ᄉᆞ(今文博士)를 ᄒᆞ이니 ᄉᆞ(四) 인(人)이 당쵸(當初) 유협(遊俠)ᄒᆞ던 재(者ㅣ)나 임의 삼(三)

44면

년(年)을 독셔(讀書)ᄒᆞ여 텬ᄌᆡ(天才)[169] 춍명(聰明)이 과인(過人)ᄒᆞᆫ 고(故)로 ᄒᆞᆨ문(學問)이 너ᄅᆞ고 인믈(人物)이 겸공(謙恭) 근신(謹愼)ᄒᆞ여 범뉴(凡類)의 쒸여ᄂᆞ니 문경후 형뎨(兄弟) 크게 사랑ᄒᆞ고 심복(心服)ᄒᆞ여 문경지괴(刎頸之交ㅣ)[170] 되엿더라.

일일(一日)은 님 ᄒᆞᆨᄉᆡ(學士ㅣ) 가ᄌᆞ셩으로 더브러 니부(李府)의 와 문후 형뎨(兄弟)를 ᄎᆞᄌᆞ 보고 말ᄉᆞᆷᄒᆞ더니 님ᄉᆡᆼ(-生)이 문후다려 왈(曰),

"쳔ᄆᆡ(賤妹) 나히 임의 년쟝(年長)[171]ᄒᆞ여시니 문후ᄂᆞᆫ 쉽ᄉᆞ리 거두시미 엇더ᄒᆞ니잇고?"

후(侯ㅣ) 쇼왈(笑曰),

"ᄒᆞᆨᄉᆡᆼ(學生)은 일즉 현형(賢兄)으로 더브러 남교(藍橋)[172]의 언약

---

169) 텬ᄌᆡ(天才): 천재. 선천적으로 타고난 뛰어난 재주.

170) 문경지괴(刎頸之交ㅣ): 친구를 위해 자기의 목을 베어 줄 정도의 사귐. 중국 전국시대 조(趙)나라 염파(廉頗)와 인상여(藺相如)의 고사. 인상여가 진(秦)나라에 가 화씨벽(和氏璧) 문제를 잘 처리하고 돌아와 상경(上卿)이 되자, 장군 염파는 자신이 인상여보다 오랫동안 큰 공을 세웠으나 인상여가 자신보다 높은 지위에 앉았다 하며 인상여를 욕하고 다님. 그러나 인상여는 이에 대해 대응하지 않자 제자들이 그 까닭을 물으니, 두 사람이 다투면 국가가 위태로워지고 진(秦)나라에만 유리하게 되므로 대응하지 않은 것이었다 하니 염파가 그 말을 전해 듣고 가시나무로 만든 매를 지고 인상여의 집에 찾아가 사과하고 문경지교를 맺음. 『사기(史記)』, 「염파인상여열전(廉頗藺相如列傳)」.

171) 년쟝(年長): 연장. 나이가 많음.

172) 남교(藍橋): 중국 섬서성(陝西省) 남전현(藍田縣) 동남쪽에 있는 땅. 배항(裴航)이 남교역(藍橋驛)을 지나다가 선녀 운영(雲英)을 만나 아내로 맞고 뒤에 둘이 함께

(言約)이 업ᄉᆞ니 이 엇진 말이뇨?"

님ᄉᆡᆼ(-生)이 답쇼(答笑) 왈(曰),

"이ᄂᆞᆫ 죤부인(尊夫人)긔 ᄒᆞᆯ 말ᄉᆞᆷ이라. 쇼 부인(夫人)이 형(兄)의 일홈으로[173] 뎡혼(定婚)ᄒᆞ시니 쳔ᄆᆡ(賤妹)ᄂᆞᆫ 젼쥬(專主)[174]히 신(信)을 직희엿ᄂᆞᆫ지라 군휘(君侯ㅣ) 또ᄒᆞᆫ 져ᄇᆞ리지 못ᄒᆞ시리이다."

문휘 크게 웃고 ᄀᆞᆯ오ᄃᆡ,

"ᄒᆞᆨᄉᆡᆼ(學生)은 아ᄅᆞ미 업ᄉᆞ니 녀ᄌᆡ(女子ㅣ) 위(爲)ᄒᆞ여 슈졀(守節)ᄒᆞ믈 뜻ᄒᆞ지 못ᄒᆞ리라."

또 웃고 ᄀᆞᆯ

···

45면

오ᄃᆡ,

"현형(賢兄) 등(等)이 당당(堂堂)ᄒᆞᆫ 댱부(丈夫)로 아녀ᄌᆞ(兒女子)의게 쇽으니 일셰(一世)의 남ᄌᆞ(男子) 되미 븟그렵지 아니냐?"

하ᄉᆡᆼ(-生)이 말을 니어 왈(曰),

"쇼ᄉᆡᆼ(小生)이 ᄌᆞ쇼(自少)로 ᄒᆞᆫ ᄆᆞ올의셔 ᄌᆞ라ᄂᆞ 부모(父母) 일즉 구몰(俱沒)ᄒᆞ시고 잡죄리[175] 업ᄉᆞ므로 인(因)ᄒᆞ여 유협(遊俠)ᄒᆞ기ᄅᆞᆯ 일삼아 쳥누쥬ᄉᆞ(青樓酒肆)[176]의 아니 단닌 곳이 업ᄉᆞ며 나귀ᄅᆞᆯ 닛글며 슈레ᄅᆞᆯ 타 동셔(東西)로 미인(美人)으로 더브러 즐기되 그ᄅᆞᆫ 쥴

신선이 되었다는 이야기가 당나라 배형(裵鉶)의 『전기(傳奇)』에 실려 있음.

173) 으로: [교] 원문에는 '을'로 되어 있으나 문맥을 고려하여 이와 같이 수정함.

174) 젼쥬(專主): 전주. 오로지.

175) 잡죄리: 아주 엄하게 다잡을 사람이.

176) 쳥누쥬ᄉᆞ(青樓酒肆): 청루주사. 기생집과 술집.

을 아지 못ᄒᆞ더니 쇼 부인(夫人)이 ᄒᆞᆫ 번(番) 쇼ᄉᆡᆼ(小生) 등(等)의 거지(擧止)ᄅᆞᆯ ᄉᆞᆯ펴 진졍쇼ᄌᆡ(眞情所在)[177]로 ᄋᆡᄃᆞᆯ와ᄒᆞ샤 ᄒᆞᆫ 말을 슈고로이 아니ᄒᆞ시ᄃᆡ 아등(我等)을 크게 ᄋᆡ유(哀宥)[178]ᄒᆞ샤 졍도(正道)의 도라가게 ᄒᆞ시니 아등(我等)이 긋ᄯᆡ 공부ᄌᆡ(孔夫子ㅣ)[179] 강림(降臨)ᄒᆞ시므로 아ᄅᆞ 죵젼(從前) 과실(過失)을 크게 ᄭᆡᄃᆞ라 도라가 슈년(數年)을 독셔(讀書)ᄒᆞ여 이졔 몸이 룡각(龍角)을 븟드니[180] 이 엇지 쇼 부인(夫人) 덕(德)이 아니리오?"

님 ᄒᆞᆨᄉᆡ(學士ㅣ) 탄식(歎息) 왈(曰),

"복(僕) 등(等)이 본(本)ᄃᆡ 협ᄀᆡᆨ(俠客)이라 벗을 쇽기지 아니므로

...

46면

평ᄉᆡᆼ(平生) 언약(言約)ᄒᆞ니 비록 과실(過失)인들 부마(駙馬) 합하(閤下)와 군후(君侯)ᄅᆞᆯ 긔이리오? 당일(當日)의 ᄉᆞᄅᆞᆷ을 치며 길가의 화젹[181](火賊)[182]의 쇼임(所任)을 ᄒᆞᆯ 졔 공명(功名) 부귀(富貴) 부운(浮雲) ᄀᆞᆺ더니 쇼 부인(夫人) 말ᄉᆞᆷ이 여ᄎᆞ여ᄎᆞ(如此如此)ᄒᆞ시니 더러온 쇽이 황연(晃然)[183]이 틔이믈 어더 타일(他日) 경ᄉᆞ(京師)의 갈진ᄃᆡ

---

177) 진졍쇼ᄌᆡ(眞情所在): 진정소재. 진실한 마음이 있는 바.

178) ᄋᆡ유(哀宥): 애유. 불쌍히 여겨 너그럽게 품음.

179) 공부ᄌᆡ(孔夫子ㅣ): 공부자. 공구(孔丘)를 높여 이르는 말. 공구(B.C.551~B.C.479)는 곧 공자(孔子). 중국 춘추시대 노나라의 사상가·학자로 자는 중니(仲尼)임. 인(仁)을 정치와 윤리의 이상으로 하는 도덕주의를 설파하여 덕치 정치를 강조하여 유학의 시조로 추앙받음.

180) 룡각(龍角)을 븟드니: 용각을 붙드니. 용의 뿔을 붙잡는다는 것은 곧 과거에 급제한 것을 이름.

181) 젹: [교] 원문에는 '젺'으로 되어 있으나 오기로 보임.

182) 화젹(火賊): 화적. 불한당.

183) 황연(晃然): 밝은 모양.

치를 잡아 갑프믈 싱각더니 엇지 금일(今日) 규즁(閨中)의 골몰(汩沒)ᄒᆞ여 겨실 쥴 싱각ᄒᆞ리오? 가(可)히 앗갑다! 직죠(才操)ᄅᆞᆯ 그럿ᄐᆞᆺ 가지고 규즁(閨中)의 무미(無味)ᄒᆞᆫ 부인(夫人)이 되시뇨? 텬도(天道)ᄅᆞᆯ 아지 못ᄒᆞ도쇼이다.”

문휘 쇼왈(笑曰),

“현형(賢兄) 등(等)이 쵸쇼(稍小)[184] 아녀ᄌᆞ(兒女子)ᄅᆞᆯ 이ᄃᆡ도록 과찬(過讚)ᄒᆞᄂᆞ뇨?”

부ᄆᆡ(駙馬ㅣ) 답왈(答曰),

“님형(-兄)의 말ᄉᆞᆷ이 올흐여이다. 쇼슈(-嫂)의 얼골은 오히려 범범(凡凡)[185]ᄒᆞ거니와 그 덕ᄒᆡᆼ(德行)이 만고(萬古)ᄅᆞᆯ[186] 비우[187](比偶)[188]ᄒᆞ나 밋ᄎᆞ리 업ᄉᆞ리이다.”

냥ᄉᆡᆼ(兩生) 왈(曰),

“합해(閤下ㅣ) 니ᄅᆞ지 아니ᄒᆞ시나 거의 아ᄂᆞ니 문후의 유복(有福)ᄒᆞ시믄 가지(可知)로쇼이다.”

문휘

...

47면

쇼왈(曰),

“현형(賢兄) 등(等)은 하 과찬(過讚)치 말나.[189] ᄒᆞᆨᄉᆡᆼ(學生)의 풍치

---

184) 쵸쇼(稍小): 초소. 어림.

185) 범범(凡凡): 평범함.

186) ᄅᆞᆯ: [교] 원문에는 이 뒤에 ‘만고ᄅᆞᆯ’이 부연되어 있어 삭제함.

187) 우: [교] 원문에는 ‘유’로 되어 있으나 오기로 보이므로 국도본(13:46)을 따름.

188) 비우(比偶): 견줌.

189) 나: [교] 원문에는 이 뒤에 ‘우읍거니와’가 있으나 부연으로 보이므로 국도본

(風采)ᄅᆞᆯ 가지고 어ᄃᆡ 가 그만 미쳐(美妻)ᄅᆞᆯ 못 어드리오?"

님ᄉᆡᆼ(-生)이 웃고 왈(曰),

"군휘(君侯ㅣ) 스ᄉᆞ로 기리시니 ᄒᆞᆯ 말이 업거니와 쇼ᄉᆡᆼ(小生)이 당돌(唐突)ᄒᆞ나 잠간(暫間) 의논(議論)ᄒᆞ리니 군형(群兄)은 ᄒᆡᆼ(幸)혀 웃지 말나. 군휘(君侯ㅣ) ᄂᆞᆺ빗치 분(粉) 바ᄅᆞᆫ 닷ᄒᆞ고 옥(玉)의 죠흐믈 나모ᄅᆞ며 귀미치 진쥬(珍珠)로 메오고 옥(玉)으로 다ᄃᆞᆷ은 ᄃᆞᆺᄒᆞ며 눈이 츄슈(秋水) 봉목(鳳目)이며 눈셥이 그린 ᄃᆞᆺᄒᆞ고 입이 단ᄉᆞ(丹沙)ᄅᆞᆯ 찍은 ᄃᆞᆺ ᄀᆞᆺ쵸 졍명지긔(精明之氣)[190] 어ᄅᆡ여 츌뉴발췌(出類拔萃)[191] ᄒᆞ며 인즁신션(人中神仙) ᄀᆞᆺ고 호연(浩然)ᄒᆞᆫ 긔질(氣質)이 셰(世)의 영걸(英傑)이시니 쇼 부인(夫人) ᄇᆡ위(配偶ㅣ)[192] 되시미 맛당ᄒᆞ시나 쇼 부인(夫人)의 팔ᄎᆡ(八彩)[193] 미우(眉宇)의 은은(隱隱)ᄒᆞ신 골격(骨格)과 냥목(兩目)이 ᄉᆡ벽ᄃᆞᆯ의 비(比)치 못ᄒᆞ여 어리롭고[194] 쇄락(灑落) 영농(玲瓏)ᄒᆞ신 안ᄉᆡᆨ(顔色)의 두어 층(層) 밋지 못ᄒᆞᆯ 거시오, 좌와(坐臥)의 졍돈(整頓)ᄒᆞ심과 말ᄉᆞᆷ의 고결(高潔)ᄒᆞ시미 금셰(今世)의 ᄃᆡ셩인(大聖人)이시니 군휘(君侯ㅣ)

48면

엇지 미ᄎᆞ시며 만일(萬一) 남ᄌᆡ(男子ㅣ)시던들 ᄒᆞᆫᄀᆞᆺ 츈츄(春秋)ᄅᆞᆯ 지

(13:47)을 따라 삭제함.

190) 졍명지긔(精明之氣): 정명지기. 깨끗하고 밝은 기운.

191) 츌뉴발췌(出類拔萃): 출류발췌. 무리 중에서 매우 뛰어남.

192) ᄇᆡ위(配偶ㅣ): 배우. 짝.

193) 팔ᄎᆡ(八彩): 팔채. 여덟 가지의 눈썹 색깔로 덕이 있음을 상징함. 중국 고대 순임금의 눈썹에 여덟 가지 색채가 있었다는 데서 유래함.

194) 어리롭고: 아리땁고.

으실 섄이리오? 당당(堂堂)이 텬하(天下)롤 요슌(堯舜)[195]의 남풍가(南風歌)[196]롤 브르게 치졍(治政)[197]ᄒᆞ시리니 녀ᄌᆡ(女子ㅣ) 되시미 엇지 ᄒᆞᆫ(恨)홉지 아니리오?"

문휘 다만 웃고 ᄀᆞᆯ오ᄃᆡ,

"님형(-兄)이 ᄒᆞᆨᄉᆡᆼ(學生)을 과(過)히 기리니 블감당(不堪當)이로다."

가ᄉᆡᆼ(-生)이 웃고 문후롤 향(向)ᄒᆞ여 왈(曰),

"ᄉᆞ롬이 쵸요월안(楚腰越顔)[198]도 탐(貪)ᄒᆞ거ᄂᆞᆯ 더옥 고금(古今)의 업ᄉᆞᆫ 셩녀슉완(聖女淑婉)[199]을 니ᄅᆞ리오? 군휘(君侯ㅣ) 쇼 부인(夫人) 향(向)ᄒᆞᆫ 졍심(貞心)이 망혼상담(亡魂喪膽)[200]ᄒᆞ기의 니ᄅᆞ리라."

문휘 머리롤 흔드러 왈(曰),

"현형(賢兄)이 아지 못ᄒᆞ리라. 쇼 시(氏) 현형(賢兄) 등(等)의 말 ᄀᆞᆺ트야 ᄌᆞᄉᆡᆨ(姿色)이 그러ᄒᆞᄆᆡ ᄒᆞᆨᄉᆡᆼ(學生)을 염[201]모(厭侮)[202]ᄒᆞ니 ᄒᆞᆨᄉᆡᆼ(學生)이 가유실인(家有室人)[203]ᄒᆞ나 복(僕)은 실(實)노 독야(獨夜) 공방(空房)을 격그니 뉘 ᄂᆡ 심ᄉᆞ(心思)롤 알니오?"

---

195) 요순(堯舜): 중국 고대의 성군(聖君)으로 불린 요임금과 순임금.

196) 남풍가(南風歌): 중국 고대 순(舜)임금이 부른 노래. 순임금이 오현금(五絃琴)을 처음으로 만들어 남풍가(南風歌)를 지어 부르면서 "훈훈한 남쪽 바람이여, 우리 백성의 수심을 풀어 주기를. 제때에 부는 남풍이여, 우리 백성의 재산을 늘려 주기를. 南風之薰兮, 可以解吾民之慍兮. 南風之時兮, 可以阜吾民之財兮."이라고 했다는 고사가 전함. 『예기(禮記)』, 「악기(樂記)」.

197) 치졍(治政): 치정. 정사를 다스림.

198) 쵸요월안(楚腰越顔): 초요월안. 초요는 초나라 여자의 허리라는 뜻으로 초(楚)나라 영왕(靈王)이 허리가 가는 미인을 좋아했다는 고사에서 나온 말임. 월안(越顔)은 월나라 여자의 얼굴이라는 뜻으로 월나라의 서시(西施)를 가리킴.

199) 셩녀슉완(聖女淑婉): 성녀숙완. 덕이 있는 착한 여자.

200) 망혼샹담(亡魂喪膽): 망혼상담. 넋을 잃고 쓸개를 잃는다는 뜻으로 정신을 놓음을 의미함.

201) 염: [교] 원문에는 '엄'으로 되어 있으나 오기로 보이므로 국도본(13:48)을 따름.

202) 염모(厭侮): 싫어하고 깔봄.

203) 가유실인(家有室人): 집에 아내가 있음.

님싱(-生)이 디쇼(大笑) 왈(曰),

"이ᄂᆞᆫ 군휘(君侯ㅣ) 힝신(行身)을 잘못 가지신 탓시로쇼이다."

니(李) 한님(翰林) 몽원이 쇼왈(笑曰),

"가형(家兄)의 말ᄉᆞᆷ은 다 가칭(假稱)

•••

49면

ᄒᆞ시미라. 쇼슈(-嫂)ᄂᆞᆫ 당당(堂堂)ᄒᆞᆫ 샹문(相門) 녀ᄌᆞ(女子)로 쵸례(醮禮) ᄇᆡᆨ냥(百兩)[204]으로 마ᄌᆞ신 결발정실(結髮正室)[205]이시어ᄂᆞᆯ 가형(家兄)이 샹시(常時) 호령(號令)이 ᄉᆡᆼ풍(生風)ᄒᆞ여 만일(萬一) 미온(未穩)ᄒᆞ미 이실진ᄃᆡ 난간(欄干) 아ᄅᆡ 셰워 슈죄(數罪) 즐칙(叱責)ᄒᆞ시믈 므빵(無雙)이 ᄒᆞ시되 슈싊(嫂嫂ㅣ) 머리ᄅᆞᆯ 숙여 죠곰도 한(恨)ᄒᆞᄂᆞᆫ 빗치 업ᄉᆞ니 이 더옥 긔특(奇特)ᄒᆞ시니이다."

모다 문후ᄅᆞᆯ 그ᄅᆞ다 ᄒᆞ니 휘(侯ㅣ) 다만 쇼이무언(笑而無言)[206]이러라.

님싱(-生)이 도라가 ᄐᆡᆨ일(擇日)ᄒᆞ여 보(報)ᄒᆞ니 겨유 십여(十餘) 일(日)은 가려더라.

문휘 쇼 부인(夫人)긔 젼어(傳語)ᄒᆞᄃᆡ,

"비록 ᄃᆡ단치 아니나 부인(夫人)이 쥬쟝(主張)[207]ᄒᆞᆯ 날이 ᄀᆞᆺ가와시니 일즉 도라오쇼셔."

---

204) ᄇᆡᆨ냥(百兩): 백량. 100대의 수레라는 뜻으로 신부를 맞아들임을 말함. '양(兩)'은 수레의 의미. "저 아가씨 시집갈 적에, 백 대의 수레로 맞이하네. 之子于歸, 百兩御之."라는 구절이 『시경(詩經)』, <작소(鵲巢)>에 보임.

205) 결발정실(結髮正室): 결발정실. 혼인하여 맺은 정실.

206) 쇼이무언(笑而無言): 소이무언. 웃고 말이 없음.

207) 쥬쟝(主張): 주장. 주재(主宰). 어떤 일을 중심이 되어 맡아 처리함.

부인(夫人)이 님 시(氏) 혼긔(婚期) 굿가와시믈 듯고 깃거 즉시(卽時) 니부(李府)의 도라오니 문휘 운아를 명(命)ᄒᆞ여 즁믹각을 쇄쇼(灑掃)[208]ᄒᆞ고 포진(鋪陳)[209]을 졍졔(整齊)ᄒᆞ여 부인(夫人)을 마ᄌᆞ니 영요(榮耀)ᄒᆞᆫ 복녹(福祿)이 비길 곳 업더라.

쇼졔(小姐ㅣ) 죤당(尊堂) 구고(舅姑)긔 뵈옵고 믈너ᄂᆞ믹 공쥐(公主ㅣ) 당 시(氏), 됴 시(氏), 최 시(氏)로

50면

더브러 즁당(中堂)의 돗글 베프고 쇼 시(氏)를 볼ᄉᆡ 쇼 시(氏) 구름 굿ᄐᆞᆫ 머리의 쌍봉관(雙鳳冠)을 졍(正)히 ᄒᆞ고 옥잠(玉簪)[210]을 바로 ᄒᆞ고 홍금샹(紅錦裳)[211]을 ᄆᆡ고 직취삼(織翠衫)[212]을 가(加)ᄒᆞ여시니 의복(衣服)이 샤치(奢侈)치 아니나 특츌(特出)ᄒᆞᆫ 광염(光艶)이 만고(萬古)의 ᄡᅡᆨ이 업슬 거시로ᄃᆡ 계양 공쥬(公主)의 쳔ᄌᆞ광휘(天姿光輝)[213]곳 아니면 ᄃᆡ두(對頭)[214]키 어렵더라. 이의 공쥬(公主)ᄂᆞᆫ 위의(威儀) 죠ᄎᆞᆫ 례복(禮服)을 마지못ᄒᆞ여 비록 칠보(七寶)를 찬난(燦爛)이 아냐시나 ᄌᆞ연(自然) 복식(服色)이 휘황(輝煌)ᄒᆞ고 당 시(氏), 최 시(氏) 각각(各各) 단댱(丹粧)을 어ᄅᆡ게 ᄒᆞ엿더라. 쇼 시(氏)ᄂᆞᆫ 그 즁(中)의 드니 므식(無色)ᄒᆞ미 심(甚)ᄒᆞ더라. 됴 시(氏) 이ᄂᆞᆯ 칠보(七寶)

---

208) 쇄쇼(灑掃): 쇄소. 물 뿌리고 비질을 함.

209) 포진(鋪陳): 잔치 따위를 벌이면서 앉을 자리를 마련해 깖.

210) 옥잠(玉簪): 옥비녀.

211) 홍금샹(紅錦裳): 홍금상. 붉은 비단 치마.

212) 직취삼(織翠衫): 직취삼. 비췻빛 적삼.

213) 쳔ᄌᆞ광휘(天姿光輝): 천자광휘. 타고난 아름다운 자태.

214) ᄃᆡ두(對頭): 대두. 적이나 어떤 세력, 힘 따위와 맞서 겨룸. 대적(對敵).

를 무궁(無窮)이 얽고 ᄯᅳ려 그 빗는 빗과 보ᄇᆡ로온 향긔(香氣) ᄉᆞ롬의 눈을 어리오ᄃᆡ 쇼 시(氏) 잠간(暫間)도 눈을 드러 보미 업셔 다만 한가(閑暇)히 담쇼(談笑)ᄒᆞ더니 공쥬(公主ㅣ) ᄀᆞ로ᄃᆡ,

"부인(夫人)이 슈이 친졍(親庭)을 ᄯᅥ나시니 ᄆᆞ음이 블안(不安)ᄒᆞ실지라 당돌(唐突)이 쳥(請)ᄒᆞ여 심회(心懷)를 위로(慰勞)코

●●●

51면

져 ᄒᆞ미로쇼이다."

쇼졔(小姐ㅣ) 샤ᄉᆞ(謝辭)[215] 왈(曰),

"옥쥬(玉主ㅣ) 이러틋 쳡(妾)의 심ᄉᆞ(心思)를 비최시니 알욀 바를 아지 못거니와 황감(惶感)[216]ᄒᆞ여이다."

공쥬(公主ㅣ) 낭낭(朗朗)이 웃고 진 시(氏)를 명(命)ᄒᆞ여 쥬찬(酒饌)을 나와 말숨ᄒᆞᆯ식 이ᄯᅢ 됴 시(氏) 좌즁(座中)의셔 쇼 시(氏)의 긔이(奇異)ᄒᆞᆫ 용광(容光)을 보니 ᄲᅧ 져리고 졍신(精神)이 어려 간담(肝膽)이 분분(忿憤)ᄒᆞ니 스ᄉᆞ로 졍(靜)치 못ᄒᆞ여 모진 눈을 독(毒)히 ᄯᅳ고 어린 ᄃᆞ시 ᄇᆞ라보고 쇼 시(氏)는 져 거동(擧動)을 안도(眼睹)[217]ᄒᆞᄃᆡ 모ᄅᆞ는 톄ᄒᆞ여 화긔(和氣) 자약(自若)ᄒᆞ니 공쥬(公主ㅣ) 십분(十分) ᄋᆡ돌와ᄒᆞ더니 금일(今日) 경ᄉᆡᆨ(景色)을 보고 더옥 흉(凶)히 너겨 이윽고 강잉(强仍)ᄒᆞ여 쇼왈(笑曰),

"이제 슉슉(叔叔)[218]의[219] 두 부인(夫人)이 일셕(一席)의 모다시니

---

215) 샤ᄉᆞ(謝辭): 사사. 예를 갖추어 사양함.

216) 황감(惶感): 황공하고 감격스러움.

217) 안도(眼睹): 눈으로 봄.

218) 슉슉(叔叔): 숙숙. 서방님. 여기에서는 이몽창을 이름.

화긔(和氣)를 어릭시미 힝심(幸甚)이로쇼이다."

쇼 시(氏) 정금(整襟)[220] 치샤(致謝) 왈(曰),

"쳡(妾)이 셰샹(世上)의 비환(悲患)을 굿쵸 격거 인ᄉᆡ(人事ㅣ) ᄌᆞ못 흐리여셔 미쳐 이를 ᄉᆡᆼ각지 못ᄒᆞ과이다."

드ᄃᆡ여 됴 시(氏)를 향(向)ᄒᆞ여 칭샤(稱謝)[221] 왈(曰),

"쳡(妾)이 인ᄉᆡ(人事ㅣ) 블

52면

민암용(不敏暗庸)[222]ᄒᆞ여 황이(皇姨)[223]로 더브러 슈쟉(酬酌)이 느지니 가셕(可惜)ᄒᆞ이다. 이졔 일ᄐᆡᆨ(一宅)의 모다 군ᄌᆞ(君子)를 셤기미 쳔고(千古)의 셩ᄉᆡ(盛事ㅣ)라 황이(皇姨)ᄂᆞᆫ 쳡(妾)의 블민(不敏)ᄒᆞ믈 가ᄅᆞ치샤 일ᄉᆡᆼ(一生)을 화목(和睦)ᄒᆞ여 지ᄂᆡ게 ᄒᆞ쇼셔."

됴 시(氏) 녜(女ㅣ) 쇼 시(氏)의 하ᄒᆡ(河海) 굿ᄐᆞᆫ 도량(度量)을 모ᄅᆞ고 져를 투긔(妬忌)ᄒᆞ여 진시(眞是)[224] 말도 아니ᄒᆞᄂᆞᆫ가 ᄒᆞ여 졍(正)히 흉(凶)ᄒᆞᆫ 노(怒)를 발(發)코져 ᄒᆞ더니 ᄎᆞ언(此言)을 듯고 노긔(怒氣) 눈셥을 가ᄅᆞ쳐 신ᄉᆡᆨ(神色)이 크게 죠치 아냐 션우음[225] 우샤며[226] 입을 비져겨 ᄀᆞᆯ오ᄃᆡ,

---

219) 의: [교] 원문에는 '이'로 되어 있으나 오기로 보이므로 국도본(13:51)을 따름.

220) 정금(整襟): 정금. 옷깃을 여밈.

221) 칭사(稱謝): 고마움을 표현함.

222) 블민암용(不敏暗庸): 불민암용. 행동이 민첩하지 못하고 사리에 어두우며 용렬함.

223) 황이(皇姨): 황후의 자매. 조제염이 현 황후인 정통(正統) 황제 비의 동생이므로 이와 같이 호칭한 것임.

224) 진시(眞是): 참으로.

225) 션우음: 선웃음. 우습지도 않은데 꾸며서 웃는 웃음.

226) 며: [교] 원문에는 '면'으로 되어 있으나 오기로 보이므로 국도본(13:52)을 따름.

“쇼 부인(夫人)이 금일(今日) 놀노 더브러 말을 ᄒᆞ시ᄂᆞ뇨? 진실(眞實)노 큰 경ᄉᆡ(慶事ㅣ)로다.”

쇼 시(氏) 원ᄂᆡ(元來) 당쵸(當初)ᄂᆞᆫ 빙옥 쇼져(小姐) 침쇼(寢所)의 셔 됴 시(氏)ᄅᆞᆯ ᄉᆞᄉᆞ(私私)로이 ᄆᆞᆺᄂᆞ미 업ᄉᆞᆷ미 말ᄒᆞ미 업고 문후의 말 드ᄅᆞᆫ 후(後)ᄂᆞᆫ ᄌᆞ못 ᄉᆞ문(斯文)[227] 녀ᄌᆞ(女子ㅣ) 만고(萬古)의 업ᄉᆞᆫ 심슐(心術)을 더러이 너겨 말ᄒᆞ미 ᄆᆞ음의 돕지 아냐 공쥬(公主) 니ᄅᆞᆫ 후(後) 강잉(强仍)ᄒᆞ미라 젹국(敵國) 두 ᄌᆞ(字)야 ᄉᆞᆷ원들 ᄉᆡᆼ각ᄒᆞ리오. ᄎᆞ언(此言)

53면

을 듯고 좀쇼(暫笑) 무답(無答)이러니 됴 시(氏) 흔흔(欣欣)이 웃고 왈(曰),

“그ᄃᆡ 얼골은 셔ᄌᆞ(西子)[228] 양셩(陽城)[229]의 블급(不及)ᄒᆞᆯ 거시오, 요지(瑤池) 금뫼(金母ㅣ)[230] ᄌᆞ리ᄅᆞᆯ 피(避)ᄒᆞ려니와 ᄒᆡᆼ실(行實)은 우읍도다. 몬져ᄂᆞᆫ 위ᄉᆡᆼ(-生)을 ᄉᆞ통(私通)ᄒᆞ고 후(後)의ᄂᆞᆫ 님쇼쳘을 ᄆᆞᆺ나 슈쟉(酬酌)ᄒᆞ며 그ᄌᆞᆺ 그 누의ᄅᆞᆯ 문졍의 시인(侍人)을 ᄉᆞᆷ으믈 일홈ᄒᆞ니 은졍(恩情)이 업ᄉᆞᆫ 쥴 엇지 알니오? ᄂᆡ 국구(國舅)의 ᄋᆞ녀(阿女)[231]로 지위(地位) 황이(皇姨)라 그ᄃᆡ로 동녈(同列)이 되믈 더러이

227) ᄉᆞ문(斯文): 사문. 유학자의 경칭.

228) 셔ᄌᆞ(西子): 서자. 중국 월나라의 미녀 서시(西施).

229) 양셩(陽城): 양성. 중국에서 미인이 많다고 전해지는 곳. 송옥(宋玉)의 <등도자호색부(登徒子好色賦)>에 나옴. “그러나 한 번 웃으면 양성과 하채의 남자들을 미혹시킵니다. 然一笑, 惑陽城迷下蔡.”

230) 금뫼(金母ㅣ): 요지(瑤池)에 사는 서왕모(西王母)를 가리킴. 서왕모는 『산해경(山海經)』에서는 곤륜산에 사는 인면(人面)·호치(虎齒)·표미(豹尾)의 신인(神人)이라고 하나, 일반적으로는 불사(不死)의 약을 가지고 있는 아름다운 선녀로 전해짐.

너기거늘 그듸 엇지 가부(家夫)의게 현명(賢名)[232]을 듯고져 ᄒᆞ여 님녀(-女)를 드려 ᄂᆡ 젹국(敵國)을 삼ᄂᆞ뇨? 이 나의 괴로이 너기는 ᄇᆡ니 스ᄉᆞ로 아ᄅᆞ 홀지어다. 그듸 이졔 길가의 모든 남ᄌᆞ(男子)를 음간(淫姦)ᄒᆞ다가 도라와 후ᄇᆡᆨ(侯伯)의 즁궤(中饋)[233]를 쇼임(所任)ᄒᆞ니 문졍후는 눈 업슨 거시라 통ᄒᆡ(痛駭)[234]ᄒᆞ도다."

언미필(言未畢)의 쇼 시(氏) 안ᄉᆡᆨ(顏色)이 ᄌᆞ약(自若)ᄒᆞ여 몸을 니러 공쥬(公主)긔 ᄀᆞᆯ오ᄃᆡ,

"옥쥬(玉主) 우ᄋᆡ(友愛)를 밧ᄌᆞ와 이의 뫼셔 말ᄉᆞᆷᄒᆞ고져 ᄒᆞ더니 믄득 좌간(座間)의

●●●

54면

비례(非禮)의 말이 ᄉᆡᆼ풍(生風)ᄒᆞ니 쳡(妾)이 귀를 씻고져 ᄒᆞᄂᆞᆫ ᄇᆡ라 감(敢)히 안ᄌᆞᆺ지 못ᄒᆞ니 옥쥬(玉主)는 죄(罪)를 사(赦)ᄒᆞ쇼셔."

셜파(說罷)의 쥬리(珠履)[235]를 ᄭᅳ어 표연(飄然)ᄒᆞ여 침쇼(寢所)로 향(向)ᄒᆞ니 공쥐(公主ㅣ) 쇼 시(氏)의 안셔(安舒)[236]ᄒᆞᆫ 거동(擧動)을 보고 더옥 탄복(歎服)ᄒᆞ고 됴 시(氏) ᄒᆡᆼᄉᆞ(行事)를 어히업셔 침음(沈吟)ᄒᆞ더니 댱 부인(夫人)이 졍ᄉᆡᆨ(正色) 왈(曰),

"쳡(妾)이 감(敢)히 황이(皇姨)를 시비(是非)ᄒᆞ미 아니라 고어(古語)의 왈(曰), 'ᄉᆞ름의 단쳐(短處)은 안ᄌᆞ 괄목(刮目)[237]홀 거시 아니

231) ᄋᆞ녀(阿女): 아녀. 딸.
232) 현명(賢名): 어질다는 이름.
233) 즁궤(中饋): 중궤. 안살림.
234) 통ᄒᆡ(痛駭): 통해. 몹시 이상스러워 놀라움.
235) 쥬리(珠履): 주리. 구슬로 꾸민 신발.
236) 안셔(安舒): 안서. 편안하고 조용함.

리라.' ᄒᆞ니 그 말ᄉᆞᆷ이 엇지 올치 아니리오? 이졔 쇼 부인(夫人)이 문졍후 죠강결발(糟糠結髮)노 당당(堂堂)ᄒᆞᆫ 샹원위(上元位)ᄅᆞᆯ 가지고도 젹국(敵國)을 싀긔(猜忌)치 아냐 말ᄉᆞᆷ을 슌례(循禮)[238]로 ᄒᆞ거ᄂᆞᆯ 황이(皇姨) 비록 존(尊)ᄒᆞ나 문후의 계비(繼妃)로 죠ᄎᆞᆫ 사ᄅᆞᆷ이라 엇진 고(故)로 ᄃᆞᆼ면(當面)[239]ᄒᆞ여 즐욕(叱辱)[240]ᄒᆞ믈 나믄 ᄯᅡᆺ히 업게 ᄒᆞᄂᆞ뇨? 이ᄂᆞᆫ 니문(李門) 법령(法令)을 문허바리미라 구괴(舅姑ㅣ) 아ᄅᆞ시면 죄칙(罪責)[241]이 젹지 아닐가 두려ᄒᆞᄂᆞ이다."

언파(言罷)의 긔샹(氣像)이 츄샹(秋霜)ᄀᆞᆺᄐᆞ

···

55면

니 좌위(左右ㅣ) ᄂᆞᆺ비ᄎᆞᆯ 곳치고 됴 시(氏)ᄂᆞᆫ 흉(凶)ᄒᆞᆫ 념치(廉恥) 죠곰도 뉘웃지 아냐 폴흘 ᄲᅩᆷᄂᆡ며 좌우(左右)로 고면(顧眄)[242]ᄒᆞ여 눈을 모질이 ᄯᅳ고 ᄀᆞᆯ오ᄃᆡ,

"져 쇼가(-家) 쳔(賤)ᄒᆞᆫ 년이 졔 허믈을 듯고 ᄌᆞ괴(自愧)[243]ᄒᆞ여 피(避)ᄒᆞ거ᄂᆞᆯ 져져(姐姐)죠ᄎᆞ 엇지 이러 구ᄂᆞ뇨? 졔 비록 샹원(上元)을 유셰(有勢)[244]ᄒᆞ나 나ᄂᆞᆫ 국구(國舅)의 ᄯᆞᆯ이오 황후(皇后)의 아이라 졔 엇지 겯을리오?"

---

237) 괄목(恝目): 업신여겨 하찮게 대함. 괄시(恝視).
238) 슌례(循禮): 순례. 예를 좇음.
239) ᄃᆞᆼ면(當面): 당면. 얼굴을 마주함.
240) 즐욕(叱辱): 질욕. 꾸짖으며 욕함.
241) 죄칙(罪責): 죄책. 죄벌(罪罰).
242) 고면(顧眄): 둘러봄.
243) ᄌᆞ괴(自愧): 자괴. 스스로 부끄러워함.
244) 유셰(有勢): 유세. 자랑삼아 세력을 부림.

공쥐(公主ㅣ) 바야흐로 입을 여러 ᄀᆞᆯ오ᄃᆡ,

"사ᄅᆞᆷ이 존비(尊卑) 귀쳔(貴賤)이 층등(層等)[245] ᄒᆞ나 례법(禮法)과 ᄎᆞ례(次例) 즁(重)ᄒᆞᆫ지라. 쇼 시(氏) 비록 길가 쳔인(賤人)이라도 임의 구괴(舅姑ㅣ) 틱(擇)ᄒᆞ샤 문후의 샹원(上元)을 졍(定)ᄒᆞ여 겨시니 황이(皇姨) 셜샤(設使) 지위(地位) 놉흐롸 ᄒᆞ시나 ᄎᆞ례(次例)ᄂᆞᆫ 건너지 못ᄒᆞᆯ 거시오, ᄒᆞ믈며 갓ᄐᆞᆫ 명가(名家) ᄃᆡ족(大族) 녀ᄌᆞ(女子)어ᄂᆞᆯ 황이(皇姨) ᄉᆞᄅᆞᆷ의 념치(廉恥) 이실진ᄃᆡ 엇지 우흘 향(向)ᄒᆞ여 욕(辱)ᄒᆞ기ᄅᆞᆯ 긔탄(忌憚)치 아니리오? 황후(皇后)ᄅᆞᆯ 유셰(有勢)ᄒᆞ나 황휘(皇后ㅣ)신들 므죄(無罪)ᄒᆞᆫ 녀ᄌᆞ(女子)ᄅᆞᆯ 죄(罪) 쥬실 ᄇᆡ 아니라 ᄂᆡ 그윽이 황이(皇姨)ᄅᆞᆯ 위(爲)ᄒᆞ여 앗기ᄂᆞ니 모

56면

ᄅᆞ미 죠심(操心)ᄒᆞ야 삼가미 가(可)토다."

됴 시(氏) 공쥬(公主)과ᄂᆞᆫ 결우지 못ᄒᆞ여 나샹(羅裳)[246]을 거두치고[247] 취슈(翠袖)[248]ᄅᆞᆯ 쩔쳐 도라가니 공쥐(公主ㅣ) 더옥 흉(凶)히 너겨 잠간(暫間) 우ᄉᆞ니 댱 시(氏) 역시(亦是) 낭낭(朗朗)이 ᄃᆡ쇼(大笑)ᄒᆞ고 ᄀᆞᆯ오ᄃᆡ,

"됴 시(氏)의 거죄(擧措ㅣ) 가(可)히 그려 두고 관광(觀光)ᄒᆞ염 즉ᄒᆞ이다."

최 시(氏) 탄왈(嘆曰),

245) 층등(層等): 서로 같지 않은 층과 등급.

246) 나샹(羅裳): 나상. 얇고 가벼운 비단으로 만든 치마.

247) 거두치고: 거두어 치워버리고.

248) 취슈(翠袖): 취수. 비췻빛 소매.

"쇼 부인(夫人) 몸 맛촐 쟈는 됴 부인(夫人)이로쇼이다."

공쥐(公主ㅣ) 왈(曰),

"쇼졔(小姐ㅣ) 산악(山岳)의 구든 샹(相)이 잇고 미우(眉宇)의 팔복(八福)이 온젼(穩全)[249]ᄒᆞ니 됴 시(氏) 엇지 그 몸을 맛ᄎᆞ리오? ᄎᆞ인(此人)이 필경(畢竟)이 이시려니와 관계(關係)치 아니리라."

최, 댱 이(二) 쇼졔(小姐ㅣ) 일변(一邊) 탄식(歎息)ᄒᆞ고 일변(一邊) 웃더라.

이날 쇼 쇼졔(小姐ㅣ) 침쇼(寢所)로 도라가니 문휘 이의 잇다가 니러 마ᄌᆞ 만면(滿面) 화ᄉᆡᆨ(和色)으로 말을 ᄒᆞ고져 ᄒᆞ더니 셩문이 미쳐와 옥면(玉面)이 블안(不安)ᄒᆞ여 ᄀᆞᆯ오ᄃᆡ,

"야야(爺爺)야! 화영당 모친(母親)이 우리 모친(母親)을 여ᄎᆞ여ᄎᆞ(如此如此) 욕(辱)ᄒᆞ시ᄃᆡ 모친(母親)이 답(答)지 아니코 이리 오신 후(後) 쟝 슉뫼(叔母ㅣ) 이리이리 ᄒᆞ시니 욕(辱)을 더ᄒᆞ더니 공쥐(公主ㅣ) ᄯᅩ 이럿틋

57면

ᄒᆞ시니 썰치고 닷더이다."

문휘 어히업셔 부인(夫人)을 도라보와 쇼이왈(笑而曰),

"그ᄃᆡ 므ᄉᆞᆷ 뜻으로 투부(妬婦)의 욕(辱)을 감심(甘心)ᄒᆞ고 ᄃᆡ답(對答)지 아니뇨?"

쇼졔(小姐ㅣ) 믁연(默然) 브답(不答)ᄒᆞ니 샹셰(尙書ㅣ) ᄯᅩᄒᆞᆫ 뭇지 아니터라. 날이 어두우니 쵹(燭)을 ᄇᆞᆰ히고 샹셰(尙書ㅣ) 부인(夫人)

249) 온젼(穩全): 온전. 본바탕 그대로 고스란함.

을 ᄃᆡ(對)ᄒᆞ여 웃고 말숨이 이음ᄎᆞ 부인(夫人)의 흔연(欣然)ᄒᆞ믈 구(求)ᄒᆞᄃᆡ 부인(夫人)이 동(動)치 아니ᄒᆞ더니 믄득 홍ᄋᆡ 드러와 가마니 고왈(告曰),

"됴 부인(夫人)이 챵틈(窓-)으로 여어보시ᄂᆞ이다."

샹셔(尙書ㅣ) 듯기를 다 못 ᄒᆞ여셔 십분(十分) ᄃᆡ노(大怒)ᄒᆞ여 몸이 나ᄂᆞᆫ 쥴 업시 난간(欄干)의 ᄂᆞ와 문(門)을 여니 됴 시(氏) 관(冠)을 벗고 나샹(羅裳)을 거두치고 챵(窓) 밋헤 업ᄃᆡ엿거ᄂᆞᆯ 샹셔(尙書ㅣ) 쇼ᄅᆡ를 놉혀 시녀(侍女)를 블너 ᄀᆞᆯ오ᄃᆡ,

"도적(盜賊)이 챵하(窓下)의 이시니 섈니 시노(侍奴)를 블너 결박(結縛)ᄒᆞ라."

됴 시(氏) 쇼ᄅᆡ를 듯고 ᄃᆡ경(大驚)ᄒᆞ여 업드ᄅᆞ며 것구러 ᄃᆞᆺ거ᄂᆞᆯ 샹셔(尙書ㅣ) 도로혀 어히업셔 일쟝(一場)을 ᄃᆡ쇼(大笑)ᄒᆞ고 쇼연 등(等) 노ᄌᆞ(奴子) 이십여(二十餘) 명(名)을 블너

58면

"ᄎᆞ일(此日)노브터 즁ᄆᆡ각 ᄉᆞ면(四面)으로 슌쵸(巡哨)[250] ᄒᆞ라."

ᄒᆞ고 문(門)을 닷고 드러오니 부인(夫人)이 안ᄌᆞᆫ 좌(座)를 곳치지 아니ᄒᆞ고 텬연ᄌᆞ약(天然自若)[251] ᄒᆞ미 젼혀(全-) 아지 못ᄒᆞᄂᆞᆫ ᄉᆞ름 ᄀᆞᆺᄐᆞ니 샹셔(尙書ㅣ) 더옥 탄복(歎服)ᄒᆞ고 공경(恭敬)ᄒᆞ미 더으더라.

이러구러 님 시(氏)의 길일(吉日)이 다ᄃᆞᄅᆞ니 샹셔(尙書ㅣ) 관복(官服)을 ᄀᆞᆺ쵸와 님가(-家)의 니ᄅᆞ러 ᄇᆡ셕(拜席)의 ᄂᆞ아가니 님 시(氏) 단쟝(丹粧)을 일우여 ᄇᆡ셕(拜席)의셔 ᄉᆞᄇᆡ(四拜)ᄒᆞ니 샹셔(尙書

250) 슌쵸(巡哨): 순초. 돌아다니며 살핌.

251) 텬연ᄌᆞ약(天然自若): 천연자약. 꾸밈이 없이 침착함.

ㅣ) 최후(最後)의 읍(揖)ᄒᆞ여 례(禮)ᄅᆞᆯ 폐(廢)치 아니터라. 동방(洞房)의 드러가니 님 ᄒᆞᆨᄉᆞ(學士ㅣ) 드러와 웃고 왈(曰),

"ᄭᅮᆷ의도 보지 아니턴 신랑(新郞)이 엇지 왓ᄂᆞ뇨?"

문휘 답쇼(答笑) 왈(曰),

"형(兄)의 ᄭᅮᆷ의 뵈던 신랑(新郞)은 병(病)드러 오지 못ᄒᆞ니 ᄃᆡ신(代身)의 왓노라."

셜파(說罷)의 셔로 ᄃᆡ쇼(大笑)ᄒᆞ더니 밤을 당(當)ᄒᆞ여 님 시(氏) ᄂᆞ오니 샹세(尙書ㅣ) 눈을 드러 보ᄆᆡ 안ᄉᆡᆨ(顔色)이 흐억[252] 유한[253](幽閑)[254]ᄒᆞ고 눈이 명경(明鏡) ᄀᆞᄐᆞ며 눈섭이 긔이(奇異)ᄒᆞ고 명현(明賢)[255] 다복(多福)ᄒᆞ미 안ᄎᆡ(眼彩)의 어ᄅᆡ엿시니 문휘 심하(心下)의 깃거ᄒᆞ고 ᄯᅩ 부

•••

59면

인(夫人)의 아ᄅᆞᆷ다온 ᄯᅳᆺ과 님ᄉᆡᆼ(-生)의 의긔(義氣)ᄅᆞᆯ 져바리지 못ᄒᆞ여 침셕(寢席)의 갓가이ᄒᆞ니 은졍(恩情)이 ᄯᅩᄒᆞᆫ 엿지 아니ᄒᆞ더라.

이튿날 쇼세(梳洗)ᄅᆞᆯ ᄆᆞᆺ고 님 시(氏)ᄅᆞᆯ 도라보와 관복(官服)을 셤기라 ᄒᆞ니 님 시(氏) ᄌᆞ약(自若)히 ᄂᆞ아가 밧드러 셤기되 례되(禮度ㅣ)[256] 죠용ᄒᆞ고 진퇴(進退) 안셔(安舒)ᄒᆞ니 휘(侯ㅣ) 심하(心下)의 긔특(奇特)히 너기더라.

---

252) 흐억: 흐벅. 탐스럽고 윤택함.

253) 한: [교] 원문에는 '환'으로 되어 있으나 오기로 보임.

254) 유한(幽閑): 여자의 인품이 조용하고 그윽함.

255) 명현(明賢): 어질고 슬기로워 사리에 밝음. 현명(賢明).

256) 례되(禮度ㅣ): 예도. 예의와 법도.

샹셰(尙書ㅣ) 도라와 교즈(轎子)를 보니여 님 시(氏)를 다려오니 님 시(氏) 이의 니르러 존당(尊堂) 구고(舅姑)긔 팔비(八拜) 고두(叩頭)[257]ᄒᆞ고 졍실(正室) 두 부인(夫人)긔 ᄉᆞ비(四拜)ᄒᆞᆫ 후(後) 말셕(末席)의 국궁(鞠躬)[258]ᄒᆞ여시니 모다 눈을 졍(定)ᄒᆞ여 보ᄆᆡ 외뫼(外貌ㅣ) 졍졍(貞靜)[259] 흐억[260]ᄒᆞ믄 삼츈(三春)의 웃ᄂᆞᆫ 모란(牡丹) ᄀᆞᆺ고 운환(雲鬟)[261]이 구름 ᄀᆞᆺᄐᆞ며 신댱(身長)이 관슉(寬熟)[262]ᄒᆞ니 모다 문후의 유복(有福)ᄒᆞ믈 칭찬(稱讚)ᄒᆞ고 존당(尊堂)과 승샹(丞相)이 깃거ᄒᆞ더라.

님 시(氏) 인(因)ᄒᆞ여 머믈ᄉᆡ 명일(明日) 졍당(正堂)과 죤당(尊堂)의 문안(問安)ᄒᆞ고 몬져 쇼 부인(夫人)긔 문안(問安)ᄒᆞ니 쇼 시(氏) 흔연(欣然)이 좌(座)를 쥬고

60면

ᄉᆞ랑ᄒᆞᆷ과 후ᄃᆡ(厚待)ᄒᆞ믈 혈심(血心)으로 ᄒᆞ니 님 시(氏) 감격(感激)ᄒᆞ믈 이긔지 못ᄒᆞ더라.

화영당의 가 문안(問安)ᄒᆞ니 됴 시(氏) ᄃᆡ로(大怒)ᄒᆞ여 ᄭᅮᄌᆞᄌᆞᄃᆡ,

"너 쳔인(賤人)이 엇지 감(敢)히 쇼녀(-女)의게 몬져 가고 ᄂᆡ게 후(後)의 온다?"

---

257) 고두(叩頭): 머리를 조아려 경의를 나타냄.

258) 국궁(鞠躬): 윗사람이나 위패(位牌) 앞에서 존경하는 뜻으로 몸을 굽힘.

259) 졍졍(貞靜): 정정. 곧고 깨끗하며 조용함.

260) 흐억: [교] 원문에는 'ᄉᆡᆨᄉᆡᆨᄒᆞ여 호월'로 되어 있으나 의미를 명확히 하기 위하여 국도본(13:59)을 따름. 흐억은 '흐벅'으로, 탐스럽고 윤택하다는 뜻임.

261) 운환(雲鬟): 여자의 탐스러운 쪽 찐 머리.

262) 관슉(寬熟): 관숙. 넉넉함의 의미인 듯하나 미상임.

님 시(氏) 흔연(欣然) ᄃᆡ왈(對曰),

"쳔쳡(賤妾)은 갓 드러온 사ᄅᆞᆷ이라 남이 가라치ᄂᆞᆫ ᄃᆡ로 ᄒᆞᄆᆡ 졍당(正堂) 노애(老爺ㅣ) 쇼 부인(夫人)을 원비(元妃)라 ᄒᆞ시니 몬져 가뵈니이다."

됴 시(氏) ᄃᆡ로(大怒)ᄒᆞ여 일쟝(一場)을 쇼 시(氏)ᄅᆞᆯ ᄃᆡ욕(大辱)ᄒᆞ니 님 시(氏) 크게 이샹(異常)이 너겨 즉시(卽時) 도라오다.

샹셰(尙書ㅣ) ᄎᆞ후(此後) 부인(夫人)을 즁ᄃᆡ(重待)ᄒᆞ연 겨ᄅᆞᆯ의 님 시(氏)ᄅᆞᆯ 춍ᄋᆡ(寵愛)ᄒᆞ여 규문(閨門)의 화긔(和氣) 온ᄌᆞ(蘊藉)[263]ᄒᆞᄃᆡ 문휘 홀노 됴 시(氏) 므여ᄒᆞ믈 구슈(仇讐)ᄀᆞᆺ치 ᄒᆞ니 쇼[264] 시(氏) ᄯᅩ ᄒᆞᆫ 그 ᄒᆡᆼᄉᆡ(行事ㅣ) 아마 남ᄌᆡ(男子ㅣ)라도 감심(甘心)치 아닐 쥴 아라 무익(無益)ᄒᆞᆫ 졍의지언(情誼之言)[265]을 아니코 잠잠(潛潛)ᄒᆞ여 시비(是非)ᄅᆞᆯ 아니ᄒᆞ니 됴 시(氏) 분뇌(忿怒ㅣ) 하ᄂᆞᆯ ᄀᆞᆺᄐᆞ여 일일(一日)은 님 시(氏) 문안(問安)ᄒᆞᄂᆞᆫ ᄯᅢᄅᆞᆯ 당(當)ᄒᆞ여 친(親)히 나아

∙∙∙

61면

드러 의샹(衣裳)을 ᄂᆞᆺᄂᆞᆺ치 ᄯᅳᆺ고 운환(雲鬟)을 ᄯᅳ드며 ᄀᆞᆯ오ᄃᆡ,

"너ᄅᆞᆯ 몬져 쥭인 후(後) 쇼녀(-女)ᄅᆞᆯ 젼졔(剪除)[266]ᄒᆞ리라."

ᄒᆞ고 졍(正)히 육쟝(肉醬)[267]을 ᄆᆡᆫ들고져 ᄒᆞ더니 님 시(氏) 시녀(侍女) 옥셤이 이 광경(光景)을 보고 ᄃᆡ경ᄎᆞ악(大驚嗟愕)[268]ᄒᆞ여 년망

---

263) 온ᄌᆞ(蘊藉): 온자. 널리 따뜻함.

264) 쇼: [교] 원문에는 '됴'로 되어 있으나 문맥을 고려하여 국도본(13:60)을 따름.

265) 졍의지언(情誼之言): 정의지언. 정다운 말.

266) 젼졔(剪除): 전제. 잘라 없애 버림.

267) 육쟝(肉醬): 육장. 원래는 고기를 다져 간장에 넣고 조린 반찬을 의미하나, 여기에서는 사람을 난도질함을 이름.

(連忙)이 쇼 부인(夫人) 침당(寢堂)의 니ᄅ러 이 쇼유(所由)ᄅ 고(告)ᄒ고 졔 쥬인(主人)의 장ᄎᆺ(將次ㅅ) 위틱(危殆)ᄒ므로ᄡ 알외여 구(救)ᄒ믈 이걸(哀乞)ᄒ니 쇼 부인(夫人)이 쳥파(聽罷)의 ᄎ악(嗟愕)ᄒ여 침음(沈吟) 냥구(良久)의 시녀(侍女)로 화영당의 젼어(傳語) 왈(曰),

"님 시(氏) 비록 군ᄌ(君子)의 시인(侍人)이나 ᄉ족(士族)의 녀(女)로 샹공(相公)긔 도ᄅ와 져의 분(分)을 삼가니 아등(我等)이 당당(堂堂)이 후(厚)히 거ᄂ리미 올커ᄂᆯ 부[269]인(夫人)이 일시(一時) 분긔(憤氣)로 과도(過度)ᄒᆫ 거죄(擧措ㅣ) 친(親)히 난타(亂打)ᄒᄂᆫ 지경(地境)의 니ᄅ믄 규문(閨門)의 온쟈(蘊藉)[270]ᄒᄂᆫ 도리(道理) 아니오, 군ᄌ(君子)의 가졔(家齊)ᄅ 어ᄌ러이미라. 쳥(請)컨ᄃ 부인(夫人)은 식노(息怒)ᄒ고 님녜(-女ㅣ) 그ᄅ미 잇거든 쾌(快)히 졀칙(切責)[271]ᄒ여 ᄎ후(此後) 방ᄌ(放恣)ᄒ미 업게 ᄒ고 톄

62면

면(體面)을 솜가 죤즁(尊重)ᄒ시믈 쳥(請)ᄒᄂ이다."

시ᄋ(侍兒ㅣ) 화영당의 니ᄅ러 됴 시(氏)긔 ᄎ언(此言)을 젼(傳)ᄒ니 됴 시(氏) 더옥 ᄃ로(大怒)ᄒ여 분분(紛紛)이 쇼 시(氏)ᄅ 욕ᄆ(辱罵)[272]ᄒ며 님 시(氏)ᄅ 장ᄎᆺ(將次ㅅ) 쥭이고져 ᄯᅳᆺ이 급(急)ᄒ니 시비(侍婢) 홀일업셔 도라오더니 길히셔 ᄆᆺ춤 문후ᄅ ᄆᆺᄂᆺ지라 그 밧

268) ᄃ경ᄎ악(大驚嗟愕): 대경차악. 크게 놀람.

269) 부: [교] 원문에는 '분'으로 되어 있으나 오기로 보임.

270) 온쟈(蘊藉): 온자. 온화함.

271) 졀칙(切責): 절책. 깊이 꾸짖음.

272) 욕ᄆ(辱罵): 욕매. 욕하고 꾸짖음.

비 가는 거동(擧動)을 보고 연고(緣故)를 힐문(詰問)[273] ᄒᆞ니 시녜(侍女ㅣ) 감(敢)히 긔이지 못ᄒᆞ여 실ᄉᆞ(實事)를 고[274](告)ᄒᆞ니 문휘 듯기를 ᄆᆞᄎᆞᄆᆡ 져의 쟉변(作變)이 가지록 통ᄒᆡ(痛駭)ᄒᆞ여 거름을 두ᄅᆞ혀 화[275]영당의 니ᄅᆞ니 됴 시(氏) 졍(正)히 흉(凶)ᄒᆞᆫ 셩을 ᄎᆞᆷ지 못ᄒᆞ여 님 시(氏)를 무슈(無數)히 난타(亂打)ᄒᆞ니 졍(正)히 위ᄐᆡ(危殆)ᄒᆞᆫ지라. 샹셰(尙書ㅣ) 경ᄒᆡ(驚駭)[276] ᄒᆞ여 냥목(兩目)을 나쵸고 쇼ᄅᆡ를 졍(正)히 ᄒᆞ여 님 시(氏)를 블너 알픠 굴이고 슈죄(數罪) 왈(曰),

"네 ᄂᆡ의 시쳡(侍妾)으로 왕ᄅᆡ(往來) 거취(去就) 나의게 달녀시니 만일(萬一) 이후(以後) ᄌᆞᄒᆡᆼᄌᆞ지(自行自止)[277] ᄒᆞ미 이실진ᄃᆡ 당당(堂堂)이 ᄃᆡ죄(大罪)를 쥬리니 ᄎᆞ후(此後) 방ᄌᆞ(放恣)

63면

ᄒᆞ미 업게 ᄒᆞ라."

님 시(氏) 어득ᄒᆞᆫ 졍신(精神)을 거두어 고두(叩頭) 샤죄(謝罪)ᄒᆞ고 도라가니 샹셰(尙書ㅣ) 노긔(怒氣)를 이긔지 못ᄒᆞ여 됴 시(氏)의 유모(乳母) 계월을 계하(階下)의 ᄭᅮᆯ니고 슈죄(數罪) 왈(曰),

"네 쥬뫼(主母ㅣ) 칠거(七去)[278]의 지난 허믈과 ᄃᆡ악(大惡)이 이시

---

273) 힐문(詰問): 따지고 물음.

274) 고: [교] 원문에는 '토'로 되어 있으나 오기로 보이므로 국도본(13:61)을 따름.

275) 화: [교] 원문에는 '하'로 되어 있으나 앞의 예를 따라 이와 같이 수정함.

276) 경ᄒᆡ(驚駭): 경해. 놀람.

277) ᄌᆞᄒᆡᆼᄌᆞ지(自行自止): 자행자지. 스스로 행하고 스스로 그친다는 뜻으로, 자기 마음대로 했다 말았다 함을 이르는 말.

278) 칠거(七去): 칠거지악(七去之惡). 예전에, 아내를 내쫓을 수 있는 이유가 되었던 일곱 가지 허물. 시부모에게 불손함, 자식이 없음, 행실이 음탕함, 투기함, 몹쓸 병을 지님, 말이 지나치게 많음, 도둑질을 함 따위.

딕 관젼(寬典)[279]을 드리워 가즁(家中)의 머므ᄅᆞ니 당당(堂堂)이 죠심(操心)ᄒᆞᆯ 거시어ᄂᆞᆯ 감(敢)히 님 시(氏)ᄅᆞᆯ 간딕로 구타(毆打)ᄒᆞ며 가즁(家中)을 요란(擾亂)케 ᄒᆞ니 이 죄(罪) ᄯᅩᄒᆞᆫ 경(輕)치 아닌지라. 이후(以後) 다시 이런 거죄(擧措ㅣ) 이실진딕 너ᄅᆞᆯ 몬져 다ᄉᆞ려 쥬인(主人) 그ᄅᆞᆺ 인도(引導)ᄒᆞᆫ 죄(罪)ᄅᆞᆯ 므ᄅᆞ리라."

언파(言罷)의 노차환(老叉鬟)[280] 딕셤을 블너 ᄎᆞ후(此後) 됴 시(氏)로 ᄒᆞ여금 졍당(正堂) 문안(問安)의 ᄎᆞᆷ예(參預)치 못ᄒᆞ게 ᄒᆞ라 령(令)을 나리오고 완완(緩緩)이 도라와 ᄎᆞ일(此日) 님 시(氏)ᄅᆞᆯ 보니 안ᄉᆡᆨ(顏色)이 셩ᄒᆞᆫ 곳이 업고 운발(雲髮)이 반ᄂᆞ미 ᄯᅳᆺ기여시딕 죠금도 한(恨)ᄒᆞᄂᆞᆫ 긔ᄉᆡᆨ(氣色)이 업다가 샹셔(尙書)의 드러오믈 보고 안셔(安舒)히 니러 ᄆᆞᆺ거ᄂᆞᆯ 문휘 크게 긔특(奇特)히 너기고

64면

졍(情)이 ᄌᆞ연(自然) 즁(重)ᄒᆞ여 이의 손을 잡아 좌(座)의 ᄂᆞ오혀 그 샹쳐(傷處)ᄅᆞᆯ ᄉᆞᆯ펴 보고 금창약(金瘡藥)[281]으로 다ᄉᆞ려 브치고 이의 머므러 은근(慇懃) 위곡(委曲)[282]ᄒᆞ미 녯지 아니터라.

이날 문안(問安)의 됴 시(氏) 의구(依舊)히 참예(參預)ᄒᆞ니 샹셰(尙書ㅣ) 믄득 안ᄉᆡᆨ(顏色)을 ᄉᆡᆨᄉᆡᆨ이 ᄒᆞ고 승샹(丞相) 면젼(面前)의 ᄂᆞ아가 쥬왈(奏曰),

"히ᄋᆡ(孩兒ㅣ) 비록 년쇼(年少)ᄒᆞ오나 텬은(天恩)을 닙ᄉᆞ와 쟉위

279) 관젼(寬典): 관전. 너그러운 은혜.

280) 노차환(老叉鬟): 나이 든 차환. 차환은 주인을 옆에서 모시는 여자종.

281) 금챵약(金瘡藥): 금창약. 칼, 창, 화살 따위로 생긴 상처에 바르는 약. 석회를 나무나 풀의 줄기와 잎에 섞어 이겨서 만듦.

282) 위곡(委曲): 인정이 넘치고 정성이 지극함.

(爵位) 후뵉(侯伯)이어놀 졔가(齊家)흐믈 무샹(無狀)히 흐와 쟉일(昨日) 여ᄎ여ᄎ(如此如此)흐온 거죄(擧措ㅣ) 잇ᄉ오니 ᄎ(此)는 칠거(七去)의 지는 ᄃ악(大惡)이라. 뭇춤 닉쳠 즉흐오ᄃ 셩샹(聖上) 샤혼(賜婚)흐신 연고(緣故)로 즘간(暫間) 구ᄋ(拘礙)[283]흐여 비록 츌거(黜去)[284]치 못흐온들 엇지 부모(父母) 안젼(案前)의 ᄂ아오며 졔슈(諸嫂)[285] 항렬(行列)을 더러리잇가? 뭇당이 그 침쇼(寢所)의 깁히 두어 ᄀ과(改過)흐믈 기ᄃ리고져 흐ᄂ이다."

승샹(丞相)이 쳥파(聽罷)의 믁연(默然)이어놀 문휘 반향(半晌)을 공슈(拱手)흐고 ᄉ러 ᄃ답(對答)을 기ᄃ리ᄃ 승샹(丞相)이 뭇춤ᄂ 말을 아니흐더니 뉴 부인(夫人)이 골오

65면

ᄃ

"오ᄋ(吾兒ㅣ) 금일(今日) 어이 이리 모호(模糊)흐뇨?"

승샹(丞相)이 바야흐로 ᄃ왈(對曰),

"챵ᄋ(-兒ㅣ) 졔가(齊家)를 무샹(無狀)이 흐여 변(變)이 규ᄂ(閨內)의 니러나 거죄(擧措ㅣ) 한심(寒心)흐니 맛당이 후일(後日)이나 징계(懲誡)흐염 즉흐거놀 히ᄋ(孩兒)ᄃ려 번거히[286] 므로니 심즁(心中)의 괴로오미 잇솝는 고(故)로 밋쳐 말을 못흐과이다."

뉴 부인(夫人)이 흔연(欣然)이 샹셰(尙書ㅣ)ᄃ려 왈(曰),

283) 구ᄋ(拘礙): 구애. 거리끼거나 얽매임.
284) 츌거(黜去): 출거. 강제로 내쫓음.
285) 졔슈(諸嫂): 제수. 여러 부인.
286) 번거히: 조용하지 못하고 자리가 어수선하게.

"모르미 네 무음디로 ᄒᆞ라."

문휘 부친(父親) 말을 듯고 황츅(惶蹙)[287]ᄒᆞ믈 이긔지 못ᄒᆞ여 고두(叩頭) 샤례(謝禮)ᄒᆞ고 믈너나 좌우(左右)를 명(命)ᄒᆞ여 됴 시(氏)를 미러 침쇼(寢所)로 보닐ᄉᆡ 죤젼(尊前)이므로 긔운이 나즉ᄒᆞ나 안ᄉᆡᆨ(顔色)의 노긔(怒氣) 어릭여 셩안(星眼)이 졈졈(漸漸) 가ᄂᆞ라 엄(嚴)ᄒᆞᆫ 빗치 ᄉᆞ좌(四座)의 ᄡᅭ이니 됴 시(氏) 아모리 ᄃᆡ담(大膽)이나 엇지 두렵지 아니ᄒᆞ리오. ᄒᆞᆫ 말도 못 ᄒᆞ고 ᄶᅩᆺ치여 ᄃᆞ르니 좌위(左右ㅣ) 바야흐로 일시(一時)의 웃고 더옥 무샹(無狀)이 너기더라.

됴 시(氏) 샹셔(尙書)의 구츅(驅逐)[288]ᄒᆞ믈 만나 침쇼(寢所)로 도라가 분분(忿憤)ᄒᆞᆫ 긔운이 하ᄂᆞᆯ

66면

가ᄃᆞ야 입시울을 너흘며[289] ᄂᆡ를 가라 보슈(報讎)[290]ᄒᆞ믈 ᄉᆡᆼ각ᄒᆞ고 긋치 누르지 못ᄒᆞ여 슈셔(手書)를 닷가 모친(母親)긔 보ᄂᆡ여 금즁(禁中)의 이 쇼유(所由)를 알외믈 간쳥(懇請)ᄒᆞ고 잠간(暫間) ᄉᆡ훤ᄒᆞ여 ᄉᆡᆼ각ᄒᆞᄃᆡ,

'쇼녜(-女ㅣ) 하 교만(驕慢)ᄒᆞᆫ 톄ᄒᆞ니 ᄂᆡ가 그 거동(擧動)을 보리라.'

ᄒᆞ고 이날 쥭미각의 니ᄅᆞ니 쇼제(小姐ㅣ) 강잉(强仍)ᄒᆞ여 마ᄌᆞ 왈(曰),

"황이(皇姨) 엇지 이곳의 니ᄅᆞ시니잇고?"

---

287) 황츅(惶蹙): 황축. 황송하여 몸을 움츠림.

288) 구츅(驅逐): 구축. 내쫓김.

289) 너흘며: 물며.

290) 보슈(報讎): 보수. 앙갚음.

됴 시(氏) 겨줏 죠흔 눗추로 닐오디,

"부인(夫人)이 쳡(妾)을 하 박디(薄待)ᄒᆞ시니 노(怒)홉거니와 청(請)홀 말이 이셔 왓ᄂᆞ이다."

쇼졔(小姐ㅣ) 디왈(對曰),

"쳡(妾)의게 므숨 말을 청(請)코져 ᄒᆞ시ᄂᆞ뇨?"

됴 시(氏) 웃고 또 거여온[291] 톄ᄒᆞ여 골오디,

"이 말이 쳡(妾)의 몸도 위(爲)ᄒᆞ미어니와 부인(夫人)긔도 ᄆᆡᄉᆡ(每事ㅣ) 편(便)홀 거시므로 슈쳥(受聽)[292]ᄒᆞ쇼셔."

부인(夫人)이 ᄌᆞ약(自若)히 닐오디,

"쳡(妾)이 본(本)디 용녈(庸劣)ᄒᆞ여 봉ᄒᆡᆼ(奉行)치 못홀가 져허홀지언졍 듯기를 원(願)ᄒᆞᄂᆞ이다."

됴 시(氏) 왈(曰),

"다른 일 아니라 쟉

67면

일(昨日) 님가(-家) 쳔인(賤人)이 쳡(妾)을 만모(慢侮)[293]ᄒᆞ미 쳔(賤)ᄒᆞᆫ 셩을 잉분(忍憤)[294]키 어려워 약간(若干) 쳣더니 이제 문휘 글노 큰 허믈을 삼아 쳡(妾)을 졍당(正堂)의 용납(容納)지 못ᄒᆞ게 ᄒᆞ니 구구(區區)ᄒᆞᆫ 졍(情)이 구고(舅姑)긔 셩졍(省定) 폐(廢)ᄒᆞ미 번민(煩悶)ᄒᆞ믈 이긔지 못ᄒᆞᄂᆞ니 부인(夫人)은 군ᄌᆡ(君子ㅣ) 춍ᄋᆡ(寵愛)ᄒᆞ미 심

---

291) 거여온: 가벼운.

292) 슈쳥(受聽): 수청. 받아들임.

293) 만모(慢侮): 업신여김.

294) 잉분(忍憤): 인분. 분을 참음.

샹(尋常)치 아니ᄒᆞ니 나의 뉘웃ᄂᆞᆫ 뜻을 젼(傳)ᄒᆞ고 다시 구고(舅姑) 좌측(座側)[295]의 뫼시믈 허(許)ᄒᆞ게 ᄒᆞ쇼셔."

쇼졔(小姐ㅣ) 져의 말이 픽만(悖慢)[296]ᄒᆞ믈 듯고 심하(心下)의 블쾌(不快)ᄒᆞ미 뉴츌(流出)ᄒᆞᄃᆡ 강잉(强仍) 답왈(答曰),

"쳡(妾)이 본(本)ᄃᆡ 쇼견(所見)이 용녈(庸劣)ᄒᆞ믄 황이(皇姨) 거의 아ᄅᆞ시리니 무슴 담냑(膽略)[297]으로 가부(家夫)의게 죠언(助言)ᄒᆞ리오? 스ᄉᆞ로 ᄉᆞᆯ펴 용샤(容赦)ᄒᆞ쇼셔."

됴 시(氏) 희희[298]히 쇼왈(笑曰),

"부인(夫人)이 스ᄉᆞ로 가부(家夫)의 춍(寵)을 밋고 져러틋 ᄒᆞ거니와 만일(萬一) 낭낭(娘娘) 칙(責)이 니ᄅᆞᆯ진ᄃᆡ 엇지려 ᄒᆞᄂᆞ뇨?"

부인(夫人)이 진실(眞實)노 말을 결오미 극난(極難)ᄒᆞ여 믁연(默然)ᄒᆞ엿더니 ᄎᆞ시(此時) 문휘 드러오다가[299] 됴 시(氏) 와

•••

68면

시믈 보고 잠간(暫間) 발을 머츄워 잠간(暫間) 듯고 됴 시(氏) 낭낭(娘娘) 유셰(有勢)ᄒᆞ믈 ᄃᆡ로(大怒)ᄒᆞ고 부인(夫人)이 져와 말ᄒᆞ기ᄅᆞᆯ 슬히 너기믈 ᄉᆞ치고 심하(心下)의 그 신셰(身世) 편(便)치 아니믈 가셕(可惜)ᄒᆞ여 즉시(卽時) 난두(欄頭)의 올나 홍아ᄅᆞᆯ 블너 부인(夫人)을 청(請)ᄒᆞ니, 쇼졔(小姐ㅣ) ᄉᆞ셰(事勢) 이러틋 ᄒᆞ믈 골돌(鶻突)[300]

295) 좌측(座側): 자리 옆.

296) 픽만(悖慢): 패만. 사람됨이 온화하지 못하고 거칠며 거만함.

297) 담냑(膽略): 담략. 담력과 지략.

298) 희희: 바보같이 웃는 소리. 또는 그 모양.

299) 다가: [교] 원문에는 '가다'로 되어 있으나 오기로 보이므로 국도본(13:67)을 따름.

300) 골돌(鶻突): 혼란스러움.

ᄒᆞ여 스ᄉᆞ로 날호여 니러 ᄂᆞ가니, 휘[301](侯ㅣ) 노발(怒髮)이 츙관(衝冠)[302]ᄒᆞ고 신ᄉᆡᆨ(神色)이 퍼러ᄒᆞ여 봉안(鳳眼)을 크게 ᄯᅳ고 좌우(左右)ᄅᆞᆯ 명(命)ᄒᆞ여 부인(夫人)을 미러 계하(階下)의 셰우고 ᄃᆡᄎᆡᆨ(大責) 왈(曰),

"됴 시(氏) 칠거(七去)의 디ᄂᆞᆫ 죄(罪) 이시ᄃᆡ 관젼(寬典)으로ᄡᅥ 심당(深堂)의 두어지라 ᄒᆞ믈 허(許)ᄒᆞ고 죄(罪)ᄅᆞᆯ 졍(正)히 ᄒᆞ엿거ᄂᆞᆯ 그ᄃᆡ 엇지 감(敢)히 쳥(請)ᄒᆞ여 한만(閑漫)[303]ᄒᆞᆫ 슈쟉(酬酌)을 잘ᄒᆞ리오? 이 죄(罪)ᄂᆞᆫ 결연(決然)이 용샤(容赦)치 못ᄒᆞ리라."

이의 크게 쇼ᄅᆡ 질너 운아ᄅᆞᆯ 결박(結縛)ᄒᆞ여 ᄭᅮᆯ니고 쟝ᄎᆞᆺ(將次ㅅ) 즁쟝(重杖)을 더으고져 ᄒᆞ니 좌우(左右) 시녜(侍女ㅣ) 슈죡(手足)을 ᄯᅥᆯ러 졍신(精神)을 ᄎᆞ로지 못ᄒᆞᄃᆡ 부인(夫人)이 죠곰도 요동(搖動)ᄒᆞ미 업셔 박힌 다시 계

69면

하(階下)의 셔시니 ᄉᆡᆨᄉᆡᆨᄒᆞᆫ 거동(擧動)이 츄텬(秋天)을 ᄂᆞᆺ게 너기니 문휘 됴 시(氏)ᄅᆞᆯ ᄆᆡ이 너겨 이리 ᄒᆞ나 더옥 공경(恭敬) ᄋᆡ즁(愛重)ᄒᆞ믈 ᄎᆞᆷ지 못ᄒᆞ여 짐즛 운아ᄅᆞᆯ 결박(結縛)ᄒᆞ여 거죄(擧措ㅣ) 크게 죠치 아냐 됴 시(氏)ᄅᆞᆯ 구박(驅迫)ᄒᆞ여 보ᄂᆡ니 됴 시(氏) 무류(無聊)ᄒᆞ미 극(極)ᄒᆞ나 샹셰(尙書ㅣ) 쇼 시(氏)ᄅᆞᆯ 진졍(眞情) 호령(號令)ᄒᆞ므로 아라 도라와 스ᄉᆞ로 즐겨 왈(曰),

"ᄂᆡ 우연(偶然)이 갓ᄃᆞ가 쇼녀(-女)와 샹공(相公)의 ᄉᆞ이ᄅᆞᆯ 블화

301) 휘: [교] 원문에는 이 글자가 없으나 문맥을 고려하여 국도본(13:68)을 따라 삽입함.

302) 츙관(衝冠): 충관. 관을 찌른다는 뜻으로 분노가 깊음을 말함.

303) 한만(閑漫): 한가하고 느긋함.

(不和)케 ᄒᆞ니 이는 귀신(鬼神)이 도으미로다."

ᄒᆞ고 크게 깃거ᄒᆞ더라.

샹셰(尙書ㅣ) 됴 시(氏)를 보ᄂᆡ고 이의 운아를 노코 방즁(房中)의 드러가 홍아를 블너 쇼져(小姐)를 쳥(請)ᄒᆞ니 쇼제(小姐ㅣ) ᄌᆞ가(自家)를 ᄆᆡ양 쇼ᄋᆞ(小兒) 희롱(戲弄)ᄒᆞᆺ ᄒᆞ믈 보고 그 ᄒᆡᆼ식(行事ㅣ) 과격(過激)ᄒᆞ믈 탄(嘆)ᄒᆞ여 즉시(卽時) 거[304]름을 옴겨 ᄂᆡ당(內堂)의 드러가니 문휘 강쳥(强請)치 못ᄒᆞ고 홀노 샹(牀)의 비겨 고셔(古書)를 음영(吟詠)ᄒᆞ더니 셕양(夕陽)의 부인(夫人)이 도라와 ᄉᆡᆼ(生) 이시믈 보고 블열(不悅)ᄒᆞ믈 이긔지 못ᄒᆞᄃᆡ 강잉(强仍)ᄒᆞ여 안ᄉᆡᆨ(顔色)을 ᄌᆞ약(自若)키

70면

ᄒᆞ고 ᄒᆞᆫ 가의 안ᄌᆞ니 문휘 만안(滿顔) 화ᄉᆡᆨ(和色)으로 웃고 왈(曰),

"앗가 투부(妬婦)의 거지(擧止)를 통ᄒᆞᆫ(痛恨)[305]ᄒᆞ여 부인(夫人)긔 실례(失禮)ᄒᆞ미 만흐니 부인(夫人)은 그 진졍(眞情)이 아니믈 ᄉᆞᆯ펴 용샤(容赦)ᄒᆞᆯ지어다."

부인(夫人)이 무언(無言) 부답(不答)이어ᄂᆞᆯ 문휘 ᄯᅩ 웃고 왈(曰),

"부인(夫人)이 유감(遺憾)ᄒᆞᄂᆞ냐? 엇지 ᄆᆡ양 져러ᄐᆞᆺ 화긔(和氣) 업ᄂᆞ뇨?"

쇼제(小姐ㅣ) ᄯᅩ 답(答)지 아니니 샹셰(尙書ㅣ) 도로혀 한(恨)ᄒᆞ여 왈(曰),

"그ᄃᆡ 엇지 ᄉᆡᆼ(生)을 ᄃᆡ(對)ᄒᆞᆫ즉 쥬야(晝夜) 온ᄉᆡᆨ(慍色)이 돌돌[306]

---

304) 거: [교] 원문에는 '겨'로 되어 있으나 오기로 보임.

305) 통ᄒᆞᆫ(痛恨): 통한. 몹시 분하고 한스럽게 여김.

ᄒᆞ뇨? ᄂᆡ 그ᄃᆡ로 결발(結髮)ᄒᆞ연 지 뉵(六) 년(年)의 지금(至今)[307] 웃ᄂᆞᆫ 양(樣)을 보지 못ᄒᆞ엿ᄂᆞ니 ᄒᆞᆨᄉᆡᆼ(學生)이 쳐궁(妻宮)[308]이 머흘미 심(甚)ᄒᆞ여 샹 시(氏) ᄀᆞᄐᆞᆫ 안ᄒᆡ를 쥭이고 그ᄃᆡ ᄀᆞᄐᆞᆫ 괴독(怪毒)ᄒᆞᆫ 안ᄒᆡ와 됴 시(氏) ᄀᆞᄐᆞᆫ ᄃᆡ간ᄃᆡ음(大奸大淫)을 어더시니 졍(正)코 다시 슉녀(淑女)ᄅᆞᆯ 엇고져 ᄒᆞ노라."

쇼졔(小姐ㅣ) ᄉᆞ긔(辭氣) 여[309]샹(如常)ᄒᆞ여 브답(不答)ᄒᆞ니 문휘 노(怒)ᄒᆞ여 나아가 옥슈(玉手)ᄅᆞᆯ 잇그러 왈(曰),

"그ᄃᆡ 아모리나 ᄒᆞ라. 내 ᄯᅩ 그ᄃᆡᄅᆞᆯ 공경(恭敬)치 아니리라."

쇼졔(小姐ㅣ) 날호여 탄식(歎息)고 왈(曰),

"비인(卑人)[310]이 본(本)ᄃᆡ 샹공(相公)쳐로

71면

호화(豪華)치 못ᄒᆞ여 일ᄉᆡᆼ(一生) 근심과 질병(疾病)이 폐간(肺肝)을 ᄉᆞ회니 므어시 즐거온 일이리잇고?"

부인(夫人)이 침음(沈吟)ᄒᆞ여 말ᄒᆞ기ᄅᆞᆯ 괴로이 너기니 샹셰(尙書ㅣ) 다시 뭇지 아니ᄒᆞ더라.

이ᄯᅵ 됴 국구(國舅) 부인(夫人)이 녀ᄋᆞ(女兒)의 글을 보고 즉시(卽時) 쇼화(燒火)ᄒᆞ고 셔간(書簡)을 닥가 크게 ᄎᆡᆨ(責)ᄒᆞ여 젹국(敵國)을 화우(和友)ᄒᆞ믈 경계(警戒)ᄒᆞ니 됴부(-府) 시녀(侍女) 문(門)의 와 드

---

306) 돌돌: 원래는 작은 물건이 여러 겹으로 동글하게 말리는 모양을 의미하나 여기에서는 가득한 모양을 말함.

307) 지금(至今): 지금까지.

308) 쳐궁(妻宮): 처궁. 처에 관한 운수.

309) 여: [교] 원문에는 '이'로 되어 있으나 문맥을 고려하여 국도본(13:70)을 따름.

310) 비인(卑人): 자신을 낮추어 부르는 말.

리고 가니 냥낭(養娘) 등(等)이 어즈러이 젼(傳)ᄒᆞ여 존당(尊堂)의 드러가니 모다 고이(怪異)히 너겨 보고 됴 시(氏)의 심슐(心術)을 블측(不測)[311]히 너기고 뉴 부인(夫人) 어질믈 탄복(歎服)ᄒᆞ여 그 녀ᄋᆡ(女兒ㅣ) 담[312]지 아냐시믈 개탄(慨歎)ᄒᆞ여 태부인(夫人)이 탄왈(嘆曰),

“뉴 시(氏) 어즐미 이러틋 ᄒᆞᄃᆡ 됴 시(氏) 져러틋 블민(不敏)ᄒᆞ니 이 엇지 슌ᄌᆡ(舜子ㅣ)[313] 블쵸(不肖)ᄒᆞ미 아니리오?”

문휘 좌(座)의셔 뉴 부인(夫人) 셔간(書簡) ᄉᆞ어(辭語)ᄅᆞᆯ 듯고 됴 시(氏)ᄅᆞᆯ 더옥 흉(凶)히 너겨 필경(畢竟) 쟉ᄒᆡ(作害) 아모ᄅᆞ 홀 쥴 아지 못ᄒᆞ여 밧비 ᄂᆞ가 가ᄂᆡ[314](家內) 문(門) 직흰 노복(奴僕)을 엄틱[315](嚴飭)[316]ᄒᆞᄃᆡ 만일(萬一) ᄂᆡ 령(令) 업시 아모나 드

72면

리고 ᄂᆡ질진ᄃᆡ 일호(一毫)도 용샤(容赦)치 아닐 쥴노 령(令)을 ᄂᆞ리오니 졔뇌(諸奴ㅣ) 블승숑구(不勝悚懼)[317]ᄒᆞ여 쳥령(聽令)ᄒᆞ고 믈너가다.

ᄎᆞ시(此時)의 쇼부(-府)의셔 노 부인(夫人)이 위연(偶然)ᄒᆞᆫ 질환(疾患)이 오ᄅᆡ 미류(彌留)[318]ᄒᆞ여 위즁(危重)ᄒᆞ니 쇼 공(公) 부뷔(夫婦

311) 블측(不測): 불측. 생각이나 행동 따위가 괘씸하고 엉큼함.

312) 담: [교] 원문에는 ‘탐’으로 되어 있으나 오기로 보임.

313) 슌ᄌᆡ(舜子ㅣ): 순자. 순임금의 아들. 중국 고대 순임금은 요임금의 뒤를 이어 왕이 되어 선정을 베풀었으나 자신의 아들 상균(商均)이 왕위에 적합하지 않다고 판단하여 우(禹)에게 왕위를 물려주었다는 이야기가 전함.

314) 가ᄂᆡ: [교] 원문에는 ‘아읍’으로 되어 있으나 문맥을 고려하여 국도본(13:71)을 따름.

315) 틱: [교] 원문에는 ‘치’로 되어 있으나 문맥을 고려하여 국도본(13:71)을 따름.

316) 엄틱(嚴飭): 엄칙. 엄히 경계함.

317) 블승숑구(不勝悚懼): 불승송구. 두려움을 이기지 못함.

318) 미류(彌留): 오랫동안 낫지 않음.

ㅣ) 챵황망극(蒼黃罔極)[319] ᄒᆞ여 하ᄂᆞᆫ지라. 쇼 부인(夫人)이 쇼식(消息)을 듯고 심신(心身)이 비월(飛越)ᄒᆞ여 구고(舅姑)긔 춍춍(悤悤)이 하직(下直)고 본부(本府)의 니ᄅᆞ러 ᄒᆞᆫ가지로 시병(侍病)ᄒᆞ더니 슈일(數日)이 되ᄆᆡ 부인(夫人)이 스ᄉᆞ로 ᄉᆞᆯ지 못ᄒᆞᆯ 쥴 알고 샹셔(尙書) 부부(夫婦)ᄅᆞᆯ 블너 좌우(左右)로 안치고 눈믈을 흘녀 ᄀᆞᆯ오ᄃᆡ,

"미망인(未亡人)이 션군(先君)을 여희고 너ᄅᆞᆯ 두어 요ᄒᆡᆼ(僥倖) 닙신(立身)ᄒᆞ니 그 ᄆᆡ 바라ᄆᆡ 너머 죠믈(造物)의 ᄒᆡ(害)ᄅᆞᆯ 두리더니 ᄆᆞᆺ참ᄂᆡ ᄉᆡ외(塞外)의 츙군(充軍)ᄒᆞ니 노뫼(老母ㅣ) 고고(孤孤)ᄒᆞᆫ 숀ᄋᆞ(孫兒) 이(二) 인(人)을 거ᄂᆞ려 십(十) 년(年)을 간쟝(肝腸)을 ᄉᆞ오니 인비셕목(人非石木)이라[320] 엇지 샹(傷)ᄒᆞ미 업ᄉᆞ리오? 이졔 너의 부부(夫婦)ᄅᆞᆯ ᄆᆞᆺ나 오뉵(五六) 년(年)을 즐겨이 너기고 형아(-兒)의 닙신(立身)ᄒᆞᆷ믈 보며 월아(-兒)의 ᄌᆡᄉᆡᆼ(再生)ᄒᆞᆷ믈 보니

73면

쥭어도 낫부미 업슨지라. 여등(汝等)은 과도(過度)히 상회(傷懷)치 말고 몸을 보호(保護)ᄒᆞ라."

또 한님(翰林) 부부(夫婦)와 쇼져(小姐)ᄅᆞᆯ 나오혀 허다(許多) 권년(眷戀)[321]ᄒᆞᄂᆞᆫ 말을 ᄆᆞᆺ고 졸(卒)ᄒᆞ니 향년(享年)이 뉵십칠(六十七) 셰(歲)러라. 샹셰(尙書ㅣ) 모친(母親)의 졀명(絶命)ᄒᆞᆷ믈 보고 망극(罔極)ᄒᆞᆷ믈 이긔지 못ᄒᆞ여 피ᄅᆞᆯ 토(吐)ᄒᆞ고 것구러져 인ᄉᆞ(人事)ᄅᆞᆯ 모ᄅᆞ니

319) 챵황망극(蒼黃罔極): 창황망극. 매우 정신이 없음.

320) 인비셕목(人非石木)이라: [교] 원문에는 '인비셕목(人非石木)이 아니라'로 되어 있으나 문맥을 고려하여 이와 같이 수정함.

321) 권년(眷戀): 권련. 간절히 생각하며 그리워함.

한님(翰林)이 븟드러 구(救)ᄒᆞ며 문경휘 니ᄅᆞ러 임의 상ᄉᆞ(喪事) ᄂᆞ시믈 시쟈(侍者)로 본부(本府)의 고(告)ᄒᆞ고 한가지로 샹셔(尙書)ᄅᆞᆯ 븟드러 관위(寬慰)[322]ᄒᆞ니 쇼 공(公)이 겨유 ᄭᆡ여 다시 머리ᄅᆞᆯ 부ᄃᆞ이져 통곡(慟哭)ᄒᆞ니 ᄎᆞᆷ아 보지 못ᄒᆞᆯ러라. 니(李) 태ᄉᆞ(太師) 부ᄌᆞ(父子ㅣ) 이 긔별(奇別)을 듯고 크게 ᄎᆞᆷ샹(慘傷)[323]ᄒᆞ여 이의 니ᄅᆞ러 죠위(弔慰)ᄒᆞ고 만죄(滿朝ㅣ) 문(門)의 메여 죠샹(弔喪)ᄒᆞ니 쇼 공(公)이 겨유 인ᄉᆞ(人事)ᄅᆞᆯ ᄎᆞᆯ혀 됴ᄀᆡᆨ(弔客)을 슈응(酬應)ᄒᆞ고 쵸샹(初喪)을 다ᄉᆞ려 셩복(成服)을 지ᄂᆡ니 임의 쇽졀업ᄉᆞᆫ 례일(禮日)이 된지라. 쇼 공(公)의 각골ᄋᆡ통(刻骨哀痛)[324]ᄒᆞ미 장ᄎᆞᆺ(將次ㅅ) 샹명(喪命)[325]ᄒᆞ기의 갓

74면

가와시니 니(李) 공(公)이 그 숀을 잡고 눈믈을 흘려 왈(曰),

"금일(今日) 경ᄉᆡᆨ(景色)이 가(可)히 인ᄌᆞ(人子)의 ᄎᆞᆷ지 못ᄒᆞᆯ ᄇᆡ나 훼블멸셩(毁不滅性)[326]은 셩인(聖人)의 지극(至極)ᄒᆞ신 경계(警戒)라 인형(仁兄)[327]은 모ᄅᆞ미 몸을 도라보라. 인ᄌᆡ(人子ㅣ) 샹쳑(喪慽)[328]의 몸을 ᄆᆞᆺ지 못ᄒᆞ믄 ᄃᆡ의(大義)ᄅᆞᆯ 도라보미라."

---

322) 관위(寬慰): 넉넉히 위로함.

323) ᄎᆞᆷ샹(慘傷): 참상. 매우 슬퍼함.

324) 각골ᄋᆡ통(刻骨哀痛): 각골애통. 뼈에 사무치도록 매우 슬퍼함.

325) 샹명(喪命): 상명. 목숨을 잃음.

326) 훼블멸셩(毁不滅性): 훼불멸성. 부모의 상을 당해 너무 슬퍼하더라도 목숨을 잃게 까지 하지는 않음.

327) 인형(仁兄): 상대편을 높여 이르는 이인칭 대명사.

328) 샹쳑(喪慽): 상척. 초상을 당해 슬퍼함.

쇼 공(公)이 오열(嗚咽) 뉴톄(流涕) 왈(曰),

"형(兄)의 말이 올흐나 쇼뎨(小姐ㅣ) 셕일(昔日) 블쵸블민(不肖不敏)ᄒᆞ여 녕ᄒᆡ(嶺海)의 십(十) 년(年)을 슈졸(戍卒)ᄒᆞ여실 적 ᄌᆞ친(慈親)이 폐간(肺肝)을 ᄉᆞ회여 이졔 셰간(世間)을 ᄇᆞ리시니 이거시 큰 유한(遺恨)이라 능(能)히 ᄎᆞᆷ기 어렵도다."

니(李) 공(公)이 탄식(歎息)고 지윽 위로(慰勞)ᄒᆞ고 도라가니 문휘 쇼 한님(翰林)으로 더브러 일톄(一體)로 좌와(坐臥)의 붓드러 보호(保護)ᄒᆞ니 아ᄃᆞᆯ의 지ᄂᆞ미 이시니 쇼 공(公)이 망극(罔極) 즁(中)이나 감은(感恩)ᄒᆞ미 깁더라.

쇼 시(氏) 당쵸(當初)붓허 죠모(祖母)의 은양(恩養)[329]ᄒᆞ시믈 닙어 졍(情)이 태산(泰山) 븍두(北斗) ᄀᆞᆺᄐᆞ니 몽ᄆᆡ(夢寐) 즁(中) 긔히[330] 영결(永訣)을 당(當)ᄒᆞ여 유명(幽明)이 가리이니 ᄋᆡ통(哀痛)ᄒᆞ미 엇지

75면

부모상(父母喪)의 지리오. 약질(弱質)이 ᄆᆞᄋᆞᆷ을 ᄡᅳᄆᆡ ᄋᆡ원(哀怨)[331] ᄒᆞ고 슈쳑(愁慽)ᄒᆞ미 심(甚)ᄒᆞ나 슬우믈 ᄎᆞᆷ아 부모(父母)ᄅᆞᆯ 보호(保護)ᄒᆞᆯᄉᆡ 부친(父親)이 모친(母親)으로 더브러 삼년(三年) 시묘(侍墓)ᄒᆞ고 올 줄을 ᄉᆡᆼ각고 크게 슬혀 비록 ᄂᆞᄐᆞᄂᆡ지 아니[332]나 쇽을 번뇌(煩惱)ᄒᆞ여 구고(舅姑)긔 고(告)ᄒᆞ고 ᄒᆞᆫᄃᆡ로 갈 ᄯᅳᆺ이 ᄆᆡᆼ동(萌動)[333]ᄒᆞ

---

329) 은양(恩養): 은혜로 양육함.

330) 긔히: '갑자기'의 뜻으로 보이나 미상임.

331) ᄋᆡ원(哀怨): 애원. 슬피 원망함.

332) 니: [교] 원문에는 '나'로 되어 있으나 오기로 보임.

333) ᄆᆡᆼ동(萌動): 맹동. 생각이 일어남.

나 니문(李門) 가힝(家行)이 엄슉(嚴肅)ᄒᆞ고 ᄯᅩ ᄌᆞ긔(自己) 이리 와 구고(舅姑)긔 뵈지 못ᄒᆞ니 엇지 졍ᄉᆞ(情事)를 고(告)ᄒᆞ리오. 일야(日夜) 쵸죠(焦燥)ᄒᆞ더니 슈십(數十) 일(日) 후(後) 이의 글을 닥가 빙옥 쇼져(小姐)의게 보ᄂᆡ니 하여시ᄃᆡ,

'쳡(妾)이 의외(意外)예 ᄉᆞ졍(事情)의 통박(痛迫)[334]ᄒᆞᆫ 상ᄉᆞ(喪事)를 만나 구고(舅姑)긔 셩졍(省定)을 폐(廢)ᄒᆞ고 형뎨(兄弟) 좌와(坐臥)를 오ᄅᆡ ᄯᅥᄂᆞ니 영모지졍(永慕之情)[335]이 간졀(懇切)ᄒᆞ믈 이긔지 못ᄒᆞ도쇼이다. 쳡(妾)이 임의 죤문(尊門)의 달닌 몸이오, 녀ᄌᆞ(女子ㅣ) ᄇᆡᆨ(百) 니(里)의 블분상(不奔喪)[336]은 셩교(聖敎) 가온ᄃᆡ 이시니 엇지 감(敢)히 ᄉᆞ졍(私情)을 인(因)ᄒᆞ여 ᄃᆡ

…

76면

의(大義)를 폐(廢)코져 ᄒᆞ리오마ᄂᆞᆫ 쳡(妾)이 아시(兒時)로브터 부모(父母)를 ᄯᅥ나 십(十) 년(年)을 구름을 바라다가 겨유 모ᄃᆞ여 ᄯᅩ 남챵(南昌) 젹거(謫居)의 셜우믈 ᄭᅵ치고 ᄉᆞ라 도로(道路)의 뉴리(流離)ᄒᆞ나 부뫼(父母ㅣ) 쥭은 쥴노 아ᄅᆞ시고 통샹(痛傷)ᄒᆞ시던 심ᄉᆞ(心思)의 겨유 모다 이졔 반년(半年)이 못 ᄒᆞ여셔 텬븡(天崩)의 통(痛)[337]

---

334) 통박(痛迫): 마음이 몹시 절박함.

335) 영모지졍(永慕之情): 영모지정. 길이 사모하는 정.

336) ᄇᆡᆨ(百) 니(里)의 블분샹(不奔喪): 백 리의 불분상. 백 리 밖에 있는 여성이 친정 상을 당하면 친정에 가지 않음. 분상(奔喪)은 먼 곳에서 부모가 돌아가신 소식을 듣고 급히 집으로 돌아감을 뜻함. 시집간 여성의 경우 부모가 백 리 밖에서 돌아가셨을 경우 분상하지 않아도 예에 어긋나지 않은 것으로 봄. 『소학(小學)』, 「명륜(明倫)」.

337) 텬븡(天崩)의 통(痛): 천붕의 통. 하늘이 무너지는 고통이라는 뜻으로, 부모나 조부모, 임금의 상을 당했을 때 주로 쓰이는 표현.

을 뭇ᄂᆞ샤 슈만(數萬) 니(里) 젼도(前途)ᄅᆞᆯ 향(向)ᄒᆞ시니 쳡(妾)의 ᄉᆞ졍(事情)이 통박(痛迫)ᄒᆞᆷ은 니ᄅᆞ지 말고 부뫼(父母ㅣ) 지통(至痛) 가온ᄃᆡ 블쵸녀(不肖女)ᄅᆞᆯ 유렴(留念)ᄒᆞ샤 샹훼(傷毁)[338] 일층(一層)이 더으리시니 쳡(妾)이 인간(人間)의 ᄂᆞ왓다가 부모(父母) 은혜(恩惠)ᄅᆞᆯ 무어ᄉᆞ로 갑흐미 잇ᄂᆞ뇨? 졀졀(切切)이 불회(不孝ㅣ) 비경(非輕)ᄒᆞ니 쟝ᄎᆞᆺ(將次ㅅ) 몸을 ᄇᆞ려 신명(神明)의 샤(辭)[339]코져 ᄆᆞᄋᆞᆷ이 ᄂᆞᄆᆡ 밋쳐 막즁(莫重)ᄒᆞᆫ ᄃᆡ의(大義)ᄅᆞᆯ 폐(廢)[340]치 못ᄒᆞ여 쇼졔(小姐ㅣ)긔 번독[341](煩瀆)[342]ᄒᆞᆷ을 고(告)ᄒᆞᄂᆞ니 군ᄌᆞ(君子)의 의건(衣巾) 밧들믄 황이(皇姨) 잇고 님 시(氏) 도으미 이실 거시니 쳡(妾) 일신(一身)이 유

77면

뮈(有無ㅣ) 블관(不關)ᄒᆞ니 부모(父母)ᄅᆞᆯ ᄯᆞᆯ와가 두어 달 시봉(侍奉)ᄒᆞᆷ을 구고(舅姑)긔 쥬(奏)ᄒᆞ여 허(許)ᄒᆞ시믈 어더 쥬실진ᄃᆡ 쳡(妾)이 ᄉᆞᆼ(死生)의 ᄎᆡᄅᆞᆯ 자ᄇᆞ 몬져 쇼졔(小姐ㅣ) 은혜(恩惠)ᄅᆞᆯ 갑흐리이다.'

하엿더라.

문 ᄒᆞᆨᄉᆞ(學士) 부인(夫人)이 보기ᄅᆞᆯ ᄆᆞᄎᆞᄆᆡ 부모(父母)긔 고(告)ᄒᆞ니 답(答)ᄒᆞᄃᆡ,

"형셰(形勢) 그러치 못ᄒᆞ니 엇지 ᄉᆞ졍(私情)으로 대의(大義)ᄅᆞᆯ 폐

---

338) 샹훼(傷毁): 상훼. 슬픔.

339) 샤(辭): 사. 하소연함.

340) 폐: [교] 원문에는 '혜'로 되어 있으나 오기로 보임.

341) 독: [교] 원문에는 '득'으로 되어 있으나 오기로 보임.

342) 번독(煩瀆): 개운하지 못하고 번거로움.

(廢)ᄒᆞ리오?"

쇼졔(小姐ㅣ) 쏘 문후긔 이 말을 니ᄅᆞ나 듯지 아닛ᄂᆞᆫ지라. 쇼졔(小姐ㅣ) 형(兄)이 ᄉᆞ졍(私情)[343]의 ᄡᅳ여 니러 굴믈 비쇼(誹笑)[344]ᄒᆞ니 문휘 바야흐로 ᄀᆞᆯ오ᄃᆡ,

"쇼ᄆᆡ(小妹) 말이 우형(愚兄)으로 ᄉᆞ졍(私情)의 ᄡᅢ져 보ᄂᆡ지 아닌ᄂᆞᆫ다 ᄒᆞ니 만일(萬一) 그럴진ᄃᆡ 삼(三) 년(年) 니별(離別)의 쥭엇실노다."

쇼졔(小姐ㅣ) 왈(曰),

"거게(哥哥ㅣ) 쇼ᄆᆡ(小妹)를 어둡게 너기ᄂᆞᆫ도다. 쇼졔(小姐ㅣ) ᄀᆞᆺ ᄡᅵ 거게(哥哥ㅣ) 미온(未穩)ᄒᆞ실 적 ᄀᆞᄐᆞ면 보ᄂᆡ시리이다. 삼(三) 년(年) 니별(離別)은 어히업셔 그러ᄒᆞ여 겨시거니와 연(然)이나 도금(到今)ᄒᆞ여 졍(情)이 ᄇᆡ히 업ᄉᆞ니잇가?"

샹셰(尙書ㅣ) 쇼

•••

78면

ᄆᆡ(小妹)의 영오(穎悟)ᄒᆞ믈 보고 희미(稀微)히 우을 ᄯᆞᄅᆞᆷ이러라.

쇼 쇼졔(小姐ㅣ) 빙옥의 답셔(答書)를 보고 부모(父母)도 허(許)치 아니시믈 착급(着急)ᄒᆞ더니 이날 샹셰(尙書ㅣ) 넷 침쇼(寢所)의 니ᄅᆞ러 쇼졔(小姐ㅣ)를 쳥(請)ᄒᆞ니 쇼졔(小姐ㅣ) 젼(前)의ᄂᆞᆫ 쳥(請)ᄒᆞᆫ즉 모친(母親)긔 권쥭(勸鬻)[345]ᄒᆞ믈 핑계ᄒᆞ고 가지 아니ᄒᆞ더니 이ᄂᆞᆯ은 즉시(卽時) 니ᄅᆞᄆᆡ 샹셰(尙書ㅣ) 눈을 드러 보니 쇼졔(小姐ㅣ)의 완

343) ᄉᆞ졍(私情): 사정. 사사로운 감정.

344) 비쇼(誹笑): 비소. 비웃음.

345) 권쥭(勸鬻): 권죽. 죽을 권함.

윤(婉潤)[346] 혼 티되(態度ㅣ) 표연(飄然)ᄒᆞ여 우화(羽化)[347] ᄒᆞᆯ 듯ᄒᆞ여시니 샹셰(尙書ㅣ) 놀나 이의 샹ᄉᆞ(喪事)ᄅᆞᆯ 됴위(弔慰)ᄒᆞ니 쇼제(小姐ㅣ) 눈믈이 비 ᄀᆞᆺᄐᆞ여 말을 니ᄅᆞ지 못ᄒᆞᄂᆞᆫ지라.

문휘 위로(慰勞) 왈(曰),

“그ᄃᆡ 졍니(情理) 비록 슬프나 연(然)이나 악부뫼(岳父母ㅣ) 계시니 엇지 너모 슬허ᄒᆞ나뇨?”

쇼제(小姐ㅣ) ᄎᆞᆷ연(慘然) 타루(墮淚) 분이니 문휘 쟉일(昨日) 말을 ᄒᆞ고져 ᄒᆞᄃᆡ 제 몬져 토셜(吐說)ᄒᆞᄂᆞᆫ 거동(擧動)을 보고져 ᄒᆞ여 제긔(提起)치 아니ᄒᆞ니 쇼제(小姐ㅣ) 반향(半晌) 후(後) 눈믈을 거두고 피셕(避席) 왈(曰),

“녀ᄌᆡ(女子ㅣ) ᄒᆞᆫ 번(番) 집 문(門)을 하직(下直)ᄒᆞ미 일ᄉᆡᆼ(一生) 구가(舅家)의 ᄃᆞᆯ니고 ᄇᆡᆨ(百) 니(里)의 분샹(奔喪)치

79면

못ᄒᆞ미 덧덧ᄒᆞᆫ 법례(法禮)나 쳡(妾)의 망극(罔極)ᄒᆞᆫ 졍ᄉᆡ(情事ㅣ) 가을잡지[348] 못ᄒᆞᄂᆞᆫ 고(故)로 군ᄌᆞ(君子)의 베플고져 ᄒᆞ노니 용납(容納)ᄒᆞ시리잇가?”

문휘 평ᄉᆡᆼ(平生) 쳐음으로 슬픈 ᄉᆡᆨ(色)과 ᄋᆡ챵(哀愴)[349] ᄒᆞᆫ 쇼ᄅᆡᄅᆞᆯ 드ᄅᆞ니 어엿브미 극(極)ᄒᆞ여 다만 닐오ᄃᆡ,

“부인(夫人)이 ᄌᆞ쵸(自初)로 ᄉᆡᆼ(生)을 ᄃᆡ(對)ᄒᆞ여 두 번(番) 거듭

346) 완윤(婉潤): 어여쁘고 윤택함.

347) 우화(羽化): 사람의 몸에 날개가 돋아 하늘로 올라가 신선이 됨. 우화등선(羽化登仙). 여기에서는 소월혜가 곧 죽을 것 같음을 표현한 말.

348) 가을잡지: ‘진정하지’, ‘억누르지’의 뜻으로 보이나 미상임.

349) ᄋᆡ챵(哀愴): 애창. 슬퍼함.

말ᄒᆞ미 업더니 금일(今日) 쇼회(所懷) 과연(果然) 큰일곳 아니면 베프지 아니ᄒᆞ리라. ᄒᆞᆨᄉᆡᆼ(學生)이 미리 놀납도다."

쇼졔(小姐ㅣ) 샹셔(尙書)의 말을 듯고 니ᄅᆞ미 무익(無益)ᄒᆞᄃᆡ 능(能)히 슬픈 졍(情)을 참지 못ᄒᆞ여 쥬뉘(珠淚ㅣ) 화싀(花腮)의 방방(滂滂)[350]ᄒᆞ여 ᄀᆞᆯ오ᄃᆡ,

"쳡(妾)의 나히 이졔 이십(二十)의 부모(父母)를 써ᄂᆞ 그리든 졍니(情理)ᄂᆞᆫ 군ᄌᆡ(君子ㅣ) 거의 아ᄅᆞ실지니 다시 알외지 아니ᄒᆞ거니와 이졔 부뫼(父母ㅣ) 오십지년(五十之年)의 텬붕지통(天崩之痛)을 만나니 슈만(數萬) 니(里) 금각(劍閣)[351]을 지ᄂᆞ 고토(故土)를 향(向)ᄒᆞ시니 쟝ᄂᆡ(將來) 몸이 므ᄉᆞ(無事)ᄒᆞ여 못기를 밋지 못ᄒᆞ니 이를 ᄉᆡᆼ각ᄒᆞᆫ즉 쳡(妾)의 ᄆᆞ음이 금셕(金石)이

•••

80면

아니라 셜우미 엇지 업ᄉᆞ리오? 군ᄌᆡ(君子ㅣ) 텬디호ᄉᆡᆼ지덕(天地好生之德)[352]을 펴ᄉᆞ 쳡(妾)의 일신(一身)을 허(許)ᄒᆞ실진ᄃᆡ 부모(父母)를 ᄯᆞ라가 두어 달 봉양(奉養)ᄒᆞ여 그 긔운이 죠보(調補)[353]ᄒᆞ시믈 보와 즉시(卽時) 오리니 군ᄌᆞ(君子)ᄂᆞᆫ ᄌᆡᄉᆡᆼ지은(再生之恩)을 펴쇼셔."

문휘 일변[354](一邊)으로 드ᄅᆞ며 일변[355](一邊)으로 져 거동(擧動)

---

350) 방방(滂滂): 눈물이 펑펑 흐르는 모양.

351) 금각(劍閣): 검각. 험하기로 이름난 산 이름.

352) 텬디호ᄉᆡᆼ지덕(天地好生之德): 천지호생지덕. 하늘과 땅처럼, 죽을 사람을 살리는 큰 덕.

353) 죠보(調補): 조보. 조리하며 보양함.

354) 변: [교] 원문에는 '번'으로 되어 있으나 오기로 보임.

355) 변: [교] 원문에는 '번'으로 되어 있으나 오기로 보임.

을 보니 단슌옥치(丹脣玉齒)[356]로 말숨이 도도(滔滔)ᄒᆞ미 상[357]협(箱篋)[358]의 진쥐(珍珠ㅣ) 써러지는 듯 옥반(玉盤)의 구슬이 구음 ᄀᆞᆺᄐᆞ여 눈믈이 만면(滿面)ᄒᆞ니 니화(梨花) 일지(一枝) 츈풍(春風)의 져즌 듯 벽텬(碧天) 낭월(朗月)이 슈운(愁雲)을 ᄡᅧ엿는 듯 년홰(蓮花ㅣ) 광풍(狂風)을 만ᄂᆞᆫ 듯 청월(淸越)[359] 쇼담[360]ᄒᆞᆫ 용ᄎᆡ(容彩)[361] 긔특(奇特)ᄒᆞ니 샹셰(尙書ㅣ) 결발(結髮) 뉵(六) ᄌᆡ(載)의 쳐음으로 그 비ᄉᆡᆨ(悲色)과 다언(多言)ᄒᆞ믈 듯고 슬허ᄒᆞᄂᆞᆫ ᄐᆡ되(態度) 샹시(常時)의셔 ᄇᆡ승(倍勝)ᄒᆞ니 유졍(有情)ᄒᆞᆫ 쟝부(丈夫)의 ᄆᆞᄋᆞᆷ을 니ᄅᆞ리오. 견권(繾綣)[362]ᄒᆞᆫ 졍(情)이 쇼ᄉᆞ니 엇지 슈만(數萬) 니(里) 젼도(前途)의 보ᄂᆡᆯ ᄯᅳᆺ이 이시리오. 이의 ᄂᆞᆺ비츨 고치고 위로(慰勞) 왈(曰),

"부인(夫人)의 졍(情)이 그러ᄒᆞ믄

81면

ᄉᆡᆼ(生)이 다 아는 ᄇᆡ라. 됴 시(氏) 다만 예ᄉᆞ(例事) 사ᄅᆞᆷ일진ᄃᆡ 엇지 져런 졍니(情理)ᄅᆞᆯ 도라보지 아니리오마ᄂᆞᆫ 됴 시(氏)의 그러ᄒᆞ믄 부인(夫人)의 아ᄂᆞᆫ ᄇᆡ라. 져리 간즉 ᄉᆡᆼ(生)의 가ᄉᆞ(家事)ᄅᆞᆯ ᄆᆞᆺᄌᆞ리 잇거든 부인(夫人)이 악쟝(岳丈) ᄒᆡᆼ노(行路)ᄅᆞᆯ ᄯᆞ으라. 혹ᄉᆡᆼ(學生)이 말니

356) 단슌옥치(丹脣玉齒): 단순옥치. 붉은 입술과 옥같이 흰 이라는 뜻으로 미인을 형용하는 말.

357) 상: [교] 원문에는 '산'으로 되어 있으나 오기로 보임.

358) 상협(箱篋): 상자.

359) 청월(淸越): 청월. 맑고 빼어남.

360) 쇼담: 소담. 탐스러움.

361) 용ᄎᆡ(容彩): 용채. 용모.

362) 견권(繾綣): 정이 두터움.

지 아니리라.”

쇼졔(小姐ㅣ) 냥안(兩眼)을 ᄂᆞ쵸고 좌(座)를 믈녀 다시 ᄋᆡ걸(哀乞) 왈(曰),

“군ᄌᆞ(君子)의 가ᄉᆡ(家事ㅣ) 호번(浩繁)ᄒᆞᆫ 쥴 모ᄅᆞ지 아니나 쳡(妾)의 쟝ᄂᆡ(將來) 만(萬) 니(里) ᄀᆞᆺ고 부모(父母) 셤길 날은 압히 져그니 미쳐 쇼쇼(小小) 호의(狐疑)[363]를 혜지 아니ᄒᆞ옵ᄂᆞ니 군ᄌᆡ(君子ㅣ) 황이(皇姨)를 ᄆᆞᆺ지기 슬흐실진ᄃᆡ 잠간(暫間) 님 시(氏)로 가아말게 ᄒᆞ시고 운ᄋᆞ로 도와 잠간(暫間) 권도(權道)로 ᄒᆡᆼ(行)ᄒᆞ시미 엇더니잇고?”

문휘 답쇼(答笑) 왈(曰),

“젼일(前日)은 부인(夫人)이 ᄌᆞᄆᆞᆺ 례의(禮義)를 아드니 금일(今日) 엇지 이런 말솜을 하ᄂᆞ뇨? 됴 시(氏)를 두고ᄂᆞᆫ 님 시(氏)를 못 맛질 거시믹 ᄉᆡᆼ(生)의 젼(前) 말이 탁ᄉᆡ(託辭ㅣ)[364] 아니리라.”

쇼졔(小姐ㅣ) 오열(嗚咽) 왈(曰),

“군ᄌᆡ(君子ㅣ) 허(許)치 아니시니 쳡(妾)의 ᄆᆞ음

82면

을 어ᄃᆡ 두리오? 쟝ᄎᆞᆺ(將次ㅅ) 구텬(九泉)의 원귀(寃鬼) 되리로쇼이다.”

문휘 집슈(執手) 위로(慰勞) 왈(曰),

“부인(夫人)이 쳔균(千鈞)[365] ᄃᆡ량(大量)[366]이러니 엇지 이리 죠ᄇᆡ

---

363) 호의(狐疑): 여우가 의심이 많다는 뜻으로, 매사에 지나치게 의심함을 이르는 말. 여기에서는 자잘한 생각을 뜻함.

364) 탁ᄉᆡ(託辭ㅣ): 탁사. 핑계로 꾸며대는 말.

365) 쳔균(千鈞): 천균. 매우 무거운 무게 또는 그런 물건을 비유적으로 이르는 말. ‘균’은 예전에 쓰던 무게의 단위로, 1균은 30근.

366) ᄃᆡ량(大量): 대량. 큰 도량.

야오뇨? 악쟝(岳丈)이 삼년(三年) 슈뫼(守墓ㅣ)[367] 호신즉 즉시(卽時) 샹경(上京)호시리니 이거시 ᄉᆞ별(死別)이 아니어늘 엇지 이러틋 샹회(傷懷)ᄒᆞᄂᆞ뇨?"

쇼졔(小姐ㅣ) 눈믈이 무슈(無數)ᄒᆞ여 ᄀᆞᆯ오ᄃᆡ,

"군ᄌᆞ(君子) 말솜도 오흐시나 쳡(妾)의 팔ᄌᆞ(八字ㅣ) 고이(怪異)ᄒᆞ여 ᄉᆡᆼ어이십(生於二十)의 부모(父母)ᄅᆞᆯ ᄌᆞ로 써나믈 슬허ᄒᆞᄂᆞ이다."

셜파(說罷)의 눈믈이 옷 알ᄑᆡ 젓고 긔ᄉᆡᆨ(氣色)이 엄엄(奄奄)[368] ᄒᆞ니, 문휘 이 거동(擧動)을 보고 ᄌᆞ긔(自己) 써나기ᄂᆞᆫ 즉금(卽今) ᄉᆞ죄[369] 이셔도 어렵고 쇼져(小姐)의 이러틋 통샹(痛傷)ᄒᆞ믈 민망(憫惘)ᄒᆞ여 ᄌᆡ삼(再三) 위로(慰勞)ᄒᆞᄃᆡ 쇼졔(小姐ㅣ) 울기ᄅᆞᆯ 긋치지 아니ᄒᆞ고 이러 ᄂᆡ당(內堂)으로 드러가니 문휘 ᄯᅩᄒᆞᆫ 밧긔 나와 쇼 공(公)을 ᄆᆡ셧더니 샹셰(尙書ㅣ) 이윽고 고왈(告曰),

"형인(荊人)[370]이 이의 악쟝(岳丈) ᄒᆡᆼ노(行路)ᄅᆞᆯ ᄯᆞ로믈 간쳥(懇請)ᄒᆞᄃᆡ 쇼셰(小壻ㅣ) ᄯᅩᄒᆞᆫ 형셰(形勢) 졀박(切迫)ᄒᆞ미

•••

83면

만흔 고(故)로 허(許)치 못ᄒᆞ니 만일(萬一) 악쟝(岳丈)이 가신즉 샹명(喪命)[371]ᄒᆞ미 이실가 두리[372]ᄂᆞ이다."

쇼 공(公)이 탄왈(嘆曰),

---

367) 슈뫼(守墓ㅣ): 수묘. 묘를 지킴. 시묘(侍墓).

368) 엄엄(奄奄): 숨이 곧 끊어지려 하거나 매우 약한 상태에 있음.

369) ᄉᆞ죄: 미상.

370) 형인(荊人): 나무 비녀를 한 사람이라는 뜻으로, 자기 아내를 부르는 말.

371) 샹명(喪命): 상명. 목숨을 잃음.

372) 리: [교] 원문에는 '라'로 되어 있으나 오기로 보임.

"닉 시방(時方) 반ᄉᆞ반싱[373](半死半生)[374]의 이시니 타ᄉᆞ(他事)ᄅᆞᆯ 렴(念)ᄒᆞᆯ ᄇᆡ 아니라. 녀ᄋᆞ(女兒)ᄅᆞᆯ 비록 ᄂᆞ아시나 슬하(膝下)의 이시믄 겨유 삼ᄉᆞ(三四) 년(年)은 ᄒᆞ니 부녀(父女) 졍니(情理) 참연(慘然)ᄒᆞ고 져의 그러 굴미 더 블샹(不祥)[375]ᄒᆞ니 네게ᄂᆞᆫ 여러 쳐쳡(妻妾)이 이시니 녀ᄋᆞ(女兒)ᄅᆞᆯ 허(許)ᄒᆞ미 무방(無妨)토다."

후(侯ㅣ) ᄃᆡ왈(對曰),

"악부모(岳父母) 졍니(情理) 져러ᄐᆞᆺ ᄒᆞ시고 형인(荊人)의 졍ᄉᆡ(情事ㅣ) 인심(人心)의 츄연(惆然)ᄒᆞ믈 ᄎᆞᆷ지 못ᄒᆞ니 쇼셰(小壻ㅣ) 셕목(石木)이 아니라 엇지 ᄎᆞ마 아니 보ᄂᆡ리잇가마ᄂᆞᆫ 쇼셰(小壻ㅣ) 년소(年少)ᄒᆞ나 외람(猥濫)ᄒᆞᆫ 쟉ᄎᆡ(爵次ㅣ)[376] 일신(一身)의 감겨 문졍 봉읍(封邑)[377] 슈응(酬應)과 병부(兵部) 큰 쇼임(所任) ᄃᆡ긱(待客)이 ᄌᆞ못 호번(浩繁)ᄒᆞ니 ᄒᆞᄅᆞ도 안힉 업지 못ᄒᆞᆯ지라. 황이(皇姨) 셜ᄉᆞ(設使) 이시나 그 위인(爲人)이 가ᄉᆞ(家事) 다ᄉᆞ일 재(者ㅣ) 아닌ᄃᆡ 즉금(卽今) 여ᄎᆞ여ᄎᆞ(如此如此)ᄒᆞᆫ 죄(罪) 이셔 심당(深堂)의 녀허 ᄀᆡ[378]과(改過)ᄒᆞ게 ᄒᆞ엿고 님 시(氏)

•••

84면

이시나 쇼셔(小壻)의 가법(家法)인즉 됴 시(氏)ᄅᆞᆯ 두고 님녀(-女)ᄅᆞᆯ 가ᄉᆞ(家事)ᄅᆞᆯ 다ᄉᆞ리미 법(法)을 문허치미라. ᄎᆞ고(此故)로 악쟝(岳

373) 싱: [교] 원문에는 '즁'으로 되어 있으나 맥락을 고려하여 이와 같이 수정함.

374) 반ᄉᆞ반싱(半死半生): 반사반생. 거의 죽게 되어 죽을지 살지 모를 지경에 이름.

375) 블샹(不祥): 불상. 상서롭지 않음.

376) 쟉ᄎᆡ(爵次ㅣ): 작차. 벼슬.

377) 봉읍(封邑): 제후로 봉해 준 땅.

378) ᄀᆡ: [교] 원문에는 '지'로 되어 있으나 오기로 보임.

丈)의 춤연(慘然)ᄒᆞᆫ 졍ᄉᆞ(情事)ᄅᆞᆯ 프지 못ᄒᆞ옵ᄂᆞ니 죄(罪)ᄅᆞᆯ 쳥(請)ᄒᆞᄂᆞ이다."

쇼 공(公)이 쟝탄(長歎) 왈(曰),

"녀ᄌᆡ(女子ㅣ) ᄌᆞ고(自古)로 ᄇᆡᆨ(百) 니(里)의 블분상(不奔喪)ᄒᆞᄂᆞ니 ᄂᆡ ᄂᆞ아시나 너게 쇽현(續絃)[379] ᄒᆞᆫ 후(後) 엇지 써ᄂᆞ기ᄅᆞᆯ 아니리오마ᄂᆞᆫ 제 우리ᄅᆞᆯ ᄌᆞ로 써나 슬프믈 갓쵸 격다가 겨유 모드며 ᄂᆡ 쏘ᄒᆞᆫ 호텬지통(呼天之痛)[380]을 만나 동(東)으로 가니 제 하 슬워ᄒᆞᄆᆡ ᄂᆡ 졍니(情理) 역시(亦是) 춤지 못ᄒᆞ미러니 연괴(緣故ㅣ) 여ᄎᆞ(如此)ᄒᆞ면 ᄂᆡ 엇지 ᄉᆞ졍(私情)으로 ᄃᆡ의(大義)ᄅᆞᆯ 폐(廢)ᄒᆞ리오? 네 짐즛 즁궤(中饋)ᄅᆞᆯ 권도(權道)로 임(臨)ᄒᆞ미 그러ᄐᆞᆺ 난쳐(難處)ᄒᆞᆯ진ᄃᆡ 네 비록 녀ᄋᆞ(女兒)ᄅᆞᆯ 허(許)ᄒᆞ나 내 ᄃᆞ려가지 아니ᄒᆞ리라."

문휘 샤례(謝禮)ᄒᆞ더라.

문휘 부모(父母)긔 고(告)ᄒᆞ고 쇼 공(公)을 뫼셔 동경(東京)을 가 회쟝(會葬)[381]을 보고 오려 ᄒᆞ더니 홀연(忽然) 유병(有病)ᄒᆞ여 슈

85면

오(數五) 일(日) 고통(苦痛)ᄒᆞ기로 가지 못ᄒᆞ니 쇼 시(氏) 더옥 망극(罔極)ᄒᆞ여 죽어 쏠온 ᄯᅳᆺ이 잇더라.

쟝일(葬日)이 림긔(臨期)[382]ᄒᆞ니 텬ᄌᆡ(天子ㅣ) 례관(禮官)을 보ᄂᆡ

---

379) 쇽현(續絃): 속현. 거문고와 비파의 끊어진 줄을 다시 잇는다는 뜻으로, 아내를 여읜 뒤에 다시 새 아내를 맞는 일을 비유적으로 이르는 말. 이몽창이 상 씨를 여의고 소월혜를 맞은 일을 말함.

380) 호텬지통(呼天之痛): 호천지통. 하늘을 향해 부르짖는 고통이라는 뜻으로 부모의 상 당함을 이름.

381) 회쟝(會葬): 회장. 장례 지내는 데 참여함.

여 치졔(致祭)[383]ᄒᆞ시고 슈됴(手詔)[384]로 쇼 공(公)을 위로(慰勞)ᄒᆞ샤 삼년(三年)을 무ᄉᆞ(無事)히 ᄆᆞᆺ고 샹경(上京)ᄒᆞᆷ믈 니ᄅᆞ시니 쇼 공(公)이 텬은(天恩)을 감골(感骨)[385]ᄒᆞ더라. 만되(滿朝ㅣ) 부문(府門)을 드러여 모다 삼십(三十) 니(里)가지 보ᄂᆡ려 ᄒᆞ니 그 부셩(富盛)[386]ᄒᆞᆫ 위의(威儀)ᄅᆞᆯ 엇지 다 니ᄅᆞ리오. 문휘 이날 강질(强疾)ᄒᆞ여 이의 니ᄅᆞ러 악쟝(岳丈)을 니별(離別)ᄒᆞᆯᄉᆡ 쇼 공(公)이 한님(翰林)으로 더브러 압희 셔고 당 샹셔(尙書) ᄎᆞᄌᆞ(次子) 옥계, 부인(夫人)을 뫼셔 뒤흘 ᄯᆞ로오ᄆᆡ 만되(滿朝ㅣ) 길흘 덥혀 호숑(護送)ᄒᆞ니 위의(威儀) 거록ᄒᆞ여 삼(三) 니(里)의 니엇ᄂᆞᆫ지라 인인(人人)이 노 부인(夫人)의 유복(有福)ᄒᆞᆷ믈 블워ᄒᆞ더라.

쇼 시(氏) 부모(父母)ᄅᆞᆯ 니별(離別)ᄒᆞᄆᆡ 슬프고 결연(缺然)[387]ᄒᆞᆫ 졍ᄉᆡ(情思ㅣ) ᄎᆞᆷ기 어려온지라 부친(父親) 옷ᄉᆞᆯ ᄇᆞᆺ들고 ᄋᆡᄋᆡ(哀哀)히 톄읍(涕泣)ᄒᆞ니 공(公)이 비록

86면

ᄃᆡ쟝뷔(大丈夫ㅣ)나 심ᄉᆡ(心思ㅣ) 엇지 죠흐리오. 어ᄅᆞ만져 슈루(垂淚) 왈(曰),

"ᄂᆡ 텬상(天喪)[388]을 만ᄂᆞ니 기여(其餘)ᄅᆞᆯ 엇지 뉴렴(留念)ᄒᆞ리오

382) 림긔(臨期): 임기. 기일이 임함.

383) 치졔(致祭): 치제. 임금이 제물과 제문을 보내어 죽은 신하를 제사 지내던 일. 또는 그 제사.

384) 슈됴(手詔): 수조. 임금이 손수 쓴 조서.

385) 감골(感骨): 감사한 마음이 골수에 맺힘.

386) 부셩(富盛): 부성. 크고 성대함.

387) 결연(缺然): 결연. 모자라서 서운하거나 불만족스러움.

마는 인졍(人情)이 그음업셔 부녜(父女ㅣ) 남북(南北)의 분슈(分手)[389]ᄒᆞ믈 능(能)히 ᄎᆞᆷ지 못ᄒᆞ거니와 형셰(形勢) 마지못ᄒᆞ미니 녀ᄋᆞ(女兒)ᄂᆞᆫ 다만 남녁(南-) 기러기 셰 번(番) 도라가믈 기ᄃᆞ리라. 몽챵이 이졔ᄂᆞᆫ 쇼년(少年) 호방(豪放)ᄒᆞ미 업고 위인(爲人)이 관후(寬厚) 군ᄌᆡ(君子ㅣ)니 너의 일ᄉᆡᆼ(一生)이 ᄎᆞ후(此後) 근심이 업고 니(李) 공(公) 부뷔(夫婦ㅣ) ᄉᆞ랑ᄒᆞ믈 녀ᄋᆞ(女兒)ᄀᆞᆺ치 ᄒᆞ니 ᄒᆞᆫᄀᆞᆺ 부모(父母)ᄅᆞᆯ 써나 일편되이 슬허ᄒᆞ리오?”

쇼졔(小姐ㅣ) 부친(父親)의 통달(通達)ᄒᆞ신 말ᄉᆞᆷ을 듯고 더옥 슬프믈 이긔지 못ᄒᆞᄃᆡ 강잉(强仍)ᄒᆞ여 졀ᄒᆞ고 왈(曰),

“쇼녜(小女ㅣ) 일신(一身)이 평안(平安)ᄒᆞ기 야야(爺爺) 말ᄉᆞᆷ과 ᄀᆞᆺᄐᆞ시니 다시 셩녀(盛慮)ᄅᆞᆯ 더으지 말으시고 원노(遠路)의 무ᄉᆞ(無事)히 득달(得達)[390]ᄒᆞ여 삼년(三年)을 평안(平安)이 지ᄂᆡ시고 쇼녀(小女)의 바라ᄂᆞᆫ 바ᄅᆞᆯ 헛되게 마ᄅᆞ쇼셔.”

공(公)이 탄식(歎息)ᄒᆞ

•••

87면

고 그 머리ᄅᆞᆯ 쓰다담아 손을 잡아 닉ᄋᆡ(溺愛)[391]ᄒᆞ미 강보ᄋᆞ(襁褓兒) ᄀᆞᆺᄐᆞ니 쇼졔(小姐ㅣ) 이 ᄀᆞᆺᄐᆞᆫ 경(情)을 ᄀᆞᆺᄎᆞ미 ᄎᆞ마 견ᄃᆡ지 못ᄒᆞᆯ 비

---

388) 텬샹(天喪): 천상. 하늘이 나를 망하게 했다는 뜻으로 원래 어진 사람이 죽었을 때 쓰는 표현인바, 후에 부모나 형제의 죽음을 이를 때 쓰이기도 함. 『논어(論語)』, 「선진(先進)」에 공자(孔子)의 수제자인 안연(顔淵)이 죽자 공자가 “아, 하늘이 나를 망하게 하였구나! 하늘이 나를 망하게 하였구나! 噫. 天喪予, 天喪予.”라고 한 데서 나온 말임.

389) 분슈(分手): 분수. 손을 나눈다는 뜻으로 이별함을 말함.

390) 득달(得達): 목적한 곳에 도달함.

391) 닉ᄋᆡ(溺愛): 익애. 매우 사랑함.

라 부친(父親) 가숨의 업딕여 눈믈이 하슈(河水) 곳ᄐᆞ니 공(公)이 친(親)히 샹복(喪服) ᄉᆞᄆᆡ를 드러 눈믈을 씻기며 왈(曰),

"이ᄉᆡᆼ(-生)이 모질어 여부(汝父)ᄂᆞᆫ 부친(父親)을 영영(永永) 여희오고 살거ᄂᆞᆯ 너ᄂᆞᆫ 우리 아직 ᄉᆞ라시니 슈년(數年) 후(後)면 만ᄂᆞᆯ 거ᄉᆞᆯ 엇지 이딕도록 ᄒᆞᄂᆞᆫ다?"

쇼졔(小姐ㅣ) 읍읍(悒悒)[392] ᄲᅳᆫ이러니 문휘 드러와 져 거동(擧動)을 보고 ᄀᆞᆯ오ᄃᆡ,

"부인(夫人)의 ᄉᆞ졍(事情)은 일너 알 ᄇᆡ 아니나 엇진 고(故)로 악쟝(岳丈)의 가시ᄂᆞᆫ 심ᄉᆞ(心思)를 져러틋 허트ᄂᆞ뇨?"

공(公)이 문후의 ᄉᆞᄆᆡ를 잡아 겻ᄒᆡ 안치고 탄왈(嘆曰),

"부ᄌᆞ지졍(父子之情)은 임의 하ᄂᆞᆯ이 삼기시니 엇지 일(一) 개(個)로 ᄎᆡᆨ망(責望)ᄒᆞ리오? 네 모ᄅᆞ미 녀ᄋᆞ(女兒)를 부모(父母) ᄲᅥᄂᆞᆫ 거시라[393] 뉴렴(留念)ᄒᆞ미 이시면 은혜(恩惠) 클가 ᄒᆞ노라."

문휘 ᄇᆡ사(拜謝) 왈(曰),

"쇼셰(小壻ㅣ) 텬셩(天性)이 본(本)ᄃᆡ 과

88면

도(過度)ᄒᆞ여 녀ᄌᆞ(女子)의게 편(便)치 못ᄒᆞ나 ᄌᆞ금(自今) 이후(以後)로 악쟝(岳丈)의 부탁(付託)을 폐간(肺肝)의 삭이리이다."

공(公)이 ᄉᆞᆫ을 드러 칭사(稱謝)ᄒᆞ고 다시음 쇼져(小姐)를 어ᄅᆞ만져 련ᄋᆡ(憐愛)ᄒᆞ니 쇼졔(小姐ㅣ) 옥안(玉顔)의 누쉬(淚水ㅣ) ᄆᆡᄌᆞᆯ ᄉᆞ이 업셔 다만 읍읍(悒悒) 뉴톄(流涕) ᄲᅳᆫ이오 말을 못 ᄒᆞ니 문휘 좌치(座

392) 읍읍(悒悒): 근심하는 모양.

393) 라: [교] 원문에는 이 글자가 없으나 문맥을 고려하여 국도본(13:85)을 따라 삽입함.

次ㅣ) 갓가와 그 우는 거동(擧動)이 더옥 쇄연(灑然)[394] ᄒᆞ여 만고(萬古)를 기우려도 방블(彷彿)ᄒᆞ니 업ᄉᆞ니 더옥 ᄋᆡ련(愛憐)[395] ᄒᆞ믈 이긔지 못ᄒᆞ더라.

쇼졔(小姐ㅣ) 모부인(母夫人)을 븟드러 니별(離別)ᄒᆞ니 당 부인(夫人)이 니별(離別)을 슬허ᄒᆞ나 쇼져(小姐)를 도도지 아니려 ᄃᆡ의(大義)로 개유(開諭)ᄒᆞ나 됴 시(氏) 악ᄉᆡ(惡事ㅣ) 죵시(終是) ᄉᆞᆺ치 누ᄅᆞ지 못ᄒᆞᆯ 쥴 알고 심담(心膽)이 ᄭᅳᆫ쳐지는 ᄃᆞᆺᄒᆞ여 쇼져(小姐)를 어ᄅᆞ만져 ᄆᆞᆺ춤ᄂᆡ ᄯᅥ나지 못ᄒᆞ니 쇼졔(小姐ㅣ) ᄯᅩᄒᆞᆫ 모친(母親) 졋즐 어ᄅᆞ만져 긔운이 혼미(昏迷)ᄒᆞ니 부인(夫人)이 븟드러 구(救)ᄒᆞ며 크게 울어 왈(曰),

"우리 모ᄌᆡ(母子ㅣ) 젼ᄉᆡᆼ(前生)의 무슴 죄(罪)로 이러ᄐᆞᆺ 니별(離別)이 ᄌᆞᄌᆞ뇨? 녀ᄋᆞ(女兒)는 보

89면

즁보즁(保重保重)ᄒᆞ라. 우리 만일(萬一) 삼년(三年)을 지ᄂᆡᆫ즉 경ᄉᆞ(京師)로 오리니 ᄯᅳᆺ을 너ᄅᆞ게 ᄒᆞ라."

쇼졔(小姐ㅣ) 무슈(無數)ᄒᆞᆫ 눈믈이 ᄇᆞᆨ밧쳐 일언(一言)을 못 ᄒᆞ더니 문휘 드러와 쇼져(小姐)의 져ᄀᆞᆺ치 ᄋᆡ샹(哀傷)[396] ᄒᆞ믈 민망(憫惘)ᄒᆞ여 ᄃᆡ의(大義)로 졀칙(切責)ᄒᆞ고 운ᄋᆞ를 블너 보호(保護)ᄒᆞ믈 분부(分付)ᄒᆞ니 당 부인(夫人)이 감샤(感謝)하여 왈(曰),

"우리 부뷔(夫婦ㅣ) 만(萬) 니(里)의 가도 녀ᄋᆞ(女兒)의 평ᄉᆡᆼ(平生)

394) 쇄연(灑然): 시원한 모양.

395) ᄋᆡ련(愛憐): 애련. 가엾게 여기어 사랑함.

396) ᄋᆡ샹(哀傷): 애상. 슬퍼하며 가슴 아파함.

은 근심치 아닌ᄂᆞ니 샹공(相公)은 어엿비 너기라.”

문휘 ᄃᆡ왈(對曰),

“형픠(荊布ㅣ)[397] ᄌᆞ쇼(自少)로 쇼셔(小壻)의 말을 블관(不關)ᄒᆞᆫ 일이라도 듯지를 아니ᄒᆞ니 악뫼(岳母ㅣ) 가신 후(後) 필연(必然) 그 몸을 보젼(保全)치 못ᄒᆞ리이다.”

부인(夫人)이 도라 녀ᄋᆞ(女兒)를 경계(警戒)ᄒᆞ여 보즁(保重)ᄒᆞ믈 니ᄅᆞ고 드ᄃᆡ여 뎡의 드니 쇼졔(小姐ㅣ) 실셩호곡(失聲號哭)[398] ᄒᆞ여 졍신(精神)을 출히지 못ᄒᆞ더라.

일ᄒᆡᆼ(一行)이 동(東)으로 향(向)ᄒᆞᄆᆡ 큰 집이 황연(荒然)[399]이 뷔니 쇼졔(小姐ㅣ) 더옥 슬허 죠모(祖母)를 ᄉᆞ렴(思念)ᄒᆞ고 부모(父母)를 그려 ᄀᆞ쵸 심ᄉᆞ(心思)를 ᄉᆞᆯ오

•••

90면

더니 승상(丞相)이 니ᄅᆞ러 위로(慰勞)ᄒᆞ믈 어린 ᄯᆞᆯᄀᆞ치 ᄒᆞ고 도라오믈 니ᄅᆞ니 쇼졔(小姐ㅣ) 안ᄉᆡᆨ(顔色)을 화(和)히 ᄒᆞ여 ᄃᆡ왈(對曰),

“가즁(家中) 즙믈(什物)[400]을 ᄌᆞ뫼(慈母ㅣ) 망극(罔極) 즁(中) 미쳐 간슈[401]치 못ᄒᆞ고 가 계시니 슈일(數日)을 머믈너 거두고 가믈 쳥(請)ᄒᆞᄂᆞ이다.”

---

397) 형픠(荊布ㅣ): 형가시나무 비녀와 베치마라는 뜻으로 아내를 이름. 형차포군(荊釵布裙). 중국 한(漢)나라 때 은사인 양홍(梁鴻)의 아내 맹광(孟光)이 남편의 뜻을 받들어 이처럼 검소하게 착용한 데서 유래함. 『후한서(後漢書)』, 「양홍열전(梁鴻列傳)」.

398) 실셩호곡(失聲號哭): 실성호곡. 목이 쉬어 소리가 안 나올 정도로 울며 부르짖음.

399) 황연(荒然): 황폐한 모양.

400) 즙믈(什物): 집물. 집 안이나 사무실에서 쓰는 온갖 기구.

401) 간슈: 간수. 물건 따위를 잘 거두어 보호하거나 보관함.

승샹(丞相)이 허락(許諾)ᄒᆞ니 쇼졔(小姐ㅣ) 이의 머믈ᄆᆡ 쵹ᄉᆞ(觸事)[402]의 슬프믈 이긔지 못ᄒᆞ여 모친(母親) 방즁(房中)의 누어 식음(食飮)을 폐(廢)ᄒᆞ고 심ᄉᆞ(心思)ᄅᆞᆯ 술오더니 문휘 쇼 공(公)을 십(十) 니(里)의 ᄇᆡ송(陪送)ᄒᆞ고 바로 도라와 쇼져(小姐)ᄅᆞᆯ 보니 그 ᄋᆡ샹(哀傷)ᄒᆞ믈 민망(憫惘)ᄒᆞ여 이의 칙왈(責曰),

"그ᄃᆡ 비록 악부모(岳父母)ᄅᆞᆯ ᄯᅥ나ᄂᆞᆫ 심ᄉᆡ(心思ㅣ) 슬프나 ᄉᆞ별(死別)이 아니오, 우리 부뫼(父母ㅣ) ᄉᆞ랑ᄒᆞ시믈 친녀(親女)ᄀᆞᆺ치 ᄒᆞ시고 ᄂᆡ 잇거ᄂᆞᆯ 엇지 이런 고이(怪異)ᄒᆞᆫ 거죠(擧措)ᄅᆞᆯ ᄒᆞᄂᆞ뇨?"

드ᄃᆡ여 운아ᄅᆞᆯ 블너 쥭(粥)을 나와 쇼져(小姐)ᄅᆞᆯ 권(勸)ᄒᆞ니 쇼졔(小姐ㅣ) 문후의 개유(開諭)ᄒᆞᄂᆞᆫ 말이 다 귀 밧게 들니고 슬프미 흉격(胸膈)의 막혀 먹지 아니니 상셰(尙書ㅣ) 셤슈(纖手)ᄅᆞᆯ 잡고

91면

지극(至極)히 권(勸)ᄒᆞᄆᆡ 부인(夫人)이 인ᄉᆞ(人事)의 마지못ᄒᆞ나 져의 너모 은근(慇懃)ᄒᆞ믈 블쾌(不快)ᄒᆞ여 두어 번(番) 마시고 눈믈을 거두어 말을 아니ᄒᆞ니 문휘 깃거 이의 머므러 ᄒᆞᆫ가지로 식반(食飯)을 파(罷)ᄒᆞ고 지극(至極)히 위로(慰勞)ᄒᆞ나 부인(夫人)은 요동(搖動)ᄒᆞ미 업더라.

이 밤의 쇼졔(小姐ㅣ) 부모(父母) ᄒᆡᆼ거(行去)[403]ᄅᆞᆯ 념녀(念慮)ᄒᆞ여 ᄒᆞᆫ 잠을 자지 못하니 샹셰(尙書ㅣ) 그 효셩(孝誠)을 감동(感動)ᄒᆞ고 졍ᄉᆞ(情事)ᄅᆞᆯ 츄연(惆然)ᄒᆞ여 은졍[404](恩情)이 녜의셔 더으더라.

---

402) 쵹ᄉᆞ(觸事): 촉사. 만나는 일.

403) ᄒᆡᆼ거(行去): 행거. 가는 길.

404) 졍: [교] 원문에는 '젼'으로 되어 있으나 오기로 보이므로 국도본(13:88)을 따름.

니쯰, 니부(李府) 뉴 부인(夫人)이 노 부인(夫人) 부음(訃音)을 듯고 크게 슬허 쟝일(葬日)의 졔젼(祭奠)[405]을 깃쵸와 니ᄅ러 졔(祭)ᄒ고 슬허ᄒ믈 ᄌ질(子姪)깃치 ᄒ니 보ᄂ니 그 의긔(義氣)ᄅᆞᆯ 일[406]킷더라.

쇼졔(小姐ㅣ) 슈일(數日)을 머믈ᄆᆡ 샹회(傷懷) 과도(過度)ᄒ니 샹셰(尙書ㅣ) 우려(憂慮)ᄒ여 이의 부인(夫人)을 본부(本府)로 다려오니 쇼 시(氏) 브득이(不得已) 니ᄅ러 존당(尊堂) 구고(舅姑)긔 뵈오ᄆᆡ 각각(各各) 노 부인(夫人) 샹ᄉ(喪事)ᄅᆞᆯ 죠위(弔慰)ᄒ니 쇼 시(氏) 쳥누(淸淚)ᄅᆞᆯ 쓰리며 셩덕(盛德)을 샤례(謝禮)ᄒᆯ ᄲᅮᆫ이러라.

이후(以後) 비록 죠셕(朝夕) 셩졍(省定)과

...

92면

구고(舅姑) 감지(甘旨)ᄅᆞᆯ 흔연(欣然)이 밧드나 침쇼(寢所)의 ᄂ온즉 눈믈노 날을 보ᄂ니 졍 부인(夫人)이 그 졍ᄉ(情事)ᄅᆞᆯ ᄋ련(哀憐)ᄒ여 ᄂ진즉 알ᄑᆡ 두어 위로(慰勞)ᄒ고 밤인즉 샹셰(尙書ㅣ) 돗글 년(連)ᄒ여 개유(開諭)ᄒ여 관회(寬懷)ᄒ니 부인(夫人)이 비록 밧그로 슬픈 비출 ᄂ지 못ᄒ나 일념(一念)의 다 감챵(感愴)[407]ᄒ고 늣겨 옥쟝(玉臟)[408]이 다 ᄉ라지믈 면(免)치 못ᄒ더라.

이쯰 됴 시(氏) 모친(母親)의 슈셔(手書)ᄅᆞᆯ 보고 크게 한(恨)ᄒ여 원망(怨望)ᄒᄃᆡ,

'모친(母親)이 엇지 남을난 기리고 ᄌ식(子息)을 이ᄃᆡ도록 협박(劫

405) 졔젼(祭奠): 제전. 의식을 갖춘 제사와 갖추지 아니한 제사를 통틀어 이르는 말.
406) 일: [교] 원문에는 '니'로 되어 있으나 오기로 보이므로 국도본(13:89)을 따름.
407) 감챵(感愴): 감창. 느끼어 슬퍼함.
408) 옥쟝(玉臟): 옥장. 오장(五臟)의 미칭.

迫)[409] ᄒᆞ시ᄂᆞᆫ고? ᄂᆡ 당당(堂堂)이 낭낭(娘娘)긔 이 쇼유(所由)ᄅᆞᆯ 고(告)ᄒᆞ리라.'

ᄒᆞ고 슈셔(手書)ᄅᆞᆯ 닥가 궐즁(闕中)의 드려보ᄂᆡ려 ᄒᆞ더니 믄득 문후의 령(令)이 ᄉᆡ로 엄(嚴)ᄒᆞ여 ᄂᆡ외(內外) 사ᄅᆞᆷ을 슈검(搜檢)[410] ᄒᆞᆫ 후 ᄂᆡ여보ᄂᆡ믈 듯고 ᄒᆞᆯ일업셔 일월(日月)을 잠간(暫間) 고요히 드리더니,

일일(一日)은 난두(欄頭)의 안ᄌᆞ 슬피 쵸챵(怊悵)ᄒᆞ여 박명(薄命)을 슬허ᄒᆞ며 늣기거ᄂᆞᆯ 시녀(侍女) 니향이 ᄂᆞ아와 므ᄅᆞᄃᆡ,

"쇼졔(小姐ㅣ) 므ᄉᆞ

93면

일노 벽텬(碧天) 야월(夜月)을 ᄃᆡ(對)ᄒᆞ여 슬허ᄒᆞ시ᄂᆞ뇨?"

됴 시(氏) 탄왈(嘆曰),

"ᄂᆡ 본(本)ᄃᆡ 국구(國舅)의 ᄋᆡ녀(愛女)로 번화(繁華) 부귀(富貴) 험업ᄉᆞᄃᆡ 가부(家夫)의 은졍(恩情)을 보지 못ᄒᆞ고 심규(深閨)의 죄인(罪人) 되믈 슬허ᄒᆞ노라."

니향 왈(曰),

"쇼졔(小姐ㅣ) 엇지 이 ᄉᆞ연(事緣)을 낭낭(娘娘)긔 쥬(奏)치 아니ᄒᆞᄂᆞ뇨?"

됴 시(氏) 왈(曰),

"ᄂᆡ 엇지 이 ᄉᆡᆼ각이 업ᄉᆞ리오마ᄂᆞᆫ 문졍후의 령(令)이 여ᄎᆞ(如此) 엄(嚴)ᄒᆞ니 ᄉᆡᆼ의(生意)치 못ᄒᆞ노라."

니향 왈(曰),

---

409) 협박(劫迫): 겁박. 으르고 협박함.

410) 슈검(搜檢): 수검. 수색하여 검사함.

"문후 노애(老爺ㅣ) 녕(令)이 엄(嚴)ᄒᆞ나 사ᄅᆞᆷ이 ᄡᅬ 이슨 후(後)야 므ᄉᆞ 일을 못ᄒᆞ리오? 쇼비(小婢) 비록 긔신(紀信)[411]의 츙졀(忠節)이 업ᄉᆞ나 여ᄎᆞ여ᄎᆞ(如此如此)ᄒᆞᆫ즉 가(可)히 ᄃᆡᄉᆡ(大事ㅣ) 닐이이다."

됴 시(氏) 크게 깃거 이의 금ᄇᆡᆨ(金帛)을 샹(賞)ᄒᆞ고 표(表)ᄅᆞᆯ 지으니 표(表)의 ᄀᆞᆯ와시ᄃᆡ,

'신쳡(妾) 졔[412]염은 혈누(血淚)ᄅᆞᆯ 드리오고 쇼삭(消索)[413]ᄒᆞᆫ 졍신(精神)을 거두어 낭낭(娘娘) 룡샹(龍床) 하(下)의 올니옵ᄂᆞ니 신(臣)이 셩샹(聖上)의 ᄉᆞ혼(賜婚)ᄒᆞ시믈 닙ᄉᆞ와 니문(李門)의 드러오ᄆᆡ 우흐로 구고(舅姑)ᄅᆞᆯ 지효(至孝)로 셤기고 아ᄅᆡ로 가부(家夫)

...

94면

ᄅᆞᆯ 어질이 인도(引導)ᄒᆞ여 죠금도 과실(過失)이 업숩더니 져ᄌᆞ음긔 신(臣)의 젹국(敵國) 쇼 시(氏) 드러오ᄆᆡ 미쳐는 신(臣)을 능욕만모(凌辱慢侮)[414]ᄒᆞ여 업슨 허믈을 쥬작(做作)[415]ᄒᆞ여 구고(舅姑)와 가부(家夫)의게 하라[416] 가뷔(家夫ㅣ) 박ᄃᆡ(薄待) ᄐᆡ심(太甚)ᄒᆞ더니 이제 쇼 시(氏) ᄯᅩ 업슨 죄목(罪目)을 지어ᄂᆡ여 ᄎᆞᆷ쇼(讒訴)ᄒᆞ니 가뷔(家夫ㅣ) 고지드러 신(臣)을 심당(深堂)의 가도와 텬일(天日)을 보지 못ᄒᆞ게 ᄒᆞ니 신(臣)의 셜우미 쟝ᄎᆞᆺ(將次ㅅ) ᄋᆡᄅᆞᆯ 슬을 ᄲᅢᆫ이라. 븍궐(北

411) 긔신(紀信): 기신. 중국 한나라 고조(高祖) 때의 무장. 항우의 군사에게 포위당한 고조를 도망치게 한 후 살해됨.

412) 졔: [교] 원문에는 '혜'로 되어 있으나 앞에서 '졔염'으로 소개되었으므로(10:69) 이와 같이 수정함.

413) 쇼삭(消索): 소삭. 다 없어짐.

414) 능욕만모(凌辱慢侮): 거만한 태도로 업신여김.

415) 쥬작(做作): 주작. 없는 사실을 꾸며 만듦.

416) 하라: 미상임.

闕) 낭낭(娘娘)은 하늘 ᄀᆞᆺᄉᆞ온 위엄(威嚴)을 발(發)ᄒᆞ샤 신(臣)으로 ᄒᆞ여금 텬일(天日)을 보게 ᄒᆞ쇼셔.'

ᄒᆞ엿더라.

ᄡᅳ기ᄅᆞᆯ 맛ᄎᆞ 봉함(封緘)[417]ᄒᆞ여 니향을 ᄆᆞᆺ지니 향이 믈너나 음식(飮食)을 아니 먹고 삼ᄉᆞ(三四) 일(日) 고통(苦痛)ᄒᆞ여 알흐니 모든 시녜(侍女ㅣ) 됴 시(氏)긔 쥭어 가믈 고(告)ᄒᆞ니 됴 시(氏) 양경(佯驚)[418] 왈(曰),

"니향이 쳥츈(靑春)의 므ᄉᆞᆷ 병(病)이 이시리오? 이 반

•••

95면

ᄃᆞ시 염질(染疾)[419]이라 엇지 집의 두리오? 유모(乳母)ᄂᆞᆫ 샐니 문후긔 고(告)ᄒᆞ여 ᄂᆡ여보ᄂᆡ게 ᄒᆞ라."

계월이 그러이 너겨 즉시(卽時) 졍당(正堂)의 고(告)ᄒᆞ니 졍 부인(夫人) 왈(曰),

"시비(侍婢) 슈상(殊常)이 알흐면 ᄂᆡ여보닐 거시니 엇지 므ᄅᆞ리오?"

인(因)ᄒᆞ여 ᄂᆡ외(內外) 문직(門直)의게 하령(下令)ᄒᆞ여 니향을 ᄂᆡ라 ᄒᆞ니 계월이 도라가 됴 시(氏)긔 고(告)ᄒᆞ고 니향을 집으로 보닐ᄉᆡ 향이 됴 시(氏)의 표문(表文)을 머리 쇽의 감쵸고 실니여 문(門)을 나 졔집의 니ᄅᆞ러 즉시(卽時) 의복(衣服)을 고치고 궁즁(宮中)의 드러가 황후(皇后)긔 표(表)ᄅᆞᆯ 올리니 휘(后ㅣ) 견필(見畢)의 ᄃᆡ로(大怒)ᄒᆞ여 샐니 샹(上)긔 울며 쥬(奏)ᄒᆞᄃᆡ,

---

417) 봉함(封緘): 편지를 봉투에 넣고 봉함.

418) 양경(佯驚): 거짓으로 놀라는 체함.

419) 염질(染疾): 때에 따라 유행하는 상한병(傷寒病)이나 전염성 질환.

"폐히(陛下ㅣ) 신(臣)의 아아로써 니몽챵의게 샤혼(賜婚)ᄒᆞ시니 일단(一段) 셩은(聖恩)이어ᄂᆞᆯ 몽챵의 부ᄌᆞ(父子ㅣ) 텬은(天恩)을 홍모(鴻毛)420) ᄀᆞᆺ치 너겨 여ᄎᆞ여ᄎᆞ(如此如此)ᄒᆞᆫ 일이 이시니 엇지 통히(痛駭)치 아니리잇고?"

인(因)ᄒᆞ여 표(表)로써 어람(御覽)ᄒᆞ시게 ᄒᆞ니 샹(上)이 보시기ᄅᆞᆯ ᄆᆞᆺ고 역노(亦怒)

...

96면

왈(曰),

"니관셩 부ᄌᆞ(父子ㅣ) 이러틋 짐(朕)을 업슈이 너기니 당당(堂堂)이 다ᄉᆞ렴 즉ᄒᆞ되 다만 허실(虛實) 간(間) 자시 아지 못ᄒᆞ니 후(后)ᄂᆞᆫ 밀됴(密詔)421)ᄅᆞᆯ 몽챵의 어믜게 젼지(傳旨)ᄒᆞ시고 겸(兼)ᄒᆞ여 가즁(家中) 동졍(動靜)을 보미 올토다."

휘(后ㅣ) 올희 너기샤 왕 샹궁(尙宮)을 명(命)ᄒᆞ여 졍 부인(夫人)긔 됴셔(詔書)ᄅᆞᆯ ᄂᆞ리오시니,

어시(於時)의 문휘 됴당(朝堂)의 ᄀᆞᆺ다가 도라오니 무평422)빅, 졍 시(氏), 셜 시(氏) 웃고 니향이 염질(染疾)노 나가믈 니ᄅᆞ니 샹셰(尙書ㅣ) 쳥파(聽罷)의 ᄃᆡ경(大驚) 왈(曰),

"니향의 염질(染疾)이 명일(明日)이면 별단(別段)423) 거죄(擧措ㅣ)이시리라."

---

420) 홍모(鴻毛): 기러기의 털이라는 뜻으로, 매우 가벼운 사물을 이르는 말.

421) 밀됴(密詔): 밀조. 임금이 비밀리에 내려보내는 조서.

422) 평: [교] 원문에는 '령'으로 되어 있으나 앞의 예를 따라 이와 같이 수정함.

423) 별단(別段): 보통과 다름.

ᄒᆞ니 모다 놀ᄂᆞ고 졍 부인(夫人)이 역시(亦是) 의심(疑心)ᄒᆞ여 닐오ᄃᆡ,

"너는 고이(怪異)ᄒᆞᆫ 말 말나. 니향의 염질(染疾)노 나가미 므솜 별단(別段) 거죄(擧措ㅣ) 이시리오?"

문휘 ᄃᆡ왈(對曰),

"ᄒᆡᄋᆡ(孩兒ㅣ) 비록 블명(不明)ᄒᆞ오나 됴 시(氏)의 쟉화(作禍)ᄒᆞ미 ᄒᆡᄋᆞ(孩兒)의 몸을 ᄆᆞᆺ는 지경(地境)의 이실 쥴 아ᄂᆞ이다."

부인(夫人)이 침음(沈吟) 부답(不答)이러라.

이튼날 쟝낙궁(長樂宮)[424] 샹궁(尙宮) 왕 시(氏), 위

97면

의(威儀)ᄅᆞᆯ 거ᄂᆞ려 이의 니ᄅᆞ니 일개(一家ㅣ) 크게 놀ᄂᆞ고 졍 부인(夫人) 등(等)이 ᄒᆡᄋᆞ(孩兒) 문졍후의 신명(神明)ᄒᆞᆷ믈 탄복(歎服)ᄒᆞ더라. 궁인(宮人)이 즁당(中堂)의 니ᄅᆞ러 ᄃᆡ승샹(大丞相) 부인(夫人)긔 뵈와지라 ᄒᆞ니 ᄐᆡᄉᆡ(太師ㅣ) 크게 괴로이 너겨 미우(眉宇)ᄅᆞᆯ ᄶᅵᆼ그고 졍 부인(夫人)을 명(命)ᄒᆞ여 ᄀᆞᆯ오ᄃᆡ,

"현부(賢婦)는 모ᄅᆞ미 침쇼(寢所)의 가 보고 슈희 보ᄂᆡ라."

부인(夫人)이 슈명(受命)ᄒᆞ여 ᄇᆡᆨ화각의 니ᄅᆞ러 향안(香案)을 ᄇᆡ셜(排設)ᄒᆞ여 됴셔(詔書)ᄅᆞᆯ 보니 ᄒᆞ여시ᄃᆡ,

'짐(朕)이 죠흔 ᄯᅳᆺ으로 황이(皇姨)ᄅᆞᆯ 부인(夫人) 며ᄂᆞ리ᄅᆞᆯ 삼아거ᄂᆞᆯ 부인(夫人)이 사ᄅᆞᆷ의 웃사ᄅᆞᆷ이 되여 ᄌᆞ부(子婦)ᄅᆞᆯ 고로로 ᄉᆞ랑치 아니ᄒᆞ고 아ᄃᆞᆯ을 가ᄅᆞ쳐 금슬(琴瑟)을 블화(不和)케 ᄒᆞ며 필경(畢竟)

---

424) 쟝낙궁(長樂宮): 장락궁. 원래 중국 한(漢)나라 고조가 진(秦)나라의 흥락궁(興樂宮)을 고쳐 지은 궁전으로, 여기에서는 일반적인 궁전을 이른 말임.

은 심당(深堂)의 가도왓다 ᄒᆞ니 이ᄂᆞᆫ 군명(君命)을 업슈이 너기미라. 죄벌(罪罰)이 다못 쇼녀(-女)와 몽챵의게 이실 거시로ᄃᆡ 황이(皇姨)의 어진 덕(德)이 화의(和議)[425] ᄒᆞ믈 원(願)ᄒᆞᆯ

···

98면

ᄉᆡ 짐(朕)이 짐쟉(斟酌)ᄒᆞ미 이셔 부인(夫人)의게 글을 브치ᄆᆞᆫ 부인(夫人)의 ᄒᆞᆫ 말노 몽[426]챵을 가ᄅᆞ치고져 ᄒᆞ미니 부인(夫人)은 삼가 ᄉᆞᆯ필지어다.'

ᄒᆞ엿더라.

부인(夫人)이 보기ᄅᆞᆯ ᄆᆞᆺ고 안ᄉᆡᆨ(顔色)이 ᄌᆞ약(自若)ᄒᆞ여 니러 ᄉᆞ빅(四拜)ᄒᆞ고 일언(一言)을 아니ᄒᆞ고 필연(筆硯)을 나와 슌식(瞬息)[427]의 표문(表文)을 지어 왕 시(氏)ᄅᆞᆯ 쥬고 ᄯᅩ 약간(若干) 금ᄇᆡᆨ(金帛)으로써 왕 시(氏)와 죵ᄌᆞᆫ 궁인(宮人)을 쥬ᄃᆡ ᄆᆞᆺᄎᆞᆷᄂᆡ 말을 아니ᄒᆞ니 왕 샹궁(尙宮)이 그 츄텬(秋天) ᄀᆞᆺᄐᆞᆫ 긔운과 ᄉᆡᆨᄉᆡᆨ 단엄(端嚴)ᄒᆞᆫ 긔운을 공경(恭敬)ᄒᆞ여 감(敢)히 말을 못 ᄒᆞ고 믈너 됴 시(氏) 당(堂)의 가셔로 볼ᄉᆡ 됴 시(氏) 무슈(無數)히 울며 쇼 시(氏)의 허믈과 문졍후의 박ᄃᆡ(薄待)ᄅᆞᆯ ᄀᆞᆺ쵸 닐너 즉금(卽今) 목숨을 보젼(保全)치 못ᄒᆞ게 되여시믈 니ᄅᆞ더니,

이ᄯᅢ 문휘 됴당(朝堂)의 갓다가 도라와 모부인(母夫人) 침쇼(寢所)의 니ᄅᆞ니 부인(夫人)이 미우(眉宇)ᄅᆞᆯ ᄶᅵᆼ긔고 글

---

425) 화의(和議): 화해.

426) 몽: [교] 원문에는 '몸'으로 되어 있으나 오기로 보이므로 국도본(13:95)을 따름.

427) 슌식(瞬息): 순식. 눈을 한 번 깜짝하거나 숨을 한 번 쉴 만한 아주 짧은 동안. 순식간(瞬息間).

99면

오ᄃᆡ,

"너의 지감(智鑒)[428]은 혼암(昏闇)ᄒᆞᆫ 어미 밋지 못ᄒᆞ리로다."

인(因)ᄒᆞ여 됴 낭낭(娘娘) 밀죠(密詔)ᄅᆞᆯ 쥬어 보라 ᄒᆞ니 문휘 보기ᄅᆞᆯ ᄆᆞᆺ고 히연(駭然)ᄒᆞ여 ᄀᆞᆯ오ᄃᆡ,

"ᄌᆞ고(自古)로 후비(后妃) 엇지 ᄉᆞ가(私家)의 슈셔(手書)ᄅᆞᆯ ᄂᆞ리오리오? 쇼ᄌᆡ(小子ㅣ) 부월(斧鉞)의 쥭ᄉᆞ오나 ᄎᆞᄉᆞ(此事)ᄂᆞᆫ 잉분(忍憤)[429]치 못ᄒᆞ리로쇼이다."

셜파(說罷)의 신ᄉᆡᆨ(神色)이 ᄎᆞᆫ ᄌᆡ ᄀᆞᆺᄐᆞ여 밧그로 ᄂᆞ가 몬져 계월을 잡아 오라 ᄒᆞ여 결박(結縛)ᄒᆞ여 슈죄(數罪) 왈(曰),

"네 쥬뫼(主母ㅣ) ᄉᆞᄅᆞᆷ의 얼골을 가지고 쇽으로 금슈(禽獸)의 ᄒᆡᆼ실(行實)을 ᄒᆞ여 젼후(前後) ᄑᆡ악(悖惡)[430]ᄒᆞᆫ 거죄(擧措ㅣ) ᄒᆞᆫ두 번(番) 아니로ᄃᆡ ᄂᆡ 집에[431] 머므러 두믄 텬은(天恩)을 즁(重)히 너기미어ᄂᆞᆯ 너의 노쥐(奴主ㅣ) 져기ᄂᆞᆫ 사ᄅᆞᆷ의 념치(廉恥) 이실진ᄃᆡ ᄆᆞᆺ당이 감복(感服)ᄒᆞ여 회과(悔過) ᄌᆞᄎᆡᆨ(自責)ᄒᆞ미 올코 네 쥬뫼(主母ㅣ) 비록 실톄(失體)[432]ᄒᆞ나 네 국구(國舅)와 군부인(君夫人) 명(命)을 밧ᄌᆞ와 그ᄅᆞᆯ 규졍(糾正)[433]ᄒᆞ미 올커ᄂᆞᆯ 엇진 고(故)로 동심졍합(同心情合)[434]ᄒᆞ여 니향을 거ᄌᆞᆺ 염질(染疾)ᄒᆞᆫ다 ᄒᆞ여 부문(浮聞)[435]을 ᄂᆡ

---

428) 지감(智鑒): 사물을 깨달아 아는 능력.

429) 잉분(忍憤): 인분. 분을 참음.

430) ᄑᆡ악(悖惡): 패악. 사람으로서 마땅히 하여야 할 도리에 어그러지고 흉악함.

431) 에: [교] 원문에는 '어'로 되어 있으나 오기로 보임.

432) 실톄(失體): 실체. 체면을 잃음.

433) 규졍(糾正): 규정. 잘못을 밝혀 바로잡음.

여 음비(淫卑)[436]ᄒᆞᆫ 사연(事緣)을 궁금(宮禁)을

100면

드러여 낭낭(娘娘)의 실덕(失德)을 도으니 ᄎᆞ(此)ᄂᆞᆫ 나라흘 그릇 ᄆᆡᆫᄃᆞ난 역뉴(逆類)[437]요 지아비를 만모(慢侮)[438]ᄒᆞᄂᆞᆫ 찰녜(刹女ㅣ)[439]라. 내 죠만(早晩)의 네 쥬인(主人)의 숀의 쥭으려니와 ᄉᆞ라신 젹이야 법(法)을 난(亂)ᄒᆞ고 위엄(威嚴)을 두려ᄒᆞ리오?"

셜파(說罷)의 노긔(怒氣) 쟝ᄎᆞᆺ(將次ㅅ) 샹풍(霜風) ᄀᆞᄐᆞ야 크게 쇼ᄅᆡ 질너 고찰(考察)ᄒᆞ여 ᄇᆡᆨ여(百餘) 쟝(杖)을 쳐 ᄭᅳ어 ᄂᆡ치고 ᄯᅩ 니향ᄂᆡ여 보ᄂᆡᆫ 문니(門吏)를 ᄂᆞᆺᄂᆞᆺ치 ᄌᆞ바드려 즁형(重刑)을 더으니 가즁(家中)이 믈 ᄭᅳᆯ듯 ᄒᆞ고 인인(人人)이 숑구(悚懼)ᄒᆞ여 발이 ᄯᆞ희 븟지 아니나 승샹(丞相)은 됴당(朝堂)의 갓고 부마(駙馬)ᄂᆞᆫ 이시나 그 아의 일이 ᄌᆞ못 올흔 고(故)로 시비(是非)를 아니ᄒᆞ니 뉘 그 노(怒)를 풀게 ᄒᆞ리오. 샹셰(尙書ㅣ) 제노(諸奴)를 ᄎᆞ례로 형벌(刑罰)ᄒᆞ기를 ᄆᆞᆺ고 시녀(侍女)로 젼어(傳語)ᄒᆞᄃᆡ,

"궁인(宮人)이 임의 졍당(正堂) 표문(表文)을 ᄆᆞᄐᆞ실진ᄃᆡ 엇지 이러틋 지뉴(遲留)ᄒᆞᄂᆞ뇨? ᄒᆞᆨᄉᆡᆼ(學生)은 이 포의ᄒᆞᆫᄉᆡ(布衣寒士ㅣ)[440]라

---

434) 동심정합(同心情合): 동심정합. 마음을 같이하고 뜻을 함께함.

435) 부문(浮聞): 뜬소문.

436) 음비(淫卑): 음란하고 비루함.

437) 역뉴(逆類): 역류. 반역의 무리.

438) 만모(慢侮): 거만하게 업신여김.

439) 찰녜(刹女ㅣ): 여자 나찰. 나찰(羅刹)은 푸른 눈과 검은 몸, 붉은 머리털을 하고서 사람을 잡아먹으며, 지옥에서 죄인을 못살게 군다고 함.

440) 포의ᄒᆞᆫᄉᆡ(布衣寒士ㅣ): 포의한사. 베옷을 입은 가난한 선비라는 뜻으로, 선비가 자신을 낮추어 부르는 말.

텬위(天威) 지쳑(咫尺) 시인(侍人)이 집의 니ᄅ믈 고이(怪異)히 너기노라."

인(因)ᄒ여 즁당(中堂)의 셔셔 시녜(侍女ㅣ)

101면

년낙(連絡)[441]ᄒ여 지쵹ᄒ니 이ᄯᅢ 됴 시(氏) 허언(虛言)으로 ᄭᅮᆷ여 왕 시(氏)를 ᄃᆡ(對)ᄒ여 니(李) 군(君)을 업치려 ᄒ더니 계월을 챵뒤(蒼頭ㅣ)[442] 활착(活捉)[443]ᄒ여 가니 크게 놀나 시녀(侍女)를 셰워 샹셰(尙書ㅣ) 슈죄(數罪)[444]ᄒ믈 듯고 ᄃᆡ로(大怒) 분분(忿憤)ᄒ더니 믄득 시녜(侍女ㅣ) 년낙브졀(連絡不絶)[445]ᄒ여 왕 시(氏)의 가믈 지쵹ᄒ니, 왕 시(氏) 비록 ᄉᆞ납지 아니나 원ᄂᆡ(元來) 궁인(宮人)의 고톄(固滯)[446]ᄒᆞᆫ 셩품(性品)이 졔 쥬인(主人)만 위(爲)ᄒᄂᆞᆫ지라 금일(今日) 됴 시(氏)의 쳐량(凄凉)ᄒᆞᆫ 경ᄉᆡᆨ(景色)과 ᄌᆞ가(自家)를 구튝(驅逐)[447]ᄒ믈 노(怒)ᄒ여 됴 시(氏)다려 왈(曰),

"부인(夫人)은 식노(息怒)ᄒ라. 쳡(妾)이 궁금(宮禁)의 드러가 세치 혀를 놀닌즉 쇼 시(氏) 엇지 죽기를 면(免)ᄒ리오?"

드ᄃᆡ여 ᄂᆞ오며 보니 문졍휘 머리의 거믄 관(冠)을 숙이고 몸의 ᄇᆡᆨᄉᆞ도의(白絲道衣)[448]로 옥슈(玉手)의 ᄌᆞ금션(紫錦扇)[449]을 잡아 난두

---

441) 년낙(連絡): 연락. 어떤 사실을 상대편에게 알림.
442) 창뒤(蒼頭ㅣ): 사내종.
443) 활착(活捉): 활착. 산 채로 잡음.
444) 슈죄(數罪): 수죄. 죄를 하나하나 따짐.
445) 년낙브졀(連絡不絶): 연락부절. 끊이지 않고 연이어 옴.
446) 고톄(固滯): 고체. 성질이 편협하고 고집스러움.
447) 구튝(驅逐): 구축. 몰아서 쫓아냄.

(欄頭)의 셔시니 노긔(怒氣) 오히려 미우(眉宇)의 가득ᄒᆞ여 츄텬(秋天) 상월(霜月)[450]을 ᄂᆞᆺ게 너기고 엄(嚴)ᄒᆞᆫ 긔운이 셜상한풍(雪上寒風)[451] ᄀᆞᆺᄐᆞ니 그 고은 얼골이 텬디(天地) 강

···

102면

산(江山) 졍긔(精氣)ᄅᆞᆯ 홀노 품슈(稟受)[452]ᄒᆞ여 쇼쇄(瀟灑)[453]ᄒᆞᆫ 골격(骨格)이 표연(飄然)이 등텬(登天)ᄒᆞᆯ ᄃᆞᆺᄒᆞ니 왕 시(氏) 심즁(心中)의 경복(驚服)[454]ᄒᆞ믈 이긔지 못ᄒᆞ더라.

문휘 이의 졍당(正堂)의 드러가니 승샹(丞相)이 됴당(朝堂)으로져 왓ᄂᆞᆫ지라. 휘(侯ㅣ) ᄆᆞᄌᆞ 공슈(拱手)ᄒᆞ여 궁인(宮人) 왓던 곡졀(曲折)을 고(告)ᄒᆞ니 공(公)이 미우(眉宇)ᄅᆞᆯ 찡긔고 왈(曰),

"쇼 시(氏)의 ᄋᆡᆨ운(厄運)이 ᄯᅩ 다쳐오ᄂᆞᆫ또다. 텬ᄌᆞ(天子)의 실덕(失德)ᄒᆞ미 여ᄎᆞ(如此)ᄒᆞ니 엇지 텬하(天下)의 블ᄒᆡᆼ(不幸)이 아니리오?"

문휘 역시(亦是) 감동(感動)ᄒᆞ여 믈너 침쇼(寢所)의 도라오니 부인(夫人)이 ᄯᅩᄒᆞᆫ 궁인(宮人) 왓던 쥴 듯고 ᄌᆞ긔(自己) ᄋᆡᆨ(厄)이 ᄯᅩ ᄋᆞᄂᆞᆫ 쥴 지긔(知機)[455]ᄒᆞ여 부모(父母)ᄅᆞᆯ ᄯᆞᆯ와가지 못ᄒᆞ믈 ᄉᆡ로이 한(恨)ᄒᆞ더니 샹셰(尙書ㅣ) 드러와 슈말(首末)을 ᄌᆞ시 니ᄅᆞ고 통한(痛恨)ᄒᆞ

---

448) ᄇᆡᆨᄉᆞ도의(白絲道衣): 백사도의. 흰 실로 짠 도복.
449) ᄌᆞ금션(紫錦扇): 자금선. 자줏빛 비단으로 만든 부채.
450) 샹월(霜月): 상월. 서리가 내리는 밤의 차가워 보이는 달.
451) 셜샹한풍(雪上寒風): 설상한풍. 눈 위의 차가운 바람.
452) 품슈(稟受): 품수. 선천적으로 타고남.
453) 쇼쇄(瀟灑): 소쇄. 기운이 맑고 깨끗함.
454) 경복(驚服): 놀라 탄복함.
455) 지긔(知機): 지기. 기미를 앎.

믈 이긔지 못ᄒᆞ여 닐오ᄃᆡ,

"ᄂᆡ 비록 쥭으나 엇지 후비(后妃)의 위엄(威嚴)을 두리리오? 부인(夫人)이 필연(必然) ᄃᆡ화(大禍)를 맛ᄂᆞ려니와 텬되(天道ㅣ) 밋츰ᄂᆡ 부인(夫人)의게 ᄆᆡ몰ᄒᆞ리오? 부인(夫人)은 아모 ᄃᆡ 가도 나의 졍(情)을 도라 ᄉᆡᆼ

•••

103면

각ᄒᆞ여 방신(芳身)을 쳔만(千萬) 바리지 말나."

쇼졔(小姐ㅣ) 져두(低頭) 믁연(默然)ᄒᆞ여 브답(不答)ᄒᆞ니 문졍휘 더옥 ᄋᆡ련(愛憐)ᄒᆞ여 ᄉᆡ로이 견권지졍(繾綣之情)이 일층(一層)이 더오더라.

어시(於時)의 왕 샹궁(尙宮)이 도라와 졍 부인(夫人) 표문(表文)을 밧드러 올니니 황휘(皇后ㅣ) 바다 보시니 ᄒᆞ엿시ᄃᆡ,

'승샹(丞相) 황태부(皇太傅) 니관셩 쳐(妻) 졍 시(氏)ᄂᆞᆫ 셩황셩공(誠惶誠恐)456) 돈슈ᄇᆡᆨᄇᆡ(頓首百拜)457)ᄒᆞ고 황후(皇后) 낭낭(娘娘) 룡샹(龍床) 하(下)의 올니ᄂᆞ이다. 신쳡(臣妾)의 가뷔(家夫ㅣ) 일즉 ᄉᆞ됴(四朝)458)의 슈은(受恩)ᄒᆞ고 셩샹(聖上)의 례우(禮遇)459)ᄒᆞ샤미 지극(至極)ᄒᆞ시니 신(臣)이 비록 규즁(閨中) 암ᄆᆡ(暗昧)ᄒᆞᆫ 녀ᄌᆡ(女子ㅣ)나

---

456) 셩황셩공(誠惶誠恐): 성황성공. 진실로 황공하다는 뜻으로 상소나 표문에서 상투적으로 쓰이는 말.

457) 돈슈ᄇᆡᆨᄇᆡ(頓首百拜): 돈수백배. 고개를 조아리고 백 번 절함.

458) ᄉᆞ됴(四朝): 사조. 네 조정. 이관성이 제3대 황제인 성조(成祖) 영락제(永樂帝, 1402~1424)부터 제6대 현 황제인 영종(英宗) 정통제(正統帝, 1435~1449)까지 벼슬한 것을 이름.

459) 례우(禮遇): 예우. 예의로 대우함.

셩은(聖恩)을 ᄀᆞᆨ골(刻骨)ᄒᆞ와 다만 뎐은(天恩)을 츅원(祝願)ᄒᆞ올 ᄯᆞᄅᆞᆷ이더니 블쵸ᄌᆞ(不肖子) 몽챵이 황구쇼ᄋᆞ(黃口小兒)[460]로 ᄒᆞᆨ식(學識)이 고루(固陋)ᄒᆞ거ᄂᆞᆯ 셩샹(聖上)이 ᄆᆞᆫ득 뉵경(六卿) 항녈(行列)과 졔후(諸侯)ᄅᆞᆯ ᄇᆡ(配)ᄒᆞ시고 지어황이(至於皇姨)로 샤혼(賜婚)ᄒᆞ샤 신(臣)의 모ᄌᆡ(母子ㅣ) 간[461]뇌도지(肝腦塗地)[462]ᄒᆞ나 셩은(聖恩)을 갑ᄉᆞ올 바ᄅᆞᆯ

104면

도라 ᄉᆡᆼ각지 못ᄒᆞ고 쥬야(晝夜) 숀복(損福)[463]ᄒᆞᆯ가 두려ᄒᆞ거ᄂᆞᆯ 엇지 감(敢)히 황이(皇姨)ᄅᆞᆯ 박ᄃᆡ(薄待)ᄒᆞ미 이ᄉᆞ오며 더옥 신(臣) 등(等)이 금슬(琴瑟)을 ᄒᆡ진ᄂᆞᆫ다 셩교(聖敎)ᄂᆞᆫ 지극(至極) 원굴(冤屈)[464]ᄒᆞ니 쟝ᄎᆞᆺ(將次ㅅ) 민간(民間) 신ᄌᆞ(臣子)의 집 쇼쇼(小小) 곡졀(曲折)을 셩광(聖光)의 ᄉᆞᄆᆞᆺ지 못ᄒᆞᆫ가 우려(憂慮)ᄒᆞ와 대강(大綱) 베퍼 알외려 ᄒᆞ오ᄆᆡ ᄌᆞᄆᆞᆺ 번극(繁劇)[465]ᄒᆞ오믈 면(免)치 못ᄒᆞ올지라 더옥 죄(罪) 만만(萬萬)ᄒᆞ여이다.

신(臣)이 업ᄃᆡ여 ᄉᆡᆼ각ᄒᆞ오니 쇽어(俗語)의 부부(夫婦) 즁졍(重情)은 인의(人意)로 ᄆᆞᆺ ᄒᆞ니 신(臣)이 비록 몽챵의 어미라 ᄒᆞ오나 우흐로 인군(人君)과 고뫼(姑母ㅣ) 잇ᄉᆞᆸ고 아ᄅᆡ로 가뷔(家夫ㅣ) 이ᄉᆞ오니

---

460) 황구쇼ᄋᆞ(黃口小兒): 황구소아. 부리가 누런 새 새끼처럼 어린 아이.

461) 간: [교] 원문에는 '갈'로 되어 있으나 오기로 보임.

462) 간뇌도지(肝腦塗地): 참혹한 죽임을 당하여 간장(肝臟)과 뇌수(腦髓)가 땅에 널려 있다는 뜻으로, 나라를 위하여 목숨을 돌보지 않고 애를 씀을 이르는 말.

463) 숀복(損福): 손복. 복을 잃음.

464) 원굴(冤屈): 원통한 누명을 써서 억울함.

465) 번극(繁劇): 몹시 번거롭고 바쁨.

신(臣)이 흔곳 ᄌ모(慈母)는 하늘 삼긴 졍(情)쑨이옵고 올흔 일노뻐 가ᄅ치오믄 가부(家夫)의게 잇ᄉ오니 신(臣)의긔 의(依)흔 말숨이 가(可)히 졔 쯧을 도로혀지 못흘 쥴 엇지 셩심(聖心)이 아지 못ᄒ시리 잇고? 연(然)이나 가뷔(家夫ㅣ) 쥬야(晝夜) 블민(不敏)ᄒ믈 칙(責)ᄒ

•••

105면

나 회심(回心)치 아니ᄒ오니 이거시 신(臣) 등(等)이 약(弱)ᄒ와 훈ᄌ(訓子)의 엄(嚴)치 못ᄒ미로쇼이다.

쏘 심당(深堂)의 가두오믄 다른 일이 아니라 블쵸ᄌ(不肖子ㅣ) 긋긋지 쳐신(處身)이 무샹(無狀)ᄒ와 일(一) 개(個) 냥녀(良女)를 어더 금ᄎ(金釵)[466]의 두미 잇는 고(故)로 황이(皇姨) 년쇼(年少) 젼도(顚倒)ᄒ와 가(可)히 쪽가[467]치 못흘 위인(爲人)이오나 져즈음 이러이러흔 죄(罪) 잇ᄉ와 블쵸ᄌ(不肖子ㅣ) 녀ᄌ(女子)의 죠급(躁急)ᄒ믈 가(可)히[468] 칙망(責望)ᄒ와 가법(家法)을 세우려 ᄒ여 그 침쇼(寢所)의 두어 단니지 못ᄒ게 ᄒ여 ᄀ과(改過)ᄒ믈 기ᄃ리니 신(臣) 등(等)이 블쵸ᄌ(不肖子)의 무샹(無狀)ᄒ믈 씨둧지 못ᄒ고 그 쳐ᄉ(處事ㅣ) 뉴리(有理)타 ᄒ와 슈과(修過)[469]ᄒ믈 허(許)ᄒ니 이 쏘 큰 죄(罪) 아닌가 ᄒ옵ᄂ니 황이(皇姨) 만일(萬一) 온슌(溫順)흘진ᄃ 신(臣) 등(等)이 쏘흔 식니(識理)[470]를 잠간(暫間) 통(通)ᄒ옵ᄂ니 엇지 일편도이

466) 금ᄎ(金釵): 금차. 금비녀라는 뜻으로 첩을 이름.
467) 쪽가: 다그침. 따짐.
468) 가(可)히: 마땅히.
469) 슈과(修過): 수과. 잘못을 뉘우치고 몸을 수양함.
470) 식니(識理): 식리. 지식과 이치.

황이(皇姨)를 박딕(薄待)ᄒᆞ리잇고? 황이(皇姨) 젼후(前後) 실톄(失體)ᄒᆞ미 ᄌᆞ못 태과(太過)

106면

ᄒᆞ오ᄃᆡ 신(臣) 등(等)이 족가치 아니믄 황이(皇姨) 좌우(左右)다려 무ᄅᆞ실 ᄇᆡ니이다.

사ᄅᆞᆷ이 스ᄉᆞ로 ᄇᆞᆰ지 못하믄 졔(諸) 셩인(聖人)도 면(免)치 못ᄒᆞ니ᄒᆞ믈며 년쇼(年少) 녀ᄌᆞ(女子)를 니ᄅᆞ리잇고? 황이(皇姨) 비록 구가(舅家)의 허믈과 ᄌᆞ가(自家) 일신(一身) 괴로오믈 지친(至親)의게 닐위믈 마지못ᄒᆞ고 낭낭(娘娘)은 동포ᄌᆞᄆᆡ(同胞姉妹)[471]시나 죤(尊)ᄒᆞ기와 쳔(賤)ᄒᆞ미 앙망(仰望)치 못ᄒᆞ오려든 녀염(閭閻) 신ᄌᆞ(臣子)의 집 일을 지샹(紙上)의 어ᄌᆞ러이 베퍼 텬위(天威) 지쳑(咫尺)의 고(告)ᄒᆞ오니 이거시 크게 가(可)치 아니ᄒᆞ온지라 낭낭(娘娘)이 엇지 아지 못ᄒᆞ시리잇고? 신(臣)이 스ᄉᆞ로 가연(慨然)[472]ᄒᆞ믈 이긔지 못ᄒᆞ올쇼이다.

또 쇼 시(氏)ᄂᆞᆫ 블쵸ᄌᆞ(不肖子)의 죠강결발(糟糠結髮)이로ᄃᆡ 몽챵이 무샹(無狀)ᄒᆞ와 젼후(前後) 변난(變亂)을 니ᄅᆞ혀 녀ᄌᆞ(女子)의 비샹(飛霜)의 원(怨)을 ᄡᅵ쳐 쇼녜(-女ㅣ) 쳔만고쵸(千萬苦楚)를 격고 겨유 모닷숩더니 또 져의 부뫼(父母ㅣ) 친상(親喪)을 만

107면

나 고토(故土)로 도라가ᄆᆡ 즉금(卽今) 부모(父母)를 ᄉᆞ렴(思念)ᄒᆞ

471) 동포ᄌᆞᄆᆡ(同胞姉妹): 동포자매. 같은 어머니의 배에서 나온 자매.

472) 가연(慨然): 개연. 분개하는 모양.

와 병(病)이 ᄉᆞ싱(死生) 즁(中) 잇ᄉᆞᆸ고 토혈(吐血)ᄒᆞ믈 시시(時時)로 ᄒᆞ오니 명(命)이 됴셕(朝夕)의 이ᄉᆞᆸ거ᄂᆞᆯ 어ᄂᆞ 졍신(精神)과 근녁(筋力)으로 젹국(敵國)을 ᄉᆡ오며 셜ᄉᆞ(設使) 황이(皇姨) 허믈을 ᄎᆞᆷ쇼(譖訴)[473] ᄒᆞ온들 엇지 고지드ᄅᆞ니릿고?

낭낭(娘娘)이 심궁(深宮)의 겨셔 미셰(微細)ᄒᆞᆫ 일을 ᄌᆞ시 샹촬(詳察)[474] ᄒᆞ시미 어려온 고(故)로 열히 ᄒᆞᄂᆞᆫ흘 알외여 죄(罪)ᄅᆞᆯ 쇽(贖)고져 ᄒᆞ미 말ᄉᆞᆷ이 ᄯᅳᆺ을 다 못 ᄒᆞ고 졈졈(漸漸) 번독(煩黷)[475] ᄒᆞ와 죄(罪) 우ᄒᆡ 죄(罪)ᄅᆞᆯ 더으ᄂᆞᆫ 도리(道理)라 브지쇼운(不知所云)[476]이로쇼이다.'

ᄒᆞ엿더라.

황휘(皇后ㅣ) 람필(覽畢)[477]의 그 문ᄎᆡ(文采) 찬난(燦爛)ᄒᆞᆷ과 언ᄉᆞ(言辭ㅣ) ᄌᆞᄌᆞ(字字) 졍논(正論)이오, ᄉᆞ리(事理) 온당(穩當)ᄒᆞ믈 흠탄(欽歎)[478] ᄒᆞ시나 ᄉᆞ죄(謝罪) 아니믈 노(怒)ᄒᆞ시더니 왕 샹궁(尙宮)이 됴 시(氏) 경ᄉᆡᆨ(景色)과 문졍후 거지(擧止)ᄅᆞᆯ 일일(一一)히 고(告)ᄒᆞ니 황휘(皇后ㅣ) ᄃᆡ로(大怒)ᄒᆞ샤

108면

졍 부인(夫人) 표(表)ᄅᆞᆯ ᄀᆞᆷ쵸고 상(上)긔 쥬왈(奏曰),

"쳡(妾)이 온언(穩言)[479]으로 졍 시(氏)의게 슈죠(手詔)ᄅᆞᆯ ᄂᆞ리오

473) ᄎᆞᆷ쇼(譖訴): 참소. 남을 헐뜯어서 죄가 있는 것처럼 꾸며 윗사람에게 고하여 바침.

474) 샹촬(詳察): 상찰. 자세히 살핌.

475) 번독(煩黷): 번거로움.

476) 브지쇼운(不知所云): 부지소운. 이를 바를 알지 못하겠음.

477) 람필(覽畢): 남필. 다 봄.

478) 흠탄(欽歎): 흠모해 탄복함.

ᄆᆡ 경 시(氏) ᄃᆡ답(對答)도 아니ᄒᆞ고 니몽챵이 쳡(妾)의 죄(罪)로 아ᄋᆡ 유모(乳母)의게 ᄡᅳ고 궁인(宮人)을 구츅(驅逐)[480]ᄒᆞ여 ᄂᆡ치니 신ᄌᆞ(臣子)의 도리(道理) 가쟝 한심(寒心)토쇼이다."

ᄒᆞ고 온가지로 쥬(奏)ᄒᆞ니 샹(上)이 ᄃᆡ로(大怒)ᄒᆞ샤 텬뇌(天怒ㅣ) 경ᄀᆡᆨ(頃刻)의 발(發)ᄒᆞ시니 ᄉᆞᆺ치 능(能)히 누ᄅᆞ지 못ᄒᆞ여 이튼날 죠셔(詔書)ᄅᆞᆯ ᄂᆞ리와 ᄀᆞᆯ오샤ᄃᆡ,

"문졍후 니몽챵은 국구(國舅) ᄉᆞ회 되여 황이(皇姨) 박ᄃᆡ(薄待) ᄎᆞᆷ혹(慘酷)ᄒᆞ니 황휘(皇后ㅣ) 사졍(私情)의 ᄎᆞᆷ지 못ᄒᆞ여 슈셔(手書)ᄅᆞᆯ 그 어ᄆᆡ의게 ᄂᆞ리오니 답쇼(答疏)ᄅᆞᆯ 아니 올니고 믄득 몽챵이 궁인(宮人)을 구츅(驅逐)ᄒᆞ여 ᄂᆡ치니 이ᄂᆞᆫ 역신(逆臣)이라 ᄲᆞᆯ니 금의옥(錦衣獄)[481]의 ᄂᆞ리오고 쇼 시(氏)ᄅᆞᆯ 즉일(卽日)노 제집의 보ᄂᆡ여 니이(離異)[482]ᄒᆞ라."

셩지(聖旨) ᄂᆞ리오니 ᄃᆡ리시(大理寺)[483] 관원(官員)이 달녀가 셩지(聖旨)ᄅᆞᆯ 젼(傳)하고 문후ᄅᆞᆯ 압령(押領)[484]ᄒᆞ여 옥(獄)으로 ᄂᆞ아가니 일개(一家ㅣ) 무망(無妄)[485]의 ᄎᆞ경(此景)

…

109면

을 만나 황황(遑遑)[486]ᄒᆞ여 말을 ᄆᆞᆺ ᄒᆞ고 쇼 시(氏) 니이(離異)ᄒᆞ믈

---

479) 온언(穩言): 평온한 말.

480) 구츅(驅逐): 구축. 몰아서 내쫓음.

481) 금의옥(錦衣獄): 명나라 때 금위군(禁衛軍)의 하나인 금의위(錦衣衛)에 딸린 감옥.

482) 니이(離異): 이이. 이혼.

483) ᄃᆡ리시(大理寺): 대리시. 형옥(刑獄)을 맡아보던 관아.

484) 압령(押領): 죄인을 데리고 옴.

485) 무망(無妄): 별 생각이 없이 있는 상태.

ᄎᆞᆷ샹(慘傷)[487]ᄒᆞ여 일개(一家ㅣ) 한 당(堂)의 모다 의논(議論)ᄒᆞᆯ시 승샹(丞相)이 ᄀᆞᆯ오ᄃᆡ,

"챵익(-兒ㅣ) 비록 일시(一時) 취옥(就獄)[488]ᄒᆞ나 ᄃᆡ단치 아니하고 쇼 시(氏) 니이(離異)ᄒᆞ미 이졔 ᄉᆞ셰(事勢) 어려온지라 동경(東京)이 몃 쳔(千) 니(里)라 ᄋᆞ녀ᄌᆞ(兒女子)ᄅᆞᆯ 보ᄂᆡ며 오뷔(吾婦ㅣ) 심(甚)ᄒᆞᆫ 약질(弱質)노 풍샹(風霜)을 무릅써 득달(得達)킈 ᄒᆞ리오? 비록 튱(忠)이 읏듬이나 이졔 셩샹(聖上)이 ᄎᆞᆷ쇼(讒訴)ᄅᆞᆯ 인(因)ᄒᆞ여 실덕(失德)ᄒᆞ시고 쇼 시(氏) 또 죄(罪) 업ᄉᆞ니 엇지 인군(人君)의 ᄯᅳᆺ 맛쵸기ᄅᆞᆯ 요구(要求)ᄒᆞ여 나의 쳔금(千金) ᄌᆞ부(子婦)ᄅᆞᆯ 져ᄇᆞ리리오? 경ᄉᆞ(京師) 유벽쳐(幽僻處)[489]ᄅᆞᆯ 어더 챵ᄋᆞ(-兒)ᄅᆞᆯ ᄀᆡ이고 ᄀᆞᆷ쵸와 두고져 ᄒᆞᄃᆡ 챵졸(倉卒)의 ᄉᆡᆼ각지 못ᄒᆞᆯ놋다."

ᄎᆞ시(此時) 당 시(氏) 좌(座)의 잇다가 존구(尊舅) 말ᄉᆞᆷ을 듯잡고 이의 좌(座)ᄅᆞᆯ ᄯᅥ나 옷기ᄉᆞᆯ 염의고 쥬왈(奏曰),

"이졔 쇼졔(小姐ㅣ)의 거취(去就) 난쳐(難處)ᄒᆞ고 형셰(形勢) 위란(危亂)[490]ᄒᆞ여 존구(尊舅) 셩톄(盛體)ᄅᆞᆯ 번뇌(煩惱)ᄒᆞ시니 쳡(妾)의 어린 쇼견(所見)을 고(告)ᄒᆞ옵ᄂᆞ니 쳡(妾)

•••

110면

의 거쳐(居處)ᄒᆞ옵던 옥호뎡이 잡인(雜人)이 왕ᄅᆡ(往來)치 못ᄒᆞᄂᆞᆫ 곳

---

486) 황황(遑遑): 갈팡질팡 어쩔 줄 모르게 급함.

487) ᄎᆞᆷ샹(慘傷): 참상. 매우 슬퍼함.

488) 취옥(就獄): 취옥. 감옥에 들어가거나 들어옴.

489) 유벽쳐(幽僻處): 유벽처. 그윽하고 후미진 곳.

490) 위란(危亂): 위태롭고 어지러움.

이오, 비록 부즁(府中) 후원(後園)이나 심침(深沈)[491] ᄒᆞ고 그윽ᄒᆞ와 ᄌᆞ못 인간(人間)으로 더브로 격졀(隔絶)[492] ᄒᆞ고 쇼 샹셔(尙書) 부인(夫人)과 가친(家親)이 동포남[493] ᄆᆡ(同胞娚妹)[494]라 구ᄋᆡ(拘礙)ᄒᆞ미 업ᄉᆞᆯ가 ᄒᆞᄂᆞ이다."

승샹(丞相)이 좌ᄉᆞ우샹(左思右想)[495] ᄒᆞ여 민민(悶悶)[496] ᄒᆞᆯ ᄎᆞ(次)의 ᄎᆞ언(此言)을 듯고 깃거 이의 쇼 시(氏)ᄅᆞᆯ 블너 셩지(聖旨)ᄅᆞᆯ 젼(傳)ᄒᆞ고 탄왈(嘆曰),

"셩샹(聖上)이 현부(賢婦)ᄅᆞᆯ 니이(離異)ᄒᆞ라 ᄒᆞ시나 동경(東京)이 예셔 몃 쳔(千) 니(里)라 ᄋᆞ녀(兒女 ㅣ) ᄒᆞᆯ노 가며 ᄒᆞ믈며 ᄋᆞ뷔(阿婦 ㅣ) 신샹(身上)이 블평(不平)ᄒᆞ니 동경(東京)으로 못 ᄀᆞᆯ지라 현뷔(賢婦 ㅣ) 모ᄅᆞ미 ᄋᆞᄌᆞ(兒子)ᄅᆞᆯ ᄀᆡ이고 댱 샹셔(尙書) 부즁(府中)의 몸을 ᄀᆞᆷ쵸왓다가 풍운(風雲)의 길시(吉時)ᄅᆞᆯ 기ᄃᆞ리라."

쇼 시(氏) ᄎᆞ시(此時)ᄅᆞᆯ 당(當)ᄒᆞ여 부모(父母)ᄅᆞᆯ 죠츨가 다ᄒᆡᆼ(多幸)ᄒᆞ여 ᄒᆞ더니 죤구(尊舅) 쳐분(處分)이 이러틋 ᄒᆞ니 ᄒᆞᆯ일업셔 다만 슈명(受命)ᄒᆞ니 승샹(丞相)이 이의 가즁(家中)의 령(令)ᄒᆞ여 쇼 시(氏) 동경(東京) ᄀᆞᆯ ᄒᆡᆼ노(行路)[497]ᄅᆞᆯ 차리는 톄

491) 심침(深沈): 깊숙하고 조용함.

492) 격졀(隔絶): 격절. 서로 사이가 떨어져서 연락이 끊어짐.

493) 남: [교] 원문에는 'ᄌᆞ'로 되어 있고 국도본(13:104)에도 그렇게 되어 있으나 오기로 보임.

494) 동포남ᄆᆡ(同胞男妹): 동포남매. 같은 어머니에게서 태어난 남매. 소월혜의 어머니 장 씨와 장옥경의 아버지 장세걸이 남매지간임을 이름. 장옥경과 소월혜는 사촌 사이임.

495) 좌ᄉᆞ우샹(左思右想): 좌사우상. 이렇게도 생각하고 저렇게도 생각한다는 뜻으로 생각이 깊음을 말함.

496) 민민(悶悶): 근심이 깊음.

497) ᄒᆡᆼ노(行路): 행로. 길을 감.

111면

ᄒᆞ고 위의(威儀)를 출혀 댱부(-府)로 보닐ᄉᆡ 쇼 시(氏) 하직(下直)을 모든 ᄃᆡ 고(告)ᄒᆞᄆᆡ 졍 부인(夫人)이 옥슈(玉手)를 잡아 년년(戀戀) 왈(曰),

"ᄯᅥ나미 어이 니리 ᄌᆞᄌᆞ뇨? 신샹(身上)을 보즁(保重)ᄒᆞ여 다시 못기를 바라노라."

쇼 시(氏) 샤례(謝禮)ᄒᆞ고 춍춍(悤悤)이 니별(離別)ᄒᆞ고 각각(各各) 례(禮)ᄒᆞ여 쟝부(-府)로 향(向)ᄒᆞ니라.

승샹(丞相)이 쇼 시(氏)를 보ᄂᆡ고 궐하(闕下)의 ᄃᆡ죄(待罪)ᄒᆞ니 이ᄯᅢ 샹(上)이 문후를 원찬(遠竄)[498]코져 ᄒᆞ시더니 진 ᄐᆡ휘(太后ㅣ) 비록 츈취(春秋ㅣ) 놉흐시나 본ᄃᆡ 강명(剛明)[499]ᄒᆞ시고 ᄒᆞ믈며 니문(-門)을 극(極)히 우ᄃᆡ(優待)ᄒᆞ시ᄂᆞᆫ지라 ᄆᆞᆺ초 궁인(宮人)의 젼어(傳語)로죠ᄎᆞ 샹(上)의 쳐ᄉᆞ(處事)를 일일(一一)이 드ᄅᆞ시고 심하(心下)의 노(怒)ᄒᆞ샤 이의 위후를 브ᄅᆞ샤 좌(座)의 나ᄅᆞᄆᆡ ᄀᆞᆯᄋᆞ샤ᄃᆡ,

"후(后) ᄌᆞ식(子息) 잘못 ᄂᆞ으믈 아ᄅᆞ시ᄂᆞ냐?"

위휘 염용(斂容) 왈(曰),

"금샹(今上)이 블명(不明)ᄒᆞ미 션뎨(先帝) 총명(聰明)을 일허바리오니 신쳡(臣妾)이 엇지 모ᄅᆞ오리잇고?"

휘(后ㅣ) 노왈(怒曰),

"알진ᄃᆡ 엇지 그 실덕(失德)ᄒᆞ믈 괄시(恝視)[500]ᄒᆞ시ᄂᆞ뇨?"

---

498) 원찬(遠竄): 귀양 보냄.

499) 강명(剛明): 성질이 곧고 두뇌가 명석함.

500) 괄시(恝視): 업신여겨 하찮게 대함.

112면

위휘 면관돈슈(免冠頓首)[501] 왈(曰),

"금샹(今上)의 혼암(昏闇)[502]ᄒᆞ믈 아오나 아즉 다른 일을 모로ᄂᆞ이다."

태휘(太后ㅣ) 좌우(左右)로 샹(上)을 브ᄅᆞ샤 믈너 ᄀᆞᄅᆞ샤ᄃᆡ,

"짐(朕)이 이졔 혜아릴진ᄃᆡ 니관셩은 삼됴(三朝) 탁고대신(托孤大臣)[503]이오 니몽챵은 샤직지신(社稷之臣)[504]으로 남방(南方)을 평뎡(平定)ᄒᆞᆫ 즁신(重臣)이어ᄂᆞᆯ 엇진 고(故)로 취옥(就獄)ᄒᆞ시ᄂᆞᆫ 연고(緣故)ᄅᆞᆯ 듯고져 쳥(請)ᄒᆞ이다."

샹(上)이 피셕(避席) ᄃᆡ왈(對曰),

"신(臣)이 무고(無故)히 몽챵을 가도미 아니라 황휘(皇后ㅣ) 여ᄎᆞ여ᄎᆞ(如此如此) 밀셔(密書)ᄅᆞᆯ 니몽챵의 어믜게 ᄂᆞ리오니 믄득 ᄃᆡ쇼(對疏)[505]ᄅᆞᆯ 아니ᄒᆞ고 몽챵이 황후(皇后)ᄅᆞᆯ 역졍(逆情)ᄒᆞ여 됴녀(-女)의 유모(乳母)ᄅᆞᆯ 즁형(重刑)ᄒᆞ고 궁인(宮人)을 구츅(驅逐)[506]ᄒᆞ니 이ᄂᆞᆫ 난신(亂臣)이라 비록 유공(有功)ᄒᆞ나 벌(罰)이 업지 못ᄒᆞ올지라 여ᄎᆞ(如此) 고(故)로 옥(獄)의 ᄂᆞ리오미로쇼이다."

---

501) 면관돈슈(免冠頓首): 면관돈수. 관을 벗고 머리를 조아림.

502) 혼암(昏闇): 어리석고 못나서 사리에 어두움.

503) 탁고대신(托孤大臣): 탁고한 대신. 탁고는 왕이 죽을 때 신임하는 신하에게 어린 임금의 보호를 부탁하는 것.

504) 샤직지신(社稷之臣): 사직지신. 나라의 안위(安危)를 맡은 중신(重臣). 『논어(論語)』, 「계씨(季氏)」에 전유(顓臾)는 노(魯)의 사직을 받들어온 신하의 나라라 한 말에서 유래함.

505) ᄃᆡ쇼(對疏): 대소. 임금이나 황후의 질문에 대답하는 상소.

506) 구츅(驅逐): 구축. 몰아 내쫓음.

태휘(太后ㅣ) 블연(怫然)[507] 왈(曰),

"ᄌᆞ고(自古)로 휘비(后妃) 신하(臣下)의 안ᄒᆡ의게 슈셔(手書) ᄂᆞ리오미 어ᄃᆡ 잇ᄂᆞ뇨? 어슉(御叔)[508] 계양이 본(本)ᄃᆡ ᄉᆞ졍(私情) 돈졀(頓絶)[509]

•••

113면

ᄒᆞ고 ᄃᆡ의(大義)ᄅᆞᆯ 힘ᄡᅳ니 블너 진실(眞實)노 ᄃᆡ죄(大罪) 아닌가 믈어 보리라."

ᄒᆞ샤 이의 급(急)히 츄ᄑᆡ(推牌)[510]ᄅᆞᆯ ᄂᆞ리오샤 공쥬(公主)ᄅᆞᆯ 브ᄅᆞ시니 공쥐(公主ㅣ) 연고(緣故)ᄅᆞᆯ 모ᄅᆞ고 의아(疑訝)ᄒᆞ여 즉시(卽時) 위의(威儀)ᄅᆞᆯ 갓쵸와 입궐(入闕)ᄒᆞ니 태휘(太后ㅣ) 반기시고 므러 왈(曰),

"네 어려셔븟허 허언(虛言)을 아니ᄒᆞ니 아지 못게라, 너의 고뫼(姑母ㅣ) 됴후의 슈셔(手書)ᄅᆞᆯ 아니 ᄃᆡ답(對答)ᄒᆞ냐?"

공쥐(公主ㅣ) 아미(蛾眉)[511]ᄅᆞᆯ ᄂᆞ쵸고 쥬왈(奏曰),

"신(臣)의 ᄉᆡ어미 본(本)ᄃᆡ 례의(禮義)ᄅᆞᆯ 웃듬하니 엇지 낭낭(娘娘) 슈셔(手書)ᄅᆞᆯ 아니 답(答)ᄒᆞ리잇고?"

---

507) 블연(怫然): 불연. 갑자기 성을 왈칵 내는 모양.

508) 어슉(御叔): 어숙. 임금의 고모. 계양공주는 제4대 황제인 인종(仁宗)의 장녀이자 정궁 진 황후의 소생으로 제5대 황제인 선종(宣宗)과 남매로 설정되어 있으므로 현 황제인 영종(英宗)에게는 고모가 됨.

509) 돈졀(頓絶): 돈절. 완전히 끊음.

510) 츄ᄑᆡ(推牌): 추패. 원래 임금이 벼슬아치를 부를 때 보내던 나무패를 가리킴. 명패(命牌).

511) 아미(蛾眉): 누에나방의 눈썹이라는 뜻으로, 가늘고 길게 굽어진 아름다운 눈썹을 이르는 말.

태휘(太后ㅣ) 샹(上)의 말숨을 니르시고 왈(曰),

"샹언(上言)이 여추(如此)호니 진가(眞假)를 엇지 알니오?"

공쥐(公主ㅣ) ᄌ약(自若)히 디왈(對曰),

"표(表) 가져온 왕 샹궁(尙宮)이 이시니 블으샤 하문(下問)[512]호실진딘 엇지 아지 못호시리잇고?"

셜파(說罷)의 좌우(左右)로 왕 시(氏)를 블너 긔위(氣威)[513] 싁싁호여 므러 굴오디,

"지쟉(再昨)[514] 졍 부인(夫人)이 대표(對表)[515]를 써 그디를 쥬더니 어디 두고 텬

∘∘∘

114면

뎡(天廷)의 알외지 아니혼다?"

왕 시(氏) 믁연(默然) 디왈(對曰),

"쳡(妾)은 일쟉 아지 못호ᄂ이다."

공쥐(公主ㅣ) 쇼왈(笑曰),

"궁인(宮人)이 ᄌ쇼(自少)로 쟝낙궁(長樂宮)[516]의 시위(侍衛)[517]호여 위치(位次ㅣ) 일품(一品)이오, 문ᄌ(文字)를 알ᄋ ᄉ리(事理)를 졍통(精通)[518]호니 일즉 사룸을 히(害)치 아닐지라 날을 디(對)호여는

512) 하문(下問): 윗사람이 아랫사람에게 물음.

513) 긔위(氣威): 기위. 기운과 위엄.

514) 지쟉(再昨): 재작. 그제.

515) 대표(對表): 대답하여 올리는 표.

516) 쟝낙궁(長樂宮): 장락궁. 원래 중국 한(漢)나라 고조가 진(秦)나라의 흥락궁(興樂宮)을 고쳐 지은 궁전으로, 여기에서는 일반적인 궁전을 이른 말임.

517) 시위(侍衛): 임금이나 어떤 모임의 우두머리를 모시어 호위함.

능(能)히 쇽이지 못ᄒᆞ리니 다만 바로 니ᄅᆞ지어다.”

왕 시(氏) 공쥬(公主)의 츄상(秋霜)ᄀᆞᄐᆞᆫ 거동(擧動)과 쇄옥셩(碎玉聲)[519]을 ᄃᆡ(對)ᄒᆞ여 ᄌᆞ연(自然) 두리오믈 이긔지 못ᄒᆞᄃᆡ 황후(皇后)ᄅᆞᆯ 두려 머뭇기니 공쥐(公主ㅣ) 더옥 안ᄉᆡᆨ(顔色)이 ᄉᆡᆨᄉᆡᆨᄒᆞ여 도라 샹(上)긔 고왈(告曰),

“신(臣)이 ᄉᆡ어미ᄅᆞᆯ 홀노 위(爲)ᄒᆞ미 아니라 궁인(宮人)이 황후(皇后) 낭낭(娘娘) 슈셔(手書)ᄅᆞᆯ 밧드러 ᄌᆡ샹가(宰相家)의 젼(傳)ᄒᆞ니 답표(答表)ᄅᆞᆯ ᄡᅧ 쥬엇거ᄂᆞᆯ 즁간(中間)의 ᄀᆞᆷ쵸고 ᄂᆡ지 아니ᄒᆞ오니 이ᄂᆞᆫ 텬뎡(天廷)을 쇽이온 죄(罪) 역뉼(逆律)의 당(當)ᄒᆞᆯ 거시오, ᄯᅩ 폐ᄒᆡ(陛下ㅣ) 신(臣)의 ᄉᆡ아비로 ᄇᆡᆨ뇨(百僚)[520]의 우ᄒᆡ 거(居)케 ᄒᆞ시니 그 안ᄒᆡ ᄯᅩᄒᆞᆫ 존(尊)

115면

ᄒᆞ거ᄂᆞᆯ 그 친셔(親書)ᄅᆞᆯ ᄀᆞᆷ쵸와 교언(巧言)ᄒᆞ여 ᄒᆡ(害)ᄒᆞ오니 이 죄(罪)ᄂᆞᆫ 결연(決然)이 용샤(容赦)치 못ᄒᆞ올지라. 복원(伏願) 황샹(皇上)은 왕녀(-女)ᄅᆞᆯ 엄문(嚴問)ᄒᆞ샤 그 간졍(奸情)[521]을 므ᄅᆞ시믈 바라ᄂᆞ이다.”

샹(上)이 본(本)ᄃᆡ 공쥬(公主)의 엄위(嚴威)[522]ᄅᆞᆯ 공경(恭敬)ᄒᆞ시고 ᄒᆞ믈며 황휘(皇后ㅣ) 표(表) ᄀᆞᆷ쵸믄 아지 못ᄒᆞ시ᄂᆞᆫ지라 년망(連忙)이

---

518) 졍통(精通): 정통. 어떤 사물에 대하여 깊고 자세히 통하여 앎.
519) 쇄옥셩(碎玉聲): 쇄옥성. 옥을 부수는 듯한 소리라는 뜻으로 맑은 소리를 이름.
520) ᄇᆡᆨ뇨(百僚): 백료. 모든 관료.
521) 간졍(奸情): 간정. 간사한 마음.
522) 엄위(嚴威): 엄한 위엄.

답왈(答曰),

“슉(叔)이 ᄒᆞ고져 ᄒᆞ시는 일을 짐(朕)이 엇지 듯지 아니ᄒᆞ리잇고?”

공쥐(公主ㅣ) 이의 왕 시(氏)를 ᄂᆞ리와 ᄃᆡ하(臺下)[523]의 ᄭᅮᆯ니고 형벌(刑罰)을 ᄂᆞ와 엄문(嚴問)코져 ᄒᆞ시니 왕 시(氏) ᄌᆞ쇼(自少)로 궁금(宮禁)의셔 금슈고량(錦繡膏粱)[524]의 ᄡᆞ혀 죤귀(尊貴)ᄒᆞ미 비길 ᄃᆡ 업ᄉᆞ니 엇지 형벌(刑罰)을 밧고져 ᄯᅳᆺ이 이시리오. 이의 고두(叩頭) ᄃᆡ왈(對曰),

“신쳡(臣妾)이 졍 부인(夫人) 답표(答表)를 맛ᄐᆞ 와 낭낭(娘娘)긔 드리온 후(後) 다시 아지 못ᄒᆞᄂᆞ이다.”

샹(上)이 다시 므러 ᄀᆞᆯᄋᆞ샤ᄃᆡ,

“표(表)를 가져왓실진ᄃᆡ 쳐음의 은휘(隱諱)[525]ᄒᆞ믄 엇진 ᄯᅳᆺ이뇨? 직고(直告)ᄒᆞ여 형벌(刑罰)을 면(免)ᄒᆞ라.”

116면

왕 시(氏) 부복(俯伏) 고두(叩頭) 왈(曰),

“고어(古語)의 ‘쥬욕신ᄉᆡ(主辱臣死ㅣ)[526]’라 낭낭(娘娘)이 표(表)를 ᄀᆞᆷ쵸시고 비ᄌᆞ(婢子) 등(等)을 당부(當付)ᄒᆞ시니 경(輕)히 발셜(發說)치 못ᄒᆞ엿숩더니 이졔 텬위지하(天威之下)의 감(敢)히 은휘(隱諱)치 못ᄒᆞ여 알외ᄂᆞ이다.”

샹(上)이 쳥파(聽罷)의 가쟝 놀ᄂᆞ샤 도라 공쥬(公主)긔 샤왈(謝曰),

523) ᄃᆡ하(臺下): 대하. 대의 아래.

524) 금슈고량(錦繡膏粱): 금수고량. 비단옷과 맛있는 음식.

525) 은휘(隱諱): 꺼리어 감추거나 숨김.

526) 쥬욕신ᄉᆡ(主辱臣死ㅣ): 주욕신사. 주군이 욕을 당하면 신하가 죽음.

"짐(朕)이 혼암(昏闇)ᄒᆞ여 술피지 못ᄒᆞᆫ 타ᄉᆞ로 황후(皇后)의 실덕(失德)이 여ᄎᆞ(如此)ᄒᆞ니 짐(朕)이 어ᄂᆞ ᄂᆞᆾᄎᆞ로 니(李) 공(公) 부ᄌᆞ(父子)ᄅᆞᆯ 보리오?"

셜파(說罷)의 룡안(龍顔)이 블안(不安)ᄒᆞ시니 공쥐(公主ㅣ) 좌(座)ᄅᆞᆯ 써나 면관돈슈(免冠頓首)ᄒᆞ고 다시 부복(俯伏) 쥬왈(奏曰),

"신(臣)이 금일(今日) 크게 실톄(失體)ᄒᆞ와 텬졍(天廷)을 어ᄌᆞ러이오니 죄당만ᄉᆡ(罪當萬死ㅣ)[527]로쇼이다. 연(然)이나 신(臣)이 황고(皇考)[528]의 ᄉᆡᆼ휵(生畜)[529]ᄒᆞ신 바로 션뎨(先帝) 동긔(同氣)오 폐[530]하(陛下)로 슉질지의(叔姪之義)[531] 이시니 임의 골육(骨肉)의 ᄂᆞᆫ호오미 잇ᄉᆞᆸᄂᆞᆫ 고(故)로 ᄒᆞᆫ 말ᄉᆞᆷ을 고(告)코져 ᄒᆞᄋᆞᆸᄂᆞ니 능(能)히 죄(罪)ᄅᆞᆯ 용샤(容赦)ᄒᆞ시리잇가?"

샹(上)이 숀을 ᄭᅩᄌᆞ 궤[532]슬(跪膝)[533] ᄃᆡ왈(對曰),

"황슉(皇叔)[534]이 므ᄉᆞᆷ 말을 ᄒᆞ고져 ᄒᆞ시ᄂᆞ니

...

117면

잇고? ᄒᆞᆫ 번(番) 니ᄅᆞ시미 ᄒᆡ(害)롭지 안토쇼이다."

공쥐(公主ㅣ) 다시 계슈(稽首)[535] 왈(曰),

---

527) 죄당만ᄉᆡ(罪當萬死ㅣ): 죄당만사. 지은 죄는 만 번 죽어 마땅함.

528) 황고(皇考): 돌아가신 황제.

529) ᄉᆡᆼ휵(生畜): 생육. 낳아서 기름.

530) 폐: [교] 원문에는 '톄'로 되어 있으나 오기로 보임.

531) 슉질지의(叔姪之義): 숙질지의. 고모와 조카의 의리.

532) 궤: [교] 원문에는 '괴'로 되어 있으나 오기로 보이므로 국도본(13:111)을 따름.

533) 궤슬(跪膝): 무릎을 꿇음.

534) 황슉(皇叔): 황숙. 황제의 고모. 계양 공주가 영종의 고모가 되므로 이와 같이 칭한 것임.

"폐히(陛下ㅣ) 이제 ᄃᆡ위(大位)ᄅᆞᆯ 지언 지 오ᄅᆡ지 아니ᄒᆞ니 정ᄉᆞ(政事)ᄅᆞᆯ ᄇᆞᆰ히 다ᄉᆞ[536]려도 인심(人心)이 흉흉[537](洶洶)[538]ᄒᆞᆯ ᄇᆡ니 다ᄉᆞ리미 어렵거ᄂᆞᆯ 폐히(陛下ㅣ) 본(本)ᄃᆡ 션뎨(先帝) 춍명(聰明)ᄒᆞ시믈 습(習)ᄒᆞ지 못ᄒᆞ여 겨시거ᄂᆞᆯ 안흐로 ᄂᆡ춤(內讒)[539]을 신쳥(信聽)[540]ᄒᆞ시고 낭낭(娘娘)이 신하(臣下)의 집의 밀셔(密書) ᄂᆞ리오시미 ᄃᆡ단ᄒᆞᆫ 실덕(失德)이어ᄂᆞᆯ 금(禁)치 못ᄒᆞ시고 황이(皇姨)의 빌미 신하(臣下)ᄅᆞᆯ 가도시며 그 안히ᄅᆞᆯ 니이(離異)ᄒᆞ시고 ᄃᆡ신(大臣)의 부인(夫人)을 의심(疑心)ᄒᆞ시니 슬프다, 됴뎡(朝廷) 간관(諫官)이 업ᄉᆞ미오, 금일(今日) 신(臣)의 쥬ᄉᆡ(奏辭ㅣ)[541] 필연(必然) 고모(姑母)와 ᄉᆡ동싱(媤--)을 편(便)드ᄂᆞᆫ가 ᄒᆞ시려니와 신심(臣心)은 황텬후퇴(皇天后土ㅣ)[542] 죠감(照鑑)[543]ᄒᆞ시리니 엇지 일호(一毫) ᄉᆞ졍(私情)으로 인(因)ᄒᆞ리잇고? 왕녜(-女) 져근 궁인(宮人)으로 비록 춍ᄋᆡ(寵愛)ᄒᆞ시나 제 엇지 감(敢)히 텬뎡(天廷)을 긔망(欺妄)ᄒᆞ고 대신(大臣)의 부인(夫人)을 ᄒᆡ(害)ᄒᆞ리잇고? 폐하(陛下)ᄂᆞᆫ 모ᄅᆞ미

•••

118면

법(法)을 졍(正)히 ᄒᆞ쇼셔."

---

535) 계슈(稽首): 계수. 머리가 땅에 닿도록 몸을 굽혀 하는 절.

536) ᄉᆞ: [교] 원문에는 '다'로 되어 있으나 오기로 보이므로 국도본(13:112)을 따름.

537) 흉흉: [교] 원문에는 '홍홍'으로 되어 있으나 오기로 보임.

538) 흉흉(洶洶): 분위기가 술렁술렁하여 매우 어수선함.

539) ᄂᆡ춤(內讒): 내참. 안에서 하는 참소라는 뜻으로 여기에서는 황후의 참소를 이름.

540) 신쳥(信聽): 신청. 믿고 곧이들음.

541) 쥬ᄉᆡ(奏辭ㅣ): 주사. 아뢰는 말.

542) 황텬후퇴(皇天后土ㅣ): 황천후토. 하늘의 신과 땅의 신.

543) 죠감(照鑑): 조감. 밝게 살핌.

언쥬(言奏)ᄒᆞ믈 파(罷)ᄒᆞᄆᆡ 냥안(兩眼)이 졈졈(漸漸) 가ᄂᆞᆯ고 미위(眉宇ㅣ) 츄샹(秋霜)ᄀᆞᄐᆞ니 샹(上)이 크게 붓그리고 뉘웃ᄎᆞ샤 이의 샤례(謝禮)ᄒᆞ여 ᄀᆞᆯᄋᆞ샤ᄃᆡ,

"짐(朕)이 무샹(無狀)ᄒᆞ미 션뎨(先帝) 탁고대신(托孤大臣)[544]을 박ᄃᆡ(薄待)하며 공신(功臣)을 무고(無辜)히 옥(獄)의 ᄂᆞ리오니 짐(朕)의 블명(不明)ᄒᆞ미여니와 이 도시(都是) 황후(皇后)의 일이라 븍궁(北宮)의 ᄂᆞ리와 그ᄅᆞ믈 칙(責)ᄒᆞ샤이다."

공즦(公主ㅣ) 졍식(正色) ᄃᆡ왈(對曰),

"비쳔지인(卑賤之人)도 죠강지쳐(糟糠之妻)ᄂᆞᆫ 블하당(不下堂)[545]을 ᄉᆡᆼ각거ᄂᆞᆯ 황휘(皇后ㅣ) 년쇼(年少)ᄒᆞ샤 ᄃᆡ톄(大體)[546]ᄅᆞᆯ 미쳐 ᄉᆡᆼ각지 못ᄒᆞ시고 동긔(同氣) ᄉᆞ랑이 지극(至極)ᄒᆞ므로 비로셔 겨시미오, ᄒᆞ믈며 션뎨(先帝) 간션(揀選)ᄒᆞ샤 폐ᄒᆞ(陛下)ᄅᆞᆯ ᄆᆞᆺ져 겨시거ᄂᆞᆯ 이런 즁ᄃᆡ(重大)ᄒᆞᆫ 말ᄉᆞᆷ을 ᄒᆞ시ᄂᆞ니잇가? 폐히(陛下ㅣ) 비록 만승(萬乘) 텬ᄌᆡ(天子ㅣ)시나 스ᄉᆞ로 실덕(失德)을 ᄉᆡᆼ각지 못ᄒᆞ시고 황후(皇后)긔 미뤼시니 신(臣)이 개연(慨然)ᄒᆞ믈 이긔지 못ᄒᆞ도쇼이다."

샹(上)이 져두(低頭) 잠쇼(暫笑)ᄒᆞ시고 ᄃᆡ왈(對曰),

"슉뫼(叔母ㅣ)

544) 탁고대신(托孤大臣): 탁고한 대신. 탁고는 왕이 죽을 때 신임하는 신하에게 어린 임금의 보호를 부탁하는 것.

545) 죠강지쳐(糟糠之妻)ᄂᆞᆫ 블하당(不下堂): 조강지처는 불하당. 가난할 때 함께 고생한 아내는 내쫓지 않음. 조강은 지게미와 쌀겨라는 뜻으로, 가난한 사람이 먹는 변변치 못한 음식을 이르는 말임. 중국 후한(後漢) 광무제(光武帝)의 신하인 송홍이 광무제가 자신을 황제의 손윗누이인 호양공주(湖陽公主)와 혼인시키려 하자 이와 같이 말하며 혼인을 거절한 일이 있음. 『후한서(後漢書)』, 「송홍전(宋弘傳)」.

546) ᄃᆡ톄(大體): 대체. 중요한 덕목.

119면

ᄒᆞᆫ곳 짐(朕)을 출출(察察)[547] 논박(論駁)[548]ᄒᆞ시고 후(后)ᄅᆞᆯ 벗기시니 짐(朕)이 셜사(設使) 블명(不明)ᄒᆞ나 황휘(皇后ㅣ) 니ᄅᆞ미 업술진ᄃᆡ 엇지 알니잇고?”

공쥐(公主ㅣ) 역쇼(亦笑) 왈(曰),

“신(臣)이 굿ᄐᆞ여 폐하(陛下)긔 박(薄)ᄒᆞ고 황후(皇后)긔 후(厚)ᄒᆞ미 아니라 고어(古語)의 닐온, ‘귀먹고 어리지 아니면 가장(家長)이 못된다.’ ᄒᆞᄂᆞ니 비록 죤귀(尊貴)ᄒᆞ미 지엄(至嚴)ᄒᆞ나 셩샹(聖上)이 만일(萬一) 그런 말솜을 신쳥(信聽)치 아니실진ᄃᆡ 엇지 이런 일이 이시리잇고?”

샹(上)이 무언(無言)ᄒᆞ샤 다만 우으시니 위 태휘(太后ㅣ) 샹연(傷然) 슈누(垂淚) 왈(曰),

“금일(今日) 공쥬(公主)의 신명(神明)ᄒᆞ시믈 보니 션뎨(先帝)로 흡샤(恰似)ᄒᆞ신지라. 션뎨(先帝) 공ᄉᆡ(公事ㅣ) 미결(未決)ᄒᆞ실진ᄃᆡ 계양공쥬(公主)긔 므ᄅᆞ샤 신명(神明)ᄒᆞᆫ 쇼견(所見)을 드ᄅᆞ시면 층찬(稱讚)ᄒᆞ시든 일을 ᄉᆡᆼ각ᄒᆞ니 이졔 어ᄂᆞ 시절(時節)의 그런 일을 보며 금샹(今上)이 블명(不明)ᄒᆞ미 공쥬[549](公主)의 입이 알프게 ᄒᆞᆯ ᄲᅮᆫ이니 엇지 슬프지 아니ᄒᆞ리오?”

공쥐(公主ㅣ) 쳥파(聽罷)의 역시(亦是) 옥

547) 출출(察察): 찰찰. 꼼꼼하고 자세함.

548) 논박(論駁): 논리적으로 반박함.

549) 쥬: [교] 원문에는 없으나 문맥을 고려하여 국도본(13:115)을 따라 삽입함.

120면

누(玉淚)를 ᄂᆞ리오고 샹(上)은 황공(惶恐)ᄒᆞ여 ᄭᅮᆯ어 쳥죄(請罪)ᄒᆞ실 ᄲᅮᆫ이러니 진휘 ᄀᆞᆯᄋᆞ샤ᄃᆡ,

"샹(上)은 무익(無益)ᄒᆞᆫ 말ᄉᆞᆷ 말고 모ᄅᆞ미 션쳐(善處)ᄒᆞ믈 명ᄇᆡᆨ(明白)히 ᄒᆞ쇼셔."

샹(上)이 슈명이[550]퇴(受命而退)ᄒᆞ여 졍뎐(正殿)[551]의 ᄂᆞ가샤 됴셔(詔書)를 ᄂᆞ리와 문후를 복직(復職)ᄒᆞ시고 승샹(丞相)을 브ᄅᆞ샤 황후(皇后)의 그ᄅᆞᆺᄒᆞ심과 샹(上)의 블명(不明)ᄒᆞ시믈 닐ᄏᆞᄅᆞ시니 승샹(丞相)이 황공(惶恐)ᄒᆞ여 고두(叩頭) 쳥죄(請罪) ᄲᅮᆫ이러니 샹(上)이 다시 ᄀᆞᆯᄋᆞ샤ᄃᆡ,

"쇼녀(-女)ᄂᆞᆫ 임의 보ᄂᆡᆫ 거시니 졔 어버이게 근친(覲親)ᄒᆞ고 오게 ᄒᆞ고 됴 시(氏) 비록 실톄(失體)ᄒᆞ미 이시나 션ᄉᆡᆼ(先生)은 그 년쇼(年少) 젼도(顚倒)ᄒᆞ믈 개회(介懷)치 말고 그ᄅᆞᆫ 곳을 가ᄅᆞ쳐 ᄌᆞ부(子婦) 항녈(行列)의 두믈 바라노라."

ᄒᆞ시니 대강(大綱) 샹(上)이 황후(皇后)로 ᄌᆞ못 졍(情)이 즁(重)ᄒᆞ시미라.

승샹(丞相)이 고두(叩頭)ᄒᆞ고 믈너ᄂᆞᄆᆡ 샹(上)이 왕 시(氏)를 뎐니(田里)[552]로 ᄂᆡ치시고 황후(皇后)ᄂᆞᆫ 녜되로 즁ᄃᆡ(重待)ᄒᆞ시니 냥뎐(兩殿)[553]이 역시(亦是) 그ᄅᆞ믈 ᄎᆡᆨ(責)지 아니ᄒᆞ시더라. 공쥐(公主ㅣ) 십여(十餘) 일(日)

---

550) 이: [교] 원문에는 이 글자가 없으나 문맥을 고려하여 국도본(13:115)을 따라 삽입함.

551) 졍뎐(正殿): 정전. 왕이 나와서 조회를 행하던 궁전.

552) 뎐니(田里): 전리. 고향 마을. 향리.

553) 냥뎐(兩殿): 양전. 진 태후와 위 태후를 이름.

121면

을 믁어 하직(下直)고 ᄂᆞ오니라.

ᄎᆞ셜(且說). 문졍휘 은샤(恩赦)[554]를 닙ᄉᆞ와 옥문(玉門)을 ᄂᆞ 궐하(闕下)의 샤은(謝恩)ᄒᆞ고 집의 니ᄅᆞ니, 이ᄯᅢ 승샹(丞相)이 몬져 도라와 샹(上)의 쳐치(處置)를 죤당(尊堂)의 고(告)ᄒᆞ니 뉴 부인(夫人) 왈(曰),

"ᄋᆞ부(阿婦)를 도로 ᄃᆞ려오미 엇더ᄒᆞ뇨?"

승샹(丞相) 왈(曰),

"금일(今日) 난(亂)이 도시(都是) 몽챵의 편벽(偏僻)ᄒᆞ기로 니러ᄂᆞ고 셩샹(聖上)이 마지못ᄒᆞ샤 일을 이러틋 공졍(公正)ᄒᆞ시나 그 본심(本心)인즉 엇지 그 됴 시(氏)를 위(爲)ᄒᆞ시미 업ᄉᆞ며 쇼 시(氏)를 근친(覲親)케 ᄒᆞ라 ᄒᆞ신 말숨이 그 ᄯᅳᆺ을 가(可)히 ᄉᆞᆺ쳐 알지라 아직 쟝부(-府)의 두어 ᄉᆞ셰(事勢)를 보샤이다."

태ᄉᆡ(太師ㅣ) 졈두(點頭)[555]ᄒᆞ고 좌위(左右ㅣ) 올타 ᄒᆞ더니[556] 이윽고 문휘 드러와 좌즁(座中)의 뵈오ᄆᆡ 모다 취옥(就獄)ᄒᆞ엿던 일을 치위(致慰)ᄒᆞ더라. 문휘 냥구(良久) 후(後) 부친(父親)긔 품왈(稟曰),

"셩지(聖旨) 임의 히ᄋᆞ(孩兒)의 죄(罪)를 샤(赦)ᄒᆞ시고 쇼 시(氏)로 니이(離異)ᄒᆞ믈 거두워 겨시니 히아(孩兒)의 가ᄉᆡ(家事ㅣ) ᄒᆞ로도 쥬뫼(主母ㅣ) 업지 못ᄒᆞ올지라. 챵두(蒼頭)로 ᄯᆞᆯ와 도로 블너 닐

---

554) 은샤(恩赦): 은사. 나라에 경사가 있을 때에, 죄과가 가벼운 죄인을 풀어 주던 일.

555) 졈두(點頭): 점두. 승낙의 뜻으로 고개를 끄덕임.

556) 좌위(左右ㅣ) 올타 ᄒᆞ더니: [교] 원문에는 '좌위를 파ᄒᆞ더니'로 되어 있으나 문맥을 고려하여 국도본(13:117)을 따름.

122면

위고져 ᄒᆞᄂᆞ이다."

승샹(丞相)이 졍ᄉᆡᆨ(正色) 왈(曰),

"이제 셩샹(聖上)이 마지못ᄒᆞ샤 ᄋᆞ부(阿婦)의 니이(離異)ᄅᆞᆯ 거두워 겨시나 셩지(聖旨) 즁(中) 말숨을 ᄉᆞᆯ필진ᄃᆡ 거의 짐쟉(斟酌)ᄒᆞᆯ지라 엇지 번거로이 도로 다려오리오? 네 나히 이십(二十)이 너멋고 ᄌᆞ식(子息)이 이시니 일이(一二) 년(年)을 환부(鰥夫)로 못 이시리오?"

문휘 쳥파(聽罷)의 황연(晃然)[557] ᄒᆞ여 돈슈(頓首) 슈명(受命)ᄒᆞ고 믈너나 그 약질(弱質)이 도로(道路) 험노(險路)의 므ᄉᆞ(無事)히 득달(得達)ᄒᆞᆷ을 밋지 못ᄒᆞ여 일일(日日) 층가(層加)ᄒᆞ고 부부(夫婦) 니별(離別)이 ᄌᆞ즈믈 탄(嘆)ᄒᆞ여 흥심(興心)이 바히 업ᄉᆞ나 외면(外面)은 ᄌᆞ약(自若)ᄒᆞ더라. 연(然)이나 됴 시(氏) 승샹(丞相) 명(命)으로 듕회(衆會) 즁(中) ᄂᆞ단니나 ᄆᆡ오미 젼(前)도곤 ᄇᆡ승(倍勝)ᄒᆞ여 더옥 ᄒᆡᆼ노인(行路人) 보ᄃᆞᆺ ᄒᆞ고 님 시(氏)로 의건(衣巾)을 밧들이며 므ᄅᆞᆺ 대쇼ᄉᆞ(大小事)ᄂᆞᆫ 운ᄋᆡ 졍 부인(夫人)긔 취품(就稟)[558] ᄒᆞ여 ᄒᆡᆼ(行)ᄒᆞ더라.

이ᄯᅢ, 됴 시(氏) 황명(皇命)으로 심당(深堂) 안치(安置)ᄅᆞᆯ 버셔ᄂᆞ나 문졍후의 박ᄃᆡ(薄待)ᄂᆞᆫ 더ᄒᆞ니 악심(惡心)을 쥬리잡지[559] 못ᄒᆞ여 셩

557) 황연(晃然): 환하게 깨닫는 모양.

558) 취품(就稟): 취품. 웃어른께 나아가 여쭘.

559) 쥬리잡지: 주리치지. 쭈그러지지. '쥬리잡다'는 '쭈그러지다'의 뜻임.

123면

문 등(等)을 히(害)ᄒᆞ고져 ᄒᆞ니 고어(古語)의, '유복(有福)ᄒᆞᆫ 사ᄅᆞᆷ은 죽을 곳의 술믈 엇ᄂᆞᆫ다.' ᄒᆞ엿거니와 져 ᄉᆞ오뉵(四五六) 셰(歲) ᄒᆡᄋᆡ(孩兒ㅣ) 엇진 흉(凶)ᄒᆞᆫ 슈단(手段)[560]을 면(免)ᄒᆞ며 영문이 쇼 시(氏)와 문후의 젼셰(前世) 과보(果報)[561]를 갑흐려 ᄒᆞᄂᆞᆫ 고(故)로 능(能)히 됴 시(氏)의 독슈(毒手)를 피(避)치 못ᄒᆞ미라.

ᄎᆞ셜(且說). 쇼 쇼졔(小姐ㅣ) 존구(尊舅) 명(命)을 바다 댱부(-府)의 니ᄅᆞ니 댱 샹셰(尙書ㅣ) 놀나 밧비 마ᄌᆞ 알픠 안치고 므ᄅᆞᄃᆡ,

"현질(賢姪)이 엇진 연고(緣故)로 블의(不意)의 니ᄅᆞ뇨? 우슉(愚叔)이 연고(緣故)를 몰나 의혹(疑惑)ᄒᆞ노라."

쇼 시(氏) 피셕(避席)ᄒᆞ여 연고(緣故)를 고(告)ᄒᆞ고 홍ᄋᆡ 셔간(書簡)을 밧드러 드리니 샹셰(尙書ㅣ) 견필(見畢)의 경왈(驚曰),

"질ᄋᆞ(姪兒)의 신셰(身世) 가지록 험난(險難)ᄒᆞ미 여ᄎᆞ(如此)ᄒᆞ니 엇지 ᄋᆡ답지 아니리오? 연(然)이나 슉질(叔姪)이 ᄒᆞᆫ ᄃᆡ 이실 일이 깃브도다. ᄂᆡ 집이 본(本)ᄃᆡ 호번(浩繁)ᄒᆞ나[562] 옥호뎡은 ᄌᆞ못 진간(塵間)[563]이 아니니 ᄌᆞ슈[564] 형(兄)이 ᄉᆡᆼ각기를 즐ᄒᆞ도다."

또 우어 왈(曰),

"ᄇᆡᆨ달[565]이 너를 ᄯᅥ나 엇지 잘 견ᄃᆡᆯ고? 반ᄃᆞ시 와신

560) 슈단(手段): 수단. 일을 처리하여 나가는 솜씨와 꾀.

561) 과보(果報): 전생에 지은 선악에 따라 현재의 행과 불행이 있고, 현세에서의 선악의 결과에 따라 내세에서 행과 불행이 있는 일. 인과응보(因果應報).

562) 나: [교] 원문에는 '니'로 되어 있으나 오기로 보이므로 국도본(13:119)을 따름.

563) 진간(塵間): 속세간.

564) ᄌᆞ슈: 자수. 이관성의 자(字).

565) ᄇᆡᆨ달: 백달. 이몽창의 자(字).

124면

샹담(臥薪嘗膽)[566] ᄒᆞ리로다."

드ᄃᆡ여 옥호뎡을 셔룻고 쇼져(小姐) 노쥬(奴主)를 ᄀᆞ쵸왓더니 슈일(數日) 후(後) 셩지(聖旨) ᄂᆞ려 문휘 샤(赦)를 엇고 쇼 시(氏) 니이(離異)ᄒᆞᄂᆞᆫ 명(命)을 거두믈 듯고 샹셰(尙書ㅣ) 쇼 시(氏)를 블너 닐오ᄃᆡ,

"이졔 셩지(聖旨) 여ᄎᆞ(如此)ᄒᆞ시니 질ᄋᆡ(姪兒ㅣ) 구가(舅家)로 슈히 도라가리로다."

쇼 시(氏) 념슈(斂手)[567] ᄃᆡ왈(對曰),

"셩지(聖旨) 비록 니이(離異)ᄒᆞᄂᆞᆫ 명(命)을 거두나 그 ᄯᅳᆺ이 ᄌᆞ못 깁흐시니 쇼질(小姪)이 져곳의 가미 위틱(危殆)ᄒᆞᆯ가 ᄒᆞᄂᆞ이다. 연(然)이나 구가(舅家) 쳐분(處分)ᄒᆞᄂᆞᆫ ᄃᆡ로 ᄒᆞᆯ 거시니 쇼질(小姪)이 엇지 ᄌᆞᄒᆡᆼ(恣行)[568] ᄒᆞ리잇고?"

샹셰(尙書ㅣ) 밋쳐 답(答)지 못ᄒᆞ여셔 좌위(左右ㅣ) 니(李) 승샹(丞相) 니ᄅᆞ시믈 고(告)ᄒᆞ니 샹셰(尙書ㅣ) 쇼져(小姐)로 더브러 ᄆᆞᄌᆞ 례필한훤(禮畢寒暄)[569] 후(後) 승샹(丞相) 왈(曰),

566) 와신샹담(臥薪嘗膽): 와신상담. 섶에 몸을 눕히고 쓸개를 맛본다는 뜻으로 원수를 갚거나 마음먹은 일을 이루기 위하여 온갖 어려움과 괴로움을 참고 견딤을 비유적으로 이르는 말. 중국 춘추(春秋)시대 오(吳)나라의 왕 부차(夫差)가 아버지 합려의 원수를 갚기 위하여 섶 위에서 잠을 자며 월(越)나라의 왕 구천(句踐)에게 복수할 것을 맹세하였고, 그에게 패배한 구천이 쓸개를 핥으면서 복수를 다짐한 데서 유래함. 『사기(史記)』, 「월세가(越世家)」.

567) 념슈(斂手): 염수. 두 손을 마주 잡고 공손히 서 있음.

568) ᄌᆞᄒᆡᆼ(恣行): 자행. 마음대로 행동함.

569) 례필한훤(禮畢寒暄): 예필한훤. 날이 찬지 따뜻한지 여부 등의 인사를 하며 예를 마침.

"금됴(今朝)의 텬지(天子ㅣ) 됴셰(詔書ㅣ) 여ᄎᆞ(如此)ᄒᆞ시나 본심(本心)이 쾌(快)치 못ᄒᆞ시믄 은은(隱隱)이 ᄂᆞᄐᆞ나고 원ᄂᆡ(元來) ᄋᆞ지(兒子ㅣ) 규방(閨房)의 은졍(恩情)이 편벽(偏僻)ᄒᆞ여 드럼 즉지 아닌 말이 텬뎡(天廷)을 어ᄌᆞ러이니 쇼뎨(小弟)의 깃거ᄒᆞᄂᆞᆫ ᄇᆡ 아니오, 쇼뎨(小弟) 또 ᄋᆞ부(阿婦)의 샹(相)을 보ᄆᆡ 금년(今年) 운싊(運數ㅣ) 심(甚)

125면

히 블니(不利)ᄒᆞ니 아직 이곳의 두어 양지(禳災)[570]케 ᄒᆞ고져 ᄒᆞᄂᆞ니 현형(賢兄)은 돈ᄋᆞ(豚兒)ᄃᆞ려 이곳의 이시믈 니ᄅᆞ지 말고 ᄋᆞ부(阿婦)ᄅᆞᆯ 머므러 두미 엇더뇨?"

샹셰(尙書ㅣ) 쇼왈(笑曰),

"나의 질ᄋᆞ(姪兒)ᄂᆞᆫ 진실(眞實)로 범인(凡人)이 아니로다. 앗가 의논(議論)이 여ᄎᆞ(如此)ᄒᆞ더니 이졔 형(兄)의 ᄯᅳᆺ과 ᄀᆞᆺᄐᆞᆫ지라 엇지 긔특(奇特)지 아니ᄒᆞ리오?"

승샹(丞相)이 우어 왈(曰),

"당형(-兄)이 나의 현부(賢婦)ᄅᆞᆯ 알미 늣다 ᄒᆞ리로다. 덕ᄒᆡᆼ(德行)이 임ᄉᆞ(姙姒)[571]의 지ᄂᆞ고 너ᄅᆞ미 ᄃᆡ히(大海)ᄅᆞᆯ 좁게 너기니 엇지 타인(他人)의게 비(比)ᄒᆞᆯ ᄇᆡ리오?"

샹셰(尙書ㅣ) ᄃᆡ쇼(大笑) 왈(曰),

"질ᄋᆞ(姪兒)의 긔특(奇特)ᄒᆞ믈 일노 더옥 알니로다. ᄌᆞ슈 형(兄)이

570) 양지(禳災): 양재. 재앙을 물리침.

571) 임ᄉᆞ(姙姒): 임사. 임사. 중국 고대의 후비(后妃)인 태임(太姙)과 태사(太姒)를 이름. 태임은 주(周)나라 왕계의 아내이자 문왕(文王)의 어머니이고, 태사는 주나라 문왕의 후비이자 무왕(武王)의 어머니임. 어머니와 아내로서의 도리를 잘 지킨 것으로 유명함.

ᄌᆞ쇼(自少)로 아모 일을 보나 무심무녀(無心無慮)ᄒᆞ여 희로애락(喜怒哀樂)을 아지 못ᄒᆞᄂᆞᆫ 듯ᄒᆞ고 사ᄅᆞᆷ의 어ᄌᆞᆯᆷ과 ᄉᆞ오ᄂᆞ오믈 아나 논폄(論貶)572) ᄒᆞ기ᄅᆞᆯ 아니ᄒᆞ더니 이졔 쇼안(笑顏)573)으로 질ᄋᆞ(姪兒)ᄅᆞᆯ 찬양(讚揚)ᄒᆞ니 가(可)히 질ᄋᆞ(姪兒)의 위인(爲人)을 알니로다."

승샹(丞相)이 흔연(欣然)이 웃고 쇼 시(氏)ᄅᆞᆯ 위로(慰勞)

126면

ᄒᆞ여 편(便)히 이시믈 니ᄅᆞ고 도라가니, 쇼 시(氏) 원ᄂᆡ(元來) 니부(李府)의 못 가미 쇼원(所願)이라 깃브믈 이긔지 못ᄒᆞ여 홍ᄋᆞ 등(等)을 거ᄂᆞ려 옥호뎡의셔 일월(日月)을 보ᄂᆡ니,

ᄎᆞ시(此時) 츄팔월(秋八月) 념시(念時)574)라. 느즌 국화(菊花)와 단풍(丹楓)이 경개(景槪)ᄅᆞᆯ 도으며 향긔(香氣) 원근(遠近)의 뽀히니 쇼졔(小姐ㅣ) 스ᄉᆞ로 즐거오믈 이긔지 못ᄒᆞ여 왈(曰),

"이곳이 이러ᄐᆞᆺ 긔이(奇異)ᄒᆞ고 심침(深沈)575)ᄒᆞ여 경개(景槪) 절승(絶勝)ᄒᆞ믹 당년(當年)의 표형(表兄)이 이곳의 써ᄂᆞ믈 즐겨 아니ᄒᆞᆫ 듯다. 이곳이 진실(眞實)노 ᄂᆡ 원(願)의 ᄎᆞ고 뜻의 마ᄌᆞᄃᆡ 평ᄉᆡᆼ(平生)을 잇지 못ᄒᆞ게 ᄒᆞ여시니 가셕(可惜)ᄒᆞ도다."

ᄎᆞ탄(嗟歎)ᄒᆞ믈 이긔지 못하더라.

쇼졔(小姐ㅣ) 잉ᄐᆡ(孕胎) 오(五) 삭(朔)이라. 젹년(積年) 도로(道路) 풍샹(風霜)을 겻거 ᄌᆞ못 샹(傷)ᄒᆞ미 이시므로 약질(弱質)이 능(能)히

---

572) 논폄(論貶): 논하여 깎아내림.

573) 쇼안(笑顏): 소안. 웃는 얼굴.

574) 념시(念時): 염시. 이십일 즈음.

575) 심침(深沈): 깊숙하고 조용함.

이긔지 못ᄒᆞ여 ᄒᆡᆼ보(行步)ᄅᆞᆯ 임의(任意)로 못 ᄒᆞ더니 져근덧 광음(光陰)이 뉴슈(流水) ᄀᆞᆺᄐᆞ[576] 납월(臘月)[577]의 니ᄅᆞ미 임의 만삭(滿朔)ᄒᆞᆫ지라 쥬야(晝夜) 샹요(牀-)[578]

∘●●

127면

의 누어 신음(呻吟)으로 지ᄂᆡ더라.

ᄒᆡ 진(盡)ᄒᆞ고 신년(新年)이 되니 쟝 쇼졔(小姐ㅣ) 근친(覲親)하려 이의 니ᄅᆞ러 부모(父母)긔 뵈옵고 옥호뎡의 니ᄅᆞ러 쇼 시(氏)ᄅᆞᆯ 보고 피ᄎᆞ(彼此) 반기며 별후(別後) 죤문(存問)[579]을 닐너 반기미 가히 업더라.

당 시(氏) 쇼왈(笑曰),

"현뎨(賢弟)ᄂᆞᆫ 슉슉(叔叔)을 ᄉᆡᆼ각ᄒᆞᄂᆞ냐? 슉슉(叔叔)이 현뎨(賢弟)ᄅᆞᆯ 니별(離別)ᄒᆞᆫ 후(後) 듀야(晝夜) 슈미(愁眉)ᄅᆞᆯ 펴지 아니니 우형(愚兄)이 현뎨(賢弟) 이곳의 니시믈 보(報)ᄒᆞ고져 시브더라."

ᄒᆞᆫᄃᆡ 쇼 시(氏) 잠쇼(暫笑) 무언(無言)이러니 인(因)하여 ᄀᆞᆯ오ᄃᆡ,

"이곳 경개(景槪)와 집 지은 거동(擧動)이 진실(眞實)노 별유건곤(別有乾坤)[580]이라. 쇼뎨(小弟) 평ᄉᆡᆼ(平生)의 이곳의셔 ᄆᆞᆺ고 시브니 이러커든 형(兄)이 당년(當年)의 쥭기로 아니 뎡(定)ᄒᆞ시냐?

당 시(氏) 답왈(答曰),

---

576) ᄐᆞ: [교] 원문에는 이 뒤에 '냐'가 있으나 부연으로 보아 삭제함.

577) 납월(臘月): 음력 12월.

578) 샹요(牀-): 상요. 침상에 편 요라는 뜻으로 잠자리를 이름.

579) 죤문(存問): 존문. 안부를 물음.

580) 별유건곤(別有乾坤): 이 세상 밖의 다른 세상이라는 뜻으로 경치가 좋거나 분위기가 좋은 곳을 이름.

"현뎨(賢弟)의 말이 올흔이라. 우형[581](愚兄)은 가군(家君)이 졍딕(正大)ᄒᆞ여 규문(閨門)의 원(怨) 기칠 사ᄅᆞᆷ이 아니오, 공쥬(公主ㅣ) 관ᄌᆞ인후(寬慈仁厚)[582]ᄒᆞ샤 텬셩(天性)이 사ᄅᆞᆷ의 바랄 ᄇᆡ 아니로ᄃᆡ ᄆᆡ양 일ᄉᆡᆼ(一生)을 이곳의셔 지ᄂᆡ고 시브거든 ᄒᆞ

•••

128면

믈며 현뎨(賢弟)ᄂᆞᆫ 희한(稀罕)ᄒᆞᆫ 변고(變故)ᄅᆞᆯ ᄀᆞᆺ쵸 겻고 이의 슉슉(叔叔)이 비록 후ᄃᆡ(厚待)하시나 젹국(敵國)이 강셩(强盛)ᄒᆞ고 업ᄉᆞᆫ 죄목(罪目)이 텬뎡(天廷)으로조ᄎᆞ ᄂᆞ리니 일신(一身)의 므ᄉᆞᆷ 귀(貴)ᄒᆞᆷ과 즐거오미 이시리오?"

쇼 시(氏) 탄왈(嘆曰),

"임의 몸이 명박(命薄)히 ᄉᆞᆷ겻ᄂᆞᆫ지라 엇지 남을 한(恨)ᄒᆞ리오? 됴 시(氏) 거동(擧動)이 필경(畢竟)이 잇고 긋칠지라 현형(賢兄)은 ᄂᆡ 두 ᄋᆞᄒᆡ(兒孩)ᄅᆞᆯ 유렴(留念)ᄒᆞ여 보호(保護)ᄒᆞ쇼셔. 당당(堂堂)이 결쵸(結草)ᄒᆞ미 이시리이다."

당 시(當時) 답왈(答曰),

"두 질ᄋᆞ(姪兒)ᄂᆞᆫ 흥문 등(等)과 ᄒᆞᆫ가지니 엇지 ᄌᆞ질(子姪)을 분간(分揀)ᄒᆞ리오? 연(然)이나 죤귀(尊舅ㅣ) 지셩(至誠)으로 보호(保護)ᄒᆞ시고 슉(叔)이 공ᄉᆞ(公事) 여가(餘暇)의 써ᄂᆞ지 아니시며 운익 잠시(暫時)ᄅᆞᆯ ᄉᆞᆫ의 ᄂᆞ리오지 아니ᄒᆞ니 위틱(危殆)ᄒᆞᆫ 념녀(念慮)ᄂᆞᆫ 업ᄉᆞᆫ가 ᄒᆞ노라."

ᄒᆞ니 쇼 시(氏) 탄식(歎息) 브답(不答)이오, 당 시(氏) 슈일(數日)을

581) 형: [교] 원문에는 '현'으로 되어 있으나 오기로 보이므로 국도본(13:124)을 따름.

582) 관ᄌᆞ인후(寬慈仁厚): 관자인후. 매우 어짊.

ᄒᆞᆫᄃᆡ 이셔 그 심회(心懷)ᄅᆞᆯ 위로(慰勞)ᄒᆞ더니 츈졍월(春正月) 십일(十一) 일(日) 미시(未時)의 쇼 시(氏) ᄉᆡᆼ녀(生女) 슌산(順産)ᄒᆞ니 날제 누른 긔운이 크

...

129면

게 호명을 두ᄅᆞ고 향긔(香氣) 원근(遠近)의 쏘이며 일긔(日氣) 쳥명(淸明)ᄒᆞ니 댱 시(氏) 크게 고이(怪異)히 너겨 ᄉᆡᆼᄋᆞ(生兒)ᄅᆞᆯ 보니 졀염(絶艶)ᄒᆞ미 만고(萬古)ᄅᆞᆯ 비겨 쌍(雙)이 업ᄉᆞ니 크게 ᄉᆞ랑ᄒᆞ여 이의 쇼 시(氏)ᄅᆞᆯ ᄃᆡ(對)ᄒᆞ여 칭찬(稱讚) 왈(曰),

"현뎨(賢弟) 냥ᄌᆞ(兩子)ᄅᆞᆯ 두고 죠쵸 녀ᄋᆞ(女兒)ᄅᆞᆯ ᄂᆞ으니 다복(多福)ᄒᆞ미 비(比)ᄒᆞᆯ ᄃᆡ 업도다. 죠심(操心)ᄒᆞ여 죠리(調理)ᄒᆞ라."

댱 샹셰(尙書ㅣ) 쇼 시(氏)의 슌산(順産)ᄒᆞᆫ 긔별(奇別)을 듯고 크게 깃거 친(親)히 드러와 보고 환희(歡喜) 왈(曰),

"질ᄋᆡ(姪兒ㅣ) 이런 긔이(奇異)ᄒᆞᆫ ᄯᆞᆯ을 ᄂᆞ하시니 ᄇᆡᆨ달이 만일(萬一) 알진ᄃᆡ ᄂᆞ라오리라."

ᄒᆞ고 의약(醫藥)을 극진(極盡)이 ᄒᆞ여 구호(救護)ᄒᆞ니 쇼졔(小姐ㅣ) 다른 우려(憂慮) 업ᄉᆞᆫ 고(故)로 ᄆᆞᄋᆞᆷ을 널이 ᄒᆞ여 죠보(調補)[583] ᄒᆞ니 십여(十餘) 일[584](日) 후(後) 향ᄎᆞ(向差)[585]ᄒᆞᄆᆡ 샹셰(尙書ㅣ) 더옥 깃거ᄒᆞ더라.

쇼 시(氏) ᄎᆞ후(此後) ᄉᆡᆼᄋᆞ(生兒)ᄅᆞᆯ 알픠 두어 ᄌᆞᆷ간(暫間) 심ᄉᆡ(心思ㅣ) ᄂᆞ으나 ᄆᆡ일(每日) 동(東)을 ᄇᆞ라보와 ᄉᆞ친(思親)ᄒᆞᄂᆞᆫ 누쉬(淚

583) 죠보(調補): 조보. 조리하며 보양함.

584) 일: [교] 원문에는 이 글자가 없으나 문맥을 고려하여 국도본(13:126)을 따름.

585) 향ᄎᆞ(向差): 향차. 병이 회복됨.

水ㅣ) 깁 ᄉᆞ믹 져ᄌᆞ믈 ᄡᅵᄃᆞᆺ지 못ᄒᆞ더라.

이적의 댱 쇼졔(小姐ㅣ) 도라가 가마니 죤당(尊堂) 구고(舅姑)긔 쇼 시(氏) 슌산(順産) ᄉᆡᆼ

•••

130면

녀(生女)ᄒᆞ믈 고(告)ᄒᆞ니 승샹(丞相)이 경희(驚喜) 왈(曰),

"ᄋᆞ뷔(阿婦ㅣ) 잉티(孕胎)ᄒᆞᆫ 쥴 몰ᄂᆞᆺ더니 엇지 이런 경ᄉᆡ(慶事ㅣ)이실 쥴 알니오?"

즉시(卽時) 당부(-府)의 ᄂᆞ아가 샹셔(尙書)를 보니 샹셰(尙書ㅣ) 웃고 왈(曰),

"질ᄋᆞ(姪兒)의 잉티(孕胎)ᄒᆞ믈 쇼뎨(小弟) ᄯᅩᄒᆞᆫ 아지 못ᄒᆞ더니 의외(意外)의 긔녀(奇女)를 ᄉᆡᆼ(生)ᄒᆞ니 엇지 깃브지 아니리오?"

승샹(丞相)이 ᄯᅩᄒᆞᆫ 깃브믈 일ᄏᆞᆮ고 옥호뎡의 드러가 쇼 시(氏)를 보고 위로(慰勞)ᄒᆞ며 숀ᄋᆞ(孫兒)를 보니 ᄉᆡᆼᄋᆡ(生兒ㅣ) 비록 기ᄉᆡ[586] ᄡᆞ인 강보ᄋᆡ(襁褓兒ㅣ)나 골격(骨格)이 임의 범인(凡人)으로 더브러 다ᄅᆞᆷ이 이시니 승샹(丞相)의 ᄒᆞᆫ 빵(雙) 셩안(星眼)의 엇지 몰ᄂᆞ보리오. 임의 젼두(前頭)를 스치고 문호(門戶)의 셩만(盛滿)ᄒᆞᆯ 쥴 심하(心下)의 민울(悶鬱)[587]ᄒᆞ더라. 승샹(丞相)이 반향(半晑)을 침음(沈吟)ᄒᆞ다가 이의 ᄂᆞᆺ비ᄎᆞᆯ 고치고 쇼졔(小姐ㅣ)를 향(向)ᄒᆞ여 위로(慰勞)ᄒᆞ여 ᄀᆞᆯ오ᄃᆡ,

"흉인(凶人)이 쟉화(作禍)ᄒᆞ미 심샹(尋常)치 아니ᄒᆞ므로 현부(賢婦)를 이곳의 두어 고초(苦楚)를 겻게 ᄒᆞ니 약질(弱質)이 ᄒᆡᆼ(幸)혀 울

586) 기ᄉᆡ: 포대기에. '깃'은 '포대기'를 이름.

587) 민울(悶鬱): 근심하며 우울해 함.

읍(鬱悒)[588]기

131면

로 샹(傷)홀가 엿더니 이제 히만(解娩)[589]ᄒᆞ여 슌산(順產) ᄉᆡᆼ녀(生女) ᄒᆞᆫ 경ᄉᆡ(慶事ㅣ) 이밧긔 업ᄉᆞ니 모ᄅᆞ미 보듕(保重)ᄒᆞ여 나의 경계(警戒)를 잇지 말ᄂᆞ."

ᄒᆞ고 ᄒᆡᄋᆞ(孩兒)를 안아 냥구(良久)히 가ᄎᆞᄒᆞ다가 드ᄃᆡ여 일흠 지어 일쥬라 ᄒᆞ니 원ᄂᆡ(元來) 승샹(丞相)이 거야(去夜) ᄭᅮᆷ의 ᄒᆡ 옥호명의 ᄲᅥ러지믈 보고 ᄌᆞ못 긔이(奇異)히 너기더니 쇼 시(氏) ᄉᆡᆼ녀(生女)ᄒᆞ믈 듯고 와 ᄉᆡᆼᄋᆞ(生兒)를 보고 이러틋 지으나 원ᄂᆡ(元來) 미영 쇼져(小姐)의 일흠을 가라 미쥬라 ᄒᆞ여시ᄆᆡ ᄭᅮᆷ도 응(應)ᄒᆞ고 형뎨(兄弟) 일흠을 다라 지으미더라. 쇼 시(氏) 죤구(尊舅) 쇼녀(小女) 졔명(題名)[590]ᄒᆞ신 ᄯᅳᆺ을 보고 ᄌᆞ긔(自己) 잉ᄐᆡ(孕胎)홀 졔 ᄒᆡ를 안하 본지라 그윽이 신명(神明)이 너기더라.

승샹(丞相)이 도라가 부모(父母)긔 쇼 시(氏) ᄉᆡᆼ(生)ᄒᆞᆫ 녀ᄋᆡ(女兒ㅣ) 무쌍(無雙)ᄒᆞ믈 고(告)ᄒᆞ고 문후다려난 니ᄅᆞ지 아니니 문휘 엇지 알니오. 환부(鰥夫) 공방(空房)이 ᄌᆞ못 괴롭고 부인(夫人)의 명월(明月) 안광(眼光)이 이목(耳目)의 삼삼[591]ᄒᆞ여 ᄭᅮᆷ을 비

588) 울읍(鬱悒): 우울해 하고 근심함.

589) ᄒᆡ만(解娩): 해만. 아이를 낳음. 해산(解產).

590) 졔명(題名): 제명. 이름을 지음.

591) 삼삼: 잊히지 않고 눈앞에 보이는 듯 또렷함.

132면

러 넉슬 놀ᄂᆡ니 부부(夫婦) 은졍(恩情)은 셩인(聖人)도 면(免)치 못ᄒᆞ거늘 문졍후 비록 일ᄃᆡ호걸(一代豪傑)이나 엇지 능(能)히 견ᄃᆡ리오. 즁회(衆會) 즁(中) 텬연(天然)ᄒᆞᆫ 화긔(和氣) ᄌᆞ약(自若)ᄒᆞ나 침쇼(寢所)의 든즉 탄식탄한(歎息歎恨)[592]ᄒᆞ여 비록 님 시(氏) 이시나 젼일(前日) 부인(夫人) 뜻을 밧노라 일(一) 삭(朔)의 ᄉᆞ오(四五) 일(日)식 침쇼(寢所)의 두더니 부인(夫人)을 니별(離別)ᄒᆞᆫ 후(後) 젹연(寂然)[593]이 ᄎᆞᆺ지 아니나 님 시(氏) 더옥 공슌유화(恭順柔和)[594]ᄒᆞ니 문졍휘 그 어질믈 과ᄒᆞ여 잇다곰 블너 압히셔 유희(遊戲)ᄒᆞ나 평일(平日) 부인(夫人)의 호례(好禮)ᄒᆞᄂᆞᆫ 셩품(性品)을 보왓ᄂᆞᆫ지라 감(敢)히 즁미각의셔 님 시(氏)로 셜압(褻狎)[595]지 못ᄒᆞ여 겻방 셜연뎡의 쳐쇼(處所)ᄒᆞ여 잇다감 냥ᄋᆞ(兩兒)ᄅᆞᆯ 다리고 님 시(氏)ᄅᆞᆯ 블너 풀을 쥬믈이고 혹(或) 샹직(上直)[596]ᄒᆞᆯ 젹도 잇더라.

이ᄯᅢ 시졀(時節)이 삼츈(三春) 화시(花時)ᄅᆞᆯ 맛나 ᄇᆡᆨ홰(百花ㅣ) 다토와 피고 버들이 실을 드리온 ᄃᆞᆺᄒᆞ여 봉졉(蜂蝶)[597]이 분분(紛紛)이 ᄂᆞ니 문휘

592) 탄식탄한(歎息歎恨): 한숨을 쉬고 한스러워함.

593) 젹연(寂然): 적연. 매우 감감함.

594) 공슌유화(恭順柔和): 공순유화. 공손하고 온화함.

595) 셜압(褻狎): 설압. 흉허물 없이 가까이함.

596) 샹직(上直): 상직. 숙직. 집 안에 살면서 시중을 듦.

597) 봉졉(蜂蝶): 봉접. 벌과 나비.

133면

심회(心懷) 더옥 측양(測量)업셔 일일(一日)은 셩문, 즁문 등(等)을 ᄃᆞ리고 즁당(中堂)의 홋거롤식 ᄎᆞ시(此時) 흥문은 구(九) 셰(歲)오, 셰문이 칠(七) 셰(歲)오, ᄀᆡ문이 뉵(六) 셰(歲)오, 미쥬 쇼졔(小姐ㅣ) 십(十) 셰(歲)오, 쇼쥬ᄂᆞᆫ ᄉᆞ(四) 셰(歲)니 공쥬(公主) 쇼ᄉᆡᆼ(所生)이오, 즁문이 오(五) 셰(歲)니 댱 부인(夫人) 쇼ᄉᆡᆼ(所生)이오, 공쥬(公主) 뎨ᄉᆞᄌᆞ(第四子) 희문이 강보(襁褓)의 잇고 효쥬 쇼져(小姐) 강보(襁褓)의 이시니 이(二) 셰(歲)오 댱 시(氏) 쇼ᄉᆡᆼ(所生)이러라. 다 ᄒᆞᆫ갈ᄀᆞᆺ치 ᄉᆡᆨ혀나 곤강(崑岡)[598]의 옥(玉)이오, ᄒᆡ져(海底)의 명쥬(明珠) ᄀᆞᆺᄐᆞᄃᆡ 미쥬 쇼졔(小姐ㅣ) 머리지어[599] 졔뎨(諸弟)ᄅᆞᆯ 다리고 슉부(叔父) 안젼(案前)의셔 희쇼(戲笑)[600]ᄒᆞ니 문휘 두굿겨 집슈(執手) 왈(曰),

"ᄂᆞ도 언제 너 ᄀᆞᆺᄐᆞᆫ ᄯᆞᆯ을 ᄂᆞ흐리오?"

미쥐 쇼이ᄃᆡ왈(笑而對曰),

"슉뷔(叔父ㅣ) 쇼질(小姪) ᄀᆞᆺᄐᆞᆫ 거ᄉᆞᆯ 므어ᄉᆡ ᄡᅳ려 ᄒᆞ시ᄂᆞ뇨?"

문휘 답왈(答曰)

"그럴진ᄃᆡ 너ᄂᆞᆫ 박ᄉᆡᆨ(薄色)이니 퇴(退)ᄒᆞ고 쇼쥬 ᄀᆞᆺᄐᆞᆫ ᄯᆞᆯ을 ᄂᆞ코 시브다."

쇼졔(小姐ㅣ) 낭쇼(朗笑) 왈(曰),

"영문, 셩문 등(等)은 블관(不關)[601]ᄒᆞ니잇가?"

---

598) 곤강(崑岡): 좋은 옥이 많이 난다는 곤륜산(崑崙山)을 말함. 곤륜산은 중국 전설상의 높은 산.

599) 머리지어: 우두머리가 되어.

600) 희쇼(戲笑): 희소. 희롱하며 웃음.

601) 블관(不關): 불관. 중요하지 않음.

문휘 왈(曰),

"부즈지졍(父子之情)이 어닉 다르리오마

134면

는 형쟝(兄丈)은 발셔 너의 굿튼 형뎨(兄弟) 삼(三) 인(人)을 두어 즈미롤 돕거놀 닉게는 녀이(女兒ㅣ) 업스니 영문이 녀이(女兒ㅣ)런들 깁블가 시브다."

또 쇼쥬롤 누호여 안하 놋출 딕혀 왈(曰),

"너 굿툰 녀으(女兒)롤 놋코 시브딕 못 누흐니 형쟝(兄丈)긔 고(告)호고 너롤 맛당히 양녀(養女)롤 숨고져 호노라."

쇼쥐 이(二) 셰(歲)나 젼보(全部) 통어(通語)호는지라 낭낭(朗朗)이 우으니 문휘 더옥 스랑호여 희긔(喜氣) 무르녹으니 미쥐 슉부(叔父)의 니러틋 호믈 보믹 일쥬의 누시믈 알진딕 반드시 거지(擧止) 실죠(失措)[602]할 쥴 혜아리고 미쇼(微笑) 왈(曰),

"슉뷔(叔父ㅣ) 아으[603] 등(等)을 이리 스랑하시니 만일(萬一) 쇼 슉뫼(叔母ㅣ) 녀으(女兒)롤 누으실진딕 슉부(叔父)의 무음이 엇더호시리잇고?"

문후 왈(曰),

"네 말딕로 쇼 시(氏) 녀으(女兒)롤 누코져 흔들 쥬야(晝夜) 공방(空房)을 격그니 엇지 즈식(子息)이 누리오?"

미쥐 낭낭(朗朗)이 우으며 왈(曰),

"슉뫼(叔母ㅣ) 옥룡관으로셔 도라오

---

602) 실죠(失措): 실조. 처리를 잘못함.

603) 아으: 아아. 아이.

135면

신 후(後) ᄆᆡ양 슉뷔(叔父ㅣ) 동실(同室)ᄒᆞ시니이다.”

문휘 역쇼(亦笑) 왈(曰),

“비록 동실(同室)ᄒᆞ여시나 녀ᄋᆡ(女兒ㅣ) 아니 삼겨시니 애ᄃᆞᆯ와ᄒᆞ노라.”

미쥐 쇼왈(笑曰),

“하ᄂᆞᆯ이 슉부(叔父)의 ᄯᅳᆺ을 좃ᄎᆞ ᄯᆞᆯ이 삼길 거시니 근심 마ᄅᆞ쇼셔.”

졍언간(停言間)[604]의 부ᄆᆡ(駙馬ㅣ) 한님(翰林)의 손을 닛그러 드러오니 휘(侯ㅣ) 쇼쥬를 안고 졔ᄋᆡ(諸兒ㅣ) 알ᄑᆡ 어ᄌᆞ러니 안ᄌᆞ 노ᄂᆞᆫᄃᆡ 흥문이 홀노 ᄌᆞ질(子姪)의 도(道)로 시립(侍立)ᄒᆞ고 미쥐 문후 겻ᄒᆡ 안ᄌᆞ 희담(戲談)[605]이 긋지 아니ᄃᆡ 셩문이 잇ᄯᅢ 뉵(六) 셰(歲)나 손을 ᄡᅩ고 오ᄉᆞᆯ 념의여 형뎨(兄弟) ᄎᆞ례(次例)로 ᄭᅮᆯ러안ᄌᆞ시니 어리나 외뫼(外貌ㅣ) 크게 단엄(端嚴)ᄒᆞ여 졔ᄋᆞ(諸兒)로 다ᄅᆞ미 이시니 부ᄆᆡ(駙馬ㅣ) ᄉᆡ로이 ᄉᆞ랑ᄒᆞ여 손을 잡고 닐오ᄃᆡ,

“현뎨(賢弟) 모ᄅᆞ미 의관(衣冠)을 슈렴(收斂)ᄒᆞ라. 네 ᄋᆞᄃᆞᆯ이 이러ᄐᆞᆺ 긔이(奇異)ᄒᆞ니 네 비록 아비나 븟그럽지 아니리오? 녀ᄋᆞ(女兒)ᄂᆞᆫ 므ᄉᆞᆷ 잡말(雜-)을 ᄒᆞ여 슉부(叔父)를 농(弄)ᄒᆞᄂᆞ뇨?”

ᄒᆞᆫᄃᆡ 문휘 밧비 니러 마ᄌᆞ 안ᄌᆞ 쇼왈(笑曰),

“쇼[606]졔(小弟)

---

604) 졍언간(停言間): 정언간. 말이 잠깐 그친 사이.

605) 희담(戲談): 웃음거리로 하는 실없는 말.

606) 쇼: [교] 원문에는 이 글자가 없으나 문맥을 고려하여 국도본(13:132)을 따라 삽입함.

136면

금일(今日) 효쥬를 보믹 양녀(養女)ᄒᆞ고져 ᄒᆞ여 말이 여ᄎᆞ(如此)ᄒᆞ니 미쥐 답(答)ᄒᆞ미로쇼이다."

부믹(駙馬ㅣ) 즘쇼(暫笑) 왈(曰),

"네 ᄇᆡᆨ슈노옹(白首老翁)[607]일진ᄃᆡ 말이 혹(或) 가(可)커니와 바야흐로 쳥츈쇼년(青春少年)이어든 므솜 흥(興)으로 져 말을 ᄒᆞᄂᆞ뇨? 가지록 실셩(失性)ᄒᆞᆫ 말인가 ᄒᆞ노라."

문휘 ᄃᆡ쇼(大笑) 왈(曰),

"형쟝(兄丈)이 좌우(左右)의 ᄌᆞ녀(子女)를 빵빵(雙雙)이 버려시믹 쇼뎨(小弟)를 논박(論駁)ᄒᆞ시나 쇼졔(小姐ㅣ) 말숨이 인졍(人情)의 ᄌᆞ연(自然)ᄒᆞᄃᆡ 시방(時方) 쳐ᄌᆡ(妻子ㅣ) 업ᄉᆞ니 엇지ᄒᆞ여 ᄯᆞᆯ을 어들가 시브니잇고? 이졔 아모리 쳥츈쇼년(青春少年)이나 어려온 일인가 ᄒᆞᄂᆞ이다."

부믹(駙馬ㅣ) 후(侯)의 녀ᄋᆞ(女兒) ᄂᆞ시믈 젼혀(全-) 모ᄅᆞ믈 감챵(感愴)ᄒᆞ여 단슌호치(丹脣皓齒)[608] 현연(顯然)ᄒᆞ여 우ᄉᆞ니 한님(翰林)이 역쇼(亦笑) 왈(曰),

"형쟝(兄丈)이 쳐ᄌᆡ(妻子ㅣ) 업다 ᄒᆞ시니 엇지 허언(虛言)을 이리 잘ᄒᆞ시ᄂᆞ니잇고? 우흐로 황이(皇姨) 겨시고 아ᄅᆡ로 님 시(氏) 아니 잇ᄂᆞ니잇가?"

문휘 손을 져어 왈(曰),

"됴녀(-女)의 씨를 바다

---

607) ᄇᆡᆨ슈노옹(白鬚老翁): 백수노옹. 흰 머리가 난 늙은이.

608) 단슌호치(丹脣皓齒): 단순호치. 붉은 입술과 흰 이.

137면

므어시 쓰며 이 ᄌ식(子息)을 어이 됴녀(-女)의 ᄉᆡᆼ휵(生畜)[609] ᄒᆞᆫ 거술 두리오? 님 시(氏)ᄂᆞᆫ 쳡녜(妾女ㅣ)니 블관(不關)ᄒᆞ니라."

한님(翰林)이 ᄯᅩ 우어 왈(曰),

"형쟝(兄丈)이 쇼슈(-嫂)ᄅᆞᆯ 귀즁(貴重)ᄒᆞ시미 그 원근(遠近) 광휘(光輝)ᄅᆞᆯ 품슈(禀受)[610] ᄒᆞ여 ᄯᆞᆯ 나으시믈 ᄇᆞ라샤 져ᄅᆞᆺ틋 ᄒᆞ시니 쇼슈(-嫂) 귀즁(貴重)ᄒᆞ시믈 ᄎᆞ언(此言)의 졍(正)히 알니로쇼이다."

부미(駙馬ㅣ) 왈(曰),

"네 비록 풍뉴호긔(風流豪氣)[611]나 쳐ᄌ(妻子)[612]ᄅᆞᆯ 져ᄃᆡ도록 ᄋᆡ즁(愛重)ᄒᆞ리오?"

문휘 왈(曰),

"형쟝(兄丈) 안젼(案前)의 당돌(唐突)ᄒᆞ나 므단(無斷)[613] ᄒᆞᆫ 남이라도 ᄒᆞᆫ방(-房)의 잇다가 써ᄂᆞᆫ즉 ᄌ연(自然) 후련(欻然)[614] ᄒᆞ리니 쇼시(氏) 쳐ᄌ(妻子)라 니ᄅᆞ지 말고 남으로 닐너도 어진 덕(德)을 잇기 어려올쇼이다."

부미(駙馬ㅣ) 탄왈(嘆曰),

"네 ᄯᅩ 텰셕(鐵石)이 아니니 쇼슈(-嫂)의 셩덕(盛德)을 엇지 니ᄌ리오? 앗가 말은 희언(戲言)이어니와 가(可)히 탄(嘆)홉지 아니랴."

---

609) ᄉᆡᆼ휵(生畜): 생휵. 낳아서 기름.

610) 품슈(禀受): 품수. 선천적으로 타고남. 품부(禀賦).

611) 풍뉴호긔(風流豪氣): 풍류호기. 풍류와 호방한 기운.

612) 쳐ᄌ(妻子): 처자. 처(妻).

613) 므단(無斷): 무단. 아무 사유가 없음.

614) 후련(欻然): 훌연. 갑자기. 문맥상 '허전하다'의 의미로 보임.

문휘 미우(眉宇)를 찡그고 믁믁(默默)히 말이 업더니 이윽고 부마(駙馬)와 한림(翰林)이 니러 가고 흥문 등(等)이 ᄎᄎ(次次) 니

...

138면

러ᄂᆞᆫ 후(後) 쇼쥬와 즁문이 홀노 잇더니 문휘 두로 ᄒᆞᆺ거ᄅᆞ며 심ᄉᆞ(心思)를 둘 ᄃᆡ 업셔 ᄒᆞ니 셩문이 홀노 난두(欄頭)의셔 ᄌᆞ친(慈親)을 ᄉᆡᆼ각고 늣겨 눈믈을 흘니며 혹(或) 부친(父親)이 보실가 두려 도라셔셔 ᄡᆺ거ᄂᆞᆯ 즁문 왈(問曰),

"형(兄)이 엇지 우ᄂᆞᆫ다?"

셩문이 놀나 답왈(答曰),

"뉘 우ᄂᆞ냐? 너ᄂᆞᆫ 고이(怪異)ᄒᆞᆫ 말 말나."

ᄒᆞ더라.

역자 해제

1. 머리말

<쌍천기봉>은 18세기에 창작된 것으로 추정되는 작가 미상의 국문 대하소설로, 중국 명나라 초기를 배경으로 남경, 개봉, 소흥, 북경 등 다양한 공간에서 벌어지는 사건을 그려낸 작품이다. '쌍천기봉(雙釧奇逢)'은 '두 팔찌의 기이한 만남'이라는 뜻으로, 호방형 남주인공 이몽창과 여주인공 소월혜가 팔찌로 인연을 맺는다는 작품 속 서사를 제목으로 정한 것이다. 이현, 이관성, 이몽현 및 이몽창 등 이씨 집안의 3대에 걸친 이야기로, 역사적 사건을 작품의 앞과 뒤에 배치하고, 중간에 이들 인물들의 혼인담 및 부부 갈등, 부자 갈등, 처첩 갈등 등 한 가문에서 벌어질 수 있는 다양한 갈등을 소재로 서사를 구성하였다. 유교 이념인 충과 효가 전면에 부각되고 사대부 위주의 신분의식이 드러나 있으면서도, 이러한 이데올로기에 저항하는 인물들이 등장함으로써 작품에는 봉건과 반봉건의 팽팽한 길항 관계가 형성될 수 있었다.

2. 창작 시기 및 작가

<쌍천기봉>의 창작 연도는 정확히 알 수 없고, 다만 18세기에 창작되었을 것으로 추정할 뿐이다. 온양 정씨가 필사한 규장각 소장

<옥원재합기연>은 정조 10년(1786)에서 정조 14년(1790) 사이에 단계적으로 필사되었는데, 이 <옥원재합기연> 권14의 표지 안쪽에는 온양 정씨와 그 시가인 전주 이씨 집안에서 읽었을 것으로 보이는 소설의 목록이 적혀 있다. 그중에 <쌍천기봉>의 후편인 <이씨세대록>의 제명이 보인다.[1] 이 기록을 토대로 보면 <쌍천기봉>은 적어도 1786년 이전에 창작된 것으로 짐작할 수 있다.

또, 대하소설 가운데 초기본인 <소현성록> 연작(15권 15책, 이화여대 소장본)이 17세기 말 이전에 창작된바,[2] 그보다 분량과 등장인물의 수가 훨씬 많은 <쌍천기봉>은 <소현성록> 연작보다 후대의 작품일 가능성이 높다.

<쌍천기봉>의 작가를 확정할 만한 자료는 아직 발견되지 않았다. 작품 말미에 이씨 집안의 기록을 담당한 유문한이 <이부일기>를 지었고 그 6대손 유형이 기이한 사적만 빼어 <쌍천기봉>을 지었다고 나와 있으나 이는 이 작품이 허구가 아니라 사실임을 부각하기 위한 가탁(假託)일 가능성이 크다.

<쌍천기봉>의 작가는 확인할 수 없으나 작품의 수준과 서술시각을 고려하면 경서와 역사서, 소설을 두루 섭렵한 지식인이며, 신분의식이 강한 인물로 추정할 수 있다. <쌍천기봉>은 비록 국문으로 되어 있으나 문장이 조사나 어미를 제외하면 대개 한자어로 구성되어 있고, 전고(典故)의 인용이 빈번하다. 비록 대하소설 <완월회맹연>(180권 180책)에는 미치지 못하지만, 다른 유형의 고전소설에 비

---

1) 심경호, 「樂善齋本 小說의 先行本에 관한 一考察 - 온양정씨 필사본 <옥원재합기연>과 낙선재본 <옥원중회연>의 관계를 중심으로-」, 『정신문화연구』 38, 한국정신문화연구원, 1990.

2) 박영희, 「소현성록 연작 연구」, 이화여대 박사논문, 1994 참조.

하면 작가의 지식 수준이 매우 높은 편이다. <쌍천기봉>에는 또한 집안 내에서 처와 첩의 위계가 강조되고, 주인과 종의 차이가 부각되어 있으며, 사대부 집안이 환관 집안과 혼인할 수 없다는 인식도 드러나 있다. 이처럼 <쌍천기봉>의 작가는 학문적 소양을 갖추고 강한 신분의식을 지닌 사대부가의 일원으로 추정된다.

3. 이본 현황

<쌍천기봉>의 이본은 현재 국내에 2종, 해외에 3종이 있는 것으로 확인된다.[3] 국내에는 한국학중앙연구원(이하 한중연본)과 국립중앙도서관(이하 국도본)에 1종씩 소장되어 있고, 해외에는 러시아, 북한, 중국에 각각 소장되어 있는 것으로 알려져 있다.

한중연본은 예전 낙선재(樂善齋)에 소장되어 있던 국문 필사본으로 18권 18책, 매권 140면 내외, 총 2,406면이고 궁체로 되어 있다. 국도본은 국문 필사본으로 19권 19책, 매권 120면 내외, 총 2,347면이며 대개 궁체로 되어 있으나 군데군데 거친 여항체가 보인다. 두 이본을 비교한 결과 어느 본이 선본(善本) 혹은 선본(先本)이라고 말할 수는 없을 것 같다.[4] 축약이나 생략, 변개가 특정한 이본에서만 이루어져 있지 않기 때문이다.

러시아의 경우 상트페테르부르크레닌그라드 아시아민족연구소 아세톤(Aseton) 문고에 22권 22책의 필사본 1종이 소장되어 있고,[5] 북

---

3) 이하 이본 관련 논의는 장시광, 「쌍천기봉 연작 연구」, 서울대 석사논문, 1996, 6~21면을 참조하였다.

4) 기존 연구에서는 국도본을 선본(善本)이라 하였으나(위의 논문, 21면) 더욱 면밀한 검토가 필요하다.

5) О.П.Петрова, Описание Письменых Памятников Корейской Культуры, Москва: Издальство Асадемий Наук СССР, Выпуск1:1956, Выпуск2:1963.

한의 경우 일찍이 <쌍천기봉>을 두 권의 번역본으로 출간하며 22권의 판각본으로 소개한 바 있다.[6] 권1을 비교한 결과 아세톤 문고본과 북한본은 거의 동일한 본으로 보인다. 다만 북한에서 판각본이라 소개한 것은 필사본의 오기로 보인다. 한편, 중국에서 윤색한 <쌍천기봉>은 현재 미국 하버드대학교의 하버드-옌칭 연구소에서 확인할 수 있다고 한다.

필자가 직접 확인하지 못한 중국본을 제외한 4종의 이본을 검토해 보면, 국도본과 러시아본(북한본)은 친연성이 있는 반면, 한중연본은 다른 이본과의 친연성이 떨어진다.

4. 서사의 구성

<쌍천기봉>의 주인공은 두 팔찌를 인연으로 맺어지는 이몽창과 소월혜다. 특히 이몽창이 핵심인데, 작가는 그의 이야기를 작품의 한가운데에 절묘하게 배치해 놓았다. 전체 18권 중, 권7 중반부터 권14 초반까지가 이몽창 위주의 서사이다. 이몽창이 그 아내들인 상씨, 소월혜, 조제염과 혼인하고 갈등하는 이야기가 중심을 이루고 있다. 이몽창 서사의 앞에는 그의 형 이몽현이 효성 공주와 늑혼하고 정혼자였던 장옥경을 재실로 들이는 내용이 전개되고, 이몽창 서사의 뒤에는 이몽창의 여동생인 이빙성이 요익과 혼인하는 이야기가 이어진다.

작가는 이처럼 허구적 인물들의 서사를 작품의 전면에 내세우는 한편, 역사적 사건담으로 이들 서사를 둘러싸는 구성 방식을 취하고 있다. 즉, 작품의 전반부에는 명나라 초기 연왕(燕王)의 정난(靖難)

6) 오희복 윤색, <쌍천기봉>(상)(하), 민족출판사, 1983.

의 변을, 후반부에는 영종(英宗)이 에센에게 붙잡히는 토목(土木)의 변을 배치하였다. 그리고 이들 역사적 사건을 허구적 인물의 성격 내지 행위와 연관지음으로써 이들 사건이 서사에 자연스럽게 녹아 들도록 하였다. 즉, 정난의 변은 이몽창의 조부 이현이 지닌 의리와 그 어머니 진 부인에 대한 효성을 보이는 수단으로 활용되었고, 토목의 변은 이몽창의 아버지인 이관성의 신명함과 충성심을 보이는 수단으로 제시되어 있다.

물론 작품의 말미에는 이한성의 죽음, 그리고 그 자식인 이몽한의 일탈과 회과가 등장하며 열린 결말을 보여주고 있지만, 전체적으로 보았을 때 역사적 사건이 허구적 사건을 감싸는 형식은 <쌍천기봉>이 지니는 구성상의 특징이라 할 수 있다.

5. 유교 이념과 신분의식의 표출

<쌍천기봉>에는 유교 이념인 충과 효가 강하게 드러나 있고, 아울러 사대부 위주의 신분의식 또한 두드러지게 나타나 있다. 이러한 면에서 <쌍천기봉>은 상하층이 두루 향유할 수 있는 작품이라기보다는 상층민이자 기득권층을 위한 작품임을 알 수 있다.

충과 효는 조선시대를 지탱하는 국가 이념으로, 이 둘은 원래 임금과 신하, 부모와 자식 사이에 상호적인 의리를 기반으로 배태된 이념이었으나, 점차 지배와 종속 관계로 변질된다. 두 가지는 또 유비적 속성을 지녔다. 곧 집안에서 부모에 대한 자식의 효도는 국가에서 임금에 대한 신하의 충성과 직결되도록 구조화한 것이다.

<쌍천기봉>에는 충과 효가 이데올로기화한 모습이 적나라하게 나타나 있다. 예컨대, 늑혼(勒婚) 삽화는 이데올로기화한 충의 대표적

사례이다. 이몽현은 장옥경과 이미 정혼한 상태였으나 태후가 위력으로 이몽현을 효성 공주와 혼인시키려 한다. 이 여파로 장옥경은 수절을 결심하고 이몽현의 아버지 이관성은 늑혼을 거절하다가 투옥된다. 끝내 태후의 위력으로 이몽현은 효성 공주와 혼인하고 장옥경은 출거된다. 태후로 대표되는 황실이 개인의 혼인을 지배하고 있다. 그리고 그 지배 논리를 충(忠)에서 찾고 있다.

효가 인물 행위의 동기와 방향을 결정하는 경우도 나타난다. 부모가 특정한 사안에 대해 자식의 선택권을 저지하고 자신의 뜻을 관철시키려 한다면 그것은 인지상정의 관계를 권력 관계로 변질시켜 버린 것이다. 예를 들어 이현이 자기의 절개를 굽히는 것은 모두 어머니 진 부인에 대한 효성 때문이다. 이현이 처음에 정난의 변을 일으키려 하는 연왕을 돕지 않겠다고 하였으나 결국 어머니 때문에 연왕을 돕니다. 또 연왕이 황위를 찬탈해 성조가 되었을 때 이현은 한사코 벼슬하기를 거부하지만 자기의 뜻을 굽히고 벼슬하게 되는 것도 어머니 진 부인이 설득했기 때문이다. 이외에도 자식은 부모의 뜻에 무조건 순종해야 한다는 논리는 작품 전편에 두드러진다.

<쌍천기봉>은 또 사대부 위주의 신분의식을 드러내고 있다. 이를 선민의식이라 해도 무방하다. 예를 들면, 이몽창이 어렸을 때 집안의 시동 소연을 활로 쏘아 눈을 맞히자 삼촌인 이한성과 이연성이 웃는 장면이라든가, 이연성이 그의 아내 정혜아가 괴팍하게 군다며 마구 때리자 정혜아의 할아버지가 이연성을 옹호하며 웃으니 좌중이 함께 웃는 장면 등은 신분이 낮은 사람, 여자 등의 약자에 대한 인식과 배려가 부족함을 보여주는 대목으로, 신분 차에 따른 뚜렷한 위계를 사대부 남성 위주의 시각에서 형상화한 것이다.

이외에 이현이 자신의 첩인 주 씨가 어머니의 헌수 자리에 나와

앉아 있는 것을 보고 나중에 꾸짖는 장면도 처와 첩의 분별을 분명하게 드러내는 부분이다. 또 이씨 집안에서 이몽창이 소월혜와 불고이취(不告而娶: 아버지의 허락을 받지 않고 혼인한 것)한 것을 알았는데 소월혜의 숙부가 환관 노 태감이라는 오해를 하고 혼인을 좋지 않게 생각하는 장면 또한 그러하다. 후에 이씨 집안에서는 노 태감이 소월혜의 숙부가 아니라 소월혜 조모의 얼제라는 사실을 알고 안도한다. 첩이나 환관에 대한 신분적 차별 의식을 엿볼 수 있다.

6. 발랄한 인물과 주체적 인물

<쌍천기봉>에 만일 유교 이념과 신분의식만 강하게 노정되어 있다면 이 작품은 독자들에게 이념 교과서 이상의 큰 매력을 주지 못했을 것이다. 소설에 교훈이 있다면 흥미도 있을 터인데 작품에서 그러한 역할을 하는 이는 남성인물인 이몽창과 이연성, 주체적 여성인물인 소월혜와 이빙성, 그리고 자신의 욕망을 가감 없이 드러내는 반동인물 조제염 등이다.

이연성과 그 조카 이몽창은 작품에서 미색을 밝히며 여자에 관한한 자신의 의지를 밀어붙여서 끝내 관철시키는 인물이다. 그러한 과정에서 독자에게 웃음을 제공하기도 한다. 이연성은 미색을 밝히는 인물이지만 조카로부터 박색 여자를 소개받고 또 혼인도 박색 여자와 함으로써 집안사람들의 기롱을 받고 웃음을 자아내게 한다. 이연성은 자신의 마음에 든 정혜아를 쟁취하기 위해 이몽창을 시켜 연애편지를 전달하기도 해 물의를 일으키는데 우여곡절 끝에 정혜아와 혼인한다. 이몽창의 경우, 분량이나 강도 면에서 이연성의 서사보다 더 강력한 모습을 보인다. 호광 땅에 갔다가 소월혜를 보고 반하는

데 소월혜와 혼인하려면 소월혜가 갖고 있는 팔찌의 한 짝이 있어야 한다는 말을 듣고, 할머니 유요란 방에서 우연히 팔찌를 발견해 그 팔찌를 가지고 마음대로 혼인한다. 이른바 아버지에게 고하지 않고 자기 마음대로 아내를 얻은, 불고이취를 한 것이다.

이연성이 마음에 든 여자에게 연애 편지를 보낸 행위나, 이몽창이 중매 없이 자기 마음대로 혼인한 행위는 현대 사회에서는 얼마든지 있을 수 있는 일이었으나, 18세기 조선의 사대부 집안에서는 있으면 안 되는 일이었다. 이것은 가부장의 권한을 침해하는 매우 심각한 일이었기 때문이다. 집안의 질서가 어그러지는 문제인 것이다. 가부장인 이현이나 이관성이 이들을 심하게 때린 것은 그러한 연유에서이다.

이연성이나 이몽창은 가부장의 권한을 침해하면서까지 중매를 거부하고 자유 연애를 추구하려 한 인물이다. 그리고 결국 그것을 관철시켰다. 작가는 경직된 이념을 보여주면서 한편으로는 이처럼 자유의지를 가진 인물을 등장시킴으로써 서사의 흥미를 제고하고 있다.

이몽창의 아내 소월혜와 요익의 아내이자, 이몽창의 여동생인 이빙성은 남편에 대한 절대적 순종을 강요하는 이념에 맞서 자신의 주체적 면모를 드러내려 시도한 인물들이다. 결국에는 가부장적 이념에 굴복하기는 하지만 이들의 시도는 그 자체로 신선하다. 소월혜는 이몽창이 자신과 중매 없이 혼인했다가 이후에 또 마음대로 파혼 서간을 보내자 탄식하고, 결국 이몽창과 우여곡절 끝에 혼인하기는 하였으나 그 경박함을 싫어해 이몽창에게 상당 기간 동안 냉랭하게 대한다. 이빙성 역시 남편 요익이 빙성 자신을 그린 미인도를 매개로 자신과 혼인했다는 점에서 그 음란함을 싫어해 요익을 냉대한다. 소월혜와 이빙성의 논리가 비록 예법에 근거한 것이기는 하지만, 남편에 대해 무조건 순종하는 대신 자신의 감정과 호오의 판단을 적극적으로 드러냈다는 점에서 이들의 행위는 의미가 있다.

<쌍천기봉>에는 여느 대하소설에서와 마찬가지로 욕망을 추구하는 여성반동인물이 등장하는데 이 작품에서 그러한 역할을 하는 인물은 이몽창의 세 번째 아내 조제염이다. 이몽창은 일단 조제염이 늑혼으로 들어왔다는 점에서 싫었는데, 혼인한 후 그 눈빛에서 보이는 살기 때문에 조제염을 더욱 싫어하게 된다. 이에 반해 조제염은 이몽창에 대한 애정이 지극하다. 그러나 조제염의 애정은 결국 동렬인 소월혜를 시기하고 소월혜의 자식을 살해하는 데까지 연결된다. 조제염의 살해 행위는 물론 어느 사회에서든지 용납될 수 없는 것이다. 그러나 그녀가 그렇게까지 행동하게 된 원인을 짚어 보면, 그것은 처첩을 용인한 가부장제 사회에서 비롯되었음을 알 수 있다. 또한 남성의 애정이나 성욕은 용인하면서 여성의 그것은 용인하지 않는 차별적 시각도 한 몫 하고 있다. 조제염의 존재는 이처럼 가부장제의 질곡을 드러내는 기제이면서, 한편으로는 갈등을 심각하게 부각시킴으로써 서사를 흥미로운 방향으로 이끌어가는 역할을 한다.

7. 맺음말

<쌍천기봉>은 일찍이 북한에서 번역본이 나왔고, 러시아에서도 관심을 가지고 소설 목록에 포함시킨 바 있다. 사회주의 국가에서 이처럼 <쌍천기봉>을 주목한 것은 '자유로운 사랑에 대한 열렬한 지향과 인간의 개성을 억압하는 봉건적 도덕관념에 대한 반항의 정신이 구현되어 있기'[7] 때문일 것이다. <쌍천기봉>에 비록 유교 이념이

7) 오희복 윤색, 앞의 책, 3면.

부각되어 있지만, 또한 주인공 이몽창의 행위로 대표되는 반봉건적 성격이 내재되어 있음을 주목한 것이다. 일리 있는 해석이다.

<쌍천기봉>에는 여성주동인물의 수난과 여성반동인물의 욕망이 부각되어 있는데, 이것들은 당대의 여성 독자에게 정서적 감응을 충분히 불러일으킬 수 있는 소재들이다. 아울러 명나라 역사적 사건의 배치, <삼국지연의>와 같은 연의류 소설의 내용 차용 등은 남성 독자에게도 매력적으로 보이는 소재였을 것이다. 그리고 이 소설이 지닌 이러한 매력은 당대의 독자에게뿐만 아니라 현대의 독자에게도 충분히 흥미로울 것이라 기대한다.

장시광

전북 진안에서 출생하여 서울대학교에서 고전소설에 관한 연구로 문학박사 학위를 받았다. 서울대 강사, 아주대 강의교수 등을 거쳐 현재 경상대학교 국어국문학과 교수로 재직 중이며, 경상대학교 여성연구소 부소장을 맡고 있다.

논문으로 「대하소설의 여성반동인물 연구」(박사학위논문), 「여성영웅소설에 나타난 여화위남의 의미」, 「대하소설 갈등담의 구조 시론」, 「운명과 초월의 서사」, 「대하소설의 호방형 남성주동인물 연구」 등이 있고, 저서로 『한국 고전소설과 여성인물』이 있으며, 번역서로 『조선시대 동성혼 이야기:방한림전』, 『홍계월전:여성영웅소설』, 『심청전: 눈먼 아비 홀로 두고 어딜 간단 말이냐』 등이 있다.

현재 고전 대하소설의 현대화 작업에 주력하고 있으며, 고전 대하소설의 인물과 사건 등에 대한 연구를 진행 중이다. 이후 고전 대하소설의 현대화 작업을 완료하는 것을 목표로 하고 있다. 아울러 고전 대하소설의 창작 방법 및 대하소설 사이의 층위를 분석하려 한다.

(팔찌의 인연) 쌍천기봉 6

초판인쇄 2019년 6월 24일
초판발행 2019년 6월 24일

지은이 장시광
펴낸이 채종준
펴낸곳 한국학술정보㈜
주소 경기도 파주시 회동길 230(문발동)
전화 031) 908-3181(대표)
팩스 031) 908-3189
홈페이지 http://ebook.kstudy.com
전자우편 출판사업부 publish@kstudy.com
등록 제일산-115호(2000. 6. 19)

ISBN 978-89-268-8218-4 04810
978-89-268-8226-9 (전9권)